2008 青年文學會議論文集

台灣、大陸暨華文地區數位文學的發展與變遷

財團法人台灣文學發展基金會◎發行

文訊雜誌社◎出版

前言

◎封德屏

這條路，我們走了 12 年。

每年秋冬之際，當萬物換上金黃色彩時，我們總在這樣的時節，雙手奉上成熟飽滿的果實，歡喜地招呼同好們一起享用。

「青年文學會議」是台灣文學學界第一場以研究生爲主角的學術會議，1997 年以來，《文訊》秉持著爲學子服務的心情，兢兢業業的辦好每一場會議，從籌備到落幕，凝聚的是多人心血的結晶——演講者、發表人到講評人、主持人、座談會與談人，乃至台下努力求知的與會者。學術的高度在這個場域發揮極致，延續了智慧的開展與傳承的精神。

經由一年年的舉辦，「青年文學會議」見證台灣文學研究的發展歷程，並在台灣文學系所相繼成立後，每年皆以不同的主題徵選論文，如「一個獨立文本的細部解讀」、「文學與社會」、「文學越界」、「台灣作家的地理書寫與文學體驗」、「台灣現當代文學媒介研究」等，提供學子們開發台灣文學研究的新領域、新議題，也適時帶動文學研究熱潮。

爲了知己知彼，自我惕勵，並延伸台灣文學的影響力，自 2006 年開始，我們擴大徵稿以及講評的對象，兩岸三地、東南亞華文地區的年輕學子與研究者，紛紛加入這個行列，也讓「青年文學會議」迸出交會的火花及許多值得深思的議題。

今年「青年文學會議」的主題，有鑑於科技帶給文學的衝擊，數位時代下，隨著媒介的改變，文學得以更廣泛地流傳，數位文學的創作型態、文學社群的聚合理念仍然不斷變遷。在此觀察中，成爲本年度會議徵選論文主題

「台灣、大陸暨華文地區數位文學的發展與變遷」的觸發點，共發表 18 篇論文，內容針對網路作家興起，數位文學創作的延續與行動力，網路媒介對文學生產與消費的影響及意義，以及數位文學資料庫建構等，皆有深刻的討論。

在專題演講與座談會的設計上，更著重文學出版的數位發展、文學資料庫建置對文學研究引發的影響，與運用不同傳播方式的創作者現身說法，討論文學的極限是什麼。在這樣從學界到業界，從作家到讀者皆盡可能涵蓋的議程設計下，無非希望能對這個主題進行完整討論，亦希望可多為未來想投身這塊研究領域的學子們留下豐富的研究資料。

感謝財團法人海峽交流基金會、國立台灣文學館、中華民國婦女聯合會、行政院新聞局給予本活動的支持，以及秀威資訊公司提供的協助，讓我們無後顧之憂地盡心做事。

「青年文學會議」已經連續舉辦了十二屆，時光荏苒，12 年的時間，足夠讓一個嬰孩長成自立的少年，也象徵了一個世代的交替。每年青年文學會議盛大舉行，難以言說的是我們需要面對多少現實嚴峻的挑戰。掌聲背後，所有同仁與我自是點滴在心。我們灑下了種籽，眼看許多種籽發芽，逐漸成長，已挺立成各種丰姿。似乎階段性的任務已經完成，於是我們做了這樣的決定——2009 年起暫時停辦「青年文學會議」。

但是，屬於大家的「青年文學會議」並非就此畫下休止符，我們仍將持續關注台灣文學及其研究，同時把我們的戰力充實起來，在未來以新的型態繼續為台灣文學奉獻心力，這是《文訊》給所有青年朋友的承諾。無論面對多少挑戰，我們都會做好萬全而周詳的準備，儲備能量，踏實地走向未來的道路；更盼一路上有各位與我們同行。

目　次

第 3 場

第 4 場

第 5 場

附錄

海上生明月，天涯共「網」時
——大陸、台灣「網絡」文學比較初探

葉雨嬌[*]

摘要

　　每一次的技術革命都極大地改變了人類生活的面貌。而電腦的發明、網絡的興起普及再一次彰顯了科技的巨大力量——將全人類的生活網絡化，使地球在虛擬空間中真正成為了一個村落。實際上，這種錯綜複雜的局面源於人類運用科技理性創造出的比特語言的實際應用。本文不擬從建構的角度談什麼是「網絡」文學，而是從分析「網絡」文學的兩種具體樣式上入手，對比大陸、台灣在「網絡」文學的定義、文學批評、文學實踐以及具體文本等方面的不同特點，進一步挖掘造成大陸網絡文學、台灣數位文學呈現不同面貌的各種原因以及兩岸今後「網絡」文學發展可能出現的局面。鑑於各種原因，本文設定在「初探」的程度上。而本文比較的目的也不是為了鑑別，而是在互相參照的系統下發現彼此的新意，為低迷的文學探索出更多的發展途徑和更寬廣的生存空間。

關鍵詞：「網絡」文學、「網絡」文學樣式、「寬線網絡」文學、「窄線網絡」文學、大陸網絡文學、台灣數位文學

---

[*] 江蘇省南京大學中國現代文學研究中心 2007 級碩士，E-mail：yeyujiao_815@yahoo.com.cn

壹、前言

> 走不完的路，望不清的天涯，在燃燒的歲月，是漫長的等待。
>
> ——許巍　《禮物》

　　每一次的技術革命都極大地改變了人類生活的面貌。而電腦的發明、網絡的興起普及再一次彰顯了科技的巨大力量——將全人類的生活網絡化，使地球在虛擬空間中真正成爲了一個村落。全人類的「網絡化」不僅指作爲主體的「人」在空間上實現了點點、點面、面面的層層交叉綜合，也實現了任何事物在時間向度上過去、現在、未來的連接重疊。實際上，這種錯綜複雜局面的出現不是什麼神力的顯現或者魔法的施加，而是人類運用科技理性創造出的比特語言[1]實際應用的結果。

　　「網絡」文學[2]作爲對文學在數碼時代、網絡時代的即時反映，自然包含計算機網絡世界中虛擬與現實、感性與理性等種種的對立與統一，並且在某種程度上可以說是虛擬與現實、感性與理性交鋒得最激烈的戰場。而「網絡」文學自從誕生之日起就掙扎在這場永無休止的戰爭中。宏觀地看，這種「正在進行時」和「在路上」的姿態使我們還無法看清楚「網絡」文學久遠的未來圖景，任何試圖對它所做出的定義也只是「網絡」文學行進過程中某個階段的一張素描畫，當妳終筆之時，「網絡」文學早已開往下一站。當然，這並不是否定我們對「網絡」文學每個發展階段所做出的努力，而只是表明一下，作爲研究「網絡」文學的個體，那種試圖涵蓋一切的定義衝動和遙控

---

[1] 在計算機領域中，比特語言的比特其實是英文 bit 一詞的英譯，指計算機二進制數的位，由一連串的 0 和 1 組成。

[2] 之所以在「網絡」上加引號是爲與大陸學者的網絡文學加以區分，「網絡」文學強調的是在網絡興起之後出現在網絡上文學現象的總稱，包括大陸學者指稱的網絡文學和台灣學者指稱的數位文學，可以說是比網絡文學、數位文學更大一層的上位概念。此詞是筆者針對此篇論文自創的一個詞彙用法，因無力創造新的獨特的詞語來指稱與網絡有關的文學總合，只能採取舊詞新用的策略，同時反映了對「網絡」文學命名的困難和焦慮。在具體的使用情況上，當需要作整體陳述或者整體對比時，在地域名詞後統一使用 『『網絡』文學」字樣，如大陸「網絡」文學；在深入到各個地域分析時，則採取當地學者慣用的名詞加以指稱，分別是大陸學者使用的網絡文學和台灣學者使用的數位文學。

未來的壟斷野心對「網絡」文學研究乃至整個文學發展本身是無益的甚至是有害的。所以，本文不擬從建構的角度談什麼是「網絡」文學，而是從分析「網絡」文學的兩種具體樣式上入手，對比大陸、台灣在「網絡」文學的定義、文學批評、文學實踐以及具體文本等方面的不同特點，進一步挖掘造成大陸網絡文學、台灣數位文學呈現不同面貌的各種原因以及今後兩岸「網絡」文學發展可能出現的局面。鑑於各種原因，本文設定在「初探」程度上，但是卻真心渴求此「初探」不會淪落成為「粗談」。同時聲明本文比較的目的不是為了鑑別，而是在互相參照的系統下發現彼此的新意，為低迷的文學探索出更多的發展途徑和更寬廣的生存空間，當然這還需要我們漫長的等待。

貳、「網絡」文學的兩種樣式

目前，「網絡」文學的定義紛繁復雜。論者們從宏觀到微觀，從較為廣泛的外延到比較具體的內涵，都試圖對「網絡」文學的確切定義進行界定。這種「定義衝動」試圖把握「網絡」文學的核心及其中穩定不變的事物，並且為能夠更加自覺地把握文學的未來奠定基礎。但是，從其發生、發展的歷史來看，「網絡」文學還不過是個新生事物，其自身還處在不斷變化過程中，並且由於新科技手段的介入，使其從形式到內容更具有「流動性」、「當下性」，這就為從整體上對其做一個比較均質的總體定義增添了巨大的困難，正如筆者在前言中所說：任何試圖對它所做出的定義也只是「網絡」文學行進過程中某個階段的一張素描畫，當你終筆之時，「網絡」文學早已開往下一站。

與對「網絡」文學下定義相比，對「網絡」文學所表現出的樣式進行歸類劃分倒是一件相對容易的事。從「網絡」文學文本所表現出來的具體形式、與傳統文學的關系、文體特點、創作者身分及特點、讀者身分及特點、傳播範圍、「口水度」、「受模仿率」高低等幾個角度來進行劃分，「網絡」文學有兩種表現樣式：第一種是「寬線網絡」文學（wide-line Network Literature），即指那些首發在網絡上，既可以在網上傳播，又可以脫離網絡、電腦在網下

傳播的「網絡」文學。而網下傳播又包含了口頭人際傳播以及實體出版市場
傳播。這種「網絡」文學樣式最主要的特點就是對網絡依賴度不高，可以脫
離網絡、獨立存在、進而傳播，可以說是新興網絡技術與傳統文學的雜交。
由於傳播起來較為容易和廣泛以及文字內容通俗易懂，可以說是「網絡」文
學中的「大眾文學」。第二種是「網絡」文學樣式是「窄線網絡」文學（narrow-line
Network Literature）。它主要指的是那些多媒體性、超文本性、開放性、互動
性較強的「網絡」文學。與第一種樣式相比，這種「網絡」文學樣式明顯對
網絡、電腦的依賴程度大，甚至很難將網絡與文學切割開來使二者真正獨
立，體現出一種強烈的科技面貌和數字色彩。由於該種「網絡」文學樣式對
除文字以外的種種元素比如各種科技軟件的依賴度較高，所以一般只在線上
進行傳播，傳播的方式以及途徑也較前一種「網絡」文學樣式少，所以參照
地命名為「窄線網絡」文學。而其表現出來的種種特徵有如「網絡」文學中
的「先鋒文學」。前者主要表現為在文本內部中注重文字，篇幅較長；基本
以小說這種文體為主，注重情節設置，語言較為誇張；與傳統文學關系密切；
除首次在網絡上發表外，其文本形式幾乎與紙本形式無太大差異；創作者雖
然以有較長網絡經驗者為主，但是職業多元、文化背景差異大，沒有高高在
上的寫作姿態，在文本中出現「自己」時，一般會把自己「踩」得很低，這
既增添了文本的幽默感，又是一種張力很大的書寫策略；讀者身分更加懸
殊，上至學者教授，中至政府官員、在校學生，下至識字的打工仔、無業人
員，讀者職業幾乎無可不包；由於文本所包含的內容雜，語言通俗易懂，所
以傳播範圍及其廣泛，不僅線上閱讀、轉載、轉帖、跟帖率高，還可能從線
上走進實體書市場，成為「暢銷書」的概率很大，受到市場追捧、商家青睞；
作品「紅」後，往往會製造很多膾炙人口的「流行語」，成為一個新的社群
語言；另外，人們不僅在語言上跟風，還會模仿書中或文中人物的姓名、著
衣習慣以及其它標誌這個人物的各種風格，比如痞子蔡的《第一次親密接觸》
紅後，一時間網絡遍地都是叫「輕舞飛揚」或者近似詞彙的網迷；安妮寶貝
的作品火了之後，在各大商業中心、地鐵站都可以發現穿格子襯衫和棉質褲
子的男女同志，可見「寬線網絡」文學這一支的力量有多大。大陸「網絡」

文學就主要以第一種「網絡」文學樣式爲主，雖然某些作品如《白毛女在1971》、號稱「中國首部多媒體小說」的《哈哈，大學》以及「中國首部手機小說」《城外》等更類似於「窄線網絡」小說，但畢竟這些作品大多數只是曇花一現，沒有形成大的氣候。而第二種「網絡」文學樣式——「窄線網絡」文學則不太重視文字的作用，相反有一種自覺打破文字壟斷地位的傾向；經常與圖片、動畫、音樂相結合，形成一種多媒體面貌；對網絡、電腦的依賴程度大，基本上脫離線上就會喪失其特色；一般以詩歌爲主，篇幅短小，注重版面的設計，設置很多鏈接點供閱聽人選擇，互動性強；與傳統文學並無太多聯繫，只是有時會借助古人的詩歌加以現代化的重新包裝，不僅指形式上的重新包裝也有思想內容上的重新詮釋；創作者以學院教授、學者爲主，職業相對集中，文化背景差異不是特別大，學歷高，文學素養好，網絡技術能力較強，同時兼備外語能力，對國外前沿文學動態能夠及時掌握；一般不會在作品中直接展示自己，反而有一種「隱藏」自我的傾向；讀者大多數與創作者相關或認識或者熟識，可能是同仁、朋友、學生或者對此感興趣的人士，身分雖然不集中但也不是很懸殊，學歷、文化水平應該較高，接受力、感受力也應比第一種「網絡」文學樣式的讀者強；由於該種「網絡」文學樣式對網絡依存度高，一般不會下線存在，所以傳播範圍一般以線上爲主，經常會以專題網站的形式呈現；「口水度」、「受模仿度」相對較低，這是因爲這種「網絡」文學樣式不主打文字，而是以文字與音樂、圖片、動畫相結合的綜合感受爲主，所以在線下的口頭交際中，缺少文字這種媒介，再生產的言語就會受到阻礙，並且「感受」這種東西仁者見仁、智者見智，增加了表達的難度和長度，都是其「口水度」、「受模擬度」低的原因。可以說，這種「網絡」文學樣式更接近一種網絡上知識（或者說技術）精英的角色，台灣數位文學就是代表。但這並不是說台灣境內只有後一種而沒有前一種「網絡」文學樣式，相反這兩種樣式在台灣是並存的。只不過與大陸相比較，台灣在第二種「窄線網絡」文學樣式中表現得更加突出。

參、大陸網絡文學概述

一、大陸網絡文學發展脈絡簡述

　　大陸網絡文學的發展有幾個時間點值得關注，即 1994、1997、1998 和 2000。1994 年中國大陸以域名「.cn」正式加入國際互聯網，這樣誕生於海外留學生的漢語網絡文學在大陸境內開始孕育和成長，一些反映留學生國外生活和情感的作品回流到母語本土。1997 年大陸最大的中文原創文學網站「榕樹下」在上海設立，使得大陸境內網絡文學規模成長有了可能。1998 年是大陸網絡文學受外來影響最大的一年，標誌性事件就是痞子蔡創作的《第一次親密接觸》（以下簡稱《親密》）在大陸的風靡。這部作品對於大陸網絡文學的重要價值在於它對大陸網絡文學的一種拉動——拉動了一批早在《親密》前就投身網絡文學創作的大陸網絡寫手浮出地表以及一批後起之秀，同時還催生出了大陸網絡文學的「五匹黑馬」[3]。

　　2000 年對大陸的網絡文學發展來說是個高潮。不僅文學網站鱗次櫛比，網絡寫手大量出爐，而且網絡文學紛紛出現紙本版，傳統的主流報刊紛紛建立自己的網站網頁。同時，大陸學術界對網絡文學、網絡文化的研究、批評也紛紛現身。目前所能見到最早的學界對網絡文學的批評絕大多數出現在 2000 年。而 2000 年網絡文學的繁榮興盛和商業資本參與網絡文化建設大有關系。如果說在此之前的大陸網絡文學從內容到形式都比對岸的台灣數位文學慢上一拍的話，唯有在「網絡」文學的商業化上顯示出齊頭並進的趨勢，正如台灣學者須文蔚所慨嘆：「隨著商業力量進入網路文學的場域，以詩人為主建立的文學社群在台灣被歷史的快速進展碾碎。網路文學發展至今，原本強調純文學、邊緣、前衛、實驗、社區與小眾的內涵精神，一夕之間在『消費』市場導向之下，開始尋求新奇、聳動、情欲以及巧變為風尚之所趨，把現實世界中的文學環境再到網路上複製一遍。」[4]

---

[3] 分別是邢育森、甯財神、俞白眉、李尋歡、安妮寶貝。

[4] 須文蔚：〈網路時代通俗產銷之產銷傳播形態〉，《臺灣數位文學論》（台北：二魚文化事業有限公司，2003 年），頁 170。

二、大陸[5]對網絡文學的定義及批評特點

　　從上述的發展軌跡可以看出，大陸對網絡文學的批評是在網絡文學發展高潮階段——2000 年才逐漸顯露出來的，與大陸網絡文學創作相比節奏明顯慢了幾年。學院開始對網絡文學的關注表明大陸對網絡文學的認識和批評已經上升到自覺層面。這些批評紛繁復雜互相交鋒，混亂程度不亞於網絡文學創作。正如歐陽友權所說「一直處於『命名焦慮』狀態——人們對於什麼是網絡文學，究竟有沒有網絡文學，怎樣才算網絡文學等，都存在諸多爭議。」[6]雖然存在著巨大的「命名焦慮」，但是從最初的網絡寫手、名不見經傳的網民到社會知名人士、學者在批評時都採用了「網絡文學」這個詞語組合進行指稱，然後才具體辨析「網絡文學」的內涵外延和具體分類。這種命名策略——不論是無意的還是自覺的，都透露出大陸各界人士對這種新興文學的一種既宏大又糾結的認識特點。「宏大」是指人們普遍認識到網絡這個新科技對網絡文學的催生作用，所以用「網絡文學」這個名詞涵蓋所有在網絡上的文學，包括既有的文學和網絡原創文學等等。「糾結」是由「宏大」所帶來的下一個「鏈接」結果，因為這種寬泛的或者可以說是模糊的名詞指稱，很容易帶來網絡文學與傳統文學、網絡中的傳統文學與原創文學以及帶有數位特色的網絡先鋒文學等各種不同文學範疇的糾纏乃至混戰。大陸網絡文學批評可以從主體批評者身分特點上劃分為兩種：「非學院式」[7]的和「學院式」[8]的。首先介紹幾位「非學院」式批評對網絡文學的認識和批評：

　　　「網絡文學的父親是網絡，母親是文學。……如果從內在的特質研究，
　　我覺得網絡文學最有價值的東西是它來自 ‘網絡父親’ 的精神內涵：自

---

[5] 這裡的「大陸」所指不僅僅是地域概念上的大陸而更是指大陸境內對網絡文學進行批評的主體，如學者、網絡寫手、網民、傳統作家等，為達到簡潔目的，故加以省略。後述台灣時理由同此。

[6] 歐陽友權：《網絡文學概論》（北京：北京大學，2008 年），頁 1。

[7] 指沒有或者現階段不在大學或研究所工作的文學批評者。

[8] 這裡不僅指長時間曾在或者現階段正在大學、研究所批評的工作者，還包括一些批評風格接近學術研究的批評者。

由，不僅是寫作的自由，而且是自由的寫作；」[9]

——李尋歡，知名網絡寫手

「Internet的出現給了文學一個從作者直接抵達最多讀者的路徑……有人一口派定網上的作品都是垃圾，那是精神錯亂，我們應該憐憫他。有人說網上的作品才是文學，那是理想，我們要努力。……網上網下作品……都離偉大的文學較遠。或者說得絕對一些，它們本來就是一個東西。」[10]

——陳村，率先「觸網」的傳統作家

「人和人要在一起才會有衝突，才會形成困境。光通過互聯網，它很容易變成一種就像梅格瑞恩和湯姆漢斯拍的電影（《網絡情緣》）……沒有說明什麼，包括痞子蔡的作品，和經典的作品有什麼區別？只不過他們交流的方式多了一點互聯網，或者他們主要通過互聯網去交流，這和他們通過對話去交流有什麼區別？骨子裡是沒有區別的。」[11]

——王朔，傳統「痞子」型作家

以上這些「非學院派」的觀點或是描述性的或是隨感式的，雖然所持批評者的具體身分不同，與網絡親疏遠近的程度不同，但是實際上誰也沒有對網絡文學賦予一個清晰的可把握的定義，而只是從網絡作為新興媒體所帶來的自由、平等以及由自由、平等所帶來的混亂隨意的角度出發，或是肯定或是否定網絡文學。

而「學院派」對網絡文學的理論建構則顯出層次分明、規劃井然的面貌，喜好以分類的形式對網絡文學加以定義，而對網絡文學具體評論的書籍則喜

---

[9] 李尋歡：〈新的春天就要來臨〉，轉引自歐陽友權：《網絡文學論綱》，頁9。
[10] 陳村為首屆網絡原創文學獎作品「網絡之星叢書」所寫的序，轉引自歐陽友權：《網絡文學論綱》，頁9。
[11] 王朔：〈王朔：不上網者無所謂〉，轉引自何學威、藍愛國：《網絡文學的民間視野》（北京：中國文聯出版社，2004年），頁292-293。

歡用「論綱」、「概論」等為網絡文學作傳的史學手法，極大地展現出了一種
莊嚴的學府氣質。比如楊新敏的看法很有代表性，他認為：

> 網絡文學即與網絡有關的文學。它起碼有這樣兩類：一是印刷類文學的
> 網絡化，二是網絡原創文學。網絡原創文學又可分為三類：一是雖然發
> 在網絡上，但只要質量過關，以印刷方式仍然可以發表的作品；二是雖
> 然可以通過印刷方式發表，卻因帶有另類色彩而不被印刷媒介接納的作
> 品；三是依靠電腦和網絡技術寫就，離開網絡就無法生存的作品。[12]

　　這種定義完全依靠對網絡文學的分類來界定網絡文學的內涵，雖然層次
清晰可供把握，但是它的網絡文學內涵似乎過於「網」羅天下，無可不包。
這樣就容易造成網絡文學研究範圍的無限擴大，容易造成研究主體的失焦。
學府式的批評另一個特點是喜歡從廣義、狹義的角度來確定網絡文學的內
涵，其實這也是依托於分類而進行的一種界定。而依照廣義與狹義的劃分角
度，有學者還提出「台灣更多指向狹義的帶有超文本性質的網絡文學，而大
陸則更多指向較寬泛意義的網絡文學，不強調網絡科技或特質的介入。」[13]
雖然此種看法對兩岸網絡文學在技術上的差別認識有足，但是這種基於自己
單方面廣、狹義出發的邏輯判斷有多少正確還值得考訂修正。有意思的是，
在海峽兩岸對「網絡」文學進行研究時，大陸學者經常會關注到對岸「網絡」
文學的變遷及發展，而台灣學者則少有對大陸「網絡」文學發展動態表示關
注的文字。

三、大陸網絡文學實踐特點

　　大陸網絡文學從興起之時，文體發展就顯得極不平衡，小說成為強勢的
網絡文學文體。這不僅源於痞子蔡的網絡愛情小說《親密》對大陸網絡文學
造成的廣泛而深遠影響，還源於大陸網絡寫手們的個人喜好。他們不約而同

---

[12] 楊新敏：〈網絡文學芻議〉，轉引自歐陽友權：《網絡文學概論》，頁 15。
[13] 朱雙一、張羽：《海峽兩岸新文學思潮的淵源和比較》（廈門：廈門大學出版社，2006 年），頁 531。

地對小說這種文體表示青睞，其實代表了他們對小說所包含較爲廣泛的敘事空間的認可——小說在時間、文字長度上都能滿足他們建構虛擬世界的欲求。而網絡詩歌的表現則差強人意，甚至可以說還是張白卷。即使因網絡自由度高而使網絡詩歌空間中擁有大量網絡「詩人」的可能，但是若對現存詩歌網站和網絡寫手們進行調查就可以發現，他們所創作的詩歌要麼與傳統的現當代詩歌、古典詩歌無多大區別，要麼也只是簡單的在文字旁邊配上圖片，再高級點的也只是加入音樂或者真人朗誦。[14]不論以傳統詩歌對語言、意境的要求來看，還是以新興網絡技術應用程度高低的標準來看，這些網絡詩歌都夠不上水準，更遑論經典之作。因此，大陸網絡文學實踐所取得的成果以及在今後很長時間內的發展趨勢都體現在網絡小說這種文體中。

　　以網絡小說爲代表的大陸網絡文學發展還呈現出階段性特徵。第一階段的網絡文學是抒情型的，時間段大約在 1994 年至 1998 年期間，以海外留學生在網絡新聞組和電子文學期刊上發表的一系列懷國思鄉、戀情友情並回流到大陸境內的作品爲代表，文體以信手拈來、單純隨意的散文居多。第二階段的網絡文學集中體現在網絡小說的興盛上。這一階段的網絡小說多爲言情型，時間段大致在 1998 年至 2000 年。痞子蔡《親密》的成功帶來了大陸境內從網絡虛擬到實體書出版的第二次「言情熱」[15]，出現了一大批類似於痞子蔡和輕舞飛揚的愛情故事作品，如李尋歡的《迷失在網絡與現實之間的愛情》、漓江煙雨的《我的愛漫漫漫飄過妳的網》等。不過，在甯財神對痞子蔡《親密》的模擬戲仿如《第二次親密接觸》、《無數次親密接觸》中，蘊含了下一個網絡文學發展階段的開端——無厘頭式的解構型小說，此一階段的時間段大約在 1999 年至 2003 年，與前一階段略有交叉。這一時期網絡小說中充滿了嘲諷、調侃，「不正經的敘事、玩弄語言智慧、對古典經典進行顛覆

---

[14] 筆者對近 30 個詩歌網站和文學網站詩歌版進行調查，發現只是在「好心情中文網‧詩歌」（http://poetry.goodmood.com.cn）板塊出現過有聲詩歌以及「中國詩人論壇」（http://www.chinapoet.net/bbs）出現過詩配畫、配樂現象，上網檢視日期：2008 年 7 月 17 日。

[15] 第一次大陸言情小說熱潮是 80 末及 90 年代前半期紅遍海峽兩岸的「瓊瑤熱」，台灣通俗文學兩次對大陸文學走向產生了不小的影響，這種有趣的現象值得做進一步研究。

性改寫成爲非常突出的網絡文學時尚。」[16]這種無厘頭式的網絡小說其實既是對早在 1995 年上映的周星馳電影《大話西遊》在文學上的呼應，又是對傳統痞子作家王朔在網絡空間中的文學延續，形成了一種以北京話爲主的「侃爺」形象及風格特徵。無厘頭式小說主要攻擊對象是歷史小說和傳統經典小說。在攻擊的過程中，無厘頭式小說不僅在形式語言上大大創新了一番，比如人物形象的顛覆、眾多網絡流行語的出現、極盡能力地提供歷史細節等，更在傳統小說結構、敘事上有所突圍，如拼貼、多線索敘事、多結局改寫等。代表作品如今何在的《悟空傳》、稻殼的《流氓的歌舞》。

此時與網絡上「北京」風格形成對照的是上海「小資」風格，以安妮寶貝的《告別薇安》、《八月未央》等一系列作品爲代表。在安妮寶貝的作品中既能看到與以張愛玲、王安憶爲代表的傳統文學在上海整個都市景觀描寫上的不同，又能看到一種與張、王二人一致的對上海都市氣質的書寫延續。安妮寶貝以一種更加極端的個人化、內心化敘事方式凸顯處在後現代大都市中人的不自由乃至從精神到肉體的孤絕狀態。有趣的是，安妮寶貝所代表的「海派文學」在與以衛財神、邢育森爲代表的「京派文學」[17]的較量中吃了敗仗，甚至成爲後者解構嘲諷的新式對象。在日後的網絡小說發展中，安妮寶貝的「海派文學」也後繼乏人而且影響力日益萎縮。出現這種現象的原因，大概與上海經濟文化的急速發展有關。與大陸全境相比，上海現代化進程大爲超前，而這種超前帶來了一種文化上的「孤島」狀態，甚至形成一種只有島內人能夠相互理解、彼此取暖，自動與外界遠離的「孤島」意識，進一步擴大了上海文化、海派文學與其它地域文化的隔閡。這種頗有幾分優越感的「孤島」意識很快被消解一切神聖、價值的無厘頭式小說所攻擊，在後者作品的行文以及人物對話中都可以發現對「海派文學」的肆意嘲諷，使風靡一時的上海「小資」風格作品有如一場短暫的文學show。不過，網絡上安妮寶

---

[16] 何學威、藍愛國：《網絡文學的民間視野》，頁 93。

[17] 這裡的「海派文學」與「京派文學」並非地理概念上的文學範疇，也不是傳統文學中出現的海派、京派，更不是以作家出生地、所在地劃分出來的文學，而是指從文本的文學風格和網絡寫手們所體現出的文學氣質上加以劃分出的文學類型。例如衛財神就是土生土長的上海人，但是其網絡生涯的開端在北京，雖然中間回歸到上海任職，但其精神和氣質已經被北京所同化。

貝的「私小說」傾向卻在平面印刷文學中得到繼承和發揚，如美女作家衛慧的《上海寶貝》，使得「寶貝」文學演變成美女文學、身體文學的代名詞。在《上海寶貝》被禁後，木子美、竹影青瞳、流氓燕等人又在博客文學中為其招魂，為人所詬病，被譏諷為「下半身寫作」、「妓女文學」。至此，由網絡所帶來的自由寫作部分地已經走入到死胡同，成為網絡文學前進道路上被淘汰掉的選手。

從 2003 年至今的大陸網絡文學表現日益多元化。在題材內容方面出現了靈異玄幻、都市言情、青春校園、歷史武俠的共榮局面。在表現形式上則出現了多媒體小說、博客小說。如號稱「中國第一部真正意義上的多媒體小說」《哈哈，大學》就融合了小說文本、DV 短劇、FLASH、原創音樂和電腦小遊戲等表現形式並以紙本加光盤的形式加以發行。博客小說中則出現了當年明月歷史連載小說《明朝那些事兒》的爆紅。其作品在網上的呈現途徑不僅在新浪網當年明月的 blog 中加以連載，同樣在天涯 BBS 上加以張貼，並不算嚴格意義上的博客文學。但是當年明月 blog 出現的真正意義在於以當年明月和《明朝那些事兒》為核心，形成了一個融合多種樣式的網絡文學生態圈，甚至出現了「明礬」粉絲團這樣固定的網絡社群。

由上觀之，大陸網絡文學在小說這種文體上發展充分。而網路小說則在無厘頭解構型小說和歷史題材小說上發展充分。產生這種現象的原因離不開大陸境內複雜的經濟文化形態，而農耕社會、工業社會、後工業社會同時並存的尷尬面貌使得網絡小說不得不以一種輕鬆、調侃的方式對之加以反映。而悠久豐富的歷史資源既為大陸網絡文學提供了取之不盡的寫作材料，同時也為網絡小說解構權威、消解神聖提供了嘲諷對象。這一切的一切都使得大陸網絡文學，相對於台灣數位文學所體現出的科技、未來面貌，顯現出對歷史、對敘事、對文字由衷的心儀和無比的眷戀。

四、具體文本分析

大陸在網絡文學興起之時，文體發展就極不平衡，從創作者到閱讀者再到評論者，主要關注焦點都在小說這種文體上。其中的原因，大概是小說這

種文體在形式上不像詩歌上要求那麼高，對於文學新手來講，小說入門門檻不高，篇幅不受限制，有極大的迴旋餘地，很適合沒有受過專門文學訓練但是對於文學、對於自身周遭生活較爲敏感的各種「門外漢」。另外，小說這種文體容積大，不僅適合敘事虛構，也適合自己發發牢騷、談談見解。這樣各種真歷史、假故事、自己上學、戀愛那點事都能夠囊括進一篇小說中，足以體現了「寬線網絡」文學中的民間性，也足以證明了東漢班固在《漢書‧藝文誌》中所言「小說家者流，蓋出於稗官。街談巷語，道聽塗說者之所造也。」[18]雖然大陸網絡小說這種民間性有時並不是很受理論界關注，但是某些作品的文學性、藝術性還是很是具有很高的藝術水準和強烈的自身特色，比如今何在的《悟空傳》、慕容雪村的《成都，今夜請將我遺忘》、稻穀的《流氓的歌舞》。

今何在的《悟空傳》是改編或者說活剝古典名著的典型之作，但是它不同於其它取材於古典而以一種「滑天下之大稽」的姿態故意媚俗的作品。相反，《悟空傳》卻在當下的語境中產生了比原著更高的思想成就和藝術成就。《悟空傳》文如其名，以孫悟空傳記爲主體，並以他爲中心集結了其他人如唐僧、豬八戒、沙僧、小白馬、紫霞、阿瑤等人的傳記。故事以「孫悟空」（假孫悟空）怒殺唐僧開頭，可以說懸念頗足，後用補敘的手法追溯每個人的「前因」。故事有很多條線索，但基本上以孫悟空大鬧天庭被處失憶之刑、五百年前後場景爲兩條主要線索，通過現在失憶的「孫悟空」因爲索取唐僧屍體而不斷遇到以前相識但現在又不認得的人，揭示了每個人命運的緣由，並且在強烈的性格衝突和命運衝突中展示了每個人的理想，可以說《悟空傳》中每個人物的形象都極爲飽滿。這種飽滿度極強的形象刻畫離不開個人內心的展示和感情生活的充實。而只有將人物放置在愛情、事業、命運的不斷衝突中才能更加真實更加細節化地再現人物。孫悟空與紫霞、阿瑤有感情糾葛，豬八戒與紫霞也有過感情經歷，小白馬暗戀唐僧。這種種情感對立元素既對每個個體前途命運造成了一定程度的阻礙，是他們痛苦的根源之一，又

---

[18] 【漢】班固原著，【宋】呂祖謙編纂，周天遊導讀，戴揚本整理：《漢書詳節》（上海：上海世紀出版集團，2007年），頁 133。

是每個個體追求幸福目標和追求自由意志的象徵。而在情感的不斷衝突積累中，每個人的理想都得以展示，比如唐僧「我要這天，再遮不住我眼，要這地，再埋不了我心，要這眾生，都明白我意，要那諸佛，都煙消雲散！」[19]，孫悟空的「我有一個夢，我想我飛起時，那天也讓開路，我入海時，水也分成兩邊，眾仙諸神，見我也稱兄弟，無憂無慮，天下再無可拘我之物，再無可管我之人，再無我到不了之處，再無我做不成之事，再無……」[20]豪邁之氣躍然紙上。在具體細節地處理上，作者一改原著四人師徒關系，而將現代社會人與人之間關系的冷漠、利益劃分的清楚融入師徒對話中，使讀者讀起來既很幽默有趣又不失現實社會的思考。在人物對白上，作者引進了西方戲劇語言也是該作品的一大特色。比如唐僧「我喜歡能超越常理的東西，生命果然是很奇妙的事啊，讓我摸摸你，土裡的精靈。」[21]這樣的戲劇語言方式既增添了文本閱讀的新鮮感，又很符合唐僧性格和身分，使原著唐僧正經嚴肅的形象徹底瓦解，而將唐僧性格中的囉嗦、過於矯情加以發展，與電影《大話西遊》中的唐僧精神一脈相承。另外，在行文過程中，中國古典詩詞隨處可見，恰如其時地使用對仗等傳統文學手法也收到了意想不到的風趣效果，比如孫悟空、豬八戒的這段對話：

「豬！」

「猴子！」

「豬玀！」

「猴腦！」

「豬大腸！」

「猴尾股……」[22]

這些語言對白讀起來叫人忍俊不禁，不僅源於作者匠心獨運的語言書寫

---

[19] 今何在：《悟空傳》（北京：光明日報出版社，2001年），頁55。

[20] 今何在：《悟空傳》，頁152。

[21] 今何在：《悟空傳》，頁6。

[22] 今何在：《悟空傳》，頁23。

風格，也在於對古典、經典文學名著題材選擇性的解構。這是因為在閱讀這樣的網絡小說時，讀者或多或少都是對原著比較了解的，對原著中的人物形象和思想精神也有比較穩定的認同，但在網絡小說中都對此進行了顛覆，使人在雙重閱讀及不斷對比中品嘗到了「被解放」的快感。這篇小說科技特點不強，但是網絡這種因素對於它的意義絕不是僅僅提供了作品出線權，而是真真切切地融進了文本的內核——小說空間感強，具有場景性，可以當做三幕戲劇來看，而且人物不斷地在過去與現在與未來，人間與天庭等或是真實或是虛無的空間來回穿梭，可以說與「網絡」虛擬空間提供的空間思維，真實與虛擬等不無聯系。網絡或者說數位色彩不應該只是網絡文學炫目的包裝紙，相反，對於像《悟空傳》這種多線索敘事的網絡小說產生的這種無形影響也許才是今後科技作用於文學的一種主要方式。

慕容雪村的《成都，今夜請將我遺忘》是一部反映當代都市生活的現實主義作品。他評價自己是「悲觀的胖子，懷疑主義者」[23]，所以在這部成名作中，在跌宕的情節起伏間，更有一種對生活本質深刻的質疑以及對人生虛無的漸漸皈依。作品通過成都一個有產階級陳重（任某公司銷售部經理，不過正在還房貸）與妻子趙悅發生感情問題入手，真實展現了當代中國夫妻從情感忠誠到日常吃飯等各種夫妻矛盾。而隨著情節的推進，作者依次引進新的人物——陳重大學同宿舍的同學：主要有期貨分析師兼詩人李良，公安局領導王大頭，除這兩個死黨外，還插入宿舍老大的一個短暫人生。文章同樣採取在生活現實以及回憶過去這兩極之間遊走的敘事策略，不斷交織著現實的殘酷與昔日的美好，現實的孽果與早先的前因等種種落差，反映了當代大陸青年進入社會後種種思想矛盾和心靈糾葛。作品並不避諱各種社會陰暗面，比如對狎妓、嫖娼、賭博、吸毒等場景的描寫，同樣還展示了正常工作生活中人與人之間勾心鬥角的那種殘酷的生存狀態。作者用極其貼切的語言描寫出在中國急速經濟發展背後人們內心靈魂不斷走向粗鄙蠻荒的狀態，比如他對各種罵人場景的描寫既展示了這種粗鄙蠻荒狀態，又彰顯了慕容雪村

---

[23] 慕容雪村：http://baike.baidu.com/view/32179.htm

的「刀筆」風範：

> 一個女人在裡面惡毒地咒罵，詳細描述對方母親生殖器的各種狀態，聽
> 得我直咳嗽。……一個又高又胖的女人還在掐著腰咒罵不絕口，用虛擬
> 語態介紹被罵者出生前後的背景資料，好像還有其母跟各種飛禽走獸交
> 配的細節，我當時想這個女人不去導演A片真是浪費了。[24]

　　除反映生活中的「惡」的一面，這部作品也不失其美好溫情的一面，比如陳重與趙悅大學愛情經歷及早期婚姻生活的點點滴滴，讀者細讀起來既叫人忍俊不禁，又使人十分懷念青春時光的那種純真感情；再比如陳重離婚搬回父母家後，老父聽到陳重做噩夢後在門外嗒拉嗒拉的拖著拖鞋徘徊不去，為這快 30 歲的兒子憂心卻又不便坦言。這種對日常生活場景的真實再現，讓讀者在平凡中體會到生活的些許快樂與溫馨。而這個老父深夜在兒子房門外前徘徊的形象也頗有幾分神似朱自清先生《背影》中父親買完桔子送給兒子後轉身離去的那個背影。另外，作者在文本中大量使用方言俗語以及各種成都地名景點實名，使人閱讀起來有一種真切感，以及在文本中遊覽成都、體驗成都的獨特閱讀感受。《成都，今夜請將我遺忘》從整體上說是一部優秀的從網絡誕生的現實主義題材的小說作品。它借助單一的文字媒介使其很容易於網上文學衍生出紙本書籍並成為暢銷書和長銷書。但是，情節跌宕起伏雖然能夠較全面地展示人物的真實處境以及在處境中所做出的選擇，但是不排除以情節尤其以兩性情節誘人的嫌疑。而且過多的伏筆設置，雖然起到了延宕懸念的效果，但是某些伏筆在後文中並沒有得到或者根本沒有得到解釋，不得不說這是本部作品的一個敗筆。《成都，今夜請將我遺忘》同《悟空傳》一樣，並沒有在網絡的多媒體性、互動性上有多少特色，但是這兩部作品在文字的行進過程中，像一首如歌的行板，一幅天馬行空的畫卷，可以說使讀者們自動地在自己內心中添加了音樂、圖畫、動態，並且讓他們不知

---

[24] 慕容雪村：《成都，今夜請將我遺忘》（長春：時代文藝出版社），頁 141。

不覺間參與了文本的建構，生產出了一種隱性的多媒體性、互動性。

　　稻殼的《流氓的歌舞》既是一部向古典取經的作品，又是一部反映自身成長的自傳。作品前半部分詳細描述了《水滸傳》中林沖上梁山前的生涯並且在其中穿插了自己現實生活境遇；後半部分詳細講述了自己在大學與第一個女朋友相戀的過程，尤其側重大四那一年。稻殼本人稱「我寫林沖，只是根據方便的借用，並不是有意的顛覆，我只是借助一些簡單的推理，來描繪一種可能性。」[25]而他選擇林沖的最初動因是「聶紺弩的兩句詩：男兒臉刻黃金印，一笑身輕白虎堂。」而他認為「失敗被悲劇的藝術力量巧妙地掩藏了起來，這裡面就存在著強烈的反諷，因為在我們的生活裡存在著一種二分，悲劇的審美價值在被誇大，但是依據現實的標準，失敗往往變成了笑話。」[26]根據這種創作原則，這部作品具有推理歷史，解釋歷史細節特點，比如「林沖」之所以叫「林沖」，原因是林沖父親是關西人士，關西人表達「是的」都用「中（zhōng）」。林沖原本有個哥哥叫林大中，所以林沖原名就叫林二中。後來因為要參軍，「二中」的名字不雅，就把「二中」連寫成了「沖」。這種解釋歷史的方法顯得既新鮮有趣又在情在理。而這種活躍的創作思維可以說與網絡的解放性、狂歡性也大有關系。

　　以上三部作品只是大陸眾多網絡小說中的「一毛」，但足以見證了大陸網絡文學的總體特色，就是集中代表了「寬線網絡」文學這一支潮流。不論是借助古典的還是獨創的，都在展示人物的同時將自身的生活狀態兼容進來，並且在今後很長時間內大陸網絡文學依舊會延續此脈絡，形成具有中國特色的「網絡」文學。

肆、台灣數位文學概述

一、台灣對數位文學理論特點

　　台灣學者對數位文學的關注和批評是從 80 年代中期以「電腦詩」為代

25　稻殼：〈《流氓的歌舞》顛覆了自我〉，http://book.sina.com.cn/pc/2002-10-25/3/187/shtml
26　稻殼：〈《流氓的歌舞》顛覆了自我〉，http://book.sina.com.cn/pc/2002-10-25/3/187/shtml

表的各種前衛書寫開始的。不過更能反映新時期數位文學發展特點的批評文字則較多地出現在 90 年代中後期。這種現象既與全球資訊網的普及和網路技術的提高有關,更與台灣數位文學發展日漸呈現出獨特的「數位」特質相關聯。正式將「網絡」文學以「數位文學」命名並進行系統闡述的則是青年學者須文蔚。出版於 2003 年的《臺灣數位文學論》是他的代表之作,同時也是數位文學理論的奠基之作。他陳列出之所以採用「數位文學」而非「網絡文學」或者其他詞彙原因,而最重要的理由就是「應當以這些現代文學作品共同觸及的基本元素——數位——爲核心,選定『數位文學』一詞,比較能回歸到無論是資訊處理、媒介形式與傳輸方式的本質上,縱令未來媒介形式再生變化,無論是走向無線通訊、虛擬實境等數位科技的整合,此一名詞仍有適用的空間。」[27]在取得合法使用權後,須文蔚概括了數位文學的定義,即「整合文字、圖形、動畫、聲音的多媒體文本,並不僅止於純文字的表現,更包括了多向文本(hypertext)的可能性」[28]。此書出現後,台灣各界人士對這種新文體的命名、指稱基本達成共識,統一使用「數位文學」指稱「網絡」文學,結束了「網絡」文學命名歷程上的「五代十國」。當然,雖然已經得到台灣學界廣泛認可的「數位文學」在多大程度上貼近「網絡」文學的本質及日後發展趨勢,會不會出現比「數位文學」更加合適的指稱,還有待時間的進一步檢驗,但是這種命名策略所帶來的統一局面,卻使台灣詩人、學者不必在什麼是「網絡」文學、怎樣命名「網絡」文學等入門問題上糾纏不清,騰出極大的時間和精力深入到數位文學實踐之中去。

二、台灣數位文學實踐特點

台灣數位文學以詩歌體裁爲突破口,發展出了以數位詩、多向小說爲特色的台灣「網絡」文學。以成就最爲突出、成果最爲顯著的數位詩爲例,在網路普及前的「視覺詩」、「詩的聲光」、「錄影詩學」到「電腦詩」之後,目前已經發展出融合聲、光、圖、影的「新具體詩」、「多向詩」、「多媒體詩」

---

[27] 須文蔚:《臺灣數位文學論》,頁 24。
[28] 須文蔚:《臺灣數位文學論》,頁 32。

以及「互動詩」等，可以說「超文字」的特徵非常突出——即打破傳統詩歌文字的壟斷地位，打散原有的節奏和分行，打亂固定的排版習慣，使文字降低到同繪畫、圖片、動畫元素相平行[29]的地位。在領略數位文學風采的同時，閱讀這種傳統意義上只是獲得文字信息的活動已經不再是唯一的和主要的了，欣賞、觀看、尋找錨點[30]，點擊共同組成了這項綜合的文學活動。與大陸網絡文學實踐的特點相比，台灣數位文學的確「文如其名」——是以「數位」為特徵的，在文學中注入了網路這種新興媒介的特質。「網絡」在台灣數位文學中所扮演的角色已經從僅僅是書寫、傳播工具的「器」的階段上升到以「數位」為核心的本體階段。除此之外，作為更重要的一種傳播媒介——「人」，同樣發揮了不亞於網絡傳播功能的巨大作用，比如許多資深作家、學者和青年才俊很早就活躍在這個新興領域，從建立BBS論壇到經營自己的個性網站，為台灣數位文學發展不遺餘力地貢獻自己的力量，並且他們建構「網絡」文學的意識很早就上升到自覺的階段。雖然台灣數位文學也有一種「玩語言」的特點，但是玩的不是處在行進過程中的敘事語言，而是對整體語言感覺的一種符號實驗，因此它解構的不是文學的內容而是文學的形式，它在乎的不是題材的顛覆而是對組成文學基本要素——文字的破與立。總體來說，台灣數位文學數位色彩強，文字色彩弱，作家、學者廣泛加盟，先鋒實驗的姿態突出，這些特點集中體現在台灣數位詩歌上。

三、具體文本分析

台灣「網絡」文學的風靡同樣離不開「網絡」文學第一種樣式——「寬線網絡」文學。痞子蔡的《親密》即是台灣「寬線網絡」文學這一支的開山之作。後來，眾多「網絡」小說作家如藤井樹、葉慈、蝴蝶等同樣沿襲了此創作風格，將或是大學或是高中時期的青春愛情故事以純情加搞笑的方式，取得了網絡及現實出版市場的認同。這一點與大陸同樣題材的網絡小說並沒有多少不同之處。真正使兩岸「網絡」文學迥異開來的是台灣數位文學的產

---

[29] 因音樂元素的有聲無形以及有些網絡作家、寫手考慮到存儲空間大、網絡傳輸速度慢等原因，致使音樂在「網絡」文學中還難以與圖片、動畫元素取得相等的地位以及必要的出場權。

[30] 錨點就是指可選項的設置點，達到鏈接的目的。

生及發展。正如在前文所分析,台灣數位文學代表的是「窄線網絡」文學樣
式。這一支。一批具有很高文學素養及網絡技術的知識精英們出於對傳統及
紙本文學固有文學寫法及表達方式的厭倦,欲求在新的空間場域對文學加以
解剖試驗,通過應用高新科技看能否探索出一條具有新意的文學道路。比如
曹志漣的《某代風流》就是一部風格獨特的多向小說。整個文本幾乎全部靠
薛齊的思緒串聯起來,他作為一個貫穿始終的人物,將其他人的命運嵌套進
去,比如玉臨侯莫璠、其姊莫瑟、徐獻、唐季珊、薛震青等,幾乎每個人都
是一齣命運悲劇。情節的起伏完全是因為人物內心情感的起伏,而像玉臨侯
莫璠、唐季珊、薛震青這樣追求藝術至上,追求完美的個體最終都以各種方
式過早的離開了世俗的人間。但是,這樣大起大落的人物命運卻被曹志漣以
如此平靜的語言書寫出來,更加加重了歷史、人世的滄桑與凝重。她在後記
中說「說故事也有故事,不過不重要。我真正花心思的,是在捕一個古人的
感覺。」[31]這種高度自覺地對於語意、語感、敘述的探索實際上就是該文本
所體現出來的先鋒特色。雖然《某代風流》發行了虛擬版本,所配畫面典雅
精致,結構安排素樸簡單,不刻意追求互動模式的花哨,但是真正產生價值
的卻是這部作品的文字。看來,文字更是產生虛擬美感的重要手段。台灣數
位詩發展得比數位多向小說更加自覺和蓬勃。須文蔚《追夢人》、李順興「歧
路花園」上的作品都是代表。不大的篇幅,簡短的文字,或是將閱聽者拉入
文本的再創作,或是設置各種鏈接點,「讓人一次點個夠」,使閱聽者在多元
化的組合中體驗出不同的美感。

由此觀之,台灣數位文學作品與大陸網絡文學作品的確在「網絡」文學
這個大範疇中體現除了不同的風貌。不過,其實大陸與台灣在文本上都體現
了一種後現代精神——即簡政珍教授在《後現代的雙重視野》中所提到的後
現代主義是一種對於本體論的探問,即「在一個瞬息即變的世界裡,如何關
照自我」[32]。只不過大陸「寬線網絡」文學更傾向於通過提供新的人物及其

[31] 曹誌漣:《某代風流》,http://www.xiaoshuo.com/readbook/0019295_3699_10.html
[32] 簡政珍:〈後現代的雙重視野〉,《20世紀台灣文學專題Ⅱ:創作類型與主題》(台北:萬卷樓圖書股份有限公司,2006年),頁7。

命運，從人物出發讓他們在矛盾中不斷追問自身存在的問題，而台灣「窄線網絡」文學——數位文學則表現出一種自身對於生存及世界本體的探尋。但是，殊途同歸，兩岸「網絡」文學都對新時空中人們的新境遇做出了反映，通過文學的「筆」或者說是「鍵盤」，敲打出了一個個寓言般的探索方案。

伍、簡析兩岸「網絡」文學差異性原因

從上述的具體對比可以發現，大陸網絡文學與台灣數位文學在理論認識以及文本實踐上存在的差異主要體現在「數位」特徵的有無和色彩的強弱。認清這一點也就找到了探悉兩岸文學差異性原因的一個入口點。

首先從外圍的角度看，兩岸「網絡」文學的差異是由於兩岸經濟文化以及自然地理狀況的不同造成的。這既是兩岸「網絡」文學的外部環境因素，又是造成兩岸「網絡」文學差異的根本原因。大陸地域遼闊，經濟文化發展極不平衡。東部沿海地區經濟發達，城市化速度快，密度高，很多城市都已經全面進入以消費為主導的後現代化階段，如上海、北京等。但是這種高度發達的經濟形態，相對於大陸全境來講畢竟只是幾個點而已。廣大的中西部地區由於地理位置、傳統體制惰性問題等在很大程度上還呈現出農耕社會和早期工業化社會的面貌，市場經濟遠沒有近海地區發達，人們接受新信息的機會少，引起的心理反應也是持懷疑甚至反感的多。如此大的經濟文化落差，使得各個地區電腦硬件、網絡技術的普及程度不同，也使得大陸網民的文化水平參差不齊。據中國互聯網中心調查，大陸網民有「三低」特徵——低學歷、低年齡、低收入，這「三低」的特徵對整體網民的行為結構產生影響，從而也就對大陸網絡文學受眾的審美和閱讀習慣產生影響，因此不難理解為何充滿地域色彩，「開玩笑」式的解構小說在大陸大行其道而且經久不衰了以及為何大陸「網絡」文學會以「寬線網絡」文學這種樣式為主了。因為這種網絡小說不僅滿足網民對互聯網娛樂功能的心理期待，對網民文學素養要求不是很高，同時也容易和網民產生共鳴，從而使其樂意參與到網上網下的傳播熱潮中，而網絡語言的簡短新奇使得傳播起來更為容易和動力十

足，因此能夠迅速製造出流行風潮。另外，據調查發現，大陸網民中未婚的比例要比已婚的比例多出十餘個百分點，未婚的又以青少年爲主，他們既在「網絡」文學所提供的各種愛情模式中學習經驗，又在這些作品中寄托自己的愛情夢想，這也可以用來解釋爲何大陸網絡小說以婚戀題材發端並經久不衰。其實這種言情熱、開玩笑式的解構小說同樣也熱火於台灣的「網絡」文學中，甚至可以說有過之而無不及。但這只是兩岸「網絡」文學表現相同之處，而經濟文化的不同帶來了更爲迥異的「網絡」文學面貌。與大陸相比，台灣已經全面而深入地進入到消費社會、後現代社會，城市化進程速度快，都市密度高，網絡普及率也很高，網民的個人素養、生活環境也比大陸顯得更爲均質，從工作學習到日常生活對電腦網絡的依賴程度都要比大陸大出許多，所以體現在台灣「網絡」文學中有關都市生活、欲望掙扎、內心孤獨、人與人之間不信任的描寫要比大陸更加密集、心理衝擊力度更強烈。而單一的文字表現手法如意識流等都已經難以表現出這些比較抽象的感覺和深刻的哲思。而融合多種表現形式的數位科技手段如圖形、動畫、音樂等對閱聽人更具有視覺衝擊力和對多種感官的明顯刺激，使其在內心中能夠與初始創作者發生或是強烈地或是朦朧地共鳴，在人機的共同努力下對那種生活在都市中，人對於遠離大自然的驚恐不安、對於都市異化生活的掙扎反抗，對於靈魂無處安放的孤獨絕望，進行了全方位立體式地實況揭示。因此台灣「網絡」文學高舉著的「數位」大旗正是台灣後現代社會[33]的一個表現。

其次從具體從事與「網絡」文學有關的人的角度來看，不同特徵的人的參與也造成了大陸與台灣「網絡」文學的差異。具體說來，從事與「網絡」文學有關的人有兩種，一爲研究者，二爲實踐者。大陸研究者平均年齡比較大，他們的電腦網絡生活時間要比台灣同仁短許多，對於傳統文學習慣依賴程度還是很大，因此不論是在具有數位特徵的「網絡」文學實踐所需的個人

---

[33] 此處使用的「後現代」一詞主要參考邁克·費瑟斯通的看法，他利用反向區分的方法來界定「後現代（性）」的，即「與現代的斷裂和折裂」、「更多強調的是對現代的否定」，而他所界定的「現代性」是「與傳統秩序相對比而言的，它指的是社會世界中進化式的經濟與管理的理性化與分化過程。」見【英】邁克·費瑟斯通著，劉精明譯：《消費文化與後現代主義》（南京：譯林出版社，2000年）。

網絡技術上，還是在直接引進美國等西方國家數位文學前沿作品、理論所需的個人外語能力上，都不是很強，複合型人才很少，親身從事「網絡」文學創作的更是少之又少，所以與以數位科技爲代表的新型「網絡」文學存在著隔閡。相反，台灣在各個方面都已經發展得比較成熟。而從實踐者方面看，不論是從網絡寫手的出生年代還是網民受眾的成長時間上看，大陸網絡文學都還沒有形成Tapscott所說的「網路世代」[34]。而台灣第一批的「網路世代」（暫時定義爲在 20 世紀 70 年代末 80 年代初出生的人）早已形成並已進入社會擔當重要角色，而第二批「網路世代」（90 年代後出生的人）更引領當今台灣消費熱潮，因此數位文學的出現及發展正是台灣「網路世代」對自身生活和精神世界的文學反映，而且數位文學在今後吸引台灣青少年加入文學園地方面發揮著越來越重要的作用。另外，雖出身文學但同時熟稔網絡科學技術的背景使得台灣數位文學的實踐者和研究者身分經常高度重疊，這種貼合有利於數位文學理論對實踐的及時反映和新理論的誕生。由此看來，作爲對比特文學世界裡最重要的思想提供者，原子世界裡的人的具體差異也造成了文學上的差異。

數位文學傳播路徑的差異同樣造成兩岸「網絡」文學的差異。這一點原因其實與上一條原因有關聯。台灣 70 年代就出現了大量留學生並以北美留學生爲主，而大陸則在改革開放後 80 年代才產生少量留學生，而至 90 年代才產生像台灣社會 70 年代主要以美國爲目標地的留學熱潮。這樣，早發－先發型的台灣在文學上就呈現出先天的親美[35]傾向，這主要得利於這批留美學生能夠比較近距離和短時間內接觸美國等國家出現的前沿文學，並經他們之手，及時反饋到台灣境內。而大陸由於種種歷史、政治等現實原因，是一個遲發－外發型地區，不能或者很少能像台灣與美國那樣在文學發展道路上開有直通車，相反時常要借助台灣這個中轉站，將國外前沿文學如數位文學

---

[34] Tapscott 把到 1999 年時，二歲至二十二歲的人口稱作「網路世代」，這些占美國總人口數 30％的新生代，和網路一起成長，深受數位科技的影響，將來也勢必成爲社會上最具消費力、影響力的一群，他們所型塑出的文化，更會是世界的主流文化。轉引自須文蔚：《臺灣數位文學論》，頁 72。

[35] 這裡的「親美」不是褒貶意義上的親美或者反美，而是指文學傳遞方面的親近。

引進到大陸境內。路徑的周折自然逐層過濾了大陸「網絡」文學中的「數位」特色，同時也能夠解釋爲何大陸學者經常會關注到對岸的數位文學研究，而台灣學者則鮮有對大陸網絡文學發展動態的研究文字。由此看來，台灣經常能接觸到第一手的資料，而大陸則多爲經過處理的二手貨，並且大陸境內對前沿文學理論的消化過程也是以一種不平衡的漸進方式加以擴散的，即上海、北京對於國外前沿文化接收消化得快，而中西部以及其他不發達地區則較慢甚至出現的機會都很少。但是，從大陸網絡文學發展 10 餘年的進程來看，北京、上海對「寬線網絡」文學這種樣式貢獻多多，但是對「窄線網絡」文學樣式方面幾乎沒有什麼具體的作爲。其實，這樣既沒能有效利用能夠孕育出數位文學的後現代化社會條件，又浪費了成百上千所大專院校的多種資源。

對「網絡」文學的先鋒定位不同也是造成兩岸「網絡」文學差異的原因之一。台灣數位文學在很大程度上是一種先鋒文學的試驗場域，是研究未來文學發展態勢的一個「科研基地」，並得到了以台北市政府文化局爲代表的行政支持。這種從學府到政府，從個人到文學社群的對數位文學先鋒作用的明確定位和舉力支持，使得台灣數位文學在知識（或者技術）精英的引導下得以快速發展，其文學先鋒作用日益凸顯，爲探討文學未來發展形態以及文學與科技關系充當了開山闢路的急先鋒角色。而大陸在 80 年代中後期至 90 年代以余華、馬原爲代表的先鋒文學轟動一時之後，大陸文學似乎就與先鋒絕緣了。而後期聲名鵲起的頗有爭議的幾種文學樣式：如美女寫作、身體寫作、殘酷青春寫作、朋克寫作等都難以與先前的先鋒文學相媲美，更何況這些寫作絕大多數是以紙本的方式加以發行，很難說得上與「網絡」文學有什麼直接關聯。由此看來，大陸不論是在網絡上還是在紙面上都出現了先鋒文學的巨大空白，似乎大家要麼沈醉於對歷史資料的處理——不論這種處理是單純回顧型的還是進行了現代的變形解構，要麼沉醉於「灰姑娘」式的、「青蛙王子」式的、「契約婚姻」式的翻版現代愛情故事中。較之於台灣各界對以數位文學爲代表的先鋒文學自覺、有力地引導，大陸各界對探索各種網絡中產生先鋒文學的疑惑較大，因此顯得惰性十足。雖然不排除有少數人在網

絡上進行各種先鋒試驗的可能，但是能夠以一種衝決姿態出現在網絡受眾視野的作品實在少之又少，以至於筆者在對大陸網絡文學進行調查時，竟然羅列不出一部具有強烈數位色彩的先鋒文學作品，而許多大陸網絡文學研究專著中所聲稱的超文本作品目前在網絡上也找不到其文本的整體呈現，只能搜索到與其相關的新聞短消息。相對於大陸網絡民間的種種技術、資金劣勢，擁有眾多資源的大陸學界如果能夠對「網絡」文學中先鋒形式的探索表示傾心，切實做好文學實踐與理論研究、與政府文化部門的連接工作，而不像現在這樣的「隔岸觀火」，大陸網絡文學能夠起到更加積極的作用。大陸現存的作協（全稱中國作家協會）雖然在近幾年內招募了一些網絡寫手入會以達到增添新血液煥發新生機的目的，但是入會後的網絡寫手並沒有煥發出更大的文學生機，反而連以前那種生龍活虎的作品水準都都很難達到，可見現存的計劃經濟體制遺留下的作家團體並不能發揚光大大陸網絡文學。所以，只能將這種具有公益性質的民間團體寄托在大陸各大專院校的教授學者學生們身上，希望他們對「網絡」文學的傾心與努力，能夠帶來日後大陸網絡文學千姿百態的「新顏」，為文學未來的探索發揮出應有的先鋒作用。

對於文學娛樂功能具體使用策略上的不同也造成了大陸與台灣「網絡」文學面貌的不同。大陸網絡文學的娛樂功能明顯，主要利用文字娛樂來達到以取悅讀者的效果，比如行為語言的油滑、人物對話的風趣、前後邏輯的滑稽等等，表現出一種比較淺白以及目的明確的文學娛樂策略。而台灣數位文學方面則不同，乍一看甚至覺得台灣數位文學與娛樂根本搭不上邊，其實不盡然。台灣數位文學強調在網絡中文學表現出了一種新媒體的特質，比如它的多媒體、互動性、多向性等。而這種多媒體、互動性、多向性其實質都是要依靠影音軟件或者其他科技手段來達到視聽娛悅的效果，只不過在文字嵌入、思想環繞的包圍下，娛樂的功能被埋藏得較深，娛樂的目的也沒有那麼直接罷了，甚至某些初創者本身也沒有意識到自己「嚴肅」的文學作品竟然也是在利用娛樂來吸引讀者入門，或者意識到了也不願意承認而已。當然，文學利用科技力量滿足讀者娛樂期待並沒有什麼過錯，只不過不能僅僅提供娛樂。但是過多的利用這種視聽手段，在提供新鮮元素的同時必然對既有的

文字造成衝擊,所以必然帶來一種對於數位文學的隱憂,即數位文學在閱聽者享受聲光之餘還能留給他們多少震動心弦的感動?互動的參與模式和多向的鏈接結果對文學自身乃至人類精神生活擁有多少真正價值?文字、聲光、圖影會不會造成閱聽者注意力的分散?這種對藝術歸位的突破會不會帶來文學的渙散和離散?文學在今後彌合各種不良差異、醫治種種心靈痛苦方面還會擁有多少空間?「綠蟻新醅酒,紅泥小火爐」會不會因數位手段的再現而使其中所蘊含的美感不升反低,使閱聽者的想象空間反而萎縮了呢?當然,這些疑問其實又是回到了原點問題——對數位文學的懷疑和不信任上。所以要想對上述問題有比較明確的答覆,就只能等待今後一部部既不失文學水準又能膾炙人口、深入人心的數位文學作品的出現來打消我們的疑慮,正如那句老話「是騾子是馬牽出來遛遛」。台灣數位文學的另外一個隱憂之處是在於對於文字的「破」與「立」上。科技手段的出現,網絡虛擬空間的低成本使用,都動搖了文學中長久以來文字的壟斷地位。這種新現象的出現,使我們既不能極力反對又無法衷心支持。因為文學的具體定義也正如「網絡」文學定義一樣百家雜陳,但是文字始終是文學的一個標誌之一。雖然詩歌文字較為簡短,如五言絕句之類,但是它畢竟通過文字這種媒介提供了意象與情感。反過來看「網絡」文學的數位實踐,很多作品已經找不到文字的身影或者文字處在邊緣地位,只起提示或者標籤的作用,這樣的作品還能隸屬在文學範疇中嗎?就算有「藝術歸位突破」理論的支持,但是正如繪畫還是繪畫,攝影依舊是攝影一樣,這樣的動靜態作品我們既不能把它們算作文學,更不能因為它們沾了「網絡」、「數位」的邊就把它們算作數位文學作品。相反,如果一部數位作品仍舊能夠主要地通過文字以及文字與圖畫、動畫、音樂相互配合來展示其中的情思,這樣我們才能把它算作是數位文學作品,至於是否是好的數位文學作品,那還得繼續挖掘它的文字深度以及多媒體美感。台灣數位文學,尤其是數位詩歌在文字的「立」新方面起到了先鋒帶頭作用,但是有很多作品實在太「先鋒」了,以至於連經過特別文學訓練的讀者也看不懂。當然,這不是指數位詩要寫的明白如話像「人力車夫派」所寫的那些詩歌一樣,但是筆者內心經常有一種疑問:如果少了專門文學批評家

的專業解釋，我們的讀者又能看懂多少呢？如果讀者自己反覆看還看不懂的文學作品，這樣的文學作品又有什麼價值呢？再有營養的菜只能經過別人的咀嚼才能吃進去的話，其中的營養還能剩下多少呢？

　　最後一個原因是一種基於探討層面上的揭示，即商業化對兩岸「網絡」文學的衝擊在某種程度上也造成了兩岸「網絡」文學的差異。這裡所指的商業化衝擊是指商業資本參與網絡文化建構，主要體現在文學商業網站的建立和流行以及「網絡」文學作品成功變身爲傳統出版領域的暢銷書等現象上。這種商業化現象和商業化介入程度其實在兩岸「網絡」文學的發展過程中並沒有多少不同，但是其對「網絡」文學日後發展的刺激作用卻不可忽視，這主要體現在對大陸網絡文學的發展上。具體說來，商業資本的加入和市場經濟原則的運作，使得大陸網絡文學過早結束了毫無經濟利益牽扯的自發生長狀態。在越來越多地靠文字內容的新巧奇怪來獲得點擊率，靠文章長短來計算所得稿費，靠人氣高低來增加出版機會乃至衡量版稅多少的情況下，大陸網絡文學中還會有多少人去從事既無 money 又無人氣的「網絡」文學先鋒試驗呢？雖然商業化對台灣數位文學發展同樣造成了不小的危機，但是台灣數位文學在商業勢力加入這個場域之前就形成了較爲獨立的運作方式，並在日後的發展過程中聯合各界力量形成了比較具有公益色彩的台灣數位文學研究、試驗團體，對部分商業力量所帶來的對純文學的腐蝕作用產生了牽制。而大陸網絡文學則不同，它是以「裸機」的狀態暴露在商業大潮的巨大衝擊之下的，對大陸網絡文學中毫無資金支撐的文學先鋒試驗具有毀滅性的打擊，而對「網絡」文學中大眾文學這一支具有推動作用。但是大陸網絡文學要想對現有及今後文學狀態有所本質上的突破，就亟待一種能夠與商業力量相抗衡、相牽制並能夠獨立於商業運作之外的社會力量參與到大陸未來網絡文學的建構中來，進而形成一種互相制約的「網絡」文學生產機制和產銷方式，實現文學的良性發展，使文學能真正在大俗大雅之間還不喪失自己的靈性。

　　以上是從自然地理和經濟文化、與「網絡」文學有關的人、數位文學傳播路徑、「網絡」文學先鋒定位、文學娛樂功能具體使用策略、商業化衝擊

六個方面對兩岸「網絡」文學差異性的簡要分析。雖然在前言中表明本文的目的不是爲了鑒別，而是在互相參照的體系下發現彼此的新意，但是從上述原因的探析中，可以發現大陸網絡文學除去先天條件所造成的劣勢無法改變外，「盡人事聽天命」的人事並沒有盡足。實事求是地說，相對於台灣數位文學的發展，大陸網絡文學起步晚、速度慢、質不高，整體落後於台灣。但是，台灣數位文學發展也有自己的隱憂之處。如果大陸網絡文學能夠在具有數位特徵的「窄線網絡」文學方面有所突破的話，台灣數位文學能夠比較合情合理的處理文學中文字的關系的話，兩岸的「網絡」文學也學真正能夠在海天一色的月光中散發熠熠光輝。

陸、結論

比照大陸、台灣在「網絡」文學的定義、批評、實踐及文本等方面各自不同的特點，可以發現大陸的網絡文學研究傾向於「大而空」，作家、學者身體力行從事網絡文學創作少，也很少參與具有數位特質的網絡文學作品的創造。從理論和實踐關系角度看，大陸網絡文學的理論研究者與具體從事網絡文學實踐者有種隔離甚至隔絕的傾向。而大陸網絡文學創作者們醉心於小說文體，喜好在敘事文字的排列下達到顛覆傳統文學及文化權威的快感。雖然與台灣數位文學實踐相比，大陸網絡文學創作的立場還很民間，風格上也顯得有些「鄉土氣」，尚還以「寬線網絡」文學樣式爲主，但是不能否認大陸網絡文學對現實生活困境的及時把握與貼切反映，利用語言、傳統人物或者歷史故事的重新改寫、以自嘲嘲人的喜感方式表現出大陸境內地域的差異、風土的廣袤以及國家實體在農耕社會、工業社會、後工業社會並存中的尷尬面貌。

台灣的數位文學研究則傾向於「小而精」，作家、學者積極參與數位文學的先鋒試驗和教學推廣，爲台灣數位文學呈現「網絡」文學中先鋒姿態做出了積極貢獻。從理論和實踐的關系看，台灣數位文學的理論研究者和具體從事數位文學創作的實踐者關系密切，甚至在很大程度上是重合的，這種高

度一致的身分有利於理論和實踐的辯證互動。從具體的數位文學作品來看，台灣數位文學集中體現在數位詩的創新上。每當新網絡軟件的出現或者既有軟件的升級幾乎都會帶來數位詩的巨大「變臉」和「整容」。而數位詩在形式上所體現出的超文字、超鏈接以及在內容上的斷裂、破碎之感實際上是對台灣後現代社會的一種「有聲有色」的反映甚至是控訴。而對線上出版、數位文學產銷形態、數位文學教學推廣的關注，使得台灣的數位文學更貼近尼葛洛龐帝的「數字化生存」面貌，呈現出數位文學全面進入與「原子」世界迥異的「比特」世界時代。

而出現以上種種差異的原因是兩岸在自然地理和經濟文化、與「網絡」文學有關的人、數位文學傳播路徑、「網絡」文學先鋒定位、文學娛樂功能具體使用策略、商業化衝擊上存在巨大差異造成的。爬梳出大陸與台灣「網絡」文學上差異性的原因，既對於大陸網絡學界應該對於目前現狀有所突破大有裨益，又對台灣數位文學今後的發展傾向富於建設性意見，對於兩岸「天涯供『網』時」具有雙贏作用。綜上觀之，無論理論界對「網絡」文學存在何等的認識差異、定位差異，大陸網絡文學實踐和台灣數位文學實踐都反映出了一種對主體生存空間和生存本真的探究，都顯示出了一種對於人的自由意志的渴求，不論這種渴求是回顧歷史的還是指向未來的。

參考文獻（依出版日期排序）

現代專著

- 【美】尼葛洛龐帝著，胡泳、範海燕譯，《數字化生存》，海口：海南出版社，1997。

- 【英】邁克‧費瑟斯通著，劉精明譯，《消費文化與後現代主義》，南京：譯林出版社，2000。

- 耿占春，《敘事美學——探索一種百科全書式的小說》，鄭州：鄭州大學出版社，2002。

- 時尚家居雜誌社編，《第三種生活——中國人未來生活方式的預測》，北京：新世界出版社，2002。

- 鄧正來，《市民社會理論的研究》，北京：中國政法大學、出版社，2002。

- 須文蔚，《臺灣數位文學論》，台北：二魚文化是有限公司，2003。

- 歐陽友權等，《網絡文學論綱》，北京：人民文學出版社，2003。

- 何學威、藍愛國，《網絡文學的民間視野》，北京：中國文聯出版社，2004。

- 邵燕軍，《「美女文學」現象研究——從「70 後」到「80 後」》，南甯：廣西師範大學 2005。

- 中南大學文學院編，《人文前沿——網絡文學與數字文化》，長沙：中南大學出版社，2005。

- 朱雙一、張羽，《海峽兩岸新文學思潮的淵源和比較》，廈門：廈門大學出版社，2006。

- 劉紀蕙，《文化的視覺系統》，台北：麥田出版社，2006。

- 簡政珍，《後現代的雙重視野》，《20 世紀台灣文學專題 II：創作類型與主題》，台北：萬卷樓圖書股份有限公司，2006。

- 【漢】班固（原著），【宋】呂祖謙（編纂），周天遊（導讀），戴揚本（整理），《漢書詳節》，上海：上海世紀出版集團，2007。

- 歐陽友權主編，《網絡文學概論》，北京：北京大學出版社，2008。

文學作品

- 安妮寶貝，《安妮寶貝小說集》，海口：南海出版公司，2002。
- 蔡智恒，《最後一次親密接觸》，北京：知識出版社，2001。
- 甯財神，《假裝純情》，北京：作家出版社，2001。
- 甯財神，《世界上最遠的距離》，天津：天津人民出版社，2002。
- 慕容雪村，《成都，今夜請將我遺忘》，長春：時代文藝出版社，2003。
- 今何在，《悟空傳》，北京：光明日報出版社，2001。

期刊文章

- 孟樊，〈民國八十五年文學傳播〉，《文訊》第 139 期，1997.5。
- 陳長房，〈外國文學和比較文學的評論與研究〉，《文訊》第 152 期，1998.6。
- 須文蔚，〈一九九七年文學上網的觀察〉，《文訊別冊》第 151 期，1998.5。
- 廖朝陽，〈超文字、鬼魂、業報：從網路科技看班雅民的時間觀〉，《中外文學》第 26 卷第 8 期，1998.1。
- 周易正，〈網路與文學〉，《文訊別冊》第 147、148 期，1998.1、2 合刊號。
- 李家沂，〈Techne98：科幻・網路〉，《中外文學》第 26 卷第 11 期，1998.4。
- 曹志漣，〈虛擬曼荼羅〉，《中外文學》第 26 卷第 11 期，1998.4。
- 李鴻瓊，〈漾素、驅力、後死亡主體：從葛黑瑪看科技與網絡空間〉，《中外文學》第 26 卷第 11 期，1998.4。
- 須文蔚，〈新瓶中舊釀與新醅的纏綿——淺談本土網路文學的現況與隱憂〉，《文訊》第 162 期，1999.4。
- 李順興，〈網路文學形式與「讀寫者」的出現〉，《文訊》第 162 期，1999.4。
- 吳鳴，〈把一切不可能劃為可能〉，《文訊》第 162 期，1999.4。
- 周月英，〈文學野火正在網路蔓延〉，《文訊》第 162 期，1999.4。
- 孫瑋芒，〈理想的讀者〉，《文訊》第 162 期，1999.4。
- 張曼娟，〈一條掛在網上的魚〉，《文訊》第 162 期，1999.4。
- 須文蔚，〈「網路文學」論評目錄〉，《文訊》第 162 期，1999.4。
- 陳宛蓉，〈文學網站分類目錄〉，《文訊》第 162 期，1999.4。

- 郭家銘，〈關於電子書〉，《文訊》第 164 期，1999.6。
- 王岫，〈透過網路來整合文學資料〉，《文訊》第 159 期，1999.1。
- 〈突破與創新——「第三屆青年學術會議實錄」（四）〉，《文訊》第 174 期，2000.4。
- 〈創作者與作者互動的時代來臨了——「一九九九十大讀書新聞」發表座談會〉，《文訊》第 174 期，2000.4。
- 陳宛蓉，〈網路文學不斷擴張〉，《90 年代台灣文學現象特寫》，《文訊》第 182 期，2000.12。
- 須文蔚，〈台灣數位文學社群五年來的變遷（2000～2004）〉，《文訊》第 229 期，2004.11。
- 魚果，〈山雨欲來〉，《文訊》第 230 期，2004.12。
- 陳謙，〈小眾喧嘩的年代〉，《文訊》第 266 期，2007.12。
- 張耀仁，〈文學很忙，網路很忙〉，《文訊》第 266 期，2007.12。
- 須文蔚，〈讀寫者時代降臨——第一屆台灣文學部落格獎舉辦的意義與期待〉，《文訊》第 266，2007.12。
- 鄭崇選，〈從消費社會到消費文化——當代中國語境下的文學轉型〉，《文化中國》第 56 期，2008.3。
- 須文蔚，〈數位科技、漢字與文學的大匯流〉，《文訊》第 270 期，2008.4。
- 莊德明，〈漢字數位化的進程與挑戰〉，《文訊》第 270 期，2008.4。
- 魏林海，〈漢字、電腦科技與網路資訊〉，《文訊》第 270 期，2008.4。

會議論文

- 曾亮，〈小荷才露尖尖角——由兩岸網路文學比較看台灣網路文學〉，「2007 青年文學會議」論文，2007.12.1-2。

網絡資源

- 當年明月 Blog，http://blog.sina.com.cn/dangnianmingyue
- 當年明月《明朝那些事兒》大事記，

http://blog.sina.com.cn/s/blog_4986/fd5010008hd.html
- 清風小說網，http://www.qingfo.com/
- 小說閱讀網，http://www.readnovel.com/
- 《〈哈哈，大學〉：閱讀小說還是聽小說》，
  http://book.qq.com/a/20040902/000099.htm
- 《多媒體小說〈哈哈，大學〉有「聲」有「色」》，
  http://www.gmw.cn/01ds/2003-07/09/02-3AEC602C3D8F164948256D5E000
  20ACA.htm
- 中國互聯網絡信息中心，http://www.cnnic.cn/index.
- 中國互聯網絡發展狀況統計，http://www.cnnic.cn/index/0E/00/11/index.htm
- 中國互聯網絡熱點調查，http://www.cnnic.cn/index/0E/manual/91/index.htm
- 《2006 中國博客調查報告》，
  http://www.cnnic.cn/html/Dir/2006/09/25/4176.htm
- 須文蔚 Blog，「噓！用文字喂食部落鴿」，http://blog.chinatimes.com/winway
- 「新詩電電看」，2002 台北詩歌節首頁，
  http://dcc.ndhu.edu.tw/tpoem/011.htm
- 「電紙詩歌」，2003 國際詩歌節數位詩展，http://dcc.ndhu.edu.tw/poem/2003/
- 「數位漢字」，http://dcc.ndhc.edu.tw/el/digitalworld/
- 李順興，「歧路花園」，http://benz.nchu.edu.tw/~garden/a-works.htm
- 李順興、蘇紹連，「美麗新文字」，http://benz.nchu.edu.tw/~world/
- 須文蔚，《追夢人》，
  http://dcc.ndhu.edu.tw/poem/tpoem/tpoem/work3/index.html
- 須文蔚，《成住壞空》，http://dcc.ndhu.tw/poem/2003/works/work2/index.htm
- 謝芝玲，《沈澱 n 次方──一個關於我的故事》，
  http://dcc.ndhu.edu.tw/poem/2003/works/Juliana/Story.htm
- Jim Andrew 著，李順興譯，《西雅圖漂流》，
  http://benz.nchu.edu.tw/~garden/andrews/SeattleDrift.htm
- 蘇紹連，《心在變》，http://benz.nchu.edu.tw/~garden/milo/heart/heart1.htm

- 稻殼，《〈流氓的歌舞〉顛覆了自我》，
  http://book.sina.com.cn/pc/2002-10-25/3/187/shtml
- 《悟空傳》：http://baike.baidu.com/view/297316.html?wtp=tt
- 慕容雪村：http://baike.baidu.com/view/32179.htm
- 曹志漣：《某代風流》，http://www.xiaoshuo.com/book/moudaifengliu

講評

陳俊榮[*]

　　網絡文學或網路文學（大陸稱網絡文學，台灣則稱網路文學——本文底下原則上均稱爲網路文學）是二十世紀末新興的文學，藉由電腦的承載以及網際網路（互聯網）的傳輸，對於台海兩岸文壇與文化界都造成莫大的衝擊，浸假甚至改寫原來文學的定義。葉雨嬌本文以較爲宏觀的角度比較了兩岸的網路文學，以她所提出的兩種網路文學具體樣式，「對比大陸、台灣在『網絡』文學的定義、文學批評、文學實踐以及具體文本等方面的不同特點」，同時也考察了造成兩岸網路文學不同面貌的原因，其企圖心不可不謂宏大；檢視其行文脈絡、文意結構，理路清晰，立論翔實，並且層層推衍，一目瞭然，就研究生而言，是少見的「可讀性」較高的論文。

　　在本文的一開始，葉雨嬌即拋開「難搞」的定義問題，反從她自設的兩種所謂具體樣式——寬線網路文學與窄線網路文學——做爲底下立論的基礎，展開兩岸網路文學的比較。其實，她所謂的「寬線網路文學」就是兩岸一般所說的網絡或網路文學，亦即論者所採的廣義的界說；而所謂的「窄線網路文學」就是台灣少數學者（以須文蔚爲代表）所說的數位文學，亦即狹義的界說。以具體的實踐來看，前者近乎「大眾文學」而後者近於「先鋒文學」。葉雨嬌持此說法，應該可以成立。

　　由於網路文學的定義頗爲複雜，如上所述，葉雨嬌乃捨難取易不對網路文學做界定，並且在論及大陸學者楊新敏從分類角度對於網路文學的界定時（頁16-17），認爲其涵蓋範圍過於「網」羅天下，大而無當，易於造成研究主體（應爲研究對象）的失焦。葉雨嬌認其係肇因於分類之弊。關於此點，我難以苟同。首先，要研究就得針對對象予以分類，否則不僅對「研究主體」無法界說，而且更會讓研究範圍形成泛散乃至雜亂無章的情況；不分類、不界定才容易犯下「大而無當」、反令「研究主體」失焦的弊病。回看本文第

* 台北教育大學語文與創作學系副教授

二節，葉雨嬌不也犯了她自己所說的分類的毛病（寬線與窄線兩種網路文學）？可見上述楊氏從分類角度為網路文學下定義並不為過。其次，正因為葉雨嬌一開始就迴避為網路文學下定義的問題，導致往後的論述出現了一個很大的盲點——這個盲點則成了本文最大的致命傷。

這個盲點是她在比較兩岸的網路文學時，將大陸的「網絡文學」對比於台灣的「數位文學」——然而這是兩個不對等的概念。如前所述，葉雨嬌所說的網絡文學就是寬線的文學，而數位文學即是窄線文學；前者是廣義的而後者乃是狹義的界說，前者是後者的上位概念，換言之，數位文學應包含於網路文學之中。概念位階不同，則二者如何比較？退一步說，即便二者並無位階高低的差異，但從其論述的假定中亦可判別二者非同一概念，研究對象指涉既有所差異，怎麼比較都是有問題的。以此觀之，要比較兩岸網路文學應該從底下四個面向著手：一是比較大陸的（寬線）網絡文學與台灣的（寬線）網路文學；二是比較大陸的（窄線）數位文學與台灣的（窄線）數位文學；三是比較大陸的（寬線）網絡文學與台灣的（窄線）數位文學；四是比較大陸的（窄線）數位文學與台灣的（寬線）網路文學。

盲點的造成主要肇因於本文不對「網路文學」一詞予以界定，以致在行文中忽視了網路文學與數位文學係二個不對等的概念。再進一步深究，葉雨嬌之所以在討論到台灣的網路文學部分只聚焦於數位文學（其實就是hypertext）上，則又肇因於她太倚賴須文蔚個人的說法（也因此造成取材的失焦），尤其她以須氏「數位文學」之說為台灣文壇與學界的定調，其實並無根據。將網路文學定位為數位文學只是須氏個人在《台灣數位文學論》一書頭一章的說法（其他各章使用網路文學一詞）；如果葉雨嬌能同時參考另一位研究網路文學的學者林淇瀁（即詩人向陽）的說法（參《書寫與拼圖：台灣文學傳播現象研究》一書），即可知數位文學之說並不普遍（附帶一提，我個人也不贊成用數位文學來取代網路文學，蓋前者未有傳播的意涵，以數位製作的文本可以只存檔在個人的電腦而不上傳，而沒透過網路傳播也就無意義）。關於這點，由於葉雨嬌人在大陸，在蒐集與獲取資料方面未免有所困難，可不必予以苛責。

中國 80 後詩歌
——灰燼裡的火光

肖水、洛盞[*]

摘要

　　從 2000 年至今，中國「80 後」詩歌已經在由新生、高潮、困境組成的生命曲線裡跌宕了整整 8 個年頭。回顧以網路爲新工具的「80 後」詩歌的發展脈絡，探討其命名的意義，反映其書寫語境與現實困境，並力圖爲「80 後」詩歌的「浴火重生」提供一些經驗和思考，是寫作本文的目的。

關鍵詞： 80 後詩歌、網路、命名、脈絡、語境、困境、價值

---

[*] 肖水：復旦大學教師，e-mail：toxiaoshui@yahoo.com.cn
洛盞：復旦大學新聞學院，e-mail：toluozhan@163.com

壹、前言

2007 年至 2008 年的中國，依舊呈現混沌的詩歌景觀：中國新詩 90 周年（1917-2007）紀念、詩歌排行榜事件、天問詩歌公約事件、「梨花體」周年、餘地自殺和某詩人假死事件……如此濃厚的「文化娛樂」性質，將詩人們紛紛推向公眾視野之下，如神像或者小丑。

而所謂的「80 後」詩人再度被確認和關注，緣於女詩人鄭小瓊獲得《人民文學》新浪潮散文獎，引來媒體的廣泛關注（這種關注也許不是關注詩歌或者詩人本身，而是關注其打工者身份與所獲獎項的巨大落差所可能製造的轟動效應，以及媒體的經濟利益和大眾的獵奇心態的滿足）。隨之而來的又是一陣關於「80 後」詩歌及寫作的熱議與評論。

拋開大眾熱議的炙烤與前輩詩人輕視的目光，在中國 80 後詩歌即將進入一個隨著詩人的年齡而一起進入「而立之年」的關鍵時期，我們來回顧「80 後」這個短暫存在過的詩歌群體的簡單歷史，思考「80 後」這個命題的意義，以及探討「80 後」詩歌的前景，似乎還是有非常重要的意義的。至少，在由時間和詩歌文本高度組合而成的具有座標性質的詩歌版圖上，我們需要從「橫向」和「縱向」兩個維度去不斷閱讀前人的詩歌文本、探尋前人的詩歌路途，並及時反省自身的詩歌寫作，才能找到自己的位置，尋找到自己適合的、確定的方向。

一、80 後詩歌的命名及命名的意義

■關鍵字：「狹義」與「廣義」；兩種指稱的意義

我們認為，狹義的「80 後詩人」是指由 1980 年以後出生的、主要在 2000-2004 年之間出現在大眾視野裡（主要是龐大的詩人群體的視野裡）的、參與過發生在 2002-2003 年之間的「80 後詩歌運動」的青年詩人所組成的詩人群體。這個群體的數量是特定的，網路上流行一份檔叫《80 後詩人備忘錄》（2005），其所載的詩人大概反映了狹義的「80 後詩人」這個群體的全貌。當然，它也有一些失誤，比如誤加一些並不屬於這個群體的詩人，錯加一些

僅僅是「詩歌寫作者」層次者，以及遺漏了好幾位重要的詩人。

　　廣義的「80 後詩人」則是一個純粹以出生年代來劃分和指稱的概念，它是指所有出生於 1980 年代（甚至包括 1970 年代最後兩年）的詩人。近年來，又有人提出了「後 80」的概念，以圖將一個具有鮮明特點的詩人群體（其實更多的是由詩歌寫作者組成）與狹義的「80 後」區分開來。「後 80」是指1984 至 1989 年之間出生的、主要在 2005 年之後出現在大眾視野裡的詩人群體。狹義的「80 後」與「後 80」兩個概念前後續加在一起，組成了廣義的「80 後」。

　　承接以上「80 後詩人」的狹義與廣義的區分，中國「80 後詩歌」也有相應的狹義和廣義的區分，由以上兩類「80 後詩人」的詩歌文本、詩歌活動、詩人面目以及詩人行為所展現出來的文學景象的整體分別構成了「狹義」和「廣義」的中國「80 後詩歌」。

　　在中國詩壇，以出生年代來劃分和指稱寫作是一個持續很久的「傳統」。從「五十年代」、「六十年代」到「第三代」，從陳衛於 1996 年提出的「70 後」再到安琪等人宣導的「中間代」，無不在命名中鑲嵌時間概念，從而劃分和指稱一個群體的寫作。在 21 世紀，延續這個「傳統」似乎無可厚非，但是「80 後」的命名卻引來了無數的質疑和譏諷。

　　針對「80 後」的命名，有前輩詩歌批評家曾尖銳地提出自己的觀點：「80後」的命名純粹是無效的重複與復辟，並且進一步指出「這種惡習的根源不是在於一些人對時間概念的格外青睞，而是在於這些詩人急功近利的心理。」[1]是否所有以出生年代來劃分和指稱寫作的企圖都值得批評？詩人於堅說，「第三代」詩人都是先有文本和刊物，才被局外人強行命名在「第三代」下。而「70 後」的概念最先發生於具有了一定文本基礎的「70 後小說」，繼而延伸至「70 後詩歌」，並在未來的發展中幾乎特指了詩歌領域。伊沙曾說，「所有以時間自命的流派以及詩歌寫作的小集體都無法擺脫形象的複雜和處境

---

[1] 參見老刀：〈無效的重複與復辟──關於「八十年代」的一些隨想〉，詩生活網站老刀專欄，寫於 2001 年 12 月。

的尷尬。」[2]似乎他強調的是「自命」企圖的荒唐。如果以此為衡量的標準的話,「第三代」詩人大可不必為此有任何羞愧感,因為他們是被強行貼上了「第三代」標籤,但「70後」似乎不能逃脫批評的厄運。但是這樣的批評,長久以來似乎更核心地、更殘酷地指向了對「80後」的命名。因為年齡的和文本的虛弱,幾乎所有人都認定這是「80後」詩人自己在急功近利的心理的驅動下的一種自我命名。然而據我所知,「80後的概念」並非是自命的,首先是媒體和前輩詩人無意提出的,繼而是他們有意推動的,最後才是「80後」自己的策動。[3]

無論 80 後是否是「他們對自己的文本沒有信心,不甘直面藝術,不甘寂寞,他們放棄了從作品到達藝術核心部位的痛苦道路,而選擇一條可以迅速竄紅的終南捷徑:借助集體的力量強行介入歷史」,是否是「群體的浮躁遮蔽了真正的寫作,使得個體在寫作上是近乎弱智的」,我們勿需全盤否定這種「出生年代指稱」的意義。在對時代的效忠上,「80後」只是一個詩人的出生年代的偶然而已,以及因為這個偶然帶來的必然的時代與命運,古老的語言在時間中必須經過的命運。「80後」在時間以及時間的衍生物上當然是不可替代的,70後、六十年代、五十年代等以時間命名的團體意義大致也在於此。我們關注的不應該是我們如何不可替代,而是我們應該怎樣努力而不要成為時代一塊短板──畢竟我們這一代有著可愛又尷尬的先天,而現實又不是那麼明朗。

我們還年輕?「我們還能以年輕的名義堅持多久?」[4]

而單就狹義的「80後」來說,它就像一輛無法再往其中塞進去任何一個人的公共汽車。這輛公共汽車曾經存在過,在詩歌歷史上停留過,但它現在已經離我們遠去了,幾乎消失不見。它的意義就在於它是年輕一代詩人的一次集體爆發,雖然它們短暫而聲音模糊不清,但是他們第一次面對龐大人群

---

[2] 參見老刀:〈無效的重複與復辟──關於「八十年代」的一些隨想〉,詩生活網站老刀專欄,寫於 2001 年 12 月。

[3] 此觀點的闡釋詳見文章第二部分的「80後」歷史的脈絡梳理。

[4] 丁成語。

的發聲，就如嬰兒的第一聲啼哭。他也許之後夭折，也許長大成人之後成為了一個歹徒或者強姦犯，但是生的最初形態是值得維護、鼓勵和期待的，也應該被歷史所記住。

應對批評或者出於其他目的，部分主動抑或被動貼上「80 後」標籤的詩人，試圖以新的命名來替換「80 後」，於是陸續提出「80 一代」、「新世代」、「網路世代」等命名。然而這些命名仍屬於第一部分論及的「用時間來劃分和指稱我們的寫作」。「網路世代」似乎嘗試指稱事境的特殊性以及指明這一世代的網路內核，但仍然只是大同小異。

也許終結「80 後」這個概念的時刻早已經來到了，現在需要一個或者多個新的命名。但這些命名不是命名一個群體，也絕不是去命名一個「以時間為特徵」的群體，而是期待在這個命名中包含了一種詩歌的價值取向，指明了一種詩歌的未來路徑。同時，它是有效的，直接的，與現實生活緊密聯繫的，它不裝神弄鬼，不騎牆兩顧，也不是空中樓閣，或者執迷於低空飛行。但是這大概只能依靠出生於 1980 年以後的詩人強大的個體寫作，而不能寄希望於一兩個人在網路世界和現實世界裡振臂一呼。

二、中國 80 後詩歌的歷史脈絡[5]

■關鍵字：荒謬的「第一」

記錄一個人的歷史，我們習慣於從它的第一聲啼哭開始，梳理中國「80 後」詩歌史，我們不可免俗地要從某一個「第一」開始。2007 年底出版的試圖在歷史、詩歌文本等多方面展示中國「80 後」詩歌全景的《新作文·80 後詩歌特刊》，是這樣開始描述「80 後」詩歌史的開始的：「直到如今，我們回想『80 後』詩人的浮生歷程，不可避免地要從阿斐這個名字開始。他如今在同齡人中詩歌寫得最為成熟，也是在網刊、民間詩刊和正式出版物發表作品最多的青年詩人。阿斐的出現，意味著『80 後』的出場，這已是不爭的事實。」這段用一串「不可避免」與「最」連綴而成的話，讓人聽來覺得匪夷所思。

---

[5] 此部分多處援引前人總結的 80 後詩歌史料，不一一列舉出處。

　　我們簡單回憶一下詩人「阿斐」的出道。1999 年，詩人楊克主編了《1998 中國新詩年鑒》，一個叫李輝斐的在北理工學生買了它，並立刻給楊克寫了一封長信。不想楊克竟然覆信，而且不久他們便結成了詩友。同年暑假，經楊克介紹，李輝斐開始接觸中國詩歌界的詩人們，先是胡續冬，後來很快跟隨著沈浩波加入了「下半身」陣營，混跡於「詩江湖」、「詩生活」等詩歌論壇，灌水、罵架，忙得不亦樂乎。後來，也是楊克第一個在文學刊物上編發了他的詩，他還是《2000 中國新詩年鑒》推出的首個 1980 年後出生的詩人。於是他就有了「80 後第一詩人」的說法。讀者可以仔細體味一下：誰才會給他授予一個這樣的名號，是同輩中人，還是後來的詩歌評論家？出於何種目的，是提攜，還是扶植？何況這樣的名號顯得如此可笑。按命名者的邏輯，第一個在《2000 中國新詩年鑒》發詩歌的就是「80 後第一詩人」，其他即便時間早于阿斐、作品優於阿斐、但作品發表在諸如學校壁報、校內刊物、中學生刊物抑或其他刊物上的詩人就統統不能與其競爭「80 後第一詩人」的榮耀。

　　「第一」的指稱爲開創性之意，尤其在文學史上，單純從時間上考慮的「第一」著實難覓。「第一」的命名權歸屬以及阿斐的「第一」身份固然可疑，即使單純從時間層面上考慮也是如此。緊接著我們會看到，中國「80 後」詩歌的出場並非如此。

■關鍵字：先聲（2000-2001）

　　根據詩人們的回憶，詩歌寫作最早與「80」這個指稱一代人的概念扯上關係的時間均指向 2000 年。這一年的 7 月，民刊《詩參考》上開闢了一個名爲「80 年代出生的詩人的詩」的欄目，這普遍被認爲是「80 後」詩歌的最早出場。可是多篇回憶文章提到，曾預言「80 後」即將出現的詩人馬策，其在如此預言——「70 年過後就是 80 年後，這是時間趨勢的必然，也是詩歌流傳不息的生物鏈。80 年後也許不會給 70 年後留太長時間讓你成熟，別看他們現在不知躲在哪。」——的叫〈詩歌之死〉的文章卻是寫於 2000 年 12 月。由此可見「80 後」作爲一個集體並沒有得到「出場」的印象。同時，

「80 年代出生的詩人」們此時的年齡最大的不過 20 歲，且多數是在校大學生、甚至中學生，從閱歷和文本角度來評判，他們多數人的身份與其說是「詩人」，不如說是「詩歌寫作者」更為適宜。「80 年代出生的詩人的詩」這個欄目建立的意義大概就在於，它恰好驗證了「80 後」概念是由掌握了某種話語權力的前輩詩人出於某種目的首先提出的，而非「80 後」詩人自命的。

2001 年初以後，一群在校大學生以網路為媒介，以自辦紙刊（報）為標本，將「八十年代」作為重振校園詩壇的一個旗號高高舉起。這期間相繼有安徽的病雨（老刀）的《冬至》（2001.1）打出「80 年代出生少年詩人力作展」，重慶的劉東靈和湯成偉的《詩與思》詩報（2001.6）打出「80 年代後少年詩人力作展」，四川的熊盛榮和田喬創辦《八十年代》，再有西安的張進步和馮昭等人創辦《新文學觀察》（2001.10），專門發表 80 後寫手的作品。此外，還有劉小翔、楓非子的《弧線》，土豆、鬼鬼等人的《秦》等幾份民刊陸續出現。主持這些民刊的大多是一些在校大學生，所刊的作品風格也較為單調，基本上延續了九十年代校園詩壇的主流風格。

由此可見，在 2001 年之後，「八十年代」的口號成為一些在詩歌上先鋒訴求極高的大學生向傳統詩歌刊物乃至詩歌界倚老賣老而排擠和省略年輕詩人的現狀做出的一個抗衡，其目的在於製造出一種流派特徵而期待得到傳統詩歌刊物的接納和所謂詩壇話語權掌控者的器重。但是作為一個整體，受年齡、閱歷等諸多限制，他們在文本上仍然是單薄的，在行動上仍然是脆弱的，對詩壇的影響仍然是微乎其微的，他們在這個階段的呼聲大概只能算是「80 後的」先聲而已。

■關鍵字：整體出線（2002）

「80 後」詩人的整體出線還得等到 2002 年。在這一年，包括刊物和詩歌批評界都開始接受這個概念，繼而「80 後」作為一個詩人群體成為詩歌刊物的寵兒與詩壇的熱點。詩人劉東靈在 2001 年 12 月 28 日寫道：「前不久，在網上看到一些約稿帖，如《詩潮》雜誌 2002 年即將開設的『80 後詩歌大展』、《青少年文匯》雜誌 2002 年第 3 期開設的『80 後詩歌大展』，還有一些

民刊已經或即將開設的『80後詩歌大展』(如《漢語詩歌發展資料》詩刊、《同志》詩刊、《守望》詩刊、《獨立》詩刊等)。」2002年,《詩潮》雜誌每期都開設「80後詩歌大展」欄目,《星星》、《詩刊》、《詩選刊》、《詩林》、《詩選刊》、《詩歌月刊》等刊物積極扶持詩壇新生力量,80後詩人頻頻登場。試圖與官方刊物抗衡的民間詩歌刊物對此更是一呼百應,不遺餘力,「80後詩歌」的身影在2002年開始遍佈各種民間詩歌刊物。

也是在這一年,前輩詩人和詩歌刊物開始積極推出一批「80後」詩歌偶像,詩人個體開始像一塊塊岩石從洶湧的潮水中凸顯出來。關於此景,詩人他愛曾經寫道:

> 木樺得到《詩選刊》主編趙麗華的賞識;阿斐則被詩壇前輩楊克一再提拔;張進步則早已成了《詩刊》的常客;《詩潮》雜誌主編劉川則對80後們很是熱心扶持;春樹、巫女琴絲、水晶珠鏈則作為下半身的成員得到下半身人物的鼎力支持,「下半身」砸向舊文壇的首本傑作《詩江湖‧先鋒詩歌檔案》一書,就有幾位80後在裡面跟隨大軍。

也是在這一年,「80後」的概念從詩歌領域初步延伸到小說領域。2002年5月,女詩人春樹的長篇小說《北京娃娃》出版,同時她聲稱將用所得版稅來出一本叫《80後詩選》的詩歌合集。借助對小說的媒體宣傳,春樹的「80後」詩人和「80後」詩歌「領軍者」身份的「自我確認」得到了進一步的彰顯,但也使更多的非詩壇目光開始投注到以「80後」為名的詩人群體上去。

「80後」詩歌評論家陳錯認為,經歷了2002年在《詩刊》、《星星》、《詩潮》、《詩選刊》等詩歌核心刊物的整體出線,是「80後」形成的標誌。

■關鍵字:高潮(2003)

「80後」詩歌的高潮出現在2003年,這與網路的迅猛發展、媒體的熱心推介、主要詩人走出大學校園擁有了更廣闊的視野等因素密切相關。

進入新世紀,互聯網之火在中國迅速取得燎原之勢。由於傳統詩歌刊物

的高地難以接近，以及網路世界的開放性和良好的互動性，易於接受新事物的「80 後」詩人們幾乎以「集體禮」的形式撲向其中，網路成爲了他們新的詩歌陣地。網路詩歌論壇不同於傳統刊物的、即時發表、及時回饋等特點，不但讓他們找到了寫作的成就感，也找了某種精神的歸宿。

2001-2002 年之間，以在校大學生爲主體的詩歌寫作者除了熱衷於創辦詩歌報刊雜誌等「紙媒」之外，也在努力開闢「網媒」。彼時，互聯網幾乎在一夜之間成爲新的時代中最通用的交流手段和通訊工具，詩歌的電子承載和網路流傳成爲當代詩歌創作中的一大景觀，而天然易於接受和親近新事物的 80 後詩人們，更是天然的「網中人」。據不完全統計，從 2001 年開始，就有南方詩談、80 後論壇、春樹下、小長老、梁鵬論壇、橘子樹林等 20 多個「80 後」詩歌論壇創辦。與封閉或者半封閉的校園 BBS 不同，這些在網上開闢的「80 後」詩歌陣地，有著更爲開放、靈活的姿態，作品發表、交流、批評有了更爲快捷的時效性。由此，80 後詩人們超越地域的限制，陸續在各網路論壇集結，並很快以集體的名義發出聲音。網路詩歌逐漸成爲 80 後詩歌最重要、也是最基本的文本形態，而 80 後中率先「觸網」的詩人，也成爲 80 後詩人中的第一批骨幹分子和中堅力量。

2003 年，主要的「80 後」詩歌論壇有「詩生活」80 後論壇、秦、春樹下、弧線、觀湘門等。論壇不僅迅速成爲詩人的集結地，還很快演變成「流派」或者「小集團」的孳生地。2003 年 1 月 4 日詩人彌撒在「弧線」論壇上寫道：

對於八〇後詩歌，自從提出這個口號開始，伴隨著沈韓之爭最早就已經分裂成兩派了：集中在春樹下、秦論壇和詩江湖論壇的一些口語詩人，其中大部分宣導並且跟隨下半身寫作，由北京、瀋陽、西安等地的詩人組成，構成了下半身的基礎，代表詩人有春樹、木樺、張4、張稀稀等；還有另外一部分，即活躍在門、原、詩選刊、詩歌月刊等論壇詩人，他們主要風格偏向於知識份子寫作，其中有知識份子寫作與他們、非非風格雜糅，亦有知識份子寫作和鄉土詩雜糅，大部分來自四川、重慶、江

西以及其他的一些地方，代表人物有劉東靈、熊勝榮、張進步等。道不同不相與謀，之後又有提倡開放性與相容性的一夥人又從老八〇中分裂出了一派人，年齡比老八〇們年輕約一兩歲，主張口語寫作與知識份子寫作相容。主要由江蘇、廣西、湖南、湖北、陝西等地方的詩人構成，主要有丁成、啊松啊松、十一郎、彌撒、秦客等等。

2002 年之後，「80 後」詩歌論壇逐漸脫離了交流與批評的軌道，滑入硝煙彌漫的幫派鬥爭、集團混戰與口誅筆伐。到 2003 年初，所謂「80 後」詩壇已經被掌控論壇的幾股勢力列土封疆完畢。成為「諸侯」的詩人們都緊緊地守著自己的城寨和田地，多有搖旗吶喊，少有精耕細作，多有招搖過市，少有華麗詩篇。

「80 後」詩人通過網路這一「便捷通道」發出自己的聲音後，逐漸被紙質詩歌刊物認可。相比於先於他們通過紙刊成名的詩人而言，「80 後」詩人大大縮短了出產上市的時間。加之紙質詩歌刊物的轉型與重新定位，催生了「80 後」詩人群體中部分代表、甚至整個群體的早產。但是本該在暖箱裡放置較長一段時間的早產兒卻很快成了媒體的寵兒，不時在外面拋頭露面。2003 年，除了各種民刊繼續推出「80 後」詩人、「80 後」詩人也繼續自辦各種民刊之外，還有幾種著名詩歌刊物在推介「80 後」詩人方面不遺餘力，如《詩選刊》正式推出「80 後」詩人專號，《海峽》雜誌連續 8 期以大篇幅推出「80 後」詩歌展，各種各樣的「80 後」詩人在詩歌刊物上如黑壓壓的一片過江之鯉。

網路上「80 後」詩歌空前活躍的景象，紙質刊物對「80 後」詩人出乎意料地青睞，加上 2003 年主要的「80 後」詩人多數已經走出大學校園參加工作，他們在視野、閱歷、寫作技巧等方面都較之前豐富和純熟，他們的詩歌文本的品質較之前有較大提升，他們在行動力上也比以前更果斷、堅定，因此「80 後」詩歌在 2003 年呈現出了一種「萬馬奔騰、勢不可擋」的態勢，時稱「80 後」詩歌運動。

我們認為，「80 後」詩歌運動達至高潮的標誌是，「80 後」詩壇完全分

化爲口語寫作、知識份子寫作、中間派三足鼎立並連日混戰的局面。囿於篇幅，不作展開。

■關鍵字：尾聲（2004-）

2004 年，諸多因素——「80 後」詩人進入社會後面對越來越大的生存壓力，從而減少或者放棄了詩歌創作；新聞媒體和出版界合作將「80 後」的概念迅速引入「青春小說」寫作，很快席捲了媒體和讀者的視野，使詩歌很快在文學刊物上的失寵；「80 後」詩人本身的「瓜未熟，蒂已落」的先天不足等原因——使「80 後」詩歌的光輝幾乎在一夜之間就黯淡了下來。

2004 年這一年，「80 後」詩歌迎來了最冷寂的一年，並在之後的日子裡幾乎無人願意再以「80 後」爲旗幟，或者開始不斷有人反對將這樣的命名加注在自己身上。之前，「80 後」詩歌在網路上或者網路下從未形成一股團結的力量以對抗前輩制定的規則和已有的秩序，他們曾經意氣風發試圖跳出前輩的陰影、形成自己對詩歌版圖的佔有和話語權力的擁有的企圖徹底失敗了。似乎一夜之間，當年意氣風發的 80 後詩人不是告別詩壇、銷聲匿跡，就是開始重新投入了前輩詩人的懷抱、在巨大的樹蔭下享受著清涼世界的快感。在文壇用「80 後」這個命名搞的風生水起、風起雲湧的是以韓寒、郭敬明、張悅然爲代表青春小說作家，以至於整個社會對誤以爲「80 後」的命名最早來源於小說寫作，而「80 後」詩歌只是拾人牙慧。

每一個歷史時代的文化氛圍與其傳播工具都有密切的聯繫，而網路時代裡，網路在文化氛圍的形成上起著貌似「喧賓奪主」的作用，網路這種傳播工具的衍生物已足讓人瞠目結舌。且看 80 後詩人們的以網路詩歌書寫爲主的寫作方式，以網路活動爲主的「革命」方式，我們不由得質疑：在 80 後詩歌這個範疇裡，網路究竟是一種傳播工具，還是作爲本體？至少，我們已經看到網路詩歌論壇的衰落就是中國 80 後詩歌衰落的表徵。2004 年之後，80 後詩歌論壇陸續消失，時至今日 80 後詩歌論壇僅剩「秦」、「藍星」兩家，前者奄奄一息，後者關閉兩年後重現，但已經淪爲繁忙的「汙水處理廠」了。

但是 2004 年以來，在整體沉默、沒落的印象下，部分「80 後」詩人仍

然堅持他們的寫作與探索，並且脫離集體，作為個體，重新獲得詩壇的承認與尊重。與此同時，陳錯、丁成、他愛等一批「80後」詩歌評論家開始對這段歷史進行初步總結，有分量的批評文本不斷湧現，他們對「80後」詩歌運動進行著較為有效和細緻的清理和反思。繼 2003 年寫了〈80後詩歌：一份提綱〉之後，2004 年底，陳錯和操刀子以「中國 80 後詩人排行榜」的形式對「80後」詩歌運動做了一次有效的總結；陳錯在這份排行榜裡寫道：

> 入選本次〈中國 80 後詩人排行榜〉的，是我們迄今為止所見的最優秀的中國 80 後詩人。他們以各自的方式抵達存在的真實或創造獨特的審美空間。在他們的詩歌裡，我們看到了新一代藝術家不懈努力和痛苦掙紮的身影，看到了詩人對世界和物質的反駁、對自我的嘲諷──世界在他們的筆下逐漸呈現出原初的一面來。他們中大多數技巧成熟，有著自身獨特的寫作風格與道路。與前幾代詩人相比，眼界開闊、思想解放是他們的明顯優點，而對物質的駁斥與自我嘲諷是他們區別於前幾代詩人的本質所在。

2005 年，「中國 80 後詩人排行榜」以《刻在牆上的烏衣巷》為名由重慶出版社出版。這本書裡收錄了唐不遇、木樺、穀雨、羊、阿斐、肖水、AT、蔣峰、春樹、莫小邪等十位「80後」代表詩人的詩歌文本，以及陳錯和操刀子撰寫精妙評論，它成為中國最早的將「80後」詩歌文本與詩歌評論有機結合的書籍。

進入「中國 80 後詩人排行榜」的詩人們和因為某些原因而沒有進入這個排行榜的幾位優秀詩人（比如小寬、餘西、小鴨、老刀、澤嬰、辛酉、鄭小瓊、洛盞、茱萸、葉丹等），以及幾位值得我們期待的詩歌評論家（比如陳錯、丁成、枕戈、楊慶祥、劉化童、胡桑、王東東等），組成了「80後」詩歌最基本的陣容。拋卻「80後」這個命名所帶來的集體效應，群體的堅持和個體的逐漸強大，是這個命名的希望。

回首 2000-2008 年的中國「80後」詩歌，它有如曾經燦爛過的一地灰燼，

我們充滿傷感與懷念，但是也充滿期盼。但願這些堅持不懈的「80 後」詩人們與那些後來者，能是我們在灰燼中能尋找到的一絲火光。

三、80 後詩歌的書寫語境與困境

■關鍵字：口語敘事環境；深度的規避

80 後詩歌的總體書寫語境為 80 年代以來的口語敘事傳統和平民化的身份認可。[6]「80 後似乎天然有一種對於『深度』的回避（或者缺乏？），加上獨生子女的孤獨與敏感，作品往往「具備一種纖細的、即時的、平民的，感傷的（有時顯得矯揉造作的）情緒。」[7]「生活的深度，其實絲毫不值得我們去研究，只有生活的表面，才值得我們為之傾注如潮的心血」（臧棣語）。事實上，臧棣這種取消深度模式的寫作態度，並不是純粹的「輕」，而是一種沉重之後的反撥，是卡爾維諾所說的舉重若輕。而 80 後的詩歌書寫則大多呈現一種真正飄飄然的「輕」了，甚至有舉輕若重的意味，將「輕」看作成了本體，這也是網路時代對深度的規避在詩歌寫作上的鏡像反映。

好在 80 後的先驅者們已經意識到了自己在深度上的缺失。這些先驅們一般是對既成寫作模式的全盤繼承者。這一類寫作者一般寫作時間較長，對過往文本的閱讀也比較廣，作品模仿的痕跡明顯，在「輕」的麻醉性解構中很快就找到了他們寫作的「歸宿」。趨向這種歸宿的原因將在下文中具體展開論述。

■關鍵字：功利策略；文學體制化和意識形態化；平民盛宴

在九十年代，某些人標榜著自己詩「真民間」「真詩」，而誹謗異己「偽民間」「偽詩」，並以此為基礎企圖對詩壇進行「清場」，其真實目的無非是要在詩壇爭奪並不存在的所謂「話語權」。急近功利讓一些「已成功」詩人

[6] 至於這種語境的詳細論述，詳見陳錯：〈80 後詩歌：一份提綱〉，《藍星》網刊創刊號（批評專號），2004 年。陳錯認為，口語敘事傳統的傳統在於他們對事境的態度。他們一反歷來詩人高蹈的飛翔姿態（比如北島、海子等），而是以事境本身的規律進入事境。由於詩人姿態上的超低空飛行，真正熟悉了事境本身的細節性、恆常性的規律，他們也因此獲得更大程度的修辭學乃至詩藝上的進展。應該說，這是中國詩歌成熟的標誌之一。

[7] 引自陳錯：〈80 後詩歌：一份提綱〉，《藍星》網刊創刊號（批評專號）。

和詩評家喪失了良知,採取了朝向文學史的功利策略,提出噱頭式、全息判斷式、缺乏責任感的口號,如「拒絕隱喻」、「詩到語言爲止」等等。如對於於堅的「拒絕隱喻」,詩人薑濤給了我們一個有趣且有效的解讀方式:

> 他要拒絕的這個隱喻,指的是我們陳舊的、對於詩歌、對於語言的理解,並不是說對所有隱喻的回避……於堅在某種程度上已經把拒絕隱喻之類的命題當成自己的發明,他其實是朝向文學史的。[8]

於堅他們只是在策略是有所不妥,其思想內核是有相當份量的,然而這些「詩壇成功人士」的思想未被深究,這種功利策略卻被有效複製了。作爲有影響力的詩人,於堅等人的做法有失責任感。

70 後的「下半身是對上半身的清除」,還算尚存一息反思和詰問的話,「80 後一代團結起來!」則純粹是想躋身詩壇的孩子們急躁的呼喊了——「70 後在其被提出的 96 年已經有了一些文本基礎,它爲七十年代詩人的作品浮出水面找到了一個藉口,而 80 後的出現則完全是一場蓄意的陰謀和造勢。」[9]——這群不再單純、不甘寂寞的孩子們懂得捧出自己的策略,他們無師自通了各種卑劣或者不卑劣的手段(與網路的影響關係密切,這將在下文中論及),企圖使自己從這一原本就存在爭議的群體中脫穎而出,其品質可想而知的。「這使得 80 後將成爲所有以年代劃分寫作的群體中最爲盲目的一個群體。他們從一開始就沾染了太多名利色彩並在完成著對過往的一味模仿,這使得他們的活動(不是文本!)註定成爲一場無效的重複和復辟,不會給真正的詩歌藝術帶來什麼。」[10]

「今朝有酒今朝醉已成爲網路詩歌書寫主流的生活方式,經典成爲懸置的鏡像,或偶爾懷念的文學或詩歌化石」[11],破專制、平民盛宴已漸成爲不

---

[8] 薑濤語,引自洪子誠主編,《在北大課堂讀詩》,長江文藝出版社,2002 年 10 月,頁 332、339。
[9] 引自老刀:〈無效的重複與復辟——關於「八十年代」的一些隨想〉,詩生活網站老刀專欄。
[10] 引自老刀:〈無效的重複與復辟——關於「八十年代」的一些隨想〉,詩生活網站老刀專欄。
[11] 引自山鬼鴻:〈論 80 年代後詩人的網路書寫〉,小魚兒、陳忠村主編,《中國網絡詩歌年鑒》(沃爾特‧惠特曼出版社,2006 年),頁 250。

爭的事實。而我國的詩歌批評仍舊維護著一個慣例：推遲看見。「意在恭候
更加嚴厲的審查，有意無意間重在肯定當時文學的功利思維。詩人和詩歌批
評家從沒停止尋找較早一點的特殊作者和作品，但暫時不願看見較近一點的
特殊作者和作品。」[12]文學體制化和意識形態化仍舊是扼殺 80 後詩人的兩大
利器，某些「上層大師」仍舊執著於先前的評價標準，緊握意識形態的權柄
不放，加上紙質媒體仍占主流的文學幽靈的無意識滲透（甚至相當部分網路
詩歌論壇已經成功複製了紙媒體時代的遊戲規則，如網路寫手的介入資格問
題、版面設置問題、帖子發表位置等），大多數為學院出身的 80 後們，一開
始就受到文學體制的影響，乃至深入骨髓，像拋棄成規另辟新路是很難的，
這就大大抵制了「勞苦而無功」的探索精神，而真正的「探索」卻應該是在
一條完全荒蕪的道路上，充滿危險感和孤獨性。

　　這種「推遲看見」的功利慣例對「功利策略」起到了鼓動作用，促使 80
後們心甘情願地接受了 80 年代以來的口語敘事傳統和平民化的身份認可。
我們必須注意到，這種接受並不是符合詩歌規律的自然選擇，很大程度上只
是捷徑化和功利化的錯覺。

■關鍵字：網路，「美麗的遭遇」；無效的重複；柳暗花明的寫作可能

　　網路的形態，十分符合後現代主義者的標準，網路是開放的、無中心性
的、平民化的。尤其重要的是，「網路是一個無限制的天地，符合後現代主
義追求自由的本性。」[13]我們的時代是一個沒有中心但又相互連結的球形社
會，人類歷史經歷了神崇拜、英雄崇拜之後，平凡的人終於有了展開自己真
實生命的可能性。這是 80 後詩人的大幸，能在如此自由寬鬆的自由書寫環
境下成長是多麼「美麗的遭遇」[14]。

　　毫無疑問在球形社會，每一個點都有成為球心的現實可能。在這樣一個

---

[12] 引自蕭開愚：〈繼續革命的詩歌〉，《此時此地》（開封：河南大學出版社，2008 年 1 月，第 1
版），頁 465。
[13] 參見梁永安著，《繆斯琴弦上的貓頭鷹》，昆明：雲南人民出版社，2003 年。
[14] 引自山鬼鴻：〈論 80 年代後詩人的網路書寫〉，小魚兒、陳忠村主編，《中國網絡詩歌年鑒》，
頁 250。

無所監督的近中心的權力真空裡,每個人都為成為球心而努力著,為自己能成為球心的可能興奮著,偶像消失、大師解體,「偽大師」批量生產出來,呼風喚雨,好不熱鬧。涉世未深的習詩者,帶著一腔熱情和對詩歌的一知半解,來到網路,「被烏煙瘴氣的環境污染和誤導,走入歧途或助紂為虐,淺薄幼稚或語出驚人、率性為之,無知讓他們肢解和玷污了詩歌,預知了多年後的悔恨。」[15]筆者相信,這種無序的網路形態除了造就「混子」外,更嚴重的是,它造成了詩歌潛在閱讀者和寫作者的喪失。在網路裡摸爬滾打出來的他們也自然習得了各種「捧」的手段,變得世故、複雜,卻又容易盲從,形成一種「無知且複雜」的生存狀態。太多的衍生的附屬物,太多的反諷和破碎讓我們無所適從。球形的網路社會賦予我們天然的民主,因而我們得以不斷選擇,我們可以毫無根據地活著,不必按照上帝的教導恭恭敬敬地生活,也不必在英雄崇拜的新教條中規規矩矩地移動。然而,自由的 80 後們卻容易在微笑中走向沉迷,並樂此不疲,在分叉的小徑前普遍選擇最無阻力的方向,選擇了最無阻力的情緒愉快。而最無阻力而又最穩妥的方向——80後們聰明地認識到了——便是無深度的複製。

　　這是一個大家都想要心靈慰藉的時代,只要簡單的安慰,就夠了,而不求事物的正面和它最讓人迷惑的核心部分。也許大部分人對於「80 後」的瞭解僅限於在市場的大獲成功、具有低級情感喚醒效果和輕度麻醉的青春文學,而不是詩歌。朱大可的垃圾論和葉匡政毫無新意噱頭十足的「文學死了」,指出文學這種審美文本將被終結這樣一個命運。它在公眾中已經死亡了,不是作家所能左右的。在這個時代,對公眾產生影響的是電影、電視和網路,文字最終會淪為圖像的工具。然而效忠於這個時代,消除意識形態化權柄,在平民盛宴中力呈深度與原創性,力圖詩歌寫作的健康有序的探索和發展,就是我們這一代柳暗花明的寫作可能。

---

[15] 引自白馬非馬:〈中國網路詩壇各階層分析〉,小魚兒、陳忠村主編,《中國網絡詩歌年鑑》,頁 270。

四、80 後詩歌的發展出路及 80 後詩歌寫作中的範型

　　網路時代的詩歌書寫浮躁、情緒化和急功近利很容易在與集體無意識的致命糾纏中訴諸「運動」這種意識形態行為一樣，它的感性、挑戰欲和不斷被刺激的創造渴望也天然地具有「個人化」傾向（也許 80 們更喜歡「個性」的說法），從而在相當程度上滿足了時代對詩歌「非意識形態化」的要求。無論這種 80 後們的「青春期寫作」怎樣破綻百出，可就像唐曉渡在〈九十年代先鋒詩的幾個問題〉中提出的：

　　一代詩人正是經由『青春期寫作』發現和檢驗了自己的寫作才能，鍛煉和修正了自己的詩歌抱負，並在私下完成的、每每把摹仿妄稱為創造，或二者兼而有之的學徒生涯中，逐步領悟和掌握了寫作這門古老技藝的祕密。

　　是的，我們要看到「硬幣的另一面」，縱使烏煙瘴氣，但網路還是賦予了 80 後詩人一定的自由、平等的權利，可以與他們的詩歌前輩一起，深刻反思當代詩歌中的現象與問題，展開廣泛的詩學對話，形成獨特而不狹隘的審美眼光和高度的理論自覺，不僅如此，隨著 80 後詩人們的日漸成熟，必會對自己的詩歌進行卓有成效的藝術改造與審美提升，「解鈴還須繫鈴人」，對網路天生親近、陷得最深的 80 後們也是網路詩歌書寫的最好的反思者。

■關鍵字：解構與建構

　　首先我想把文章引向一個古老但彌新的命題上：解構與建構的關係。馬泰・卡林內斯庫曾清晰的指出：「很顯然，沒有一種顯著而得到充分發展的現代性意識，先鋒派幾乎是不可想像的……」先鋒性作為一種隱喻，在現代性框架之下才能發揮出它真正的有效性。「現代性一旦注入，先鋒性問題不

僅變得清晰，而且有了方向感……這就意味著新先鋒派[16]是有詩學目標的，或者詩學未來的，不是為破壞而破壞，最後抵達一無所有而彷徨。這種追求就是現代性。」[17]

　　歌德曾言，「一切反抗導致否定，而否定止於空無……（因而），關鍵不在破壞而在建設。」中國仍然處在現代詩歌藝術的啟蒙時代——事無巨細，什麼都要做——既需要開創性，同時需要成熟性，這種策略雖然沒有上世紀80年代激進，那也只不過是由形態激進轉變為結構激進或者句式激進而已，卻是細緻而有效的。筆者認為，中間代、第三代詩人仍舊是目前最先鋒也是最具有現代性的詩人，也是這種艱巨工作的主力軍，他們的努力有望「最初建立傳統」，「使得中國先鋒派們有一個可靠的起點以及一個連續成長的營養庫，避免反覆開機，避免常識性錯誤，從而形成每代人都能擁有的一個深厚而且已經積累出的基礎。」[18]

　　80後詩人儘管寫出了一批優秀的文本，但總體感覺仍處於前人的庇護或者陰影下，80後理論和批評必須有自己的聲音，必須獨具一格，探尋深度，具有破壞的激情，更有構造的魄力。隨著 80 後們的不斷成熟，這種聲音的發出是遲早的事情，像陳錯、王東東等已寫出了相當優秀的批評文本，阿斐、鄭小瓊等具開始自覺的詩人也寫出了驚心動魄的詩歌文本。「勇敢、真誠、正直、卑微、深刻地記錄我們的存在、描寫我們的生活，這是我們需要的文學。」[19]即80後要有自己原創性的解構和建構，並以主人翁的姿態參與文學整體的解構與建構——我們責無旁貸，每個年代的人們都責無旁貸的命運。我們相信，假以時日，必會有「幾人怒馬出長安」，而必須指明的是，他們

---

[16] 桑克在〈當代詩歌的先鋒性：從肆無忌憚的破壞到驚心動魄的細緻〉（《江漢大學學報（人文科學版）》第 24 卷第 4 期，2005 年 4 月）中提及新先鋒派相對於大力破壞的舊先鋒派。上世紀 90 年代醞釀、至 2000 年強壯的新先鋒派，依然以破專制為己任，但方式明顯更為理性。他們進行語言有序實驗，力圖解構與建構並舉。

[17] 引自桑克：〈當代詩歌的先鋒性：從肆無忌憚的破壞到驚心動魄的細緻〉，《江漢大學學報（人文科學版）》第 24 卷第 4 期。

[18] 引自桑克：〈當代詩歌的先鋒性：從肆無忌憚的破壞到驚心動魄的細緻〉，《江漢大學學報（人文科學版）》第 24 卷第 4 期。

[19] 引自陳錯：〈《開一半 謝一半》：花朵、愛和失重青春〉。

的出現，關鍵在於對時代與命運的真誠與效忠，他們自身的造化以及激揚濁清、直面藝術、甘於寂寞、堅定探尋從作品到達藝術核心部位的痛苦道路的能力，而非他們的出生年代，那只是一個偶然、表面的成分。

■關鍵字：歷史想像力；噬心主題；範型

　　前文已經論及，勇敢、真誠、正直、卑微、深刻地記錄我們的存在、描寫我們的生活，這是我們需要的文學。這也應當是 80 後乃至所有的爲詩者的寫作訴求。「詩歌決不只是簡單的嗜美遣性，而是探詢具體生命、生存以及歷史語境的特殊方式，他們以更簡潔的話語來磋商、迂迴、對話、反諷地體現對當下的世風以及文化批判和語言批判」[20]，詩歌應具有「歷史想像力」，「詩人將個體遭際的沉痛經驗一點點移入到更廣闊的時代語境中，使之既燭照了個體生命最幽微最晦澀的角落，又折射出歷史的症候。」[21]

　　對於我國來說，「從國家高層發出的堅持公平、公正、正義，讓全社會共用改革發展成果，以及強調關注困難群眾的聲音，正是這個時代要解決的焦點問題。而詩人們在同一問題上的不謀而合，表明了這個已轉換爲多種分配形式的時代，進入了與詩人們更爲深刻的生存聯繫，並喚起了他們尖銳的時代公義感。」[22]在這個幸福指數喜報漫天飛的時代，筆者認爲，幾億農民面臨城市化的困頓、遭遇乃是當今時代最爲噬心的主題，我們可以看到中國詩壇已經開始有效、細緻地關注這些問題，但還不夠系統和建設性，而 80 後群體中對於這方面的指涉更是鳳毛麟角了。

　　這也決定了近來備受關注的女詩人鄭小瓊的價值。以直接體驗的方式去體認我國的噬心主題無疑是很有效的，可惜參與這種體驗的 80 後詩人們本來就少，或者說參與這種體驗的 80 後們很少參與詩歌寫作，而能拿出有效、有說服力的文本的極少數詩人中，鄭小瓊是其中的代表。

---

[20] 引自陳超著，《中國先鋒詩歌論》，人民文學出版社，2007 年，頁 20。
[21] 引自陳超著，《中國先鋒詩歌論》，頁 17。陳超在此書中反覆提「歷史想像力」，大致爲「在真切的個人生活和具體歷史語境的真實性之間達成同步展示。」
[22] 引自燎原：〈頭頂巨石的詩歌銀針〉，《星星》2008 年第 2 期。

雨水洗滌的豆莢上長出一個西瓜。內心荒涼的人踩著樹枝飛翔／兩棵核桃相互砍伐著身子，群星閃爍的鄉村，停著春天的馬車，骨頭裡的水／滴穿了石頭 。一個老農民背著稻田回家，他與露水交談。兩棵／樹苗。錢幣的潮，岸上的石頭點亮了燈盞。三條蚯蚓的血／細瓷的母親端出了生活的鹽：苦澀、乾燥、荒涼。

——鄭小瓊〈嫁接〉

接近苦難，力呈一種生存狀態，不卑不亢，質感。這樣的作品如一桿獵槍，將當今盤旋在詩壇的「鄉村幻想」擊落在地。

也許是因為虛榮，一直以來鄉土詩的寫作幾乎處於一個完全缺席的狀態。鄉村題材詩歌寫作參與者較有影響力的還有熊盛榮等。熊盛榮雖沒有勞工者的經驗，但作為一個從農村到城市讀書並最終定居於城市的詩人，理應對於這種轉變做深度的觀照，可是我們從他的詩歌裡卻讀不出任何的錯愕，無非是對土地和糧食時代的簡單複製。而一些新生代詩人的鄉土題材的詩歌卻從異質語言、多種角度呈現出其歷史想像力，如葉丹的〈裸足賦〉、洛盞的〈五穀藥香飾〉等。

鄭小瓊更多的作品反映勞工生活，直面城市的異化和內心的衝突，「散落在機台的青春，像光線背後的陰影／慢慢地向上吞食著我的憂傷與不幸／淡藍色工衣小塊的油污，似浮雲／漉開，我不能握住高低錯落的命運」，這類詩歌雖然還不夠完美，但已足夠警醒。另外，鄭小瓊似乎也滿滿墜入一個重複自己的陷阱，文本沒有很好地像更多維、深度的方向發展。好在鄭小瓊是一個清醒的詩人，「我一直以為寫作者首先是一個理想主義者，他所堅持的部分在現實看來也許有些荒誕，但是正是這種荒誕還保持著一種沒有被異化的純粹。越來越多的寫作者正日益被這種工業時代的社會某種『成熟』的標準浸蝕著，同化著，利益的勸誘，欲望的勸誘……種種無形的力量把一個寫作者打磨成了某種需要的製品。一個寫作者應該返回他真實的內心，在返

回中不斷榨出他內心最隱祕最真實的部分。」[23]

而社會問題畢竟是表象。對於現代人來說，自我同一性解體的問題，才是最大的焦慮和噬心主題，尤其是內心深處無力改變的悲劇感。心理學家榮恩指出：「對於現代社會來說，威脅它的不再是野獸、巨石和洪水，而是某種心靈上的暴力。心理生活是世界上一種特殊力量，他超過世界上的其他一切力量。」不管是喬伊絲的「精神癱瘓」，還是奧尼爾的「悲劇來源的內在精神」，都在言說著現代人不斷膨脹的思想，不斷蔓延的糾纏與欲望，不斷喪失的行動能力，不斷痿頓的激情與意志。

阿斐作為 80 後詩人的一個早期代表，他在有意識邊緣化自己的寫作，並寫出了一批反映噬心主題，具有「歷史想像力」的作品。他的〈東方已白〉寫道：「……一次次的身心摧殘預示著老年的悲慘歸宿／像一個悲哀的國家／每天都湧出希望／每天又殺滅希望／精神空空蕩蕩／身體空空如也／一台電腦，一個遊戲／就可以讓他忽略青春的臉／整夜不眠」。

儘管筆者認為這段詩處理過於粗糙和概念化，但讀出了阿斐內心最隱祕最真實的部分，他的個人私密史不也是我們這一代的一個寫照麼？可惜我沒有從中讀出一絲希望，我寧願相信阿斐是那個被魔女變成豬的奧德賽，儘管有段時間似乎適應並習慣了豬的生活，並像王小波說的，感覺「就算這麼活著也不錯罷」，但他終究有顆英雄的心，並最終會變回英雄。

■關鍵字：彰顯現代價值；範型

奧地利精神病理學家維克多·弗蘭克爾提出了現代價值觀：創造的價值，即原創的價值；體驗的價值，熱愛生活，通過體驗發覺生活的內涵；態度的價值，以正確的態度去面對生活。弗蘭克爾的現代價值觀足以引發我們對於詩歌「現代性」的思考。其中，體驗性應彰顯在上文提及的「歷史想像力」中，下文將重點論及原創和態度的價值。

---

[23] 引自鄭小瓊博客文章〈在荒誕中保持純粹〉。

原創的價值

　　基督教裡有個詞叫做「奇裡斯瑪」，德國思想家韋伯在界定社會權威的不同形態時，將奇裡斯瑪定義爲社會不同行業中有原創能力的人，並在社會中起著示範和價值引導作用。在現代社會，詩歌和其他行業（詩歌是一種行業？）奇裡斯瑪的普遍消失乃大勢（相對而言，詩歌行業似乎更有活力），原創力的彰顯就更加難能可貴。但我們也看到，儘管中庸型的詩歌充斥著我們的閱讀視野，但「多元格局中不斷派生的各種觀念、藝術元素，已在新的基準線上彙集成新的藝術資源，爲那些具有整合能力和原創欲望的詩人們所攝取，繼而在充分的溶解、消化之後，樹立起新的文本標高。」[24]在我有限的閱讀經驗中，茱萸的大型組詩〈詞語編年史〉融合了宏大空間、時間緯度上的藝術元素，各種不同質地的語彙系統，加上作者良好的語言修養和節制性、有策略地對語言才華的施用，像黑夜裡的一塊璞玉，散發出這代人不多見的原創性的光芒。胡桑、唐不遇等詩人也在有序融合、嬗變中抵達一種同代人難以企及的高度。前文中論及的熊盛榮近期也走出傳統鄉土迷霧，詩歌中充滿了獨到的辯詰、矛盾與反思。而筆者也看到一些文本，如馮昭的長詩〈大雪〉，圖蘭者清的組詩〈迷城〉等如出一轍，幾乎是對海子精神的全盤繼承。

　　不得不補充一點的是，修辭（或曰知識分子寫作的難度表象）作爲 80後詩歌的內延，陳錯在其〈80 後詩歌：一份提綱〉有過準確點染式的論述，本文不想再做贅述。在先鋒性成爲詩歌的一個本體範疇的現代[25]，要以更理性的方式而非蠻力來破專制；至於修辭，應當「利用秩序的力量馴服它們的破壞性」（西渡語），不以破壞語法爲能事，而去探尋語言的健康與秩序，這是一件具有大難度的工作。筆者認爲，修辭和技巧，或曰難度，是一首詩（不經過詩學闡釋）構成自足的詩的前提條件，尤其在這個無比複雜的時代，一切「憑感覺寫詩」、「綠色寫作」[26]都有它很可疑的一面，難度是更堅實的東

[24] 引自燎原：〈氾濫的解構與冷清的建構〉，《詩刊》2007 年 9 月刊。
[25] 在六人對話〈當代詩歌的先鋒性〉（《揚子江》2003 年第 5 期）中，臧棣提出此觀點。
[26] 阿翔提出的概念，所謂「綠色」是指他們在寫作上受「知識分子」或「民間」的影響都較小，具有語言天分。這類寫作者一般對往的文本閱讀不多，但在語言方面具有與生俱來的敏感

西，畢竟這個時代產生不了天才式的李白或狄金森。80 後備受關注的鬼鬼的詩是「憑感覺寫詩」的代表，她的詩的特點就體現在她的語言上。如這首〈自做多情〉：「我心裡有素／有素有素啦／他每次一這麼說／我都膽戰心驚／然後我就心裡沒數／以為他愛上我了」。可遺憾但不可避免的是，她自己意識到了這一點。於是對「語言隨意」的刻意追求幾乎成了她寫詩的唯一目的。在這裡我無意貶低這種類型的寫作，並由衷為很多此類的優秀作品的驚歎（這些詩歌中的「諧隱」[27]自有其存在意義），只是想說明在這個時代保持純淨的難度和可疑。

當然，修辭和技巧仍屬於「用」的層面，卻是無比重要的，更重要的則是在現實的「褶皺」裡揭示出噬心的生命體認，兩者相輔相成，缺一不可。福樓拜女友柯雷曾對他說，應該有人為伏爾泰《贛第德》寫一個續篇。福樓拜立即反駁道：「怎麼寫？誰來寫？可能嗎？」前人們的厚重往往讓人無法承擔其重量，就像巨人的盔甲，侏儒要是想穿上它，還沒有邁出一步，就已經被壓扁了。——如果只想依靠增加外在的因素，而忽略了內在精神的訴求和技巧創新，也如同侏儒穿上了巨人的盔甲。在「精神」和「技巧」上多下功夫，私下是大膽試驗、生命體認，公開則是有效的文本，方能體現原創的價值。

態度的價值

如果說鄭小瓊詩中物質層面、現實層面的體驗性壓力是沉重的，那麼另外一位值得關注的 80 後詩人肖水的「純淨」則是精神層面或曰態度層面的體認。態度的價值在於，只要可能，我們要儘量避免苦難，但如果我們無法避免的苦難，就應該努力使這種苦難成為生活中的一種推動性的力量。「肖水的詩歌給人的第一印象是不墮落的，這種不墮落是難能可貴的氣質。」[28]

性。

[27] 朱光潛在《詩論》中對「諧隱」的解釋是，「諧隱是一種最原始的普遍的美感活動。凡是遊戲都帶有諧隱，凡是諧趣也都帶有遊戲」，至於關於 80 後詩歌「諧隱和娛樂」性的具體論述，詳見陳錯：〈80 後詩歌：一份提綱〉，《藍星》網刊創刊號（批評專號）。

[28] 引自唐不遇、木樺等著，陳錯、申道飛主編，《刻在牆上的烏衣巷》（重慶：重慶出版社，2005年），頁 5。

其代表作〈我們的糧食不多了〉（「我們的糧食不多了／我向時間伸出手／我知道，我比糧倉更加饑餓／更加困倦，使你要爲我而哭」……）、〈請求與誓言〉（「我要擁有私人的神明／就像我要擁有一整個湖的清水／和五平方米的月光／我還要擁有一個孩子／要做一件藝術品的父親／它掛在牆上／也掛在永恆的時間的上面」……）等體現的正是這麼一種承受苦難使人崇高的價值。

　　且讓我們看看陳錯和操刀子爲《刻在牆上的烏衣巷》一書所做的序中字字珠璣的一段吧：

> 19世紀中葉以後，突飛猛進的現代社會從根本上改變了作爲描述、洞悉和概括性的藝術。世界不再是想像中「充滿戲劇性的線性結構」，而是「充滿了偶然性的鬆散事實的總合」。藝術家的道路出現了三條：一，貌似對存在負責，沿襲「充滿戲劇性的圓滿的線性結構」的表達；二，致力於描述「充滿了偶然性的鬆散事實」，並以種種技術的手段加以整合使之呈現出貌似存在的一面；三，以身受難，不斷尋求與人類，與自身同步的存在並作出能力範圍之內的表達。大多數藝術家限於天賦、毅力和機巧，往往從事著一、二兩種道路，蔣峰在中國詩歌、乃至世界詩歌史中出現的意義在於：從根本上認識並順從了存在於人類自身的自然力——欲望和意識，首先不是扼殺，而是對自身的正視、瞭解和寬容，並從中提取出真正屬於自身範疇的經驗和情感。

　　如果說，茱萸的詩體現的是創造的價值，鄭小瓊的詩體現的是體驗的價值——原諒我這麼粗放的結論——那麼肖水和蔣峰則體現的是現代價值觀的核心——態度的價值。

　　我想用韋伯的一句話來結束部分論述——「這是一個除魅的時代」。這個時代不需要先知，也不需要神論，這個時代屬於普通人，每個人除了要由自己來面對這個時代以外，還要由自己勇敢承擔起責任來。

貳、結語

　　80 後一代擁有可愛而又尷尬的先天，這一代也許會奏出時代的強音，也許會淪爲時間的短板，而不管怎樣，這都是古老的語言在時間中必須經過的命運。而我們所能做的，是毫無保留地效忠於這個時代，尤其是在紛繁複雜的網路世界中保持清醒，並積極探索網路時代詩歌書寫的發展出路和突圍路徑。

　　士不可以不弘毅，任重而道遠。

參考文獻（依出版日期排序）

文本及研究專書

- 洪子誠主編，《在北大課堂讀詩》，武漢：長江文藝出版社，2002.10。
- 梁永安，《繆斯琴弦上的貓頭鷹》，昆明：雲南人民出版社，2003。
- 唐不遇、木樺等著，陳錯、申道飛主編：《刻在墻上的烏衣巷》，重慶：重慶出版社，2005。
- 小魚兒、陳忠村主編，《中國網絡詩歌年鑒》，沃爾特·惠特曼出版社，2006。
- 陳超，《中國先鋒詩歌論》，北京：人民文學出版社，2007。
- 朱光潛，《詩論》，合肥：安徽教育出版社，2007。
- 蕭開愚，《此時此地》，開封：河南大學出版社，2008.1，第 1 版。

期刊論文、專書論文、報紙評論

- 臧棣等，〈當代詩歌的先鋒性〉（六人談話），《揚子江》2003 年第 5 期。
- 陳錯，〈80 後詩歌：一份提綱〉，《藍星》網刊創刊號（批評專號），2004。
- 桑克，〈當代詩歌的先鋒性：從肆無忌憚的破壞到驚心動魄的細致〉，《江漢大學學報（人文科學版）》第 24 卷第 4 期，2005.4。
- 燎原，〈氾濫的解構與冷清的建構〉，《詩刊》，2007.9。
- 燎原，〈頭頂巨石的詩歌銀針〉，《星星》，2008 年第 2 期。

網路資源

- 老刀，〈無效的重複與復辟——關於「八十年代」的一些隨想〉，詩生活網站老刀專欄，寫於 2001 年 12 月。

講評

施戰軍[*]

　　這是一篇相當紮實的論文，作者梳理了大陸詩歌的發展脈絡，而且有自己的價值立場，尤其可貴的一點是在關連性上做了區分，例如 80 後的詩歌和 70 後、60 後、50 後有何區分，論文中指出 80 後詩歌和此前詩歌傳播起源不同，50 後、60 後可能是依靠手抄本，80 後則是從網絡起來的。一般 80 後的年輕學子易犯眼高手空的毛病，什麼都是我說了算，眼界很高但手裡是空的，作者因爲有創作的經驗，結合學術理論，比較紮實，這是很好的學術態度。

　　我要給予幾點建議，第一，需建立起具有自我特色的理論術語與審美資源，這篇論文中所使用的還是 50 後、60 後的評論者的理論，用於論述 80 後不是很恰當，針對不同的研究對象，要運用不同的術語與理論，具有自己的獨特性。第二，每個時代的文學往往都是從詩歌開始的，但是應該要面對整個文學狀況來做發言，不應受限於詩歌，要用自己的角度爲大時代的文學環境提出信心的確證。一般說來，大陸的文學發展是 50 後的 1980 年代文學，60 後的 1990 年代文學，70 後的新世紀前後文學，80 後的 2000 年代中期到末期文學，希望作者要有開創的雄心，應該要有信心從詩歌的角度給這個時代文學的主流或文學的主要傾向一個個性的確證，而信心和雄心是在積累的基礎上摸索建立起來的，作者已有了這樣的積累，期許他們在理論上能有一種氣魄，這種氣魄就如論文題目所說的——要有灰燼裡的火光的閃耀。（編按：本文據會議講評發言整理而成。）

[*] 山東大學文學與新聞傳播學院副院長

有人的故事：馬華網路藝文社群探析
——以「有人部落」爲例[1]

高坤翠[*]

摘要

　　「有人部落」連奪數個部落格大獎，在馬華及海外文壇引起了關注。本文擬以「有人部落」爲例，觀察馬華文學數位化的趨勢，並從文人結社的角度，分析此網路社群如何利用網路的優勢，向大眾傳播小眾的文學及文化。此外，「有人部落」所出現的留言及爭論，形成了游擊戰式的文學批評，進而推移成文人之間的政治問題，值得進一步深入探討。

關鍵詞：有人部落、網路社群、馬華文學、文人結社、游擊戰式的批評、文學獎

---

[1] 本文在撰述之初得魏月萍老師提點。許維賢老師在撰文過程中更給予極寶貴的意見，提醒筆者注意「有人部落」與文學獎的關係，以及相關的論爭，在筆者的思路開拓上有很大的幫助。此外，筆者在撰文過程中曾與「有人部落」的負責人在南方學院進行訪問，他們是曾翎龍、楊嘉仁、呂育陶及周若濤。筆者特此感謝所述諸位的幫助。
[*] 南洋理工大學中文所碩士班，E-mail：green_forever@hotmail.com

壹、網路社會的初構成

　　網絡社會的崛起迅速轉化了現代人的生活模式。這個巨大的改變引發了社會的重大轉移。而文學與文化研究者也觀察到文學的書寫方式正面對巨大變革。這變革如同印刷術的發明，對人類文明有著深刻的影響。

　　筆者希望藉此論文來窺探文學存在模式（數位化）的轉變對於文學發展的影響。本文將以「有人部落」爲主要論述點，觀察「部落格」文化如何進入馬華文學的發展核心，隱約地改變著馬華文學的推廣、閱讀及發展。而在諸多部落格中，筆者認爲「有人部落」具一定的代表性，除了有完整的發展規模，更凝聚了一群重要的馬華文學愛好者，引起了國內外文壇的關注。

　　2008 年 3 月 18 日，馬來西亞政治大變天，論者指此次大變天的背後原因是網路媒體潛移默化所起的作用。從這一點觀察，馬來西亞逐漸走入網路社會。[2]馬華文學也開始出現「上網」的趨勢。南方學院馬華文學館陸續把一些研究資料數位化，方便四面八方的研究者進行研究工作。[3]除此以外，台灣元智大學的陳大爲與鍾怡雯也在台灣行政院國家科學委員會專題研究計劃的獎助下設立馬華文學數位典藏中心。[4]此外，馬來西亞也出現了許多討論大馬政經文教課題的論壇，《自由媒體》就是一例。馬華文學的愛好者逐漸以網路的方式閱讀與會面，不再只依賴文藝副刊爲資訊來源。

貳、虛與實之間的跳躍：網路藝文社群的發端

---

[2] 相較中、港、台及新，馬來西亞社會的網際網路尚屬落後。這基於馬來西亞整體的發展參差不齊，城鄉之間的網路發達度相差很遠。而就網速而言，大馬的網速也比所提的幾個國家來得緩慢。但是隨著城市化的推廣，許多的網路資訊得以傳播，網路媒體也開始在馬來西亞變得重要。如著名的馬來西亞電子新聞媒體《當今大馬》（http://www.malaysiakini.com/）就是一例。馬來西亞首相阿都拉及多位時事評論家更認爲，2008 年的大馬大選，反對黨高票勝出多個議席的主因是網路媒體操縱了大量的訊息，影響了選民的想法。有關報導請參http://www.dwnews.com/big5/MainNews/Topics/2008_3_2_11_23_43_772.html。從這一點看來，馬來西亞大部分城市的居民已經處在網路社會了。

[3] 該網站爲http://www.sc.edu.my/mahua/searchmenu.htm（馬華文學館）

[4] 該網站爲http://ctwei.com/mahua/main.html（馬華文學數位典藏中心）

　　令人關注的是，馬華文學創作者開始擺脫傳統的副刊框框及出版書本的方式，以部落格來發表文章蔚然成風。對於創作者而言，這樣的轉變或許是無意識的。書寫者或許只希望能夠擁有一個自由的空間來發表自己的文學創作。這些部落客中不乏知名馬華作家。[5]其中一個令人側目的部落格是「有人部落」。它集合了一群異地域的馬華作家，製造一個跨領域的文化空間。以下為該部落格的版面宣言：

> 馬華文學後浪潮。眾聲喧嘩，一個張揚的居所。
> 眾聲喧嘩的馬華創作者社群。跨領域（文學、電影、音樂）跨地域（新馬、歐美、台灣、大陸）的創作平台。當心靈與肉身散居各處，他們仍回歸這網上幻土，用剎那閃現的靈感哲思、已完成或未完成的作品，拼貼出多元多變的馬華風貌。[6]

　　版頁上的介紹文字，或隱或現地，道出了「有人部落」的緣起。它有意地以數位文學的力量，拼湊出一股散落在國內外的文化群體（當中又以馬華文學為大宗）。從此段華麗的文辭裡我們可以感覺到「有人部落」經營者的「雄心壯志」。它想利用虛擬的空間，為馬華文化經營者尋求一個實在的溝通平台，突破紙本難以做到的「眾聲喧嘩」的局面。從「有人部落」的成立以及經營，我們可以從中窺看馬華文學的一些問題。如文化社群的建立，以及文學傳播等問題。

　　「有人部落」是具有規劃性及持續性的文學社群。它在成立之初就有著宏觀的視野，致力營造一個闊大的馬華文化平台，有意讓馬華各界的創作者與批評者在同一個「屋簷」下自由說話，從而達至「眾聲喧嘩」的評論場域。這樣的溝通平台無疑是難得的，而「有人部落」這個社群背後的成員都是一批長期活躍於馬華文壇的作家及文人。當中不乏馬來西亞各大報文藝副刊的

---

[5] 馬來西亞這幾年開始湧現了許多部落客，都是活躍於政治和文化界的人士，其中不乏馬來西亞知名作家。有關馬來西亞的部落客的名單，請參考http://malaysian-blogger.blogspot.com/（馬來西亞中文部落客（博客）列表）。

[6] http://www.got1mag.com/blogs/got1mag.php/c74/（有人部落版面）

常客，有者更是報章的編輯與記者。「有人部落」跨領域與跨地域的廣闊視界一脈相承自主流媒體的藝文版的路線。有別的是，「他們仍回歸這網上幻土」，而回歸的方式則是在一個虛擬的世界裡尋找實在的故土情結，「拼貼出多元多變的馬華風貌」。

「有人部落」跨領域的藝文社群在馬華文化界是一個重要的發端。在之前，馬華文學也有過結社的例子。其中稍有名氣的天狼星詩社就是一個很好的例子。[7]然而相較馬華文壇裡曾經出現的詩社與文學結社，「有人部落」所呈現的面貌，不只是一個追求純文學創作為本的文學社群，更期許的是一個廣義的文化交流。這群文化工作者在成立網路版「有人部落」之始即意識到馬華社群的文化對話之必要。

作為民營的藝文社群，「有人部落」所付出的心力有別於一般的網路社群。成員中有者早已是報界的經驗豐富編輯、各大文學獎的得獎常客或知名的專欄作家。網路版「有人部落」是他們的其中一個建立藝文社群的重心所在。「有人部落」建立之初，即南上北下地與老中青作家進行文學交流，舉辦一些文藝沙龍，對於一群業餘工作者而言，這樣的努力實屬難能可貴。以下為「有人部落」所舉辦的文學聚會。部分的文學活動的現場實錄或狀況可見「有人部落」的〈周末沙龍特輯〉部分。

時　間	題　目	地　點
2005 年 8 月 27 日(星期六)	關於後巷文學的週末沙龍不在後巷舉行	吉隆坡文化街大將書行
2005 年 9 月 24 日(星期六)	八十年代	紫藤茶坊
2005 年 10 月 29 日(星期六)	笑話馬華文學	吉隆坡椰子屋
2005 年 10 月	出賣文學——文學的行銷與包	吉 隆 坡 時 代 廣 場

---

[7] 關於天狼星詩社的簡介，可參江少川編：《台港澳暨海外華文文學教程》（武漢：華中師範大學出版社，2007 年），頁 260-263。（待詳查）此外，「有人部落」的前身《有本雜誌》在成立之初已有結社的意識。「或許我還多了些文人結社的浪漫情懷，遙想當年《今天》雜誌同人騎單車貼大字報，遙想溫瑞安神州弟兄們聞雞起武——難不成我們不能崛起為天狼星黯滅後另一眾所仰望的光體？」見曾翎龍：〈想我雜誌的弟兄們〉，《星洲日報》副刊，2005 年 4 月 19 日。

12 日(星期六)	裝	Borders書店 1 樓內的 Starbucks Cafeé
2006 年 1 月 14 日(星期六)	當地志書寫遇上鄉愁	新山南方學院一樓會議室（106 室）
2006 年 3 月 25 日(星期六)	週末沙龍在檳島和大山腳	大山腳。日新獨中圖書館，學檳城——從地方書寫談檳城意象
2006 年 4 月 29 日(星期六)	17...26 同學會——當我們同在一起（7 字輩作品展）	吉隆坡文化街 i-Kopi Cafe
2006 年 6 月 10 日(星期六)	Zai 南洋	吉隆坡 Leboh Pudu, 靚湯餐廳 (Central Market 附近)
2006 年 7 月 29 日(星期六)	淘洗近打歲月	學樂書苑，怡保休羅街頭 206 號
2006 年 7 月 30 日(星期日)	小鎮作家的故事	曼絨文友會
2006 年 12 月 30 日(星期六)	靈感拒絕降落的時刻——談創作瓶頸及計劃寫作	吉隆坡文化街 i-Kopi Cafe
2007 年 2 月 6 日(星期二)	文學獎：成名的心結語焦慮	馬大文學院講堂 A（馬大圖書館左邊）
2007 年 3 月 3 日(星期六)	新年沙龍暨淺酌聚會	黃俊麟先生住所

　　從這些文學聚會中，我們可以發現有人的一群的結社意圖並不局限於虛擬世界，「有人部落」是「有人」結社及宣傳文學活動的一個方法及管道。這個成員背景多元，有從事廣告、資訊工藝、新聞媒體、出版、音樂、電影甚至投資界，結合成了亦虛亦實的文化社群。「有人部落」的文藝沙龍的主題以文學，特別是馬華文學為主。這個文學社群結合老中青數代的馬華文學與文化工作者（其中又以文學為主），從經營者的早期所辦文藝沙龍活動看來，他們有意不斷地尋找新的成員「入會」及用心推介網路版「有人部落」。礙於「有人部落」的成員都是業餘性質，加上民營而無公費資助，所以在活動以及貼文方面出現間斷的問題。[8]

---

[8] 根據網路版「有人部落」中所記錄的活動時間，筆者發現這個社群無論在 2007 年後，無論虛擬和現實世界中的交流越來越少。筆者在此處無意對此現象作進一步評析，但是要補充說明，有人出版社這兩年來在出版方面的工作特別積極，出版了許多與馬華文學相關的作品。

有別於一般的網路文學或文化群體,「有人部落」在現實世界的社群聯誼及交流也非常頻密。[9]而當中的聯誼活動,並非都具有文學的色彩,有者也只是單純的茶聚,並沒有與文學或文藝掛勾。從「有人部落」這個文化社群的生命在現實生活裡的延續,可以發現「有人部落」的意圖不只是經營一個虛擬文化,而是有意識與馬華社會作密切的互動。「有人部落」通過網路媒體成功把這個社群推介給全世界的中文創作者。根據「有人部落」本身的統計,瀏覽「有人部落」的人數,百分之五十來自馬新,百分之三十來自台灣,剩餘的則來自世界各個角落。[10]

參、紙本與數位的徘徊:小眾文學傳播的空間追尋

眾爲人知的網路版「有人部落」是由有人出版社所經營。有人出版社的前身,是鮮爲人知的《有本雜誌》。「有人部落」與《有本雜誌》的經營者其實是同一批經營者。[11]《有本雜誌》由目前網站的負責人,曾翎龍和楊嘉仁,以及其他大學同學滿懷理想,共同創辦的雜誌。[12]在出刊兩期後,便草草結束。直到大家相繼出了社會,在職場上累積了一些經驗,才又決定成立出版社。他們原本想復刊《有本雜誌》,但是覺得過於冒險,所以便先成立有人出版社。他們先以電子報取代《有本雜誌》的紙本方式。選擇以網路的形式,呈現原本對於雜誌內容的構想。以下爲「有人部落」所出版的電子報內容及期數。[13]

---

[9] 由於「有人部落」並行於現實與虛擬,所以筆者在敘述過程中,將會以「有人部落」指整個藝文社群,網路版「有人部落」指虛擬世界的網路社群。

[10] 「有人部落」負責人楊嘉仁表示,「有人部落」在中國被禁,後來他們再設另一網址來解決相關問題。該網站爲www.yourenblog.com/。

[11] 《有本雜誌》與「有人部落」的成立間隔了五年,當中的核心會員有所更動,但大部分仍然留守爲「有人部落」把關。他們是呂育陶、曾翎龍、楊嘉仁、周若濤。

[12] 有關《有本雜誌》的成立過程,可參曾翎龍〈想我雜誌的弟兄們〉一文。該文詳細記敘了《有本雜誌》的緣起,及創刊者如何歷經波折,出版了兩期的《有本雜誌》。

[13] 該圖表來自http://www.maillist.com.tw/maillist/maillist_browse.cgi?maillist_id=ruotau(魅力站),並與「有人部落」網路負責人周若濤確認相關資料的真偽。

編號	電子報主旨	發行日期	發行量
1	有人部落電子報：【有人書展活動】在書展尋找文學出版新契機html	2008-05-23	443
2	【書市聚焦】馬來西亞，有人出版html	2007-05-28	394
3	【新書預告】黎紫書微型小說集《無巧不成書》html	2006-05-17	362
4	「美麗的馬來西亞」電影巡迴展在檳城：今天（7月17日）傍晚六點html	2005-07-17	265
5	【有人部落】——有本雜誌新面貌html	2005-06-21	249
6	有本雜誌二〇〇四年六月號：《傷心的隱喻》——方路詩集html	2004-06-03	155
7	有本雜誌二〇〇四年五月號：孤獨的使者——方路詩展之二html	2004-05-23	156
8	有本雜誌二〇〇四年四月號：備忘之島——方路詩展之一html	2004-04-17	145
9	有本雜誌二〇〇四年二月號：在時間廣場，活著說故事html	2004-02-29	123
10	有本雜誌二〇〇三年十一月號：承受過量的輻射／一個偏僻的面孔html	2003-11-28	89
11	有本雜誌二〇〇三年九月號：有人在檳城——《有本詩集》詩人訪談錄影html	2003-09-15	66
12	有本雜誌二〇〇三年七月號：《有本詩集》推介禮現場錄影html	2003-07-16	52
13	有本雜誌二〇〇三年五月號：有本詩集——22人自選html	2003-05-30	30
14	有本雜誌創刊號：專題夏宇html	2003-04-16	5

「有人部落」的電子報雖然克服了經費的問題，卻難以進入有規律的持續狀態。「有人部落」的電子報延續了《有本雜誌》的理念，向讀者推廣馬華文學的純文藝創作，主題內容上明顯去政治性。

部落格還未興起前，靜態的網頁，並未帶來成效。直到後來部落格技術興起，便開始嘗試新的呈現方式，也就是現在的網路版「有人部落」。[14]

《有本雜誌》創辦之初，所刊多屬小眾的文藝作品，一本馬幣四元，卻

---

[14] 摘自http://blog.chinatimes.com/blognews/Archive/2007/08/21/190767.html（中時部落格的新聞訪問）。

經營慘澹而不再出版。「有人部落」負責人自認他們的文藝觀都是小眾的文學。[15]《有本雜誌》的編輯多屬現代詩詩人。從《有本雜誌》的內容來看，他們對於文學作品的語言有高度的要求。琢文雕字的文學，對於大眾而言卻不易讀。

從《有本雜誌》的創刊號可看出當時還是大學生的創辦人非常用心。雜誌文字略帶詩意，巧思處處，凸顯了這一群新生代作家的創意及用心。當時的創刊編輯呂育陶、郭俊峰、林悅、曾翎龍在創刊號上發表的宣言，敘述著自己對於文學創作推動的理念。《有本雜誌》的圖文配搭時有衝突，流露著初生之犢的魯氣。與由龔萬輝設計的網路版「有人部落」相比，版面設計乾淨俐落，字與畫自然互動，但卻藏著相似的現代感。《有本雜誌》的編輯文字及版面設計雖然不及「有人部落」般精煉，但是閱讀之下依舊可以感覺到文字之創意。例如創刊號的專題探討青少年的問題，題目以「無留血解剖事件－分解青少年」，詩歌創作的版位為「藏詩閣」，介紹好書的版位為「大書特書」等等。

《有本雜誌》的編輯雖然是大學生或社會新鮮人，可是不少已在馬華文壇小負盛名，是國內大大小小的文學獎得主，文章散見於各報刊文藝版。《有本》創刊之初就引起文壇的關注。《有本雜誌》的出版雖然在馬華文壇不是一件大事件，但也不失為一件難得的盛事。當時的文壇名家如黎紫書、蔡明亮、傅承得都同賀《有本》的出版。如同《有本雜誌》編者呂育陶在創刊號所言：

> 聽了太多關於辦雜誌的壞消息，但是我仍然決定放手一試，別人做不好不代表自己做不好，萬一自己也搞不好也無妨，至少我可以告訴後來的人如何避開路上的巨石和洞坑。有一次，我們在一個文學獎的頒獎典禮上遇到一名得獎者，我說不好只顧參賽，多發表些作品，他很無奈地說有投稿啊，文藝版就只那兩大版，老編又不採用。我聽了就暗自決定若

---

[15] 「有人部落」的負責人楊嘉仁認為，文學對於他們而言都是小眾的文化，他們一直以來所追求的文學美較少為大眾所接受。

　　有機會就辦雜誌，容納四方八面不同的聲音，在月刊被高築的帳單拉長

成雙月刊、年刊或畢業刊的荒涼年代。我相信文學的火種還在。[16]

　　這一段文字凸顯了這群年輕人「明知山有虎，偏向虎山行」的決心及意
志。《有本雜誌》出版之前，馬華文壇出現文學雜誌真空的狀態，馬華新生
代作家就只能依賴文學獎與文藝副刊的版位發表文字。這群曾經讀著文學雜
誌成長的文學青年於是群策群力，出版了《有本雜誌》。一如眾人所預期的，
《有本雜誌》沒有創下馬華文壇的奇蹟，反辦了兩期就停刊。但是《有本》
的創刊，凸顯了新生代創作者對於馬華文學與文藝推動的熱情，其中的精神
非常可貴。

　　《有本雜誌》出版了兩期，2000 年 9 月後就無聲無息地消失在馬華文壇。
這五年間，他們也嘗試出版電子報，但是卻沒有引起太大迴響，訂閱人數非
常有限。2005 年，「部落格」開始在馬來西亞流行。「有人部落」的負責人帶
著玩票性質地實驗建立網路版「有人部落」，利用網路世界的廉價與便利來
推動社群活動，意外地打出名堂，奪得 2005 年全球部落格大獎藝文類首獎
及 2006 年全球部落格大獎社群經營推薦優格。網路版「有人部落」成立之
初即吸引了一批馬華作家的聚集，群居在平面的框框。它的建立凝聚了一群
的文學作家與讀者，逐漸形成一股力量，進而擴大小眾文學的圈子。相較《有
本雜誌》的慘澹經營，網路版「有人部落」在馬華文壇慢慢構成了穩定的讀
者群。這個群體涵蓋了老中青，跨越了幾代的馬華作家及有志創作者，對馬
華文學的凝聚力有著一定的貢獻。[17]

　　「有人部落」在現實生活裡延展他們的生命力，特別凸顯在「有人部落」
這兩年的出版工作。有人出版社陸續出版了與馬華文學與馬華文化相關的書
籍，進一步擴大了有人的地圖。

　　這些書籍多與馬華文學與文化有著很大的關係。一個跳躍於現實與虛擬

---

[16] 呂育陶等編：《有本雜誌》創刊號，吉隆坡：綠點創意空間，2000 年 4 月，頁 1。
[17] 「有人部落」的成員包括黎紫書、林金城、陳志鴻、陳翠梅、劉富良、許玉蓮、木炎，莊若
　　等，會員眾多，難以於此盡述。

的藝文社群，在紙本與數位的徘徊，這群文友的大方向是純文藝小眾文學的推廣，網路版「有人部落」只是鞏固這個藝文社群的對外平台，一個有力的媒介。「有人部落」以部落格的形式的經濟方式呈獻給廣大的讀者，不僅能見度提高了，它所能達到的互動性也是傳統媒介難以做到的。然而，部落格的呈現形式也有一定的局限性。「有人部落」徘徊在數位與紙本之間，不難發現這個標榜「慢工出細貨」的藝文社群所認同的文學觀有別於一般網路文學作品，甚至是對立的。[18]

2007 年中旬以後，「有人部落」的貼文速度及藝文活動明顯減少，然而有人出版社的出版品卻明顯增加。筆者認為，這與「有人部落」在數位媒體的傳播上面對的局限有關。網路上的文字缺監管制度，每個人都有權力自由發聲的情況下，作品出現參差不齊的問題。紙本出版品正好互補了網路的缺點。

在「有人部落」出現的文章，有者已經發表在報章副刊上。例如大馬飲食作家林金城就有這樣的見解：

> 我是一個不會滿意自己文章的人，報章上發表的專欄文章，出現在部落格時，文字會有所調整或者增刪，變成網絡版的文章，待結集成書之時，文章又會再經過潤飾。[19]

「有人部落」的所出現的文字嚴格來說不屬於網路文學。它與紙本網路對於這個社群而言，與紙本而言只是一個傳播媒介。部落格裡的文章甚至再由有人出版社結集成文。例如黎紫書的《因時光無序》中就收入她在「有人

---

[18] 「雖然說有人或許也需要走張貼廣告的路線，我想我們的文字依然是賣點，當然慢工出細貨的原理我們是懂得的。而且，不是所有的讀者都喜歡吵吵鬧鬧。」這段文字出自「有人部落」的主要負責人楊嘉仁的文章，見 http://www.got1mag.com/blogs/ bubble.php/2005/11/13/whyblog。他認為不管是部落格還是雜誌，都是一些工具，一些傳播文學思想及推動文學創作的媒介。這些媒介隨時都有被替代的可能。

[19] http://www.chinapress.com.my/topic/focus/default.asp?sec=blog&art=0324blog.txt（馬來西亞《中國報》十分專題）。

部落」所發表的文章。[20]

從這幾個例子看來，「有人部落」這個網路社群雖然成名於部落格文化，可是不完全依賴網路來發展該社群。換句話說，他們只是以網路作爲其中一種閱讀形式。「有人部落」的策劃人之一曾翎龍更表示，對於紙本的執著是讀書人的堅持。

肆、眾聲喧嘩：游擊戰式的批評場域

「有人部落」分爲數個類別，即友站推薦、有人出版品專區、研討會專題、藝文訊息、周末沙龍特輯、部落輪播及留言版。相較紙本出版的細心挑選，「有人部落」的整個經營方式是帶著自由色彩，有意形成一種眾聲喧嘩的狀態，讓讀者與作者在平等的位置上對話。這是「有人部落」在網路生態的重要特質。「有人部落」的負責人指出，對於該部落的貼文及評論不加修飾及增刪，是該部落重要的特色之一。他們認爲這有助於四面八方的馬華文學愛好者雲集於此論英雄。論者包括學者作家、馬華老中青文友、海外讀者等，皆可以在此地暢所欲言。換言之，這個平台的課題討論，足以反映馬華文學的特定狀況。

對於網路上的評論文字，學界往往貶過於褒，人謂其參不齊，且匿名者可能帶有惡意而胡作批評，對個人心靈造成傷害。如楊照所言：

> 網路變成奇怪的電子版集體call in，大家都取消了身分，發表片段的意見，讓意見們在螢幕上亂飛亂舞，人跟人卻沒有對上話。我總覺得這樣的對話沒有信任的基礎。你們要怎樣判斷哪個匿名的意見是由誰站在什麼立場以什麼用心發出來的？大家彼此匿名來匿名去，講了一大堆、交換了一大堆想法，卻沒有交上朋友，而是因爲自己躲藏在匿系統後面，反正別人找不到你。我們一定要靠讓大家找不到，才有辦法說真話嗎？

---

[20] 詳參http://www.got1mag.com/blogs/got1mag.php/c76/，〈有人出版專區〉，關於《因時光無序》一書的簡介。

這不是有點悲哀嗎？[21]

楊照的意見固然是網路批評的重要憂慮。處於網路社會的狀態，網路批評的輿論影響力估計不會低於傳統的大眾媒體。不負責任的網路批評日後極可能會引起一連串的社會問題。然而，去除監管機制的留言板無疑提供了一個自由發話的平台。在正面與負面的交迎下，網路生態中的游擊式的批評方式無疑是值得觀察的數位現象之一。

「有人部落」的瀏覽者廣泛眾多，當中不乏有能之士，學者作家，繁雜不齊的評論偶見鑿見。一些特定課題的討論其實透著馬華文壇的潛在問題。筆者從剖析「有人部落」中所出現的游擊戰式的文學批評，觀察網路文學評論的價值與隱憂。早有網民批評「有人部落」的這種游擊戰式的文學批評：

> 我發現在這個網站留言的
> 大部分對問題的思考與基本的論述能力都沒有
> 所以每次的回應都是言不及義的扯淡
> 這就是馬華寫作者的水準？
> **thong [訪客]** 2006-06-21 @ 21:38 [22]

這番言論雖然是一事實，但批評本身也沒有多加論述。沒有邏輯基礎的批評是我們在探討網路文學批評的一大關鍵問題。「有人部落」中多屬知名作家，可是「有人部落」卻少見有理有力的討論議題。這個現象不禁讓人懷疑，這群結社的馬華作家的水平問題。但是，我們能忽略的是，去論述的批評是網路生態的特質之一，論者不能以傳統的標準去要求網路出現的文學批評。

網路版「有人部落」的主頁所貼之文體現了經營者的客觀性。經營者為

---

[21] 楊照：〈身分與故事〉，《中國時報》，1996 年 6 月 18 日，人間副刊。轉引自須文蔚：〈臺灣網路文學社群特質之初探〉，《臺灣數位文學論》，台北：二魚文化事業有限公司，2003 年。

[22] 有關留言其實是在討論張景雲的〈失去的好地獄〉一文時，所提出的批評，詳參 http://www.got1mag.com/blogs/got1mag.php/2006/06/20/a_er_e_eoia_ya_a_aooa_oc_ccfa_ma_becsa_。

了營造「眾聲喧嘩」的氣象，賦予討論者在傳統媒體所沒有的自由。經營者其實並沒有涉入自身的權力監督與影響相關的討論。網路版「有人部落」負責人楊嘉仁先生認為，不為網路版「有人部落」的議題作粉飾，能保持討論的真實性。所以，網路版「有人部落」留言裡所出現的議論，再加上「有人部落」的代表性及知名度，可以作為我們觀察馬華文學問題的線索。

　　「有人部落」的成員中多屬馬華文學獎寫手。當中的主要負責人是初期籌劃《有本雜誌》的「六人組」[23]。「六人組」的相識與文學獎有著很大的關係。他們是在馬來西亞大專文學獎中彼此相識，志同道合下共建文友圈，進而成就了「有人」社群。網路版「有人部落」的主頁中也出現了許多與文學獎有關的訊息與評論。[24]

　　文學獎的議題在近年來逐漸引起關注。[25]網路版「有人部落」的藝文資訊台更大量網羅了世界各地大大小小的文學獎訊息，長期張貼於網路版「有人部落」，對寫作者打開了通往文學獎的大門，與海外文壇有了更多互動的機會。不少外國學者作家長期瀏覽網路版「有人部落」，以此認識馬華文學。網路社群的便利無疑縮小了地域上的距離。[26]網路版「有人部落」與文學獎的互動關係可以提供我們另一個角度，思考馬華文學與文學獎的若干問題。在網路版「有人部落」眾多的討論中，文學獎或文學獎得主有關係的議題就引起幾番爭論。因此，文學獎的討論非常適合作為一個探討網路版「有人部

---

[23] 所謂「六人組」實為整個「有人」社群的主要負責人。他們從辦《有本雜誌》到成立有人出版社，再以玩票性質創網路版「有人部落」，漸漸引起海內外的馬華文學愛好者關注。他們依據各長，站在不同的崗位上撐著「有人」這個藝文社群。但是，由於各個因素，「六人組」也已經各自分散。

[24] 筆者在與「有人」群體的負責人進行訪問時提及這一點，網路版「有人部落」對於文學獎的議題及訊息特別重視。他們否認相關現象。但是，他們在訪問中也透露，他們經營網路版「有人部落」是無意識的，對於部落裡的內容沒有過度的規劃。所以，筆者認為，有人對於文學獎的關注是出自於這個藝文社群的負責人對於文學獎的原始關心，進而無意間流露在「有人部落」的空白處。有關「六人組」的相識，可參曾翎龍：〈想我的雜誌兄弟們〉，《星洲日報》。

[25] 「有人部落」社群在 2007 年 2 月 6 日就舉辦過《文學獎：成名的心結與焦慮》的研討會。有人出版社也出版了黎紫書的《花海無涯》，以論述馬來西亞最具影響力的花蹤文學獎為主題。馬華文學數位典藏中心也特別收集馬華作家在馬來西亞及海外的得獎紀錄。就文學創作與學術研究而言，文學獎在當前與未來必然成為一個重要的議題。

[26] 根據楊嘉仁先生表示，網路版「有人部落」的訪客百分之五十來自馬來西亞，百分之三十來自台灣，其他來自世界各地。

落」裡的文學或文化批評的個案。

馬華作家賀淑芳得聯合報小說評審獎，網路版「有人部落」出現報喜文字，社群陸續出現了賀言。

恭喜恭喜
也恭喜某人的散文進入決審，已經很接近囉！
木焱 [會員:muyan] 2008-09-20 @ 12:59

恭喜恭喜！
fireylt [會員:fireylt] 2008-09-21 @ 00:28

恭喜恭喜！
我還記得第一次讀到《別再提起》時的震撼和深刻。而這次又是怎麼樣的震撼和深刻我好期待快點看見這篇旋風般的小說。
（我也恭喜散文進入決審的某人^^）
小明 [訪客] 2008-09-21 @ 02:59

獻上真誠祝福
無限恭喜！
葉蕙 [訪客] 2008-09-22 @ 19:34

哇，是葉蕙欸！
0reo [會員:0reo] 2008-09-24 @ 19:36 [27]

以上的賀詞都是一些正面的話語，對於得獎者與入圍者都體現了尊敬與祝福。但是，網路版「有人部落」出現一些匿名議論沒有提出實據妄作批評，

---

[27] http://www.got1mag.com/blogs/news.php/2008/09/19/-244（有人部落）

並對文學獎得主進行人身攻擊。其中甚為激烈的是「把龔萬輝送進十大！婉君送獎品！」一貼，留言者先評翁婉君護夫心切，為了鼓勵更多人投票入選十大好書而故意送獎品。再評龔萬輝為駱以軍第二，並比較陳志鴻與龔萬輝的成就，以此貶低彼方。續而引起一番論爭。當中更涉及一些不雅的詞語如意淫、打飛機等，並對相關作家的人格有意損傷。此外，論爭者不斷增加，凸顯了兩位作家存有支持者。從這些支持者的留言可以發現他們極可能是馬華後起之秀。這些論爭不乏言有理之處，但是更多是脫口之言，旨在傷害某些人。[28] 這樣的爭論不只傷害當事人，更對經常瀏覽網路版「有人部落」的後輩造成不良影響，甚至惡性循環。這樣的爭論應證了楊照對於網路生態批評方式的焦慮。相關的討論完全悖離原貼的意義，相反的一堆匿名者互相針對一些文學獎得主。細看底下，這些批評非但沒有實質地討論問題（或者說根本沒有問題為基礎），只是一場在網路社群開展的無理人事鬥爭。在討論中也可以看到這樣的匿名「大病初癒竟變得苦口婆心@干陳耀宗鳥事呢[訪客]」。這也凸顯了虛擬社群的一大問題。由文人結社所牽引的文人政治，在虛擬世界裡會演變成毫無意義的游擊戰。

論爭之中也討論到網路的匿名客的人身攻擊，以及網主應該刪貼的問題。網主也表示會考慮監管網站的留言。但是在筆者與「有人部落」負責人的訪問中，他們表示暫時不會再對惡意留言進行刪剪。換言之，網路版「有人部落」的留言版提供了一個論壇式的批評場域，讓論者擁有完全的發言權。

另一個曾出現在網路版「有人部落」的激烈爭論課題是花蹤文學獎的公信力問題。[29] 花蹤文學獎是馬華文壇的盛事。[30] 在網路版「有人部落」裡所出現的討論在主流媒體中幾乎絕跡。相關的討論許多一刀見血，清楚內幕，極可能是該文學獎的核心人物。從獎金、參賽規則到評審機制，把花蹤文學獎的問題攤露無疑。更有趣的是，討論者包括主辦單位的負責人，參賽者等，

---

[28] 有關的論爭內容，請參http://www.got1mag.com/blogs/got1mag.php?title=a_ef_e_nef_e_e_sa_acsif_ac_a_e_c_a_if&redir=no&more=1&c=1&tb=1&pb=1&cpaged=4。

[29] 相關的爭論，請參http://www.got1mag.com/blogs/got1mag.php?title=a_a_ce_pesca_ascc&redir=no&more=1&c=1&tb=1&pb=1&cpaged=2。

[30] 有關花蹤文學獎的詳細資料，可參考黎紫書編著：《花海無涯》，吉隆坡:有人出版社，2004。

達到了眾聲喧嘩的場面。匿名者可能受制於主辦機構《星洲日報》的權力，而以匿名方式暢言，道出了問題的核心。創作者對於主辦單位的不滿，可從權力以外的媒體，得以宣洩及提出。

網路版「有人部落」從文學獎的藝文資訊到得獎消息，以及曾經出現對文學獎相關課題所出現的討論，不難發現「文學獎」是這個社群所關注的重要主題。「有人部落」也曾經舉辦過與文學獎有關的研討會及出版與文學獎有關的書籍。而從網路版「有人部落」對文學獎課題的爭論來看，「有人部落」的創作群與讀者群，大部分對文學獎有所關注。[31]

「有人部落」負責人楊嘉仁也表示，許多時事評論作家被「有人部落」婉拒成為成員。「有人部落」有自身的風格色彩，內容多去政治性。許多關於馬華文學的重要議題在網路版「有人部落」不見蹤影。如馬華文學被國家文學邊緣化的問題就是其一。所以，它所呈現的只是其中一種馬華文學的面貌，而非全貌。無論如何，網路版「有人部落」依舊是馬華文學當前在網路的一道美麗的文化風景。

伍、結語：對立的緩衝

本文的敘述主要從文學社會學的角度來探析「有人部落」與馬華文壇與社會的互動關係。有鑒於此，本文並未以該部落的經營策略與文章優劣來評定它的價值。相反的，筆者希望透過「有人部落」這個藝文社群的建立，觀察馬華當下文壇的文學現象。這層問題涉及了文人圈與讀者群的互動模式因傳播媒介的轉變而出現變革。數位化的技術加速了兩者之間的溝通，更擴大了原有的圈子，對藝文社群有重要的貢獻。

網路版「有人部落」以數位媒介的傳播方式宣揚《有人》社群。作為小眾文學的傳播者，我們從「有人的故事」可以發現，所謂的「文人文學」[32]，

---

[31] 例如〈從花蹤入圍名單看有人部落/有人作者新成員〉一貼，數著花蹤文學獎中，多少「有人部落」的作家得獎。從這一點可以看出有人這個社群對於文學獎作品的推崇。詳參 http://www.got1mag.com/blogs/got1mag.php/2005/12/08/huazongfinalists。

[32] 文人文學，意即文人圈子閱讀與創作的文學。侯伯‧埃斯卡皮（Robert Escarpit）提出文人圈與大眾圈的概念。他認為文人讀者群與大眾讀者群是不一樣的。文人讀者群所推崇的是有品

正面對著一波傳統與現代的傳播方式的衝擊。而這群接受傳統教化的作家，如何徘徊在傳統與現代之間，尋求突破？「文人文學」的特質其實與網路文學諸多迥異，而紙本與數位的傳播模式正處於尷尬局面。許多傳統的傳播工作者如楊照，都對網路媒體批評有加。城市結構所出現的大量網民，出現遺棄傳統媒體的現象。「有人的故事」正好成了我們觀察相關現象的佳例。傳統的「文人文學」處於迅速轉變的網路社會，究竟該如何做出回應？對於「有人部落」的探討可以提供我們思考的空間，它的發展模式與不足之處皆可以成為借鏡。

「有人部落」一眾從辦雜誌之初已打著推廣文學於大眾，建立小眾文藝的文化空間。在推廣過程中，他們採取了電子報、文藝沙龍等方式與社群內外的文友交流，卻難以有效地傳播。網路版「有人部落」卻意外地得到大眾的瀏覽，逐漸打出名堂。數位空間可謂擴大了原有既定的文人圈。出現在網路版「有人部落」中的批評留言，正是我們觀察大眾如何接受這個文藝社群的方法。它凸顯了社群內外的互動關係。所討論的課題及討論的方式，其實就是這個社群的重要一環。而從網路版「有人部落」中，更可折射出馬華文壇的狀況，這群文人的追求及意識形態等。此文尚屬初探，只指出網路版「有人部落」的社群活動中與各大文學獎的活動有緊密關係。這正好也凸顯馬華作家對於文學獎活動的踴躍的體現。[33]

味的文學，而大眾圈閱讀的是通俗的讀物。這一些的特質與書店的經營有莫大的關係。書中更進而列舉打破這兩個閱讀圈子之間的障礙的例子，文人文學如何進入大眾圈子。詳參侯伯·埃斯卡皮（Robert Escarpit）著，葉淑燕譯，《文學社會學》，台北：遠流出版公司，1990 年，頁 93-118。

[33] 筆者曾撰文〈馬華作家與台灣文學獎的關係〉，發表於《文學獎三十研討會》，2008 年 9 月 6 日（星期六），聯合報社 9 樓會議室。文中談到馬華作家對於文學獎，尤其是台灣文學獎的推崇。但並未提到「有人部落」與文學獎的關係。筆者在該文提到馬華文壇有一群作家對文學獎特別積極參與，成績也非常卓越。其中就包括「有人部落」多數成員。

參考文獻（依出版日期排序）

文本及研究專書

- 侯伯・埃斯卡皮（Robert Escarpit）著，葉淑燕譯：《文學社會學》，台北：遠流出版公司，1990 年，頁 93-118。
- John Hagel and Arthur G.Armstrong，朱道凱譯：《網路商機：如何經營虛擬社群》，麥田出版股份有限公司，1998 年。
- James Slevin 著，王樂成等譯：《網際網路與社會》，台北 : 弘智文化事業有限公司，2002 年。
- 須文蔚：《臺灣數位文學論》，台北：二魚文化事業有限公司，2003 年。
- 江少川編：《台港澳暨海外华文文学教程》，武漢：華中師範大學出版社，2007 年。

期刊論文、專書論文、報紙評論

- 呂育陶等編：《有本雜誌》創刊號，吉隆坡：綠點創意空間，2000 年 4 月。
- 曾翎龍：〈想我雜誌的弟兄們〉，《星洲日報》副刊，2005 年 4 月 19 日。
- 高坤翠：〈馬華作家與台灣文學獎的關係〉，發表於《文學獎三十研討會》，2008 年 9 月 6 日(星期六)，聯合報社 9 樓會議室。

講評

須文蔚[*]

以華文文學場域中具影響力的「有人部落」為對象，進行討論，從文學傳播、文學社群以及出版的角度闡釋，筆觸細膩，將「有人部落」發展的背景、歷程與娓娓道來，沒有忽略「虛擬社群」在現實空間中推動文學傳播的努力，一併觀察，內容充實，將是研究當代馬華文學不容忽視的一篇論述。

如果要從學術研究的角度挑剔本文，作者疏於就文學傳播、網路傳播以及數位文學的理論建構著力，未來如果可以在理論面深化，相信可以獲致更多的發現。

就文學傳播言，論文描述馬華文學作家轉向部落格：「對於創作者而言，這樣的轉變或許是無意識的。」或是進一步提出「有人部落」旨在建構馬華文學的文化社群，進行文學傳播，但並沒有更具體描述「有人部落」是否構成了下列現象：一、「有人部落」是一批馬華文學作家，企圖利用部落格的力量，強化社群內的認同，集結了跨國界的華文創作寫手，形成論述的風潮？有那些重要的論述，可以證明有這樣的「社群意識」？二、「有人部落」有別於傳統文學社群，是否有意識地和傳統社群進行對話？或有顛覆性的文學主張？進一步形成文學社會學上所稱的「文人圈」或是「班底」？三、網際網路如何增強馬華文學新世代的認同？讓馬華文學有機會從邊緣，受到各項文學獎的重視，躋身主流。然而文學獎的文學傳播意義為何？學術上的理論建構，恐怕都還要增強。

就網路傳播論，本研究把「有人部落」形容成一個「游擊戰事的批評場域」，內容不夠充實，經常充斥謾罵，論者憂心忡忡。甚至質疑「這群馬華作家的水平問題」。如果作者打算另闢蹊徑，說明網路文學傳播有其特色，

* 東華大學中文系副教授兼數位文化中心主任

不妨多參考網路傳播關於「論戰」（flaming）的相關研究，論戰通常是指有敵意地，用語文攻擊他人的語文行為，包含咒罵、侮辱、誹謗和敵意的陳述等行為，均屬之。論戰發生後對電子社群產生的影響甚鉅，論戰可以幫助一個電子社群定義自己的共同價值，並且在人們評估自我的主張與團體價值的一致性之後，促進人們結合的更加緊密或是離開社群。由於網路開放的特質，「有人部落」的經營者都是長期進行網路文學傳播的作家，究竟如何看待「論戰」？如何回應？應當是本文更需要澄清的。

馬華文學作家在華文文學世界的崛起與焦慮，反映在社群的集結、出版，是一個非常值得深入的議題。文學研究如何展現出隱而未見的文學現象？馬華文學部落格是一個豐饒的學術田野，如果研究者有興趣，不妨可以從部落格之前，馬華文學作家如何運用 BBS 或網站強化社群認同，應當可以發現更多線索，找出馬華作家盤根錯節的社群與脈絡。

「流行力」正在流行
——由「動漫」、「商品」、「流行音樂」等主題建構數位時代下的「流行文學」

祁立峰*

摘要

自從 1964 年 IBM 以經典機型「System360」,為近代電腦世代奠基,人類步上號稱為「第二次工業革命」的數位科技時代。面對強調效能、快速、資訊量暴增的時代,「流行」此一概念就與時尚、資訊、傳銷、利潤等概念連結。文學原本就是世界的反映或模仿,而「流行」不但影響庶民,也直接影響到文學作品。於是我們發現,有一類過去無法歸類的「流行文學」生成。從「流行文學」的書寫策略來看,包括動漫畫寓言、商品與消費、流行音樂啟發等這些過去較少作為創作內容的主題,都在作者的詮釋下既深刻又具時效性。本文所舉的幾個小說家或學者——駱以軍、陳大為、朱天文、朱天心、張小虹、陳建志——他們的作品飽含議題性,同時有具有細讀的價值,他們扮演費雪史東的「新型文化媒介人」,又如布迪厄理論中「跨場域」的作者,遊走於精英/通俗與學圈/迷眾之間,同時他們的作品也反應出密集資本主義、後現代、全球化、媒介變遷或世代間知識譜系的落差⋯⋯等當前的文化現象。本文將此類作品界定為「流行文學」,並透過舉摘方式,從「動漫」、「商品」、「流行音樂」這三類的創作主題,試圖建構出台灣當代文學場域中「流行文學」的樣貌。

關鍵詞:動漫、偶像、拜物、時尚、流行文學、跨場域書寫

---

* 政治大學中國文學研究所博士生,E-mail:Litt1e.wind@msa.hinet.net
** 本文發表時賴林芳玫教授寶貴意見,特此誌謝。

壹、前言：這是誰的鄉土？

西元 1964 年，IBM公司提出微程式（micro-program）的概念，也就是後來運算器技術的前身。八零年代原本被稱作「電子計算機」的電腦時代正式來臨，而資訊媒體的介面更易，在在影響我們生活範疇。也因為數位時代，各種流行文化的傳播媒介、效率皆隨之改變。人們一改過去的傳播、接收與反應訊息的公式，而因應電視、網路、電影、布告欄、部落格等各種多樣迅速的媒介，於是「流行」與資訊變得隨伺在側，一點也不遙遠。在此同時，出現了一批能夠快速接納資訊、分析資訊並立刻有所回饋的作者。這群作者組成包括作家、學者或是廣告人，文類則常以「知識性散文」（其中也不乏小說）作為載體。本文主要討論的作品，其年代集中於九零年代到二十一世紀初，這一斷代也正是台灣走向高度數位化、後現代，迷眾心靈產生質變的時期。[1]換言之，這些創作者看起來創作關於動漫、商品、音樂主題的知識性作品，但仔細體察，他們創作的其實是關於「數位時代下的動漫、商品、音樂」主題散文。本文主旨並不在分析這些動漫、歌手的現象本身，而在探論這些知識性作品的題材、題旨、修辭、書寫策略。這是須說明在先的。接著談「流行文學」的界定。

傳統文學研究強調「作家作品論」，所以我們應該釐清何謂「時尚文選」或「流行文學」[2]、以及誰在創作「流行文學」。西元 2007 年由陳建志主編的《流行力：台灣時尚文選》付梓，依據《流行力》的目錄——台灣創意、看・穿衣裝、食玩前線、戀物故事。這樣看來，食衣住行育樂、搖頭店獵奇、

---

[1] 劉乃慈〈九零年代的小說與類精英文化趨向〉《台灣文學學報》第 11 期（2007 年 12 月）就提到朱天文、李昂、董啟章等精擅布迪厄「區隔」（distinction）理論的小說家，遊走於精英與俗眾場域間，這類百科全書式作者就可以視為「流行文學」的某種前驅。當然，就其效度來看，流行文學的創作更強調雅俗共賞，甚至將主要閱讀族群的設定下修。

[2] 當然，「時尚文選」與「流行文學」也不必然相等，從陳建志的選材來看，他顯然以「時興」的流行趨勢為「時尚」的指標，這此間是否必然等同？逐新獵異是否就等於「時尚體驗」，其中是否牽扯歷史、權力、主體、政治、階級、經濟資本、文化資本等複雜的關聯。這也是本文以「流行文學」取代陳建志「時尚文選」的原因。對於本文討論的幾個主題：動漫、商品與流行音樂來說，流行乃無庸置疑，「時尚」就見仁見智。

演藝圈軼聞、台客文化、數位影音傳播、
當季名品服飾、偶像追星、文化工業的迷
眾心理甚或黑松露嚐鮮等等，好像都可入
「時尚文選」範疇。至於該書所選作者更
涵蓋學者、作家、歌手、藝人、廣告企劃、
美食家、記者、文化觀察家或自由撰稿
人……。而這對本文處理而言是一個過於
龐大也雜蕪的範圍，所以本文以舉摘的方
式，並根據劉乃慈引用費雪史東（Mike
Featherstone）「新型文化媒介人」的觀點
以篩選作者：

圖1：陳建志《流行力：台灣時尚
文選》

> 九O年代，高層理論早已不再是學者的專利，而是大範圍地透過「新型
> 文化媒介人」（the new culture intermediaries）的吸收與傳播，向外推廣。
> 新型文化媒介人積極參與並且撤除原屬菁英文化領域內的知識壁壘，有
> 助於消解高雅文化與大眾文化之間的舊障礙與符號等級；同樣也有助於
> 培養和創造觀眾，使他們能夠用培養新的感悟方式去接受新的藝術產品
> 和體驗。而對新型文化媒介人之一的文學創作者來說，這些高層理論往
> 往就是激發靈感的新泉源。……它是打造、同時也是投合時下文學品味
> 的書寫策略。而事實也證明，這些美學技藝在讀者與批評家眼中通常也
> 是具有較高評價的保證。[3]

　　這些作品是否有文學史意義或許還待商榷，但此類作品確實得到批評家
較高度的討論。當然，我們應該問的是──「流行文學」的創作有何意義？
是真的要「撤除菁英文化」的「知識壁壘／符號等級」，還是化簡為繁，故
作邊緣，或高來高去？要怎麼避免可能遭致的「不夠專業」、「以淫勸淫」或

---

[3] 劉乃慈：〈九零年代的小說與類精英文化趨向〉，頁72。

「文化再現的小把戲」[4]的攻擊呢？張小虹曾對所遭的批評感性回應[5]，而陳建志面對可能而來的質疑也如此表述：

> 我希望本書所選的這些文章，並不是只是幫流行推波助瀾而已，像不斷在鼓吹消費與奢華的廣告。雖然也有打著紅旗反紅旗之嫌，但至少帶有批判力。時尚固然有趣，但時尚中的幽微曲折，偏執、迷戀、荒謬也許更有趣。[6]

本文既以「流行文學」為討論對象，實已默認陳建志、張小虹的看法。傳統文學批評就有「以淫止淫」的說法[7]，若只力求保持距離，也不盡然就是學術研究的唯一根源或徑路（roots or routes）。而正因為學者的加入，讓學術圈的批判性與可能的「啟蒙」，得以於流行文化場域發生作用。所以本文所舉例的——駱以軍、陳大為、朱天心、朱天文、張小虹、陳建志等作家學者，相較於其他場域作者，它們的作品更具知識性、批判性及可細讀性。 [8]

---

[4] 「再現」原為後殖民理論的用詞，若在通俗文化中，則應為「文化再現」（culture representations）（可參酌 John Storey，張若玫譯：《文化消費與日常生活》（台北：巨流，2002 年），頁 88-89）。本文將之與迷眾文化的「學者」的「小把戲」連結在一起。關於「小把戲」，Doty 說：「由於當時的情況（進行迷文化研究），讓我必須操弄一些小把戲，以顯示迷正面而非負面形象……我確實需要耍一些小把戲。」學者將迷眾透過再現與把戲，將之合乎學術規範，以進入學術殿堂，此之謂也。同時學者亦容易萌生出所謂「過分的熱忱」，相關論調詳參 Matt Hills，朱華瑄譯：《迷文化》（台北：韋伯，2005 年），頁 17。按照多堤（Doty）的說法，「小把戲」之所以需要，在於迷眾文化的研究者必須「讓自己看起來很邊緣」（頁 17）。

[5] 劉乃慈：〈九零年代的小說與類精英文化趨向〉，《台灣文學學報》第 11 期（2007 年 12 月），頁 72。

[6] 陳建志：〈台灣時尚七十二變〉，《流行力：台灣時尚文選》（台北：聯合文學，2007 年），頁 21。除陳建志外，張小虹也作出類似的宣言。其張小虹的《假全球化》中，四篇論文治台客文化流變史與操演（performativity）理論，出入真假名牌的自我表述，解構敗／拜物與衣著美學。這都是「正在發聲」的當代重要文化現象。在序中張小虹說：「對傳統學術的學術傳統而言，這些正在發生與正在發聲的文化議題不是學術、不夠嚴肅，不足引經據典以論……但對我來說，這些議題就是熱騰騰社會湧現的動能，就是學術高難度的挑戰，在未見任何既有詮釋架構的當下，大膽創造理論、歷史、政治、身體、文化的連結組織」。（張小虹：《假全球化》（台北：聯合文學，2007 年），頁 11。）

[7] 這是評論家討論《金瓶梅》時的看法。

[8] 當然，本文兼顧流行主題與文學研究的細讀傳統，選擇這些作家以及其作品。但我不否認地是，對於建構「流行文學」是不分階級、身分、場域或對象的。無論是研究中國文學、英美文學、人類學或社會學領域的「文化評論家」，或進出嚴肅文壇，論述範圍飄忽不定的「新型文化媒介人」，在動漫展館外排隊入場的 cosplay 學生族群，或百貨公司門口因「名牌環保包」

關於「動漫主題」，本文選取稍早朱天文的〈尼羅河女兒〉，和駱以軍的〈我愛羅〉、〈神奇寶貝〉，陳大為的〈第六代火影〉[9]為討論文本。「商品主題」的文本則以朱天文〈世紀末的華麗〉、朱天心〈第凡內早餐〉、張小虹〈加法與減法〉[10]。至於討論流行音樂圈的文本，以張小虹〈以父之名〉與陳建志〈美麗神話蔡依林〉[11]為例，著重作品內部以及題旨的探討，展開下文的討論。[12]

貳、這就是我的忍道
——關於「動漫」主題的流行文學舉摘

一、駱以軍

其實援引動漫主題於其作品中，並令「圖」、「文」達成補充與「互文性」（inter- textuality）者，我們應聯想到朱天文的〈尼羅河女兒〉。〈尼〉故事單純明快，以就是林曉陽穿越時空，與漫畫〈尼羅河女兒〉中的主角埃及王曼菲士時空交錯為線索，小說、漫畫與虛構的時空展開一場對話與想像的行旅：

　　啊，我終於來到古代之都巴比倫，那邊是幼發拉底河。《聖經》上預言

爭相傾軋怒罵的全球暖化危機服膺者……但根據學科分類，這些研究必須由不同學科來負責，如民族誌、質化的研究方法，或許更適合後兩者的質性。而我這樣說斷然沒有精英式高下優劣之別，文學研究固然包含對議題、社會學式的探討，但最後仍得回到作品的分析。

9 朱天文〈世紀末的華麗〉與〈尼羅河女兒〉收錄於《花憶前身》（台北：麥田，1997 年）駱以軍〈我愛羅〉、〈神奇寶貝〉收錄於《我愛羅》（台北：印刻出版，2006 年）陳大為〈第六代火影上、下〉刊載於《自由時報·副刊版》，2007 年 2 月 27-28 日。

10 朱天心〈第凡內早餐〉收錄氏著《古都》，頁 87-114。張小虹〈加法與減法〉引自中國時報〈人間副刊〉，2006·11·22。

11 張小虹的〈以父之名〉（收錄《感覺結構》（台北：聯合文學，2005 年），頁 34-35。陳建志〈美麗神話蔡依林〉收錄於《流行力》，頁 24-29。以下關於這些重要引文，為求篇幅簡潔，僅隨文附註出處。

12 會議評論人指出如研究蔡依林、周杰倫等正在發生的現象，應該回到現象面進行研究，但筆者以為現象研究並非我所專擅，張小虹、陳建志等交遊走學術與創作文類，或許定義上仍有疑義，但其既屬於作品，則可依據主題、題旨、結構、修辭、書寫策略等面向進行分析——這也是本文討論對象所在，特此說明。至於評論人所提到的論述時效性問題，筆者甚為認同。一個社會現象形諸的論述是需要時間沉澱，但如依據本文理解將這些半學術作品視為創作作品，那麼作品一旦完成自可予以分析討論，故應無時效的問題。

> 者耶利米曾預言：這城市將荒蕪，變成乾漠，變成荒野，變成無居民、
> 無人子之地。神祕之都巴比倫。(〈尼羅河女兒〉)

我們經常將「漫畫」與「青少年」聯想在一起，故將「動漫」作為主題的再現，也就往往與「青春」主題關聯。王德威認為駱以軍不同於朱天心或文天文「三三式的青春禮讚」，但事實上〈尼羅河女兒〉也不少有些「後青春期的虛張聲勢或逞兇鬥狠」[13]的紀實──凱羅爾的尋根之旅、小哥副總裁的三流男孩笑話、男孩都不忘遊藝朝聖的遺跡：華西街、西門町、獅子林、樂聲大戲院……[14]這些「地標」當時曾威名顯赫，但在駱以軍後來隨筆中，這些流行場所也已全盤改易。白雲蒼狗，過去那些走在時代最前端的，現在看來往往老土得令人發噱。

駱以軍寫於《我們》到《我愛羅》一系列隨筆原本刊載於周刊。內容雖無連貫性，但題旨其實有共同性。〈假日校園〉中，駱以軍敘述他協助某導演進行一民族誌訪談。內容探討某群七年級女孩的消費形態。與後文天文、天心對「新型文化他者」(the new culture other)的觀點與批判自所不同，駱以軍既無盛讚，也不批判：

> 他們這世代（說實話我完全不瞭）的都會美少女……如何穿過不可能的
> 昂貴名牌、衣裝、吃過與年齡不符的昂貴美食；怎樣在不同城市、機場、
> 但卻全球化的玻璃鏡城裡漂流……一個人物輪廓，一則無傳奇城市的童
> 話。(《我愛羅‧假日校園》)

導演和女孩宛如盲棋高手對弈，立刻繪製一幅幅隱在東區弄巷裡的高級夜店的文化地圖學。駱以軍於當代文學史定位中常自謂其「現代主義」脈流。

---

[13] 「青春禮讚」、「虛張聲勢」、「逞兇鬥狠」之說，請參見王德威：〈我華麗的淫猥與悲傷：論駱以軍〉，《跨世紀風華當代小說20家》(台北： 麥田出版，2002年)，頁452-453。

[14] 這些時尚地表在脈絡意義上，又迴異於朱天心〈古都〉中的：六館街、陳天來宅、建昌千秋貴德街、波麗路江山樓……（請參看朱天文：《古都》，頁 243-245）如此年代悠久、前世今生。老靈魂的體會一也，但較兩人再現挪用的功力，朱天文較天心更顯自然流暢，少了些義正辭嚴的國族酸諷冷峭，卻增加幾分行行復行行的真實地理圖繪。

但身處物質文明第一線的小說家，卻直接觀測到「後現代狀況」
（post-modernity situation）。《我愛羅》書名典出漫畫《火影忍者》中，瘦小、
孱弱卻暴戾的棄嬰「我愛羅」：

> 得票高居第四位的，便是這位具備恐怖、殘忍、無愛人的瘦小畸形少年
> （我愛羅）。他的忍術（砂縛柩、砂瀑送葬）展開之巨大景觀，讓人不
> 寒而慄，像地獄門開。……他們總在心智、感性力和對歷史（或時間）
> 之理解力皆極弱小單薄的軀殼裡，藏匿著可拔城毀國的妖魔力量。他們
> 是典型的受虐兒，被人世遺棄的怨靈。（《我愛羅・序》）

在《我》系列的隨筆中，有幾個
連貫的主題──愛、遺棄、傷害與暴
力。在全球化敘事與高密度資本主義
狀況裡人被「微觀調控」、混種
（hybrid）成機械工具的合體──效
率至上，不容絲毫錯誤。駱以軍描敘
下的七年級生成為「新・都會美少女
（少年）」。她們是〈世紀末〉米亞的
複刻版、是白石一文筆下精英、高智

圖 2：「我愛羅，只愛自己的阿修羅。」（駱
以軍《我愛羅》）

商、「同時和三個以上極品女人交往卻不捲進他們失控歇斯底里中」[15]的孿生
角色。這些角色不僅存在小說，也潛伏於當代現實生活，他們自願放棄脆弱
柔軟臟器汰換成絕緣體。一如村上春樹小說那誤入「末日圖書館」的主角、
或宮崎駿動畫中心臟被女巫掏走的俊美魔法師：

> 簡而言之，就是「愛失能之人」。……進化。將自己進化成一座資本主
> 義高度發達、自動化、結構森嚴、象徵性秩序嚴縫密接不會因故障而癱

---

[15] 駱以軍：《我愛羅・我心中尚未崩壞的世界》，頁 170。亦可參照白石一文，《我心中尚未崩壞
的世界》（台北：麥田，2006 年）。

瘓的摩天大樓城市。進化的第一步,即將胸腔內的那顆心臟,換成塑膠
之類的絕緣體。白石一文的小說背景,似乎隱喻著日本八零年代泡沫經
濟「把虛幻的生產效率的提高誤以為是真實的」……人將存在的整體切
割成一「絕對不能犯錯」的微觀調控的自律與遭遇性世故。靈魂長出肌
肉、不被孤寂和擊倒。(《我愛羅・我心中尚未崩壞的部分》)

　　進化與傷害,痛苦與成長伴隨而來。扭曲下的資本主義邏輯是日本八零
年代末遭遇的危機,目前仍在台灣發酵。這是遲到卻不曾缺席的「現代主
義」,因無法安頓終於崩壞。深受憂鬱症候所苦的駱以軍,接著問了三個問
題——「如何相信他人之愛」、「如何不在羞恥和精神衰弱中傷害自己」、「一
句老話,如何愛人」。[16]

　　同樣的進化論,出現於〈神奇寶貝〉中,同樣乃數位時代而廣為傳播流
通的卡通,但《神奇寶貝》較《火影》預設年齡層略小。作者提到:

　　兩個孩子都迷上了俗名「皮卡丘」的《神奇寶貝》卡通。……兩兄弟湊
在一起的時候總窸窸窣窣討論著那個系列卡通裡龐大繁複的幻想之物
的名稱、物種、譜系:什麼妙蛙種子是草葉系加上有毒系,可達鴨是水
系、巨鉗蟹也是水系,海星星也是水星(牠們是小霞擅長且喜歡的),
什麼飛行系的波波進化後是比比鳥,比比鳥進化後是比雕;男生的尼多
朗進化後事尼多力洛然後是尼多王,女生的尼多朗進化後是尼多蘭然後
是尼多后……這個如夢中森林藏納了數以百計的飛禽、走獸、神話枝
物、植物花草、岩石精怪、可愛的,醜陋的……生靈世界,還有牠們進
化後的模樣。(《我愛羅・神奇寶貝》)

---

[16] 駱以軍:《我愛羅・我心中尚未崩壞的世界》,頁 171。事實上這些主題同樣延續到駱以軍長
篇小說《西夏旅館》(台北:印刻,2008),關於身世之謎、愛與遺棄、力量的考驗……只是
《西》恐難免還是會被放進「國族論述」脈絡中討論,而關於現代主義式的主題與繼承——
卡夫卡、大江健三郎式的嬰屍、腔腔,馬奎斯與他的邦迪亞上校,村上春樹《發條鳥年代記》
中的剝皮痛或卡爾維諾的隱形之城中的現代性羞恥,「愛失能」而像一整座移動城堡的無處
不在旅館、不斷進化的濱崎步系森冷美少女……相形之下即遭忽略。

　　一直到東京電視網的「(《神奇寶貝》三十八集)光過敏癲癇症」事件為止的一大段，都只是〈進化〉的入話。駱以軍談到關於進化的糗事，他模仿卡通口吻對阿白下達「進化」指令卻遭賤斥，進而點出全篇題旨——枝裕和的《無人知曉的夏日清晨》。電影中四個同母異父的兄妹遭母親遺棄，在東京街角污穢角落如野貓般苟延殘喘，四個孩子衣衫襤褸、在公園洗澡、挖公用電話和販賣機零錢：

> 有一天，最小的妹妹爬高從椅子摔下，不懂得進入就在他們身邊的城市醫療系統，它們眼睜睜任她死去。我在想：什麼是「進化」呢？第一次失戀，無數次屈辱，恐懼，害怕被逐出人群，站在某依各不可能達成的輝煌場景前立志，學習合宜的語言，察言觀色，不輕易被挫折擊倒，尊嚴地活著……這些那個男孩都具備啊。(《我愛羅·神奇寶貝》)

　　茲此，作者才將原本就從中文語彙轉譯作為《神奇寶貝》系譜的詞彙——「進化」，再轉義(trop)回歸其基本意涵。在這個高資本主義、高科技、數位化、全球化、到處存在著殘忍、傷害、羞恥的密集城市中，究竟何謂「進化」？這是作者這幾篇隨筆的主題，或者可以說這也是駱以軍近兩三年來除埋頭於小說地景開墾之餘的散文藏穫。這絕對是一個現代主義式的詰問，駱以軍將之包裝予電腦化術語，無疑說明著此乃數位科技下誕生的苦果：

> 不被挫折擊倒，不讓非理性的他人身世變成木馬程式病毒潛入自己的系統。但持續進化下去，有一天總會搜尋到你的入口密碼、你的阿奇里斯之腱……(《我愛羅·我心中尚未崩壞的世界》)

　　而「進化」與「愛失能」這兩大數位時代的惡果持續發酵，成為《火影忍者》的動漫中——「第三代火影」猿飛與背叛並企圖毀滅木葉的大蛇丸他倆在天空鬥技場「瑰麗慘烈」聖戰的根源：

第三代火影猿飛，與背叛他的弟子大蛇丸，在城市上空被上忍用結界封
住的神魔之境裡對決。那場面的無限與自由，其洪流哀怨、瑰麗慘烈，
我以為未有一部動輒上千億的好萊塢科幻片曾幻造出那樣的時空。……
《火影忍者》中的大蛇丸是典型浮士德以靈魂向惡魔交換忍術技藝之極
致，他的忍術邪惡臻乎神魔。……其任意翻弄眼瞳或景觀畫框的想像力
爆炸，直像跨世紀的雪梨歌劇院上空煙火秀，甚至，如廣島核爆九一一
雙子星大樓崩毀的末世恐慌奇觀。(《我愛羅‧火影忍者》)

《火影忍者》此段的情節是——
猿飛施展與對手同歸於盡的「屍鬼封
盡」，卻只能封印大蛇丸施展忍術的雙
手，一如印度史詩《摩訶婆羅多》——
神與神的戰爭。但這場由通俗文化工
業製作出的戰爭，想像力爆破的消費
品，卻歪打正著反應身處數位時代的
我輩正遭遇的危機——「力量的痛
苦、原欲的考驗、禁錮與自由的道德
辯證、身世的債務負擔、身世之謎」
[17]。作者發現這場戰鬥只是隱喻，而
它同樣在詰問，當面臨末世景觀與自
我羞恥傷害時，我們該如何自處？筆
者以為駱以軍不僅將《火影》視為一

圖3：《火影忍者》Wii 版的封面

連結青春的意象（如朱天文），或介紹《火影》予其他場域，更有所反思並
賦予深意。這是九零年代初期的朱天文還未及處理的。

二、陳大為

東瀛動漫畫的深度廣度以及故事緊湊眾所週知，陳大為在眾多通俗動漫

---

[17] 駱以軍：《我愛羅》，頁182。

裡也選中「火影學」。《火影》說的既然是忍者故事，自不難從中發掘某些屬
於「東亞儒學文化圈」[18]的共同記憶。陳大為先從《火影》隱含的大和民族
文化習態（habitués）探討起：

> 武士是驕傲的。忍者是詭譎的。他們分別象徵著東瀛武術的兩個極端。
> 這令我想起 1946 年出版的《菊花與劍》……此書在日本狂賣兩百多萬
> 本，原來最想了解大和民族文化精神的，竟然是日本人自己。雖然聽起
> 來，有點照妖鏡的味道，「菊花與劍」的譬喻，卻很傳神地捕捉了這種
> 既好戰又祥和，既黷武，又尚禮的雙重性格，以及在矛盾中不斷浮現的
> 奇妙平衡。（〈第六代火影〉）

從《菊花與劍》、從「尚禮」、「黷武」等文化研究成果，都令〈第六代
火影〉學術味拳拳。但我們應詰問的是——此一連串忍術理論或文化發展
史，到底是在學術圈還是在《火影》迷眾（fan club）間發酵？陳大為耗費篇
幅進行知識考古，替每一部「青少年格鬥系列」的漫畫都有的「精神力」（《火
影》裡的「查克拉」）推流溯源。從《阿育吠陀》的「生命七輪」，再到藏傳
佛教的結印祕法，[19]原來《火影》如此旁徵博引地將大東亞神祕學發揚光大：

> 在威力和魅力上超越劍器的武藝，中國武俠小說稱之為「氣」，風靡全
> 球的日本卡漫《火影忍者》名之為「查克拉」。此乃現代忍者的形上之
> 劍。……（作者）大膽援引古印度阿育吠陀（Ayurveda）的「查克拉」
> （chakra）概念，閉關修訂，提煉出忍者故事中的全新元素。查克拉的
> 本意是「輪脈」，人體中有七個輪脈，像一串念珠緣著脊椎而下，主要
> 的作用是生產靈量，並透過瑜伽和冥想的活化，使靈量從最底部的「海
> 底輪」，經過「生殖輪」、「臍輪」、「心輪」、「喉輪」、「眉心輪」，逐輪攀

---

[18] 關於《火影忍者》與東亞儒學文化的關係，筆者於〈我遲早會成為火影——論《火影忍者》
在當代台灣文學中的文化意涵〉，《民間文化研討會論文集》（台北：里仁書局，2007 年〕）一
文中有較詳細的探討。

[19] 陳大為，〈第六代火影〉，《自由時報‧副刊版》。

升到「頂輪」，再由 3 個主要的瑪摩穴位，傳輸到其他 107 個穴位，以提昇靈性和智慧。這種能量的運轉，跟中國氣功有異曲同功之處。這套修訂版查克拉理論，當然具有實戰功能。(〈第六代火影〉)

「查克拉」源自《阿育吠陀》(Ayurveda)，原指從精神與肉體提煉出的能量，在岸本齊史將之推陳出新後查克拉成爲實戰武器。故事中的木葉小忍者甫入忍者學校即訓練強健體魄與堅韌的「火的意志」，宛如般若學「定慧雙修」。《火影》更充斥儒家文明隱喻——風、雲、水、火、雷等忍者五大國，象徵「術」的五種基本能量形態。而此五類基礎型又可搭配組合，天馬行空。此套從中國五行系統、武田信玄的「風林火山」並加上《神奇寶貝》「相生相剋」的元素論，定調出《火影》的背景知識。

除此之外呢？陳大爲說：「眾所周知，日本卡漫的很多神鬼妖怪皆有所本」。《火影》中的「人物角色和靈獸」，無一處無來歷。[20]從《古事紀》、《西遊記》、《封神榜》幾經續衍改造，我們發現這些傳統形象的「後現代」啓示。陳大爲逐步解析《火影》現象，最後他點明題旨——何以日本動漫可以風靡當代，那是因爲「在人物塑造上，下了很多功夫」。借彼喻此，原來陳大爲最終要談的是關於當代文學史的重要課題：

論深度，除了《Akira》、《新世紀福音戰士》、《沉默的艦隊》等少數幾部出類拔萃的傑作，卡漫確實不及純文學作品；論角色形塑，卡漫卻遠遠超出許多現代小說。能夠讓我牢牢記住人格特質和生平事蹟的現代小說人物，已經好多年沒出現了。阿Q、孔乙己、尹雪艷、胡雪巖、衛斯理、郭靖、黃蓉之後，難道就輪到旗木卡卡西、宇智波佐助、漩渦鳴人了嗎？格性鮮明的人物，為什麼不是來自當代華文小說？那些把小說寫得愈來

---

[20] 如寄身鳴人體內的「尾獸」「九尾妖狐」，出現於《西遊記》與《封神榜》；而大蛇丸的原型素盞鳴尊與天照大神、神劍草薙的關係也歷歷可考。猿飛在水淹火燒的戰鬥中，險象環生地以「通靈之術」召喚出「猿魔」——忠心耿耿、護主心切，後來甚至將自身化爲「如意金箍棒」。當猿魔化身爲金箍棒與大蛇丸的草薙大戰時，我們也發現猿飛同時又成爲孫悟空形象的一環。而中日文化的神兵利器交鋒、《西遊記》對上《古事紀》，也是《火影》的另外一個文化觀察點。

愈難看的小說大獎得主，能不能創造一些令人動容的故事和人物呢？
（〈第六代火影〉）

我們當然對於魯迅、白先勇、金庸現象後，就輪到彼岸的日本動漫的獨領風騷而感到驚訝，但即通俗即市場，故作姿態的深度難免行之不遠。陳大為肉身道場，巧妙示範如何替通俗文化場域即刻發生的現象添加知識性與學術況味。〈第六代火影〉作為兼具娛樂性與知識性的散文，卻不忘將視野投向文學場域變遷。這就是陳大為式的啓蒙，而與小說家駱以軍借物抒懷的沉迷，又略有不同。

參、誰將憑記憶與嗅覺而活
——關於「商品」主題的流行文學舉摘[21]

一、朱天文

朱天文堪稱九零年代「流行文學」鼻祖[22]，在「超級名模生死鬥」式的時尚博物學尚未街知巷聞前，她已教〈世紀末的華麗〉中的米亞冶拜物、敗金、崇拜青春記憶，逡巡火樹銀花都會卻「崇拜自己姣好身體」[23]。詹宏志認為朱天文誓在勾勒一座「迎向千禧大限遍灑香水妝點鮮花的（東亞）索多瑪」[24]，王德威也注意到〈世〉與都會、流行、後解嚴政治寓言的關聯——「台北的新人類們……在大都市的喧嚷中追逐風情，興奮卻又疲憊，耽溺卻

---

[21] 評論人特別提到——「數位時代」與「動漫主題」關係較密切，但與「商品」、「流行音樂」則關係較少，在數位時代到臨之前即有關於「商品」、「音樂」主題的作品。此點筆者甚為認同。然而在筆者所理解中——此處徵引的朱天文、朱天心、張小虹等作品都出現於九零年代之後，九零年代台灣社會步入後現代，資訊量爆增、網路傳媒第四台百家爭鳴，在傳播載體迅速改變後，商品、音樂的流通與慾望程式自然也與過往不同。對於第一線的作家、評論者這些文化媒介人而言，他們所觀測到——因「流行文學」而帶來後現代人們「心靈的變異」也更加快速。換言之，商品、音樂本身可能與數位時代無關，但接受傳播的後現代迷眾卻展現出流行的代價，而這些代價在流行文學作品裡呈現出來，得以再現或被分析。而這就讓這些流行文學符合本文探討範疇。

[22] 至九零年代後，如紀大偉、成英姝、鍾文音都有對應文本。不過以主題的貼合性相關性來看，以駱以軍、朱天文以及後文的朱天心為代表，作一舉摘性之分析與細讀是較有意義的。

[23] 朱天文：〈世紀末的華麗〉，頁 214。

[24] 詹宏志：〈一種老去的聲音：讀朱天文〈世紀末的華麗〉〉，朱天文：《世紀末的華麗》，頁 11。

又悵惘」[25]。興奮出自他們的青春正盛，疲憊肇因於他們的世故早夭。這是朱天文對世紀末都會流行文化的洞燭先機，這也是存在主義的方興未艾。米亞和楊格、小凱、袁氏兄弟夜遊仰德大道的陽明山動線，儼然是膛乎其後的《傷心咖啡店之歌》的「搶先讀」[26]。論者多半將重點放在〈世〉中：千穿萬穿、「排闥而來」如祕教的更衣秀[27]，米亞既爲模特，其對「商品」自是獨到嫻熟：

> 白雲蒼狗，川久保玲也與她打下一片江山的中性化利落都會風決裂，倒戈投入女性化陣營。以紗，以多層次線條不規則剪裁，強調溫柔。一系列帶著十九世紀新女性的前香奈爾式套裝，和低胸緊身大篷裙晚禮服，和當年王室最鍾愛穿的殖民地白色，登場。
>
> 米亞駐足於花店對面拉克華，窗景只有一件摩治哥式長外衣，象牙色粗面生絲布與同色裝潢跟燈光溶成漠漠沙地，稀絕的顏色，是大馬士革紅織錦嵌滿紫金線浮花，從摺起的一角在腳露出，寬敞袖筒中窺見，聞見神祕麝香。（〈世紀末的華麗〉）

張小虹認爲數位時代的當前，我們都在討論全球商品（global commodity）超越國族、地域、文化疆界的可能，但其仍牽扯到理體中心與再地化（re-site）的複雜課題。我也認爲若討論〈世〉的商品體驗，不應忽略米亞老段廢耕忘

---

[25] 王德威：《被壓抑的現代性》（台北：麥田，2002年），頁412。

[26] 評論家將朱少麟《傷心咖啡店之歌》（台北：九歌，1996年）放在「未艾方興」的存在主義脈絡，請參酌《傷》的推薦序，1-13頁。但我以爲〈世紀末的華麗〉已陳具梗概。

[27] 「更衣秀」與「排闥而來」皆王德威之用詞，可參酌〈從〈狂人日記〉到〈荒人手記〉：論朱天文，兼及胡蘭成與張愛玲〉，《花憶前身》（台北：麥田，1996年），頁17。另按照王斑關注之處在於：米亞從時尙模特舞台退出，成爲了近似女巫的「鍊花師」，這是米亞身體的延伸，是「一種迥異於超級市場的迷人隱蔽與充滿韻味的空間」，是「奇妙的魔圈」，將商品從「朝生暮死的消費商品，轉而進入一個生產脈絡與欣賞美學的層面」。王斑說：「還有什麼地方比她的浴室、虛擬殿堂、與身體與觸覺持續而直接的體驗更爲私密呢……布置一個花藝殿堂和作手工箋，只是一體的兩面：同樣可以被視爲是一種對抗強大物化的書寫預言。從朱天文的角度看，也可以說是一種對不斷剝離、除魅世界之物的再書寫，化日用陳腐爲神奇」（王斑：〈呼喚靈韻的美學〉，收錄於周英雄編，《書寫台灣：文學史，後現代與後殖民》（台北：麥田，2000年），頁357-358）。

織而決議分手後恣意乘車南下太平鄉的畢業旅行：

> 出總站，鐵道兩邊街容之醜舊令他駭然，她從未經過這個角度來看台北
> 市，越往南走，陌生直如異國，樹景皆非他慣見。票是台中，下車，逛
> 到黃昏跳上一部公路局，滿廂乘客鑽進來他一名外星人。車往一個叫太
> 平鄉的方向，越走天越暗，颳來奇香，好荒涼的異國。(〈世紀末的華麗〉)

　　他者般的惡地形令踞城市維生的米亞驚詫，米亞只差沒「放聲大哭」[28]。不
能離城否則米亞會「失根而萎」[29]。當她於國光號上一覺甦醒，重回「雪亮
花房般大窗景的新光百貨、連著塞滿騎樓底下的服飾攤」[30]，終於重回其時
的台北都心——舊圓環，後車站，騎樓與「樟樹漆樹蔭隙裡各種明度燈色的
商店」[31]，米亞又「如魚得水」。而這趟兇猛險峻的「太平鄉」之旅，讓米亞
痛改前「非」。那個在八零年代超英趕美、反皮草、反愛滋、跟風地與大自
然做愛的米亞已如昨日死。這場「入族式」來到最後，米亞發表誓辭：

這才是她的**鄉土**，台北米
蘭巴黎倫敦東京紐約結
成的城市邦聯，她生活之
中，習其禮俗，游其藝
技，潤其風華，成其大
器。(〈世紀末的華麗〉)

　　〈世〉最人驚艷就是
九零年代初朱天文就米

圖 4：「這才是她的鄉土，台北米蘭巴黎倫敦東京紐約結
成的城市邦聯。」此為紐約地標梅西百貨。

---

28 可參酌朱天心《古都》(台北：印刻，2002 年)，頁 246。王德威於〈老靈魂前世今生〉(收
　錄《跨世紀風華：當代小說 20 家》(台北：麥田，2002))探究已深，亦請參照之，頁 131-132。
29 朱天文，〈世紀末的華麗〉，《世紀末的華麗》，頁 214。
30 朱天文，〈世紀末的華麗〉，《世紀末的華麗》，頁 214。
31 朱天文，〈世紀末的華麗〉，《世紀末的華麗》，頁 215。

亞預言「跨國離散」（dissemi-nation）[32]的將來。而這不僅僅是王德威的「更衣秀」[33]，未必是王斑所謂「鍊日用腐朽爲神奇」[34]。米亞作爲商品流行方法論的本身，肉身道場，定義都會、流行與文化疆界。跨世紀風華依舊，現代後大器猶存。本文以爲我們可以將所謂的「流行」本身當作一種「地理學」來理解，不僅是心靈的也是地域的。那麼米亞的體驗就顯得恰如其分。若說火樹銀花戴紅星錶穿過紀念堂的身體寓言是米亞的「鄉」，而站前鏤空大天橋（已拆除！）與其上霓虹燈是米亞的「土」，那身處此波「新・鄉土文學論戰」眾多迷戀都心海市蜃樓的小米亞又將何去何從？

二、朱天心

馬克思認爲「商品」匪夷所思之處在於，它不僅對「商品」的影像誘惑，遮蓋勞動過程，更在於商品作爲一種「抽象形式」抽換掉原本的「交換價值形式」。[35]朱天心〈第凡內早餐〉除陳直職業婦女的窒悶慾力，更解構鑽石與名牌產能與交換價值。敘事者化身資本主義殖民下租賃勞力的女奴，顏色憔悴，張致槁枯，唯一顆第凡內的獨立鑽戒得解放奴隸重獲自由，與令姊〈世〉興奮而又疲憊的次世代品味相比，〈第〉的情節更爲明快，敘事益發森冷抽離。

與朱天文的米亞相較〈第〉的敘事者冷靜而世故，若與陳建志在〈自己的房間〉中描寫的——仰賴乾爹豢養而終成大器的拜物女孩相較，〈第〉敘事者展現對鑽石起源與歷史刻工淨度等富饒知識。就在拜物與偽拜物的小資體驗中，在炫耀性批判與炫耀性耽溺的情緒交織中，〈第〉展演獨特的敘事聲腔與風格。故事主要描寫敘事者因工作緣故而得以訪問深居簡出的知名作家 A，作者藉 A 的評價與觀點，指桑罵槐地描繪（再現？想像？在尚無「七

---

32 此乃張小虹引薦之理論，用以注疏精品的過度通膨，並探測全球化商品飛行高度。請參見氏著，《假全球化》，頁 138。

33 王德威論朱天文之論述，見王德威：〈從〈狂人日記〉到《荒人手記》──朱天文論〉，《跨世紀風華──當代小說 20 家》，頁 113-133。

34 王斑：〈呼喚靈韻的美學〉，收錄於《書寫台灣》，頁 357-358。

35 這是馬克思《資本論》的基礎概念，我參酌張小虹：〈測量全球商品的飛行高度〉，收錄於《文化的視覺系統 II》（台北：麥田出版，2007 年），頁 85-86 的翻譯與解釋。

年級生」一詞彙前的「新新人類共同體」?)出身處數位時代的「新新人類」的情境:

> 可以預見的是,早晚我會在其中讀到 A 侃侃而談她所觀察到的新人類,如聞其聲如歷其境的生動描述諸如心人類沒什麼歷史包袱、好傳統壞傳統全丟個乾淨、因此沒什麼價值觀可言。……新人類視媒體資訊如神,神決定了一切的意義與價值,任何不存在於媒體資訊中的事物就等於不存在,因此連帶視知識學問當然也可以用後即棄。(〈第凡內早餐〉)

這裡的「新人類」較〈世〉中的米亞更敏銳地感染後現代的氛圍。政局變遷、資訊發展、都會興起、網路遮蔽率無所不在……新人類變得更新,也更快世故而衰老。從上段我們讀出後現代警示卻還未見批判,但後一段更為顯著:

> 新人類甚至失去了使用感情的能力——無論付出與索取——只因它們確實偽經歷真正的貧窮和戰亂離別……新人類成長於台灣經濟起飛後,不知儲蓄節儉為何物,消費、透支力驚人,我建議她還可以佐以美國羅普調查機構的研究報告:這批新人類的消費力每年高達一千兩百五十億美元。(〈第凡內早餐〉)

福至心靈的讀者都會發現後來的類似論述正出現於駱以軍《我愛羅》裡。駱以軍稱他們為愛失能的「傷害進化人」。他們小心翼翼隱藏起心靈的木馬程式密碼與最脆弱的阿基里斯腱,他們敗金且拜物,惟獨不能也不願意去愛人。

由此我們發現,無論是動漫或商品主題,作者往往將焦點放回「他者世代」本質上的變異(進化?墮落?變種?)。他們將「新世代」、「新人類」不只當作一陌生世代的統稱,更將之具體化,視為一個由舊人類與時「進化」演變出的新物種。雖說物競天擇,但與駱以軍朱天文相比,朱天心的寓論述

於小說的書寫策略來得更直接也更具啓蒙高度。〈第〉中的 A 自然不應當淪為淘汰者，而應該扮演啓蒙者的角色。在〈第〉中我們確實看到敘事者與 A 在物質慾望與生存心態上的辯證，但故事最後，敘事者仍然（或許應該說果不其然）反躬自省：

> 它的身分如此描述它，它是明亮圓形切割，重有三十九分，勻稱度是 good，淨度是 VVS1 含極小瑕疵，顏色是 H 級接近無色。此外，還煞有介事地的一串數字介紹它的切磨比例，彷彿女子的身高體重三圍尺寸……總之，它想盡辦法告訴你，它之於這世上其他所有的鑽石是如何的獨一無二。資本主義商品美學的偽個體化。（〈第凡內早餐〉）

我們從最後法蘭克福的文化工業理論中，讀出朱天心的學術脾性。前世今生的老靈魂終究非浪得虛名，純粹的職業婦女心靈成長史或後現代全球化敘事中的購物體驗，竟如此浩浩禪機。駱以軍〈記憶之書〉薦介的是〈古都〉，但其中有一段《看不見的城市》的卡引文，若拿來用來解讀〈第〉也一樣深中肯綮：

> 宛如孿生姊妹光影互補地迢望彼此身世的缺憾；宛如喋喋不休，在描述另一座城市如何建造時默記這一座城市的毀壞；宛如卡爾維諾……但只有一點不同，「在夢想中的城市裡，他正逢青春年少，抵達伊希多拉（台北？京都？威尼斯？第凡內？）時，卻已經是個老人。……他和這些老人並坐在一起，慾望已經成為記憶。」[36]

〈第〉中描繪的新人類敘事者，同樣在旅程盡頭踽踽獨行，與眾不同的地方在於是她舉步維艱。慾望賤斥為記憶，光怪陸離。這不是「哪裡」，不是伊希多拉、台北、京都或第凡內商店前街角，商品若作為一地標，那麼流

---

[36] 駱以軍：〈記憶之書〉，收錄於朱天心，《古都》，頁 31-42。

行文化自然就是其地理學的意向性指涉。這是朱天心對「商品」的批判、也是她對「商品」的憐愛、慾望與記憶。

三、張小虹

　　張小虹雙棲嚴肅文學場域與學術圈非一日之寒，學而優則寫，華麗的學術詞彙，流暢的譯介邏輯，向來不允許將之限囿學術圈。從女性主義者出道，精通消費文化理論、台俗民族誌研究、當代都會衣裝美學，潤顯風華、昭彰大器。陳建志介紹張小虹曰：

> 二零零一年，學者張小虹則跌破女性主義者眼鏡，寫出《絕對衣性戀》，不但專論亞曼尼、微微安魏斯伍德、川久保玲、香奈兒等六位時尚大師，更以尖端文學論述，穿入穿出服裝與身體美學，穿刺又穿越名牌文化，玲瓏剔透見其功力。[37]

圖 5：信義新光三越 A11 與 A9 間的中庭，此際正值 Coach 品牌週。

　　陳建志以「掌力吞吐不定」、「文學與皮相之美巧交融」來形容張小虹的書寫策略，無庸置疑。在奧運、世博會尚在簽署備忘錄的年代，張小虹就已大張旗鼓宣稱下一輪太平盛世「中國風」即將到臨。接寫專欄「三少四壯集」後張小虹更定調「生活學術化」的策略風格。事實上，面對兵馬傯傯的出版業界寒冬，無奈輾轉的高油價時代，出於文心還要能入於俚耳，巴人下里恐怕更合「新貧布爾喬亞」的小資體驗。以〈加法與減法〉為例，[38] 敘事者從自身經驗談

---

[37] 陳建志：〈台灣時尚七十二變〉，收錄《流行力：台灣時尚文選》，頁 18-19。

[38] 張小虹：〈加法與減法〉原載於《中國時報》「人間副刊」，該文刊登後一時網路部落格密集轉載，洛陽紙貴，「精確搜尋」後資料達數十餘筆（使用 Google 引擎搜尋，2007/7/30 瀏覽）。

起——紅利點數、卡神風波、新教倫理……一路穩扎穩打,寓教於樂,套理論於無形:

> 每到年終歲末,台北各大百貨公司相繼推出週年慶的促銷活動,彼此加碼競爭拼人氣,而消費者似乎成為這一波波割喉大戰的漁翁得力者。……資本主義不僅改變我們的生活形態,資本主義也改變我們的心智結構,而「理性算性」的反面就是徹底的非理性,所有的過度過量與過剩。「清教倫理」與「浪漫倫理」乃一體兩面,前者累積,後者花費,但卻共同落實在當前資本主義「刷得越多賺得越多」的口號之中。「卡神」與「卡奴」乃一體兩面,前者成功,後者失敗,但卻服膺相同的資本主義「理性算計」,以相同的「過度」呈現資本主義商品消費的徵候。(〈加法與減法〉)

敘事者漫遊蜿蜒的「新光幫」華廈間——誠品購書、地下街買漬物、專櫃刷護手霜玫瑰水,終「一發不可收拾」。論階級、論美學位置,她不能算漫游者(flnĕur),但資本主義被控訴嗎?文化工業迷思被揭露嗎?未必:

> 但千萬別以為我這番理性分析,就可以逃得過週年慶布下的天羅地網。本來只是要去誠品信義店買書的,本來只是順便繞道新光三越 A4 館地下超市買日本漬物的,但當第一個「天冷了,該上二樓買玫瑰手霜」的念頭跑進來時,一切就不可收拾了。買了玫瑰手霜,也買了玫瑰水,因為手霜和玫瑰水在一起做促銷活動。既然有了兩千多元的發票,就決定乾脆再下樓買歐白芷的洗髮精潤髮乳,反正這是日常生活消耗品,不如趁週年慶時買較划算。(〈加法與減法〉)

地景引介、女性館設計出的奢華狎冶動線圖、或地面五層地下兩層的櫃位權力場,恐怕只是作者附帶的「炫耀性主權宣示」。作者一方面運用本身嫻熟的理論與資本主義生態的洞澈見解,同時對自己作為商品詭計犧牲者的

從容就義作了完整剖析。「勸百諷一」，斯如是。

〈加〉結論「我徹頭徹尾不是一個反消費論者」，透露一線曙光。曲終奏雅，我們驚喜於「學者本色」的靈光乍現。若我們單純地只是以「過分熱忱」或「小把戲」來指控如學圈中人如張小虹的「暗渡陳倉」，或怨懟他們終將導致的「以淫勸淫」，落入物質倫理鞘殼，此非合理的批評。我們不應忽略的是文本附載的媒介、載體、傳播形態，也不能擱置「接受者」與「迷眾」的心理機制、封閉的學術機制、或類精英階級內部的區隔。布迪厄（Pierre Bourdieu）就提到，因為「實踐」等於「文化資本」加上「習態」，所以精通遊戲規則的實踐者得以靈活遊走主場域與次場域間，淺入深出，見獵心喜，「誨盜誨淫」成為「教忠教孝」，化日用腐朽為神奇。

肆、我用冷暴力搞定你
——關於「音樂」主題的流行文學舉摘

一、張小虹

前文討論過張小虹對「商品」主題的論述，字行間我們發現張小虹藉以平面媒體為媒介，遊走俗雅品味的書寫策略，刺入又穿出性別理論，一來向場域內同業行「主權宣示」；對場域外的庶民行「知識啟蒙」。其對議題觀察的速率有目共睹，近來學圈的上海熱、張愛玲熱，張小虹早成果斐然。她另一次的未雨綢繆就是當兩岸三地文化圈對「周杰倫現象」渾然未覺時，她早發表一篇談周杰倫《葉惠美》專輯的隨筆〈以母之名〉。

《葉惠美》乃周杰倫的第四張專輯，「葉惠美」並非模稜周折的隱喻，只是周杰倫母親的本名。饒富趣味想像力的地方在於《葉惠美》的首波主打歌〈以父之名〉，該曲歌詞倒沒什特別意義——教父、黑幫、武俠科幻加暴力美學。但這母親身分、母親身體、嫁接父權的象徵秩序，因此也教女性主義者出身的張小虹就從符號與象徵界（the Symbolic）的落差裡，讀出理論況味：

而這一回讓我再次跌破眼鏡的,不是周杰倫的歌,而是他的專輯名稱《葉惠美》。據說周杰倫的專輯名稱從來不在「主題」或「主打歌」上打轉,反倒是以「破題」的方式突發奇想。……但這一次的《葉惠美》用卻的是周杰倫母親的名字,小天王灑脫的說,專輯裡的主打歌之一是以父之名,既然有父親就不能獨漏母親。(〈以母之名〉)

張小虹並沒有刻意遮掩其身分場域和次文化社群間的落伍,她大方的承認,「越嘗試了解(周杰倫)那種吊而郎當的酷,就越顯得自己的老舊落伍」。但〈以父之名〉與「以母之名」間的轉義讓張小虹發現縫隙。同時,她也很快地發現周杰倫正標示出一種屬於新世代的美學範式:

這下可好。難不成周杰倫〈以父之名〉又以母為名的專輯《葉惠美》,標示出一個新的世代、新的語言的可能。不是無父無母,而是又父又母。只是父親失去了名字,母親失去了身體。「父」與「母」都不再是原先語言文化系統中介的對應關係。但不幸的是,周杰倫畢竟不是葉杰倫,遊戲式的語言翻轉,還是逃不出父權社會的手掌心。(〈以母之名〉)

後來周杰倫與方文山的中國風歌詞在兩岸三地造成轟動,除演藝圈內的致敬外,更吸引學圈的矚目,但這都是後話。誠如張小虹所說,〈以父之名〉在歌詞情調中表述的其實是一則雜揉「黑手黨教父」外加「日本漫畫《聖堂教父》」的惡之華,而《葉惠美》只是「抽空的語言符號」。最後她這樣斷言——「前者就算有些血腥暴力,後者卻絕對不會乳臭未乾」。[39]

事實上,從後來周杰倫的專輯以及涉足電影工業的演藝成績看來,一心「弒父」卻不「戀母」的周杰倫,確實嘗試於克服身體、秩序、情結、陽具等諸論述,並另闢蹊徑。固然張小虹在這篇簡單隨筆的幾個論述由於過度簡化,仍難免對「流行」或「新世代」有所再現,但對身處後現代狀況(post-modern

---

[39] 「義大利教父」、「日本漫畫《聖堂教父》」、「《葉惠美》則是抽空的語言符號」、「前者就算有些血腥暴力,後者卻絕對不會乳臭未乾」皆出自張小虹,〈以母之名〉,頁36。

Situation）的偶像或迷眾而言，如何在偽個體化的氛圍下獨沽其味、如何透過重層的象徵界流出實在界（the Real）符號、或如何對待伊底帕斯情結……恐怕才是張小虹欲說還休的。周杰倫雖未改姓，但隨他後來在〈聽媽媽的話〉、〈外婆〉等歌詞裡的自我表述，以及他刻意營造初的女系家族史系譜……我們確實發覺張小虹的慧眼獨具。

圖6：周杰倫《葉惠美》專輯封面。

圖7：「唯舞獨尊」演唱會中，小天后蔡依林以倒掛金勾方式入場。

二、陳建志

　　相對於張小虹，陳建志針對在「為舞獨尊演唱會」中以倒掛金勾式垂降入場的小天后蔡依林，成為六七年級「美麗教主」變泰發跡的小歷史進行引薦。他追蹤躡跡，以「蔡依林現象」為切入點探討六七年級生的「新美學」。陳建志說：

> 我在台北首演場見證到這個畫面。她懸在三樓高的半空，兩腿伸在拉環裡表演體操，展開一字劈，然後倒吊金勾，頭下腳上倒栽蔥降下來，臉龐先著地，下面沒有防護網！這一分鐘，萬眾摒息，將之深印腦海，成為六七年級生多年後追憶往日情懷的依據。只是當我身邊的七年級生喊著「她好美好酷哦」的時候，我懷疑他們是否知道這個藝人是在賣命？

（〈美麗神話蔡依林〉）

這當然又是一種「再現」的策略，陳建志認爲蔡依林的成功成就於她「六七年級的外表、四五年級的內心」。這與七年級生「未勞而獲」的界定與認同自有落差：

> 這其間蔡依林的〈看我七十二變〉就是關鍵之一。這首歌是她經歷漫長合約糾紛，冰凍到最谷底之後，破繭重生的復出之作。歌曲大力鼓吹整型愛美風，果真一炮而紅，奠定她最暢銷的天后地位。這以後她變成時尚教主，服裝打扮都是少女追隨的典範。「只要努力，就會變美。只要美麗，就會成功。」這就是蔡依林美麗神話簡單邏輯。可憐粉絲只注意到「美麗」二字，卻不知道「努力」背後的複雜意涵。（〈美麗神話蔡依林〉）

發表〈看我七十二變〉時，蔡依林面臨合約糾紛與整型傳言，演藝事業跌落谷底。成功者總說危機就是轉機，但「地才天后」自我表述當屬《舞孃》專輯，就像童話裡那個穿起紅舞鞋就得舞動不歇的女孩，《舞孃》獲二十八屆金曲獎同時也宣告蔡依林演藝事業的高峰。但陳建志一再提醒別忽略華麗外表背後的野蠻遊戲：

> 現在的弔詭情狀是，六七年級眼巴巴看著餵養他們長大的媒體宣揚奢華，但買一只 LV 包就會要去一兩個月的薪水。他們對生活品質要求高，但沒有對等的賺錢機會。於是最恐怖的時候，他們在玩的是蔡依林唱的〈野蠻遊戲〉：「野蠻遊戲，沒人被赦免。野蠻遊戲，不同情可憐。」只要比他們大兩歲，我的大一學生就笑稱對方是「老人」。（〈美麗神話蔡依林〉）

但陳建志所謂的「野蠻遊戲」還沒有結束，蔡依林獲頒金曲獎最佳女演

唱人致辭時說：「謝謝不看好我的人，你們給我的打擊」。這是「地才」蔡依林的恐怖主義，同時也顯證出於科技化、數位化、網路時代的七年級生，他們面對快速更新、不講人情、以商業利潤與喜惡為導向的時代所培養的暴力美學。睚眥必報，以眼還眼。在〈Man女與台妹〉[40]中，陳建志將藝能視角投向近年風靡的選秀節目，繼續建構「台妹」形象，於是林芯儀和徐佳瑩化身台妹的兩種變形——林移植「超女系譜」，徐隱喻「大地母神」。不由分說，這場「沒人被赦免」、「不同情可憐」[41]的〈野蠻遊戲〉好似未隨蔡依林的成功而告終。治亂世用重典，遊戲規則趨於殘忍，競爭與懲戒責無旁貸。

　　本文對陳建志的「神龕中殘酷美少女」形象服膺拳拳——美麗教主並不只是透過自虐讓信眾認同，同時也勢必折照出新世代的價值觀。不過從蔡依林的例證來說，我們也發現七年級生不僅被豢養以奢華浪費；也有強悍殘忍的一面。媒體定義下的「草莓族」，如今也得滋生成挾針帶刺的毒藤蔓。後經濟起飛新世代的「坐享其成」還在發酵，但後青春期的「虛張聲勢」卻鋒芒猶存。接下來的新世代如何展現其習態、認同、價值觀，這當然是陳建志的這篇短文雖然論及卻不夠完整的地方，這也令是文「知識性」終究不如「娛樂性」來得顯眼的原因。

伍、結語：流行帝國主義

首先，關於「流行文學」的共同特色與書寫策略

　　本文透過舉摘九零到二十一世紀的作家與學者關於「動漫」、「商品」與「流行音樂」主題的作品，討論資訊爆炸、快速流動的數位時代下出現的「流

---

[40] 陳建志：〈Man女與台妹〉，《中國時報・人間副刊》，2008年9月8日。該文發表時本文已完稿，故並無針對內文深入分析。但可證明的是「流行音樂」或「藝能圈」主題將繼續受到新型文化媒介人的關注。該文提到「星光的林芯儀、徐佳瑩，乍看很像兩種台妹在對決」，「女超人台妹」vs「創作型台妹」。林芯儀有強烈的企圖心，也很man，唱羅志祥的「一枝獨秀」，整個人豁出去了。這就是「女超人台妹」，以百變、豔麗強盛的方式展現出來，其頂尖模範是蔡依林。徐佳瑩則是「新台妹」，因為她除了狹義台妹的親和力，還有創作力！台妹會創作？是的，她創作的「身騎白馬」是整季最好的一首歌，她騎這隻白馬何止過三關」當然，筆者對陳所理解（或建構）的「台妹形象」未必認同，但這已超出本文的文本研究而進入到文化研究的脈絡。

[41] 此乃蔡依林〈野蠻遊戲〉中的副歌歌詞。

行文學」。雖然此三者僅是「流行」的一隅，但於此三類主題裡，我們已經可以發現諸個共通點。首先，作家或學者並非一股腦地宣稱他們與流行文化、通俗文化的密切關係。「老C推薦我」、「學生跟我說」……都是轉述。我們可以想像，當作家有「以淫助淫」壓力，學者則恐遭致「過分熱枕」的學圈批評，而不得以用轉述的方式。其次是對「新世代」的界定與「再現」[42]。作者與「新世代」貌合神離，多少透過「他者」與「再現」來理解，於是「流行文學」中不乏出現──「新人類」、「都會美少女」、「六七年級生」的稱謂。但這些作者不但對「流行文化」展現出他們迥異的關懷方式與書寫策略，並且有批評、有擁抱、有解釋也有收編等多元的反應。這些「新型媒介文化人」是要將「流行文學」放入神龕中扮演唯一的啓蒙者，或作爲德勒茲（Gilles Deleuze）所說的「不期待作品永續存在而爭取在電視上露面機會」[43]的利基（niche）捍衛者，似乎就見仁見智。

其二，關於數位時代的「流行文學」寫作動機

　　本文開頭即提到，由於數位時代下各種傳媒、載體資訊的快速流動與傳遞，改變我們的生活形態。而時至新世紀──電腦、網路、第四台……其普及率更屢創新高。德勒茲早就說過電視機（電腦螢幕）成為房間內共存的傳播媒介時所造成的模仿與傳播行爲改變。既然我們的生活被數位時代的流行文化所改變，那麼作爲反映生活現實的文學，自然得對流行文化有所回應，這是「流行文學」誕生的原因。但流行與高科技伴隨惡果到來──另類的新族群、怪異的價值觀、被世界與群眾遺棄的疏離感、到處存在的羞恥與人心的變異……駱以軍、陳建志都在他們的「流行文學」中點出數位與流行的另一個面向。同時我們也不能忽略作者書寫「流行文學」時可能遭受的批評，譬如遊走邊緣的小把戲、過分的熱忱、故作姿態的獵奇……但我仍然相信「流行文學」內在而超越的動機──「雙向啓蒙」。而這也是我們當前所需要的。

---

[42] 如陳建志再現後的、充滿慾望意向性與情色假想的「乾爹與敗金女」（氏著，〈自己的房間〉，收錄於《流行力：台灣時尚文選》，頁 254-278）；駱以軍小心翼翼敲錘出故事龍骨的「導演與都會美少女」（氏著，〈我愛羅‧假日校園〉，頁 115）……這都是透過想像而「再現」的例子。

[43] 參見布迪厄著、林志明譯：《布赫迪厄論電視》（台北：麥田出版，2002 年），頁 15。

　　受制於篇幅與架構的侷限，本文僅能點出「流行文學」的疆界、作者與寫作動機。但仍有許多問題還未解決。「流行」總與新的、快速的、流動的聯想在一起，而往往也與「浮華」、「奢靡」、「盲目」視爲一丘之貉。作家與學者可能真的透過「再現」或「想像」對流行文化「啓蒙」，但在此背後，我們應當要問的是——文學原初意義作用何在？因爲追求時尚與流行，所導致的新聞方框或眼瞳翻轉下發生的悲劇：卡奴、環保包、豪宅房貸、低調奢華、燒炭自殺……還歷歷在目。悲劇形成如何歸咎？作爲研究者與作家不同的視野將往何處投射？這恐怕是下一輪研究盛世的學者們尚須努力運算的習題。

參考文獻（依出版日期排序）

文本及研究專書

- 朱天文，《花憶前身》，台北：麥田出版，1997。
- 周英雄，劉紀蕙主編，《書寫台灣：文學史、後殖民與後現代》，台北：麥田出版，2000。
- Pierre Bourdieu 著、林志明譯，《布赫迪厄論電視》，台北：麥田出版，2002。
- 李天鐸主編，《日本流行文化在台灣與亞洲 I》，台北：遠流出版，2002。
- 李天鐸主編，《日本流行文化在台灣與亞洲 II》，台北：遠流出版，2002。
- 朱天心，《古都》，台北：印刻，2002。
- 王德威，《跨世紀風華：當代小說 20 家》，台北：麥田出版，2003。
- Philip Smith 著，林宗德譯，《文化理論的面貌》，台北：韋伯文化，2004。
- Ben Highmore 著、周群英譯，《日常生活與文化理論》，台北：韋伯文化，2005。
- Jeff Lewis 著，邱誌勇、許夢芸譯，《文化研究的基礎》，台北：韋伯文化，2005。
- Matt Hills 著，朱華瑄譯，《迷文化》，台北：韋伯文化，2005。
- 張小虹，《感覺結構》，台北：聯合文學，2005。
- 駱以軍，《我未來次子關於我的回憶》，台北：印刻，2005。
- 駱以軍，《我們》，台北：印刻，2005。
- 劉紀蕙主編，《文化的視覺體系 II：日常生活與大眾文化》，台北：麥田出版，2006。
- 駱以軍，《我愛羅》，台北：印刻，2006。
- 陳建志，《流行力：台灣時尚文選》，台北：聯合文學，2007。
- 張小虹，《假全球化》，台北：聯合文學，2007。
- 駱以軍，《西夏旅館》，台北：印刻，2008。

期刊論文、專書論文、報紙評論

- 可樂工,〈忍者漫畫俱樂部〉,《聯合文學》第 268 期,2007.2。
- 張耀仁,〈我遲早會繼承火影這個名字〉,《聯合文學》第 268 期,2007.2。
- 許榮哲,〈漸凍的火影忍者〉,《聯合文學》第 268 期,2007.2。
- 陳大為,〈第六代火影〉,《自由時報》「自由副刊」,2007.3.2-3。
- 劉乃慈,〈九零年代的小說與類精英文化趨向〉,《台灣文學學報》第 11 期,2007。
- 陳建志,〈Man 女與台妹〉,《中國時報》「人間副刊」,2008.9.18。

講評

林芳玫[*]

　　祁立峰同學這篇文章以「流行文學」為研究主題。讀者若望文生義，可能在閱讀過程中產生許多疑惑。此篇論文的「流行文學」並非我們一般所認知的「大眾文學」、「通俗文學」，也不是英文 popular literature 的中文翻譯，而是「關於流行文化的文字書寫」。這篇論文的流行文化有三個範疇，分別是（1）動漫；（2）商品（此文特指服飾商品）；（3）流行音樂。作者於每個範疇舉例兩位作者，而其文類包括小說、散文、評論。因此我們看到作者舉出三個範疇的六個作者，分別是：

　　（一）動漫：（1）駱以軍的小說；（2）陳大為的散文。

　　（二）商品：（1）朱天心的小說；（2）朱天文的小說。

　　（三）流行音樂：（1）張小虹評論周杰倫；（2）陳建志評論蔡依林。

　　作者於論文第一段開宗明義說要釐清什麼是「流行文學」，但是卻又變成引用費雪史東的「新型文化媒介人」。我花了一些時間，將祁立峰同學的文章看了很多遍，才弄清楚這篇論文是「關於流行文化的書寫」。所以在流行音樂這個範疇，重點不是周杰倫與蔡依林，而是評論他們的文字。

　　要在單一一篇論文裡，談動漫、商品、流行音樂，主題勢必分散而無法深入。更何況，這裡面有小說以及評論文字，這些統稱為「文學」，更會引起讀者閱讀時的混淆與困擾。

　　此論文也在文章開頭處描述數位時代下流行文化的意義。除了動漫之外，衣著服飾以及流行音樂在數位時代來臨前早已存在，我們應該去問，數位科技是否改變了衣著與流行音樂的產銷與消費方式？不論答案是什麼，那這又與傳統印刷術文學或是數位文學有什麼關係？這是可以去探討而此文

[*] 台灣師範大學台灣文化及語言文學研究所教授

並未探討的。

　　如果作者聚焦在駱以軍的小說——以及其他人的小說——所描述的動漫，這個單一主題就很明確而可以深入討論，數位文化如何反過來影響文字的書寫與思考？這個現象值得深入研究探討。

　　最後，作者於結論處引用安德森（Benedict Anderson）的書《想像的共同體》，這與論文主旨不符。安德森此書講的是民族文化與印刷術的關係，也在此書第一章定義了共同體的界線（limits）。作者此文強調跨界以及數位時代，如果一定要引用安德森，也許我們可以提出反思，數位與網路科技是否侵蝕了以國界為具體邊界的想像共同體、創造了移動的、流質般的流行文化消費者想像共同體？

個性駕馭網路
——安妮寶貝的 10 年創作

黃一*

摘要

安妮寶貝是大陸走紅網路後 10 年仍能保持後發制人創作潛力的作家。她早期網路寫作表現出的多聲部敘述特徵是借助於網路環境實現的讀者和作者間的平等對話，使小說文本內、外的「對話」得以統一，真正實現了巴赫金宣導的「多元對話」。她在「行走」中形成獨特的物質觀，自覺擁有屬於自己的物質方式，創作對人生物質性的探索、省悟和對網路技術性／物質性的駕馭互滲互動，將欲望的釋放轉化爲「詩意的棲居」。她以「BLOG」的形式提供了的獨特的網路個人「副刊」，作家個性和數位技術性在文學審美層面上得以結合。本文以安妮寶貝上述三個階段／層面的創作，說明作家個性和數位化網路環境怎樣互動產生著新的文學形態。

關鍵詞：安妮寶貝、網路、多聲部敘述、物質觀、部落格／博客

* 山東大學文學與新聞傳播學院碩士班，E-mail：huangyizoe@yahoo.com.cn

壹、導言

在大陸，安妮寶貝（以下簡稱「安妮」）是個自覺利用網路而「起家」的作家，她曾這樣說過：「……上網。一直是我很喜歡的事情。……網路對我來說，是一個神祕幽深的花園。我知道深入它的途徑。而且最終讓自己長成了一棵狂野而寂寞的植物，扎進潮濕的泥土裡面。……」[1] 她是怎樣深入網路這座神祕幽深的花園，而最終長成一棵文學之樹的呢？

女性對電腦似乎少有親近感，所以早期上網寫作的多為男性且學理工出身。1996 年，大陸第一個女子文學網站「花格」成立時，加入者寥寥。安妮寶貝原名勵捷，出生於 1970 年代中後期，金融專業畢業後供職於中國銀行。1988 年，她有了自己第一台電腦兼容器，開始在「暗地病小孩」等小型文學論壇發表作品，即被各大文學網站轉載。1999 年，安妮辭去待遇優厚的工作，進入大陸最大的文學網站「榕樹下」成立了自己的工作室，並參加了該網站舉辦的大陸第一屆網路原創文學大賽（該大賽邀請了賈平凹、王安憶、王朔、阿城等知名作家作評委）。從 1999 年 7 月到 2001 年 11 月，安妮在「榕樹下」共發表了 46 篇作品。這些網上作品的點擊數不斷攀升，安妮發表於「榕樹下」的第一篇作品〈六月詩句〉點擊數為 15,917 次，但不久，〈找到那棵樹〉和〈暖〉就分別高達 76,722 次和 77,555 次，這在大陸網路遠未遍及的 2000 年已是一種奇蹟。而在 2000 年 1 月她第一本短篇集《告別薇安》出版後，她網上作品的點擊量更大幅度攀升，2000 年 11 月 13 日發表於「榕樹下」的〈八月未央〉點擊量為 123,995 次，隨後的〈彼岸花〉更高達 177,108 次。安妮成了網路上最走紅的作家之一。

跟大陸 500 多個文學網站上許多網路寫作一炮走紅，但之後曇花一現的「寫手」不同，安妮走紅網路後的 10 年中，始終保持著仍能後發制人的製作潛力，以差不多平均一年一本的速度出版了 8 本作品集，而且一本比一本見好。她早先那些網上作品，也始終熱力不減。例如查看〈告別薇安〉的讀

---

[1] 安妮寶貝：〈關於安妮寶貝〉，「榕樹下」http//www.rongshuxia.com。

者留言，從 2000 年一直延續到 2008 年 3 月，不少讀者留下了「我越是閱讀你的文字，就越覺得你的思維可能會影響到我的生活方式，我可以對你抗拒……也許離開你的文字是我最好的選擇」（putting，2001.3.28，17：36），「我很想像安妮筆下的人一樣生活」（vivazl，2001.4.5，02：51）等的感言。收錄她早期網路創作的《八月未央》初版於 2001 年 1 月，之後短短四年中再印再版近 40 次。在大陸從網路寫作成名的作家中，安妮作品的暢銷長銷是首屈一指的。

　　包括網路寫作在內的數位文學不同於傳統文學的一個根本性特徵是它接納了現代技術性因素，由此帶來了美學感覺的變化。然而「技術的審美性也不等於藝術的審美化」[2]，文學首先是文學，無論是在工具媒介層面上對技術含量的體現，還是在理解世界方式上將技術轉換為審美創造，都取決於作家對網路等數位技術的運用。因此，數位文學，尤其是文字形式的數位文學的研究，仍要充分關注作為創作主體的作家。安妮就是一個很好的個案，可以說明作家個性和數位化網路環境怎樣互動產生著新的文學形態。

　　本文以安妮 10 年文學創作與數位化網路間關係的梳理為線索，分三個階段／層面，探討了安妮在文學數位化環境中的書寫形態和經驗。安妮早期的網路寫作表現出的多聲部敘事特徵是借助於網路環境實現的讀者和作者間的平等對話，使小說文本內、外的「對話」得以統一，從而真正實現了巴赫金宣導的「多元對話」、「同音合唱」。安妮在「出走」網路中逐步形成了她的物質觀，對人生物質性的省悟和對網路技術性／物質性的駕馭互為因果，她「隱身」於網路後的寫作姿態表明她創作的某種成熟。安妮以「Blog」的形式「回到」網路，「安的夜遊園」提供的個人「副刊」是數位形式的文學傳播的成功案例，安妮的作家個性和數位技術性在文學審美層面上得以結合。所有這些，都使人對數位化時代的文學抱以希望。

---

[2] 歐陽友權：〈互聯網的哲學追問與人文訴求〉，王岳川主編：《媒體哲學》（開封：河南大學出版社，2004 年），頁 183。

貳、網路寫作:文本內外的多元對話

　　眾所周知,網路寫作實現了作者與讀者的直接溝通,而這種溝通往往發生在作者的寫作過程中,例如一些網路長篇寫作,和讀者的即時反應,同處於一個空間,他們之間流動性的對話,共同構成了作品的創作過程,這讓人想起巴赫金對陀思妥耶夫斯基小說作的評價:「過去的小說是一種受作者統一意志支配的『獨白』小說,陀思妥耶夫斯基的小說則是一種『多聲部』的複調小說。其中,作者與讀者,作者與主人公,以及人物之間實現了平等的『全面對話』。」[3]巴赫金從「人真實地存在於『我』和『他人』形式中」的認識出發,強調了多重聲音的存在才是人類生存的基礎,人的生活從根本上說是不同聲音的交往和對話,小說敘事自然也應是「多聲部」的複調敘事,即「同時展開兩個或若干個聲部(旋律),它們儘管完全合在一起,但仍保持相對獨立性。」[4]然而,巴赫金宣導的「對話」主要限於文本內部,即由作者駕馭的小說人物、主題、情節和結構等方面的「多元對話」和「同音合唱」,而巴赫金言及的「作者與讀者」間的「平等的」「全面對話」則難以真正實現,作者在創作過程中往往只能與想像中的讀者對話,讀者也往往只能作爲作者「在他人身上找到自我,在我身上發現別人。」的非實體性存在潛在影響著作者創作。然而,在許多文學網站,我們經常可以看到一部創作中的作品如何與它的眾多讀者不斷進行即時的對話,以此展開了作品的誕生過程。例如,2001 年 4 月人民文學出版社(北京)出版的BBS小說《風中玫瑰》,將作者一帖帖發表的文稿與網友即時跟帖兩者交流的過程全部印了出來,這樣一種全新的互動文本使讀者的閱讀、評論和其他心理回饋都有直接參與了創作,文本形成的愉悅爲作者和讀者共同享用,甚至文本建構中的難題爲作者、讀者共同破解,而且不同讀者的反響迅疾而直接的出現於同一個「時空」,它們互相之間引發、碰撞、呼應,構成一種強大的「闡釋」網路。它

---

[3] 巴赫金著,顧亞鈴譯:《陀思妥耶夫斯基詩學問題・語言創作美學》(北京:三聯書店,1988年),頁 312。

[4] 米蘭・昆德拉著,董強譯:《小說的藝術》(北京:三聯書店,1992 年),頁 70。

完全擺脫了傳統文本源自作者闡釋的模式，開啓了讀者和作者間的「平等」對話，並使這種對話從文本內部走到文本外部，從文本本身走向整個寫作活動。

安妮的小說一開始就通過人物間的平行對話展開多聲部敘事，她深諳巴赫金所言「我」生存於他人身上的「自我」，她早期的許多小說就並置兩個女主人公，她們是具有不同性格和生活軌跡的獨立個體，其關係難以用世俗尺度去衡量，也許從小青梅竹馬般相守，如〈七月與安生〉中的七月與安生；也許是偶遇之後的癡纏，如〈傷口〉中的安與喬，〈煙火夜〉中的 VIVINA 與絹生。她們各自獨立而又百般交纏。七月與安生彷彿一個靈魂的兩個對立面，一個寧靜，一個不羈；一個喜歡安定恬然，一個始終漂浮旅途。叛逆的安生只要回到安寧的七月身旁就會變得感性而纖弱，而她倆與同一個男子家明發生了長久的情感糾葛。這樣的安排使整個敘事成為一個靈魂中多種聲音的對話。這種多聲部敘事被安妮進一步放大運用到後來的長篇構架中。《彼岸花》中的南生是喬電影中的人物，但更像是喬的過去。而《二三事》中沿見始終是兩個女主角蘇良生和尹蓮安人生中最重要的男子，良生則毫不計較蓮安對她的傷害，從而以那種世俗眼光難以理解的情愫突破了欲望和佔有，表現出恩慈和包容。安妮筆下那個與女主人公「我」發生情感糾葛的男子，甚至也會是「我」的一個分裂體。安妮曾在採訪中提及，《蓮花》中慶昭、善生、內河這三個角色可視為同一個「我」內心顯現出的不同層面，是個體掙扎和分裂的結果。安妮試圖在不同人物角色間建立一種彼此參照映襯的關係，如此一來，小說中的人物其實都成為「我」這一行為主體的分裂與投射，他們間的對話也就時時可以發生。

安妮小說一開始就顯露出來的特徵與她在網路上寫作的狀態密不可分。互聯網是一個沒有控制中心的開放式網路，作為人類迄今最能體現人際交往平等和個體自由的媒介，互聯網培育和鼓勵一種尊重個體、注重平等的文化氛圍，為被物欲包圍的現代人提供一處平等對話、互吐心聲的棲息地。互聯網的遊戲規則尊重個體對自我的體認，尊重個性的獨特性、創造性。安妮小說的多聲部敘事，不僅鮮明地表現了她的個人化風格，豁露出她內心的

複雜，而且由此呈現出多重聲音的小說世界也成功提供了心靈交流的領地。

安妮小說的成功，或者說她高人一著之處並不只在於她在文本內部呈現了多重聲音，而且在於她使小說文本內部的「對話」與文本外部的「對話」獲得了統一。

前述巴赫金所言：「作者與主人公」的「對話」主要是指主人公／人物的意識與作者的意識平起平坐，為了實現主人公的意識處於作者意識之外而與之平起平坐的創作意圖，作者只「是這個對話的組織者和參與者，他並不保留做出最後結論的權利，也即是說，他會在自己的作品中反映出人類生活和人類思想的本質」[5]；然而，人物意識的獨立，只是意味著人物是能思的主體，他的自我意識在敘事中起著自主的作用，也就是說，作者關心的「不是主人公在世界上是什麼，而首先是世界在主人公心中是什麼，他在自己心中是什麼」[6]，因而人物「自我意識的功能本身，則成了作者觀察和描繪的物件」[7]。巴赫金所言「人物之間」的「對話」指的則是人物不具有類型化特徵，他們具有充分的自我意識和主觀化，每個人物都是自己話語的獨立主體，憑藉這種主體資格，人物間展開了深入、未完成性的對話。安妮的小說將這兩種原先發生於文本內部的對話直指讀者內心，力求在獲得通往他人內心的路徑中建立起與讀者的對話通道，從而使文本內外的多元對話得到了融會。

瀏覽網友對安妮作品的即時評論，「直指內心」恐怕是出現頻率最高的語詞之一，而這包含著直指人物內心和「發帖者」（讀者）內心的雙重意味。綜觀安妮 10 年創作，從〈告別薇安〉〈七月與安生〉〈八月未央〉等文筆洗練、韻味獨特的短篇，到《二三事》等故事套故事的複雜敘事，再到多線索彼此糾結、結構緊湊的《蓮花》等長篇，安妮的敘事在成熟中變化，在看似執著個人化的敘述中將對青春、愛情的思索逐層擴展至對命運、人性的多方思考，透過個體複雜的內心深入展現人類生存的真相。而這種「直指內心」

---

[5] 巴赫金：《陀思妥耶夫斯基詩學問題》，頁 87。
[6] 巴赫金：《陀思妥耶夫斯基詩學問題》，頁 61。
[7] 巴赫金：《陀思妥耶夫斯基詩學問題》，頁 62。

的寫法給予網友的也是內心的震動。〈告別薇安〉發表時，網友就有這樣的留言：「……我沒有看完，不知道看下去，還是不敢看，但我真切的感受到自己的痛苦……」（逸菲涵，2001.7.16）「只要讀者和你的感覺同在，那麼感覺就沒有白白的流露！！！在這裡，我讀到一種……足以讓人完全投入的感覺！」（xiao bao 2001.6.15，10 點 33 分）「你的文字直達我的心臟。我可以聽到它們在心臟上劃出的寂寞而沉重的聲音。」（墟裡煙，2003.5.3，11 點25 分）〈告別薇安〉的點擊次數是 84,879，其中就有不少這樣的帖子，幾乎無一例外地道出了安妮小說「直指內心」的力量。這種力量來自於安妮小說傾訴式敘事、內省式的深度模式和平行性的人物，這三者不僅在網路空間構成了作者和讀者顯在互動的對話，而且在隱性層面上納入了讀者的聲音，真正實現了小說的多聲部敘事。

安妮曾言：「未曾知道，我的讀者到底是哪些人，……但我知道，我們之間有一場潛在的傾訴。」[8]安妮小說大部分取「我」的展開傾訴式敘事視角，但跟以往的第一人稱敘述不同，安妮小說「我」「這個人稱很微妙。它代表一種人格確定。也就是說，它並非個體。它是一種幻象。那個『我』是不代表任何人的。」[9]也就是說，「我」也不代表作者，而是一種「幻象」（fantasy）。作爲幻象，也許如拉康所言的是欲望交互主體性的樞紐，也許如齊澤克所言的是主體在現實世界和符號世界存在的意義和方式，它架構了主體的符號界現實，也阻止了實在界直接的入侵。安妮讓「我」代表的幻象超越任何人而指向人的交往，作爲「一種人格確定」而展開自我與自我的對話、自我與大他者對話、自我與他人的對話乃至自我與世界的對話。《彼岸花》之喬，《二三事》之蘇良生，《蓮花》之慶昭，作爲「我」，都既是小說的「主人公」，又是故事的講述者，但他們的傾訴，往往「只有展示，而沒有判斷」[10]，例如他們不管是城市白領還是自由職業者，對於生養他們的城市往往不認同也不疏離。這樣的傾訴，不僅緣自安妮「不相信人性有判斷是

---

[8] 安妮寶貝：《彼岸花・自序》（海口：南海出版公司，2001 年），頁 1。
[9] 安妮寶貝：《二三事・自序》（海口：南海出版公司，2004 年），頁 4。
[10] 安妮寶貝：《彼岸花・自序》，頁 2。

非對錯的標準」[11]，也來自安妮的傾訴是要「和陌生人、陌生的地點發生聯繫」，並以此完成「對自己生命的拷問，對自己心中自由世界的探尋」[12]。所以，安妮式的傾訴，少顧影自憐，多同情憐憫，她始終是在與大他者對話，追求讓自己的文字進入讀者的靈魂，並以此使陌生人的靈魂相通。大他者的始終在場，使安妮式的傾訴始終展開與讀者的對話，並讓讀者的聲音進入她的小說。如要仔細加以辨認，讀者的跟帖不知不覺滲透進了「我」的幻象，成為安妮小說中的一種敘事。有的讀者甚至會以數千字乃至三萬多位元組的小說「跟帖」安妮的敘事。安妮與讀者的對話由此從文本外進入文本內部，並不斷得以展開。

安妮小說「直指內心」的敘事，是一種深度自省，即邊思索、邊陳述的模式。網路的技術特徵，使寫作隱伏著思維平面化的危機。「一是超文字（hypertext），即使思維文本體系裡的語詞、陳述、判斷等，隨著體系的擴展而在體系內部其他語詞、陳述、判斷那裡自足地獲得注解和印證，從而將思維外化為平面化網路體，人的大腦也被萬維網外化為網路思維的一部分」，「二是網路記憶體逐漸取代大腦記憶體，從而將思維平面化」[13]，這種平面化思維帶給人類的是「深度的喪失」和理性本身的危機。然而，安妮用鍵敲擊出的文字，「體現和保持的是一種自決、內省、敬畏和警惕」，她始終覺得，「對生命苦痛與喜悅的捉摸不定，使本質真相的摸索始終是盛大的主題，人類嘗試了無數種表達方法去觸摸和表達它們，但始終探測不到它的邊界」，所以需要「反省與探索」，以此作為與生命的捉摸不定的「對峙方式」；她也覺得，「一個作者的哲學觀」是「寫作的核心」，「影響他作品的風格」，而哲學觀恰恰決定於「精神、反省、思考的邊界」[14]。她甚至認為，保持作品獨特而不獻媚流俗的關鍵是作者「更有自省和堅定」，作者在作品中流露出的自省和堅定與作品的暢銷不相衝突，執著於生命本相的自省式寫作更可以

---

[11] 安妮寶貝：《彼岸花・自序》，頁2。

[12] 安妮寶貝：《彼岸花・自序》，頁2。

[13] 歐陽友權：〈互聯網的哲學與追問與人文訴求〉，出自王嶽川：《媒介哲學》，頁180。

[14] 上海青年報記者：〈網路寫手安妮寶貝：繁華之後返樸歸真〉
http://www.chinanews.com.cn/news/2004/2004-10-28/26/499713.Shtm/

「緩慢篩選時間留下的隱祕印記，篩選掉閱讀它們的人，篩選掉喧囂和是非，最後只剩下寂靜的天和地」[15]。非常有意味的是，從安妮與讀者互相「跟帖」的一些內容看，安妮一直沉靜地從網上紛繁喧囂的讀者跟帖中「找到」「緩慢篩選」的方向，使自己的內省成為與讀者的深度對話。

這種內省式的寫作在安妮 2000 年 11 月發表於「榕樹下」網站的長篇《彼岸花》已見端倪，它真正將安妮的創作與其他僅止於媒介傳播和時尚文化消費意義的網路創作徹底區分開來，以安妮對生命感的體認和思索使作品從網路技術帶來的思維平面化中解脫出來，呈現出對文學審美本性的堅守和追尋。

寫慣了簡潔伶俐的中短篇，安妮第一次駕馭長篇結構顯得生澀，但作品對生命的自省，使之超越了她之前私語式寫作，更沒有了感傷式的自怨自艾，無形中流露出一種大氣象。小說分三部分：〈喬〉、〈南生〉、〈散場了〉。喬是大都市的自由作家，離群索居，少言寡語，內心卻異常敏感，她與處於都市主流的男人卓揚、傾聽者森、旅者樹的情感看似形式不同，本質卻都一樣：誰也控制不了喬的靈魂。南生童年的不幸遭遇，導致她對粗魯放羈的男人和平有著瘋狂得近乎畸形的愛戀；最終揮刀刺向和平，以此實現對這個男人的永恆的佔有。喬和南生是唯一彼此可以依賴的夥伴，兩人關係既疏離又親密，即使愛上同一個男人仍無損彼此情誼，但喬不計前嫌照料身心俱廢的南生，換來的仍是南生以自殺作為回應的離棄。小說所寫種種超越於世俗眼光的感情似只能用一個原因來解釋，她們「要的是彼岸的花朵。盛開在不可觸及的別處。」「那是巨大的空虛感，控制了對生命的質疑」[16]。喬和南生在城市裡的尋找、衝撞，無非是尋求生命本相的意義，但「彼岸的花朵」是生之幻像，身在此岸「無法抵達」。至於和她們靠近過、接近過，甚至肌膚相親的人，「他們的靈魂是我過河的石頭。我曾在跋涉的過程中短暫停留。」[17]「彼岸花」的意義正在於生命是「等待著一個註定離散的人。然後讓我相信，

---

[15] 安妮寶貝：BLOG「安的夜遊園」〈回復 Joan〉（06.05.09）
[16] 安妮寶貝：《彼岸花・自序》頁 3。
[17] 安妮寶貝：《彼岸花》頁 283。

對岸也總是有一個人在等待著我。我們在空虛的兩端抗衡。」[18]生命虛無感是「泅渡」和「離散」、希望和警戒間的巨大張力，它使「年老的人看到盛放。年少的人看到枯萎。失望的人看到甜美。快樂的人看到罪惡」[19]，也使只圖在作品中獵奇賞新的讀者被這種內省式寫作象徵出的對生命的敬畏篩選掉。安妮的內省寫作使每個「觀眾會看到自己在裡面」[20]，從而再次實現了與讀者的對話，這種對話不是私人囈語引起的共鳴，而是與多種各異的讀者一起完成生命的內省。

參、擁有自己的物質方式：對網路技術性／物質性的駕馭

然而，正如馬克·波斯特在談及第二媒介時代時所言，「電腦書寫顛覆了作家的個性，最後，它帶來了集體作者的諸多新的可能。」[21]就是說，「線上寫作」中作者和讀者間「對話」的全面展開，潛伏著「顛覆作家個性」的可能。網路作家往往因為個人風格的「鮮明」而從眾多網路寫手中脫穎而出，而他的這種「鮮明」性為讀者認同，甚至成為他一炮走紅的直接緣由後，在網路讀者即時回饋的環境中，他往往一時難以擺脫這種標誌性，甚至品牌性的「鮮明」，網路寫作獨有的「對話」特徵在某種程度上也制約了網路作家對自身的突破。安妮的頭兩部小說〈告別薇安〉、〈八月未央〉，無論是主人公的性格特徵，情節模式、色調，還是小說整體的氛圍，語言風格等都在「鮮明」風格中呈現出相似，正是網路寫作困境的反映。但安妮給自己的第一本小說集取名《告別薇安》，就暗示她會「告別網路」。「我知道我的讀者很特殊。他們存在於網路上，也許有著更自由和另類的心態。同樣，也更容易會感覺到孤獨……告別薇安，它在網上引起的喧囂，印證了我想像中的網路時代的心態。這的確是一個全新的充滿欲望和激情的時代。同樣，也更為空洞

---

[18] 安妮寶貝：《彼岸花》頁 283。
[19] 安妮寶貝：《彼岸花·自序》，頁 4。
[20] 安妮寶貝：《彼岸花·自序》，頁 4。
[21] 〔美〕馬克·波斯特著，范靜嘩譯：《資訊方式：後結構主義與社會語境》（南京：南京大學出版社，2000 年），頁 154。

和陰鬱。因為我們面對著的，是更多的消失和告別。」[22]這段〈關於安妮寶貝〉的自白道出了安妮在「消失和告別」中展開新的開始的自覺。2002年後，安妮「遠離」了曾讓她備受矚目的網路——「我棄絕它們速度過於迅疾，並且無情」，「但無可否認，曾經是我的組成部分」。[23]

安妮「離開」網路，選擇了遠行，她去了西藏、越南。這種選擇包含著安妮這樣的想法，她要走出「超文字」自足性造成的文本單性繁殖或自我複製，任何寫作都需要作者的在場體驗和躬行實踐，而不能淪為外在於生存實踐和精神心靈的修辭盛宴、詞語狂歡。她2002年出版的散文集《薔薇島嶼》將題旨指向「愛與行走」，在人生「行走中」思考、尋找、表達愛，少了銳利和飄浮，多了現實的質感和生命的自省，文章形態也趨於豐盛。2004年初，她出版了「離開」網路後的第一部長篇小說《二三事》，以「一種出行的態度」展開敘事，「對讀者和作者來說，書，有時候是用來接近自己內心的擺渡。為了離開某處，又抵達某處。」[24]她對待網路也沒有一點先前的惶惶然，網路上的書寫和「出走」網路的書寫都指向接近內心的擺渡。同年10月，她出版小說散文集《清醒記》，風格漸漸走出陰鬱逼仄而漸趨明朗清新。而2006年3月出版的長篇小說《蓮花》被評論界一致認為是安妮成功的轉型之作，安妮不僅一改以往怪異、譎詭、陰柔、淒絕的寫作姿態，而且自覺超越早先作品對於都市物質生活的書寫，將人性置於物質之上，對都市精神領域的貧瘠與蕭條作了內向深入的自省。這種創作轉型，其實正是安妮對網路這樣一種技術性／物質性環境駕馭的結果。

安妮前期作品的場景往往體現出都市物質生活面的繁華以及物欲消費的強勢，酒吧、咖啡廳、地鐵站、步行商業街，在人潮湧動中構成她筆下一再出現的語境，閃爍出一種物質的曖昧氣息。那種浮躁易變的氛圍與電腦網路世界帶給我們的感覺十分相似。安妮的文字確實曾經自由伸展於現代都市生活的各個角落，以至於很長時間裡，人們將她理解為網路、酒吧、機場都

---

[22] 安妮寶貝：〈關於安妮寶貝〉。

[23] 安妮寶貝：《八月未央·新版序》（北京：作家出版社，2005年），頁2。

[24] 安妮寶貝：《二三事·白序》（海口：南海出版公司，2000年），頁40。

市空間的文字精靈,安妮也確實用她充滿靈性的筆觸將這些生活空間轉換為如花似夢的形象,然而,安妮早期的網路寫作還是散發出物質語境裡的小資情調,這種情調對物質呈現的是享受的姿態,它將物質的存在合理化為人性的內容,所以它要通過對日常生活物質不厭其煩的標榜、張揚來凸現個人化風格,最終體現的創作主體和物質間的關係並不平等。安妮早期小說人物的性格往往依靠一些現代物質上的「細節」才得以支撐,伊都錦的棉布、Espresso咖啡、Kenzo新款香水⋯⋯這些物質細節成為指認安妮作品人物身分的重要標記,他們與都市的唯一聯繫似乎就是都市提供給他們的各種符號、影像以及情調的消費。《告別薇安》講述都市中孤獨靈魂的碰撞,但那段虛無飄渺的網路情緣通過「聊天室」得以展開的重要緣由,是落拓不羈的Vivian的嚮往:「我寧可在幻想中。你帶我去哈根達斯。帶我去淮海路喝咖啡。帶我去西區的酒吧。」[25]儘管安妮不想讓人物淹沒於物質,但她人物身上的那些物質性標記還是在委靡而精緻、桀驁又脆弱的精神氣質中顯示出沸騰、喧囂的色彩,但又顯得迷幻而模糊不定,網路的物質性似乎使安妮作品中的「物」無法擺脫炫耀性、標記性,她由此收穫線民的追捧,但也不斷產生困惑。換言之,此時期的安妮,看似自由行走於網路,實則深陷其中,為它所困,為它所用。

安妮「出走」網路後,她對「物」的態度有了根本性的轉變。《清醒記》中的〈質感〉,收錄了描述「雪紡裙」、「高跟鞋」、「項鍊」、「銀鐲」、「布衣」等小物體的短文,書寫的都是這些「物」背後的生命「質感」,小心翼翼地呵護著它們。後來她在《城市畫報》開設名為「瓊屑談」的專欄,從第一篇〈花布〉開始,更注重表達「物」帶給人們的想像力和精神方式的影響。此時的安妮有了自己的物質觀:「人的物質生活代表的是探索,欣賞,入世的單純及出世的疏朗。」[26]她將之與消費主義時代商業的強加於我們觀念中的奢侈相區別:「後者是規則和製造,前者卻更接近是一種心得,心得真實而豐饒。更多人覺得物質是沒有心得的,因為他們從未擁有過屬於自己的物質

---

[25] 安妮寶貝:《告別薇安》(海口:南海出版公司,2002年),頁18。

[26] 安妮:〈My little Thing〉,http://blog.sina.com.cn/babe,2008年3月17日。

方式，常被規則打敗。」[27]在安妮心目中，「物」不包含任何權威或規則強加於它身上的光環，而只是「有個小空間記錄下來，分享的是內心取捨」，[28]所以若想探尋物之美好，關鍵在於審視者和擁有者對待它的態度：不高傲也不卑微。例如，安妮寫到手鐲，自己的，是因爲朝夕相伴，「彷彿與它的主人具備了一樣的靈魂」，「如同心裡最爲持久的撫慰。」；淘來的，敬畏原來的主人「有靈性無聲寄居於此」，[29]只能把玩而不敢戴上。這樣的「物」，「只有死或離別，才能令它毀滅。」[30]當安妮把「物」，尤其是「靜物」看作「一個人對自我的關照和反省」[31]，強調「對物品的珍重」，是因爲「它已經具備了靈魂」[32]時，安妮已超脫了物的享用，而用「靈魂的依傍」讓「物」閃耀出光芒。

正是這種物質觀的深化才有了《蓮花》所意味的「超脫幻象的新世界的誕生」。2004 年，安妮徒步去雅魯藏布江深處的小村落墨脫，那裡曾被稱作蓮花隱藏的聖地。泥濘沼澤、塌方峽谷，每天臨睡會問自己：「明天是否能夠依舊活著趕路」[33]。這段經歷，「超過我在不同的城市裡停停走走所經歷的眾多經驗」[34]，於是安妮寫了《蓮花》。小說中，善生從喧嘩紛繁的都市生活中的抽身而退，是他審視自己的過往，如同「貌似完好」卻「輕輕一捏就粉碎」得「無可收拾」的「一截煙灰」；年輕女子慶昭患病滯留高原，靜等死亡。兩人相遇於拉薩小旅館，結伴徒步前往墨脫看望善生幼年夥伴內河。其實，善生已知道內河兩年前在墨脫棄世，他仍冒險前往墨脫，不只是兌現他看望內河的承諾，也包含了告別富貴功名最終渡向彼岸的反覆掙扎，「任何一段路途。……是穿越人間俗世的路途。也是一條堅韌靜默而隱忍的精神實踐的路途。」[35]《蓮花》也寫都市的聲色犬馬，但已完全不被這所轄制，而

[27] 安妮寶貝：〈My little Thing〉。
[28] 安妮寶貝：〈My little Thing〉。
[29] 安妮寶貝：《清醒紀》（天津：天津人民出版社，2004 年），頁 212。
[30] 安妮寶貝：《清醒紀》，頁 211。
[31] 安妮寶貝：《素年錦時》（北京：作家出版社，2007 年），頁 195。
[32] 安妮寶貝：《素年錦時》，頁 105。
[33] 安妮寶貝：《蓮花‧序柒種》（北京：作家出版社，2007 年），頁 2。
[34] 安妮寶貝：《蓮花》，頁 1。
[35] 安妮寶貝《蓮花》，頁 3。

要剝離出那嘈雜紛然後的沉默本相。於是，雅魯藏布江河谷裡的艱難跋涉，依次展開成善生、慶昭超脫性的心靈歷程。例如，對於普通人難以逾越的情愛，對於大部分作家無法規避的情愛主題，《蓮花》似乎已將它們輕輕跨過了：安妮在內河、善生、慶昭的人生中也寫情寫愛寫眾生色相，卻不被它們箝制，只讓文字將它們背後沉默的本質抖落出來。

此時期安妮對物質聲色題材的駕馭與她對網路應用的輕車熟路互相映照，她已學會隱匿於網路背後，在始終「保持作品市場性與藝術性的均衡結合」，保持「創作者」與「包括評論界、媒體出版商及市場」在內的「外界的疏離感及協調能力」，「保持」創作者「自身的人格修行與完整」中去應用好網路，網路之於她已不再是獲取關注、製造暢銷而又受制於它的媒介，而是「置身於現實生活中的人群的精神需求」和「作者純粹、堅定的內心」[36]的交匯之地，網路的物質性／技術性由此會將欲望的釋放轉化為「詩意的棲居」。此後，無論是個人博客／部落格（Blog）的開設，還是抹去了文體界限的各種寫作，安妮都了無牽掛地不斷以詩意的新鮮呈現出自己豐富的個性。

肆、Blog「安的夜遊園」：網路「副刊」的雛型

安妮「出走」網路是為了擺脫網路這樣一個現代／後現代的物質技術世界的宰制，儘量回到詩意的自然棲息地。但是聰慧如安妮，她並不排斥網路世界，數位科技對於她仍是「一個神祕幽深的花園」，起碼她理解技術本身也具有自然性和社會性雙重屬性，數位文學的技術性特徵並不意味著一定導致文學失卻審美藝術的本性。「技術不是某種可見的、具體的、簡單的物。技術不僅展示了人對自然的能動關係，展現了他的生活生產的直接過程，因而也展現了人的社會生產關係以及由它們產生的文化表現。」[37]只是數位技術展示的「人對自然的能動關係」中的「自然」也包括了人自身，所以更要

---

[36] 李瑛〈傳統現實主義美學受到挑戰——市場弄「髒」了文學？〉，
　　http:book.qq.com/a/2004090/000223.htm.
[37] 許良：《技術哲學》（上海：復旦大學出版社，2005 年），頁 51。

警惕它會對人形成的宰制。2002 年後安妮對網路的「疏離」正來自這種警惕，而她的作家天性讓她恰如其分地行走於網路世界間。安妮早期文學創作時，成功地使用了電子郵件、BBS（網路社區）和ICQ（即時通訊工具）三種互聯網方式。她從網路「出走」，即不再在網路上首發作品後，2005 年她就在「新浪」開設了博客／部落格（blog）「安的夜遊園」。與許多喜歡在自己博客上透露行蹤乃至隱私來吸引線民眼球提升點擊率的公眾人物不同，安妮的「安的夜遊園」無論是以圖代字傳達感受，還是以字會友交流溝通，都顯得真誠。而短短三年中（截止 2008 年 7 月 23 日），「安的夜遊園」的訪問次數已高達一千二百九十三萬八千餘次，恐怕沒有一種傳統媒介能如此迅疾而數量巨大地完成作者與讀者間的交流，也許正如加拿大學者麥克盧漢認爲的，傳播中最本質的事情不是表達而是媒介自身，「正是媒介塑造和控制著人類交往和行爲的尺度和形式」，博客使讀者與安妮文本間物理上的互動真正得以實現，爲讀者向「作者」轉化創造了空前的便利，也使安妮的創作發展出新的形態。

　　安妮開設博客之前，由於她從網路的「出走」，尤其是《蓮花》的出版，「有一批讀者很戲劇化，很高調地離開了她……離開她的那批讀者，一定是最喧嘩的那一批。留下來的，會是沉澱細膩的。」[38]當安妮走出那個被喧嘩讀者包圍，潛意識裡爲迎合讀者需要而陷入困頓的網路寫作後，「安的夜遊園」顯然是爲「留下來的」而設的。跟E-mail、BBS、ICQ等電子交流方式相比較，博客以格定固定的不同內容形成了「物以類聚」者的交流與溝通，或者說，博客在大眾化的網路環境中構築了某種「小眾化」的平台，登錄「安的夜遊園」的線民對安妮已有了一定的瞭解，登錄也具有強烈清晰的指向性，這種特色兼有了社區交流的特點，卻擁有了社區交流無法實現的互動內容的深刻性、條理性，可以引申出一系列不同角度的表達，如評論、綜述、對話等，無形中形成了一種獨特的網路個人「副刊」。這種「副刊」有沒有可能如同紙質傳媒消費時代的報紙副刊一樣發揮傳播功能，顯然是值得關注的。「安的夜遊園」正是這樣一種數位個人「副刊」。

---

[38] http://www.douban.com/sabject/discussion/1156058/

　　「安的夜遊園」有〈幾點說明〉，有如「副刊」發刊詞表明了安妮開設博客的宗旨：「這裡不會出現的私人日誌。它只是一個交流平台，僅是為讀者而開啟。名人 BLOG 的熱鬧新鮮，與此地無關；請所有熱衷八卦和娛樂的人，不必來此；廣告垃圾及談論是非的口水貼子會一律刪除，以保持乾淨……等待時間過濾，逐漸安靜，只留下真正心存喜歡的人。」這幾點說明甚至有拒人於門外的淡漠之感，但也道出了「安的夜遊園」對心靈交流的追求，它的種種新形態都緣於此。

　　以圖代字，傳遞感受，交流溝通，是博客「副刊」的長處。「雖然圖像同樣地依賴於被分享或被理解的文化背景」，但是圖像比文字「更容易地使人得到這種共同分享的體驗」[39]。相比於文字，利用圖像的交流更不拘囿於觀者的知識或文化背景，從視覺角度更好達到傳遞與分享情感、思想的效果。熱愛攝影的安妮也曾嘗試在紙質作品集中加入圖像因素，《薔薇島嶼》就是一本圖文散文集，但紙質文本接納圖片的尺寸、數量、方式顯然都十分受限，所以《薔薇島嶼》後，安妮沒有再嘗試過這種創作方式。然而，數位技術使網路媒介使用圖文並置的創作方法變得容易和自由，作者傳送自己拍攝或繪製的圖片，並且可以在同樣的文字內容下進行圖像的增刪，這樣的圖像流動性地傳遞著作者的意緒、情感，而觀者有感而發，也會以自己手繪或拍攝的圖片加入，使整個圖文世界表達的思想、情感激蕩多姿，「安的夜遊園」就是這樣一個圖文世界。安妮喜歡攝影，從旅途景致到身邊瑣物，從都市夜晚到街巷清晨，從飛機視窗雲海到臥室窗台水滴……安妮一一將它們明暗濃淡相宜地與文字、音樂相配，精心組成一個多維立體的情感交流世界。安妮深知文字的理解和感知不僅受其背後的歷史積澱、傳統習俗、表情方式等制約，而且也受文字深層的隱喻性等限制，所以，她自覺地借助於圖像的力量來一下子進入觀者的心靈，使之產生審美的衝動。例如安妮在博客文字中與讀者分享自己的物質觀，認為物的價值取決於擁有者和審視者的態度，她迷戀所有碎花的圖案，收集各種繪滿碎花的物品：杯子、衣裙、木盒……，

---

[39] 阿萊斯‧艾爾雅維茨著，胡菊蘭、張雲鵬譯：《圖像時代》（長春：吉林人民出版社，2003 年），頁 214。

認定那「碎花」的「情意」「是一種內心細微的所得，也是執意」，她就在這些博客文字的上方變化地加上幾張自己拍攝的各種花布上的碎花圖案，隨意而巧妙的圖像馬上傳遞出觀者能強烈感受到的安妮喜悅而滿足的心情，使讀者真切體悟到安妮對待物質既不高傲也不卑微的態度。

　　而安妮這種對待「物」的態度馬上得到了讀者以圖像作的回應。一位讀者讀到安妮《蓮花》講述的內河設計的各種碎花或組合花紋的布料，馬上「加了點自己的想法，畫了出來，」在「安的夜遊園」登了出來。《蓮花》中的內河是個遺世獨立者，她在異域他鄉靠設計碎花布匹為生，「只用中國桑蠶絲和印度麻。那些布料被用於製作時裝和家居布藝裝飾……因為裡面包含創造性的技術含量和審美價值，所以定價很高。」她經常去印度、尼泊爾、老撾、錫金一帶，「收集花朵和顏色的素材」；她沒有專業的美術訓練，她「對花朵的理解是一種天性」。前去看望她的善生見她身著的上衣布料就是她自己設計的：「孔雀藍的底子，上面有描著銀邊的小鹿、蓮花、獵人，反覆細密地聯結，各種色調搭配得極為豔麗沉鬱。這的確是一種發自天性的美。不能被模仿和說明。」讀者的畫，不是出於「模仿」，也不是為了「說明」，而是被那「發自天性的美」「感動」。《蓮花》中的內河，不被世俗常理理解；讀者的畫，表達了對內河漂泊心靈的理解，也分享了安妮在「碎花」瑣物上顯露天性的喜悅。

　　安妮曾與讀者這樣討論過：問，「你是否認為其他的方式，比如影像、電影、圖畫乃至純然的景，或者音樂都比文字的表達更輕省和直接。用文字表達的作者很多時候將處於一種表達不能的痛苦中。」安妮答，「任何藝術形式都是共通的。它們需要創作者的精神強度來做底襯，因為這種強度會直接反映在作品上，以此分出不同的層面和趨勢。也都會面對表達不能的痛苦，以及即使表達了歸於虛無的痛苦。」（2006年3月28日「安的夜遊園」）「安的夜遊園」中的圖像，無論出自安妮還是讀者，都以各自的精神強度呈現出表達的喜悅和痛苦，它們這樣的對話，讓電子媒介真正成為了人的綜合感官的延伸，其實現的直覺、意緒、情感、思想交流在紙質傳媒世界裡是難以實現的。

博客使作者與讀者對話時雙方都更有可能進入深度交流的狀態，從而有可能產生新的交流文體。安妮的作品一般都潛藏著自我詮釋的系統，表現出一種自我評判的特徵。大陸先鋒文學的「後設敘事」，即關於敘事的敘事，只是一種對小說形式的自覺。安妮作品中許多對敘述者「自我」的真切剖析，卻是一種精神的自覺，她在許多地方把「自我」碎裂成物件世界，再加以冷靜觀察，這種高度的主觀性與自傳色彩就要求預先對自己寫下的文字作出批評性的解剖。安妮作品的這種自我評判特徵爲她的博客讀者與她的對話提供了條件。許多讀者都是有備而來，他們認真閱讀過安妮作品，理解其中的自我評判，問題意識敏銳或有機趣，文字簡潔有力，甚至表現出不輸於安妮的文化修養。而安妮也是選擇他們中的更強者來對答，由此相映成趣，成爲一道可與其作品相媲美的風景線。如 2008 年 5 月 6 日「安的夜遊園」：

> 「安妮：第一次給你寫信，不知會不會被淹沒……人是孤獨的存在，生活是一部靜默的斷代史，無論多少言語，多少書本，卻都寫不出那些最簡單的問題。譬如，人生的意義是什麼，譬如，死亡的那一端是什麼，譬如，愛在何種意義上成為可能。……哲學、宗教、數學和物理，這一切在本質上最為接近我們的靈魂，卻也是它們讓一個人遠離了簡單的生活。即使我們此刻再平靜，也無法否定心中的累累傷痕。佛家說，煩惱即菩提，是否這一切本就是一個人為的悖論。於茫茫人海中尋找靈魂唯一之伴侶，是否會是一場虛幻……羅」。
>
> 「羅：為何要在茫茫人海中尋找靈魂唯一之伴侶，他人不過是風景。……對他人，可以善待，珍重。但無需寄以厚望。沒有人可以解決我們的內心。哲學、宗教、數學和物理……諸如此類，一切方式，我認為並非讓人遠離簡單的生活，而是為了讓我們的生活更簡單，因為它們的系統在建立中有強大的超脫感。理性思考分析和辯證，讓我們的心靈在勞作中單純。」

「羅」的內容是由安妮小說的自我評判機制引發的，安妮小說原本就不

斷地在省審讀者提出的這些問題。但跟雜誌、副刊刊登的「對談錄」不同，對話者是在等待中而又不期然出現的，互相之間都在靠攏某個根本性問題，以各自的切身感受探討出「哲學、宗教——它們的系統在建立中有強大的超脫感」一類深度問題，從而產生出一種既富在場感又具多重視角的評論。象上述「羅」和「安」的對話實際上是一篇雙向性評論，這種評論在「安的夜遊園」中時時可以見到。2006 年 3 月 28 日「安的夜遊園」，讀者：「……自由並非放浪形骸，恣意作為，而是遵從自己的內心，安泰，而無憂懼，無驚惶？如此來，就必得有一定的經濟基礎，這自由和安然必得一段付出，同時還需割捨一些東西。」安：「關於自由與責任及自控的關係，《蓮花》的終結章節裡，慶昭對這個問題，其實也做過解釋，她引用了一句修行者的話，人要遁世，人要做事，兩者調和，才能獲得人生的冠冕。……如果只是想輕易地獲得自由，卻根本不具備擔當的力量，那麼這自由只會成為深一層痛苦的煎熬。……」2006 年 5 月 9 日「安的夜遊園」，讀者：「如果小說如此難語，之於作者，之於讀者，其中的寓意又是什麼？」安妮：「一本小說的語言，對於作者來說，是他的汪洋海水，對讀者來說，也許是水中照日，隔岸觀花。……但因它是真相，所以容納下一切猜測和思索。……它可以是任何指向。如果它具備一種真實的生命力，它可以像海水一樣裹卷一切，流向遠處。……」這些文字，觸角的延伸，空間的拓展，逐漸改變著評論的形態，是值得進一步關注的。

　　文學通過「副刊」而生存，這種「寄生性」是商品消費時代文學謙卑的求生之道。當報紙也面臨嚴峻的生存環境時，「副刊」向電子網路的轉移必然發生。在這過程中，像「安的夜遊園」那樣每天平均點擊數萬餘人次，總點擊量數以千萬人次的個人「副刊」實際上已承擔起文學副刊的功能，它把數位技術性和個人創造性在文學審美層面上結合在一起，從而拓展了文學的生存空間。

伍、結論

　　安妮的成名作〈告訴薇安〉講述了網路情感世界的「等待也是告別」的故事。也許正是數位技術瞬息萬變的推陳出新,使「等待也是告別」正成為生活的常態。文學表現的可能性和挑戰性也不斷同時發生著。安妮與網路世界呼應、互動的 10 年創作,不斷提醒著人們:茫茫「網」海中,作家的精神個性仍是駕馭傳播、發揮影響的礁石之燈。10 年中,傳統評論界對安妮創作似乎處於一種矛盾而難言的境地,但安妮作品的民間影響始終是巨大的,她離群索居的寫作生活在網路媒體中都始終是一種特色鮮明的個人存在。本文論及的網路文本內外的多元對話、個人物質觀對網路技術性／物質性的駕馭、部落格個人「副刊」的產生及其影響,這些在數位化時代關係到文學生存、發展的問題,都是在安妮我行我素的寫作中有了結果,也會在所有與時共進而又始終不失精神個性的作家那裡收穫答案。《蓮花》出版後,有網友言:「安妮的反思,自覺,是最為可貴的。有一點我可以確信,即便不是作家,她也必定是一個有思想的特立獨行的存在。此存在,為克爾凱戈爾所言之存在。」[40]這種「存在」是以作家獨特的人性價值觀對抗世俗法則。數位技術的整一控制性、虛擬自足性等都足以構成淹沒作家獨立個性的力量。關注作家個體在茫茫「網」海中的沉浮,做好類似安妮創作的個案研究,我們才可能逐漸找到文學在數位化時代的生存、發展之道。

---

[40] http:book.qq.com/a/2004090/000223.htm.

參考文獻（依出版日期排序）

文本及研究專書

- 馬克‧波斯特著，範靜曄譯：《資訊方式：後結構主義與社會語境》，南京：南京大學出版社，2000。
- 安妮寶貝著：《告別薇安》，北京：中國社會科學出版社，2000
- 鮑宗豪主編：《網路與當代社會文化》，上海：三聯書店，2001。
- 安妮寶貝著：《八月未央》，北京：作家出版社，2001。
- 安妮寶貝著：《彼岸花》，海口：南海出版社公司，2001。
- 安妮寶貝著：《薔薇島嶼》，天津：天津人民出版社，2002。
- 阿萊斯‧艾爾雅維茨著，胡菊蘭、張雲鵬譯：《圖像時代》，長春：吉林人民出版社，2003。
- 歐陽友權著：《網路文學本體論》，北京：中國文聯出版社，2004。
- 王岳川主編：《媒介哲學》，鄭州：河南大學出版社，2004。
- 安妮寶貝著：《二三事》，海口：南海出版公司，2004。
- 安妮寶貝著：《清醒記》，天津：天津人民出版社，2004。
- 許良著：《技術哲學》，上海：復旦大學出版社，2005。
- 安妮寶貝著：《八月未央（修訂版）》北京：作家出版社，2005。
- 安妮寶貝著：《蓮花》，北京：作家出版社，2006。
- 安妮寶貝著：《素年錦時》，北京：作家出版社，2007。

網站

- 榕樹下：http://www.rongshuxia.com/
- 安的夜遊園：http://blog.sina.com.cn/

講評

郝譽翔[*]

一、這篇論文以巴赫汀的「複調」和「眾聲喧嘩」理論,來解釋安妮寶貝的小說創作,我以為是相當不妥的。巴赫汀「複調」理論乃是以杜斯妥也夫斯基小說做為範本,而杜斯妥也夫斯基的小說與安妮寶貝相差遙遠。我並非否定安妮寶貝的小說價值,而是討論作品時,應放在妥切適當的位置。杜斯妥也夫斯基是純文學作家,嚴肅、艱澀、晦暗;但安妮寶貝的作品,卻應是屬於大眾文學,甜美、輕快、單純。換言之,巴赫汀所言的「複調」,或是「眾聲喧嘩」、「多元對話」,並不是如同本文所說的,「借助網路環境實現的讀者和作者間的平等對話」,而是指:「小說主角與自我、周圍的他者、乃至現實世界,不斷地發生質詢、辯論、爭吵之時,內心大量獨白湧現,而靈魂所受到的激烈震盪與衝突,使主角從而清晰的體認到主體的不確定性與未完成性。」故安妮寶貝的網路創作,是否透過和讀者的互動,實現了一個「深度反省」、「高度自覺」的自我?所以,我認為這種詮釋方式是非常不恰當的。假定在「部落格」上和讀者互動,就可以代表作者「深度反省」、「高度自覺」,那麼,人人都可成為杜斯妥也夫斯基,都是多元對話的體現者,這也未免太容易了一些。

二、在論文的第 131 頁上方,作者引了網友的留言:「我沒有看完,不知道看下去,還是不敢看,但我真切感受到自己的痛苦…」來證明安妮寶貝的作品,具有「直指內心」的深刻力量,並且「深入展現人類生存的真相」。這不禁讓我想起,我小時候讀瓊瑤作品,也是感動到痛哭流涕,在書的最後一頁留言(可惜那時沒有部落格)的情景。但這是否真的代表瓊瑤有「直指內心」、「展現人類生存真相」的力量?我以為是很值得商榷的。安妮寶貝的

[*] 中正大學台文所教授

通俗、流暢以及煽情，使得她具有廣大讀者，但就小說內容本身而言，她的作品和傳統的大眾文學（譬如寫西藏的《蓮花》，就讓我想起三毛《撒哈拉》，但如果妳確實去過西藏，就知道她只是把西藏當成浪漫的異國情調）沒有兩樣，並不具有數位（超連結）的特點。而這也是目前網路小說的共同特色，他們就內容和形式來說，和一般傳統的小說沒有什麼不同，只是換了在網路上面發表，發表媒介的不同而已。

三、換言之，我並非否定安妮寶貝的研究價值，但與其努力把她加上「嚴肅文學」、「深度」的冠冕，還不如討論她的作品如何透過網路傳播，也就是說，網路小說的數位傳播模式，如何打破過去文學透過紙本、雜誌、報紙的模式，才是研究的重點。

四、關於「部落格」（blog），論文的第 142 頁最上面寫道：「博客使作者與讀者對話時雙方都更有可能進入深度交流的狀態」，我非常懷疑。我自己本人經營部落格，也曾擔任部落格評審，就我的認知，部落格的交流，並非如同作者所言具有「文學深度」。也因此，我認為「部落格」確實非常重要，但它的重要性，並不在建立文學寫作的深度（創作的人都知道，部落格讀者的反映，對創作沒有太大幫助，有時反倒是干擾），而是在於建立社群，傳播訊息。此點應值得我們深思。

精神突圍的艱難與可能
——網路文學的文化場域及其價值分析

唐磊[*]

摘要

　　本文主要考察了網路文學中頗具代表性玄幻和都市題材的網路原創小說，分析其在精神價值上不可避免的三重困境，指出這些困境是其所面對的文化場域的合邏輯的結果。本文認為，在網路原創小說中體現的幻想或逃遁的精神價值代價方式最終還是要面對生命價值等終極問題的拷問，正是從這裡網路原創小說可能實現其精神價值的自我救贖。在理論方法上，本文沒有建立在對網路文學的一般印象式批評上，而是運用網路寫手和創作文本的原始表達來建立其自身發展邏輯，並通過這種邏輯來分析其精神突圍的艱難與可能。同時，通過引述常被用於分析網路文學的巴赫金的小說理論，提示了這一理論資源被當下學界的種種誤讀。

關鍵詞：網路原創小說、YY 小說 、精神價值、原罪與救贖、狂歡理論

---

[*] 中國社會科學院互聯網研究中心，E-mail：buddytang@gmail.com

　　本文主要針對網路原創小說來展開對「網路文學」精神價值的分析。之所以重視這類樣態的文本，首先在於網路原創小說最能體現網路寫作的大眾化、通俗化等特點，同時網路原創小說的社會影響力也是其他樣態的網路原創文學所不具備的。[1]另外，小說是一種體制容量更大、更具適應性的文體。這方面，筆者贊同巴赫金關於小說體裁的認識，他認為：「在所有重要體裁中，唯有長篇小說比文字和書籍年輕，也唯有它能很自然地適應新的無聲的接受形式，即閱讀的形式。」[2]因為，不僅從修辭上，小說的一個重要特點在於它「同新世界、新文化、新的文學創作意識中積極的多語現象相聯繫」，同時，小說通過故事情節的設計、文學形象的塑造，可以「最大限度與並未完結的現時（現代生活）進行交往聯繫」。[3]所以，筆者傾向用網路原創小說作為網路文學的代表。

　　在網路原創小說中，我們將重點考察目前最受網友歡迎的兩個類別：玄幻小說和現代都市小說。近年來在線民中廣泛流傳的網路小說諸如《誅仙》、《道緣儒仙》即屬前一類，另外如《鬼吹燈》、《小兵傳奇》等也都具有濃重的玄幻色彩，而《成都今夜請將我遺忘》、《給我一支煙》則屬於後一類。如果說早期痞子蔡的《第一次親密接觸》還帶有傳統校園愛情小說的痕跡，當上述作品出現後，網路原創小說便擁有了與傳統小說迴異的獨立風格。[4]如果「體裁是一種社會歷史以及形式的實體，體裁的變革應該與社會變化息息相關」[5]，則我傾向用這兩類小說作為典型來分析網路原創小說這一全新文類，至於它如何與社會變化息息相關，正是下文將要著重分析的問題之一。

---

[1] 一般來說，網路原創小說比網路原創詩歌、散文等其他文體樣態擁有更多的讀者，並且，也只有網路原創小說才可能與現代大眾傳媒聯姻，被改編成話劇、電視劇、電影，從而獲得這個時代立體化的傳播效果，比如最近大陸熱播的電視劇《給我一支煙》、《雙面膠》都改編自同名網路小說。

[2] 巴赫金：〈史詩與小說——長篇小說研究方法論〉，見巴赫金著，白春仁、曉河譯，《巴赫金文集》第三卷（北京：河北教育出版社，1998 年），頁 505-506。

[3] 巴赫金：〈史詩與小說——長篇小說研究方法論〉，《巴赫金文集》第三卷，頁 513。

[4] 包括鳳歌那部引起轟動的網路武俠小說《昆侖》，儘管融入了科學主義的觀念，但在整體的創作模式和文體特點上還是向金庸、梁羽生的現代章回武俠小說靠攏，還沒有完全顯示作為獨立體裁的網路原創小說的諸種嶄新特點。

[5] 托多洛夫著，蔣子華、張萍譯：《巴赫金、對話理論及其他》（天津：百花文藝出版社，2001 年），頁 285。

　　至於本文意圖展開的價值分析，並不建立在一般學院派對網路小說提出的諸如「格調低下」、「放棄道義與責任」、「放棄對藝術追求」、「寫作的遊戲心態」等批判意見上，也不苛責網路原創小說與商業運作合謀經濟利益的既成事實。畢竟主要作為大眾文化精神產品，網路原創小說很難擺脫這些「天生」的特性以及隨之而來的精英批評。筆者更希望通過網路原創小說自身的發展邏輯來考察它與現實社會文化場景的深層聯繫，並從中發現網路原創小說的價值瓶頸和突破的可能。

壹、網路文學的三重「原罪」與作為根據的「文化場域」

　　這裡所謂的「原罪」並非指網路原創小說作為大眾文化產品的種種「劣根性」，而是它們在當下社會的文化場域中必然的精神價值走向。

　　以玄幻小說為例。玄幻文學也常被歸為「YY小說」。「YY」是漢語詞「意淫」的首字母簡寫，這類小說就是運用天馬行空、百無禁忌的想像創作出來的。[6] 在大陸最著名的提問式搜尋引擎「百度知道」（基於web2.0模式）中有網友提問：「現在什麼題材的小說，最容易、最快、最能賺錢或點擊率很高？」網友自發給出的「最佳答案」是：「現在就是YY類小說」。其中一個重要門類就是玄幻類，另外還有耽美類（盡情描寫同性愛情的一類原創小說）以及武俠題材。[7]

---

[6] 根據網友自己的定義：YY文學定義有廣狹之分。狹義的YY文學是指產生於20世紀末21世紀初，一群主體年齡在14周歲到35周歲的中國青年（含台灣、港澳）借助網路平台，通過豐富的想像力與天馬行空的創意發洩內心欲望與情感，區別與傳統任何一種小說樣式的新網路小說；並且主要在一群受過一定正規教育的學生中間流傳；它是通俗文學的一種。廣義的YY文學還應該包括在網路平台上發表的與YY小說有關係的劇本、詩歌、散文和文藝學評論；同時還包括已經出版的實體YY小說和盜版YY小說。見網友影影文：《淺論拾遺_YY論》，http://wenhua.17k.com/html/books/0/0/61/6162/5c0825/456263.shtml，存取時間：2008-10-16。
[7] 見「百度知道」http://zhidao.baidu.com/question/40023717.html?si=1，存取時間2008-10-17。還有一則現實新聞可以作為補充：據2007年11月12日網易新聞：一男子為提高博客點擊率發淫穢小說被拘，該男子對警方供述，他業餘時間喜歡上網，瀏覽網頁，看看新聞和小說。去年10月，他建立了屬於自己的博客，可是點擊率一直不高。在一次偶然的機會，他上網時發現了一部長篇淫穢小說。想到可能會增加博客的點擊率，他把小說複製後黏貼到了自己的博客裡。此後，自己博客的點擊率不斷上升，「嘗到甜頭」的他便不斷轉貼黃色笑話和淫穢小說

　　怎樣才算作「YY」呢？網友們自己就給出了答案：「穿越時空+無敵小強+種馬」，「描寫自己，牛× ；描寫別人，傻×」。後一條甚至被網友許爲「網路小說第一定理」。

　　讀者也許可以迅速舉出《誅仙》一類較優秀的玄幻作品來駁斥上述結論。但從網路玄幻小說的總體狀況，遵從上述「第一定理」又是一個不得不承認的現實。也就是說，在網路小說與商業化合謀的過程中，要想從浩如煙海的作品中脫穎而出，要想順應「更新就是王道，收藏才是硬道理」網路文學消費法則，玄幻文學寫手們不得不選擇「YY」「下半身」寫作手段。

　　這一點可以通過網路寫手自身的感觸加以印證：「一位寫手朋友，他的文章寫得很棒，得到了我們的一致好評。但是他沉迷於起點伺服器統計出來的那一套讓人煩心的資料，最後哭喪著臉告訴我們：他已經沒轍了，只好在書中加H了！並自慰說，這是現在YY的趨勢！H文的產生是寫手的一個無奈的選擇，同時也是小白內心的反映。」[8]

　　由於後天訓練和藝術稟賦的差別，網路時代大眾參與小說創作不可避免地造成作品藝術水準的參差不齊，但並不意味著網路原創小說在內容上必須降格到宣淫繪盜才能生存，但現實告訴我們，從整體上，主要通過各類原創文學網站（網站又依靠提高點擊率、VIP 閱讀模式等來保持生存）進行傳播的網路小說創作（尤其是 YY 小說）逃不出這一生存邏輯。這是我所理解的網路原創小說第一重「原罪」。

　　在基本情節設計和情感基調選擇上，目前的網路原創小說大致體現出兩種傾向：或者是像「YY小說」中那類「無敵+種馬」的主人公最終實現阿Q式「搶錢、搶女人、報私仇」的理想，以大團圓式的喜劇告終，要麼就是像《成都今夜請將我遺忘》、《武漢愛情往事》（又名《失貞年代》）一類都市情感題材作品那樣，將現實生活演繹成「每一個對每一個人的戰爭」（霍布斯《利維坦》語），而最終依舊無法實現精神安頓，表現出濃重的價值虛無感，

放在博客裡。見 http://news.163.com/07/1112/08/3T39GPP8000120GU.html，存取時間：2008-10-19。

[8] 見網友影影文：《淺論拾遺_YY 論》，
http://wenhua.17k.com/html/books/0/0/61/6162/5c0825/456263.shtml，存取時間：2008-10-16。

這一精神過程正如安妮寶貝的《下墜》中所說:「有一刻她的手試圖抓住什麼東西。但在無聲地滑落中,她終於接受了手裡的空虛。」[9]

「YY」或者說「意淫」的心理動機無非是「思想無窮,所願不得,意淫於外」(《黃帝內經·素問》),一種簡單粗暴的心理宣洩。都市情感題材試圖抓住那最抽象又最動人的愛情來對抗「天地不仁,以萬物為芻狗」(《誅仙》)的殘酷,這種代價需求古人早就經歷過,馮夢龍《情史序》說:「天地若無情,不生一切物。一切物無情,不能環相生。生生而不滅,由情不滅故。四大皆幻設,惟情不虛假。」但是,在網路寫手的筆下,愛情也不過是「飄渺之旅」或者乾脆就是一場場欺騙。例如在《武漢愛情往事》中,主人公姚偉傑「在愛與被愛、呼喚與被呼喚的路上,走到哪裡都是傷,在墮落、背叛、傷害與謊言的遊戲中以青春為代價」。熟悉此類小說的讀者都知道,這不是個案,而是許多同類題材作品共有的一個特徵。

網路原創小說所營造的精神圖景,主要表現為狂歡式的欲望宣洩和對一切崇高的價值理念的完全否定,即便是《給我一支煙》中最後男主公與葉子走到一起,但整部小說所渲染的悲劇氛圍和殘酷現實仍不免讓人質疑二人的未來。或者毫不節制的臆想、或者毫無節制的絕望,在很大程度上成為網路原創小說的精神歸宿,我把它視為網路原創小說的第二重原罪。

網路原創小說總體屬於青年,但最終把網路寫作作為生活道路的寫手鳳毛麟角,他們最終會離場,進入現實生活。2002 年,李尋歡以出版《粉墨謝場》一書的方式告別網路寫作。他在小說自序中說:「放棄」是出於對網路這個「玩具」的厭倦,以及對「真正文學」的敬畏。他認為,在網上自由寫作和發洩的日子是自己網路生活的青春期,而「現在我已經過了對網路癡迷的階段」。[10]無論痞子蔡、甯財神、李尋歡們抱著怎樣的文學夢想或者遊戲心態從事網路文學創作,但最終的道路註定是離場,各自尋找現實的安身之所。網路創作對他們來說,除了宣洩、記錄以外,對個體成長本身卻不構成

---

[9] 雖然確實存在更加積極、勵志的作品,而且我們也沒有具體的統計數字來印證這兩種傾向代表我那個羅原創小說的主流,但憑泛讀積累起來的直接印象是,在各大原創文學網站的人氣作品中,此類作品的數量占絕大多數。

[10] 陳競:〈網路作家:從焦慮到坦然〉,見 2008 年 9 月 4 日《文學報》。

精神價值上的意義（也許帶來謀生方式的後果，比如竆財神成為劇作編輯）。恰如《夢想在遠方》的作者懷舊船長自評其文時所說：「此貼不求得到認可，惟以此紀念那些有著生命之痛但又鮮活而真實的流逝歲月。生命的狀態本無好壞，就像雁過無痕一般，不過是在長空留下一些遐想罷了。」[11]

　　一方面，網路寫手們坦誠寫作時付出的心血，一方面，這些灌注過生命、消耗過時間、精力的作品對他們沒有太多持久的價值意義。這一點對網路原創小說的讀者來說也是相同的。這是網路文學的第三重原罪。

　　總結起來，理解上述三種原罪，就必須解釋：為什麼在與商業化合謀的過程中，大量網路原創小說必須順應「下半身」文化消費的趨勢？為什麼網路原創小說只能在「過把癮就死」的迷狂幻想和「走到哪裡都是傷」的現實描摹這兩種價值格局中遊蕩？然後，我們也就自然理解了為什麼網路原創小說對他們（包括讀者）一生的心靈旅途來說只能是「雁過無痕」。

　　筆者不願意將上述「原罪」歸諸於 70 後、80 後社會責任感缺失、自我中心等群體性格特徵，我更相信性格塑造中後天習得的作用，或者說人性共同的惡趨勢在怎樣的社會環境中得以放大並不是內心道德律可以完全控制的。因此，產生上述原罪的「文化場域」（為網路原創小說提供素材、創作原動力的社會真實場景）做出批判分析也許更有利於網路文學的成長。對此，反而是網路寫手們自身的認識要超出一般精英評論家，李尋歡就說：「隨著對網路文學存在的關注，對網路本身價值的反思，應該會有嚴格意義上網路文學的大發展。而它首先可能的突破口，還在於個人性與社會性的統一，以及對網路價值和網路生活方式價值的深刻反思與總結。」[12]

　　然而，真實的生活場景在網路寫手們看來似乎並沒有很好地提供「個人性與現實性的統一」。在「百度知道」關於「玄幻小說為什麼流行」提問中，有網友回答：「我覺得現在的人之所以喜歡它，就是因為它不會很沉重和那

---

[11] 見天涯社區「夢想在遠方」的小說帖，
http://www.tianya.cn/new/Publicforum/Content.asp?strI-tem=culture&idArticle=203429，存取時間：2008-10-19。

[12] 〈做個歡樂英雄何妨——網路訪李尋歡〉，見榕樹下網站：http://article.rongshuxia.com/view-art.rs?aid=6403&off=2，存取時間：2008-09-18。

種天馬行空的想像吧。而且精神上和心理上會有一種放鬆的感覺。」[13]《武漢愛情往事》的作者也說:「我的小說就力圖撕碎那些看上去美好純潔的面紗,還原生活的殘酷和真實」。[14]在一些作品中反覆被提煉的「人生觀」更能說明個人性與現實性的斷裂:「不是我們傷害了誰,是生活傷害了我們」(《武漢愛情往事》)、「天地不仁,以萬物爲芻狗」(誅仙)。

　　無論是放鬆還是還原,我們都可以視爲網路寫手和讀者們在經歷現實的沉重和殘酷後一種代價。問題是,這種代價爲何必然導向第二重「原罪」式的宣洩。從反面來說,如果能夠找到「走到哪裡不受傷」的道路,這種消極的宣洩方式就可能以某種更爲積極的方式所取代。

　　對玄幻小說來說,這一問題的邏輯線條非常簡單,臆想的時空場域對於主人公來說可以隨心所欲的安頓。網路現代都市小說則不得不更多地遵從藝術源於生活這一法則,此類小說的作者和主人公都必須面對更加真實的生活場景(筆端所構寫的)中去尋找那條不受傷的路。所以,我們看到,無論是《成都今夜請將我遺忘》中的陳重還是《給我一支煙》中的李海濤或是《武漢愛情往事》中的姚偉傑,都背負著兩張面孔,在一方面,作爲商業社會白領的他們要努力攀爬,適應各種社會的「潛規則」,一方面又在個人生活和感情追求上極度放逸。在上述作品的作者們看來,這就是他們眼中的現實,他們只是用自然主義的筆法記錄下來。上述情狀不禁讓人聯想起巴赫金筆下中世紀人們的生活:「中世紀的人似乎過著兩種生活:一種是常規的、十分嚴肅而緊蹙眉頭的生活,服從於嚴格的等級秩序的生活,充滿了恐懼、教條、崇敬、虔誠的生活;另一種是狂歡廣場式的自由自在的生活,充滿了兩重性的笑,充滿了對一切神聖物的褻瀆和歪曲,充滿了不敬和猥褻,充滿了同一切人一切事的隨意不拘的交往。這兩種生活都得到了認可,但卻相互間有嚴格的時間界限。」[15]當我們引用「狂歡理論」來解讀網路文學的時候,不能

---

[13] 見百度知道:http://zhidao.baidu.com/question/26040841.html,存取時間:2008-10-19。

[14] 見 http://book.sina.com.cn/longbook/lit/1108964584_wuhanaiqing/77.shtml,存取時間:2008-10-19。

[15] 巴赫金著,白春仁、顧亞玲譯:《陀思妥耶夫斯基詩學問題》(上海:三聯書店,1988 年),頁 184。

忘記的是，在階級社會中，狂歡式化的生活也是與現實妥協的結果，必須在權威認可的範圍內展開。

網路都市小說作家並沒有獲得現實關於協調個人性和社會性的啓示，但卻體驗到現實中隱約卻又真實的權威導向。因爲我們面對的現實場景是：在無節制的「身體消費」與文明國家、法治社會格格不入的情況下，前者仍然頑強的蔓延滋長。這種畸形的文化消費只能是被縱容的結果。對此，有學者指出：

> 中國式的畸形消費主義的特點是：政治上的冷漠和經濟（物質）上的消費主義、生活方式上的享樂主義同時並存。一方面是消費領域和娛樂領域的開放以及媒體為進入、參與這個領域提供的便捷，另一方面則是大眾在重大的公共事務領域的參與仍然存在相當大的限制。這樣，大眾常常自覺或不自覺地把自己的參與欲望發洩在（也只能發洩在）娛樂與消費領域。這種分裂（政治領域和消費、娛樂領域的分裂）和雙重意識（即對於哪些領域有自由，哪些領域沒有自由的意識）的結果，就是沉溺於所謂「消費自由」的人們在生活方式和心理上的表現出強烈的犬儒化、無聊化傾向，大眾傳媒上到處瀰漫的是一種無聊，這與 80 年代沉重的精英文學無疑形成巨大的對比。[16]

實現個人性與社會性的統一，歸結起來無非大致兩種方式，或是溫和有節制的多維平衡（政治參與、事業追求、公共道德、欲望滿足等全部社會人實現個體身心安頓的途徑之間的平衡），或是極端的兩級平衡。如果我們摒棄那種把大眾文化的趨俗性作爲其原罪的觀念，那麼，儘管可能存在簡單化的危險，我還是要指出諸如放縱的臆想、褻瀆高尚（比如真正的愛情）、極力描摹悲情這類精神狂歡，都可能是對現實中百無禁忌的道德生活、充滿敵意的人際交往而又找不到精神出路的一種本能反抗。從這個意義上，現實文

---

[16] 陶東風：〈新時期文學三十年：作家「倒下去」，「寫手」站起來〉，《中華讀書報》，2008 年 10 月 13 日。

化場域爲網路原創小說的「第二重原罪」提供了某種根據。

由於個人性和社會性之間那種溫和節制的多維平衡無法建立會導致的極端的兩級平衡，於是，社會生活的壓抑感越強，個人生活無節制的放逸也隨之越強。在屬於個體安頓範疇的欲望生活中，大概快感最強烈的莫過於男女性愛，於是整個天秤也就不可阻擋地向這一方向傾斜，其力量也就可能不時滲透、衝擊現有的法治、道德體系，而在虛擬的網路空間，由於現實反制力的大幅削弱，自然成爲無節制的欲望生活最好的生存路徑。這樣，我們就能理解現實文化場域如何爲網路文學「第一重原罪」提供了根據。

對於真正的社會人而言，極端的代償方式終究無法支撐起整個心靈大廈，而且每一次狂歡其實都會透支心智成本（甚至包括體力成本），當網路作家們經過青春期，實踐狂歡的能力會不可避免下降，離場就是自然的選擇。

貳、網路文學精神價值突圍的可能

理解了網路原創文學的「三重原罪」及其文化場域根據，也許讓我們對這種新的文學樣態的前途產生非常悲觀的看法。然而，當面對網路技術推動社會變化不可逆轉的強力和社會文化由此而來同樣不可抗拒的變革，我們又必須努力找尋網路文學精神價值突圍的可能。至於網路文學在語言形態上的文體發展，自有一套隨社會歷史和語言歷史的變化而變化的邏輯，並不在本文考察之列。

關於網路文學價值走向的種種議論，筆者感覺：學院派的評論仍停留在漫發議論的層面，揚之者許爲文學的希望，抑之者斥爲文學的墮落，都未能提供網路文學通過自身走向救贖（在上述「原罪」意義上）的道路，倒是網路寫手們如李尋歡等更能感知從網路文學中散發的微光，只是他們自己也沒能夠清楚地把握網路文學價值和網路生活方式價值的根本立足之處。

筆者認爲，網路文學精神價值的救贖之路，不因其「原罪」而閉塞，反而其全部可能正是要從「原罪」中破繭而出。

《誅仙》中嘗遍人世冷暖、咒怨「天地不仁」的「鬼厲」（張小凡）曾

經心有所悟：

> 人之一生，比之天地運轉，世間滄桑，竟如滄海一粟，須彌芥子了。」
> 「世事滄桑，卻怎比得上我心瞬間，那頃刻的微光。

　　這段情節告訴我們一個重要的訊息：無論現實給予人多少壓抑、苦難（鬼屬所承受的遠比現實生活中的人要多得多）、抑或命運給人多少不公與折磨，都無法湮滅人性中那縷溫暖的微光，而正是這縷微光具有穿透時空的永恆力量。這一點，即便是沉浸於「狂歡」的網路寫手和讀者們也無法否定的。

　　還是可以從巴赫金那裡獲得這方面的理論滋養（可能是被很多借用巴氏理論來分析網路文學的研究者所忽視的）。他分析古希臘羅馬時期的「梅尼普體」時指出：「梅尼普體一個非常重要的特點表現為其中自由的幻想、象徵，偶爾還有神祕的宗教因素，同極端的而又粗俗的貧民窟自然主義，有機的結合在一起。」[17]這與網路玄幻小說是何其相似！同時他又說到：「大膽的虛構和幻想在梅尼普中，是同極其淵博的哲理、對世界極其敏銳的觀察結合在一起的。梅尼普體是解決『最後的問題』的一種體裁。那裡面要考驗的，是最終的哲理立場。」[18]筆者無意將現有的網路玄幻小說與巴赫金所說的梅尼普體相提並論，但巴氏提醒我們，諸如網路玄幻小說這類篇幅龐大的作品一方面不斷通過幻想建構一個全新而完整的世界的同時，一方面也越來越逼近「最後的問題」即生命意義的問題。只要主人公不最後發展成為「宇宙的統治者」（類似情節在少數玄幻小說中也會出現，不過最終只需讀者一絲理智的審視下就變成滿紙荒唐），作者和主人公就都必須面對。一旦面對，就必須做出選擇。

　　一種選擇就像安妮寶貝所說的「接受手裡的虛空」。不過即使這種選擇，人性的微光也沒有湮滅，因為對虛空的感受尚在。有網友在看完《成都今夜請將我遺忘》之後發表感慨：「悲傷是我們最後的底線，當我們在一點一點

---

[17] 巴赫金：《陀思妥耶夫斯基詩學問題》，頁 166。
[18] 巴赫金：《陀思妥耶夫斯基詩學問題》，頁 167。

失去的時候，決不能失去悲傷的能力。」[19]對虛空的感受同悲傷的能力一樣，都是壓抑到底的人性所顯露的微光。但是，「接受虛空」註定只是暫時的，是用「一寸相思一寸灰」的落寞與哀怨來掩蓋「碧海青天夜夜心」的癡情等待，等待的無非是下一次面對和選擇。

另一種選擇，就是不再接受虛空，直面由「最後的問題」所帶來的一系列使命，從堅持人性的微光開始逐漸還原真相、重塑理性直到重新找到安頓身心之路。其實不難從當代網路原創小說中找到這樣的例子。

比如趙小趙在《武漢愛情往事》的後記中所說：

> 我的小說就力圖撕碎那些看上去美好純潔的面紗，還原生活的殘酷和真實，我覺得這樣才能喚醒那些蒙蔽在假像中卻渾然不覺的人。我不是要告訴讀者生活中就只有墮落、背叛、傷害、謊言，我想要告訴他們的是，為什麼我們的生活會出現這些問題？我們該怎樣去解決這些問題？我希望看我小說的讀者能和我一起，去善待愛你的人和善待這個世界。[20]

不用懷疑網路寫手們此類良願的實際效果，網路上網友們的評論與留言足以證明，上述作品或多或少地會喚起讀者對生命、命運乃至社會的感慨與思考。並且，這種價值因為借助網路文學的種種特質，諸如文學語言與日常語言的天然結合、傳播的廣泛便捷等，可以在大眾中起到其他文學作品所不具備的召喚作用。尤其是網路原創小說常常極度發揮想像，令主人公陷入最艱難的命運和環境中，在無限逼仄中激發的人性微光則更具有感染力和穿透性。

一旦基於人性的最基礎的理性建立起來，會自然地從自身命運的反思走向對他人命運的關注。如《給我一支煙》的作者「美女變大樹」曾說：

> 也許我筆下的題材有點灰色、不夠陽光，也許你會看到一些你沒有瞭解

[19] http://www.news365.com.cn/wxpd/caijing/cjqt/t20040213_25525.htm，存取時間：2008-10-19。
[20] http://book.sina.com.cn/longbook/lit/1108964584_wuhanaiqing/77.shtml，存取時間：2008-10-19。

過的灰暗，但是請相信，總有一種人生是你沒有經歷過的。關於故事裡的酒色財氣、紙醉金迷，關於它所訴說的人物活色生香，命運的坎坷波折，可能你會疑惑甚至驚異，那是因為你從來沒有注意過這些人的生活，他們的人生，就是另一種人生。[21]

當個體理性基本建立之後，也就自然產生尋找個體成長和社會成長合理路徑的衝動。在一些以成長為主題的網路原創小說中，已經相當明確地表達出這種衝動和努力。例如《夢想在遠方》[22]，主人公李思城在經歷了一番城市生活的歷練後，最終選擇去研究「邊緣文化」，他向好友道出一番心聲：

我想了很久，老覺得中國的現實中，缺乏一種東西。後來我發現，我們的民族中，有好多好的東西正在流逝。我回家轉了一圈，覺得現在是農村摹仿鄉鎮，鄉鎮摹仿縣城，縣城摹仿大城市，而大城市努力地摹仿國外的城市。不錯，這是一種發展，但一種東西進步了，另一種東西就退化。……我是說，在大部分人奮力推動中國經濟攀升的同時，應該有一小部分人去搞中國的文化。當然，對研究經濟的、科學的、人類命運的專家學者，國家已為他們在城市裡騰了辦公室，裝了互聯網，這很好；但邊緣文化，卻沒有多少人去搞。邊緣文化這個詞，可能不準確，但意思不難理解，就是那些即將消失的文化。……諸如此類的東西，得有人去搞。就說環保吧，高層領導都很重視，認為環境是生存的根本。可是，真正關心環保的，又占多大比例？
時代需要苦行僧！而我，決心做這個苦行僧，用十年八年甚至更多的時間去親身體驗，搜集整理。等我滿頭花髮回來時，你說，我找你們清華的校長，想在講台上發個言，這個請求不過分吧？[23]

21 見 http://www.readnovel.com/message/view/42853.html，存取時間：2008-10-19。
22 作者懷舊船長說：「此文乃為寫一個少年的成長歷程，一個草根青年的心靈體驗。其中，有我的影子，也有多數草根艱難成長的痕跡。」
23 懷舊船長：《夢想在遠方》，第253章「決意再流浪」。

　　儘管李思城對歷史文明和當下社會現實的諸多判斷並非準確，但確實敏感地捕捉到一些「缺失」：抄襲式發展、重理輕文、口號環保，表明他已經學會運用理性能力審視社會生活的方方面面，但更關鍵地是，主人公做出了現實選擇而不僅是理念上的判斷。這無疑昭示著一種前景，除了稱霸宇宙或是墜入虛空，網路文學也可以正面地迎接生命價值的追問。

　　這樣，網路文學便從自身開闢了一條救贖其「原罪」的道路，即通過人性微光的自我展現從而召喚個體理性從狂歡中復蘇，然後由個體理性的建立發展為安頓身心的主體意志（當然這一切有賴文本的情節設計和形象塑造來完成）。不僅如此，由於網路文學與社會獨特的聯結方式，這種價值潛力也能為個人性與社會性之間的多維平衡提供助力。

參、艱難的救贖之路

　　儘管，網路文學可以為自身尋繹出救贖「原罪」的道路，但是，作為「原罪」的根據的現實文化場域也同人性的微光一樣頑強存在，並且具有大得多的勢能。這就註定使網路文學提升自己精神品格的過程異常艱難。

　　然而，艱難之處還不僅於此。

　　一位網友在看完《成都今夜請將我遺忘》後議論到：

> 舊道德在崩潰，新道德未建立，我們不瞭解新道德為何物，又不能放下即將傾倒的舊道德，一旦放下，我們就會一無所依，事實上，我們的心靈充滿了矛盾。陳重、李良、趙悅的結局就是正是因為他們除了軀殼已經一無所有。我相信這一切都在現實中曾經發生。[24]

　　網路原創小說體現的精神困境就是它們的作者（大多是 70 後、80 後）所親歷的現實，現實文化場域自身就缺乏精神價值的出路，自然也給網路文學的精神價值突圍造成難以穿越的屏障，最終仍是用現代語言敘述《紅樓夢》

---

[24] http://www.news365.com.cn/wxpd/caijing/cjqt/t20040213_25525.htm，存取時間：2008-10-19。

般的「好了」意蘊。

其次，目前看來，網路文學寫手們對上面具體分析的網路文學的價值潛力瞭解不足，使得他們很難把握作品實現精神價值突圍的方向。例如，許多網路都市題材小說會用自然主義的手法再現最真實的社會生態，並頑強地表達個體對現實的抵抗，但正由於極力還原真實，作品可能會不知不覺地誇大社會的負面場景，並由此導向另一種心理機制的宣洩，如網友們指出的：「好像，越是荒唐與陰暗的東西，寫的人就寫得愈加深刻，而看的人也就記得愈加深刻。這樣好嗎？」[25]

有時，這種把握方向能力的欠缺體現為走出價值空場而進入泛價值的誤區。例如《夢想在遠方》中主人公李思城最後要去研究的「邊緣文化」是：

你知道川西的康巴人是怎樣生活的嗎？你知道雲南的小竹樓為啥要抹桐油嗎？你知道長白山為啥沒有古廟嗎？你知道大草原上的牧民為什麼那麼熱情好客嗎？你知道西藏為何總有一種神奇的力量召喚著人們去探索嗎？

最艱難的，也許是同人性中的狂妄和無知做對抗。這一點是筆者針對某些網路玄幻小說有感而發。主人公的成長過程不是一步步運用理性和意志選擇來對抗命運，而是通過不斷發展的神力（通過各種管道借助他人他物加上自己的一部分修煉）來征服命運，取得對一方、一國、世界乃至全宇宙的統治。在這些作品中，看不到任何敬畏和內省，有的只是不斷膨脹的野心和愚昧。雖然，我們不能阻擋人性最醜陋的一面通過虛擬的網路平台得以伸展，但必須警惕此類作品對我們良知和理性的侵蝕。它們是網路文學走出精神價值困境最可怖的攔路石。

---

[25] http://www.news365.com.cn/wxpd/caijing/cjqt/t20040213_25525.htm，存取時間：2008-10-19。

結語

　　網路文學既不是文學的墳墓，也不是文學的全部希望所在，它不過是文學與網路結合播撒的一顆種子，至於如何生長，得看陽光、雨露和土壤。對於網路寫手和廣大讀者來說，在生命「能值」有限的情況下，將以怎樣的姿態投入到其中。

參考文獻 (依出版日期排序)

文本及研究專書

- 【俄】巴赫金,《巴赫金全集》,錢中文主編,石家莊:河北教育出版社,1998。
- 【俄】巴赫金,《陀思妥耶夫斯基詩學問題》,白春仁、顧亞玲譯,北京:三聯書店,1988。
- 【法】托多洛夫,《巴赫金、對話理論及其他》,蔣子華、張萍譯,天津:百花文藝出版社,2001。
- 歐陽友權等,《網路文學論綱》,北京:人民文學出版社,2003。
- 歐陽友權,《網路文學本體論》,北京:中國文聯出版社,2004。
- 蘇曉芳,《網路小說論》,北京:中國文史出版社,2008。

講評

黃鳴奮[*]

　　本文將網路原創小說作爲網路文學的代表，又將玄幻小說和現代都市小說當成考察網路原創小說的重點，由此出發，分析網路文學的三重「原罪」（即它們在當下社會的文化場域必然的精神價值走向），包括爲提高點擊率而降格爲意淫、營造狂歡式的欲望宣洩或完全否定一切崇高理念的精神圖景、付出心血而創造的作品沒有太久的價值意義等。在上述走向中，作者尤其重視第二重原罪，認爲其原因在於網路寫手和讀者所經歷的現實的沉重和殘酷。網路文學精神價值救贖的全部可能在於從「原罪」中破繭而出，從堅持人性的微光開始，逐漸還原真相，重塑理性，直至重新找到安頓身心之路。

　　雖然本文所使用的「原罪」、「救贖」之類術語出自西方，但其基本主張卻與我國古代儒家的盡心知性學說相通。作者的分析是中肯的，願望也是良好的。不過，有一個問題值得深入思考：網路文學本身並不具備作爲主體而實現救贖的能力，而只能依靠寫手和讀者來完成其轉變。網路文學的特點之一是寫手隊伍代謝相當迅速，這種代謝又是在社會變革的潮流中進行的，因此，所謂「精神突圍」只能是社會生態、媒體生態和精神生態變化的結果。如果社會仍像今天這樣充斥著不和諧之音，如果網路仍像今天這樣定位於最方便各抒己見的媒體，如果人類心理仍爲現代化／非現代化、全球化／反全球化之類問題所困擾，那麼，很難指望網路文學可以單靠一己之力而突圍。這樣說當然不是否認網路文學所可能發揮的作用。如果網路寫手和讀者因有了網路文學而能增進彼此的溝通、知道賽伯世界還存在幾位知音，如果他們因爲網路文學的寫作、閱讀和互動而豐富自己的生活、在成長過程中多幾分體驗，如果整個文壇因爲有了網路文學而顯得更爲生氣勃勃，那麼就是可喜

[*] 廈門大學人文學院中文系教授、戲劇影視與藝術學中心主任

可賀的。

　　互聯網雖然是世界性的媒體，但網路文學的發達程度卻存在國別性的差異。就已知的情況看，似乎它在漢語文化圈中特別繁榮。就目前的情況看，網路文學本身就是在「突圍」的過程中發展起來的，只不過這裡所說的「圍」首先是傳統國家疆界、傳統媒體審查制、傳統權威影響力等束縛。正是這種「突圍」使其寫手和讀者浸染著某種狂歡。然而，正如本文所說，網路文學如今又陷入另一種「圍」。雖然作者說得很委婉，但所謂「精神價值救贖」仍帶有某種回歸的意味。這究竟是一種補弊救偏的權宜之計，還是一種左右全局的治本之策，有待深入探討。

詩藝與意義
——米羅・卡索超文本詩藝的美學結構與文化呈現初探

林婉筠[*]

摘要

1988 年蘇紹連開始以筆名「米羅・卡索」在《歧路花園》、《美麗新文字》網站上發表超文本詩作，質量之豐備受矚目。

本文試圖在全新的傳播載體嘗試中，探討米羅・卡索的超文本作品如何實驗展演於讀者面前。從文本的再閱讀出發，透過「靜態或動態影像文字」、「圖像化的文字」、「多路徑超鏈結設計」、「互動書寫」和「制動操作」五個超文本的構成要素分析其創作的美學結構，並嘗試梳理超文本詩作背後的讀者關係與社會呈現，探索實驗性質的創作美學所帶領出在於人與人，或人與機之間的文化意義及社會變化。

關鍵詞：米羅・卡索、蘇紹連、網路、超文本

---
[*] 政治大學台灣文學研究所碩士班，E-mail：95159006@nccu.edu.tw

壹、前言：語言決定空間

> 愛因斯坦曾經說過，是我們使用的語言，在決定我們能看見的空間是那一種。[1]

1970 年代八位元電腦剛開始真正進入人類的生活與工作中，1980 年代台灣宏碁（Acer）[2]等電腦公司陸續崛起，個人電腦開始在台灣民間普及。書寫工具的改變，往往也帶來書寫內容的改變，台灣最早成立的文學網站《澀柿子的世界》和《妙繆廟》於 1996 年開啟網路文學的先聲，1998 年《歧路花園》和《美麗新文字》等網站的成立，大步邁出了跨越整個 2000 年代台灣網路文學的發展步伐。又一個十年即將過去，2008 年的當今，生活中科技與文學的結合已經無所不在。

科技與文學的結合常稱網路文學或超文本文學（hypertext literature），其定義累積了許多討論，隨著學者們研究的細緻化，越發釐析出超文本的特質。超文本（Hypertext）一詞在 1965 年由 Ted Nelson 所創，源於這是一種全新的資訊技術及出版程式語言，指一空間中存在許多資訊的節點（nodes），透過節點之間不同類型的鏈結（Link）串聯成一個網路（network），超文本系統即管理與呈現此一資訊網路的系統。Ted Nelson 解釋超文本並非線性書寫，而是允許讀者在許多分支中選擇所讀內容，在互動螢幕上能夠呈現最好的閱讀方式。[3]

關於超文本的組成結構，早在 80 年代 Smith & Weiss（1988）便指出節點形式可藉由文字、圖形、動畫、聲音等超媒體（hypermedia）工具管道呈現；Shneiderman & Kearsly（1989）也點明超文本資料間相互參照的能力，

---

[1] 蘇紹連：〈語言決定空間〉，《吹鼓吹詩論壇一號》（台北：台灣詩學季刊雜誌社，2005 年 9 月），頁 159。

[2] 宏碁公司成立於 1976 年，2000 年企業成功轉型。根據市調機構 2007 年的統計，目前宏碁是世界第三大個人電腦品牌，同時也是全球第二大筆記型電腦品牌。參自 Acer 宏碁台灣官網，http://www.acer.com.tw/about.asp（2008 年 7 月瀏覽）。

[3] George P. Landow. "Hypertext 2.0: The Convergence of Contemporary Critical Theory and Technology" Baltimore + London: The Johns Hopkins University Press, 1992. p.3.

可以在節點間隨意跳躍的網路特性。90 年代 Balasubraman（1994）將超文本歸納描述為新形態資訊管理系統，以電腦將資訊分解成有意義的資訊區塊儲存在不同節點中，使用者藉由節點間的鏈結檢索資料庫。

超文本運作路徑研究上，Tripp&Roby（1990）認為超文本的鍊結模式反應了人類心智活動的形態，稍晚 Tolhurst（1995）也同意超文本的發展與人類心智活動相互作用，將超文本的定義分為二類型，一傾向功能面的定義，探討超文本系統的發展與使用者介面的機制；另探討語意關聯性的定義，著重超文本的結構及其與傳統文本間的差異。

另一方面Spiro & Jehng（1990）從閱聽人角度探討超文本定義，強調超文本賦予閱聽人之主動性，讓使用者根據自我關聯鍊結發展個人閱讀路徑，Landow（1992）也傾向超文本是以讀者為取向的文本[4]，讀者可以採取不同的閱讀方式獲得相同的資訊。[5]

台灣學者李順興教授將網路文學的定義大致分為兩種，一指傳統平面印刷文學作品數位化，將網際網路當做純粹的發表媒介；二指含有非平面印刷成分並以數位方式發表的新型文學，將網路當做創作媒介，把網路功能轉化為創作工具，學術上習稱超文本文學（hypertext literature）。[6]在此分類上，須文蔚教授更具體指出超文本的新形式,他認為網路文學指謂「超文本文學」（hypertext literature），有別於傳統平面文本，超文本文學運用新科技如TML、ASP、GIF、JAVA或FLASH等程式，以程式語言為基礎創作，加入圖像運用、音樂輔助，甚至網頁互動變化，形成「與單一文本互異的多媒體文本的新文類」。[7]林淇瀁教授亦贊同超文本文學的文本表現形式應該和非網路文本有明顯差異[8]，當文本遇上網路時形成的「文本越位」特質，在超文本

---

[4] Landow 指出：誰可以製作鍊結？誰決定什麼被鍊結？George P. Landow. "Hypertext 2.0: The Convergence of Contemporary Critical Theory and Technology"p. 285.

[5] 定義討論整理自陳思齊：《超文本環境下敘事文本結構與類型對閱讀之影響》（新竹：國立交通大學傳播研究所碩士論文，2000 年），頁 5-6。亦參引部分可獲得之原文書目。

[6] 李順興：〈觀望存疑或一「網」打盡？——網路文學的定義問題〉，《歧路花園》,「定義」連結，http://benz.nchu.edu.tw/~garden/a-def.htm（2008 年 7 月瀏覽）。

[7] 須文蔚：〈邁向網路時代的文學副刊：一個文學傳播觀點的初探〉，瘂弦、陳義芝編，《世界中文報紙副刊學綜論》（台北：行政院文建會，1997 年），頁 251-257。

[8] 林淇瀁：〈流動的謬思：台灣網路文學生態初探〉，《台灣文學傳播研究室》，

不連續性的書寫系統及敘事結構下，由於語意斷裂、語境跳躍，加上讀者可隨意讀取與鏈結，故產生「去疆界化」（deterritorialization）現象，突破傳統文學書寫的限制，提供閱聽者更多愉悅[9]，為文學創造的新經驗。

筆名米羅·卡索的蘇紹連，初接觸超文本文學時經常出沒《歧路花園》，《歧路花園》宗旨表明「本站旨在實驗網路功能，以之作為文學創作和發行工具，嘗試開發新型的文學表現形式並改良文學傳播的管道。」[10]，由此本文採用李順興定義分類中的第二種定義，以網路作為創作媒介的超文本文學，來探討米羅·卡索的超文本詩作內涵。

蘇紹連自 1978 年陸續出版平面詩集《茫茫集》、《童話遊行》、《驚心散文詩》、《河悲》、《隱形或者變形》、《雙胞胎月亮》、《穿過老樹林》、《我牽著一匹白馬》、《台灣鄉鎮小孩》、《草木有情》、《大霧》、《散文詩自白書》等，並主持《臺灣詩學》詩刊的「吹鼓吹詩論壇」，活躍平面媒體詩壇，詩作豐富多變，嘗試題材遍及散文詩、童話詩、自然詩等領域，目前最受關注當屬近年大力創作的超文本詩作。1988 年蘇紹連開始以筆名「米羅·卡索」在《歧路花園》、《美麗新文字》網站上發表超文本詩作，質量之豐備受矚目。談到自己開始進行超文本文學的創作：

> 我對「超文本」的概念是遊走了「歧路花園」網站後才慢慢形成的，創作是我的興趣，嘗試與實驗又是我一貫的態度，因而，我怎會放棄「超文本詩作」的追求呢？[11]

1999 年蘇紹連建置網站《現代詩的島嶼》展演個人作品及流通詩壇消

---

http://tea.ntue.edu.tw/~xiangyang/index.htm（2008 年 7 月瀏覽）。亦收入《解嚴以來台灣文學國際學術研討會論文集》（台北：師大國文系，2000 年）及林淇瀁：《書寫與拼圖》（台北：麥田出版，2001 年），頁 217-221。

[9] 林淇瀁：〈逾越／愉悅：資訊、文學傳播與文本越位〉，羅鳳珠主編：《語言、文學與資訊》（新竹：清大出版社，2004 年），頁 580-585。

[10] 《歧路花園》，「宗旨」連結，http://benz.nchu.edu.tw/~garden/a-def.htm#5（2008 年 7 月瀏覽）。

[11] 李順興：〈島孤人不孤——與蘇紹連談網路文學〉，《聯合新聞網》，
http://issue.udn.com/CULTURE/NETLIT/news/news6d.htm（2008 年 7 月瀏覽）。

息，另有超文本網路詩境界《Flash超文學》專置超文本創作，總目錄已收 96 首作品，但應尚未收錄所有已發表作品。2003 年台灣詩選編輯委員會特別頒年度詩獎給蘇紹連，表彰他作為數位詩播種者，結合多媒體開拓傳統紙本外的書寫途徑。[12]

在全新傳播載體的嘗試中，本文試圖由文本面及接收面兩方面瞭解超文本，文本面的超文本由節點及鍊結組成，以非線性方式傳遞訊息，在此概念上，先探討米羅・卡索的超文本作品如何實驗展演於讀者面前，從文本的再閱讀出發，分析其創作的美學結構。而接收面的超文本透過鍊結賦予讀者主動能力，顛覆過去讀者被動接受的閱讀方式，則在第參節由閱聽人角度切入米羅・卡索實驗性質的創作美學，試圖梳理超文本詩作帶領出何種文化意義和社會變化。

貳、米羅・卡索超文本詩作的美學結構分析

《Flash超文學》網站裡收錄了米羅・卡索自評的七篇文章。在〈我的作品分類〉[13]中將自己的超文本作品依照不同網路效果分為十八類：

1. 文字圖像化	2. 文字象徵化	3. 文本拼合
4. 文本破碎	5. 隨機拼組	6. 搜索探尋
7. 不同路徑	8. 多重選擇	9. 雙重結果
10. 效果操作	11. 掀開覆蓋	12. 接合操作
13. 進行停止	14. 互動操作	15. 遊戲操作
16. 散聚操作	17. 文本重組	18. 填充操作

作者依程式語言特殊效果分類，而非傳統習慣由內容分類，透露出網路

---

[12] 須文蔚：〈台灣數位文學社群五年來的變遷（2000～2004）〉，《文訊》第 229 期（2004 年 11 月），頁 64。

[13] 此分類為米羅・卡索為個人方便整理，並非絕對。米羅・卡索：〈我的作品分類〉，http://home.educities.edu.tw/poem/mi04a-07.html（2008 年 7 月瀏覽）。

效果在超文本文學的美學結構中的重要地位；同屬自評系列文章的〈淺釋超文本〉指出了超文本的五個構成要件：靜態或動態影像文字、圖像化的文字、多路徑超鍊結設計、互動書寫、制動操作。上述分類即依此五要素為基礎變化出了十八種超文本詩作。在此基礎上，本節嘗試藉由米羅‧卡索的三篇作品分析其超文本詩作的美學結構。

一、靜態或動態影像文字／圖像化的文字

作為最有力網路傳播載體，資訊爆炸的網路世界往往利用圖像幫助速食讀者迅速獲得資訊，因為圖像是更為直覺的傳播方式，「文字再怎麼簡潔，還是需要經過符碼的轉譯，而圖像相對簡單許多。」[14]，要在網路空間裡有效傳達，圖像被認為是最簡速的方式。

超文本文學擅將文字及圖像結合，並可依表現改變動靜狀態。文字是抽象語言，圖像是具象語言，圖像的敘述能力具體易懂，能直接將文字間的意象意念以較容易了解的形式表現，拓深認知及思考，若加上動態或靜態影像文字搭配展演，平淡的閱讀空間也可以創造成活潑的能動畫面。例如〈人球〉的畫面開始，一團結成球形的文字不斷在畫面上下彈跳著：

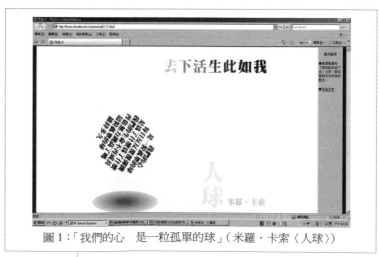

圖1：「我們的心　是一粒孤單的球」（米羅‧卡索〈人球〉）

---

[14] 莫方：〈新視覺系：台灣數位影像與網路文學創作新潮〉，《吹鼓吹詩論壇一號》，頁89。

我們的心

是一粒孤單的球

每日反反覆覆彈跳

是 為了什麼為了什麼

我們的生命不再成長

再也無力跳高了嗎

這粒孤單的球

維持多久

——米羅·卡索〈人球〉

　　弱心彎曲揪成球狀團塊，球心包藏文字，規律彈跳中無法看清內容也沒有移退時候，作者製造暗示卻不供應現實，為使幕前讀者同感侷促焦慮。程式指令下的文字出現球狀化與彈跳動態，呈現與平面書寫截然不同的舞動旋律：

　　這種「文字排舞」（literal choreography）看來也許簡單，卻無形中創造了一種更活潑、更有彈性的格律，也賦予了創作更多可能性。[15]

　　為何不停彈跳，圖像變化滲出多重意涵不待讀者看清，起落間作者已提出命題直指俗眾在生活步調逼勒下，沒有機會停下來看這稍縱即逝。跳躍不再活躍，生命沒有生機，掙脫不了的畫面框架吐納瘖默戾氣，蒼白的極白處是一團黑，高低伸縮的倒影無法逃亡，只能並肩困獸之鬥，呈顯出米羅·卡索擅以緩筆處理生命急迫感的細膩[16]。

　　滑鼠指向一旁橫列「我如此生活下去」，每指一字直向將一行行出現第二段詩作內容：

---

[15] 陳徵蔚，〈徘徊在新與舊的邊界：從兩首電腦詩習作分析〉，《吹鼓吹詩論壇一號》，頁 66-67。

[16] 鄭慧如：〈他的綻放不靠節氣——《草木有情》讀後〉，《吹鼓吹詩論壇一號》，頁 30。

圖2：「我如此生活下去」（米羅・卡索〈人球〉）

去	下	活	生	此	如	我
被	被	被	被	被	被	被
自	未	情	歷	傳	思	時
己	來	感	史	統	想	間
拍	拍	拍	拍	拍	拍	拍
打	打	打	打	打	打	打
著	著	著	著	著	著	著

　　文字記號系統再次互動圖像文字系統，隨著文字的內索，詩人以顏色提示心境。由濃流淡的墨色擦拭著無助滑落的生活，生活如此——無法停止時間的追趕，無能左右思想的驅使，不能改變傳統的壓制，不可避免歷史出手收編，連——情感、未來，都被自己無情拍打摔落在地面上，黑色的圓圈像不斷擴大的連漪圈住生活疲憊的跳動，永無終止扎心同時又淡而無言。處境

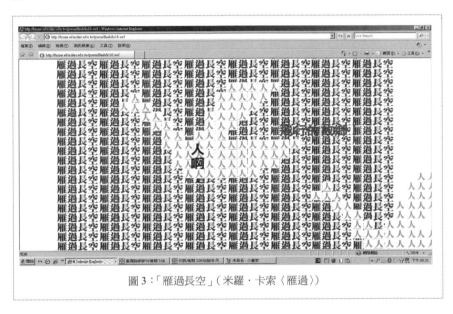

的困頓引起自我意識遁逃，主體聲音危疑，掙扎後回響的卻僅有私密耳語，言下之意不但是自我反省，也是自我鞭笞，封閉邊框對應徬徨情境，整首詩以重重機關呼應沉重內容。

超文本文學結合文字與圖像並配合動態使用，如〈人球〉將文字結成球型彈跳，〈雁過〉「人」字作飛雁狀飛過「雁過藍空」四字排列象徵的藍色天空。

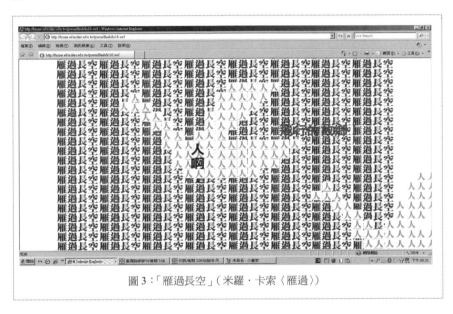

圖3：「雁過長空」（米羅‧卡索〈雁過〉）

當文字被設計成圖像時，便具有文字語言和圖像語言的雙重意義，不同意義的並置與連結使得意義得以通過想像得到詮釋。而文字圖像由靜態走向動態時，立體空間使讀者的視覺經驗多方拓展，得以在閱讀同時接收更豐富的訊息，在伸縮時空中體會思考變化。

二、多路徑超鏈結設計

新的電子寫作技術已經改變傳統文本線性呈現方式，超文本架構中訊息可以非線性的將資訊分割成許多獨立但相關的資訊區塊，在這些節點中儲存不同形式的資料庫如影像、圖片、聲音、動畫；閱聽者藉由鍊結方式與其他

資料庫連結以形成意義網絡。Jonassen（1989）形容「鍊結」在超文本裡扮演一般文本中連結詞的角色，[17]超文本慣用的多路徑設計更是大量使用超鍊結連接眾節點。

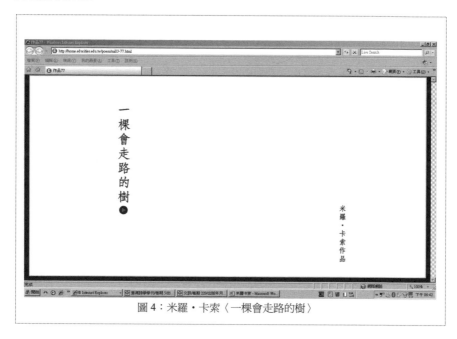

圖4：米羅・卡索〈一棵會走路的樹〉

Shneiderman & Kearsley（1989）認為超文本系統的組織結構可以從鍊結的方式加以分類為階層式（hierarchical）和非階層式（non-hierarchical）兩種組織方式：階層式結構中所有節點以樹枝狀排列，在井然有序的架構中連結上層概念（superordinate concept）與下層概念（subordinate concept）；非階層式結構指網狀結構，允許母節點與子節點間多種不同的連接方式。[18]〈一棵會走路的樹〉運用的即非階層式組織方式，在隨機出現的情形下母節點與子節點可能出現多種連接的組合。〈一棵會走路的樹〉[19] 從一句話以及一個按

---

[17] Jonassen, David H. "Hypertext/ hypermedia" Englewood Cliffs, New Jersey: Educational Technology, 1989. P.8-15.

[18] Hypertext Research: The Development of HyperTIES, http://www.cs.umd.edu/hcil/hyperties/（2008年7月瀏覽）及陳思齊：《超文本環境下敘事文本結構與類型對閱讀之影響》（新竹：國立交通大學傳播研究所碩士論文，2000年），頁11-16。

[19] 〈一棵會走路的樹〉有兩種呈現版本，平面詩作收入《台灣鄉鎮小孩》，超文本詩作在《FLASH

鈕開始。「一棵會走路的樹」，按下句子下方圓形按鈕，進入第一段詩：

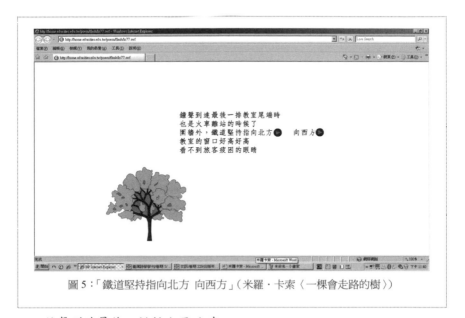

圖5：「鐵道堅持指向北方 向西方」（米羅‧卡索〈一棵會走路的樹〉）

鐘聲到達最後一排教室尾端時

也是火車離站的時候了

圍牆外，鐵道堅持指向北方 ＞ 向西方 ＞

教室的窗口好高好高

看不到旅客疲困的眼睛

若選擇向北方，會：「遇到一群勞工在抗議」，再選擇要「向左」或「向右」。若選擇向西方，則：「經過市府大道」再選擇要「向南」或「向西」。如此不斷選擇，在不斷的二選一中，路徑的排列組合一直直線延伸，直到讀者搞不清楚若是當時做了另一選擇，這首詩會把自己帶到什麼地方。超文本的節點與鍊結等概念讓讀者在閱讀時不必再依照唯一路徑來經驗文本，人們可以透過鍊結跳躍在節點和鍊結形成的超文本網路式資料庫，如同 Landow

超文學》網站可閱讀。

（1992）指出，超文本將文本精細化，但將各區塊的文本意義用鍊結串連起來，這種非線性的文本對人類書寫及閱讀歷程形成極大的影響，超文本多變的結構超越了過去傳統線性、固定和不變動的書寫特質，允許讀者非線性閱讀甚至進行編輯。

　　這是一棵會走路的樹，沿途這棵擬人化的樹不斷在雙叉路口選擇自己的方向，向北方或向西方，向左或向右。並且對兒童們述說收集在眼睛裡的沿路風景：

　　　兒童，你們不要失望
　　　有一棵樹是專程而來的老師
　　　到你們的學校
　　　站在你們的黑板裡
　　　指揮你們的眼睛
　　　發現一個流浪漢倒在便利商店走廊下
　　　它走到升旗台前
　　　忽然舉起枝椏
　　　向天空中飄揚的國旗敬禮
　　　兒童鼓掌，掌聲像一群鳥
　　　紛紛飛到它的臂幹上
　　　跳躍、鳴叫
　　　你們不會失望的
　　　因為，安徒生伯伯為你們帶來
　　　這一棵會走路的樹
　　　它已在校園裡到處走著
　　　好吧，我帶你們去看
　　　遇到一人騎重型機車迎面而來
　　　真的是一棵會走路的樹
　　　它的根從泥土裡抬起來

一步一步向前踏著

它以年輪來轉身

左彎右轉，讓兒童跟隨

校園裡，也到處跟著綠起來

發現街燈的影子變長了

哇！它高興的笑著

伸手抱起的一個兒童

是這棵樹的一粒果實嗎

真的，大家興奮的叫起來

那個兒童是一粒果實

懸於枝葉間

它給那兒童溫馨的奶水

發現平交道上有一隻死狗

那個兒童從樹上下來了，他說

「這棵樹是派來綠化大地的使者

它要從兒童的眼睛綠起，綠到

兒童所能看見的世界」

你們可以對看著眼睛，真的

好綠好綠，綠過了圍牆

遇到送葬的儀隊

鐵道上，一列火車進站了

學校最後一排教室離車站不遠

你們很想看看遠方來的旅客

就爬到這棵會走路的樹上吧

它開始走了

向鐘聲所能到達的尾端走去

經過一座廢棄的花園

哇！看到旅客了

在車廂的窗口有無數的笑容

對你們留下

小鎮學校下課時的遊戲印象

旅客中哪一位是安徒生伯伯

哪一位是楊喚叔叔

你們盼望著，真的出現

鐘聲到達最後一排教室尾端時

也是火車離站的時候了

圍牆外，鐵道堅持指向北方（向西方）

教室的窗口好高好高

看不到旅客疲困的眼睛

（repeat）

——米羅‧卡索〈一棵會走路的樹〉[20]

多路徑超鍊結隱喻讓米羅‧卡索童話詩的魔幻詩境得到誇耀式的渲染，童年裡旋轉木馬和走路的樹從日記的縫隙中閃爍出來，投影成作者編織記憶的美學形式；安徒生童話的夢往神遊及楊喚文字的憂鬱熱情中對兒童的關愛，使米羅‧卡索決心為台灣小孩寫詩。對於童年蘇紹連顯然既抗拒又眷戀，世故的眼睛雖然看見遊樂園真實的破敗，童稚心靈卻不忘閃亮流光的炫目世界，他從自身兒時記憶中奔馳過來引領兒童們尋找被影子遮掩的回家道路，卻看見遙遠故鄉裡童年的飛奔揚長而去，所以旅行車從故事開端駛到故事結尾，蘇紹連興致勃勃地說孩子，你們在車子裡唱歌吧，然而心底聲音卻纏繞著童年的老去：需不需要讓孩子知道平交道上有一隻死狗，幾隻紅蜻蜓死在鐵道邊呢。

這世界是一座迷宮，在〈迷宮——給迷失的兒童〉[21]詩中蘇紹連同樣在

---

[20] 此處依超文本版本援引詩句，由於超文本的多鍊結路徑設計，使得超文本版本呈現與《台灣鄉鎮小孩》中的紙本呈現，在詩句出現順序上有所差異。

[21] 蘇紹連：〈迷宮——給迷失的兒童〉，《台灣鄉鎮小孩》（台北：九歌，2001），頁83-86。

路徑的指引上肩起責任——我為你們帶路，和會走路的樹一起，在向右轉向西方一條條不知通往何處的路途上，不會失望的是沿途有一粒果實、綠色視野和安徒生伯伯，可是掌握方向盤的司機也看見了送葬的儀隊和廢棄的花園，所以教室的窗口很高，為的是不讓孩子們看到旅客疲困的暈眩。

詩的結尾是沒有結尾，小孩忽然回到起點再次等待出發，如同蘇紹連從此走不出童年的城堡。

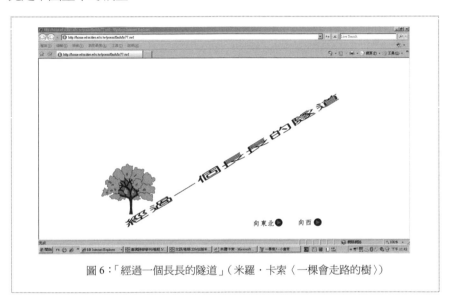

圖 6：「經過一個長長的隧道」（米羅‧卡索〈一棵會走路的樹〉）

不斷按鈕的中間有些變項可以選擇，如「發現一個流浪漢倒在便利商店走廊下」、「遇到一人騎重型機車迎面而來」、「發現街燈的影子變長了」、「發現平交道上有一隻死狗」等等。Dee-Lucas & Payne（1996）認為區塊化的超文本中閱讀單位為節點，一個節點一個節點打開閱讀，因此讀者會對下一步所要閱讀的節點多花一點心思判斷選擇。另外由於超文本允許選擇不同的節點進行鍊結，所以讀者閱讀時更會進行思考、想像等心理活動，營造出更大的想像空間。[22]例如在「經過一個長長的隧道」畫面中，字體呼應文字內容

---

[22] 陳思齊：《超文本環境下敘事文本結構與類型對閱讀之影響》，頁 33-36。

被拉的細細長長,由那棵樹衍伸出的一排字放大橫亙螢幕,表現出來的圖像感強化了意象,文字因應內容變化不同的特效,加重童話詩語感及視覺效果。

這些選項作為沿途的風景,只是穿插在主要的詩段落之間,不影響童話詩的發展,卻讓讀者在畫面與畫面的變換中以為自己被允許選擇路徑。然而若不斷重複閱讀〈一棵會走路的樹〉,可以發現除了穿插的一行詩之外,主要的詩段落出現的順序雖然不固定,不過頻率固定,讀者雖然必須在兩個選項中選擇其一以進行閱讀,但最後在排列組合不同的情形下,都可以把每個段落讀過一次,然後循環往復地接回到第一段落「鐘聲到達最後一排教室尾端時……」,留下讀者在這首童話詩二選一的抉擇中追著圈子尾巴。Joyce(1995)認為超文本敘事是虛擬的說書者,敘述不再單向從作者到閱聽者,而是一種循環週期,讀者可以共同成為作者,作者可以閱讀讀者反應。因此互動可看做是一種共同書寫,作者的寫作可以被其他讀者的寫作取代[23];Barthes(1970)描述理想文本特徵(ideal textuality)與超文本特稱相當程度上符合,文本中的文字區塊(或圖像)藉由不同路徑相互參照,在開放文本中以鍊結方式閱讀;而超文本正是由鍊結、節點、網路和路徑所組成「具有永遠沒有結尾之文本特徵(perpetually unifishied textuality)」,如同一本永遠翻不完的書;Michel Foucault(1976)也出現類似概念,認為超文本「如同一本沒有界線的書(Frontiers of a book are never clear-cut)」。[24]也因為節點間可以互相參照,意義重新組織了文本,每一次閱讀就會產生一個新的文本,如同〈一棵會走路的樹〉可以因為每次選擇的路徑不同而產生各種經驗,呈現不同情節,讀者無論如何選擇路徑,另一段未選擇的文字仍會在之後如影隨形地出現[25]。這樣的作品若放在傳統文本上,便無法展現出多路徑選擇以及超鏈結設計。

---

[23] 參自 Michael Joyce: an annotated bibliography, http://www.duke.edu/~mshumate/mjoyce.html(2008 年 7 月瀏覽)及陳思齊:《超文本環境下敘事文本結構與類型對閱讀之影響》,頁 20-21。

[24] 孫小玉:〈解鈴?繫鈴?——羅蘭巴特〉,收入呂正惠主編:《文學的後設思考》(台北:正中,1991 年),頁 91-92。

[25] 陳徵蔚將此譬喻為美國詩人福斯特(Robert Frost)所形容的「未竟之路」(The Road Not Taken)。見陳徵蔚,〈徘徊在新與舊的邊界:從兩首電腦詩習作分析〉,《吹鼓吹詩論壇一號》,頁 65-68。

三、互動書寫／制動操作

〈風雨夜行〉寫已故的阿公出現在夢境裡，黑色背景裡有貧瘠的土地、蒼白的枯樹，以及白色剪影的人樣，電玩畫面似的背景不斷前進，詩句如同字幕一句句出現，文字與圖案相互對映，交代著詩中情節：

圖7：「地氈上還繡了一個人影」（米羅‧卡索〈風雨夜行〉）

那一夜，雨把夜織在大地上

一針一線，努力的

織出一條黑色的地氈

地氈上還繡了一個人影

我站在門口迎接那個人影

我叫聲：阿公

他向我走過來，從我後腦裡消失

我轉身，看到他在遙遠的年代裡走著

——米羅‧卡索〈風雨夜行〉

　　沉重的疲憊直直掉落擊倒了破舊風衣，賦歸的人舉不起憤怒，吹不倒悲哀。單調從泥土塗到天空，守候的心站在門口迎接探望，陰闇中卻聽不見沉默或回答，看不見眼光或淚光。〈圍巾〉也營造在風的怒吼中前行[26]：

　　我的空間，
　　在寒風中擴大，
　　我走不出這個空間的繭。
　　而你的關懷仍在寒風中
　　飄曳呀飄曳呀……

　　空無的畫面裡的曠野上最陰暗的空白影子仍舊低頭前行，彷彿一生中最黑暗而平靜的時刻，此時夜空中出現「滑鼠以逆時鐘方向滑行旋轉，讓游標在畫面移動製造出狂風的效果」的字樣，提醒讀者移動游標，當游標逆時針打轉時，文字果真緊跟游標旋風般打轉，技術強化意象，製造出漫天風雨無情打在阿公身上的效果。圓轉的風出入風雨幻象，風魔雨鬼從天上翻起一陣顫動，無止盡的前進彷彿一種被棄置的覆沒飛行：

圖8：游標移動製造風雨飄搖。（米羅‧卡索〈風雨夜行〉）

---

26 蘇紹連：〈在風雨中站著〉、〈圍巾〉，《我牽著一匹白馬》（台中市：中市文化，1998），頁37、88。

闇沉踞守山谷，讀者操作的手讓狂颸得更淒涼，影子像一柄白色的刀插在曠野的中央，在迸裂的旋風裡哀傷的行走形成一種隱形語言：

> 由讀者掌控風雨的形成，閱讀的趣味性立即升高，但此一趣味感受並不削弱詩整體所投射出來的晦暗強度，反而在多次重複操作與熟悉度提高之後，互動狂風的視覺刺激更能強化讀者的晦暗體驗。[27]

狂風的結構是一行隨滑鼠移動的文字，游標旋轉文字便跟著移動，為了製造狂飆的效果，米羅‧卡索讓背景不斷往左捲動，使得向右飄的文字看起來像被狂風席捲一般，這樣的作品若放置於傳統文本中，便無法呈現詩人苦心經營的能動隱喻及互動過程：

> 加入操作，由讀者參與，製造效果，作品的賞閱幅度變得更為擴展。這是我製作Flash作品的目的。作品不再停留於文字欣賞而已，也不是停留於靜態的圖像而已，但也不是表現動態就夠了，而是，「作品由讀者操作，作品與讀者互動，讓讀者加入創作」，我相信這才是值得開發的方向。[28]

不同於傳統文本閱讀中，讀者只能被動閱讀、接收資訊，超文本賦予了讀者主動性，使讀者與作者能夠進行互動，讀者甚至可以管理、創造超文本的節點及鍊結方式。Joyce（1995）認為互動即寫作的權利，寫作的權利會由其他人取代，而互動書寫中每一個參與文本的人都有寫作的權利。

〈風雨夜行〉中讀者的制動操作決定了狂風呼嘯的程度，自覺為風雨製造者，共感狂風暴雨襲擊之清寒，更加進入超文本詩營造的消逝意境。背景

---

[27] 李順興：〈超文本詩的互動操作與動態想像：以蘇紹連作品為例〉，《好讀》第3期（2000年6月），頁12。亦收於《Flash詩人》，http://residence.educities.edu.tw/poem/milo-index.html（2008年7月瀏覽）。

[28] 李順興整理：〈象牙塔裡的文字魔術師——與蘇紹連談網路詩〉，《好讀》第3期（2000年6月），頁13。亦收於《Flash詩人》，http://residence.educities.edu.tw/poem/milo-index.html（2008年7月瀏覽）。

的動態增加圖像的時間感與空間感,整體意象營造相映。李順興教授對〈風雨夜行〉評價甚高,認為此詩若以動態部分與流行音樂的 MTV 比較,詩人身兼編劇與導演,可以視為一支 PTV(Poetry TV)。

參、超文本的讀者研究與文化意義淺談

上節討論米羅·卡索的超文本結構,可以發現讀者面對超文本文學的閱讀時,彷彿進行著知識的考掘,在各種聲色資訊、互動按鈕的決定中,判斷時而游移斷裂,時而大量湧現,有時多重可能,間或充斥不確定性的超文本語義。符號學傳播模式研究所集中之焦點在文本本身,和產製它及接收它的文化之間的互動,關心意義的產製及交換。文本包含著兩個概念:具象文本及抽象文本。具象文本通常指印刷或書寫出來的文字;而抽象文本指閱聽人在閱讀時所產生的意義。[29]

此節即欲淺談閱聽人在閱讀時產生的文化意義。Barthes將文本區分為可讀性文本(readerly text)及可寫性文本(writerly text)。前者有固定意義,讀者依循文本設定路線,被動接受文本意義;後者沒有固定意義,讀者也能夠是一個創作者,在閱讀過程中進行創作產生新義。[30]如同Joyce(1995)所預言未來會有一場讀寫革命,在變革的今天,超文本空間中作者、閱聽者與文本如何相處已成為研究的焦點:

> 數位詩運用數位科技的特質匯流成一種新文類,這種整合文字、圖形、動畫、聲音的文本,已經把詩帶離了以語言為唯一表達型式的境界,特別是多向文本與互動的敘事結構,更徹底顛覆了文學作者與讀者間的關係。[31]

在超文本的閱讀中,文本的意義並非由作者限定,而是讀者在閱讀的過

---

[29] John Fiske 著,張錦華譯:《傳播符號學理論》(台北:遠流出版,1995 年)。

[30] 孫小玉:〈解鈴?繫鈴?——羅蘭巴特〉,呂正惠主編:《文學的後設思考》,頁 94-96。

[31] 須文蔚:〈數位詩理論與批評的類型分析〉,《文化視窗》第 37 期(2002 年 1 月),頁 50。

程中彰顯出意義，因此意義不由文本單一決定，讀者在閱讀過程中也會積極參與。Bolter（1990）提出文學批評應該不只是檢視文本的孤立性，而是其與讀者的互動。動態文本如同競爭場所，是讀者與作者想像的競爭。[32]

　　這場知識的考掘的具體條件，建立在超文本使用網路媒介結構上許多共容的現象，路徑連結著各種相容和矛盾的觀察與詮釋，處於路徑途中的讀者，一面接受資訊，同時也製造及釋放資訊。針對讀者位置在超文本文學中的變化，李順興教授指出「數位讀寫者」的出現：

　　全新意境的創造之外，超文本能提供讀者多重路徑選擇的事實，也催生了新型的多向閱讀行為，同時給傳統讀者和作者的身分定義帶來衝擊。依據喬伊思（Michael Joyce）的看法，「晚期印刷時代的文本面貌（topography）已遭顛覆，閱讀是依設計而進行的，因此文本所能呈現的多種可能，跟讀者進行意義創造和故事組合的複雜程度相關」。電子多向文本的面貌是經由讀者的路徑挑選動作而產生，每次閱讀所得的面貌僅是眾多可能之一，未必與作者的原初安排相同。簡言之，「讀者的選擇構成文本目前的狀態」，因此讀者也同書寫者一樣，享有生產文本意義的權利。或者乾脆說「讀者即書寫者」（reader as writer）。

　　擁有路徑選擇權的讀者便可視為書寫者的說法，未必服人。與在網路接龍故事中進行互動書寫的讀者比較起來，喬伊思的多向讀者也僅是意義組合者，因為畢竟沒真正參與文本書寫。允許讀者輸入書寫是比較特殊的網路功能，這類互動書寫作品對傳統文本以及作者定義的衝擊，更甚於僅提供互動閱讀設計的文本。這類作品的出現也同時宣告一種「新文學人」的誕生：參與者既具讀與寫的身分，大可以「讀寫者」謂之。這個新讀者並非憑空創造出來，而是和超文本科技的進展息息相關。「讀者書寫」（Readers write）正是當今網路的流行現象，留言板、討論區中

---

[32] 參自 Bolter, J. David, "Writing space: computers, hypertext, and the remediation" Mahwah, New Jersey: Lawrence Erlbaum Associates, 2001 及陳思齊：《超文本環境下敘事文本結構與類型對閱讀之影響》，頁 28-33。

　　讀者的參與自是不在話下，新穎例子如亞馬遜書店，每一本書的專屬網頁都提供使用者評論空間，參考使用者輸入的正負面書評，讀者可能做出比較好的購買選擇。一言以蔽之，超文本含書寫開放的成分，是由讀者參與書寫而共同形成的，因此，資訊提供者與使用者共同建構起來的超文本，已不歸屬單一方，而是讀寫者的公物。[33]

　　米羅・卡索的作品即多要求讀者成為「讀寫者」，邀請讀者一起進入作品的創作，例如〈雁過〉、〈魚沉〉、〈人球〉、〈春望〉、〈困獸之鬥〉、〈文字蝗蟲〉、〈水龍頭〉、〈魚鼓〉、〈戰爭〉、〈人想獸〉、〈小丑〉、〈紙鶴〉、〈一棵樹〉、〈門的情結〉、〈詩人總統〉、〈風雨夜行〉、〈人像之謎〉、〈小海洋〉、〈果汁螞蟻〉、〈對話〉、〈小丑玩偶〉、〈蜘蛛戰場〉、〈爭食世間〉、〈八陣圖〉、〈填充〉等等作品。數位讀寫者的出現，與網路的使用與發展息息相關，Landow（1992）為網路整理出三種不同意義：

一、個別印刷作品轉換成超文本之際，採取其文塊、節點、文片的形式，以連結及路徑的「網」相互連結。如網路連結。

二、任何文片的結集，可以是原作者的手筆，也可以由他人蒐羅眾多不同作者的文片而成。如網路的互文性。

三、從硬體角度而言，包括各個獨立卻連結的電腦系統，以及擔任連結任務的電纜、線路等等。[34]

　　他認為超文本基本上是一個交互型式的文本系統（Intertextual system），超文本的一些特性如鍊結更是強調了過去受限於印刷文本所不具備的文本交互性，不僅同一文本內的章節，更可以連結到作者其他文本創作、對自我作品的詮釋、及其他人對此一文本作品的討論。如米羅・卡索的《Flash 超文學》網站，匯集了個人作品總目錄、其他評論者對他的作品論述、其本人

---

[33] 李順興：〈網路文學形式與「讀寫者」的出現〉，《文訊》第 162 期（1999 年 4 月），頁 40-42。
[34] 鄭明萱：《多向文本》（台北：揚智文化，1997 年），頁 64-65。

的自評文章、還有與「美麗新文字」、「現代詩島嶼」等其他超文本網站的相互連結，形成一巨大的互文脈絡，如同一本自我概念化的「後設故事（metastory）」：

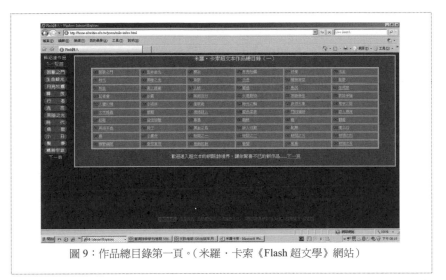

圖9：作品總目錄第一頁。（米羅‧卡索《Flash超文學》網站）

Raymond Williams強調所有新興媒體科技與文化形式，能夠滿足社會需求到什麼程度，並不取決於需求本身，而應該置於社會情境中，看需求在當時的社會形構中佔據了什麼樣的位置。[35]須文蔚教授曾言：

> 強調數位媒體表現形式的特質，自然和加拿大學者McLuhan主張「科技人文主義」（technological humanism）的基本概念脫不了關係。數位科技可以解放傳統媒介、教育制約下的人類經驗，科技本身更具有巨大的力量可決定人類感官運作。則數位詩所憑藉的數位媒體特質，包括了攝影、電腦繪圖、動態影像或文字、多向鍊結（hyperlink）、互動式（interactivity）讀寫功能、聲音乃至影片等新元素，自有其迥異於閱讀傳統的衝擊力，數位媒介展開在作者的面前，自然就意味著新形態的「訊

---

[35] Raymond Williams 著，馮建三譯：《電視：科技與文化形式》（台北：遠流，1991 年），頁32。

息」將會出現，也會豐富詩創作的手法。[36]

　　從軟體到硬體，文本和文本之間不斷地交織指涉，互文成為天地間無始無終，不斷循環的大文本，在過去，「裝訂成冊的書籍，只能在象徵意義上達成這項任務，唯有超文本，藉著它實際的鏈結設置，十足實踐了這富有蒙太奇拼合意味的功能。」[37]軟體的連結在網路世界中建立了一個觸不到的虛擬之城，新的象徵環境虛擬了我們的真實[38]，流露著超現實意味：

　　　　網際網路通過電腦與資訊科技的不斷演進，在現實世界之外另行建構了
　　　　一個迷幻的虛擬之城，這個城市不是由磚牆堡壘堆疊起來，而是由程式
　　　　語言與電纜電訊架構出來，通過網站的架設、網頁的書寫以及電信的傳
　　　　輸，它突破了國界、疆域、種族、乃至意識形態之間的藩籬，像蜘蛛網
　　　　一樣，四通八達並且肆無忌憚地進入每個家庭與閱聽人的心靈之中。[39]

　　然而超現實對應的現實世界中，可以獨立可以連線的硬體電腦，乃至於活生生的每個讀者，做為超文本的承載媒介，藉由超文本的閱讀，讀者可以閱讀到真正的自己，每個閱聽人的心靈，事實上才是一個更為真實的超文本。

肆、結語：米羅・卡索超文本詩作

　　工具對於文化會產生直接的衝擊，文化帶動技術進步，技術進步也引發文化變遷。[40]超文本詩作作為詩人和電腦科技結合下的詩作實驗，讓詩人有了新的選擇，可以嘗試走出平面媒體，嘗試鍵盤、螢幕、網際網路的書寫及發表模式。Bakhtin認為沒有專制聲音獨裁存在的現象，成為超文本文學的重

---

[36] 須文蔚：《臺灣數位文學論》（台北：二魚文化，2003 年），頁 51-52。
[37] 鄭明萱：《多向文本》，頁 66。
[38] 見 Manuel Castells 著，夏鑄九等譯：《網絡社會之崛起》（台北：唐山，1998 年），頁 382。
[39] 林淇瀁：〈迷幻的虛擬之城：初論台灣網路文學的後現代狀況〉，《台灣文學傳播室》，http://tea.ntue.edu.tw/~xiangyang/index.htm（2008 年 7 月瀏覽）。亦收入林淇瀁：《書寫與拼圖》，頁 195。
[40] 陳徵蔚，〈徘徊在新與舊的邊界：從兩首電腦詩習作分析〉，《吹鼓吹詩論壇一號》，頁 67-68。

要特性，超文本文學不是一個只意識到自我，收納其他意識作為客體對象的霸權文本，而是由不同的個別意識，相互發動作用而成的全體。[41]彼此間沒有誰是固定的主體或客體聲音總是從短暫焦點經驗、當下閱讀語境和閱讀敘述路徑中抽取出來。[42]非線性及互動特質，使得超文本敘述允許多面向發展，在此創造性上，詩的可能在超文本載體上再度展開新的舞台，並且期待文本和超文本的互文與互補。

米羅‧卡索從自己在《歧路花園》的三首詩作中，歸納出三種超文本詩作的特色：

1. 「動態」：詩作套用 Java 程式語言，再加上 GIF 動態圖檔，詩句詩行的動態變化會自動播映於電腦螢幕上。例如〈思想的運作〉自行移動換位的字、〈心在變〉左右來回移動的詩行。

2. 「操作」：詩作內容得經由讀者操作才能見到，且在操作過程中領略詩的義。例如〈名單之謎〉中未出土的名單，得由讀者操作滑鼠產生擦拭的動作，將死刑犯的姓名一一揭露。

3. 「鏈結」：鏈結為網頁製作的基本技巧，本不足為奇，但鏈結如同翻閱書頁，詩行中的一字、一詞或一行均可作鏈結，已超越翻閱書頁的單向概念，網頁的鏈結是多向式的，可轉繞，再鏈結回原處。而〈心在變〉的鏈結是在第一頁詩行本身上鏈結，每一次鏈結都離不開第一頁整體詩作，由鏈結而讀出本詩的六個段落。[43]

將三個特色置於米羅‧卡索超文本詩作的美學結構中對應超文本的五個構成條件，「靜態或動態影像文字」與「圖像化的文字」呈現動態特色；「互動書寫」與「制動操作」呈現操作特色；「多路徑超鏈結設計」則呈現鏈結

---

[41] 鄭明萱：《多向文本》（台北：揚智文化，1997 年），頁 63。
[42] George P. Landow. "Hypertext 2.0: The Convergence of Contemporary Critical Theory and Technology" P.32-35 及陳思齊：《超文本環境下敘事文本結構與類型對閱讀之影響》，頁 20-22。
[43] 米羅‧卡索：〈我在「歧路花園」的三首詩〉，《Flash詩人》，http://residence.educi ties.edu.tw/poem/mi04a-01.html（2008 年 7 月瀏覽）。

特色，超文本詩藝的創作雖然時常呈現遊戲態度，背後其實需要精神上緊密結合與精心設計。米羅‧卡索在超文本詩作驚人的數量與細緻的質地，透露了他長期經營的用心與堅持，在超文本詩人中他的成就不但亮眼，也讓台灣的超文本詩藝不斷精進。

然而如同須文蔚教授所指出，考察數位詩時，我們必須思考作品是否仍講究詩的本質，精鍊的語言、動人的意境，再加上超文本特質，才能開創出傳統文學無法傳達的體驗[44]。蘇紹連亦曾為文指出：

> 電腦技術日新月異，詩人若要藉電腦之技術而展現網路詩很「炫」的效果，這並不難，越來有越多的電腦程式軟體可運用，也有許多電腦工程師可指導。然而，一個真正重視的問題是：「詩的牛肉要詩人自己端出。」如果只求在電腦螢幕上的千變萬化，而端不出牛肉來，那才真的本末倒置。[45]

雖然理論是美學底層的支撐，但事實上也是一種簡化，批評家容易忽視了詩學應有的美學內涵；若以理論為依歸，對詩人亦不啻形成自我設限，文學中美學決定了作品的高度，而詩作為一種文類，我們對詩的風景——以及超文本詩，仍然投以美學的最高期待。

---

[44] 參須文蔚：《臺灣數位文學論》，頁 52。

[45] 米羅‧卡索：〈為乍現的星星留下光芒〉，http://www.home.educities.edu.tw/purism/su25.htm（2008 年 7 月瀏覽）。

參考文獻（依出版日期排序）

文本及研究專書

- Jonassen, David H. *"Hypertext/ hypermedia"* Englewood Cliffs, New Jersey: Educational Technology, 1989.
- 蘇紹連：《河悲》，台中：中縣文化，1990。
- Raymond Williams 著，馮建三譯：《電視：科技與文化形式》，台北：遠流，1991。
- 呂正惠主編：《文學的後設思考》，台北：正中書局，1991。
- George P. Landow. *"Hypertext 2.0: The Convergence of Contemporary Critical Theory and Technology"* Baltimore and London: The Johns Hopkins University Press, 1992.
- John Fiske 著，張錦華譯：《傳播符號學理論》，台北：遠流出版，1995。
- 蘇紹連：《隱形或者變形》，台北：九歌，1997。
- 鄭明萱：《多向文本》，台北：揚智文化，1997。
- 蘇紹連：《我牽著一匹白馬》，台中：中市文化，1998。
- Manuel Castells 著，夏鑄九等譯：《網絡社會之崛起》，台北：唐山，1998。
- Bolter, J. David, *"Writing space: computers, hypertext, and the remediation"* Mahwah, New Jersey: Lawrence Erlbaum Associates, 2001.
- 蘇紹連：《台灣鄉鎮小孩》，台北：九歌，2001。
- 林淇瀁：《書寫與拼圖：臺灣文學傳播現象研究》，台北：麥田出版，2001。
- 須文蔚：《臺灣數位文學論》，台北：二魚文化，2003。
- 簡政珍：《臺灣現代詩美學》，台北：揚智文化，2004。
- 羅鳳珠主編：《語言，文學與資訊》，新竹：清大出版社，2004。

期刊論文、專書論文、博士論文

- 須文蔚：〈邁向網路時代的文學副刊：一個文學傳播觀點的初探〉，瘂弦、

陳義芝編，《世界中文報紙副刊學綜論》，台北：行政院文建會，1997，頁251-257。

* 李順興：〈網路文學形式與「讀寫者」的出現〉，《文訊》第 162 期，1999.4，頁 40-42。

* 李順興：〈超文本詩的互動操作與動態想像：以蘇紹連作品為例〉，《好讀》第 3 期，2000.6，頁 12。

* 李順興整理：〈象牙塔裡的文字魔術師——與蘇紹連談網路詩〉，《好讀》第 3 期，2000.6，頁 13。

* 陳思齊：《超文本環境下敘事文本結構與類型對閱讀之影響》，新竹：國立交通大學傳播研究所碩士論文，2000。

* 須文蔚：〈數位詩理論與批評的類型分析〉，《文化視窗》第 37 期，2002.1，頁 50-55。

* 須文蔚：〈台灣數位文學社群五年來的變遷（2000～2004）〉，《文訊》第 229 期，2004.11，頁 59-66。

* 陳徵蔚，〈徘徊在新興舊的邊界：從兩首電腦詩習作分析〉，《吹鼓吹詩論壇一號》，2005.9，頁 66-67。

* 莫方：〈新視覺系：台灣數位影像與網路文學創作新潮〉，《吹鼓吹詩論壇一號》，2005.9，頁 86-93。

* 鄭慧如：〈他的綻放不靠節氣——《草木有情》讀後〉，《吹鼓吹詩論壇一號》，2005.9，頁 28-31。

網路資源

* 李順興：〈超文本詩的互動操作與動態想像：以蘇紹連作品為例〉，《好讀》第 3 期（2000 年 6 月），頁 12。亦收於《Flash詩人》，http://residence.educities.edu.tw/poem/milo-index.html（2008 年 7 月瀏覽）。

* 李順興整理：〈象牙塔裡的文字魔術師——與蘇紹連談網路詩〉，《好讀》第 3 期（2000 年 6 月），頁 13。亦收於《Flash詩人》，http://residence.educities.edu.tw/poem/milo-index.html（2008 年 7 月瀏覽）。

- Michael Joyce: an annotated bibliography, http://www.duke.edu/~mshumate/mjoyce.html（2008 年 7 月瀏覽）。
- Hypertext Research: The Development of HyperTIES, http://www.cs.umd.edu/hcil/hyperties/（2008 年 7 月瀏覽）。
- 《Flash詩人》，http://residence.educities.edu.tw/poem/mi04a-01.html（2008 年 7 月瀏覽）。
- 《歧路花園》，http://benz.nchu.edu.tw/~garden/a-def.htm#5（2008 年 7 月瀏覽）。
- 米羅・卡索：〈我在「歧路花園」的三首詩〉，http://residence.educities.edu.tw/poem/mi04a-01.html（2008 年 7 月瀏覽）。
- 米羅・卡索：〈我的作品分類〉，http://home.educities.edu.tw/poem/mi04a-07.html（2008 年 7 月瀏覽）。
- 米羅・卡索：〈爲乍現的星星留下光芒〉，http://www.home.educities.edu.tw/purism/su25.htm（2008 年 7 月瀏覽）。
- 李順興：〈島孤人不孤──與蘇紹連談網路文學〉，《聯合新聞網》，http://issue.udn.com/CULTURE/NETLIT/news/news6d.htm（2008 年 7 月瀏覽）。
- 李順興：〈觀望存疑或一「網」打盡？──網路文學的定義問題〉，《歧路花園》，「定義」連結，http://benz.nchu.edu.tw/~garden/a-def.htm（2008 年 7 月瀏覽）。
- 林淇瀁：〈流動的謬思：台灣網路文學生態初探〉《台灣文學傳播研究室》，http://tea.ntue.edu.tw/~xiangyang/index.htm（2008 年 7 月瀏覽）。
- 林淇瀁：〈迷幻的虛擬之城：初論台灣網路文學的後現代狀況〉，《台灣文學傳播室》，http://tea.ntue.edu.tw/~xiangyang/index.htm（2008 年 7 月瀏覽）。
- Acer宏碁台灣官網，http://www.acer.com.tw/about.asp（2008 年 7 月瀏覽）。

講評

白靈[*]

　　此篇論文命題非常「漂亮」且有創意,其實很可以當作一本論文集來寫,用「初探」二字正指出了此文未來可能的擴充和發展。此文乃集中以蘇紹連的三首超文本詩為主幹,極為深入地討論其數位化詩作的途徑、鏈結方式和意涵,指出了超文本詩結構上的特點和可能性,這也是這篇論文寫得最用力、最好的地方。另外,此文也探索超文本之讀者與作者互動的社會與文化意涵,涵蓋面頗為完整,企圖心不可謂不大,這是作為青年學者學術研究相當好、有內涵的起步。

　　但仍需指出此文的一些值得再確認和加強的地方,首先是「米羅・卡索」筆名的使用年代、「年度詩選編委會」的名稱、及「吹鼓吹詩論壇」是先有網站建立(2003 年 6 月 11 日)才有平面出版刊物的出現(2005 年 9 月)等的年月均宜明確考證(參見蘇紹連撰寫的〈《台灣詩學》刊務 1992 年～2003年〉一文,見網址 http://www.taiwanpoetry.com/phpbb3/ viewtopic. php?f=2&t=2650)。

　　其次文章第二節辜出米羅・卡索關於超文本的自析文字,有「十八類網路效果」與「五種構成要素」的說法,但如何透過這些要件而形成不同效果,其間的關係為何,此文未交待清楚,因此應先討論此「十八」與「五」的關係為何?且它們究竟如何形成「美學結構」?有何必然關聯?也應稍予說明。且既為「五種構成要素」,即應是每一超文本詩皆應具備,只是比例有不同偏重,否則底下舉出的三首作品即無法僅以其中二要素說明,此點應在舉例前先予以釐清。

　　最後,是有關超文本之讀者與作者互動的社會與文化意涵部分,是此文

---

* 台北科技大學副教授

可再強化的一節。超文本的文化意義或是呈現，應該是指當超文本作品開始成爲一種新式的文學創作手法與技巧之後，它是否引領、帶動了怎樣的社會風潮，並進而透過參與而塑造出一股有別以往的文化模式。亦即應就超文本在台灣社會興起與發展所帶來在文化面向上的衝擊與改變，考察它在整個文化體系佔了怎樣的位置，而不只是泛論超文本作品有何特色。此文末節研究的基本上方向正確，但尚未及展開、且做出有關於米羅·卡索超文本作品的「讀者研究」（比如設計問卷調查）。任何文學風潮、書寫形式技巧的出現都有其特定的社會背景與歷史條件，若能深究這背後產生的因素，則此觀察和討論將極具文化意涵。

基進的戰鬥／基進的時髦[*]
——從成英姝的跨界位置觀察數位文學文化在台灣

陳筱筠[*]

摘要

　　李歐梵曾經預言，新的媒介及資訊科技將提供更多新的表達形式，也創造了知識的新形式以及新的社會形態。台灣自 80 年代中期之後，因數位形式的興起，造成的不只是文學結構的轉變，創作者的書寫模式與內涵亦受到相當程度的影響。筆者在此文試圖首先由台灣文學板塊受到政治、文化、社會等外緣因素的震盪，繼而產生書寫的兩難談起。在文學本質隨社會結構震盪而改變的 21 世紀台灣文學場域中，筆者嘗試以成英姝的部落格作爲探觸他跨界的觀測站，觀看成英姝如何在數位形式興起的文學場域分，適切地開創其跨界位置，又如何舒展其文字空間。文學歷經時代的變革與社會結構的更動，我們必定需要在時間的洪流中調整自我定位，找尋得以繼續延續與開創文學新風氣的立足點，然而當我們置身於數位形式無所不在的社會下，除了觀察作家如何適切調整自我的文學位置之外，必須要做的還包括檢視在這樣的文學生態底下我們可能會會面臨的危機，反省數位化帶來的究竟是一種基進的戰鬥，抑或只是一種基進的時髦。

關鍵詞：數位形式、成英姝、部落格、跨界位置、台灣文學場域

[*] 這篇文章的定稿我想特別感謝李鴻瓊老師。會後老師給予學生許多寶貴的意見與指點，雖礙於篇幅與此篇論文討論框架之限，我並未修改太多，只就細部進行微調，但對於李鴻瓊老師的提點真的十分感謝。

[*] 清華大學台灣文學研究所碩士生，siao.yun229@gmail.com

壹、前言

> 合成樂器忽揚起鯨唱虎嘯,飛越山河。高鸚鵡說,應該學學中文電腦,
> 很省事的。
> 我在看他桌檯上的電腦,我說才不要,活在世上的樂趣本已不多了,我
> 要保留最後一點書寫的樂趣,一撇一捺,皆至上享受。
> 他過來指點說,這裡面至少存有百萬字以上的資料。
>
> ——朱天文《荒人手記》[1]

　　置身在數位化、資訊化的時代,有人積極投身致力於網路文學的開發,
也有人堅持用筆,一筆一劃在紙上刻字鑽鑿。朱天文在小說《荒人手記》分
曾表達出他對用筆書寫的偏執,但在這段文字的最後一句話,卻又弔詭地呈
顯出傳統書寫與數位化相形之下所無法企及的優勢與高度。

　　李歐梵曾經預言,新的媒介及資訊科技將提供更多新的表達形式,也創
造了知識的新形式以及新的社會形態。[2]台灣自 80 年代中期之後,因數位形
式的興起,造成的不只是文學結構的轉變,創作者的書寫模式與內涵亦受到
相當程度的影響。筆者在此文試圖首先由台灣文學板塊受到政治、文化、社
會等外緣因素的震盪,繼而產生書寫的兩難談起。台灣文學發展至今,有關
書寫困境的問題,數位文學此一新興的敘事模式勢必無法迴避。在網路此虛
擬世界中,部落格的誕生使得讀者與作家之間的關係產生更多互動的可能與
想像,對讀者而言,它創造了一種新的閱聽方式,讓「閱讀」這件事變得更
加容易便捷,比方現今許多部落格都設有訂閱的功能,讀者只須按下幾個
鍵,便能輕鬆訂閱一個作家,此外,部落格的設立也使得原本只能扮演閱讀
角色的讀者,亦能經由部落格此平台,進而轉換身分成為書寫的人;而對作
家來說,部落格的設立除了是一種異於紙本創作的書寫經驗之外,也得以讓

---

[1] 朱天文:《荒人手記》(台北:時報,1997 年),頁 49。
[2] 須文蔚:〈邁向網路時代的文學副刊——一個文學傳播觀點的初探〉,《世界中文報紙副刊學綜
　論》(台北:文建會,1997 年),頁 253。

自己的文字空間獲得更大的擴展。

在文學本質隨社會結構震盪而改變的 21 世紀台灣文學場域中，成英姝對於使用非傳統紙本印刷出版的創作方式，是具有一定高度的自覺性與實踐性，而他的跨界位置或可是一個可以探討的觀察點。探討一個作家的重點與價值並非是個人本身，而是他所佔據的位置，我們必然需要將作家擺放在綿密的文學網絡中，才得以顯現作家的行動與實踐關係，此外，一個作家在文學場域的位置必然會和出版機制、社會結構等產生一連串複雜的限制與制約關係，亦即作家與其他文學生產機制之間是彼此建構又彼此制約的。畢業於清華大學化學工程系的理工學術背景，或許可能使成英姝在相較於同世代並由文學學院出身的作家，審美秉性的長期訓練與思維要來的少，但他仍運用另一條與媒體等大眾傳播結合的管道，擴充他在文學場域中所能掌握的文化資本。[3] 因此筆者在此文試圖以成英姝的部落格作為探觸他跨界的觀測站，觀看成英姝如何適切地開創其跨界位置以及舒展其文字空間，並藉此進路探討數位形式替傳統書寫帶來的變革。

然而，網路雖然替文學帶來革新，讓讀者／作者的身分位置，或是看／被看的執行動作因此變得更加複雜而得以產生更多創作的發展空間與對話，但網路所帶來的數位形式，將文字數位化，卻也可能將原本基進的革命姿態流於一種基進的時髦，因此，文章最後筆者試圖挖掘處在後現代的網路世界中，我們除了獲得它所帶來的便利性之外，還可能正在陷入什麼樣的危機。

貳、正文

一、解嚴後的多元發聲：走向自由與困境的台灣文學

---

[3] 可參考陳筱筠：《戰後台灣女作家的異常書寫：以歐陽子、施叔青、成英姝為例》（新竹：清華大學台灣文學研究所碩士論文，2008 年），頁 60。成英姝透過與媒體互動的方式掌握並開展自己的文化資本，當然，如果從他在受到張大春或聯合文學的加持這個層面上來說，成英姝的文化資本並不見得會比其他作家來的要少，但就「文學本科」出身此一環境養成來說，他所接收的學術思維卻有形成差異的可能。

　　90 年代初期,當「數位革命」、「數位文化」與「網際網路」這些新名詞出現時,論述者泰半提出的是一種對科幻世界的想像,然而隨著數位科技的整合能力提升,網際網路大量應用到學術、商業與日常生活,過去的想像一夕之間成爲潮流,朝向文學界席捲而來,改變了文學創作的形式、類型與美學向度,開創了嶄新且具有互動性的創作社群與閱讀形態。但其實早在 80 年代中葉開始,數位科技就已開始向人類生活的各個層面席捲而來,而這股風潮也使文學創作、文學傳播乃至文學教育面臨了一個新的變局。[4]

　　然而,使文學產生變革與改道的因素除了整體科技或媒介的誕生,真正對文學產生影響的變因還得需要透過文學在歷史進程中,隨著不同社會脈絡而產生的相對位置來觀察。

　　在 80 年代的台灣文學發展脈絡下,1987 無疑是重要的一年。我們經常會以 1987 台灣解嚴這一年作爲台灣文學史上一個重大的分水嶺時期,且常見以「多元」、「流動」等詞彙來形容解嚴後的文學景觀。在這一年之後我們彷彿變得什麼都可以說、什麼身分都能見光、誰的記憶都可以算數。我們的確在解嚴之後,有了不同於以往的台灣經驗,但卻也在這個愈發走向自由的社會潮流中,產生了因爲過度自由而發展出的另一種書寫困境與枷鎖。周英雄認爲書寫台灣的兩難,其一應該在於書寫對象與指涉的客體已撲朔迷離,難以掌握;其二在於「書寫」本身的困難。周英雄認爲相較於二十世紀各種不同的媒介(如攝影、電影、電視、網路等),文學的功能無疑有沒落的趨勢,因而遭受邊緣化的命運。然而文學的生命力往往隨著時代而改變,而文學的生態也因社會的形態而適應,也就是說,文學在各種媒介的衝擊之下其實是弔詭的擴散出一體兩面的結果——亦即一方面文學功能沒落,遭受邊緣化命運;一方面文學卻轉向多元,並在中央與邊緣產生互動。[5]這樣的弔詭或許正是我們在面對書寫台灣的兩難之下,所可能尋覓出的一條協商路徑。

　　黃錦樹曾以張大春爲例,說明 1980 年以來的近二十年,是社會言論空

---

[4] 須文蔚:〈數位科技衝擊下的現代詩教學〉,《臺灣數位文學論》(台北:二魚文化,2003 年),頁 193-195。

[5] 可參考周英雄:〈書寫台灣的兩難策略〉,《書寫台灣》(台北:麥田,2000 年),頁 15-16、向陽:〈亦冷亦熱,且悲且喜——一九九七年台灣文學傳播現象觀察〉,頁 121-136,《書寫台灣》。

間呈現爆炸狀態的空前時刻，是一個身分考核的時代。[6]在一個高漲充塞著資訊、傳播媒介、言論自由的公共空間與後現代社會情狀下，這樣的豐沛與多元，其實正是回扣到周英雄所謂文學功能性的問題。從 20 世紀以來，各種媒介雖然使得文學功能沒落，卻也同時在使文學進行革新，而在這樣的發展之下，既而連帶發生的即是文學典律的轉移。

典律的形成訴諸特定時空下評論者的推動，價值判準既是與時變遷的，典律也並非持久不變，它是會在時空的轉移下被一再地推翻與塑就。[7]典律的形成往往和創作的發表空間有密切的關聯，如果我們現在回過頭來看台灣60 年代的重要作家群，他們許多重要的文章無論是文學創作或評論，《現代文學》這個發表場域無不是發揮了形塑文學典律的功能，而至 70 年代中期之後，副刊則成了另一個深切影響、掌握文學指標的場域，主導當時文學生態的脈動。張誦聖針對台灣文場域曾做過以下的觀察：

> 從七〇年代中期開始大約十至十五年的光景，副刊取代了六〇年代的精英同仁雜誌，成為掌握「嚴肅」文學生產的主要文化體制。這個以副刊為核心的文學生態以《中國時報》和《聯合報》為樞紐：兩大報副刊——〈人間副刊〉與〈聯合副刊〉——之間卯足全力的較勁與鋒芒對峙，激發培養了一整個世代嬰兒潮作家的主流文學創作。[8]

副刊在當時可說是裁定文學價值的重要機制，它的深刻影響更從《聯合報》與《中國時報》分別於 1976、1978 這兩年所設立的文學獎起，確立了它在建構文學典律的一個關鍵點。副刊文學獎一直以來都是創作者發展文學道路的最佳起點，它的設立除了為新生代作家提供一個很好的發表作品園地之外，也替初入文壇的新面孔附加上一層文學獎項的光環，但隨著社會經濟

---

[6] 可參考黃錦樹：〈謊言的技術與真理的技藝——書寫張大春之書寫〉，《書寫台灣》，頁 253-286。
[7] 莊宜文：《《中國時報》與《聯合報》小說獎研究》（桃園：中央大學中國文學研究所碩士論文，1999 年），頁 14-15。
[8] 張誦聖：〈臺灣七、八〇年代以副刊為核心的文學生態與中產階級文類〉，《臺灣小說史論》（台北：麥田，2007 年），頁 282。

結構的改變，數位形式的興起提供了有別於傳統平面媒體一種不一樣的書寫模式與閱讀習慣時，文學副刊所面臨的即是不再獨大的局面，而這也意味著，對創作者來說，文章發表在副刊上或是受到副刊文學獎的肯定不再是他們能被看見的唯一捷徑。[9]

　　數位形式的興起與傳統平面媒體的逐漸退居原本中心位置，這兩方的權力消長使得 80 年代中後期的創作者得以選擇更多方式展現自己的創作理念，書寫不再被框限於紙本印刷，文學典律與經驗美感相應轉移，網路亦成了新興的發表場域。台灣文學的結構板塊至 80、90 年代之後逐漸鬆動、位移，文學的傳播性與功能性皆在改變，不管是作家、出版商、主編皆需在此文學潮流中尋找一個更適切的位置，甚或大眾讀者也需要在其中調整適應各種不斷更新的閱讀形式。在面對這樣的文學變革浪潮中，筆者認為成英姝相較於其同一個世代並活躍於 90 年代之後的台灣文壇作家分頭，他所站定的位置是十分值得我們去注意的。要觀察一個作家的文學活動，其中一個攸關的重點即在於他的發表場域，而發表的類型若以廣泛的分類來說，可以區分為一般性創作和競賽性創作（亦即參與各式文學獎的創作），而不管是前者或後者，成英姝的創作是具有跨界性質的，這個跨界的成分包含了他遊移在各種書寫平台（比方書籍出版、網路部落格）、創作領域（比方小說、攝影、繪畫、劇本等）、純文學與大眾文學的界線（比方出版社與文學獎項的選取）。[10]以下，筆者將就其書寫平台這一個面向，探討成英姝如何以數位化的書寫姿態進行跨界，並探觸在此跨界的過程中文字空間如何開展。

二、成英姝的「雙箱」部落格：從《熱天午後》到《眾神與野獸》

（一）成英姝的跨界位置

---

[9] 當然，至今副刊文學獎對於一個新進作家來說仍有加值的效應，但是在文學副刊或是副刊文學獎獨大這一層面來說，那樣的時期的確已然消退。

[10] 成英姝一方面書寫純文學探討性別身分、生命本質、都市生活，透過聯合文學、印刻等具有純文學代表性的出版社出版小說。另方面在其創作歷程中，成英姝相較於與他同一世代的作家是從具有純文學指標性的文學獎穎而出的姿態來說，他對於文學獎的投注視角則是遊走在偏向通俗文學的區塊，比方他分別於 2000 年與 2005 年在第三屆以推理為主題的時報文學百萬小說獎與第六屆皇冠小說獎中獲獎入圍即為此例。

　　1994 年成英姝出版第一本書《公主徹夜未眠》之後，陸續在各大報刊發表文章，運用多樣傳播媒介展現其跨界於嚴肅與通俗文學之間的模糊地帶。成英姝從化工系畢業後陸續擔任過環境工程師、電視節目企劃製作、電視電影編劇、電視節目主持人、勁報出版處處長、大成報創意總監整合行銷部總經理，並在各媒體發表小說、散文、書評、影評等，也涉獵各種其他形式的藝術創作、出版攝影及繪畫作品、舉辦裝置藝術展等多領域視角。[11]相較於其他同世代的作家，成英姝跨足於多樣領域的嘗試與經驗，皆使他身處於強調多元身分的 90 年代台灣文學場域時，更懂得如何運用自身所擁有的文學資產。

　　廣泛來說成英姝的跨界位置，包括他在書寫類型上的跨界以及書寫平台上的跨界。前者表現在他　方面書寫嚴肅文學的作品，並選取聯合文學或印刻等這類較偏向純文學取向的出版社為主，一方面又將觸角延伸至影像媒體、創意傳播等較偏向接近大眾娛樂的工作。而關於後者成英姝跨界位置的曖昧，則是表現在他一方面出版傳統平面印刷輸出的書籍，另方面也透過文字數位化的方式來展現他的創作。多數作家皆透過傳統的書籍出版來呈現書寫，但成英姝除了這條路徑之外，他亦選擇以其它的形式發聲。成英姝發表在聯合報副刊「偽人生」一系列的文章中曾藉由攝影，間接地對小說的真實與虛妄進行辯證，他利用「造假」的人際關係與模擬情境，企圖營造出符合他心中想像的構圖，鏡頭下看與被看之間，真實與虛構已在這之間角力拉扯好幾回，而站在鏡頭背後，按下快門捕捉「真實」的那一刻，成英姝真正想碰觸的，卻是關乎「小說的虛擬性」探測。成英姝認為，小說是模仿真實的人生，真實感累積自細節，紀實的東西從中挖掘細節是最大的樂趣，反過來，虛擬的東西，假造累積細節是最大的樂趣，這就好像在做模型一樣。虛造的世界用的素材有時還不能原封不動使用真素材，必須用假的東西，做的是仿真。[12]換言之，成英姝是在跨界、模擬的過程中，將真實與虛構的界限給打散混淆了。而除了攝影，我們也可以從他在中時部落格以數位化的模式進行

---

[11] 可參照成英姝每本小說中有關作者簡介的部分。
[12] 成英姝：〈偽人生之四〉，《聯合報》2007 年 1 月 14 日，E7 版。

書寫，作為一個探觸成英姝跨界位置的觀測站。

　　當有線電視與電話線都和電腦連結在一起時，與真實世界平行的網際空間於焉產生，我們通常稱之為虛擬世界，因其並非實體存在，而是存在傳播科技的訊號與電子設備中。[13]而部落格也是屬於這個虛擬世界的一部分，在這個意義上，成英姝是透過部落格的虛擬性去觸及事物的本質。經由鍵盤敲打出來的文字亦同按下快門時，達到他所想探測的真實，在部落格的文章中我們多數看到的不是成英姝的小說創作，而是他對於文學、電影與社會等各事各物的有感而發，當然這其中必然夾雜著對電影或書籍在宣傳上的推廣，但這些存在於部落格上的文字不可諱言卻是成英姝追索事物本質的思考路徑之一。而除了在部落格這個虛擬之境展現個人對於事物的看法之外，部落格亦提供作者能即刻回應或澄清外界對自身個人特質或文學創作上的誤解，透過個人經營的部落格傳達出事實與外界誤認這兩者之間的差異。[14]

（二）文字空間的開展

　　文學創作的形式由傳統的紙本書寫（甚至在紙本更早之前，是以口傳的方式。）到網路的數位文學，在文學敘事隨著歷史、社會形態的轉變過程中，書寫的空間也彷彿跟著擴大，以往透過印刷媒體、白紙黑字的輸出方式刊登在報紙上的文章，其發展空間大多只能侷限在報紙上的某一個版面區塊，但一旦當這篇文章被轉換成數位形式，它的空間便隨著執行「字句的輸入」這樣一個動作而增加。在網路上所有擁有中時部落格的書寫／輸入者，或多或少皆具備了使文字空間加以舒展開來的可能。這分所謂文字空間的擴展可以有兩層的指涉，從較為廣泛的層次來說，以數位形式的創作呈現予大眾，藉由網路此中介的支援，使閱讀者不管身在何處，只要連結網路便能瀏覽。而就網絡內部本身的觀察，部落格上的文章即使不是自己的創作，亦能透過複製、貼上的動作將文字轉載至自己所架設的網路空間，甚或經由郵件的分享大量轉寄，讓原本只屬於創作者的文字流轉、散佈至各個網路空間。無論是

---

[13] Tim Jordan 著，江靜之譯：《網際權力——網際空間與網際網路的文化與政治》（台北：韋伯文化，2001 年），頁 2。
[14] 比方成英姝曾在部落格中釐清外界對於他這個人本身或是創作上的誤解。

哪一個層面，文字的空間的確因為透過數位化的執行，而得以擴展到一種難以估計其究竟能廣泛延伸至何處邊境的無限性發展。

　　文字的空間除了因為網路的衝擊與文學敘事模式的改變而產生變革之外，如果我們連結至成英姝在中時架設的部落格時，亦可發現另一種文字空間所帶來的想像。《熱天午後》是成英姝在中時經營的部落格，但很有趣的是不久前他在這個部落格旁邊還附上了另一個可以連結至他在另一個網路空間所開設的部落格，讀者只要經由此連結的點觸，便能走進成英姝另一個文字空間。[15]這一個附有成英姝照片的連結，不只開啟了屬於成英姝自己本身的跨界或是他與讀者間的互動[16]，也讓他的文字產生重層的想像與空間，而這個連結的端點，便是《眾神與野獸》。[17]從《熱天午後》至《眾神與野獸》，就成英姝自己的描述，《眾神與野獸》是一個「比較私人所以比較輕鬆，有時候搞笑，自以為沒人看到就肆無忌憚」的部落格，這兩個空間的分野與差異主要展現在文章的書寫內容以及讀者的留言權限這兩方面。《熱天午後》的文章大多是偏向作者對於電影、文學、社會現象與國家政治等多方的觀察而寫出來的評論性文字，《眾神與野獸》則多集中在描述自己的人生經歷、書寫態度與生活瑣事，《眾神與野獸》相較於《熱天午後》，在開放讀者留言的這一個層面上，其空間多出了讓成英姝可以立即看見別人對他的想法，產生一個對話的可能，也讓讀者有了共享、參與這個部落格的機會。《眾神與野獸》比起《熱天午後》因為多了開放留言此一權限，使得前者的空間產生

---

[15] 成英姝經營的部落格雖然不是只有《熱天午後》與《眾神與野獸》這兩個，但當筆者在思考這篇文章的時候，他的部落格《熱天午後》左邊的連結端點只有通往《眾神與野獸》這條路徑，並未特別將其父親的部落格以及他自己另一個部落格《胡迪尼在路上》的連結架設在其中。但筆者在此文仍選擇以雙箱部落格來進行討論，主要因素在於《熱天午後》與《眾神與野獸》具備較高的同質性與異質性可供討論。不過當時筆者看到這個「多出來」的連結，第一個念頭仍是，這篇文章所提到的「雙箱」部落格是否已不成立？這個情況的產生其實很有趣，它顯現了部落格經營者可以短時間內更改文字空間可能被詮釋的幅度，擴大來看，亦是彰顯由數位形式與傳統紙本出版這兩者之間所生產出來的文本，在被討論時所可能會有的差異。而這樣的情況再進一步思考，如果某天部落格的管理者將其部落格永久關閉，那麼我們將何處尋覓這些已消失的文本？討論的空間是否也只能被迫就此打住？
[16] 互動的主因在於這個部落格是開放留言的。
[17] 《眾神與野獸》原先的名字是《等一隻蝴蝶破繭》，從部落格的名稱更換這個層面來說，以數位化展現的部落格也和傳統平面印刷出版的書籍書名無法輕易更改有所不同。

了得以即時互動的可能。數位文學的特點之一本是強調書寫者、讀者，甚或是讀者與讀者間的互動，並且提供給讀者實際參與與介入書寫，通過文本設計的可能，它脫離了作者的單向詮釋，容許讀者介入並且隨意詮釋，享有生產文本意義的權力。[18]當然，讀者的參與與共享的實質比例在《眾神與野獸》其實是有限的，因為部落格的開啟或關閉都掌握在作者手中，加上部落格中的訪客留言全數設定為悄悄話，換言之，即使成英姝寫了一篇回覆文，我們也只能知道成英姝的想法[19]，除了留言者本身，其他人是無法確知留言的內容，此外即使讀者留了言，但選擇要不要回覆意只能由成英姝自己決定。

　　並置《熱天午後》和《眾神與野獸》是很有趣的，它們表面上看起來像是一個大箱子裡面裝著另一個小箱子，對於讀者來說，從《熱天午後》這個大箱子進入《眾神與野獸》這個小箱子，彷彿是更進一步貼近成英姝的生活核心，《眾神與野獸》在某種程度上實際上是滿足了讀者的偷窺欲望。《熱天午後》和《眾神與野獸》的架設顯現除了作家出版的文學創作之外，部落格還提供讀者另一條了解創作者思想的進路。但對於擁有這兩個部落格的成英姝而言，重點便不在於箱子的大小，因為無論是《熱天午後》還是《眾神與野獸》，這分頭的論述文字都是作家本身對於事物的感觸，都屬於其自身生命的思想產物，正如同他在苦思「部落格到底私人不私人」的問題時曾提到：「部落格的確是一個由『我』所創造的地方，沒有『我』，部落格一點意義都沒有。」[20]

　　對於穿梭在這兩個部落格之間的成英姝來說，其真正重要的意義或許是建基在他使用數位形式創作的自覺。在《熱天午後》分頭我們看到成英姝談論到許多關於數位與文學、社會的互動關係，包括他提到出版業面臨數位時代的來臨，應該要做的不是一味追趕潮流轉型，而是該思考把握原本既有的優勢，並抓緊鎖定原有的消費群。對於數位時代的來臨，成英姝是具有一定

---

[18] 向陽：〈流動的謬思〉，《解嚴以來台灣文學國際學術研討會論文集》（台北：萬卷樓，2000 年），頁 217。在此必須說明，數位文學並非等同於部落格，但若針對作者與讀者共享生產文本的這個層面上來說，卻有相似的特點存在。

[19] 當然，當成英姝在執行回覆的動作時，有時會將留言者的話語直接呈現在回覆文當中，但畢竟我們仍未看見留言全文。確切一點來說，這個想法是經過成英姝的再詮釋與挑選的。

[20] 可參考成英姝在《熱天午後》的〈世界上死了會讓我有 fu 的男人〉這一篇文章。

的敏銳度，並且自有一套承接這種文學模式的方法，而這其實正是回扣到成英姝在 90 年代台灣文學場域的跨界位置，以及他迎戰文學變革的戰鬥姿態。

三、後現代台灣：文學變革下的現象與危機

（一）文化批判意識的興起

面對這場文學革命以及文學板塊的變動，成英姝在 90 年代以來的台灣文學場域中自有其一套應對的方式，然而當我們置身於數位形式無所不在的社會下，除了觀察作家如何適切調整自我的文學位置之外，必須要做的還包括檢視在這樣的文學生態底下，我們可能會面臨的危機。

伴隨著後現代主義浪潮的興起，數位形式的表現為文學與社會帶來的衝擊與變革，除了表現在創作美學形式上的突破[21]，數位形式的崛起亦是在台灣後現代情境下，文化批判意識興起背後的推手促因之一。泰瑞‧伊格頓（Terry Eagleton）在《文化的理念》中曾指出文化之所以成為現代時期的主要關注問題，乃是因為一連串的原因，包括商業化組織的大眾文化首度出現，而在後現代時期，全球化過程中的族群移動帶來了認同危機、同時晚期資本主義也以吸收文化和美感元素作為其自我更新的手段。[22]

如果我們從台灣的歷史進程與社會脈絡的角度來看，台灣由戰前受日本統治、1945 年二戰結束接續面臨國民黨的來台執政、1987 年政治文化各方面的解嚴與開放，在這些歷史階段過程中，台灣文學必須面對的問題一直是關乎「真相」的所在。80、90 年代的台灣除了政治上的封鎖線被開啟之外，後現代思潮的引介加上數位形式的興起與全球網路資訊的大量流通，皆使得參與介入「真相」的人口層級相形擴大，談論的方式與管道亦更顯多元。而當台灣的社會形態隨著時代而有所轉型時，連帶影響創作者的書寫思路便是朝向更多樣態的發展。這分所謂的多元發展，不只包含創作者得以採取一般傳統平面印刷以外的方式書寫，亦指涉創作者的書寫內容與主題，將不再侷

---

[21] 但美學上的突破至今仍有限，且這樣具實驗性的美學手法雖然在文學變革上有所突破，但是否能長久經營且得到一般大眾或是文學界的青睞，或許還有待觀察。

[22] Terry Eagleton 著，李尚遠譯：《理論之後——文化理論的當下與未來》（台北：商周，2005年），頁 4。

限於嚴肅、正統的規範體系。處在後現代的台灣社會脈絡下，創作者變得什麼都可以談，再加上當言論的發聲管道與內容變得廣泛，一般大眾亦可以公開發表言論並且散播流傳至各處，在這樣一個資訊得以大量流通、輕易掌握自我發言權的情況下，文字數位化的普遍使用在後現代情境下自然會對文化批判意識的興起帶有推波助瀾的效果。只是，當文字數位化的使用變成一種快捷便利的發言通路、大家都能藉由這個平台表達自己的立場並做出批判時，過多的資訊與話語是否會擾亂遮蔽了視聽，反而讓人無法清楚知道自己的位置？

（二）基進的戰鬥？基進的時髦？

或許有人會認為，這樣的問題放在後現代情境下根本不是個問題，因為後現代的社會本質之一便是強調一種去中心的價值，強調多元、邊緣的思考方式，但筆者認為多元的主張固然能夠激發更多不同的觀點，然而一旦當這個範圍是無限性擴大的時候，卻反而會走到一個浮面、無深度的詮釋批判危險分。當然，到了後現代，我們追問「真相」的方式已經改變了，它逐漸從一種窮追逼問，將自我放在中心的位置轉變成退到外圍邊緣，觀看異已，並且不再執意追問「什麼是真相」，而是在透過問題的不斷被拋出與質疑的過程中，靠近真相。只是，我們既知事物的價值是會隨著時代的變遷而有所調整，那麼我們就更該試著去思考，處在看似自由的當下，我們可能會面臨的困境以及該具備何種態度來面對數位化所帶來的便利。正如同認定規範永遠會帶來限制是一種錯誤的想法一樣，認為無限與開放即是象徵自由亦是一種盲目。關於數位形式的興起，郝譽翔曾十分看好它在未來對於文學的長遠開拓性發展，但郝譽翔也同時點出使用網路這個自由且無盡連結的平台時有可能會遇到的困境。比方，我們在閱讀網路上的資料時，往往會缺乏耐性，在網路上經常是在瀏覽，而不是在閱讀，是在搜尋，而不是在理解，這就好像今天我們看電視第四台有上百個頻道個情形一樣，拿著遙控器不停地轉台，即使看到好節目，但是因為轉台太容易了，結果就是看了半天什麼也沒有看

到。[23]當上網創作、發表言論、瀏覽、查閱資料甚或購物的便利性變成一種潮流與趨勢的時候，其實象徵的亦是大眾文化與智識生活的結合，處於資訊爆炸的時代，智識事物不再侷限於象牙塔內，而是屬於媒體與購物商場的世界，如此一來，智識生活再次回到日常生活，只不過這卻也意味著冒著失去對日常生活進行批判能力的風險。[24]

此外，如果綜觀台灣作家的部落格，我們可以發現無論他們原來的文學背景或擅長書寫的文類為何，他們所發佈的文章多為議論式的雜文或生活隨筆，從這一點來看，網路上的各式主題、文類、跨學科領域的書寫，是滿足了作家們可以自由地去談論非他們原本專業領域的書寫版圖，提供他們可以暢談抒發多元議題。但這樣的自由，從另一個角度來看，卻也容易讓網路上的書寫無法維持一定的品質控管，在這一個層面上的關懷，向陽就曾經指出他的擔憂。他提到目前台灣作家的部落格以散文書寫為最大宗，且又以議論小品、隨筆和札記體為最常用。作家在選用文體上依循部落文化，直率發抒見解，並無可議，不過這也造成了書寫風格的雷同和文學想像的匱乏，部落格的「論壇化」、「專欄化」，導致不同文類的作家不以最專長的語言發聲，這不但淡化／模糊了極具個人特色的書寫風格，也使作家部落格缺乏應有的異於其他領域（非作家）書寫的專業面貌。[25]原本，文字數位化的興起所帶來的是資訊傳遞的快速與便利、泯除純文學與大眾文學的界線以及強調書寫者與閱讀者之間的互動關係等優點，這些新的因子去除了傳統文學可能帶有的霸權與缺失，並曾在「文學以死」的低迷狀態中替書寫帶來新的變革與契機，然而，一旦當我們已經漸漸習慣這套新的文學語言，逐漸熟悉透過這個平台便利地發聲、瀏覽之後，我們後續要正視的問題，即是認清當我們將文字予以數位化，並介入書寫或議論的公共空間時，這樣的行動究竟是一種基進的戰鬥，抑或終將只是一種基進的時髦？

其實，當我們在檢討著數位化所帶來的變革希望以及後續可能造成的危

---

[23] 郝譽翔：〈網路，新的文學語言〉，《中央日報》副刊，1998 年 3 月 28 日。

[24] Terry Eagleton 著，李尚遠譯：《理論之後——文化理論的當下與未來》，頁 14。

[25] 向陽：〈尋找書寫新部落：台灣作家「部落格」傳播模式初探〉，《東亞現代中文文學國際學報——台灣文學與跨文化流動》第三期（2007 年 4 月），頁 376。

險時，也恰恰意味著我們在省思有關台灣文學發展至今的脈動，再更確切一點的說，數位文學的興起已然形成，它為我們所帶來的不論是便利性、創造性、商業性或是全球化，皆已成了我們無法迴避的事實。對於這些問題的再反省，我們也都得勢必回扣到文章一開始所提到的，關於台灣文學書寫的兩難。數位文學的興起對台灣文學來說，一方面是造成這個書寫兩難的因，另方面卻也弔詭地可能是替台灣文學書寫困境帶來解套的其中一個出口。然而這個解套的方式與路徑，究竟能對台灣目前的書寫困境帶來多大的疏通？我們又如何小心身在其中卻不陷入另一種書寫的困境與盲點，這或許是置身於數位世界的我們必須要再思考的問題。

參、結論

　　如果說每一位作家在面對文學的變革時就像是一名戰士，那麼成英姝早已準備好其戰鬥姿態，並且清楚知道自己戰鬥位置的所在。從《熱天午後》到《眾神與野獸》，我們看到成英姝透過部落格的經營，進一步開拓他的小說家身分，將創作思考延伸至電影、戲劇或生活上的各個層面，並經由部落格本身所具備的快速散發文字訊息此特點，不管是直接讓閱讀者更了解成英姝這個作家的多向思考與想法之外，在間接對於書籍或電影的宣傳層面上亦達到一定的效應。[26]

　　文學歷經時代的變革與社會結構的更動，我們必定需要在時間的洪流中調整自我定位，找尋得以繼續延續與開創文學新風氣的立足點。成英姝身處文學傳播模式已大幅變動的台灣文學場域，他有意識地自覺傳統文學的價值已不能原封不動地整套搬移到當今的文學場域，或是用以往的標準去框限現今的文學模式與走向。[27]在 80、90 年代台灣文學場域的秩序重整下，成英姝以其非科班出身，也非以獲得文學獎起步的姿態躍上文壇，除了書寫承繼純

---

[26] 成英姝在部落格上書寫的觀影感想或是寫到他最近閱讀了哪些書籍，這些文字，即使他本人並無意為其宣傳推銷，但對於讀者來說卻勢必有一定的影響程度。

[27] 當然這個自覺每個人或多或少都有，但就成英姝過去累積的工作經驗或是他在部落格上書寫到一些有關網路此媒介所帶來的衝擊的文章此層面來說，成英姝對於自己使用部落格此平台是具備高度自覺意義的。

文學的那一脈支流之外，也踏足於媒體、幕後、通俗大眾等流行文化機制領域。從成英姝創作文本所選擇的發表場域、出版社、文學獎機制，連帶產出文本所要對話的讀者與現象，他的姿態很明顯地是一腳踏足純文學領域，一腳跨越大眾文學。透過跨界、游移在純文學與大眾文學的模糊邊界之間，成英姝是適恰地運用、掌握這兩邊的文學資產。

自解嚴以來，台灣文學的板塊便受到大幅的震盪，「書寫」在一波波社會結構變動位移時，亦遭遇到必須重整調適的局面，而隨著書寫的困境產生，文學的典律也有了重新被定位的可能，網路替閱讀或創作所帶來的革新意義，是有機會替台灣的文學開闢另一條發展道路的可能，只是，在取徑與翻新的摸索過程中，我們也得小心置身於文學創作或閱讀的便利性底下，存在著一種表面化而去深度的暗影。

參考文獻（依出版日期排序）

文本及研究專書

- 朱天文：《荒人手記》，台北：時報，1997。
- Pierre Borudire 著，劉暉譯：《藝術的法則——文學場的生成與結構》，北京：中央編譯，2001。
- Tim Jordan 著，江靜之譯：《網際權力——網際空間與網際網路的文化與政治》，台北：韋伯文化，2001。
- Terry Eagleton 著，李尙遠譯：《理論之後——文化理論的當下與未來》，台北：商周，2005。

期刊論文、專書論文、報紙評論

- 須文蔚：〈邁向網路時代的文學副刊——一個文學傳播觀點的初探〉，《世界中文報紙副刊學綜論》，台北：文建會，1997，頁 253。
- 郝譽翔：〈網路，新的文學語言〉，《中央日報》副刊，1998‧3‧28。
- 莊宜文：《《中國時報》與《聯合報》小說獎研究》，桃園：中央大學中國文學研究所碩士論文，1999 年，頁 14-15。
- 向陽：〈亦冷亦熱，且悲且喜——一九九七年台灣文學傳播現象觀察〉，《書寫台灣》，台北：麥田，2000，頁 121-136，。
- 向陽：〈流動的謬思〉，《解嚴以來台灣文學國際學術研討會論文集》，台北：萬卷樓，2000，頁 217。
- 周英雄：〈書寫台灣的兩難策略〉，《書寫台灣》，台北：麥田，2000，頁 15-16。
- 黃錦樹：〈謊言的技術與真理的技藝——書寫張大春之書寫〉，《書寫台灣》，台北：麥田，2000，頁 253-286。
- 須文蔚：〈數位科技衝擊下的現代詩教學〉，《臺灣數位文學論》，台北：，二魚文化，2003，頁 193-195。
- 向陽：〈尋找書寫新部落：台灣作家「部落格」傳播模式初探〉，《東亞現

代中文文學國際學報——台灣文學與跨文化流動》第三期，2007‧4，頁
376。

- 張誦聖：〈臺灣七、八〇年代以副刊爲核心的文學生態與中產階級文類〉，
《臺灣小說史論》，台北：麥田，2007，頁282。
- 陳筱筠：《戰後台灣女作家的異常書寫：以歐陽子、施叔青、成英姝爲例》，
新竹：清華大學台灣文學研究所碩士論文，2008，頁60。

網路資源

- 成英姝：〈僞人生之四〉，《聯合報》2007‧1‧14，E7版。

成英姝部落格：

- 《熱天午後》http://blog.chinatimes.com/indiacheng/
- 《眾神與野獸》http://blog.yam.com/indiacheng
- 《胡迪尼在路上》http://tw.myblog.yahoo.com/escapology-escapologist
- 《爸爸媽媽姊姊妹妹，還有毛毛》http://www.wretch.cc/blog/chengtang
- 《向左走走，向右走走》http://blog.udn.com/chanyshu

講評

李鴻瓊*

　　陳筱筠此篇論文由兩軸架成，在此稱爲媒介軸與真相軸。前者強調網路提供作家一個自由的書寫與發表空間，讓他們脫離傳統文學出版體制的制約，開啓更多書寫的可能性。後者觸及後現代社會的多元開放所帶來的變化，強調八七年解嚴後的新「台灣經驗」：「我們彷彿變得什麼都可以說、什麼身分都能見光、誰的記憶都可以算數」（第 202 頁），但「真相」也因此被稀釋了（第 209 頁）。一般的研究多集中在單一軸上，因此陳的優點在於試圖將這兩軸串連起來，討論媒介帶來的變化如何回應歷史真相，此是這篇論文特別值得期待之處。

　　陳文的重點「書寫台灣的兩難」（第 202 頁）也環繞此兩軸，但陳對周英雄此說應提供更完整的解釋。且通篇來看，個別軸的處理並不完整，兩軸間的扣合也顯鬆散。就媒介軸而言，陳側重文學的社會性，但並未說明文學的數位生產方式、便利的網路流通、以及互動式的消費產生何種新的「文學文化」（副標語）？究其因可能是陳文缺乏一個較完整網路文學案例的討論。再者，如會場某提問者所言，陳在文中強調副刊主導地位的沒落，但所舉成英姝的例子又來自《中國時報》架設的「中時部落格」，因此似乎仍不脫副刊的影響。此外，台灣網路文學的發展至少可分兩期，90 年代向陽、須文蔚等人的數位美學實驗屬前期，部落格的發展屬後期，是網路已體制化爲日常生活基本感知模式後的發展。這兩期的差異極大，但陳似乎將部落格等同於數位書寫，恐過於化約網路文學的複雜性。就真相軸而言，陳雖提及解嚴後的開放與多元，也強調台灣文學必須關注真相，但並未詳述解嚴後台灣社會的真相或真相結構。當兩軸個別而言都發展不足，兩軸間也就難緊密扣連。

* 台灣大學外國語文學系助理教授

網路書寫的討論到結尾轉向文學品質下降的問題；兩軸最終沒有收攏點出文學模式的變化如何回應真相的變化。

最後，例子與論點之間略缺緊密關連。副標明言，成英姝的網路書寫是論文的觀察點，但文中僅概論式地討論成的兩個部落格，並未細部分析其中文章或事件，唯一舉出的書寫例子反而是發表在《聯合報》此一平面媒體上的攝影作品。此外，陳可能是取「中國箱子」的層疊結構，將成的兩個部落格形容為「雙箱」，但並未完整解釋兩箱間的結構關係，也未接回兩軸，說明此雙箱結構如何改變文學結構及回應真相。因此，成的例子並未發揮例證作用。文末，成的書寫重點反而在「純文學與大眾文學」類型的跨越，與兩軸脫了勾。

陳的論文雖有上述疏漏，但所提議題具有重要性，值得進一步探究與釐清，期盼她未來提出更深入且完整的論著。

與網相生如何愛
——台灣網路愛情小說的意蘊及策略

李健[*]

摘要

　　台灣網路愛情小說依托於網路這一媒介迅速發展，創作頗爲繁榮。主要有三方面特點：一是網路愛情小說寫作的隱匿自由。作家在網路上的隱匿身分，給創作帶來新的面貌。二是網路愛情小說的純情記憶。網路愛情小說多書寫純情的愛情記憶，牽引著讀者的感性和感動。三是網路愛情小說的語言策略。網路愛情小說吸納了網路語言的異質性因素，笑謔詼諧。網路愛情小說在創作上繁榮的同時，也存在一些問題，如故事情節類似，模式單一，沒有充分發揮網路技術優勢。網路愛情小說可以創造出更有跨媒體意義的小說文本，發揮網路的互動性，這也許是網路愛情小說的轉機。

關鍵詞：台灣、網路愛情小說、笑謔、多向文本

---

* 蘇州大學文學院 2007 級碩士研究生，E-mail:lijiankk1985@163.com

壹、前言

　　網路愛情小說是台灣網路小說[1]的一個重要門類，從 1998 年蔡智恒在 BBS上發表《第一次親密接觸》以來，網路愛情小說[2]全面風行，蔚然成風。十年之後，網路愛情小說寫作更為盛行，也表現出更加多樣的面貌，藤井樹、九把刀、橘子、蝴蝶等台灣新一代網路作家也在網上大顯身手、引人注目。藤井樹的《六弄咖啡館》、《暮水街的三月十一號》等，九把刀的《愛情，兩好三壞》、《那些年，我們一起追的女孩》，蝴蝶《有一間咖啡廳》、《甜蜜online》等都書寫著網路時代的愛情傳奇，創造著網路時代的閱讀神話。

　　網路愛情小說與網相生，迅速流行，儼然成為網路文學的重要組成部分，我們需要對它予以學術關注。本文選取不同時期流行的文本來考察網路愛情小說的特徵，主要從三個方面展開論述：一、網路愛情小說寫作的隱匿自由。網路構造出一個虛擬的「賽伯空間」（cyberspace）[3]，在這個數位化

---

[1] 對於網路文學的定義存在許多爭議，但網路文學的發展和深入也促使研究者以更加寬容和開放的心態去認定網路文學。「在長沙召開的首屆網絡文學研討會上有學者提出『層面定義法』：廣義的網絡文學是指經電子化處理後所有上網的文學作品，即凡在互聯網上傳播的文學都是網絡文學，這種網絡文學同傳統文學僅僅只有媒介和傳播方式的區別；從中觀層面上看，網絡文學是指發佈於互聯網上的原創文學，即用電腦創作、在互聯網上首發的文學作品，這個層面的網絡文學不僅有媒介載體的不同，還有了創作方式、作者身分和文學體制上的諸多改變；從狹義上說，最能體現網絡文學本性的是網絡超文本鏈接和多媒體製作的作品，這類作品具有網絡的依賴性、延伸性和網民互動性等特徵，不能下載出版做媒介轉換，一旦離開了網絡它就不能生存。」（歐陽友權：〈新世紀以來網絡文學研究綜述〉，《當代文壇》第 1 期（2007年 1 月），頁 123。）本文選取中觀層面的網路文學定義，突出網路文學的網路特徵及意義，而網路愛情小說就是指這一層次意義上的網路愛情題材小說創作。這種定義為許多研究者所認同，類似界定也見於台灣網路文學研究之中：「台灣關於網絡文學的探討不外乎兩個方面：一是學院派的觀點，首先要界定什麼才算網絡文學。廣義看法是內容得有超文本鏈接才算，狹義看法則是除了超文本外，還得有網絡的獨家特效，不管是用在介面或者是內容表達上。也就是說，狹義的網絡文學定義更注重網絡的技術因素。另一方面是民眾的觀點，網絡文學就是指在網絡上公開發表的作品。網絡在這裡就是另一種傳播媒介，和書籍報章雜誌一樣。」（馬季：《讀屏時代的寫作》（北京：中國工人出版社，2008 年），頁 112-113。）

[2] 隨著網路科技的發展和網路寫作的盛行，網路小說也由最初的浪漫純愛系列衍生出多種門類諸如驚悚、恐怖、奇幻、武俠等，網路愛情小說也出現耽美、同人等多種面向，而且本文所考察的九把刀、蝴蝶等網路寫手（作家）的創作也跨界多種題材，並不局限於網路愛情小說的寫作。所以本文所考察的網路愛情小說並不是對網路小說的總攬，而是截取網路小說中的一個純情切面，考察其純情主題及語言策略，從中管窺網路愛情小說的歷史與現狀。

[3] 「賽伯空間」（cyberspace）一詞是由1984年移居加拿大的美國科幻小說家威廉·吉布森（William Ford Gibson）在他的科幻小說裡提出的一個奇怪術語，據說他創造這個詞是受到維納（Norbert

的虛擬現實（virtual reality）裡，作家獲得了隱匿的創作自由。網路作家可以自由地反叛和顛覆寫作陳規，以虛擬的身分和匿名的姿態表達自己的情感，並且能夠超越編輯、出版程式而直接面對讀者。二、網路愛情小說的純情記憶。網路的百無禁忌，促進了個體情感體驗的張揚表達。網路愛情小說多書寫純情的青春情感記憶，牽引著網友內心的感性和感動。三、網路愛情小說的語言策略。網路創造出新的語境，產生了自己獨特的語言表達形式，衝擊著現實社會的語言規範。網路愛情小說的語言也蘊含著網路流行元素，像無厘頭、搞笑的語言和網路語詞符號等。這都凸顯了網路語言之於網路愛情小說的意義。

　　除了總結網路愛情小說以上三方面的特點，論文還指出了網路愛情小說的缺失，諸如網路愛情小說題材單一，模式相似，一個新穎的故事極易因大量模仿而落入俗套，在日新月異的網路時代，愛情小說如何求新求變？另外網路愛情小說文本的創新性不足，如何充分利用網路技術因素，整合文字、圖片、聲音、動畫資源，或者書寫多向文本（hypertext）[4]。這都是網路愛情小說發展過程中需要處理的問題。

貳、網路愛情小說寫作的隱匿自由

　　網路創造的「賽伯空間」（cyberspace）給創作主體帶來極大的自由，

Wiener）提出的「控制論」（cybernetice）的啟發。吉布森用故事告訴我們，電腦螢幕之中另有一個真實的空間。這一空間人們看不到，但知道它就在那兒。它是一個真實的活動領域，其中不僅包含人的思想，而且也包括人類製造的各種系統，如人工智慧和虛擬現實系統等等。由於「賽伯空間」生動反映出電腦（電子的）與人腦（生物的）以及電腦網絡文化（精神的）之間的聯繫，更具有電腦時代的文化意蘊，因而受到科學界和文化界的普遍認同，連帶著「cyber」都獲得了與「computer」（電腦）或「internet」（互聯網絡）相同的詞義，成為能派生出諸多電腦新辭彙的前綴。（歐陽友權等著：《網絡文學論綱》（北京：人民文學出版社，2003年），頁149。）

[4] 「hypertext的字首hyper在古希臘字中意指『過』，任何超出了正常狀態而變得不尋常的，均可冠這個字。不過hypertext顯然不是指陳一種『不正常』的文本。如果就『多向文字標記語言』（hypertext markup language，HTML）的原始定義觀之，指的是檔中的一段文字或圖形只要使用者點選之，即可連結到另一個伺服器上的文字。因此翻譯成『多向文本』，應該比較能傳神地表現出這個辭彙提供讀者多重閱讀方向、連結甚至結局的意涵。」（須文蔚：《台灣數位文學論》（台北：二魚文化事業有限公司，2003年），頁78。）大陸學者多譯為超文本。

這個空間不同於物理意義上的物質世界，而是數位化時代的虛擬世界。網路的虛擬性和自由性爲作者提供隱匿的創作自由。網路打破了作者創作身分的限制，任何一個人都可以在文學網站上註冊一個用戶名（只需一個符號即可隱藏自己的真實資訊和現實身分），登錄認證之後便可網上寫作並發佈自己的作品。網路給文學寫作愛好者提供了一個開放的平台，任何人都可以借助這個平台表達自己的情感，書寫自己的故事。「在這個『賽伯空間』裡，電子技術創造的在線民主極具個人性和自由性，文化精英的知識壟斷和權力話語被無名者的鼠標、鍵盤所顛覆，文化的公共空間最大限度地向私人話語敞開，網絡給了每個人以平等的發言機會」[5]。網路裡的文學世界是一個自由開放和個性張揚的世界，同時又是一個心靈完全放飛，情感恣意宣洩的世界。

　　網路降低了創作者的准入門檻，越過了編輯審查的壁壘，突破了傳統意義上的文學發表、出版途徑，作者甚至可以同時作爲寫作者、審查者、出版者，極大地簡化了作品的傳播程式，直接向讀者展現自己的作品並獲取讀者的評論。由於網路的即時性和互動性特徵，讀者也可以有多種閱讀的選擇和評論的自由。這種快樂和自由是指人的情感得到滿足，情緒得到宣洩，從而獲得一種心理的平衡。網路愛情小說的作者們，把自己的煩擾、痛苦、憂傷，尤其是關於青春愛情的感悟融入小說之中，同時把這些情緒揮灑在虛擬的網路空間，在傾訴中獲得心靈的平靜，也在讀者的回饋中獲得認同的快感。網路爲人們的精神世界開啓了一道自由之門，作者可以把自己的寫作構思全部寫出來，發表出來。作者可以獨自編織一個和現實社會完全不同的世界，一個可以與無數線民互相傾訴的世界，一個可以逃避現實生活的煩惱與壓抑的世界。九把刀曾說，「通過小說創作，我可以將我想要表達的許多東西精密拆卸、組合在文字分鏡裡，呈現在公開發表的網路上，借此與地球上更多的人『連接』，那是我再也無法克制的欲望。」[6]

　　網路創造了一個數位化的虛擬現實（virtual reality），既是虛擬的，又是真實的，拓展了也模糊人們的思維空間，它使人立足客觀生活現實，卻又

---

[5] 歐陽友權等著：《網絡文學論綱》，頁172。
[6] 九把刀：《那些年，我們一起追的女孩》（石家莊：花山文藝出版社，2007年）頁187。

逼近虛擬人造現實，從而穿越於真實虛擬之間。網路是虛擬的，它需要在現實生活中尋找一個實在的對應物，就像再美好的網路愛情也需要雙方在現實生活中見面一樣。正因如此，我們可以說，網路給網路作家提供了一個揮灑情感的虛擬場域，網路小說作品也給其中的人物提供了一個揮灑情感的實體空間。網路所帶來的虛擬自由需要通過作品中的人物的實際生活反映出來，他們的生活空間就是網路的現實對應物，而人們也正是通過這些現實對應物來感悟世界。這些對應物可以是酒吧、KTV、麥當勞餐廳、咖啡館等都市生活媒介。例如考察網路愛情小說，我們會發現「咖啡館」扮演著更加重要的角色。在網路愛情小說中，咖啡館是一個寧靜、單純、寬容的空間，摒斥了都市的浮華、頹廢、淺薄，成為回憶愛情與激發愛情的理想環境。咖啡館不只是故事發生的地點，還是小說中人物情感交匯的場所，在這裡權力可以任意消解，情緒可以自由宣洩，煩惱可以輕易擺脫。咖啡館也因此成為網路虛擬自由的現實立足點。

朱少麟《傷心咖啡店之歌》[7]故事開始，女主角馬蒂走進了「傷心咖啡店」，認識了一群對自身生命下了不同定義並擁有不同目標的人們。這裡有世上最無情卻又最寂寞的人，有掙扎著尋找生命意義的漫遊者，還有無可救藥的暗戀狂。傷心咖啡店深藍色的燈光存在於城市最幽暗的角落，一閃一閃，向每一個傷心苦悶的人招手，咖啡店也就具有了對抗和抵制的意義。在這裡，作為被支配者的個人可以對抗都市情感的空虛，抵制都市生存的壓力。我們看到咖啡店裡，女客們可以表達對海安的愛慕，馬蒂可以忘記上班的壓力，素園可以忘記房貸，小葉也可以忘記癡情苦戀。John Fiske認為，「複雜社會的大眾文化，是被支配者的文化，他們怨恨其從屬地位，拒絕同意他們所處的位置，也不情願效力於維繫著從屬狀態的那種共識」[8]。大眾文化

7 朱少麟：《傷心咖啡館之歌》（廣州：花城出版社，1999年）。《傷心咖啡館之歌》1996年出版，次年在華淵網（http://www.sinanet.com.tw/）上連載，引起網路上的廣泛關注。嚴格意義上說，它並不是本文所指的最初發表於網路的小說，本文認為其「咖啡館」所體現的隱喻意義，即「咖啡館」所體現的對宰制性意識形態及生活中的權威、制度、規範的抵制與消解與網路帶給人們的反叛與自由特徵頗有共通性，所以將其視為網路愛情小說個案。
8 John Fiske 著，王曉珏、宋偉傑譯：《理解大眾文化》（北京：中央編譯出版社，2001年），頁199。

充滿了對抗的因素,即對體制和權威的對抗,也就是John Fiske所說的 「宰製性意識形態」。這種對抗代表了社會權力意志中弱勢話語對強勢話語的反叛。這種對立與反抗也可以有多種多樣的表現形式,「這並不意味著大眾的生活處於某種不斷反抗的狀態(因為這些生活乃是社會危機或個人危機的狀態),而是意味著對抗性是零散的、有時是沉睡著的、也有時是被喚醒而可以從事遊擊隊偷襲的,但是最終決不是麻木不仁的。」[9]網路愛情小說的對抗性或許不像《傷心咖啡店之歌》那麼明顯,在其他小說中這種對抗性也許是隱性的、沉睡的,蔡智恒《愛爾蘭咖啡》[10]、九把刀《等一個人咖啡》[11]、藤井樹《六弄咖啡館》[12]就是證明。這些小說故事同樣發生在咖啡館,人們總是選擇咖啡館來逃避或者緩解現實生活中的壓力,在品嘗咖啡的過程中,他們敞開心扉,放鬆心情,表露壓抑已久的真實情感,同時也獲取別人的安慰。蔡智恒《愛爾蘭咖啡》寫了一個單純的故事,男主人公滯留台北而偶遇「Yeats」咖啡店,與女老闆因為一杯愛爾蘭咖啡而相知,在一次次的關於咖啡的聊天中,發現彼此間的愛慕,終於在咖啡中體味到愛情的味道。九把刀的《等一個人咖啡》,故事同樣發生在咖啡館,店名叫「等一個人」。咖啡館裡人來人往,不同的人品味不同的咖啡,不同的咖啡折射出不同的愛情和人生。店裡的每個人都在等一個人,他們都在談笑風生中等待自己心儀的那個人:老闆娘每天等待點「老闆娘特調咖啡」的人,「我」等待心儀的白馬王子澤於向自己表白,阿拓等待喜歡的女孩知曉他的愛……《六弄咖啡館》寫的是「我」聽咖啡店老闆回憶好友關閔綠的愛情故事。藤井樹把一個純情卻又傷感的戀愛故事,敘述得讓人難以忘懷。關閔綠把人生看作走在小巷中,每一弄都可能是另一個出口,也可能是一條死胡同,他人生的前五弄,全是死胡同,他找不到出口。他把六弄咖啡館當作「出口」,告別了這個世界。

「咖啡館」[13]在網路愛情小說中具有特殊的意義,在這裡人們可以暢所

9 John Fiske 著,王曉珏、宋偉傑譯:《理解大眾文化》,頁 199。
10 http://www.jht.idv.tw/ 痞子蔡作品集,《愛爾蘭咖啡》
11 九把刀:《等一個人咖啡》(南寧:接力出版社,2005 年)。
12 藤井樹:《六弄咖啡館》(汕頭:汕頭大學出版社,2008 年)。
13 實際上書寫青春愛情的網路愛情小說存在著網咖、超商、KTV、麥當勞餐廳等很多愛情「催發」場所,但是筆者認為咖啡廳所具有的優雅休閒特質及其所內蘊的反抗消解意涵是其他都

欲言，進入情感的本真狀態，自由表露內心世界，與人分享欣喜和憂傷。「咖啡館」是生活中的自由空間，在這裡，人們逃避現實中的煩惱；「咖啡館」是文學世界中寓意自由的表徵符號，在這裡，人們陶醉於其中；「咖啡館」也是網路「賽伯空間」在現實社會中的縮影，它把網路、文字、現實空間聯繫在一起，「自由」就是把它們聯繫起來的紐帶。網路給作家以隱匿的身分，他們可以自由表達而不必有現實的顧忌；咖啡館給人物以自由的空間，他們可以真誠表露內心而不必有情感的負擔。網路使作家更加自由地書寫愛情故事，咖啡店也使作品中的人們更加勇敢地面對情感生活。

網路是作家自由的虛擬空間，咖啡館是小說人物自由的實體空間。如果把「咖啡館」作為網路愛情小說常用的一個意象的話，我們從中看到的不僅是小說人物自由表露情感，透過咖啡館的風景，我們更可以看到網路賦予網路作家們的隱匿自由。

參、網路愛情小說的純情記憶

網路愛情小說多寫青春愛情題材，用主人公難忘的愛情記憶，書寫一曲網路浪漫之歌。現實生活中充滿生存壓力，在高度都市化的繁榮羽翼下掩藏著人性人倫的巨大虛空，都市好比一個碩大無比的「情感抽風機」，抽取和排斥人們的情感需求。浪漫的愛情似乎成為都市人的空想與童話，網路在這個時刻給人們創造一個虛幻的情感空間，網路上的愛情也彌補了人們的情感空虛。網路愛情小說則以其單純的青春愛情故事給人們提供一個擱置現實情感煩惱的虛擬寄存處，因此網路愛情小說迅速流行也在情理之中了。

藤井樹《有個女孩叫Feeling》[14]寫好友祥溥與Feeling的愛情故事，一段持續六年的愛情故事。高三聯考前的補習班上，祥溥遇到一個叫Feeling的女孩，故事從一張紙條開始。他們的愛情在大學聯考前的補習班裡蔓延，「因

市消費場所不能比擬的，由此從某種意義上說咖啡廳也就成為記錄都市人情感與生活狀態的獨特場域。李歐梵先生在論及都市文化時就特意考察咖啡館的存在意義，這或許對我們考察網路愛情小說有啟發意義。

[14] 藤井樹：《有個女孩叫 Feeling》（汕頭：汕頭大學出版社，2005 年）。

為愛情，總是會出現在你永遠都猜測不著的地方。有誰知道你正在走的這條路，這長廊，在下一個轉角處，將會遇到你的愛？」[15]聯考結束後，他們的愛情面臨距離的挑戰，Feeling選擇去台北工作，對於感情，她的原則是Just follow your feeling；祥溥則選擇去當兵，他每想起她一次，就折一隻紙鶴。三年裡他折了四萬一千三百隻紙鶴，每一隻都代表一個思念。而這三年裡昭儀又在默默地喜歡祥溥，期待祥溥明白這超越朋友之情的愛戀。愛情成了一個三角，怎樣才能解開？但是愛情不是數學，沒有一個方法可以解開，沒有任何一角可以從崩塌的命運中倖存。昭儀要求祥溥做了一個晚上男朋友之後，選擇了離開，而Feeling告訴祥溥「你將是我交往對象的最高標準，輸給你的人，我都不要「，最終他們的愛情都沒有結果。

如小說中所說，「愛情是完全沒有投資回報率的東西，只要能感覺到一絲絲的被愛，就可以滿足或彌補自己過去的、曾經的那些所有付出。幸福儘管遙不可及，卻依然像是海市蜃樓般的接近」，藤井樹在小說中敘說少男少女的戀愛感覺，用純潔的愛情故事吸引人們的感性神經。「藤井樹把網路上描寫愛情的作品稱作『平實愛情小說』。意思是它不像以往的言情小說，瓊瑤的嬌嗲浪漫，梁鳳儀的驚心動魄，席絹的異想天開等在網路愛情小說中都不存在。網路上的小說，雖然也充滿了對愛情的幻想，但那大多數是真實的人對真實世界的期許」[16]。網路愛情小說敘說的是普通人的故事，就像自己身上或身邊發生的事，極易引起人們的共鳴。

九把刀《那些年，我們一起追的女孩》敘說從高中到大學時期一群男生追求一個女生的故事，勾起每個男孩自己心頭那曾經最溫暖的記憶。「愛情不是人生的全部，卻是我人生的味道。越是深沉的痛苦，代表我曾經愛得越飽滿。每嘗過一次愛情，我都能獲得無與倫比的勇氣，在跌倒的時候吹拂傷口，重新站起。」[17]「我」和周圍的一群朋友都喜歡沈佳儀，於是我想盡辦法與潛在情敵競爭。「我」知道沈佳儀並不想太早談戀愛，於是「我」假意

---

[15] 藤井樹：《有個女孩叫 Feeling》，頁 30。
[16] 許苗苗：《性別視野中的網絡文學》（北京：九州出版社，2004 年），頁 165-166。
[17] 九把刀：《那些年，我們一起追的女孩》，頁 90。

與沈佳儀保持朋友關係卻慫恿其他「情敵」向她表白而陷入沈佳儀的戀愛禁區。小說把這些愛情故事寫得妙趣橫生,「我」不斷充當朋友的「愛情經紀人」,在沈佳儀面前熱烈推薦,而實際意圖是要制造反效果,給自己創造機會。從中學到大學,沈佳儀是他們共同喜歡的人,多年之後,沈佳儀還是他們共同的話題,他們從彼此的記憶中確認:沈佳儀是他們共同的青春。「每個女孩都是我們人生的燭火,照亮了我們每段時期瘋狂追求愛情的動人姿態,幫助我們這些男孩,一步一步,成為像樣的男子漢。」[18]網路愛情小說家用感動每個人的「心靈故事」,迎合大眾的閱讀需求,吸引線民的關注。他們以感性的文字穿行於網路之間,不追求文學的崇高與神聖,只用感性心靈的自白來創造讀者的認同。

蔡智恒2008年推出的新作《暖暖》[19],還是描寫青春愛情故事,只不過把一段甜蜜又曖昧的異地之戀,擴大為兩岸姻緣。台灣男孩涼涼在一次兩岸聯誼會上認識了北京女孩暖暖,在幾天的北京之行中,他們一起快樂地遊覽了北京諸多名勝古跡。在此過程中,涼涼和暖暖的感情也與日俱增。夏令營活動結束後,涼涼依依不捨地離開暖暖,回到了台灣,他們約定不管現實如何,都要努力地生活著。後來,涼涼出差來到大陸,回台灣之前見到了暖暖,他們的感情更進了一步。雖然不免於再次分離,但他們約定保持純粹的內心,堅守美好真摯的愛情。

網路愛情小說區別於其他愛情小說的一個特點就是書寫純情記憶,作家們出入身分的虛擬與真實之間,用感性純情的愛情記憶和心情故事來感動讀者。他們並不強調情節的曲折或求愛的艱難,也不宣揚家庭、社會的壓力,只寫一段平常人在網路中或現實中的感人愛情故事,在線民的口耳相傳和網路傳播中,製造感性、刺激的文化速食。

肆、網路愛情小說的語言策略

---

[18] 九把刀:《那些年,我們一起追的女孩》,頁91。
[19] 蔡智恒:《暖暖》(北京:作家出版社,2008年)。

一、笑謔與無厘頭[20]

網路消解了文學表達原有的話語模式,網路世界的虛擬性使每個人都能以匿名狀態毫無忌諱地暢所欲言。在網路上,人們可以按照自己的理想和願望來為自己虛構一種角色,也可以自由表達各種本色的個人感悟。網路寫作的匿名性,中止了作者「社會代言人」的職業角色,也卸去了作品的歷史、社會負重,使文學創作可以用最「無我」的角色遊戲表達最「真我」的文學追求和生活夢想。網路作家們可以在沒有壓力的網路上,發揮無限的想像力和創造力,創造特異的網路語言。正因如此,網路小說作品中就充滿了諧謔的笑聲,充滿了搞笑、無厘頭。網路小說的語言深受網路交際的影響,多了一點標新立異,多了一點不合常規,顯得個性十足,新奇另類。

王文華《蛋白質女孩》:

台北的男人分成三種:蒼蠅、鯊魚、狼。遇到他們你會瞭解,人和禽獸真的沒什麼兩樣。蒼蠅戴眼鏡、165 到 170、第一次性經驗是在成功嶺,然而當時並沒有人來探親。

蒼蠅基本上沒有什麼野心,只是在尋找媽媽的替代品。對女人我們只敢繞圈飛行,發出嗡嗡的噪音,不咬人不吸血,卻怎樣都揮之不去。

(鯊魚)他們曾翻雲覆雨,知道性是什麼東西。他們的目的非常清晰、最後就是要吃掉你。受害者通常會終身殘疾,日後對好男人也會過度小心。

(狼)他們有英文名字、戴墨鏡,打扮得像電影明星。 最重要的是他們彬彬有禮、葷腥不忌、攻守有據、處變不驚。

---

[20] 本文把笑謔、搞笑和無厘頭作為網路文學語言的特點,主要指網路上消解崇高、感性詼諧、引人發笑的語言。無厘頭本是粵方言俗語,指說話無規律、無目的、不合常理、粗俗隨意,不強調語言的表意邏輯和準確性,追求破壞秩序、離析正統、透過它嬉戲調侃的表像卻又可以看出深刻的社會內涵。很多學者把它納入後現代文化體系中考察。本文並不強調其後現代性特徵,主要側重它的感性特點。

台北的男人就是這樣填補自己的空虛。有人當然因此找到了終生伴侶，原本是蒼蠅結婚後卻被太太奉為玉皇大帝，原本是鯊魚結婚後卻突然不舉。…… 21 世紀，寂寞是每個人的隱疾。[21]

　　這段引文十分搞笑，作者把台北的男人分為三種：蒼蠅、鯊魚和狼，這個分類就很無厘頭，把都市生存背景下的台北男人物化為三種令人討厭的動物，消解了台北男人的真實形象，卻也用這種方式調侃了現實生活中男人的社會角色，以及男女情感關係。「蒼蠅」屬於相對單純的一類，對於愛情還有期待，卻找不到理想伴侶。「鯊魚」更加放蕩和縱欲，是都市裡無情的浪子。「狼」有更高的社會地位，生活優裕，情感卻同樣空虛。這段文字把人的身體回歸感性的階段，身體成為調侃和戲謔的對象，身體的欲望體現了主體的性格。

　　這段文字有許多字押韻，讀來順口，方便於網路傳播。如「蒼蠅基本上沒有什麼野心，只是在尋找媽媽的替代品。對女人我們只敢繞圈飛行，發出嗡嗡的噪音，不咬人不吸血，卻怎樣都揮之不去。」、「他們曾翻雲覆雨，知道性是什麼東西。他們的目的非常清晰、最後就是要吃掉你。受害者通常會終身殘疾，日後對好男人也會過度小心。」引文裡下劃線標記的字都押韻，顯得十分流暢，不僅引文如此，整部作品幾乎都採用押韻的形式，這既有語言特色，又適合網路流傳。

　　王蘭芬《寂寞殺死一頭恐龍》也是一部風行網路的小說，這部小說的語言也表現出濃鬱的網路特色。在網路上，醜女被稱作「恐龍」，而小說裡的「梅梅」最聽不得人家說到「恐龍」兩字，她這樣調侃自己 155 公分，71 公斤的身材：

聲明一下，我可不是恐龍。我只是有點肉肉的，肩膀比較寬，手臂和大腿有點粗而已。我媽說我這叫豐滿，我爸說這叫健美。至少我的臉彎可

---

[21] 王文華：《蛋白質女孩》（上海：上海人民出版社，2002 年），頁 6-9。

愛的，很多人說光看我的臉實在想不到我有 71 公斤。其實他們說錯了，肚子餓的時候稱的話也才 70.8 公斤而已。蔡依林的眼睛，賈靜雯的鼻子，宋慧喬的嘴唇，孫燕姿的笑容。以上是我在 BBS 的名片檔中的自我介紹，也不算糊弄人了。我已經開始存錢了，二十五歲應該夠去那個常上電視的林靜芸那邊整容了，另外還存了一筆減肥錢……[22]

「我」不喜歡被別人稱作恐龍，把自己的肥胖解釋成豐滿、健美，至少臉還是可愛的，甚至說餓的時候只有 70.8 公斤而已。這種辯白，實際上欲蓋彌彰，卻表現了人物的獨特個性，造成了令人捧腹的效果。而「我」綜合幾大美女的特點，作為自己 BBS 名片檔的自我介紹，也反映了網路交際的虛擬性特徵。在網路上，人們可以隱藏自己的真實資訊和身分，用一個符號作為網路交流的代碼，使網路交流遊離於真實與虛假之間，可以用虛假的身分真實告白，也可以用虛假的符號遊戲調侃。

二、網路語詞特點[23]

網路愛情小說中經常可見用粗口秀（vulgarity show）的方式進行調侃、嘲弄，不追求語言的表意邏輯和準確性，只追求宣洩的快感和誇張的表達效果。網友們用無規律、無邏輯的無厘頭語言，甚至是不合文法的自造詞彙或是流行網路間的「火星文」來製造令人捧腹的笑謔交際效果。這種遊戲、休閒的姿態，給言說者帶來恣意的愉悅，也給讀者帶來快樂的閱讀體驗。

（一）辭彙縮略型

人們在網路交際時，大都遵循效率原則，力求快捷方便又個性化地表達意思，經常採取縮略語形式如：醬子：這樣子，縮減漢字音節／電郵：電子郵件簡略縮寫／BF：boy friend，用首字母來代替等。

---

[22] 王蘭芬：《寂寞殺死一頭恐龍》（北京：知識出版社，2004 年），頁 1。
[23] 許多研究者都關注網路文學的語言，探討其中透露出來的網路特點。如沈曉娟：〈探析網路語言的生命力〉，《現代語文》第 7 期（2006 年），頁 77-79，李金娟：〈關於網路語言的幾個問題〉，《華南理工大學學報（社科版）》第 6 卷第 6 期（2004 年 12 月），頁 72-75 等文章都對本文有所啟發。

（二）諧音型

網路流行語中還常有諧音形式，表現個性化的語言，如：9494：就是就是的諧音／88：拜拜／故滴故滴：Good 的諧音／偶+棉$：我家門前的諧音／ㄏ棉 u3 ㄆ：後面有山坡的諧音／逼機：busy 的諧音等等。

（三）非文字符碼

網路對文學語言的衝擊，還表現在大量非文字符碼的使用上。網路這一傳播方式的變革，意味著電腦輸入和鍵盤書寫在很大程度上取代了紙張書寫，也使大量非文字符碼進入文學文本之中。網路愛情小說依托網路進行生產和傳播，因而也具有鮮明的網路特色。

網路語言中的非文字符碼語言，既符合網路交際的需要，又製造搞笑的效果。如用符碼表示神情情緒：　：）表示微笑／：（表示沮喪／：P 表示吐舌頭／^O^表示歡呼／^-^表示微笑／-_-表示委屈等等。

HIKARU：你名字聽起來好可愛

Jolin：會嗎^-^？

HIKARU：你為什麼叫 Jolin ㄚ？跟蔡依林有關嗎？

Jolin：沒啊，只是我同學說我有點像她耶。

HIKARU：真的假的呵呵

Jolin：不信就算了，不過我跟她有一點不太像。

HIKARU：哪一點ㄚ？

Jolin：身高咩。我比她高一點了。

HIKARU：不然你多高？

Jolin：167 啊!

HIKARU：哇！那樣高喔，醬不是很像模特兒？

Jolin：還好啦，只是常走在路上被人家問要不要拍廣告。

HIKARU：哇！

Jolin：　哇什麼哇，被問得粉煩勒！[24]

　　這段引文中「^-^」、「醬」、「粉」都是網路流行用語，表現了網路交流的隨意性和創新性，既新穎時尚又切合了網路交際的某些需求。在網路交際語言中，符碼是文字的另一種表情，網路符碼彌補了文字不能即時表達表情的欠缺，賦予網路交際以人情味。網路語言以文字和其他表情貼圖、動畫符碼，將視覺符碼融匯於交際之中，造成笑謔的審美效果，營造快樂的交際氣氛。

　　瑞士語言學家索緒爾認爲「語言是表達思想的符號系統，因此，它類似於文字、聾啞語言字母表、象徵儀式、社交禮節、軍事信號等等，只不過語言是這些系統中最爲重要的一個。」[25]他把語言學歸爲符號學的一部分，人們的語言活動在根本上也是符號活動。因而從符號學的觀點來看，即使語言是各種符號系統中的主要樣式，但也不能忽略其他非語言符號的功能。所以研究網路愛情小說文本，需要關注文本中的文字符號和非文字符號，重視其創新意義。網路流行一日千變，網路流行語言也處在不斷變換中，而也正是在這種瞬息變換中得以彰顯網路的價值。本文所選的語料或許只是網路流行的一個斷面，或許還只是網路大潮中一片已經或即將被新潮淹沒的帆板，但也可作爲網路語言潮流變遷中的一個標本，提醒我們注意網路語言對我們的文學表達及生活感受帶來的改變。

伍、網路愛情小說的缺失

　　網路愛情小說以其唯美單純的青春愛情故事，切合了現代人的心理需求，同時帶給他們輕鬆的閱讀感受。網路愛情小說在網上流行，主要依靠線民的點擊和閱讀，如果一部作品得到線民們的認可，就可以借助網路的快捷傳播而迅速「串紅」。線民的熱捧又會刺激作者繼續創作或者吸引其他作家模仿，遂形成熱鬧的網路寫作風潮。但是網路愛情小說寫作在熱鬧風光的背

---

[24] 王蘭芬：《寂寞殺死一頭恐龍》，頁 2-3。
[25] 轉引自丁爾蘇：《語言的符號性》（北京：外語教學與研究出版社，2000 年），頁 1。

後，也隱藏著缺失，如作品因為過度戲仿而落入俗套，以及文本創新意義不足等。

一、從新穎到俗套

　　網路作家們的創作動機主要是遊戲性和傾訴性，力圖以感性的故事來感動讀者，而對於文本的藝術性並不十分重視，這也影響了作品的價值。須文蔚談到痞子蔡等的網路作品時說「不過如就這一批『網路作家』的作品觀察，創作的動機和網路長期標舉的『心情故事』很接近，多半我手寫我口，並不太注重傳統文學創作上講究的修辭與結構，但或許正因為符合一般社會大眾的閱讀嗜好，也較容易引起互動與討論，而引起讀者共鳴，但其作品的藝術性相對就比較低。」[26]

　　一部網路愛情小說獲得成功的同時，也成為其他網友模仿的範本。一個新穎的網路愛情小說故事，會在不斷地模仿和複製中，從新穎落入俗套，從而降低作品的文學價值並喪失吸引力。蔡智恒《第一次親密接觸》流行之後，在大陸產生了一批戲仿的作品，如寧財神《第二次親密接觸》、《無數次親密接觸》，李尋歡《迷失在網路與現實之間的愛情》等等，他們用同樣的青春熱情重複著類似的青春故事，宣洩著類似的情緒，難免造成創作上的雷同和藝術上的缺失。痞子蔡、藤井樹、九把刀成功之後，越來越多的作家投身網路愛情小說創作，創作出大量的小說文本。2003-2004年現代出版社就推出「夢工場·悅讀e時代」台灣經典網絡小說系列[27]，2004年東方出版社推出「哈你愛情讀本」系列[28]，2005年汕頭大學出版社也推出鳳凰網路小說系列[29]等等。這些網路愛情小說同樣以感性的青春愛情為主題，但是很多作品只是重複著在校學生的校園戀情，在內容和形式上缺乏新意，文學價值不高。網路愛情

---

[26] 須文蔚：《臺灣數位文學論》，頁277-278。

[27] 2003-2004年現代出版社推出「夢工場·悅讀e時代」台灣經典網絡小說系列：包括《幾乎錯過的愛戀》（七彩魚）、《夏夜奶茶》（狂心舞情）、《邂逅麥當勞》（小鴨）、《9號球之戀》（愛林）等。

[28] 2004年東方出版社推出「哈你愛情讀本」系列：包括《一杯熱奶茶的等待》（詹馥華）、《幸福留言板》（雨居遊）、《我愛上你了，笨蛋》（漂流者）、《指尖的溫柔》（藍色曼特寧）等。

[29] 2005年汕頭大學出版社也推出鳳凰網路小說系列：包括《小雛菊》（洛心）、《B棟11樓》（藤井樹）、《這城市》（藤井樹）、《大度山之戀》（穹風）等。

小說的作者主要是年輕人，很多還是在校學生，生活閱歷和實踐經歷的欠缺，使他們的創作主要局限在校園和網路之間，這勢必限制他們的寫作視野，從而影響作品的深度。網路帶來了創作的極大自由，在這個「賽伯空間」裡，每個人都可以參與寫作，甚至人人都可以成為作家。但是我們也要看到，文學的意義並不僅僅在於全民的參與，寫作權力的泛化並不意味著作品價值的必然提升。如何提高作品的藝術水準，成為網路愛情小說不得不面對的一個問題。

二、文本創新意義不足

網路愛情小說的另一個缺失使文本創新意義的不足，大量的網路愛情小說由於採取「心情故事」的策略，強調以感性的故事來吸引讀者，並不重視文本的創新。網路愛情小說在文本上的特色也只是在語言上接納了網路用語和使用一些流行於網路的非文字符碼，如果網路愛情小說的形式創新止步於此，就不能體現網路這一技術媒介之於文學的意義。

網路可以利用其技術優勢，整合文字、聲音、圖片、動畫，書寫多向文本（hypertext）。多向小說（hyper fiction）是一種以網路為載體，以多向文本技術為支撐的新型文學類型。」多向文本運用在多向小說書寫上，正因為具有高度的媒體融合性，可以串接不同的文本、圖畫、影片與多媒體結構，融合了許多異質符號系統，因此形成了一種強烈的跨媒體互文（intermedia intertextuality）現象。」[30]網路愛情小說可以在利用網路的技術優勢，創造文字、聲音、圖片並茂的多媒體文本，給讀者帶來全新的視覺和聽覺體驗。例如可以整合Flash動畫、 Photoshop圖片編輯功能、甚至可以接入Mp3 音樂，形成一個能全方位調動感官刺激的網路愛情小說文本，這種多媒體作品是極具衝擊力的。網路小說家大都有自己的個人主頁或者部落格，這對於形成作家自己的「迷」團隊，和連接網路文學社群都有助益，既能夠保持網路小說在時間空間上的特性，即使作品形成過程中互動創作成為可能，也維持了作

---

[30] 須文蔚：《臺灣數位文學論》，頁 79。

者寫作及讀者閱讀的斷裂性[31]。網路小說家在個人網頁或部落格[32]上張貼作品時，可以嘗試對網站頁面進行設置，保持網路文本異於實體書文本的特異性，建立獨特新穎的閱讀界面，創造「悅讀」體驗，如添加背景音樂，浮動圖示，還可以按劇情設置特定圖片背景等等。

網路愛情小說還可以利用多向文本的連接功能，創造非線性敘事，打破個別文本的局限，將眾多文本通過關鍵字的連接構成一個樹狀的網路系統。在這個系統中，不同的路徑縱橫交錯。多向文本將靜態的封閉的線性結構轉化為富有彈性的開放的網狀結構。多向文本在文本內部或文本結尾設置有文本連接點，提供不同的情節走向，讀者在閱讀時有不同選擇，不同的選擇會產生不同的結局。多向文本文學使讀者可以高度參與、自由發揮與即興創造，極大增強了文本的互動性。這些藝術實踐多集中於網路詩歌寫作之中，數位詩的藝術實踐頗為繁榮，如澀柿子《澀柿子的世界》、李順興《歧路花園》、向陽《向陽工坊》等。在網路愛情小說中，這種藝術創新則要沉寂許多，存在著文類失衡的現象[33]。或許這與詩歌的形式特點有關，但對於網路愛情小說而言，也許將是一個轉折的機會。

陸、結論

網路愛情小說自產生以來，依託網路媒介，迅猛發展，長盛不衰。網路愛情小說因網而生，與網相生，越來越多的網路作家投身其中，帶來了網路愛情小說寫作的繁榮。但是在創作量極大豐富的同時，也存在一些問題，限制了網路愛情小說的健康發展。論文總結了網路愛情小說發展的一些不足，如情節單一，故事落入俗套，文本創新不足。網路愛情小說並不能只把網路視為一個新穎的媒介，還要努力挖掘網路對於愛情表達的深層次影響。與網

---

[31] 九把刀http://giddens.twbbs.org/三少四壯集中網路小說是個什麼鬼，論及網路小說在時間和空間上的特性，即作者讀者存在互動的可能和寫作與閱讀的斷裂性

[32] 九把刀http://giddens.twbbs.org/頁面上有他作品內容介紹提示，並可以連接背景音樂，蝴蝶http://seba.pixnet.net/blog/頁面設置也十分顯眼。

[33] 台灣網路小說方面的超文本寫作，要比數位詩的創作沉寂許多，更落後於歐美地區的超文本藝術實踐，這也引起學界的思考。數位文學對話錄：須文蔚與李順興http://dcc.ndhu.edu.tw/poem/paper/42.html

相生如何愛？如何借助網路技術創新愛情表達？成爲網路愛情小說發展不得不面對的一個問題。網路媒介的新奇性會隨著網路的普及而逐漸消失，人們將不再因爲作品發表於網路這個媒體而對之投以特別的關注，網路愛情小說必須不斷地創新愛情表達方式，提高其藝術價值來吸引人們的關注。

　　網路愛情小說需要吸納網路的精神資源，體現出區隔於傳統愛情小說的網路特色和魅力。論文提出網路愛情小說可以充分整合多媒體資源，創造全方位的感官衝擊，用多媒體技術實現文學的視聽通感。網路愛情小說也可以通過增強作者-讀者的互動來創造新的局面。網路愛情小說降生於網路之中，網路給它插上自由飛翔的翅膀，卻也給它劃定了網路這片天空。網路愛情小說的發展必須充分挖掘和利用網路的技術和精神資源，充實網路特性，在網路的天空裡自由飛翔。

參考文獻

- 約翰・菲斯克（John Fiske）著，楊全強譯：《解讀大眾文化》（南京：南京大學出版社，2006年）。
- 巴赫金（Bakhtin）著，李兆林、夏忠憲等譯：《拉伯雷研究》（石家莊：河北教育出版社，1998年）。
- 丹尼爾・貝爾（Daniel Bell）著，嚴蓓雯譯：《資本主義文化矛盾》（南京：江蘇人民出版社，2007年）。
- 詹明信（Fredric Jameson）著，陳清僑等譯：《晚期資本主義文化邏輯》（北京：生活・讀書・新知三聯書店，1997年）。
- 特裡・伊格爾頓（Terry Eagleton）著，華明譯：《後現代主義的幻象》（北京：商務印書館，2000年）。
- 王嶽川、尚水編：《後現代主義文化與美學》（北京：北京大學出版社，1992年）。
- 王嶽川：《後現代主義文化研究》（北京：北京大學出版社，1992年）。
- 夏忠憲：《巴赫金狂歡化詩學研究》（北京：北京師範大學出版社，2000年）。
- 趙一凡：《從胡塞爾到德裡達：西方文論講稿》（北京：生活·讀書·新知三聯書店，2007年）。
- 朱雙一：《近二十年台灣文學流脈》（廈門：廈門大學出版社，1999年）。
- 黃鳴奮：《數碼藝術學》（上海：學林出版社，2004年）
- 歐陽友權：《網絡文學的學理形態》（北京：中央文獻出版社，2008年）。

講評

李進益[*]

　　本文作者廣泛涉獵台灣網路愛情小說作品，從中探討這些作品的意蘊，整理出具體代表性作品的語言策略，並指出當前網路小說在創作上有「故事情節類似，模式單一，沒有充分發揮網路技術優勢」等缺失，全文敘述條理清晰，運用大量的一手資料，同時嘗試引用西方文化理論論述，處處可見功力，就碩士生而言，可說是一篇不錯的論文。

　　不過，個人讀後，認為本文仍有幾個地方可再求更周延、更完整的論述。如第一，頁223引用朱少麟《傷心咖啡店之歌》以作為論述對抗庸俗或體制權威象徵之依據，由此引申說明台灣的網路小說作品出現「咖啡店」的情節，或多或少都具有對抗性，「在其他小說中這種對抗性也許是隱性的、沉睡的。」個人以為，舉朱少麟的作品論述網路小說不是很恰當（儘管作者已有說明），其理如下：此作非在 BBS 或網路上發表，再者，創作者純粹是寫一部探討存在與虛無這類形而上的生命意義的文藝作品，而非純以校園愛情為主。另外，頁224說蔡智恒《愛爾蘭咖啡》有著對現實世界或明或暗的反抗，個人則不太認同，因為從蔡智恒《愛爾蘭咖啡》序言可知，作者寫作此書其主旨在強調做事「認真」的態度是值得讚美的：「當你知道在世界上的任何角落或各行各業裡總是有人認真而堅持地做著一件看似無關緊要的事情時，你可能也跟我一樣，被感動。於是我寫下了《愛爾蘭咖啡》這個故事。」其次，九把刀《等一個人咖啡‧楔子》也清楚說出是在寫一個虛構的愛情故事：「我深深吸了口氣。補充氧氣、勇氣。還有醇厚的咖啡香。然後我要說一個故事。」「告訴人們什麼叫愛情、如何去愛、怎麼被愛，或許正經八百地定義什麼才叫真正的幸福、靠山會倒、靠人會老、幸福還是靠自己最好等。」再者，2008

---

[*] 東華大學台灣語文學系副教授

年10月蝴蝶出了一本《有一間咖啡廳》，雖然有許多故事情節，總之，是在說：愛在無限蔓延中。場景雖然都發生在一間咖啡廳，說的不外乎就是愛。因此，個人認爲引用朱少麟爲例不恰當之外，本文也未點出眾多網路愛情小說其實是在賣一個美麗的愛情夢幻故事而已。台灣網路小說其實未必具有那麼強烈或隱性的反抗權威意識，況且，場景除了咖啡廳外，以藤井樹爲例，長篇小說出現的場景有校園、西子灣、車站、超商等，可見咖啡廳並不是網路愛情小說唯一被論述的場景。

至於爲什麼網路愛情小說常以咖啡館做爲場景？咖啡館文化在台灣社會扮演何種角色？BBS 站與網咖對推動網路小說有何影響？個人以爲若不稍加對這些因素加以探究，實很難周延且全面地論述台灣網路小說的現狀。

台灣網路小說讀者集中在校園，以藤井樹爲例，就有《我們不結婚，好嗎》等九部的男女主角是高中生或大學生，小說設定讀者的對象是學生、軍人等。如有機會，本文作者能更多地瞭解台灣升學考試的社會背景，以及特定男性讀者群的背景，或許才能充分說明出台灣網路小說的意蘊。

最後，參考文獻建議列出本文所舉例的台灣網路小說作品書目。

古典文學《金瓶梅》
數位遊戲化的改編歷程

劉文惠[*]

摘要

　　改編自古典小說《金瓶梅》的單機版遊戲在目前華人市場上已有 3 款，分別是「金瓶梅之偷情寶鑑」〈智冠科技，1997 年發行〉、「新金瓶梅」〈伊思儷超媒體，2002 年發行〉 以及「新金瓶梅真人版」〈伊思儷超媒體，2002 年發行〉。這 3 款數位遊戲結合現代科技並使用文字、視覺及聽覺三種製作模式，重新改編詮釋原典故事情節。遊戲核心在突顯情色要素，並以西門慶的視角虛擬一個充滿酒色財氣的世界。相較於其他古典小說而言，《金瓶梅》被改編的次數最多，其情色要素也最具話題性。本文試圖討論古典小說《金瓶梅》被改編爲數位遊戲的歷程與方式，並從數位文化的觀點來比較遊戲與原典的再造特色。藉此討論古典小說《金瓶梅》在數位遊戲中存續的意涵及商業價值。

關鍵詞：金瓶梅、數位遊戲、古典小說

---

[*] 國立中央大學中研所碩士班，E-mail：purper2773@gmail.com

壹、前言

　　根據資策會在民國 91 年時發表的「1998-2004 年全球遊戲產值」報告，電子遊戲[1]在台灣的發展是以高銷售率的成長進行，就數位媒體在內容與技術上的競爭特點來看，台灣的廠商必須掌握自己的文化優勢，才能製造出具有文化符碼與競爭力的產品[2]。而流行於明中葉以後的世情小說[3]《金瓶梅》搭著這波數位遊戲熱，從原來純文字的閱讀形態，被再造為以影視、數位遊戲[4]等形式上市成為娛樂商品。目前《金瓶梅》被改編為單機版遊戲一共有三款，分別是「金瓶梅之偷情寶鑑」〈智冠科技，1997 年發行〉與筆者製作之「新金瓶梅」〈伊思儷超媒體，2002 年 3 月發行〉 以及「新金瓶梅真人版」〈伊思儷超媒體，2002 年 9 月發行〉。這 3 款單機版遊戲結合多媒體數位科技，並利用文字、視覺及聽覺三種資料[5]在電腦程式系統上編輯展現，並重新改編原典故事情節以加強遊戲性[6]。同時《金瓶梅》的情色論點一直都是被關心的焦點，此書在性描寫的部分有三十多處近五萬言，而性事描寫則圍

---

[1] 依據行政院於民國 91 年所成立之「數位典藏國家型科技計畫」中「應用服務分項計畫」便將軟體產業中的數位遊戲列為相關內容之一。參見該計畫網站 http://aps.csie.ntu.edu.tw/otherlink_national2.html#1。數位遊戲又稱為電子遊戲，參見魯希爾・迪馬利亞（Rusel DeMaria），強尼・L・威爾森（Johnny L. Wilson）原著；蔣鏡明、李宜安校譯：《圖解電子遊戲史》（台北：麥格羅・希爾國際出版公司，2004 年）所稱。

[2] 參見黃國洲：《我國電腦遊戲產業之新產品開發策略考量》（桃園：元智大學資訊播學系網路傳播組碩士論文，2003 年），頁 1-2。

[3] 魯迅在《中國小說史略》一書提到：「當神魔小說盛行時，記人事者亦突起，其取材猶獲末市人小說之『銀字兒』，大率為離合悲歡及發跡變態之事，間雜因果報應，而不甚言靈怪，又緣描摹世態，見其炎涼，故或謂之『世情書』也。諸『世情書』中，《金瓶梅》最有名。」（濟南：齊魯書社，2002 年第 2 刷），頁 143。

[4] 以電腦製作而成的遊戲所涵蓋的範圍很廣，使用的平台（platform）也不盡相同，本文所稱的數位遊戲則是指單機遊戲而言，不包含網路遊戲、電視遊樂器及大型機台等。參見林喬偉：《從中國古典文學賞析來探討多媒體製作的腳本結構——以鏡花緣多媒體為例》（桃園：元智大學資訊研究所碩士論文，2000 年），頁 19。

[5] 使用應用工具如程式語言 VC++及多媒體工具，將文字、圖像、影像及聲音等多項資料編輯成為資料節點，利用超媒體 Hypermedia 使遊戲呈現多線式閱讀模式。參見林喬偉：《從中國古典文學賞析來探討多媒體製作的腳本結構——以鏡花緣多媒體為例》，頁 13。

[6] 遊戲性及互動性是為遊戲開發內涵的基本考量，這種考量立基於消費者青睞該遊戲的程度；而遊戲中加入客觀的真實要素，則是為了提供玩家一個夢境般的虛擬世界。參見黃國洲：《我國電腦遊戲產業之新產品開發策略考量》，頁 14。

繞著主人翁西門慶及其妻、妾和奴僕間的日常生活中，同時交錯著眾人的情感糾葛及揭露現實社會的醜惡。魯迅在《中國小說史略》中提到：

> 作者之于世情，蓋誠極洞達，凡所形容，或條暢，或曲折，或刻露而盡相，或幽伏而含譏，或一時並寫兩面，使之相形，變幻之情，隨在顯見。

「洞達且完整的世界觀」提供遊戲改編者一個模擬的借鏡，從中模仿設計了一個虛擬世界讓玩家[7]投射自我。本文將依目前由台灣本土遊戲製作公司所依據《金瓶梅》而改編製作的單機版遊戲──「金瓶梅之偷情寶鑑」、「新金瓶梅」和「新金瓶梅真人版」3 款遊戲，分析討論《金瓶梅》小說在被改編為數位資料時，原典與數位遊戲之圖像、影音、劇本之間的關聯性。本文所提原典則以齊煙、汝梅校點本《新刻繡像批評金瓶梅》（台北，曉園出版社，1990 年。）為遊戲改編劇本對照版本。同時比較 3 款遊戲在再造故事主軸上的主要核心意識與審美觀點。並試圖分析原典《金瓶梅》中有關情、色、性等元素在數位遊戲平台上被重新塑造的方式及邏輯、探討 3 款金瓶梅數位遊戲如何利用數位影像聲光科技來突顯性幻想、性享受這類情色要素。

每一款遊戲皆是團隊建構製作的產品[8]，產品的完成必須由製作人帶領程式、美術、企劃及音樂等人員共同製作，每一個成員所掌控的元素之間是互相影響的。由於遊戲製作範圍包含資訊工程、藝術設計、多媒體傳播等領域，本論文則針對與原典改編較為相關的劇情企劃、圖像表現、影音效果等方向作為討論的基礎，不另涉略建構遊戲工程及軟硬體的製作，以區別本論文與其他遊戲研究論文主體上的差異。

---

[7] 本研究將數位遊戲的使用者稱為「玩家」，也是社會上對於遊戲有相當程度涉略者的普遍稱呼，據此原則，以下稱玩家皆為此類。參見林喬偉：《從中國古典文學賞析來探討多媒體製作的腳本結構──以鏡花緣多媒體為例》，頁 2（注 1）。

[8] 參見林喬偉：《從中國古典文學賞析來探討多媒體製作的腳本結構──以鏡花緣多媒體為例》，頁 26-29。

貳、《金瓶梅》由原典而數位遊戲化的歷程

家用電腦發展的期間，數位遊戲研發的數量也逐漸增多[9]，個人電腦普及促進數位遊戲大量被製作研發：

> 家用電腦在家庭或工作場所中是越來越普及了……這也代表著電腦遊戲的消費者增加了。1979 年到 1980 年之間，有一些公司開始製作電腦遊戲。這些電腦公司可說代表著 80 年代的電腦遊戲史——Origin、Sirius、SSI、Muse、The Learning Company、Sir-Tech、Edu-Ware，以及在 1979 年前不久才開始營業的BrOderbund和Epyx。[10]

國外自製的數位遊戲成為娛樂市場上的熱門商品後，刺激國內業者跟進研發以中國古典小說為內容的電子遊戲，首款改編自《金瓶梅》的單機成人遊戲[11]「金瓶梅之偷情寶鑑」於 1997 年[12]由智冠科技公司所製作發行，其採用 2D平面圖像，以文字對話劇情建構角色扮演[13]模式。在當時，改編古典文學成為遊戲的風潮漸漸開始，這款遊戲頂著《金瓶梅》的高知名度以及成人遊戲的號召[14]，馬上吸引了電玩迷的目光。《金瓶梅》第二次被改編於 2002

---

[9] 台灣遊戲廠商著重在個人電腦上的發展，其中個人電腦的普及和硬體技術的進步是主要的原因，由於代理國外遊戲的權利金過高，促使國內廠商自製研發意願增強，因此中國古典小說被改編為自製遊戲內容的機會也就增加。參見黃國洲：《我國電腦遊戲產業之新產品開發策略考量》，頁 9。

[10] 早期的遊戲製作公司多數在美國，並由國內廠商翻譯引進國內。參見魯希爾·迪馬利亞〈Rusel DeMaria〉，強尼·L·威爾森（Johnny L. Wilson）原著；蔣鏡明、李宜安校譯：《圖解電子遊戲史》，頁 108。

[11] 遊戲平台包含電腦遊戲（computer games）、電視遊樂器遊戲（video games）及大型機台（arcade games），本論文所指改編而成的《金瓶梅》數位遊戲則為電腦遊戲（computer games），且為不需網路連結進行之單機遊戲。參見林喬偉：《從中國古典文學賞析來探討多媒體製作的腳本結構——以鏡花緣多媒體為例》，頁 19-20。

[12] 由於筆者所獲得的遊戲光碟封面上版權標示為 1997，而遊戲介紹及遊戲攻略則在 1996 年，本論文依產品標示製造年為發行年。若有資料可證 1996 年即有遊戲上市，則待日後補充修正。

[13] 一種遊戲類型，起源於棋類遊戲的分支，利用紙筆和交談互動進行的遊戲（桌上角色扮演遊戲）。以遊戲而言，則指的是玩家即遊戲主角。

[14] 成人遊戲又稱十八禁遊戲，立法院 2004 年 05 月 28 日公發布〈兒童及少年福利法〉第 27 條：「出版品、電腦軟體、電腦網路應予分級；其他有害兒童及少年身心健康之物品經目的事業

年 3 月，由伊思儷超媒體推出第一款取得台灣圖評會[15]審查字號的限制級成人遊戲「新金瓶梅」。同年 9 月伊思儷超媒體再將「新金瓶梅」由 2D 平面圖像遊戲改編為真人圖像與動態影片交錯演出的「新金瓶梅真人版」，遊戲中以播放真人影片的方式進行遊戲情節，這款遊戲取得圖評會以及新聞局雙重限制級審查字號後上市。

截至目前為止，再無其他遊戲製作公司試圖改編《金瓶梅》為單機或是網路遊戲[16]，網路上雖有名為「金瓶梅迷你遊戲」的 Flash Game[17]（又名「追釵奇緣」，男主角預設名為甯采臣。）由於其遊戲內容及劇情發展與《金瓶梅》故事情節相差甚遠，因此本論文不納入分析與比較範圍中[18]。

參、《金瓶梅》遊戲劇本的改編程式

一、遊戲劇本編輯元件與建構方式

《金瓶梅》小說是以西門慶家族為主軸，描述晚明情論思想[19]與社會文化的具體縮影，以西門一家的興衰作為小說發展的核心，同時描寫市井生活、暴露人性的欲望，將一個暴發戶由盛而衰的悲劇攤在世人面前引人感嘆。而遊戲製作由於程式系統的編輯有一定的條件，需將原典中的純文字敘

主管機關認定應予分級者，亦同。」將此類遊戲予以內容分級及販售限制。

[15] 1995 年行政院新聞局會同「中華民國圖書出版事業協會」與「台北市出版商業同業公會」推動圖書分級制，成立「中華民國圖書評議委員會」，2002 年改制為「財團法人中華民國出版品評議基金會」。

[16] 智冠科技另有改編自《紅樓夢》的「紅樓夢之十二金釵」限制級遊戲；伊思儷超媒體在改編《金瓶梅》為成人遊戲之後，陸續改編了以「聊齋」、「魚玄機」為主題的成人遊戲「艷鬼聊齋系列」三款以及「大唐隸教傳」等中國古典風的產品。

[17] 此款遊戲為網路遊戲，參見其一遊戲網址 http://www.more.game.tw/games_4455.html。由於網路遊戲網址經常更動，此處所列遊戲網址並非永久不變，若須搜查此遊戲可利用搜尋引擎鍵入關鍵字「追釵奇緣」。

[18] 以古典小說為名或內容類似的遊戲還有「三國誌系列」（日本 KOEI 發行）、「西遊記線上遊戲」（日本 KOEI 發行）、「新西遊記線上遊戲」（香港遊戲龍／香港卓越數碼發行）、「幻想西遊記」（台灣智冠科技代理）、「幻想水滸傳」（日本 KONAMI 發行）、「歡樂水滸傳線上遊戲」（台灣 ShowJoy 秀橋發行）。詳見巴哈姆特電玩資訊站 http://www.gamer.com.tw/及遊戲基地 http://www.gamebase.com.tw/。

[19] 參照廖罩宇：〈晚明愛情觀與佛教交涉芻議〉，《欲掩彌彰：中國歷史文中的「私」與「情」——私情篇》，頁 159。

述予以分類，才能改編爲適合程式系統所接受的元件——文字（旁白、對話、提示）、視覺（圖像人物、影片、場景、介面）、聽覺（背景音樂、音效）以及遊戲結局（系統結束條件），並使用將上述元件編輯爲具有連續性質的鏡頭[20]，再以一個或一個以上的鏡頭串聯成爲一個獨立的事件。玩家則必須在遊戲中觸發事件以進行遊戲，並以第一人稱視角扮演西門慶模擬其生活型式。

玩家透過操作滑鼠及瀏覽螢幕，以閱讀文字對話及圖像資訊進行遊戲內容。在閱讀文字對話時，玩家可以得到下一個事件的提示或暗示，藉由串聯依序發生的事件，達成追求某一個女性的結局條件，展演小說中的故事情節。因此遊戲劇本在設定特定女子事件時，便是把小說中關於此女子的所有劇情節錄出來，並依系統元件分類再編輯成爲各個獨立事件。圖像製作的基礎則參考小說中對於當代衣飾、器具、建築、景物等等具體性的描述重構繪製，至於遊戲中的人物圖像或影像所造成的視覺效果，如臉部表情或是肢體動作，可以輔助文字內容更直接被玩家理解，而遊戲場景建構一個如假似真的虛擬世界以供玩家投射幻想其中。聲光音效加強意境與情緒的感染力，使得遊戲更爲生動刺激，在文字顯示如「笑聲」「哭聲」等等狀態時，同時播放「笑聲」或「哭聲」以表達情緒的強度，目的在提升遊戲性及戲劇張力。

二、遊戲文字與小說情節的改異關係

原典中原有側面描寫與人物對話兩種敘述文字形態，筆者在塑造重編某一女子的遊戲劇本事件時，除了參考原典的主要故事發展橋段之外，爲了適合遊戲的分歧性、任務性同時增加耐玩度，會添增原典以外的事件來補足遊戲階段性的任務需求，以「新金瓶梅」中李瓶兒的劇情爲例，遊戲劇本共安排了 12 段事件和一個結局，其中事件二「花子虛吹噓自己的性能力」及事件十一「玳安替李瓶兒轉達悔恨之意」[21]便是新增的事件。遊戲的高潮是事

---

[20] 此稱爲「多媒體編輯器」，可將文字、圖／影像、聲音進行分鏡式組合，再藉由多媒體軟體播放呈現。參見林喬偉：《從中國古典文學賞析來探討多媒體製作的腳本結構——以鏡花緣多媒體爲例》，頁 60。
[21] 資料來源爲「新金瓶梅」遊戲李瓶兒劇本原始製作檔案，爲筆者私人收藏，並無對外發表或

件十二「李瓶兒上吊自殺，西門慶轉怒為喜」，此事件是取自《新刻繡像批評金瓶梅》第十九回〈李瓶兒情感西門慶〉[22]這一段描述：

> 且說西門慶見他睡在床上，倒著身子哭泣，見他進去不起身，心中就有幾分不悅。（中略）門慶走來椅子上坐下，指著婦人罵道：「淫婦！你既然虧心，何消來我家上吊？你跟著那矮忘八過去便了，誰請你來！（中略）我自來不曾見人上吊，我今日看著你上個吊兒我瞧！」

短短幾行就具有「西門慶」與「李瓶兒」兩個人物；「睡」、「倒」、「哭」、「進去」及「起身」等動作；「倒著身子哭泣」與「幾分不悅」等兩種情境側寫，以及西門慶從靜態觀看到坐下開罵兩進情節。在改編整篇小說的前置作業時，都需事先把文字歸納再予以分類，此事件從「且說西門慶見他睡在床上」至「果然這廝他見甚麼碟兒天來大！」劇情的重點在於西門慶與李瓶兒兩人之間由對立關係轉為情感關係。在兩人的對話中，西門慶強勢主導而李瓶兒嬌柔順從。在情緒的表達上，西門慶要轉怒為喜、李瓶兒須由悲生樂。而音效的配合則為「怒罵」及「哭泣」兩類。劇情所要傳達的重點，則是要破解兩人的對立轉而增進親密的程度。最終在「燃起舊情」以及「性能力比較」的條件下將西門慶提升至主掌一切的地位。對照「新金瓶梅」李瓶兒劇本事件十二的腳本，這一段的情節是這樣改寫的[23]：

代號	內容	人物	場景	設定
事件 12 68 巳	李瓶兒上吊哭訴：西門慶沒有依約來娶，自己生病被蔣竹山救，以為西門慶不愛她才招贅，西門慶才氣消。李瓶兒寬衣解帶，哄得西門慶情迷意亂，兩人 H（事件圖）。	西門慶 李瓶兒	花家	

發行。

[22] 參見【明】笑笑生著，齊煙、汝梅校點：《新刻繡像批評金瓶梅（上）》（台北：曉園出版社，1990年），頁245-247。

[23] 節錄自「新金瓶梅」李瓶兒遊戲劇本事件十二部分內容。

【西門慶】聽了應伯爵一番話,我還是想聽聽瓶兒的解釋。		花家大廳	
【西門慶】也許真的是我誤會她了也說不定……			
【西門慶】人呢?會不會在房裡?去看看……			
【西門慶】瓶兒?瓶兒?		黑幕	
房內隱隱約約傳來啜泣聲……			哭泣聲
【西門慶】瓶兒?妳在做什麼?	事件圖6		
【西門慶】快下來!			
【李瓶兒】嗚……			哭泣聲
【李瓶兒】我已經沒有臉活下去了……			
【西門慶】妳快下來,我不是來找妳了嗎?			
【西門慶】有話好好說,來……			
【西門慶】乖乖聽話……			
【李瓶兒】…………………………	事件圖4		哭泣聲
【西門慶】我做了什麼事?妳要這麼想不開?			
【李瓶兒】西門大哥……我對不起你……			
【西門慶】那我就直說了,妳不是已經答應等我?爲什麼還嫁給那個姓蔣的?			
【李瓶兒】事情是這樣的……			
【李瓶兒】西門大哥走後沒幾天,瓶兒就病倒了……			
【李瓶兒】我命令家僕去找大哥,結果都撲了空……			
【李瓶兒】快病死時,蔣竹山出現救了我。			
【西門慶】救了妳?妳就以身相許?			
【李瓶兒】嗚……並不只這樣……			哭泣聲
【李瓶兒】他告訴我……西門大哥要玩什麼樣的女人沒有?			

	【李瓶兒】我以爲你對我只是逢場作戲而已……			
	【西門慶】我……我……			哭泣聲
	【李瓶兒】人家既傷心又絕望又找不到你，有人在這個時候肯照顧我，我就只好答應了……			
	【李瓶兒】要不然你丟棄我？我要去依靠誰呢？			
	【西門慶】好啦……我不氣就是了，妳也不要再哭了……			
	【西門慶】讓我們言歸於好吧……	事件圖7		
	【李瓶兒】西門大哥……不生瓶兒的氣了嗎？			
	【李瓶兒】那……瓶兒願意……伺候大哥……			

　　如上表所示，資料元件分爲「內容」（對話）、「人物、場景」（圖像）以及「設定」（音效）3 欄[24]，對照小說原文以及遊戲劇本來比照，小說中人物的對話字句長且字數多，如李瓶兒在解釋改嫁蔣竹山的原因「奴不說的……攛出去了。」共有 176 個字；回答西門慶與蔣竹山誰比較強「他拿甚麼……只是想你。」有 119 個字；西門慶在責罵李瓶兒「淫婦！……上個吊兒我瞧。」以及「我那等對你說……要撑我的買賣！」各有 69 及 82 個字；西門慶在承認用手段打跑蔣竹山該段則用了 79 個字。而遊戲劇本對話的表達方式則採取你一言我一語的對話方式，改以簡短的字數及迅速的節奏產生對話。如上表所列，最長的字數只有 31 個字，最短的只有符號而無字。遊戲劇本之所以使用這麼簡短且往返頻繁的對話方式，最主要的考量是在於玩家以敲擊滑鼠來操縱對話，每點選一次滑鼠左鍵就會產生下一句對話。若玩家專注停滯在閱讀冗長對話中，則造成手指停止敲擊滑鼠動作的時間太久，容易產生厭煩感並失去遊戲性。文字的改編程式區分了純閱讀與玩遊戲兩者的差異性，同時對話只是整體遊戲畫面的一部分，玩家在閱讀遊戲對話時並不能像閱讀

---

[24] 第一欄的「代號」則爲程式系統設定與故事情節無關。資料來源爲該遊戲遊戲劇本。

小說一樣,光看文字卻不必注意其他圖像和聲音,因此大多數的遊戲對話皆有螢幕畫面上比例的大小及字數多寡的限制,但尚未有一定的標準。

三、視覺影像與人物動作的改異關係

文字在動作性的書寫上,比如「睡在床上」、「倒著身子」、「椅子上坐下」、「指著」、「摟著」、「哭著」及「笑著」等等字眼,在遊戲的改編上,則使用具體的人物表情圖像喜、怒、哀、樂等來傳達,玩家在閱讀文字時,也可以同時看見人物圖像相對應的表情。例如在上表的欄位中李瓶兒的對話欄位為「嗚……」時,則代表玩家在螢幕上,可以看見李瓶兒悲傷的表情圖像[25],並發出「嗚」的哭泣聲。另外較為複雜的連續性動作,同樣以《新刻繡像批評金瓶梅》第十九回〈李瓶兒情感西門慶〉[26]這一段為例:

> 教他下床來脫了衣裳跪著。婦人只顧延挨不脫,被西門慶拖番在床地平上,袖中取出鞭子來抽了幾鞭子,婦人方纔脫去上下衣裳,戰兢兢跪在地平上。

或是兩人以上的肢體接觸,如:

> (西門慶)即丟了鞭子,用手把婦人拉將起來,穿上衣裳,摟在懷裡。

這兩種較複雜的互動式動作敘述則使用遊戲事件圖來表達,構圖方式則跳脫西門慶的視角,並以第三人的角度觀看西門慶與李瓶兒和場景之間的互動關係,玩家則以旁觀者的立場閱讀對話,並搭配事件圖來理解故事情節。「金瓶梅之偷情寶鑑」以及「新金瓶梅」皆以這種改編手法處理一般對話情

---

[25] 「新金瓶梅」並非所有人物的遊戲劇本皆標示表情圖檔代號,如宋蕙蓮、李嬌兒則有標示喜、怒等,吳月娘及李瓶兒則無。但該遊戲的程式編輯器則詳盡標示每個人物的表情代號,遊戲進行中的圖像更換比劇本標示的次數更多,可見劇本並非嚴格的要求標示的責任,遊戲鏡頭須依程式編輯器為準。

[26] 參見【明】笑笑生著,齊煙、汝梅校點:《新刻繡像批評金瓶梅(上)》,頁 245-247。

緒及連續性動作。而「新金瓶梅真人版」則增加真人影片敷演部分劇情事件。

完整的事件過程,多半是人物圖像和事件圖輪替。玩家先與人物進行一般性對話,人物圖像則「站」在場景前更替表情;當故事進行到連續性動作發生時,則利用事件圖取代場景和人物。由此可知使用事件圖的原則,多半在於改編較具挑逗性或是關鍵性的情節。例如在「新金瓶梅」中的吳月娘劇情,一共有 13 段事件、3 張事件圖。這 3 張事件圖分別為:「夜晚聽窗外貓思春」、「與西門慶共賞春宮圖」、「與西門慶的魚水之歡」;而孫雪娥支線共有 7 段事件、3 張事件圖。這 3 張事件圖分別為「西門慶教孫雪娥習字」、「應伯爵與孫雪娥調情」、「西門慶強暴孫雪娥」。在「金瓶梅之偷情寶鑑」所發行的《十大美人-紅顏心事》則有 35 張事件圖,其中性愛或女體裸露畫面就有 24 張。由此觀之,床笫之歡與枕邊風月情節為這 3 款遊戲改編事件圖的大宗,其構圖方法則視情節內容而定。

四、聽覺音效與情境描寫的改異關係

要在遊戲中表達小說的「哭泣聲」、「怒罵聲」、「風聲」、「雨聲」及「呻吟聲」皆可由數位化的音樂及音效來替代,其目的在陪襯或加強劇情效果,可使玩家在情緒上更投入當下的情境中。對話中搭配音效可以強調對話的情緒,事件圖或影片則多搭配「呻吟聲」及抒情的音樂以強調性愛行為的感官刺激。以「新金瓶梅」為例,性愛場景時播放的女性呻吟聲數量,潘金蓮有 17 段、李瓶兒有 8 段、龐春梅有 5 段、吳月娘有 12 段,相較於其他的開門聲、洗澡水聲、親吻聲[27]等等,呻吟聲佔了大多數。用心跳與音效之間的關係來詮釋成人遊戲特別喜歡在歡愛畫面時添加呻吟聲是最好的解釋,小說中大量被拿來改編或借鏡的性愛情節,總是少不了男女雙方在性行為過程中所製造出的聲響。其目的在刺激玩家的感官、增加心跳的速度,貼切模擬真實性愛的感受及過程。音效的使用效果除此之外並沒有太多其他實質的意義。《新刻繡像批評金瓶梅》第十七回[28],描述西門慶與李瓶兒偷情私會情節:

---

27 資料來源:「新金瓶梅」音效表格一覽表。
28 參見【明】笑笑生著,齊煙、汝梅校點:《新刻繡像批評金瓶梅(上)》,頁 208。

　　西門慶先和婦人雲雨一回，然後乘著酒興，坐于床上，令婦人橫躺于衽席之上，與他品簫。但見：
　　不竹不絲不石，肉音別自唔咿。流蘇瑟瑟碧紗垂，辨不出宮商角徵。一點櫻桃欲綻，纖纖十指頻移。深吞添吐兩情癡，不覺靈犀味美。

　　小說以「肉音」妙傳品簫之神態與聲音，遊戲中便以真實的音效呈現「嗚咿聲」。不過在張余健：〈成人影片中馬賽克及音效對觀眾的影響〉[29]論文中提及有無音效對於觀眾在觀看性愛鏡頭時的心跳刺激並沒有太多的差異，這個結論與成人遊戲或是成人電影在激情鏡頭時大量使用呻吟聲的現象恰恰相反。當然消費者需求與製作原理是一種商業預測行為，實體研究與數據分析則是較為複雜的醫理領域，因此本論文不予一併討論比較兩者的差異。但可以確定的是，聲音或音效確實帶給玩家一種具有情緒引導的效果。王汝梅在《新刻繡像批評金瓶梅》〈前言〉中提到：

　　評點者說作者「寫笑則有聲，寫想則有形」，「並聲影、氣味、心思、胎骨」俱摹出，「真爐錘造物之手」[30]。

　　可知「聲」是敘述故事情節的重要元素。小說中如「用舌尖遞送與婦人，兩個相摟相抱，嗚咿有聲。」[31]、「不竹不絲不石，肉音別自唔咿」[32]、「婦人則目暝氣息，微有聲嘶，舌尖冰冷」[33]或是男女雲雨抽插動作時產生的「淫水浸出，往來有聲。」[34]這些聲音與情境的描述，就是音效改編時的參考要素。

---

[29] 參見張余健：〈成人影片中馬賽克及音效對觀眾的影響〉（台北：世新大學廣播電視電影學所碩士論文，2007年），頁71。
[30] 參見【明】笑笑生著，齊煙、汝梅校點：《新刻繡像批評金瓶梅（上）》，頁14。
[31] 參見【明】笑笑生著，齊煙、汝梅校點：《新刻繡像批評金瓶梅（上）》，頁60。
[32] 參見【明】笑笑生著，齊煙、汝梅校點：《新刻繡像批評金瓶梅（上）》，頁208。
[33] 參見【明】笑笑生著，齊煙、汝梅校點：《新刻繡像批評金瓶梅（上）》，頁357。
[34] 參見【明】笑笑生著，齊煙、汝梅校點：《新刻繡像批評金瓶梅（上）》，頁1053。

五、遊戲結局的核心價值與意識

遊戲的結局代表著遊戲的核心價值與意識，玩家在一開始進行遊戲時就會被賦予使命，並以努力達成這個使命爲最終目標。以「金瓶梅之偷情寶鑑」爲例：

> 遊戲以養成經營為主，玩家必須在西門慶有生之年內訓練其氣質、學養、魅力、健康、爆發力、持久力、人際關係、信用度、品德、口才、禮儀、體型、個人衛生、浪漫度等十五項參數，並於同時完成每位女子在遊戲中所設定之特殊事件，達到各女子的傾心值、下嫁值，還要擊敗情敵。[35]

其人物的個性、身世、事件大都與原典《金瓶梅》差異頗大，遊戲所訴求的娛樂性遠大於小說的警世性。同時設計遊戲的目的在於取悅玩家，並非恫嚇玩家。遊戲簡介很清楚的指出，如何培養西門慶成爲一個萬人迷、既品學兼優又允文允武是最重要的一件事。小說《金瓶梅》第三回王婆對西門慶定挨光計時這樣說：

> 王婆道：「大官人，你聽我說：但凡『挨光』的兩個字最難。怎的是『挨光』？比如如今俗呼『偷情』就是了。要五件事俱全，方纔行的。第一要潘安的貌；第二要驢大行貨；第三要鄧通般有錢；第四要青春少小，就要綿裡針一般軟欵忍耐；第五要閑工夫。此五件，喚做『潘驢鄧小閑』。都全了，此事便獲得著。」[36]

王婆的挨光計同時也被挪用爲「金瓶梅之偷情寶鑑」之遊戲條件，而「偷情」這種違反道德的意識，就在康正果《重審風月鑑》中這一段論述中得到解決：

---

[35] 參見「金瓶梅之偷情寶鑑」網路「遊戲簡介」http://www.3boys.cn/bbs/viewthread.php?tid=2129。

[36] 參見【明】笑笑生著，齊煙、汝梅校點：《新刻繡像批評金瓶梅（上）》，頁43。

一般來說，凡是從偷情到皆大歡喜的喜劇結構，都屬於風流佳話，都被
置於敘事者與讀者表示讚賞的交流情境中，因為有情人終成眷屬總是令
人滿意的好運氣，其間的巧遇和巧合越是顯得難以置信，便越足以證明
宿命的決定作用。[37]

　　純娛樂化的遊戲劇本為符合玩家自我投射於遊戲世界時，可得到單純的
享受並滿足其幻想，製作者將偷情意識擴大到整個遊戲的意識，並淡化人性
道德、懲戒警世種種作用以強化遊戲的娛樂性，商業目的才是改造的最後目
標。該遊戲說明書標示：

書中曾提偷情五要素「潘、驢、鄧、小、閒」，缺一不可，遊戲中也以
此五要素，為主，做為西門慶基本成敗之考量：
潘：貌美如潘安。設定為西門慶之外表相關屬性--氣質、學養、禮儀、
體重、魅力。
驢：性能力如驢。設定為西門慶身體相關屬性--健康、體力、持久力、
爆發力。
鄧：財力如鄧通。設定為西門慶之財產--妻妾壽命、品德、信用度、金
錢。
小：年輕少小。設定為西門慶之外交相關屬性--人際關係、妻妾滿意度、
壽命、浪漫度。
閒：極有餘閒。設定為西門慶之娛樂--口才、快樂度、妻妾精神滿意度[38]。

　　「偷情」這個手段到了遊戲設計並非指向負面的雞鳴狗盜行為，而是西
門慶個人的內外涵養以決定人生成敗。另外兩款「新金瓶梅」及「新金瓶梅
真人版」同時也繼承著這種風流快活的遊戲意識，基本上承襲了「金瓶梅之

---

[37] 康正果：《重審風月鑑──性與中國古典文學》（台北：麥田出版，1996 年），頁 216。
[38] 參見「金瓶梅之偷情寶鑑」網路「遊戲簡介」http://www.3boys.cn/bbs/viewthread.php?tid=2129。

偷情寶鑑」的設計理念，並增加了煉製採集的項目[39]，參數的設定很明白的
指出這兩款遊戲目的所在：

> 煉製等級：西門慶目前所達到的煉製等級。
>
> 智慧：煉製物品而累增的數值，顯示西門慶努力的成果。
>
> 淫亂度：西門慶目前的淫亂值，由煉製物品得來，影響潘金蓮結局評語。
>
> 性技巧：煉製物品或回答宋蕙蓮問題得來，觸發宋蕙蓮事件必備數值。
>
> 道德：西門慶目前的道德感，由煉製物品或是回答吳月娘問題得來，影
> 響吳月娘的結局評語。
>
> 銀兩：代表西門慶目前所擁有的金額，紅字負數即代表負債，煉製的物
> 品可以賣出換成銀兩，也可以接任務賺取，影響到結局時玩家所能買到
> 的官位。[40]

參數條件直接影響遊戲結局、決定玩家的成敗，可知遊戲設計中另有一
套價值觀，而這價值觀與現實社會並沒有絕對的對應關係。西門慶的下場可
成可敗，即操縱在玩家的遊戲意念中。

為了確實切割人物的單線性發展和顧及遊戲結構的多樣性，另外一個改
編的意識是為了滿足慾望而設計的。以成人遊戲的特質套上中國人傳統的思
想，「成家立業」與「傳宗接代」[41]就是這 3 款遊戲的共同的目的所在。玩家
所扮演的西門慶要極盡可能的升官發財、娶妻生子並盡情享受偷情的過程。
為了這個特質，遊戲大幅度更改了小說中人物之間的關係與其身世背景，重
新編排主人公「西門慶」的風流韻事，一反原典《金瓶梅》中西門慶絕子絕

---

[39] 煉製採集就如同道家煉丹一般，需要到各處收集物品，進行煉製。煉製物品有寶石、食物、
飾品、媚藥等等。見「新金瓶梅」《遊戲說明書》（桃園：伊思儷超媒體出版，2003 年），頁
16-17，及「新金瓶梅真人版」《遊戲說明書》（桃園：伊思儷超媒體出版，2003 年），頁 14-15。

[40] 見「新金瓶梅」《遊戲說明書》，頁 14。

[41] 研究遊戲 RPG 的學者 Kornelsen 曾將角色扮演分為七種模式，其中一種為「成長經驗」（growth
experience），即為西門慶被設計製造之立論基調，同時兼具故事模式（story），以作為遊戲
的開始與結束標準。參見林喬偉：〈從中國古典文學賞析來探討多媒體製作的腳本結構——
以鏡花緣多媒體為例〉，頁 34。

孫的結局，如「金瓶梅之偷情寶鑑」所標榜：

> 最終目的是將十位美嬌娘女子迎娶回門，共組美滿的家庭，西門慶之各項參數，決定故事之走向、結局。[42]

而「新金瓶梅」則加入買官位這一項，但官位的功能在遊戲中並沒有具體的發揮，只有在結局時予以判定成敗：

> 西門慶必須完成父親遺願，在短短的七十天之內成家立業，娶老婆、生兒子、買官位，否則狠心的西門老爹便將所有家產充公，讓西門慶這個敗家子淪為乞丐。所以，西門慶要如何運用父親給的八萬兩，在官商勾結的黑暗亂世好好過他的下半輩子，就要看玩家的功力高不高明。[43]

「新金瓶梅真人版」則把智慧改成儀容，並多增了「名氣」[44]這一項，遊戲目的則擴張至「功成名就」以及「光宗耀祖」這樣的傳統意識上。在商業訴求上，加入文化符碼的製作心態，除了追求華文地區玩家的認同感，再來就是區分歐、美、日所製作的遊戲產品屬性。

肆、遊戲改編的訴求

一、突顯情、愛、性三種要素

一個以《金瓶梅》為名的電子遊戲，同時也就具備了情與色的號召力：

> 三百年來，一說到「淫書」，首先提到的必是《金瓶梅》而不及其他。實則，同時代寫男女性事的說部，尚有其他不少部，而且全是以寫男女

---

[42] 參見「金瓶梅之偷情寶鑑」網路「遊戲簡介」http://www.3boys.cn/bbs/viewthread.php?tid=2129。
[43] 參見「新金瓶梅」《遊戲說明書》，頁8，及「新金瓶梅真人版」說明書頁6。
[44] 參見「新金瓶梅真人版」《遊戲說明書》，頁12。

性事為職志的，竟少被說起。正因為《金瓶梅》的名氣大，已家喻戶曉。
[45]

明清情色文學的興盛除了政治控制力量的消長[46]，也與享樂縱慾的生活
氛圍有關，丁峰山在《明清性愛小說論稿》說：

> 金錢上升價值評判的最高準繩，逐利、競爭、消費、享樂這些商業世界
> 原則成為新生活的指導。[47]

以此來看同具娛樂性質的電子遊戲就可明白改編遊戲時的基本考量，更何況
電子遊戲的製作與商業行為息息相關，「成人遊戲」所代表的大量情色要素
更具有吸引消費者購買意願的特質。「金瓶梅之偷情寶鑑」已經把改編的目
的表達的很清楚，這是一款「偷情」的遊戲，《軟體世界》在 1996 年〈新春
超值號 94 期〉介紹這款「金瓶梅之偷情寶鑑」提到：

> 在遊戲軟體分級制度開始實施之際，這是智冠第一個搶灘限制級"情色
> 遊戲"的先鋒（中略）觸目可見純中國的服裝色彩及略帶日式風格的眉
> 眼風情，還有精製旖旎的畫面佈景和含蓄又豪放的對話。……我們將遊戲
> 歸為模擬養成類，主要希望玩者將西門慶訓練養成一個情場老手，並模
> 擬設計各種談情說愛的情況，讓主角運用及發揚光大。……在西門慶二
> 十六歲到三十三歲八年短短生涯中，他必須使盡各種手段、參與各種社交
> 活動，贏得十位佳麗芳心，並將其全部娶回家增產報國，並在主角身亡之
> 際，很驕傲的有十美在旁哭靈。[48]

---

45 參見魏子雲：《金瓶梅研究二十年》（台北：台灣商務印書館，1993 年初版，2004 年第二刷），
  頁 184-185。
46 參見丁峰山：《明清性愛小說論稿》（台北：大安出版社，2007 年），頁 31-35。
47 參見丁峰山：《明清性愛小說論稿》頁 44。
48 參見《軟體世界》（高雄：智冠科技發行第 94 期，1996 年），頁 8-9。

除了女人，沒有大把的花錢，好像顯不出這個遊戲的糜爛和紙醉金迷[49]！

　　為了滿足玩家享受西門慶左右逢源、仗勢倚權的囂張行為之外，「金瓶梅之偷情寶鑑」挑選了大美女以供玩家愛戀追求並且進行偷香竊玉的行為。而「新金瓶梅」與「新金瓶梅真人版」也挑選了9大美人供西門慶肆意追求共度魚水之歡。遊戲中，女人們存在的意義如同《軟體世界》所言：

> 妻妾們是花錢的源頭，也是賺錢的幫手，……她們會做女紅、養魚、養雞、做衣帽來出售、種茶、織布，還會作畫經商，……如果覺得某名妻妾太懶或實在太笨，還可以為其安排「學習過程」，以提高其生產力，……玩者別忘記娶回家的老婆，要不時寵幸她們一下，……傳宗接代才是最重要的大事哦！[50]

　　「金瓶梅之偷情寶鑑」將這些女子的身世背景重新改寫，例如：想要結交龐春梅得在西門慶娶進了李桂姐之後，才有機會替龐春梅出錢葬母進而得到佳人芳心；西門慶要到威震武館與孟玉樓比武，再打敗孟爺爺才能娶到孟玉樓；到錢莊贏錢才能娶到卓丟兒這位櫃檯小姐；為了得到宋蕙蓮西門慶必須趕走阿福而不是來旺。而性愛的橋段則可以用柔情攻勢、武力威迫、強暴、性虐待等等手法來達到情色的多樣性。初期的改編嘗試將古典文學的重點特色和數位遊戲的屬性調和，劇情改編者對於小說的理解和觀察，就成為重塑各色女子的條件和目的，從遊戲的宣傳和內容來觀察，產品訴求還是著力在突顯西門慶的性能力或是魅力上，以褪盡女人衣裳並佔為己有為最終手段。

　　同樣的訴求在「新金瓶梅」與「新金瓶梅真人版」也是雷同的，以現今社會的價值觀投射到遊戲的改編應用，筆者在製作改編的考量上會放寬道德標準的門檻和顧及遊戲的特殊性質，因此閱讀性高不高不等於遊戲性好不好玩。除了可以追求的女性的人數不同之外，結局目的還多了買官位（捐納）

---

[49] 參見《軟體世界》，頁10。
[50] 參見《軟體世界》，頁10。

這一項。雖然打著「成家立業」「傳宗接代」的名義,但劇情仍是以追求女子為重心。下表為「新金瓶梅」與「新金瓶梅真人版」9 大美女改編後的人物設定[51]:

人物	遊戲人物故事設定
潘金蓮	古時經典淫婦,夫武植,人稱武大郎,因其夫身長不滿三尺,且無法滿足性需求,遭金蓮鄙視不已,她成日打扮的花枝招展,斜倚自家門前簾下,彈唱淫詞,欲勾引浮浪男子,是日,無意遇見西門慶,被其翩翩外貌所吸引,並欲擒故縱希望得到西門慶的青睞……
李瓶兒	西門慶酒肉好友花子虛之妻,嫁與花子虛之後,安分守己,打點家內大小事務,但因花子虛整日眠花問柳而傷心不已,求助於西門慶,最後卻日久生情,後因花子虛病逝,欲下嫁於西門慶……
龐春梅	年十五,原賣至西門府當廚房打雜的婢女,後因潘金蓮嫁入,被派為貼身丫鬟,為人正直敢言,西門慶貪圖其年輕美貌,欲收為小妾,但她不為金錢誘惑,抵死不屈,西門慶一怒之下,將之嫁與縣內一窮秀才……
吳月娘	有錢人家的千金大小姐,年二十二,長年茹素,知書達禮,性情溫和,常到廟寺求神問佛,對於親事,一切接受父母之命媒妁之言,喜歡道德高尚,博學多聞的男子……
孟玉樓	年二十五,二十三歲守寡,丈夫遺留下來的財產加上自家的產業,讓她變成縣內最有錢的寡婦,因衣食無缺,所以也覺得沒必要再嫁,脾氣暴躁,喜歡掌控一切,私底下隱藏不為人知的一面……
李嬌兒	年十九,天香樓的紅牌花魁,善交際,見錢眼開,誰出的錢多就陪誰,喜歡要求恩客送貴重珠寶,不過,由於她床上功夫一流,所以,很容易得到想要的東西,一生都在尋求有錢的長期飯票……
卓丟兒	年十五,李嬌兒的遠房表妹,為人害羞內向,未經人事,因家貧自願賣入天香樓當打雜的,但被老鴇算計,被迫拍賣初夜,因與嬌兒情同親姊妹,使得嬌兒想盡千方百計欲將她救出……
宋蕙蓮	西門府長工來旺之新婚妻子,精明能幹,是個有野心的女子,但因丈夫來旺粗枝大葉不懂溫柔,讓她常對西門慶訴苦,希望

---

[51] 參見「新金瓶梅」《遊戲說明書》,頁 29-37 及「新金瓶梅真人版」《遊戲說明書》,頁 29-37。

	空虛寂寞的內心西門慶能懂,在桃色的誘惑背後,卻暗藏著西門府前所未有的危機……
孫雪娥	吳月娘的貼身丫鬟,性情浮浪,希望有朝一日能飛上枝頭變鳳凰,所以藉由吳月娘的關係,想要攀上應伯爵,但在見過西門慶之後,便轉移目標,使出渾身解數,希望能得到西門慶的溫柔關愛……

在顧及遊戲設計結構上而改寫原典情節和刪節人物,會造成遊戲劇本和原典有所出入,而「新金瓶梅」及「新金瓶梅真人版」的人物設定及劇情安排上,則保留比「金瓶梅之偷情寶鑑」較多原典的創作精神與故事原貌。如潘金蓮及李瓶兒的事件改編就較為接近小說中的描寫以及個人情節發展歷程、孟玉樓則保留了富嬌寡婦的條件但捨棄原典的人物性格和身世背景,以及李嬌兒仍舊愛錢不變、卓丟兒體弱多病而亡等等原典原貌。為適合遊戲數位化的單獨事件具有獨立串聯的特性,遊戲改編反而提升了原典中情、愛、性三要素,聚焦的效果在於突顯遊戲的設計企圖並賦予玩家更高的娛樂精神與刺激,可呼應「性消費、性享樂更是放蕩於時尚圈中人們的首選追逐對象。」[52]這種現象,在性文學解禁的現代[53],成人遊戲具更有其生存的空間和必然風行的原因。

二、享受酒、色、財、氣的虛擬世界

《新刻繡像批評金瓶梅》第一回提到:

> 單道世上人,營營逐逐,急急巴巴,跳不出七情六欲關頭,打不破酒色財氣圈子。到頭來同歸于盡,著甚要緊!雖是如此說,只這酒色財氣四件中,唯有『財色』二者更為利害。[54]

---

[52] 參見丁峰山:《明清性愛小說論稿》,頁 45。

[53] 參見陳益源:《古典小說與情色文學》〈「中國性文學的罪與罰」座談紀要〉(台北:里仁書局,2001 年),頁 401-418。

[54] 參見【明】笑笑生著,齊煙、汝梅校點:《新刻繡像批評金瓶梅》,頁 1-2。

第六十九回作者提到:「富而多詐奸邪輩,壓善欺良酒色徒[55]。」因此「酒色財氣」及「酒色之徒」是小說中大力勸戒的要素,不管是輪迴報應說還是世情說,但遊戲設計卻恰恰相反的講求享樂主義,盡力促使玩家投射在一種虛擬的豪華生活中。提及遊戲中的男男女女,《軟體世界》的評論者說:

> 「金瓶梅」中的男人似乎得天獨厚,好命極了,有錢有閒還有眾多美人環繞,寵妾滅妻、忘恩負義也是理所當然,就算最後難逃一死,也是兩腿一伸,了無牽掛。而女人就歹命了,被賣被欺侮不要緊,紅顏尚未老,郎君就恩情先斷也無謂,還多不得好死。[56]

另外,「新金瓶梅」包裝盒底寫著:

> 風流快活 70 天!酒色財氣通通來!
> 風流倜儻又多金的西門慶,在父親掛點之後,被告知必須在短短 70 天內,達成父親所定下『成家』『立業』的遺願,否則所有家產將會充公,並淪落成為乞丐的悲慘命運!一向自由揮霍的西門慶,要如何開始學習賺取金錢平衡收支?並周旋在眾美女之間,擷取美人芳心、娶妻生子?70 天酒色財氣愉快超體驗,要您玩得過癮看得刺激!

如此「明目張膽」的宣揚酒色財氣的好處與爽處,鼓勵玩家盡情享樂的訴求,與原典的警世意味有著很顯的差異與距離。一來是因為遊戲的特質在娛樂不在勸世,二來是遊戲製作的時代背景及動機與小說創作的環境不同,改編者的基本意識與動機也就和原典的創作背景不相同。

伍、結語

---

[55] 參見【明】笑笑生著,齊煙、汝梅校點:《新刻繡像批評金瓶梅》,頁 948。
[56] 參見《軟體世界》,頁 8。

　　台灣電子遊戲產業發展的歷程尚短，古典文學與電子遊戲結合的主要模式仍以電腦平台為主，藉文學之名賦予數位遊戲文化符碼上的區別，其他的平台如大型機台或是電視遊戲大多尚未能以劇情模式為主。以台灣自製的電子遊戲而言，改編古典文學為遊戲產品的主要原因，除了提供一個與國外遊戲具有明顯區分的產品訴求並獲得華語地區玩家的認同感之外，古典小說本身完整的敘事結構，同時也提供遊戲製作者一個完整的遊戲架構和世界觀。相對的以《金瓶梅》小說而言，電子遊戲平台提供了一個數位化空間，製作者將小說中的人物對話、肢體動作、狀聲語詞及小說中的價值意識，分類於各種資料內，然後編輯至程式系統。相對的，玩家藉由操作數位科技的軟硬體接收被編輯後的遊戲資料，也等於間接閱讀認識了一本小說。

　　由於電子遊戲平台系統與結構的限制，遊戲劇本必須改變純文字小說的敘事方法，以符合遊戲的執行模式和玩家的使用習慣。劇情對話必須簡短且迅速，人物圖像、事件圖以及影像，便從文字脫胎轉換成視覺的輔助功能。同樣的，數位音效音樂則可達到加強劇情效果的力量，使玩家更能直接感受小說中的情緒感染力。

　　王汝梅在《新刻繡像批評金瓶梅》的前言提到：

> 《金瓶梅》是我國小說史上第一部文人獨立創作的長篇白話世情小說，對後世的小說創作與文化嬗變產生過較大影響。[57]

　　由於古典文學與遊戲劇本改編之間的歷程或各種面相的影響，目前尚無大量的專書或是論文討論與分析。若以電子遊戲製作的角度來討論《金瓶梅》小說對於數位遊戲的影響，僅能初步窺探現代新娛樂文化被重構的某些現象，尤其是在文化文學的融合方面，尚有廣大的空間可被討論。以本論文而言，初探小說與遊戲之間的交融，最明顯的結論就是現代讀者與古籍原典之間有了新的互動模式，經由網路的流傳發展出另一種文化傳遞的效用。這裡

---

[57] 參見【明】笑笑生著，齊煙、汝梅校點：《新刻繡像批評金瓶梅》，頁 1。

所說的文化效用包含網路上遊戲攻略的被搜尋與查找，網友對於執行遊戲的過程討論及心得分享。

電子遊戲的本質是多變多元的，和小說直線性的閱讀方式不同。遊戲劇情隱藏在程式系統的結構之下，事先被設定在製作者的預期範圍內，等待玩家探索觸發事件的條件參數[58]並產生不同的遊戲結局。多線式的資料編輯模式，讓小說的唯一結局變成多重的遊戲結局，遊戲過程掌控在玩家手中，並可以反覆達成不同的遊戲目的。原典小說中的警世意圖在遊戲中被淡化或改變，遊戲製作者與原典小說作者並非具有同一立場。從「金瓶梅」遊戲的設計理念是為了滿足人性慾望、突顯及享受酒色財氣的世界來看，商業產品的最終目標還是為了提升其遊戲性，以促進商品賣點才讓遊戲意識聚焦於情、愛、性三要素上。雖然遊戲的「虛擬生活」接近真實[59]，但遊戲畢竟是玩家短暫的投射，並非現實生活的全部。

目前許多有關於《金瓶梅》的學術論述眾多[60]，至於《金瓶梅》對於後世小說的啓發或是影響，王汝梅曾將其擴張討論至繪畫及文學漫畫領域[61]，研究的時期已經近至 1934 年[62]，更能表達《金瓶梅》小說以其他媒介存續的現況。目前台灣改編古典小說為遊戲的例子已不少見，但就古典小說的數量與被改編的數目來看，古典小說與多媒體產業的結合重製尚未達到成熟階段。以《金瓶梅》為例的單機版遊戲來觀察，可以得知古典小說在現代數位領域的範圍內，確有很好的機會可以結合現代科技等模式以延續其文學生

---

[58] 條件參數為遊戲設計時預先設定好的標準，以影響遊戲的玩法、經歷過程以及結局，又稱為「屬性」，本論文中所稱觸發的事件，為西門慶的人物屬性到達被設定的標準時，相對應的事件即可發生。參見林喬偉：〈從中國古典文學賞析來探討多媒體製作的腳本結構——以鏡花緣多媒體為例〉，頁 26、29、33、36、37、40。

[59] 在遊戲內容的區分上，模擬（games-based on concreteness）扮演他人角色的遊戲稱為「角色扮演 RPG」（role-playing games），本論文所例舉之金瓶梅遊戲戲之，玩家所扮演之角色即西門慶。參見林喬偉：〈從中國古典文學賞析來探討多媒體製作的腳本結構——以鏡花緣多媒體為例〉，頁 25。

[60] 參見周中明：《金瓶梅藝術論》（台北：里仁書局，2001 年），頁 483-485。

[61] 參見王汝梅：〈第九講 繪畫《金瓶梅》〉，《解讀金瓶梅》（長春：時代文藝書版社，2007 年），頁 239-247。

[62] 曹涵美的《金瓶梅》最早連載於 1934 年 2 月創刊的《時代漫畫》（魯少飛主編）上，每期一幅，連載 39 期。由台灣東立出版社於 2005 年集結出版。參見王汝梅：《解讀金瓶梅》〈第九講 繪畫《金瓶梅》〉，頁 250。

命，遊戲製作者亦必須深化自身的文學素養，方能將此類具有文化意涵的數位遊戲帶領至具有國際競爭力的位置。再從遊戲的角度而言，遊戲娛樂帶給年輕一代的影響是直接且廣泛的，因此以古典小說為本的改編遊戲所展現的市場接受度，意味著年輕一代與社會大眾對於古典文學的接受意願仍有持續深耕的空間。

參考文獻（依出版日期排序）

古籍文獻

- 【明】笑笑生著，齊煙、汝梅校點：《新刻繡像批評金瓶梅》，台北：曉園出版社，1990。

文本及研究專書

- 賀昌群、孫楷第著：《元曲研究－甲編》，台北：里仁書局，1984。
- 魏子雲：《金瓶梅研究二十年》，台北：台灣商務印書館，1993 年初版，2004年第二刷。
- 康正果：《重審風月鑑——性與中國古典文學》，台北：麥田出版，1996。
- 周中明：《金瓶梅藝術論》，台北：里仁書局，2001。
- 陳益源：《古典小說與情色文學》，台北：里仁書局，2001。
- 暢廣元：《文藝學的人文視界》，北京：首都師範大學出版社，2001。
- 魯迅：《中國小說史略》，濟南：齊魯書社，2002 年第 2 刷。
- 魯希爾‧迪馬利亞（Rusel DeMaria），強尼‧L‧威爾森（Johnny L. Wilson）原著；蔣鏡明、李宜安校譯：《圖解電子遊戲史》，台北：麥格羅‧希爾國際出版公司，2004。
- 丁峰山：《明清性愛小說論稿》，台北：大安出版社，2007。
- 王汝梅：《解讀金瓶梅》，長春：時代文藝書版社，2007。
- 王汝梅：《金瓶梅與艷情小說研究》，長春：時代文藝書版社，2003。

期刊論文、專書論文、報紙評論

- 徐微香、蔡秉羲、羅文農：〈線上遊戲玩家參與虛擬社群行為之研究〉，《華岡印刷傳播學報》第 34 期，2003。
- 黃克武：〈暗通款曲：明清艷情小說中的情慾與空間〉，《欲掩彌彰：中國歷史文化中的「私」與「情」——私情篇》漢學研究中心叢刊，論著類第

10 種，台北：漢學研究中心，2003，頁 243-271。

- 廖罩亨：〈晚明愛情觀與佛教交涉芻議〉，《欲掩彌彰：中國歷史文化中的「私」與「情」——私情篇》漢學研究中心叢刊，論著類第 10 種，台北：漢學研究中心，2003，頁 159-177。

學位論文

- 林喬偉：〈從中國古典文學賞析來探討多媒體製作的腳本結構——以鏡花緣多媒體為例〉，桃園：元智大學資訊研究所碩士論文，2000。
- 賴柏偉：〈虛擬社群：一個想像共同體的形成——以線上角色扮演遊戲「網路創世紀」為例〉，世新大學傳播研究所碩士論文，2002。
- 黃國洲：〈我國電腦遊戲產業之新產品開發策略考量〉，元智大學資訊播學系網路傳播組碩士論文，2003。
- 孫天虹：〈史學與電子遊戲結合的嘗試——以魏晉士人家族際遇的歷史情境模擬遊戲為例〉，台北：東吳大學歷史學系研究所碩士論文，2007。
- 張余健：〈成人影片中馬賽克及音效對觀眾的影響〉，台北：世新大學廣播電視電影學所碩士論文，2007。

講評

梁朝雲[*]

　　收到擔任本篇論文評論的邀請時，讓我左右為難，為難的主因不在原典內容，而在本論文的鎖定標的──古典文學與數位遊戲的跨領域研究。跨領域研究最大的困難在於，研究者是否有跨領域專業，並能精準地洞悉兩方或多方的見解，還有其所跨領域的追求目標與服務對象需求的不同，甚至是衝突。因篇幅有限，暫不論研究者專業與研究方法，僅針對古典文學與數位遊戲的領域認知、追求目標與服務對象需求淺談即可。

　　文學是一種語言文字的表達形式，其藝術成分較大、層次也較高。文字表達不外乎人情事理，所謂「世事洞察皆學問、人情練達即文章」便是這個道理。就此延續，《金瓶梅》是中國第一部通俗的言情小說，全書描繪西門慶及其妻妾和奴僕之間日常生活互動，其間交錯著許多人情糾葛與社會醜態，原典勸世與警世的意謂甚濃。而數位遊戲呢？數位遊戲是遊戲的一種媒體使用形態，遊戲本身既是以輕鬆玩樂為訴求，製作廠商當會將數位媒體的聲光與互動特性發揮到極致，來取悅玩家。這兩者的領域認知與追求目標截然不同，前者較有文化使命感，後者較著重當下逸樂的滿足。當然，這兩者的服務對象需求也因此會有極大的差異，兩者雖同為人類的精神食糧，但文學較有文化藝術的內化需求，遊戲較有感官按摩的外顯需求。諸此差異在在彰顯於作者在論述時的衝突，也反應在評論時的兩難。

　　作者不諱言地指稱，因《金瓶梅》情色要素最具話題性，因此被改編最多次。在遊戲結局的核心價值上，作者在說明特定遊戲以 15 項參數來經營主角西門慶的養成目標後，亦重述遊戲產品強調的是享樂與滿足玩家的幻想，因此必須淡化人性道德和懲戒警世的作用。作者另在遊戲改編訴求中再

[*] 元智大學資訊傳播學系教授兼學務長

度表述，此類產品係以突顯情、愛、性三要素，以及享受酒、色、財、氣的虛擬世界為主，諸此訴求亦重現於論文結語中，足見作者立場表達之鮮明與肯定。此外，作者從影像、音效與情節等三個分項，來比對《金瓶梅》原典與改編遊戲間的關係，分析與陳述邏輯相當清晰。在情節改編方面，作者充分運用數位媒體特性，如互動參與、分歧劇情、多重結局、簡短對話、節奏明快等。在這影像與音效兩方面，不同人稱與視角的選定，及性愛呻吟的聲效控制等，都會改變玩家的樂趣層次與感官延伸。作者在這些分析與論述上，技巧性地迴避道德制約，事清理明的專業論述，令人欣賞。

　　以下，謹提供個人對本篇論文修正之淺見，敬請作者參酌：

1.建議作者將本篇論著標題改為「古典文學《金瓶梅》數位遊戲化的改編歷程」，一則讓主題更精準且聚焦，二則可避免掉入電腦程式撰寫的誤解與低層次的論述。

2.建議作者將全篇之「數位遊戲」用語正名為「單機版遊戲」，以避免讀者將本文分析之產品與時下流行之線上遊戲混淆，造成誤解。

3.建議作者重思結語乙節之結語：「……結合現代科技等模式以延續文學生命，並維持年輕一代與社會大眾對於古典文學的接受意願」，修正成更能符合兩方跨領域核心價值的說法。

4.延續上述平衡跨領域價值的觀點，建議作者補述本論文對古典文學（或文學）在研究與應用上的推進意義，也請作者補述本論文對數位遊戲研究與應用有何啟發？以更進一步地提升本論文的學術與實務貢獻。

　　跨領域研究有其為難與進取之處，端視作者如何在平衡觀點中，互取養分以滋補雙方（或多方），讓所涉領域得以相互瞭解、認同，進而欣賞與應用。

「弄彎的」羅曼司
——超女同人文、女性欲望與網路女性文學社群

楊玲[*]

摘要

　　本文將聚焦百度「緋色超女」吧中的超女同人文，探討粉絲小說（fan fiction）中所表達的女性欲望和網路女性文學社群的浮現。超女同人文是一種以超女之間的虛構愛情爲主題的同性情愛小說。小說中的所有主人公均以超女爲原型，並使用她們的真名。在文中，我將試圖回答以下幾個問題：1.超女同人文與「更正常的」言情小說有哪些不同；2.超女同人文作者爲什麼要幻想兩個女人之間的愛情故事，爲什麼選擇了這些超女作爲幻想的物件；3.超女同人文和大陸的蕾絲邊（lesbian）文化以及女性主義有什麼關聯？

關鍵詞：超女同人文、言情小說、女性欲望、蕾絲邊、網路女性文學社群

* 首都師範大學文學院博士班，E-mail：lyang7273@126.com。感謝徐豔蕊、黃文倩和赤間大起對本文初稿所提出的修改意見。感謝中國社科院的唐磊和中興大學的周怡君等同學在 2008 青年文學會議中對本文的評論、質疑和建議。

前言

　　湖南衛視舉辦的「超級女聲」節目是一檔以「美國偶像」爲藍本的娛樂選秀節目。該節目自 2004 年起已連續舉辦了三屆，頗受觀衆的歡迎。2005年的第二屆「超級女聲」節目更是紅極一時，成爲大陸娛樂工業發展史上的一座里程碑。成千上萬的超女粉絲[1]利用百度貼吧[2]、騰訊QQ即時聊天軟體、手機短信、博客、數碼相機、流媒體等新媒介技術，在極短的時間內生產出了爲數衆多的美文、圖片、小說、漫畫、音訊、視頻、MV等文化文本和各種粉絲紀念品、收藏品，形成了一個極其引人注目的亞文化現象。

　　本文所要討論的就是超女粉絲小說（fan fiction）中的一個特殊類型——超女同人文，以及該文類的一個主要閱讀、發表平台——百度「緋色超女」吧。「同人」一詞源自日語中的「同人」（dōjin）。該詞最初指的是業餘動漫愛好者所進行的「不受商業影響的自我創作」，或自主創作。在大陸，「同人」現指根據已有的動漫、小說、影視文本及現實中的真人進行改編、演繹、再創作而產生的文化產品，包括同人漫畫，同人遊戲，同人小說，同人廣播劇、同人音樂等。同人中有相當一部分是「同人女」，即嗜好閱讀和創作同人作品的女性。她們熱衷對原作中的男性人物進行配對，將其想像、改寫成有關男性同性戀情的故事。這些作品被稱作「BL」（Boys' Love）或「耽美」類同人文。此外，還有少量同人女喜愛創作有關女性同性戀情的故事。這些與BL相對的作品被稱爲「GL」（Girls' Love）或「百合」類同人文。[3]

---

[1] 「超女粉絲」指的是參加「超級女聲」比賽的選手所吸引到的「fans」（大陸音譯爲「粉絲」）。超女粉絲大都有自己別致的稱謂。如李宇春的粉絲叫「玉米」（「宇迷」的諧音），張靚穎的粉絲叫「涼粉」（「靚」與「涼」諧音），尙雯婕的粉絲叫「芝麻」（來自俗語「芝麻開花節節高」，「節」和「婕」乃同音字）。

[2] 百度貼吧是百度公司提供的一個融維琪和社區爲一體的綜合性產品。其主要特點是：1）所有貼吧根據關鍵字組織，使用者在搜索框中輸入關鍵字就會直接進入相匹配的貼吧；2）用戶可以自己組建貼吧或者申請已有貼吧的吧主；3）用戶無需註冊即可流覽、發表文章或回復。百度貼吧雖於 2003 年 12 月正式上線，但直到 2005 年才因超女粉絲的到來而聲名大振。百度貼吧現已成爲超女粉絲和其他娛樂明星粉絲的大本營。百度「李宇春」吧三年來更是一直雄踞百度第一大吧的寶座。

[3] 參見「同人」，百度百科，http://baike.baidu.com/view/6316.html?wtp=tt；「同人女」，百度百科，http://baike.baidu.com/view/17965.htm；「gl」，百度百科，http://baike.baidu.com/view/20401.html。

　　超女同人文是一種以超女選手之間的虛構愛情為主題的GL小說。小說中的所有主人公均以超女為原型，並使用她們的真名。超女同人文的讀／作者基本上都是女性，絕大部分是超女粉絲。[4]雖然這個文類曾引起主流超女粉絲社群的反感、排斥、甚至討伐，但它的愛好者們卻在自己的百度貼吧裡形成了一個親密的女性文學社群，展現出了豐富的創造力和深厚的姐妹情誼。[5]如詹金斯（Henry Jenkins）筆下的「文本盜獵者」，超女同人文的讀／作者們從商業電視節目中擷取了所需的符號性原材料，並對其進行再解讀、再加工，打造出了一個充滿顛覆性快感的另類文化。[6]

　　經過 10 多年的迅猛發展，同人文化可能已經成為當代中國互聯網上最大的亞文化現象。2008 年 10 月，我在百度網頁搜索中輸入「同人」二字，得到的網頁數量高達 17，600，000 個，比「三個代表」的 15，500，000 個網頁還要多出兩百多萬個。[7]但大陸學術界對於同人文化的研究還處於剛剛起步階段。有趣的是，試圖對這一現象進行理論探究的首先就是一些就讀於高校的同人愛好者。中國人民大學的一位本科生楊雅 2006 年發表了〈同人女群體:「耽美」現象背後〉一文。她認為同人女喜愛耽美作品的最重要原因是為了滿足對男性的性幻想，宣洩青春期的性壓抑。同時也是出於對BG（Boy and Girl，異性戀）性愛模式的審美疲勞和對男男性愛故事的獵奇心理。[8]2008 年浙江大學人文學院的阮瑤娜完成了一篇名為《「同人女」群體的倫理困境

---

[4] 我在緋色超女吧「潛水」（只看貼，不發言）了一年多的時間，尚未從吧內所發表的作品和評論中發現可以確定為男性身分的讀／作者。少數讀/作者自稱是同人文的粉絲，她們對同人文這個文類的興趣大於對超女的興趣。不過，由於百度貼吧的開放性，任何人不用註冊就可以流覽頁面，不排除存在著潛水的男性讀者的可能性。

[5] 超女同人文的愛好者被主流粉絲社群排斥的原因主要有兩個。一個原因是，超女同人文的愛好者是比較「博愛」的粉絲，她們一般都會喜歡兩個或兩個以上的超女。而主流超女粉絲在賽後都逐漸變成只喜歡某一個超女的「純粉」，不願意看到自己的偶像和其他超女再有任何緊密的聯繫。另一個原因是，主流超女粉絲擔心這個文類的傳播將會對偶像造成負面影響，畢竟同性戀身分目前還不為大眾所認可。部分粉絲甚至認為超女同人文的愛好者們將偶像虛構為同性戀者的行為是一種「心理變態」。

[6] Henry Jenkins, *Textual Poachers: Television Fans and Participatory Culture* （New York: Routledge, 1992） 49.

[7] 阮瑤娜在她的碩士論文中稱在百度網頁搜索中輸入「耽美」，可以出現 18,400,000 篇相關網頁，但我 2008 年 10 月在百度搜索時，只得到了 4,730,000 篇。可能是因為奧運前後，許多耽美網站被迫關閉導致相關網頁大幅減少。

[8] 楊雅:〈同人女群體:「耽美」現象背後〉,《中國青年研究》2006 年第 7 期，頁 65-66。

研究》的碩士論文，對同人女的成長歷程、生存狀態、性倫理困境進行了較深入的研究。阮瑤娜指出，同人女當前面臨著三個道德困境。第一個是同女人對性問題的公開討論與中國社會的性禁忌、性羞恥文化相衝突。第二個是同人女對同性戀的推崇與主流社會的異性戀體制相背離。第三個是女性「以自己爲中心來確定男人，把男人作爲自己娛樂的物件」，，這種由「他者的眼光」到「她者的眼光」的轉變對傳統男權思想構成了挑戰。[9]

不過，楊雅和阮瑤娜的研究給人的總體印象是，同人女群體大多是 15－25 歲之間的大中學生，只是出於性的好奇才喜歡 BL。但實際情況並非這麼簡單。25 歲以上的「大齡」、已婚同人女在某些同人女網路社群中並不少見。雖然 BL 同人創作是同人文化中最主要、最突出的部分，但卻並不是同人文化的全部。至少在超女同人文中，BL 就被 GL 所取代。此外，同人文化並不只是擁有獨特的同人社群，還擁有豐富的藝術文本。同人文化不僅抵抗、顛覆主導的性別規範，還在想像、塑造著更平等、更親密的性愛關係。在本文中，我的研究物件就主要是同人文本。我所關注的問題是：（1）超女同人文與「更正常的」BG 言情小說有哪些不同；（2）同人文作者爲什麼要幻想兩個女人之間的愛情故事，爲什麼選擇了這些超女作爲幻想的物件；（3）超女同人文和大陸的蕾絲邊（lesbian）文化以及女性主義有什麼關聯？

在回答這些問題之前，我將首先介紹超女同人文的發展歷史和分類，以便讓讀者對這個文類有大致的瞭解。然後，我將以緋色超女吧的「鎭吧之寶」——《緋色事》爲例，解讀超女同人文中折射出的女性欲望和幻想。在第三節裡，我將探索超女同人文出現的社會、心理原因，以及這個文類與大陸蕾絲邊文化和女性主義的關係。在結論部分，我將挪用福柯的「異托邦」概念來說明網路女性文學社群的意義。

[9] 阮瑤娜：《「同人女」群體的倫理困境研究》，浙江大學碩士學位論文，2008 年 5 月提交，頁 22-23。徐艷蕊在《當代中國女性主義文學批評 20 年》一書的第五章裡也對網路女性寫作中視點和權力的關係進行了論述。

壹、緋色超女吧中的超女同人文

　　大規模的超女同人文最早見於百度「超女YY無限」吧。[10]這個貼吧是由「涼粉」（張靚穎的粉絲）在 2005 年 8 月建立的。吧中最主要的配對是「宇靚」（李宇春／張靚穎）。除此之外，還容納了大量的「旁門左道」，如春筆（李宇春／周筆暢）、宇潔（李宇春／何潔）、筆靚（周筆暢／張靚穎）、筆莉（周筆暢／黃雅莉）等。[11]2006 年 2 月在大量粉絲的投訴下，超女YY無限吧被迫遷離開放的百度，轉移到一個封閉的論壇。讀者只有通過嚴格的ID審查，才能看到論壇裡的同人文。雖然超女YY無限吧在百度生存的時間較短，但它為日後其他類似貼吧的出現提供了有益的借鑒。

　　「緋色超女」吧建立於 2006 年 5 月。其吧主暨創始人「阿修羅之樹海」曾是一位活躍在超女YY無限吧的筆迷（周筆暢的粉絲）。[12]該吧目前有 500 多個會員。從會員填寫的百度註冊資訊和我個人在貼吧的「潛水」經歷看，吧內的讀者和作者幾乎全是女性。作者大多是標準的 80 後，年齡介於 18 歲到 28 歲之間。她們中有的人是OL（職場女性），有的是大、中學生。讀者的年齡跨度似乎比作者的年齡跨度要更廣一些。我曾在吧裡看到過一個自稱上小學六年級的女孩的發言，也曾遇到過幾個身為人母的粉絲，討論一篇同人文中所涉及的哺乳問題。

　　緋色超女吧的同人文基本上以 2006 年超女為物件，並涉及兩個核心配對：揚尚／尚揚和飛雪／雪飛。揚尚／尚揚指的是 2006 年超級女聲節目的季軍劉力揚和冠軍尚雯婕的配對，飛雪／雪飛指的是第六名許飛和第五名厲娜的配對（厲娜的小名為「小雪」）。每個配對中排在前面的名字代表了性

---

[10] 「YY」是漢字「意淫」的中文拼音縮寫。它是 mop、天涯等大型網路社區中最常出現的一個符號，其主要含義是天馬行空的想像。不過，緋色超女吧的讀／作者們賦予了這個符碼更豐富的內涵。對她們來說，YY 是一個不固定的能指鏈條，指示著友誼、音樂、語言、業餘、壓抑、優越、永遠等多重所指。

[11] 配對常被寫成「CP」，即英文單詞「couple」的縮寫。配對又稱「王道」，意思是個人認為最正確、最正常的人或事。李宇春、周筆暢、張靚穎、黃雅莉分別是 2005 年超女比賽的冠軍、亞軍、季軍和第六名。

[12] 百度貼吧的吧主是貼吧的主要管理者，有權刪帖，封 ID。也就是說，她／他可以壓制任何不受歡迎的言論，並判處發言者「死刑」。

行爲中的攻方,排在後面的名字則是受方。如「揚尙」表明是劉力揚攻,尙雯婕受,而「尙揚」則表明是尙雯婕攻,劉力揚受。[13]如果「揚尙」和「尙揚」同時出現,則表明是互攻互受。一般來說,短篇小說大多以一個配對的情感關係爲焦點,而中、長小篇則會包含多個配對,並引入超級女聲節目中的其他選手、評委、製作人作爲配角。部分小說還會圍繞若干超女之間的多角戀情展開。例如,深受讀者喜愛、但也引起部分爭議的長篇小說《靈與肉》就是一篇「春尙&揚尙」小說,描寫了尙雯婕與李宇春和劉力揚的三角戀。[14]

據我個人的粗略統計,到 2008 年 7 月爲止,緋色超女吧中已完結的飛雪同人文約有 150 篇,已完結的揚尙同人文約有 220 多篇,其他已完結的同人文約有 110 多篇(其中 11 篇有關 05 配對的作品最初發表在超女 YY 無限吧)。我閱讀了大約 60 篇最受好評的「精品」。這些作品長的有十多萬字,短的不足一千字。

像許多通俗文學文類一樣,超女同人文自 2005 年出現以來,經過近三年的發展,目前已經逐漸成熟和程式化,形成了一套獨特的寫作慣例。根據緋色超女吧的吧規,每篇作品的標題前面都必須標出配對和攻受方,以免不喜歡該配對的粉絲誤入網帖。在劉力揚和尙雯婕這個配對中,劉力揚通常被塑造爲有著栗色頭髮,高瘦帥美,開朗外向的攻方。尙雯婕則是鳳眼高鼻,身材修長,沉靜內斂的受方。在許飛和厲娜的配對中,許飛是清瘦秀氣,性格倔強的攻方,而厲娜則是白皙美麗,溫順平和的受方。當然,這些配對和攻受設定都不是絕對的。有的作者會故意打亂通行的設定,以便製造出與眾不同的閱讀效果。短篇小說《錯位》就是一個成功的「亂配」的典範。[15]作者用A愛B,B愛C,C愛D,D愛A的戀愛模式顛覆了揚尙、飛雪和維蕾(譚維維和陽蕾,她們分別是 2006 年超女比賽的亞軍和第十名)這三個常規配對。對 6 位失戀超女的心理狀態的細膩描畫突出了錯愛的無奈和傷痛,反襯

---

[13] 「攻」和「受」是兩個源自日本 BL 漫畫的術語。「攻」(*seme*,攻擊者) 相當於男同性戀中的「一號」,「受」(*uke,* 接受者或「目標」)相當於「零號」。

[14] 深海裡的黃花魚:《靈與肉》,百度緋色超女吧,2006 年 12 月 13 日,http://tieba.baidu.com/f?kz=154664985。

[15] 迷仰:《錯位》,百度緋色超女吧,2006 年 11 月 12 日, http://tieba.baidu.com/f?kz=147076953。

出兩情相悅的難能可貴。

在作品標題那一行或故事開始之前，不少作者還會根據文中性描寫的尺度，交代是「清水文」還是「H文」。清水文的性描寫通常很少或很含蓄，H文的性描寫則比較暴露。「H」來自日文「hentai」（色情，變態之意）羅馬拼音的第一個字母，泛指一切「少兒不宜」的東西，如H漫，H-Game等。除了「H文」的分類標籤，部分作者還會在作品標題的後面打出「8CJ」（讀作「不純潔」，網路玩笑用語）的字樣，以示提醒。同人文中的性描寫是一個存在爭議的話題。少數讀者對直露的性描寫相當反感，大部分讀／作者則認為愛和性是不可分離的，性行為是對愛情的肯定和美好昇華。著名同人文作者「發條橙 521」甚至宣稱：「一段完美的愛情可以殘缺，但是一定要有完美的性。」[16]

在H文和清水文的區別之外，還有甜文和虐文的區分。超女同人文大多遵循著相識－暗戀－試探－告白－誤會－誤會消除－確認戀情的言情小說敘事模式。如果故事的結尾，沒有出現讀者所期盼的圓滿結局，兩個女主人公因故未能走到一起，一方甚至不幸喪生，那這個故事就是讓讀者感到難過和沮喪的虐文。反之，則是讓讀者感到愉悅和欣慰的甜文。當然，在故事的發展過程中，兩位女主人公之間的愛情會經歷許多波折，會讓讀者感到「很虐」，但只要結局是圓滿的，不少讀者反而希望中間的過程越虐越好。不過，言情敘事模式只是超女同人文的主流，並不是全部。少數同人文還會摻雜懸疑推理、靈異驚悚、警匪黑幫等文類的敘事元素。大部分作者都會在作品標題那一行或故事開始前預告結局是否圓滿。即便作者不願意事先公佈結局，讀者在追文的過程中也會不斷詢問和猜測，以便調整自己對故事的情感投入程度，減少虐文所帶來的心理創痛。[17]

根據作品內容的真實程度，緋色超女吧的同人文還可以分為比賽文和架

---

[16] 發條橙 521：《緋色事‧後記》，百度緋色超女吧，2007 年 11 月 26 日，http://tieba.baidu.com/f?z=147569899&ct=335544320&lm=0&sc=0&rn=50&tn=baiduPostBrowser&word=%E7%B3%C9%AB%B3%AC%C5%AE&pn=10200。
[17] 追文是網路文學的一種閱讀方式，指讀者在網路文學連載的過程中，持續追看直到故事完結的行為。

空文兩種。一般來說，以超女比賽爲背景的比賽文寫實程度較高。作者在創作時會刻意參考比賽期間所發生的事件，並將粉絲社群中流傳的八卦消息融入故事情節。比如，著名的飛雪小說《幸福·留念》描述的是許飛和廣娜在長沙賽區的比賽經歷。[18]作者本人是一個資深「飛碟」（許飛粉絲的稱號）。但爲了增強小說的現場感，她在動筆之前仍然花了大量時間反復溫習比賽時的視頻和粉絲群中流傳的「八料」（「八卦材料」的簡稱）。賽後，由於超女之間的聯繫逐漸減少，架空文開始變得普遍。較之比賽文的真假莫辨，架空文通常和超女本人的現實生活相隔較遠，只是借用超女的典型形象和經歷來傳達作者本人的人生體驗和情感欲望。

　　CP、性、結局、真實感不僅是超女同人文的分類標準，也是這個文類的基本構成要素。在下一節中，我將以緋色超女吧中點擊率最高的長篇小說《緋色事》爲例，分析超女同人文的文本特徵。[19]我認爲，超女同人文與普通言情小說的最大不同，就在於它擯棄了傳統言情小說中標準的「marriage plot」（結婚情節），讓女主人公從異性戀婚姻體制的束縛中解放出來，從而更自由地探索隱祕的女性原欲和激情。如莫德萊斯基（Modleski）在評價最近在歐美市場上出現的禾林漫畫（Harlequin manga）時所說的：在這些由日本女藝術家創作的漫畫裡，「不僅性變得更突出了，背叛、復仇、迷失和絕望等基本情感也更加鮮明」。[20]超女同人文與傳統言情小說相比，也是如此。

貳、《緋色事》：禁忌和欲望

　　揚尚小說《緋色事》於 2006 年 11 月份開始在緋色超女吧連載。正文共有 58 章，於 2007 年 1 月份結束；番外共有 17 章，於 2007 年 5 月份結束。迄今爲止，該小說的點擊率已經超過 100 萬人次，讀者回覆過萬。這部長篇

---

[18] 飛的搓衣板：《幸福·留念》，百度緋色超女吧，2006 年 7 月 23 日，
http://tieba.baidu.com/f?kz=116929314。

[19] 發條橙 521：《緋色事》，百度緋色超女吧，2006 年 11 月 14 日，
http://tieba.baidu.com/f?z=147569899&ct=335544320&lm=0&sc=0&rn=50&tn=baiduPostBrowser&word=%E7%B3%C9%AB%B3%AC%C5%AE&pn=0

[20] Tania Modleski，*Loving with a Vengeance: Mass-Produced Fantasies for Women*, 2nd ed.（New York: Routledge, 2008）xxxi.

小說還在未經作者授權的情況下被轉帖到天涯「娛樂八卦」等大型網路社區，吸引到了一些超女粉絲社群之外的讀者。對於緋色超女吧的許多讀者來說，《緋色事》是「經典中的經典」，「永遠的大愛」。《緋色事》的作者發條橙 521 也因此成爲吧裡最受仰慕的作者之一。

　　《緋色事》描述的是兩個同父異母的姐妹從敵視到愛戀，最終跨越一切障礙走到一起的故事。小說的正文以劉力揚爲第一人稱敘事者，番外則以尙雯婕爲第一人稱敘事者。劉力揚 12 歲那年，其父和尙雯婕的母親再婚，與劉力揚同年的尙雯婕隨母親來到劉家生活。整個中學時代，尙雯婕是成績優異的「乖乖女」，劉力揚則是叛逆任性的「壞女孩」。認爲遭到父親冷遇的劉力揚對尙雯婕充滿嫉恨，兩人形同陌路。高三畢業前，劉力揚的「拉拉」身分在學校曝光，惱怒的劉父將其「發配」到英國留學。[21] 留英期間，劉力揚傲氣地拒絕了父親的資助，開始自食其力，刻苦攻讀。大學畢業後，劉力揚回國工作，尙雯婕此時也從復旦大學法語系畢業，就職於一家法資企業。兩人之間的關係依然客氣而疏遠。一年多後，因尙父病危，劉力揚到醫院陪伴情緒低落的尙雯婕。當晚，尙雯婕向劉力揚吐露了少女時代在劉家生活的孤獨和懼怕，兩人第一次發生性關係。此後，劉力揚意識到對尙雯婕的愛戀，開始逃避。經過多次的情感糾葛，兩人終於祕密同居。半年之後，劉力揚得知她和尙雯婕其實是同父異母的姐妹。雖然她曾一度試圖放棄這段感情，但最終還是回到尙雯婕身邊。不久，她們的戀情被尙雯婕的母親窺破。尙母只好告訴女兒她和劉力揚之間的血緣關係。爲了避免讓劉力揚知道真相，尙雯婕毅然選擇了離家出走。數月後，公安局將尙雯婕在西藏泥石流中遇難的消息通知了劉家。劉父因不堪忍受喪女的痛苦，兩年後病逝。尙母自殺未遂後開始精神恍惚。在正文的結尾，劉力揚依然沉浸在對尙雯婕的懷念中不能自拔。在夢中，她聽到尙雯婕說：

　　我們身體裡流著一半相同的血液。這世界上還會有哪兩個人有如此親密

---

[21] 「拉拉」是大陸女同性戀者的暱稱。

的關係呢？那種感覺就好像你是我的一部分，而我也是你的一部分。沒有任何東西能夠分開我們——包括時間的流逝與人心的變故。……我要走了。為你漂為你泊，到老到死。這是我還你的方式。……我愛你。

劉力揚決定繼續等待，相信總有一天尚雯婕會回到她身邊。在番外裡，劉力揚去西藏林芝地區做援藏志願者，遇到了還活在人世的尚雯婕。其實尚雯婕並沒有遇難，遇難的是一個錯將她的身分證拿走的女孩韓小蝶。在得知小蝶喪生後，尚雯婕便假冒她的身分在林芝定居、教書。在經歷了一番死生考驗後，尚雯婕決定和劉力揚終身相守。

如任何成功的通俗小說一樣，《緋色事》擁有鮮明生動的人物形象和波瀾起伏的故事情節。作者對兩位女主人公的心理描寫尤為細膩精到。小說包含了三個引人入勝的主題：禁忌、虐戀和成長。在小說中，劉力揚和尚雯婕不僅被設定為情侶，還被設定為互不知情的同父異母姐妹。對蕾絲邊和亂倫的雙重社會禁忌的打破，為小說營造出了一種強烈的、宿命性的悲劇氛圍。亂倫曾是 17 世紀英國戲劇（Jacobean Drama），18 世紀小說和 19 世紀浪漫派詩歌的重要主題。對於浪漫派詩人來說，亂倫，尤其是兄妹間的亂倫代表了最純潔的愛和最極端的自戀。這種愛只能導致死亡，以悲劇告終。[22] 尚雯婕在劉力揚夢中所做的表白，就將兩人之間的血緣關係當作世上最強大的愛的標記。因為只有血緣關係，才能抵抗「時間的流逝和人心的變故」這兩個愛的勁敵。亂倫不僅昭示了愛的強大，還為女性主體性的張揚提供了機會。奎雷根（Maureen Quilligan）曾引用列維-斯特勞斯（Levi-Strauss）在《親屬的基本結構》一書中有關亂倫禁忌的思考，對此做了進一步說明。列維-斯特勞斯認為：構成婚姻的交換關係並不是建立在一個男人和一個女人之間的，而是建立在兩群男人之間的。女人只是交換的對象，而不是交換夥伴。換言之，亂倫禁忌就是保證這種交換在近親之外的群體中得以施行的一種機制，

---

[22] Sandra Gilbert and Susan Gubar，*The Madwoman in the Attic: The Woman Writers and the Nineteenth-Century Literary Imagination*, 2nd ed.（New Haven: Yale University Press, 2000）207-209.

是外族通婚和聯盟成爲可能的基本條件。理論上說，女性若想中止這種「女人交易」，拒絕被當作物品一樣在男人之間流通，只有三個辦法：亂倫、獨身和蕾絲邊主義。選擇近親男性伴侶（亂倫），也就成爲女性逃避被交換的命運，主張個人能動性（agency）的一種方式。奎雷根指出：只有當一個女性保持不被交易的狀態時，她才能更自由、更積極地選擇自己的欲望。[23]

　　如果說亂倫是對親屬體系，這一最基本的人類社會組織的摧毀；同性戀則是對異性戀體制，這一最主要的人類性／性別規範的顛覆。根據羅賓（Gayle Rubin）的「性分層」概念，國家通過法律、科層制和其他社會控制手段將個人和社會群體進行分類，形成了一個性等級制度，以便對處於等級制度底層的同性戀者和其他性異端分子實施隔離、歧視和迫害。羅賓提出了「好的」性，有爭議的性和「壞的」性三個級別。「好的」性是異性戀的、婚內的、生殖性的；有爭議的性包括手淫、同居、長期穩固的同性戀伴侶；濫交的同性戀關係、虐戀、戀物、易性等反常的、不自然的、有病的性行爲則都屬於「壞的」性的範疇。[24]在當代中國的性等級制度中，同性戀者，無論男女，都還是這個等級制度中的下等公民。直到 90 年代，同性性交還曾被國家視爲非法行爲，同性戀者還經常遭到公安部門的騷擾。相對於少數男同性戀名流的高調出櫃，女同性戀者大多還處於無名、無聲的地下狀態。她們的地位可以從大陸學者李銀河所著的《同性戀亞文化》一書中窺見一般。這部影響頗大的專著名義上是對整個同性戀人群生活狀況的探究，但實際上卻只涉及了男同性戀者。如此一來，「同性戀」一詞就被自動默認（by default）爲「男同性戀」，女同性戀身分也就自然地被男同性戀身分所涵蓋、遮蔽。不無反諷的是，「同性戀」這個尚未被主流社會完全接受的身分名詞，也和其他指稱社會權力、身分的名詞一樣，必須在前面加上「女」字，方能被女性使用。

　　《緋色事》不僅是一部跌宕起伏的愛情小說，還是一部深刻的女性成長

[23] Maureen Quilligan, *Incest and Agency in Elizabeth's England* (Philadelphia: University of Pennsylvania Press, 2005) 12–13.

[24] 葛爾‧羅賓：〈關於性的思考：性政治學激進理論的筆記〉，《酷兒理論》，【美】葛爾‧羅賓等著，李銀河譯（北京：文化藝術出版社，2003 年），頁 20–21，頁 36。

小說（Bildungsroman）。主人公對愛的體驗和追尋既促使她們更深入地認識
自我，又構成了她們的自我認識的核心部分。小說從劉力揚和尚雯婕 12 歲
時的初次見面寫起，一直寫到她們 30 歲時的再次重逢，勾勒出了她們從懵
懂的少女演變爲成熟女性的整個青春歷程。小說的總體時間跨度雖然長達 18
年，但約五分之四的篇幅都集中在兩位女主人公從 24 到 25 歲半這一年多的
相戀經歷，並涉及大量直露的性描寫。其中完整的性愛場景就有 10 餘次之
多。不過，由於每一個場景都與女主人公的心理活動密切相關，讀者在閱讀
時不僅絲毫不感到冗長和枯燥，反而像坐過山車一樣輾轉於狂喜的巔峰和心
碎的谷底，與故事主人公一起體驗「痛並快樂著」的性靈激蕩。這和李銀河
在《虐戀亞文化》一書中將虐戀（sadomasochism）定義爲「一種將快感與痛
感聯繫在一起的性活動」，有著異曲同工之妙。[25]

　　小說中的性愛場景與虐戀遊戲頗多相似之處。首先，劉力揚和尚雯婕之
間有著明顯的角色分工。劉力揚在性愛中大多扮演著征服者的角色，而尚雯
婕則扮演著臣服者的角色，經常在性愛場景中表現出羞辱、屈從和放棄自
我。比如，尚雯婕的性高潮反應總是和羞恥聯繫在一起。小說中反復出現「她
隱忍地發出既羞恥又快樂的聲音」，「巨大歡愉帶來的與道德觀截然相反的
悖離感讓她羞恥得用手臂擋住了自己眼睛」等表述。其次，小說中有不少同
性戀關係中「最常見的虐戀式反應」：吮咬（lovebite）。[26]尚雯婕曾在劉力揚
的右肩上留下「一排模糊的緋色齒痕」，劉力揚也曾讓尚雯婕的「胸口上方
滿布紅得泛青的印子」。此外，小說中還有兩次明顯的性暴力場景。其中一
次發生在兩人性關係的早期。在年末的公司酒會上，劉力揚遇到了尚雯婕和
她的美女老闆。出於強烈的嫉妒心和佔有欲，劉力揚在酒店洗手間強暴了尚
雯婕。另一次是在劉力揚得知姐妹亂倫的嚴酷現實後，絕望的她以醉酒爲藉
口，「殘暴地侵犯」了尚雯婕，包括對她實行捆綁。不過，在劉力揚對尚雯
婕實行身體傷害的同時，她自己也在忍受著心靈的巨痛：「我終於確定自己
沒有完全麻痹在幾個小時前的酒精裡，否則我的心不會疼得那麼厲害。像被

---

[25] 李銀河：《虐戀亞文化》（北京：今日中國出版社，1998 年），頁 6。
[26] 李銀河：《虐戀亞文化》，頁 9。

什麼人用小刀一下又一下割成碎片那樣。」

　　儘管根據拉德威（Janice Radway）的調查，言情小說的女性讀者普遍不喜歡性放縱、強姦和拷打，[27]性暴力卻是BL和GL小說中的常見現象。索恩（Matthew Thorn）在討論日本業餘漫畫社群的性政治時，明確指出許多耽美漫畫的粉絲「從她們的男性人物的受難中獲得愉悅」。他寫道，在耽美故事中：

> 男性人物遭到強姦，甚至（最惹眼地）被愛人強姦，都是很普遍的。這表明，讀者一方面將自己代入故事，想像為某位男性人物，同時又把男性人物客體化。可能部分藝術家（她們的讀者自不必說），通過將受虐的經驗外投到男性人物身上，而在某種程度上與自己的受虐經驗進行妥協。[28]

　　不過，索恩的這個解釋並不適用於超女同人文的愛好者。阿修羅之樹海吧主告訴我：「有一種粉絲心態就是小受比較被寵愛。她們樂意看自己家那位在文中總受。還有一種同人女心態是喜歡哪一個就會虐哪一個。〔用〕耽美界的話〔說就是〕，愛他就讓他受。愛他就虐他。」[29]這也就是說，粉絲越是喜愛、認同某個超女，就越希望在小說中看到這個超女總是成為攻受關係中的受方，處於被動的地位。超女同人文的讀／作者並沒有將這種文類當作一種驅邪術，以擺脫她們在現實生活中所經歷的性虐待經驗。至少我無法看出，超女同人文的女性讀／作者們將自身遭受男人性虐待的經驗投射到她們喜愛的女主人公身上，能夠帶來任何心理裨益。在我看來，只有虐戀理論才能解釋超女同人文所展示的「怪異」粉絲心態。

　　根據西方虐戀理論家的觀點，受虐的衝動首先來自對愛的極度渴求。受

---

[27] Janice Radway, *Reading the Romance: Women, Patriarchy, and Popular Literature* （Chapel Hill: The University of North Carolina Press, 1991） 73.

[28] Matthew Thorn, 「Girls and Women Getting Out of Hand: The Pleasure and Politics of Japan's Amateur Comics Community,」 177.

[29] 阿修羅之樹海：百度消息，2008 年 3 月 6 日。

虐者內心深處對自身的軟弱及自己缺少重要性的感覺非常恐懼,因此導致他們對感情的強烈需求和帶自戀傾向的脆弱感、受傷害感。由於不能控制這些感覺,有受虐傾向的人會讓自己沉浸在極度的折磨之中,以此來沖淡痛苦。除了對愛的需求之外,還有對他人的關注的需求。有受虐傾向者認同家長-子女關係中的孩子的身分,希望被當作一個弱小的、無助的、依賴成人的孩子來對待(這也就是吧主所說的「小受比較被寵愛」)。虐戀實際上是對人際關係的渴求,是對孤獨的拒絕。而使自己隸屬於或屈從於某人,是避免孤獨和建立與他人關係的最可靠辦法。[30]

在這裡,有必要提到,超女同人文的讀/作者絕大部分是 1980 年代以後出生的獨生子女。雖然她們自小受到父母的寵愛,但由於童年時代缺乏同齡的兄弟姊妹作為玩伴,還是在成長的過程中倍感孤獨。《緋色事》中的姐妹戀就部分地映射出她們對血親姊妹的渴望。小說中的亂倫和蕾絲邊主題不僅和性有關,還和家庭有關。正文以劉父與尚母的再婚為開始,以尚雯婕的出走、劉父的死亡和尚母的瘋癲為結束,恰好暗示了劉、尚兩家從解體到重組再到解體的輪迴。番外中,尚雯婕冒用孤女韓小蝶的身分獨自在林芝生活,表明了對常規家庭關係的一種拒斥和逃避。劉力揚和尚雯婕在西藏的重逢更象徵了生死不渝的愛情只有在一個異域烏托邦(林芝地區有「人間天堂」的美譽)才能實現。小說對當代大陸家庭關係和愛情關係所做的黯淡言說其實是對現實的真實反映。改革開放以後,大陸離婚率直線飆升。據統計,北京市的離婚率目前已經高達 39%,上海為 38%,深圳則為 36.25%。[31]緋色超女吧的讀/作者恰好多來自這些經濟文化發達的大都市。她們對於愛情和家庭的幻滅感自然也更加強烈。或許只有《緋色事》中的虐戀幻想才能表達她們對於愛、守護和安全的最深渴求。[32]

至於為什麼暴力、痛苦和絕望等極端情感更多地出現在以同性戀情為核

---

[30] 李銀河:《虐戀亞文化》,頁 194-196。

[31] 王莉、劉蓉:〈白領一族「減壓」進行時〉,《經濟參考報》,2007 年 7 月 11 日,http://number.cnki.net/show_result.aspx?searchword=%e4%b8%ad%e5%9b%bd%e7%a6%bb%e5%a9%9a%e7%8e%87&rank=2007。

[32] 在 2008 青年文學會議上,周怡君向我指出虐戀故事具有解壓的功能。我同意她的觀點,對於某些讀者來說,虐戀故事確實能起到類似古希臘悲劇的情感淨化作用。

心的 BL 和 GL 小說中，而不是傳統的 BG（異性戀）小說中，李銀河對虐戀的總結性思考或許會對我們有所啓發。李銀河認爲虐戀和色情一樣都是貴族生活方式的產物：

> 如果一個人處於暴力關係的威脅之下，你就不能拿他遭受暴力侵犯開玩笑、做遊戲；如果一個人處於奴役狀態下，你也不能拿他的奴役狀態開玩笑、做遊戲。換言之，對於那些做主人奴隸遊戲的人來說，現實中的奴役關係必定已不存在；對於那些做暴力遊戲的人來說，現實關係的暴力必定已不存在。[33]

在異性戀關係中，以主奴關係和身體傷害爲核心的虐戀場景因爲太接近現實，而喪失了成爲幻想的可能。在一個充滿了性別歧視、性騷擾、強姦、家庭暴力的父權制社會裡，女性的臣服和男性的主宰絕不是一個有趣的遊戲，而是一種亟待變革的權力秩序。傳統的異性戀言情小說就是這種不平等的性別關係的寫照。它展現的是女主人公通過被男人挑選而滿足自我確認的需要，也就是靠男人的愛來驗證女人的價值。女主人公如果想要擺脫這種不平等的狀態，獲得純粹的愛情，就只能借助於男主人公在某種程度上的去勢。如經典女性小說《簡愛》裡，只有當簡成爲有錢的女繼承人，而羅切斯特又被燒瞎了雙眼，遭到象徵性的閹割之後，她才和羅切斯特達到了精神和物質的平等，並最終幸福地結合。對此，莫德萊斯基曾不無嘲諷地評論說，「既然一個女人無法企及男人們的高度，他們只好屈就她的高度」。[34]

同性之間天然的平等關係正是BL和GL小說中出現虐戀元素的根本原因。越過了男主女從的現實障礙後，BL和GL小說才可以盡情探索李銀河所謂的「性的本質」──征服，並如福柯（Michel Foucault）所說的，通過虐戀遊戲改變現實世界中固定、僵化的權力關係。[35]值得注意的是，BL和GL

---

[33] 李銀河：《虐戀亞文化》，頁 299。
[34] Tania Modleski，*Loving with a Vengeance: Mass-Produced Fantasies for Women*, 38.
[35] 李銀河：《虐戀亞文化》，頁 279-280。

中的兩個主人公被稱爲「攻方」和「受方」，而不再是「男方」或「女方」。而且攻受雙方經常互換角色。伍德（Andrea Wood）觀察到，在BL漫畫中，攻受角色的交換通常激發起兩個主人公的性興奮，這表明這些角色主要是展演性質的（performative）。[36]在超女同人文裡，攻受角色的交換也非常普遍。如《緋色事》中，尙雯婕雖然大多處於受的位置，但她也有扮演攻的經歷。而且她的攻使劉力揚失去了處女膜，以至於劉力揚戲謔地對她說：「我已經以身相許，雯婕兄想不負責嗎？到時候可由不得你。」一個性經驗豐富的拉拉模仿貞潔處女首次委身於男人之後的情態與女伴開玩笑，無疑是對中國男權社會中根深蒂固的「處女膜崇拜」的絕妙諷刺。

參、同性配對、蕾絲邊身分與女性主義

緋色超女吧裡一篇題爲《YY 超女的必然性與合理性》的網文，以幽默生動的語言闡述了選擇超女作爲 YY 對象，創作同性戀情故事的動機。作者寫道：

> 今天，擁有高度 YY 覺悟的我，終於體會出同性 CP〔配對〕的合理與美好。俗話說，女兒家的心事，只有女兒家最懂，反過來，男兒家的心事也只能男兒家能懂咯？這就說明，只有同性才可能理解擁有相同生理構造的同性，才能成爲同性的知音，才能擁有共同語言。而共同語言又是感情的基礎。否則伯牙在子期死之後，爲啥米〔表示「沒有」的網路用語〕彈琴了呢？難道單純的朋友就這麼重要嗎？伯牙，你表〔表示「不要」的網路用語〕以爲用友情來解釋就能忽悠我！連我剛滿 18 歲的老弟都明白：爲兄弟兩脅插刀，爲女友插兄弟兩刀。這才是庸俗而正常的男人的做法啊。
>
> 〔……〕

---

[36] Andrea Wood，「'Straight' Women, Queer Texts: Boy-Love Manga and the Rise of a Global Counterpublic,」 *Women's Studies Quarterly* 34 （Spring & Summer 2006）：401.

說說超女YY事業為何如此繁榮昌盛的原因。君想啊,長達幾個月孤女
寡女的生活難道她們真的都沒發生什麼麼?真的可能什麼都沒發生麼?
這豈不是上對不起包藏禍心的HNWS〔「湖南衛視」的中文拼音縮寫〕,
下對不起狼視眈眈的廣大觀眾們。不行,就算真的米八料,俺們二週刊
〔對港台著名娛樂八卦雜誌《壹週刊》的戲仿〕也一定能研究出什麼供
大家YY。[37]

　　引文中的第一段包含著兩個相互聯繫的論點。首先,作者認為只有同性
才能因共同的生理構造,彼此互相瞭解,成為「知音」,並擁有真正的感情。
其次,同性之間的友誼和愛是流動的。比如,伯牙和子期之間就不僅僅是單
純的友誼,還包含著同性情欲。網文作者對同性情感的理解與精神分析學說
和性別理論有著驚人的契合之處。比如,佛洛德提出的陰莖妒羨(penis
envy)、閹割情結等概念以及後來女性主義精神分析學家提出的子宮妒羨
(womb envy),無一不是建立在男女兩性的解剖學差異之上。如果這種性
(sex)差異的確對性別(gender)構建起到了至關重要的作用,那我們就不
得不承認,男女兩性之間是無法完全溝通的,哪怕是在最親密的性愛關係
中。拉康(Jacques Lacan)在《菲勒斯的意義》(The Meaning of the Phallus)
一文中就指出,兩性之間的愛情是不可能的。男人和女人之間的性關係是一
場基於父權制下錯誤的互補思想的「喜劇」,是兩個缺乏的人在互相給予對
方他們實際上並不擁有的東西。拉康將菲勒斯定義為「他者的欲望的能指」,
這裡的「他者」(Other)指的是母親(Mother)。在兩性關係中,女人只能
成為(being)菲勒斯,即母親的替代品,通過表徵缺乏(lack)、非-男人
(not-man)來確認男人擁有(have)菲勒斯的幻想。而女人從男人那裡得到
的陰莖只不過是一個膜拜物(fetish),是用來替代兒童最初認為母親身上所
擁有的陰莖。[38]

[37] 教皇與妖女:《YY超女的必然性與合理性》,百度緋色超女吧,2006 年 10 月 29 日,http://tieba.baidu.com/f?ct=335675392&tn=baiduPostBrowser&sc=1259961133&z=143808138&pn=0&rn=50&lm=0&word=%E7%B3%C9%AB%B3%AC%C5%AE#1259961133
[38] Rosalind Minsky, *Psychoanalysis and Gender: An Introductory Reader* (London: Routledge,

　　網文作者的第二個觀點和塞吉維克（Eve Sedgwick）在《男人之間》一書中所提出的觀點很類似，即同性之間存在著一個從同性社交欲望（homosocial）到同性情欲（homosexual）的不間斷的連續體。只是在當代，由於主流社會的同性戀恐懼，男性同性欲望的連續體的可見度才被瓦解。有研究表明，即便在兩個男人爭奪一個女人的三角戀中（即「為女友插兄弟兩刀」的情形），兩個男性對手之間的情感聯繫也和這兩個男人與被爭奪的女人之間的情感關係一樣強烈，甚至比後者更強烈。[39]

　　引文中的第二段則提出了選擇超女YY的若干理由。首先，現實中的部分超女選手的確通過長達數月的比賽相識、相知，結下了深厚的友誼。她們在比賽期間所流露出的姐妹情誼給大量年輕女性觀眾留下了深刻的印象，也為超女同人文的創作提供了直接的靈感。其次，節目製作方，湖南衛視，認為 2005 年超級女聲節目的成功得益於少數選手的「中性」風格。因此，他們在 2006 年加大了網羅、宣傳帶有中性風格的超女選手的力度。為了增加個別選手的知名度，甚至不惜炒作她們的同性戀緋聞。從某種意義上說，超級女聲節目打破了大陸女同性戀者無聲、隱形的狀態，讓主流社會第一次明確感受到了女同性戀者的存在。另外，近些年來，日韓娛樂圈常常將男性組合成員之間的同性曖昧作為賣點，以討好女性粉絲。[40]在這種行銷策略的影響下，不少大陸日韓文化的粉絲成為同人女或「耽美狼」（即對耽美作品非常狂熱的同人女）。在觀看超級女聲節目時，這些「狼視眈眈」的同人女們也會「習慣成自然」地為自己喜愛的超女進行配對並展開YY。湖南衛視在節目的製作過程中，也會故意迎合這一部分觀眾的興趣，為她們留下YY的空間。未完結的飛雪文《給世界看的戲》曾對此做過辛辣的諷刺。[41]

　　雖然超女同人文的誕生在一定程度上受到了本土文化工業和全球文化

　　1996） 278, 166-167.

[39] Eve Kosofsky Sedgwick, *Between Men: English Literature and Male Homosocial Desire* （New York: Columbia University Press, 1985） 1-5, 21.

[40] 參見《韓庚成為韓國反明星組織騷擾物件 慘遭暗地下毒》，「毛毛的小屋」博客，2007 年 11 月 10 日， http://blog.163.com/maomao860902。

[41] 阿修羅之樹海：《給世界看的戲》，百度緋色超女吧，2006 年 9 月 24 日， http://tieba.baidu.com/f?kz=135293997。

工業的操縱，但它卻對主導意識形態做出了積極的抵抗。早在 90 年代初，美國女性主義學者潘黎（Constance Penley）在一篇研究斜線文學（Slash）的論文中，就聲稱斜線文學是她見過的「女性對大眾文化產品的最激進、最有趣的挪用」。斜線文學的愛好者們創造性地改寫了傳統的浪漫故事和色情作品，用一種新的言情文學程式（formula）來實現她們自己的欲望。[42]我們可以毫不誇張地用潘黎的這番話來評價超女同人文。我個人甚至認為，超女同人文比BL小說或斜線文學更具有顛覆現狀的潛力。因為，如絕大多數研究者所指出的，BL小說和斜線文學從根本上說，並不是有關同性戀的話語，而是女性異性戀欲望的表達。[43]超女同人文則不然，它清晰地揭示了女性從同性友誼到同性愛欲的連續體。它不僅使蕾絲邊主義成為一種愉悅的性幻想，而且指明了對抗父權制婚姻的另類可能。相比於非政治傾向嚴重的BL作品，超女同人文擁有鮮明的政治色彩和現實寓意。這裡，我想用緋色超女吧的另一個熱門故事——《月亮是我弄彎的》，來進一步說明超女同人文出現的社會原因。[44]本文的標題就受到這篇小說題目的啟發。

　　這個四萬多字的中篇小說講述的是，身為直人、有著體面工作的都市白領尚雯婕如何被劉力揚這個拉拉「弄彎」，最終離開未婚夫和劉力揚走到一起的故事。尚雯婕的未婚夫王東[45]和劉力揚是合租的室友。尚雯婕在和劉力揚初次見面時所表現出的強烈反感，激起了劉力揚把她當作獵物追逐的欲

---

[42] Constance Penley，「Feminism, Psychoanalysis, and the Study of Popular Culture,」 *Cultural Studies*, eds. Lawrence Grossberg，Cary Nelson, and Paula A. Treichler （New York: Routledge, 1992） 488-491.
　　斜線文學指的是 20 世紀 70 年代以來，粉絲們根據商業電視文本創作出的以男性同性戀情為主題的粉絲故事。這種粉絲文學類型最早出現於美國的《星際迷航》（*Star Trek*）粉絲社群中。因作者在小說標題或粉絲雜誌封面上注明配對的主人公，並用斜線將兩個主人公的首寫字母隔開，故謂之斜線文學。斜線文學與日本、大陸、台灣流行的 BL 作品非常類似。

[43] Mirna Cicioni，「Male Pair-Bonds and Female Desire in Fan Slash Writing,」 *Theorizing Fandom: Fans, Subculture and Identity*, eds. Cheryl Harris and Alison Alexander（Cresskill: Hampton Press, 1998） 154.

[44] 「彎」和「直」相對。在大陸同性戀社群中，異性戀者被稱為「直人」（來自英文單詞「straight」），從異性戀者變成同性戀者，就是「被弄彎了」。尚雯婕的法語名字是 Laure，在法語中是月桂女神的意思。

[45] 現實中的王東是北京音樂台的 DJ，2006 年超級女聲廣東賽區評委。他曾對尚雯婕的演唱表示過欣賞。

望。在一次尚雯婕酒醉之後，兩人發生了關係，從此陷入若即若離的曖昧之中。在兩人感情穩定之後，尚雯婕向劉力揚吐露了她的個人祕密。原來她和劉力揚是高中校友。中學時代的劉力揚：「從來不穿裙子，嘴上叼根煙。會彈一手好鋼琴，卻專門用來騙女孩芳心；有次期末考試，她把一個情敵的椅子移開摔得人家尾骨骨折；體育課她和男生搶籃板，折斷一根大拇指；她到校長室給英語老師告狀，說她課講得糟糕；和女朋友吵架了，就紮人家的車帶出氣。」劉力揚對傳統女性角色的大膽反叛（「從來不穿裙子，嘴上叼根煙」），她與男性的平等競爭（「和男生搶籃板」），她對權威的反抗（告英語老師的狀），她的藝術才氣和桀驁不馴的個性都深深吸著表面馴服，卻在內心渴望擺脫羈絆的少女尚雯婕。爲了壓抑、掩飾自己對「傲慢自大，蠻不講理，一點不像女孩子」的劉力揚的好感，尚雯婕不得不把這種喜愛轉換爲厭惡。在品嘗到和劉力揚相處時的自由和快樂之後，尚雯婕再也無法回到過去那種「循規蹈矩的生活」。

儘管在這篇小說中，蕾絲邊身分明確成爲向家庭、學校、婚姻等社會規訓機制進行反抗的一種姿態，但作者並沒有刻意美化女同性戀者的世界。小說中的兩位拉拉：劉力揚和二毛（以 2006 年的超女付靜爲原型）都曾遭遇到感情上的挫敗，兩人相戀多年的女友都因抵抗不住家庭和社會的壓力而嫁給了男人。小說的結尾從劉力揚的視角，描繪了兩人被當場「捉姦」後的狼狽出逃：

> 跟蹌著向樓下跑，樓道裡的聲控燈居然都壞了，摸黑轉過幾道彎還差幾階沒走完的時候，她〔尚雯婕〕腳底踏空，身子猛然一沉，我聽見了鞋根折斷的輕微響聲。
>
> 這小小驚嚇止住她凌亂的喘息。走出門口她放開我的手，一瘸一拐地朝前走去。
>
> 鞋根是斷了一個，大概腳也扭了，她走了幾步就站住不動，像是忽然記起什麼一樣。
>
> 〔……〕

我走到她面前背轉身蹲下，聽背後她細微的鼻息。我低頭看自己的鞋尖耐心等待著。

她將手搭上我的肩膀，猶豫但溫柔，接著一條細臂環繞了我的脖子，她拎著斷跟的鞋子趴到我背上。

心裡一塊石頭落地，砸得眼眶犯潮。我背著她略感吃力地站起身來，邁步沿街走去。

要去哪裡，她不想問，我不想說，只有街燈將我們的影子縮短又拉長，路還長著，我只想一直走下去，逆著並不存在的人流，一直走。

感到夜風拂面時，我吹起口哨。

這個結尾顯然充滿了象徵意味。漆黑的樓道、折斷的高跟鞋鞋跟、扭傷的腳踝、吃力地背負、「逆著並不存在的人流」的行走等一系列意象，都含蓄地再現了兩位女主人公對主流社會的性別規範和異性戀體制的擯棄，以及隨之而來的傷痛和壓力。蕾絲邊的愛在時下的中國仍然異常艱難，但與那些充斥大陸婚姻市場的錢色交易相比，卻格外純粹。這種純粹的愛正是超女同人文的重要魅力之一。

　　當代年輕女性對傳統性別規範、異性戀婚姻和男性的普遍失望、不滿和逃避是超女同人文出現的一個主要社會心理原因。[46]美國學者埃文斯（Harris Evans）曾指出，中國社會有著性別本質主義的傳統，即民眾普遍將性別看作是自然規定的一套和生理功能相對應的特徵和屬性。不論是在毛時期，還是改革開放時期，女性性別都被界定為一系列天生的、本質主義的特徵，與這些特徵相關的反應、需要和能力自然而然地使女人成為妻子和母親。[47]儘管毛時期曾強調「男女都一樣」，女人可以「不愛紅妝愛武裝」，但在公共話語中，女人的最終歸宿還是家庭，女人最合適的角色還是賢妻良母。80年代

---

[46] 當然，一個14歲的初中生和一個25歲的白領喜愛超女同人文的原因肯定不盡相同。因篇幅所限，本文無法對不同年齡層次的讀者的閱讀心理做進一步探討。感謝赤間大起提醒我注意到這一點。

[47] Harris Evans, 「Past, Perfect or Imperfect: Changing Images of the Ideal Wife,」 *Chinese Femininities Chinese Masculinities: A Reader*, eds. Susan Brownell and Jeffrey N. Wasserstrom（Berkeley: University of California Press, 2002）335-336.

以後隨著市場經濟的發展，女性的社會地位也髮生了重大的變化。賣淫制度和買賣婦女的死灰復燃，二奶、婚外情的屢見不鮮，離婚率的居高不下，針對婦女的家庭暴力和性暴力的增多，職場中性別歧視的猖獗（如大量女工被迫「下崗」，女大學畢業生在求職過程中飽受不平等待遇，退休年齡的男女不平等），讓越來越多的年輕女性開始質疑她們的女性職責和婚姻的意義，並萌發了一定的女權意識。

我曾就GL和女性主義的關係諮詢過阿修羅之樹海吧主。她告訴我，喜歡GL的同人女肯定是有點女權意識的，否則她們就應該去喜歡描繪女主人公被男人「圈養」的BG小說。在GL小說裡，男人大多扮演「社會壓力」、「主流社會」的角色，是妨礙、破壞兩個女主人愛情的「罪禍魁首」。而女人們則完全擺脫了「男人」這個核心，表明了「一個女人，她的愛情可以和男人無關，她的生活也可以不關男人的事。」但吧主提醒我，雖然 GL小說表達了「女性渴望獨立，不想依附男人」的潛在願望，但這個社會畢竟「還是男權社會」。走出緋色超女吧，大家還是得面對男權社會的諸多無奈。[48]

結論

雖然，超女同人文的愛好者們對男權社會的反抗目前還只能通過YY的方式來表達，但她們至少在賽博空間（cyberspace）裡構建起了一個充滿友愛、支持和愉悅的女性「異托邦」。福柯曾提出，在每個文化、每個文明中都有一些類似反場域（counter-sites）的真實地點（places），它們是一種被有效施演的烏托邦（enacted utopia）。在這些真實的地點裡，文化中的所有真實場域，都會同時被表徵、抗辯和顛轉。福柯稱這些真實地點為「異托邦」（heterotopia），用以區別於沒有真實地點，基本上是非真實空間的烏托邦。福柯強調異托邦是一個異於主導性社會秩序的空間，其標誌是和規範的差異以及對規範的偏離。[49]以緋色超女吧為基地的超女同人文社群就是一個這樣

[48] 阿修羅之樹海：百度消息，2008 年 3 月 7 日。
[49] Rhiannon Bury, *Cyberspaces of Their Own: Female Fandoms Online* （New York: Peter Lang, 2005） 17.

的虛擬異托邦。在這個異托邦裡，主流社會的商品經濟被粉絲社群的禮物經濟所取代，被壓制的女性主體性得到了徹底的張揚，被禁止的女性同性欲望獲得了自由的釋放。

緋色超女吧雖然發揮著網路文學社群的功能，但它與普通文學網站有一個根本的不同。這個吧沒有任何簽約作家，所有作者的創作都是純粹自願的、非贏利的，只是為了和同好分享、交流自己對超女的喜愛。用一位作者的話說就是：「寫文是為了更好的TQ」。[50]每一篇同人文都是作者奉獻給社群的一份珍貴禮物。讀者也通過認真的閱讀、評論來回饋作者。她們有的將作品從網上下載，列印成冊，反復閱讀。有的一遍一遍手抄作品，對文中的華章錦句倒背如流。吧內的一些中、長篇小說通常都有數千個回帖。讀者的討論和作者的回復都帶有誇張的個人風格。一些有音樂和繪畫才能的社群成員還慷慨地為吧裡的一些小說繪製插圖，配製背景音樂。社群成員在書寫著超女之間的虛構愛情的同時，也書寫著彼此之間的真實友誼。吧內不僅有許多「生日文」，即獻給某個社群成員作為生日禮物的作品，還有一些以社群成員本人為YY物件的遊戲之作。長期以來，在許多女性作家的筆下，女主人公都是廖冬梅所說的「不斷尋求家園卻又無家可歸，不斷尋求精神主體卻又不斷自我撕裂的孤獨者」。[51]但在緋色超女吧的超女同人文中，女主人公卻不僅不再感到孤獨，而且還達到了克利斯蒂瓦（Julia Kristeva）所謂的「主體性的頂點」。[52]

---

[50] noblertear 暖灰：《YS 名人專訪之迷仰——仰望太陽的迷離精靈》，2008 年 2 月 16 日，百度緋色超女吧，http://tieba.baidu.com/f?ct=335675392&tn=baiduPostBrowser&sc=3307879296&z=324749799&pn=0&rn=50&lm=0&word=%E7%B3%C9%AB%B3%AC%C5%AE#3307879296。TQ 是片語「調情」的中文拼音縮寫。許多帶有濃厚異性戀色彩的詞語，都被社群成員用娛樂的精神轉換為表達姐妹情誼的符碼。

[51] 徐豔蕊：《當代中國女性主義文學批評二十年》，桂林：廣西師範大學出版社 2008 年版，第168 頁。

[52] 克利斯蒂瓦曾在《愛情故事》（*Tales of Love*）一書中寫道：愛是這樣一個時空，在其中'我'有權利成為特別的存在。自主卻並非單獨一人。「我」是可分的、迷失的、挫敗的；然而通過想像性地與愛人融合，卻能達到超人的心靈感應的無限空間。妄想？是的，我在戀愛，我正在主體性的頂點。
轉引自 Stephen Hinerman, 「I'll Be Here With You': Fans, Fantasy and the Figure of Elvis,」 *The Adoring Audience: Fan Culture and Popular Media*, ed. Lisa Lewis（London: Routledge, 1992）107.

參考文獻（依出版日期排序）

文本及研究專書

- Sedgwick, Eve Kosofsky. *Between Men: English Literature and Male Homosocial Desire*, New York: Columbia University Press, 1985.
- 李銀河：《虐戀亞文化》，北京：今日中國出版社，1998。
- Jenkins, Henry. Textual Poachers: Television Fans and Participatory Culture. New York: Routledge, 1992,
- Minsky, Rosalind. *Psychoanalysis and Gender: An Introductory Reader*, London: Routledge, 1996.
- Gilbert, Sandra, and Susan Gubar. *The Madwoman in the Attic: The Woman Writers and the Nineteenth-Century Literary Imagination*. 2nd ed. New Haven: Yale University Press, 2000.
- Bury, Rhiannon. *Cyberspaces of Their Own: Female Fandoms Online*. New York: Peter Lang, 2005.
- Quilligan, Maureen. Incest and Agency in Elizabeth's England. Philadelphia: University of Pennsylvania Press, 2005.
- Modleski，Tania. Loving with a Vengeance: Mass-Produced Fantasies for Women. 2nd ed. New York: Routledge, 2008.
- 徐豔蕊：《當代中國女性主義文學批評二十年》，桂林：廣西師範大學出版社，2008。

期刊論文、專書論文、報紙評論

- Hinerman, Stephen. "'I'll Be Here With You': Fans, Fantasy and the Figure of Elvis," in *The Adoring Audience: Fan Culture and Popular Media,* ed. by Lisa Lewis, pp. 107-134. London: Routledge, 1992.
- Cicioni，Mirna. "Male Pair-Bonds and Female Desire in Fan Slash Writing." In

Theorizing Fandom: Fans, Subculture and Identity, eds. by Cheryl Harris and Alison Alexander, pp. 153-177. Cresskill: Hampton Press, 1998.

• Evans, Harris. "Past, Perfect or Imperfect: Changing Images of the Ideal Wife." In Chinese Femininities Chinese Masculinities: A Reader, eds. by Susan Brownell and Jeffrey N. Wasserstrom, pp.335-360. Berkeley: University of California Press, 2002.

• 【美】葛爾‧羅賓:《關於性的思考:性政治學激進理論的筆記》,見葛爾‧羅賓等::《酷兒理論》,李銀河譯,北京文化藝術出版社 2003 年版,第 1-79 頁。

• Thorn, Matthew. "Girls and Women Getting Out of Hand: The Pleasure and Politics of Japan's Amateur Comics Community." In *Fanning the Flames: Fans and Consumer Culture in Contemporary Japan*, ed. by William W. Kelly, pp. 169-187. Albany: State University of New York Press, 2004.

• Wood, Andrea. "'Straight' Women, Queer Texts: Boy-Love Manga and the Rise of a Global Counterpublic." *Women's Studies Quarterly* 34 （Spring & Summer 2006）: 394-414.

講評

趙彥寧[*]

　　這篇正在進行中的博論研究，藉由分析在百度「緋色超女」吧連載的 GL（Girls' Love）小說《緋色事》，以試圖探討此類大眾文化產物與中國女同志文化的關係，及其反應的社會結構背景。在大陸地區，不論同志文學、抑或 GL／BL 文學的研究均甚少，相信此研究若得正式出版，應可發揮拋磚引玉的效果。不過在理論引用和論證鋪陳方面，此文或許仍有部分值得商榷之處，以下逐點說明，以就教作者和一般讀者。

　　一，「緋色超女」吧參與者的「真正」性／別身分（sexual identities）恐怕無關此研究的宏旨，作者或許不用費力予以判定（或辨明）。首先，如同現代社會中其他的身分認同，性／別和性別（gender）乃為不斷建構中之不具本質性的產物，而此文所引的諸種資料也揭露了這個性質；其次，文中所述貼吧寫手們對於諸如 S／M（作者引用李銀河的譯詞「虐戀」）等等「非正統的性」（unconventional sex）狀似高度重複性、且細緻的戲劇性描述，相當符合 Judith Butler（1990）在女性主義經典論著《Gender Trouble》中的看法，實為經由言說行動（speech acts）以建構性／別主體（sexual subjects）的「顛覆性身體展演」（subversive bodily performance）。換句話說，這是相當「酷兒」（queer）的社會實踐。

　　二，固然同性之愛的社會意義必須與異性戀對話、並置或對立，方可凸顯其特殊性，然而此文中不少這方面的論證方式恐怕值得商榷。最明顯的例子是作者分析《緋色事》中劉力揚和尚雯婕這對同父異母姊妹的「亂倫關係」時，引用法國結構主義人類學家 Lévi Strauss 的親屬研究理論，以試圖證成「女性若想終止這種『女人交易』，拒絕被當作物品一樣在男人之間流通，

[*] 東海大學社會學系教授

只有三個辦法：亂倫、獨身和蕾絲邊主義」的論點；但是，「異性亂倫」和「同性亂倫」的社會意義大不相同，Lévi Strauss 的看法可能不盡然可適用於同父異母姊妹「亂倫」的情愛關係中。

　　三，作者在解釋「緋色超女」吧的熱烈參與現象時，主要訴諸 80 年代起獨生子女制度和市場經濟的崛起下女性地位的日趨低落現象，以試圖藉由（1）孤獨的女小孩（但是不知為何不是男小孩）希望建立親密關係、和（2）越來越多的年輕女性開始質疑她們的女性職責和婚姻意義（頁 290）的中介論點，而證成某些此類女性參與「緋色超女」吧的社會現象。以上的論證可能適用於部分「80 後」女性，但恐怕不具有廣泛的解釋度。首先，（1）論點預設所有獨生女兒（而非獨生兒子）本質上（即先天的、非後天培養的）需求擬家庭關係的親密關係，果真如此？若確實如此，何以這些獨生女兒感受的是「先天的情感缺憾」，而非「無須受制於父母和其他兄弟姊妹的獨立和解放」？其次，（2）論點若可成立，也顯示了「緋色超女」吧參與者在年齡、文化條件、經濟背景和城鄉位置的同質性，故而，譬如說，儘管作者引述「大量女工被迫『下崗』」（頁 290）為 80 年代後引發年輕女性質疑女性職責和婚姻意義的例證之一，但是非常顯然地，這些下崗女性並不會參與「緋色超女」吧的性／別文化生產活動。簡言之，Sex、sexuality 和 gender 必須與既存的階級、年齡、種族、地域等等位置互相連結，方可展現其特定的社會與文化意義，故而作者僅凸顯性別的分析方式，恐怕是不足的。

老作品，新價值

——二〇〇七年奇摩網拍台灣文學珍本書籍現象初探

陳學祈[*]

摘要

　　本文以 2007 年奇摩網路拍賣爲研究範圍，討論珍本書籍在網路拍賣中的消費現象。論文首先透過結標價一千元以上之書籍，歸納出「台灣文學珍本」的四個特點：作者在文壇具有一定地位或知名度、多爲作家早期著作、簽名本、特殊裝幀之書籍。並運用布希亞《物體系》之概念，從「功能剝除」與「系列收藏」的角度切入，討論文學珍本收藏之動機，點出網拍作爲交易平台時之特殊性，並針對筆者所觀察到的四個消費現象「特定詩集與詩社的高比例現象」、「忠實且強力的買家」、「投資現象的出現」、「價格落差巨大」予以解析。

關鍵詞：網路拍賣、舊書、珍本、收藏、消費

---

　[*] 台北教育大學台灣文化研究所，E-mail：kula0726@yahoo.com.tw

壹、前言

　　出版，是文學文本進入大眾消費市場的主要管道，即使在網路盛行，部落格林立的今天，透過出版社（或自印）出版書籍，仍是文學文本最主要的傳播方式，而學界對於這方面的研究，也已經已累積了一定的研究成果。從台灣歷史發展的階段來看出版，明清階段的出版研究，以楊永智的《明清時期台南出版史》為代表[1]。日治時期部分，則以中、日文為兩大主軸，當中並含括了「出版」與「流通」兩個主要的圖書出版活動，相關文獻如蘭記書局研究與河原功〈三省堂與台灣：戰前台灣日本書籍流通〉[2]等等。到了戰後，則有應鳳凰、何義麟等人對出版社與報紙、雜誌之研究，以及文訊雜誌社所製作的相關專輯。至於解嚴以來的出版概況，孟樊《台灣出版文化讀本》與陳穎青《老貓學出版》都可以提供給研究者不少資訊[3]，而大陸學界，甚至有了《台灣出版史》這樣的著作[4]。透過這些論著，台灣出版業各個階段的發展，至此有了較為清楚的面貌。但出文學書籍出版的研究，並不能完整的含括文本的消費，可以肯定的是，屬於出版業下游的舊書業，是我們討論文學文本的消費時，不能不予以關注的領域。遺憾的是，台灣舊書業從 1920 年代出現至今，雖有近九十年的歷史，但國內討論舊書店、舊書市場的論著卻是少之又少，直到 2003 年第一本專門介紹舊書店的書籍《蠹魚頭的舊書店地圖》[5]及 2004 年第一本以舊書業為主題的學位論文——李志銘的《追憶那黃金年代：戰後台北舊書業變遷之研究》出版後[6]，才有了較為全面、系統討論舊書業的著作。

---

[1] 楊永智，《明清時期台南出版史》（台北：台灣學生書局，2007 年）。

[2] 文訊雜誌社編，《記憶裡的幽香：嘉義蘭記書局史料論文集》（台北：文訊雜誌社，2007 年）；河原功著，莫素微譯，《台灣新文學運動的展開：與日本文學的接點》（台北：全華科技），頁 231-277。

[3] 孟樊，《台灣出版文化讀本》（台北：唐山，2007 年）；陳穎青，《老貓學出版》（台北：時報，2007 年）。

[4] 辛廣偉，《台灣出版史》（石家莊市：河北教育出版社，2000 年）。另可參見張錦郎、吳銘能合撰之〈評介辛廣偉著《台灣出版史》〉，《書目季刊》34 卷 4 期（2001 年 3 月），頁 63-87。

[5] 傅月庵，《蠹魚頭的舊書店地圖》（台北：遠流，2004 年）。

[6] 李志銘，《半世紀舊書回味 1945-2005：從牯嶺街到光華商場》（台北：群學社，2005 年）。

　　不過對於舊書消費的探討，此兩本著作是以傳統的店面交易爲主軸，對於當前最新的舊書交易方式——網拍，則尚未觸及。而此部分的研究，目前已有蔡秉義的《拍賣網站二手書籍購買者之消費行爲研究》與楊忠憲的《臺灣網路二手書店消費者購買行爲之研究》進行討論[7]，但蔡、楊二人的討論重心，主要放在交易模式與消費者特性上，對於性質較爲特殊之舊書的消費現象，並未給予太多的關注，因此對於網拍舊書消費之研究，筆者認爲還有很大的發展空間。

　　本文所謂「性質較爲特殊之舊書」，指的是一般有藏書癖好（bibliomania）、書迷（bibliophile）之人眼中的罕見、珍貴之舊書。這類書籍的消費狀況，以筆者目前所掌握的資料來看，尚未見到較有系統之討論，但在舊書的消費領域中，這些書籍所產生的經濟效益，卻常使人直呼不可思議。2004 年 6 月 20 日《民生報》有一則關於夏宇詩集《備忘錄》的新聞，標題爲「夏宇絕版詩集備忘錄，身價上萬」，就是最好的例子。在出版界裡，詩集向來有「票房毒藥」之稱，但在舊書業中，一本詩集居然能夠有萬元的身價！而像《備忘錄》這樣所謂的「珍本」，也就成了打破認爲舊書是便宜、可稱斤論兩之刻板印象最有力的證明。

　　對於這樣的消費現象，筆者在此提出幾個問題：一、這種身價萬元的「消費奇觀」，我們該如何解釋？二、屬於萬元身價的舊書，只有《備忘錄》嗎？當前網拍上還有哪些書籍同樣也具有萬元身價，或是同屬於所謂的「珍本書」？三、這些所謂的「珍本書」有無共通點？與一般書籍（包括舊書）相較，有何不同？四、該則新聞點出了當時的交易方式是「Yahoo 奇摩拍賣」。從傳統的店面交易到網路拍賣，交易方式的改變，是否會影響珍本書籍的買賣？這些都是透過新科技——網拍，來販售舊物品——珍本書，所產生問題，也正是筆者所感興趣之處。

　　對於網拍珍本書籍之探討，本文以 2007 年奇摩網路拍賣爲研究範圍，

[7] 蔡秉儀：《拍賣網站二手書籍購買者之消費行爲研究》（嘉義：南華大學出版事業管理研究所碩士論文，2006 年）、楊忠憲：《台灣網路二手書店消費者購買行爲之研究》（嘉義：南華大學出版事業管理研究所碩士論文，2006 年）。

討論之書籍鎖定在台灣文學方面。至於收錄的門檻，以單本書籍結標價在一千元以上爲主，雖然不能保證能完全收錄 2007 年結標價在一千元以上的所有台灣文學書籍，但基本上該年度的「重點書籍」都已含括。若有遇到同一書籍有一千元上下兩種價格，或是觸及到非文學作品之書籍、雜誌時，將會視情況予以採用。最後要聲明一點的是，儘管許多人認爲張愛玲不能被歸入台灣文學的範圍，但從文學文本的消費來看，張愛玲顯然是不能不提重點作家，因此本論文仍會把張愛玲的作品納入討論範圍。以下筆者將就過去一年所記錄的資料，同時配合自身與舊書店、藏家交流的心得，來爲當前的文學珍本消費現象進行解析。

貳、收藏，作為一種消費動機

在眾多的消費動機當中，「收藏」是相當特殊的一環，它體現了人們對物品所投射的情感，同時也體現了「物」在歸屬權力之下的特殊性，因此「收藏」這樣的消費行爲，我們就無法拿來與用完即丟的民生消費一概而論。對於收藏行爲的界定，莊麗娟在討論Walter Durost、Russell Belk與Ian Hodder的定義後認爲收藏活動具備了六個基本要素，分別是：1.不斷增加的進行式；2.具有主題性；3.主動擁有的個人行爲；4.價值超凡；5.整體意義大於單品意義；6.依附關係 [8]。基本上，本文所要討論的主題──「珍本書籍消費」並不脫這六點，而當中所隱含的概念，我們也可以在布希亞（Jean Baudrillard）的《物體系》中找到相關的論述，但限於篇幅緣故，故筆者僅就布希亞的論點作爲依據，對收藏行爲最明顯的兩個特徵進行討論。

一、功能剝除

「收藏」最大特色，在於物品進入收藏體系後，其功能性馬上會被擁有者去除，這也代表著收藏活動的展現，是一個讓物品從「用」轉換至「藏」的過程。布希亞認爲：「純粹的對象〔物〕，被剝除了功能，或是由它的用途

---

[8] 莊麗娟：《物質主義傾向、消費價值觀與產品涉入對收藏行爲影響之研究》（桃園：元智大學管理研究所碩士論文，1999 年 6 月），頁 17。

中被抽象出來，則完全只擁有主觀上的身分：它變成了收藏品…當一件物品不再由功能來取得其特殊性時，便是由主體來賦予它屬性」[9]。布希亞所謂的「主體」，指的是物的擁有者——收藏家，換言之，收藏家在收藏活動中所扮演的，除了是收集者的角色，同時也是功能剝除者的角色。而這種「功能剝除」的現象，在日常生活中可謂屢見不鮮，許多人童年的經驗——集郵，就是一個標準的「功能剝除」活動。在人們的刻意蒐羅下，郵票不再作為郵寄時所使用，而是成了集郵簿中的收藏品。這種從「用」至「藏」的例子，同樣也出現在書籍的消費上。以文學書籍來說，人們之所以願意購買，主要在於閱讀書中的內容，因此文字的使用、情節的安排，以致於整體思想與美感的呈現，都是讀者購買該書時所針對的目標。但從「藏」的角度來看，書籍作為文學鑑賞、知識傳播與學術研究的功能，反而成了其次。何志鈞認為：「相比於欣賞，文藝收藏更關注的是文藝產品的版本、插圖、包裝、載體形式」[10]。這個現象，正好可以用來說明文學珍本的消費，因為藏家們所追求的，已不再是書中的內容，而是書籍本身所蘊含的時空特性（歷史感）、整體美感，以及書籍作為情感投射的對象物時，與主體之間的關連性。

二、系列收藏

收藏的另一個特色，在於隨著時間的推移，藏品數量會隨之增加，這就是上述六點中的第一點「不斷增加的進行式」。藏品增加的原因，除了人們本身的無窮慾望，從物的角度來看，單一藏品的系列連帶物，也是使藏品不斷增加的因素之一。但「系列的收藏」通常都有一定的難度，許多藏家都有面臨收藏的困境的情況，在《物體系》中，布希亞引用拉布耶的描繪——一個目標在收集法國十七世紀銅版畫大師卡洛（Callot）作品的藏家，因少了其中一幅畫作，導致他無法完成收藏，最後在餘生中戒絕版畫，就是一個系列收藏的失敗例子。

對於這種因缺少某項物品而造成系列缺憾的現象，布希亞認為：「缺了

---

[9] 尚‧布希亞著，林志明譯：《物體系》（台北：時報，1997年），頁96。

[10] 何志鈞：《文藝消費導論》（北京：中國社會科學出版社，2007年），頁37。

一項的整套系列，和系列中所缺乏的終結項，在生存經驗的算術中，具有同等的地位。沒有了這一個終結項，系列就沒什麼意義」[11]。系列的構成必要條件，就是「完整」，因此當某一系列缺的藏品缺少其中一件時，對藏家而言，這個缺少的物件，意義可能等同於其他的物件的總和。例如一套五張的郵票，當中若缺了一張，那麼藏家對這張缺席郵票所付出的關注程度，就會大過於其它的四張。至此，這個最後的一張，就不僅僅只代表一張郵票，而是一套郵票。對於這個缺席的關鍵物，布希亞進一步指出：「在這個單獨的符徵（signifiant）身上集中的價值，其實是在整個選項體系（paradigme）中，由各個中介符徵所形成的鎖鍊上，奔跑的價值。」[12]。布希亞在此點出了物在系列之中的象徵重要性，特別的是，這個象徵並不會固定在某一物品之上，換言之，只要該系列缺少了誰，那麼它就是這個系列最終的象徵總和。

回到珍本書籍的消費來看，最典型的系列收藏，莫過於雜誌。雜誌的收藏，雖然多以創刊號為主，但嚴格來說，雜誌收藏最完善的情況，就是湊齊「全套」，也就是從試刊號開始至終刊號[13]，以及從復刊號到該雜誌真正的「終刊號」[14]，整個系列缺一不可。至於一般書籍，也有系列的情況出現，而且種類更多，有以出版社為主的系列收藏（收集該出版社所出版的書籍）、以作家為主的系列收藏（收集該作者的第一本至最新的一本），或是以同一本書為主的系列收藏（收集該書的不同版本），但有趣的是（同時也是惱人的），當系列收藏進行到一定程度時，大多數的藏家都會面臨找不到書的情況，因此這些不容易得手的書籍，也就成了許多藏家眼中的珍品，而這些書籍，往往都是接下來所要討論的「珍本」。

參、何謂「珍本」？

在討論所謂的珍本之前，必須先處理一個與珍本相關的概念——善本。

---

[11] 尚·布希亞著，林志明譯：《物體系》，頁 103。
[12] 尚·布希亞著，林志明譯：《物體系》，頁 103。
[13] 創刊號雖是雜誌的第一期，但有些雜誌在創刊號之前，會先有試刊號的刊行，如《印刻》、《表演藝術》。
[14] 有復刊號的雜誌如《文星》、《現代文學》、《東方雜誌》等等。

何謂善本？《中國讀書大辭典》解釋為：「即好的圖書版本，通常指古書中版本價值較高的本子。『善本』一詞見始見於宋代，最初的含意是指「校勘精審、文字內容錯訛較少的本子」[15]。昌彼得在〈談善本書〉一文中也有相同的看法，該文首先討論宋人對善本的解釋，之後得出宋人對善本的定義為「凡是經過精校的，及精刻的，精注的，流傳稀少的，或舊本等五類書本皆可稱為善本」[16]。宋代文人之所以會有這樣的界定，原因在於印刷術普及後，文本數量大增、版本種類變多，因此書籍本身的版式、印刷便開始有了高下優劣之分。再者，由於刻印皆為手工，難免有錯誤情況發生，故書籍內容的完整性、正確性，也就成了當時文人判別版本好壞的首要條件。這樣的看法一路延續到清代，張之洞所謂的「足本、精本、舊本」就是延續的宋人的看法而來。

不過值得注意的是，在昌彼得歸納宋人對善本的定義中，有一條是「流傳稀少」，這點《中國讀書大辭典》也注意到了，因此在解釋完善本後，編寫者便隨即加上了這段：

> 但隨著時間的推移，那些抄刻年代較早、流傳較少的圖書和宋本、元本甚至明本都一律被視為善本；古代的稿本、活字本、套印本、或由於罕見難得，或由於手工藝獨特，也大多被奉為善本，使得善本同時又囊括了古本、珍本、孤本的含意，變得複雜起來。

這種將流傳稀少的書籍視為善本的情況，其實不脫「物以稀為貴」五字。昌彼得也明白指出，對藏書家而言，有些書即使校刻精良或編注的很好，但只要是通行的本子，就不列入善本書的範圍中，因為他們對善本認定的標準，是著眼於書的珍稀程度，這與一般從學術研究的角度來看待善本有所不同。對於這兩種不同的角度，黃裳為我們提供了一組清晰的對照概念，即善

---

[15] 王余光、徐雁主編：《中國讀書大辭典》（南京：南京大學出版社，1999 年），頁 438。
[16] 喬衍琯、張錦郎編：《圖書印刷發展史論文集續編》（台北：文史哲出版社，1977 年），頁 192-193。

本的「文獻」價值與「文物」價值[17]。文獻價值，是基於書籍的「使用」而言，而文物價值，則是從「收藏」作爲出發點。當書籍的「文物」價值在擁有者眼中大於「文獻」價值時，那麼勢必將面臨功能上的改變，這也就是前文所提的「功能剝除」概念。這種以書的珍稀程度或從文物角度作爲基礎的「紙本迷戀」狀況，也延續到民國以來的新文學，不論是大陸或台灣，這種文學珍本的收藏、消費，至今仍不斷的上演著。那麼放到台灣文學的脈絡中來看，在網拍的世界中，所謂的「珍本」指的是什麼樣的書籍呢？透過一年來的觀察，筆者歸納四點如下：

一、作者在文壇具有一定的地位或知名度

在筆者所收錄的 41 筆記錄中（見附錄），扣除編輯者、與他人合著者不算，作者共有二十六位，分別是：周夢蝶、洛夫、張愛玲、夏宇、葉珊、楊逵、林絲緞、陳幸蕙、吳新榮、羅智成、黃春明、席慕容、紀弦、王藍、覃子豪、陳義芝、鍾肇政、楊澤、溫瑞安、陳紀瀅、吳濁流、馮馮、梁容若、夏菁、蓉子、陳映真。基本上，除了林絲緞與梁容若，只要對台灣文學稍有涉獵，這二十多位作家應該都不陌生才對，其中有幾位作家，甚至到了家喻戶曉的地步。但名氣或地位的高低，是相當主觀的認定，有判別的標準嗎？至少在詩人部分，答案是肯定的，因爲我們可以利用「十大詩人選舉」來作爲指標。

台灣文壇中，「十大詩人」的選舉先後有三次，第一次是 1977 年創世紀詩社同仁編選的《中國當代十大詩人選集》。第二次爲 1982 年《陽光小集》所舉辦的「青年詩人心目中的十大詩人」票選。第三次則是 2006 年台北教育大學台文所出版的《當代詩學：台灣當代十大詩人專號》。這三次票選的上榜詩人，筆者整理如下：

舉辦年份與單位	十大詩人名單（不依名次排列）
1977 年《創世紀》詩社	紀弦、羊令野、余光中、洛夫、白萩、瘂弦、羅門、商禽、楊牧、葉維廉

---

[17] 黃裳：〈談 "善本"〉，《書之歸去來》（北京：中華書局，2008 年），頁 15。

1982 年《陽光小集》	洛夫、白萩、余光中、楊牧、鄭愁予、瘂弦、周夢蝶、商禽、羅門、羊令野
2006 年台北教育大學台文所	余光中、白萩與夏宇（同票）、楊牧、鄭愁予、洛夫、瘂弦、周夢蝶、商禽、陳黎

　　將這三次的名單拿來與表一做對照，可以發現周夢蝶、洛夫、余光中、夏宇、葉珊、紀弦都曾先後入選三次的十大詩人名單中，更有趣的是，這幾位入選（或曾入選）十大詩人的名家，詩集的結標價大多集中在前十名！當中又以周夢蝶的《孤獨國》、洛夫的《石室之死亡》與夏宇的《備忘錄》最為人所知，可見網拍的買家對這些名詩人的重視。

二、多為作家早期著作

　　除了作者本身的知名度與文壇地位，另一個更重要的條件是該書必須為該作者早期的作品。這類書籍的共同特點在於數量稀少，不像一般新書可在實體或網路書店購得，甚至在舊書店中也是難得一見，詩集就是最好的例子。以本表所記錄的前十名書籍為例，十本裡有七本是詩集，其中《孤獨國》、《靈河》、《水之湄》、《備忘錄》都是詩人的第一本詩集。這些詩集當年出版時，限於經費，印數大都不多，再加上尚未受到文壇矚目，故銷售量多不理想，以洛夫的《靈河》為例，當年詩人拿到書局寄賣，送一捆過去，半年過後，依然是完整的一捆[18]。這種銷量不佳的情況，不論是從出版的角度或是從作者的角度來看，當然都是負面的，但從珍本書籍消費的角度來說，卻可能是正面的，原因無他，因為「量少」的結果，常會造成「價高」的現象，再加上前文所提的作者的知名度，那麼這些數量稀少的詩集，受重視的程度自然隨著作者知名度的提升而水漲船高。洛夫當年可能想都沒想到，這些賣不出去的詩集，半世紀後的今天，隨著自己在詩壇地位的確立，居然都成了藏家眼中的珍寶！李魁賢曾問：「在資本主義的功利社會裡，如果把詩集視為古董，把收藏詩集傳給後代做為傳家寶，不知會不會有助於引起一般愛讀

---

[18] 洛夫：〈從「靈河」到「眾荷喧嘩」〉，《一朵午荷》（台北：九歌，1982 年），頁 184-185。

詩者，或純粹像集郵、集幣等收集癖好者，購買詩集的興趣？」[19]。從洛夫的例子來看，我們可以很明確的指出，李魁賢的提問是成真了，只不過可惜的是，這些高價售出的詩集，出版社與詩人，一毛錢也拿不到！

至於小說部分，前十名只有張愛玲與楊逵入榜，張愛玲入榜的是早期的版本《秧歌》與《傳奇》，楊逵則是香草山版的《鵝媽媽出嫁》。不同的是張愛玲乃「境外移入」，而楊逵則是「土生土長」，張、楊二人雖然在時空、文風等面向皆不相同，但有一點卻是相同的──二人都是文壇與學界的重點作家。至於十名以外，較著名的如 1969 年仙人掌出版社出版的《兒子的大玩偶》，此書為黃春明的第一本小說集，同樣也是買家眼中的珍品，在筆者所記錄到的三次拍賣中，全部都以破千元之價位進榜。

名家早期的作品雖然受到重視，不過筆者要特別指出，同樣都是早期著作，有時作品與作品之間，還是會有明顯的高低差別，洛夫的詩集是最好的例子。從出版時間來看，洛夫第一本詩集《靈河》為 1957 年出版，足足比第二本詩集《石室之死亡》早了八年，照理來說，藏家若真要「崇古」，那麼《靈河》應當為首，《石室之死亡》則次之，但從結標的情況來看，《石室之死亡》竟是《靈河》的三倍！這種後出詩集結標價遠高於初試啼聲作品的現象，表現來看與「作家早期著作」此一條件相互矛盾，但讀者只要看看學界在討論台灣現代詩發展時，對這兩本詩集關注程度的輕重差別，就可以理解《石室之死亡》結標價遠高於《靈河》的原因。謝泳在談到史料的經濟價值時，就直指學界研究的重要性，他認為：「先有研究者的眼力，引起學者對相關史料的重視，隨著相關史料學術地位的提升，當與此史料相關的研究成為顯學時，這些史料的經濟價值才能提高」[20]。這樣的看法，基本上也反應在台灣文學珍本書籍的消費上，洛夫的詩集就是最好的證明。

三、簽名本

除了前面兩種因素，構成珍本的另一條件，是作者或名家的簽名。讀者

---

[19] 李魁賢：〈如果詩集變古董〉，《李魁賢文集·第七冊》，（台北：文建會，2002），頁 46。
[20] 謝泳，〈史料收集與舊書業的存在價值〉，《圖書與情報》2008 年第 4 期，頁 140。

可以發現，在這四十一本書籍中，簽名本（含題簽）共有十一本，佔總數四分之一。所謂的簽名本，顧名思義指的是經過作者簽名的書，但這只是個總稱。除了一般所謂只有作者簽名的書籍（如簽書會上的簽名）之外，簽名本還有「題贈本」與「手澤本」兩種。題贈本指的是除了作者簽名，還會有受贈人姓名及落款、日期，或是寫上幾句話；手澤本則是指作家或名家的藏書，上有簽名、題字、批改或其他標認可考者[21]。透過作者的簽名、贈與，我們可以得知書籍的流傳過程，如果簽名者與受贈者皆爲文壇作家，那麼簽名本所展現的，就是文壇作家之間的相互來往與情感交流。也因爲多了這股「情感」，所以近來某些考慮較爲周詳的賣家，常會把受贈者的名字遮住，目的就是爲了防止尷尬場面出現，尤其是當雙方都是文壇上的名作家或學者，且尚未過世時，這樣的情況更是要提防。

從收藏的角度來看，簽名本的分類，其實還隱藏著價值的評判，對於簽名本價值的高低與否，傅月庵是這麼認爲的：

（一）手跡字數越多者價值越高。

（二）有署名時間者比沒有的價值高。

（三）成名的著者、已過世的作者比未成名、還活著的價值高。[22]

其中，在第三點部分，編號 8 與 31 的《鵝媽媽出嫁》就是最好的例子。這兩本香草山版的《鵝媽媽出嫁》之所以能突破千元大關，除了作者本身與版本因素，最主要的原因是有作者的簽名，而且兩本都是所謂的題贈本。但不同之處在於編號 30 的受贈者爲不知名的讀者，而編號 8 的受贈者，是已經過世的文壇作家。換言之，這是一本贈與收雙方皆爲逝世文人的簽名本，此點正符合了上述的第三點，因而進入前十名，類似的例子還有編號 23 的《長夜》。而受贈者爲文壇名家，且尚未過世的，是編號 37 的《七月的南方》。至於手澤本，則是編號 34 的《鵝毛集》，此書不論是作者或版本，基本上都

---

[21] 傅月庵，《蠹魚頭的舊書店地圖》（台北：遠流，2003 年），頁 19。
[22] 傅月庵，《蠹魚頭的舊書店地圖》（台北：遠流，2003 年），頁 20。

稱不上珍本的程度，但因為書上有國內書法名家之題跋，故受到藏家的青睞。同樣的，《石室之死亡》與《外外集》之所以引起藏家注意，除了因為書籍本身難得與前文提及的學界評價之外，更重要的是這兩本詩集皆有詩人簽名，珍本外加作者手跡，可謂「錦上添花」，這兩本詩集因而進入前三名，也就不足為怪了。[23]

簽名本之所以受到藏家的矚目，原因在於作者在「機器印刷」的書籍上，留下了「手工書寫」的痕跡。機器印刷的特色在於大量製造，經由機器所印製出來的書籍，除非遇到裝訂錯誤的情況，否則不論是紙張或開本、內容，並沒有差異可言，而簽名這樣的舉動，扮演的是讓書籍由相同走向特殊的過程。因此，這種附有作者簽名的書籍，對於藏家而言，它的存在就不同於一般市售的新書。

對於這種透過手工方式製造出來的「手工藝品」，布希亞認為：「手工藝品的魅力來自它曾經過某個人的手，而此人的工作仍留痕其中：這是某個曾經被創造過的東西的魅力」[24]，換言之，由於手工創造所引發的「當下」無法回復，遂造就了手工物品的獨一無二性。這樣的看法，剛好與班雅明（Walter Benjamin）認為藝術品具有「此時此地」特性的看法不謀而合，而這牽涉到班雅明所提出的另一個相關概念——「光暈」（aura）。班雅明認為，機械複製時代的來臨，撼動了藝術品本身的獨特性，於是「藝術品不再是收藏家手中的獨一無二的佔有物了，同時它作為某種偶像的崇拜價值也隨之轉弱」[25]，藝術的「光暈」（aura）因此消解。但反過來看，如果創作者（作家）在眾多的複製品（書籍）上，留下少數的真跡（簽名）時，那麼「光暈」（aura）會不會重新被喚回呢？很明顯的，這些願意出高價購買簽名本的藏家，為我們做了最好的答覆[26]。

四、特殊裝幀之書籍

[23] 讀者或許會問，如果編號第1的《孤獨國》擁有作者簽名，那麼結標價是不是會更高呢，答案是肯定的，因為該書的簽名本，曾在2005年的網拍，以15,001結標。
[24] 尚・布希亞著，林志明譯：《物體系》，（台北：時報，1997年），頁84。
[25] 陳學明：《班傑明》，（台北：生智，1998），頁133。
[26] 不只是重現，有時作品的光暈，還會隨著作者的知名度與地位的提升而被放大。

在珍本書籍的消費中，除了名作家早期著作與簽名本外，另一種引人矚目的書籍，當屬特殊裝幀者。所謂的特殊裝幀，指的是透過封面設計與紙張、印刷、裝訂（精裝、線裝等等）、附件（藏書票、別冊）等媒材的使用，讓書籍提升至「藝術品」的裝幀方式，其目的就是在提高書籍本身的附加價值。這類書籍之所以引起藏家關注，原因在於它不僅提供讀者文本內部的文學美感，更提供了文本外部的物質享受，在大量生產製造的年代，這種特殊裝幀的書籍，自然更顯珍貴，埃斯卡皮（Robert Escarpit）所指的「可供收藏的版本」[27]，就是這類書籍。

在台灣出版史中，將書籍裝幀發揮的最為淋漓盡致者，首推日人在台作家西川滿[28]。至於戰後部分，雖然沒有出現像西川滿這般以華麗手工裝幀為取向的出版者，但我們還是可以找到肯在書籍裝幀上花心思的出版社，簡媜與陳義芝、陳幸蕙、張錯等人在八十年代所創辦的大雁書店，就一個不錯的例子。

這間被傅月庵稱為「秀才造反」的出版社 [29]，與西川滿所出版的書籍一樣，都是利用手工方式來裝幀書籍，由於用紙講究、質感高雅，故四年間所出版的十三本書籍，十餘年過後的今天已是網拍的熱門書籍。例如編號 12 的《被美撞了一下》與編號 24 的《新婚別》，封面使用松華紙，編號 17 的《寫生者》則使用鯉紋雲龍紙，至於內頁部分，三本書都選用海月紙。此外，每本書還附贈絹印胚布書袋一個，這種「買書送袋」的銷售手法，至今仍不多見，大雁書店的不計成本與對書籍的用心，由此可見。可惜的是，這些精心裝幀的書籍，與前文所提及的洛夫詩集一樣，在當年都是乏人問津的滯銷書。大雁書店出版品滯銷的原因，傅月庵認為是「確切的閱讀社群始終無法建立」，所以「供銷失衡日甚一日，退書如潮，最後都成了簡媜的『私房書』」

[27] 羅‧埃斯卡皮著，顏美婷編譯：《文藝社會學》（台北：南方叢書，1988 年），頁 146。
[28] 對於西川滿與立石鐵臣、宮田彌太郎合作所出版的書籍，王行恭認為：「西川滿的執迷，開創了台灣書籍文化的共同記憶。至少，相對於 1945 年台灣光復主權回歸，到本文撰述的當下為止，回顧台灣的書籍裝幀歷史，讓我們不得不汗顏，這輝煌的歷史記憶，竟停滯在 1945 年的一位日本的台灣人（或台灣的日本人）身上，而無法前行。」王行恭：〈限定版鬼才西川滿和他的台灣風裝幀藝術〉，《台灣設計》，第 1 期（2007 年 4 月），頁 49。
[29] 傅月庵：《蠹魚頭的舊書店地圖》，頁 190。

[30]，但沒想到在十餘年後的今天，大雁書店的出版品開始翻紅，甚至到了有固定的閱讀群（或稱購買群）——藏書家的地步。這種熱賣、搶手的現象，想必也是當年大雁書店同仁想都沒想到的！

肆、網拍，作為一種交易模式

隨著網路科技興起，如今人們所面臨的，是一個資訊數量與流通速度不斷膨脹、加快的年代，利用鍵盤、滑鼠等周邊設備，在手指敲敲點點的使用下，古時求之不得的「秀才不出門，能知天下事」境界，早已不是什麼新鮮事。而現今流行的網路拍賣（以下簡稱網拍），就是搭著網際網路的順風車出現在交易市場上。除了利用網路強大的資訊傳播特性，網拍受到賣家矚目的另一個原因是節省營運成本。由於只在網路註冊，並不需要實體店面，故店租、水電費、電話費甚至員工薪資等支出也都能大幅縮減，這樣的特性對小本經營或偶爾從事販售的賣家而言，無疑是最佳選擇。網拍就在這樣的特性下，不斷的發展著，以致於到了今天「什麼都有，什麼都賣，什麼都不奇怪」的地步，因此「秀才不出門，能買天下物」的情形，在網路發達的今天，真的一點也不奇怪了。

珍本書籍的拍賣，同樣也是看重網路的資訊流通特性以及節省營運成本的優點而興起，尤其是資訊流通的這點，更是賣家把珍本書籍上網販售的主因。Stefan Klein於〈電子拍賣簡介〉一文中，將網拍的目的分為四點，其中一項是「網拍乃是作為確定一個價格的社會機製拍賣」，Klein認為由於某些商品並不容易決定價格，而網拍則提供了一個交易平台，吸引有興趣的買賣雙方，透過出價競標，進而決定商品的成交價格[31]。另一項則是「網拍是一個有效率的分發機製拍賣」，所謂有「有效率的分發機製」，指的是透過網拍，賣家可以販售具有時效性的商品，Klein所舉的商品是「快到期的機票，或者快過季的庫存品、或者停產的商品及瑕疵品。」，本文所謂的「珍本書籍」

30 傅月庵：《蠹魚頭的舊書店地圖》，頁191。
31 鄭欣怡：《網路拍賣之研究：以 YAHOO！奇摩拍賣為例》（台中：逢甲大學企業管理研究所碩士論文，2006年6月），頁19。

正好就是「停產的商品」，但不同的是珍本書籍不僅沒有時效性，反而隨著時間的流逝而「越陳越香」。

認爲古董、藝術品適合透過網拍進行買賣者，除了Stefan Klein，Wrigley也持相同的看法，他將網拍物品概分爲「一般日用品」、「具有時效性商品」、「實際效用受限商品」三類。其中「實際效用受限商品」，指的是「藝術品等各種值得收藏的物品」，也就是就是布希亞所謂的「功能剝除」後的物品。Wrigley認爲這類商品之所以適合在網拍上交易，在於「透過網拍可以發掘更多潛在供應者與需求者使交易更透明化」[32]。Klein與Wrigley的看法，都直指網拍最大的特性──交易平台的方便與資訊的透明化。以下筆者將針對這兩點進行討論，點出網拍在文學珍本交易中的重要性。

一、平台的提供

打破時空的限制，讓不同地區、時區的買賣雙方可以在同一平台上完成交易，這是許多人第一個想到的網拍特性，但筆者不厭其煩的在此重提，目的是要提醒讀者，一樣的交易方式，若遇上不一樣性質的商品，那麼意義就有大小之別。

網拍之所以受到珍本書籍買賣雙方的重視，原因在於它提供了一個交易的平台，這個現象在出版市場也可以看得到，網路書店就是人們經常使用的要重交易平台之一。但與新書不同之處在於，文學珍本更依靠資訊平台來散播訊息，從買方的立場來看，新書即使不在網路上購買，也可以在一般實體書店買到，但文學珍本則不同，由於絕版且數量稀少，因此常會遇到有錢也未必買的到的情況，附錄這些結標價在一千元以上的書籍，多屬此類。此外，網拍網站的搜尋功能，更是吸引買方前來交易的原因之一，透過輸入特定關鍵詞彙（如簽名本、創刊號或特定書籍、作家、出版社名稱），藏家將能在茫茫書海中，迅速找到找心儀的書籍，比起過往在舊書店中「上窮碧落下黃泉」的苦苦搜尋，拍賣網站的搜尋功能，無疑是一大利器。再從賣方立場來

---

[32] 張漢伯：《網路拍賣與競標出價行爲之研究》（台北：東吳大學企業管理學系碩士論文，2001年），頁19。

看，在網拍尚未出現的年代，如果要販售珍本書籍，除了自己尋找買家，否則就只能賣給舊書店，但問題在於台灣「識貨」的舊書店屈指可數，因此想要有令人滿意的價位，自然不太可能。網拍的出現剛好解決了這個問題，它提供了平台讓賣方刊登出售訊息，使珍本拍賣能夠跨過舊書店此一中介，讓賣方直接與買家進行交易。此外，網站所賦予的自訂商品標題與起標價格等各項功能，也讓賣方在珍本交易中擁有更多的決定權，對賣方而言，這樣的多功能平台，自然是比傳統的交易方式更有利。

二、迷人的遊戲規則

前文曾提及，收藏的其中一個特色，在於透過物的系列收藏，不斷的進行物質的累積，但要注意的是，物的收藏，除了面臨藏品來源匱乏的困境之外，另一個讓人苦惱的，是藏家們還得面對同好的競爭。貝爾克（Russell W. Belk）在討論收藏活動時就明白的指出，收藏通常是一個競爭的行為，因為不論何種收藏，通常都有人在收集相同的東西[33]。這樣的現象，同樣也反應在文學珍本的買賣上，而網拍平台所提供的拍賣機制，正好可以用來作為買家們爭相競逐的遊戲規則。拍賣的形式相當多種，YAHOO所使用的是目前最為常見的英式拍賣，即多人同時競標，出價最高者得即可得標。由於交易是以拍賣方式進行，因此難免會出現多人競標的現象，這種經濟資本上的相互較勁，對賣方而言，是他們所樂見的。以珍本書籍的拍賣為例，附錄所顯示的結標價，大多是由兩位以上的買家相互競標後所得的結果，尤其是結標價前十名的書籍，更是「戰況激烈」。

伍、珍本拍賣現象

珍本書籍的消費，是文本消費中相當特別的一環，而特別的消費背後，也正暗示著特別現象的到來。對於附錄中的四十多筆資料，筆者在進行初步歸納後，發現了下列幾個值得討論的現象：

---

[33] Belk, R.W. 1995 *Collecting in a Consumer Society*. New York：Routledge，p.68。

一、特定詩集與詩社的高比例現象

在附錄這 41 本結標價跨過千元門檻的珍本中，詩集總共有 18 本，詩選 3 本，佔總數近二分之一，比例遠遠超過散文與小說。詩集不一定都是珍本，但這些珍本卻有近一半的比例是詩集，頗值得玩味。其中，在前十名部分，十本中有七本是詩集，比例之高，讓人不得不注意。這些詩集之所以能夠獲得青睞，筆者已在前文討論過，此處不再贅言。但有個現象卻值得我們關切，即 18 本詩集中，有屬於藍星詩社出版者（《孤獨國》、《水之湄》、《靜靜的林間》、《七月的南方》），也有屬於創世紀詩社出版者（洛夫的《靈河》、《石室之死亡》、《外外集》），或是屬於現代派者（紀弦的《飲者詩抄》），就連神州詩社代表人物溫瑞安的《楚漢》也出現了，但身為當前詩壇重要詩社之一的笠詩社，卻一本也沒有上榜。換言之，不僅詩集與其他文類的比例相差懸殊，就連詩集內部的詩社比例也相差甚大。

笠詩社詩人的作品沒有進榜，第一個可以解釋的理由是沒有人出售，當然也就不會有交易出現。但筆者檢閱一年來的拍賣記錄後發現，仍有笠詩社詩人作品的拍賣記錄，其中又以陳秀喜出現的頻率最高。

拍賣日期	書名	出版年	起標價	結標價
3 月 27 日	樹的哀樂（簽名本）	1974	200	300
3 月 31 日	灶（簽名本）	1981	199	509
5 月 19 日	覆葉（簽名本）	1971	200	801
12 月 4 日	灶（簽名本）	1981	350	350

陳秀喜這四本詩集，全都是簽名本，其中 3 月 31 日的《灶》，是贈給文壇的知名夫妻檔，但結標價格卻還是無法突破千元門檻。詩集的價格雖然不能作為詩人成就高低的標準，但卻可以反應出藏家對該書的喜愛程度，將笠詩社詩人的作品拿來與藍星、創世紀詩社相較，二者受矚目的程度，高下立判。此外，也請讀者注意這三次十大詩人選舉，請問三次的榜單中，屬於藍星或創世紀詩社者有幾位，屬於笠詩社者又有幾位？對於第三次十大詩人選舉外省作家無論在「十大」或「十票以上」詩人中高達七到五成的情況，楊

宗翰提出了兩個可能的解釋：「（一）文學就是文學，寫詩就是寫詩，跟外省籍或本省籍身分毫無關係；（二）部分外省籍詩人過去確實享有較優勢的文學資源，以致他們在詩藝養成階段有機會提早聚斂及累積資本。」[34]，如果楊宗翰的的推論可以成立，那麼第二點或許可以用來解釋詩集拍賣不見笠詩社詩人作品上榜的現象。

　　至於單一作家作品部分，以羅智成的《寶寶之書》出現頻率最高，共有四次，高於黃春明於 1969 年出版的《兒子的大玩偶》一次，是表中出現次數最多的書籍，也是出現次數最多的詩集。從 1975 年自費出版《畫冊》開始至 2007 年於印刻出版《夢中邊陲》，三十多年來，羅智成總共出版了十多本詩集。這位以抒情見長，知性與感性兼具，語言「稠密而溫暖的腔調，像是咖啡中的奶水和糖」一般的詩人[35]，多年來一直深受許多愛詩人的關注，而這也反應在以收藏作為出發點的珍本網拍上。在十多本詩集裡，有九本是屬於三十二開本的「小黑書」系列，其中《寶寶之書》、《擲地無聲書》、《M湖書簡》、《泥炭記》四本，是由「少數出版工作室」出版。從收藏的難易度來看，這四本是繼《畫冊》與龍田版的《光之書》之後，較難購得的詩集，當中又以《寶寶之書》最受矚目。換言之，這是進行「羅智成詩集系列收藏」活動時，許多藏家第一個所面臨的關卡，《寶寶之書》就是在這樣的情況下成為買家們眼中的「必爭之書」。而這股搶標《寶寶之書》的風潮也持續到2008 年，如今甚至成為某些賣家的「主打商品」，直到筆者撰寫本文的當下，仍有人在奇摩網拍上以一千四百元的價格販售《寶寶之書》[36]。

二、強力且忠實的買家

　　所謂的強力且忠實買家，指的是專門收集某出版社或某雜誌、某作家著作的人。這些人有可能是因為學術研究，或是因為單純的喜好等理由來進行

---

[34] 楊宗翰：〈曖昧流動，緩慢交替：「台灣當代十大詩人」之剖析〉，《當代詩學》第 2 期（2006年 9 月），頁 8。

[35] 林燿德：〈微宇宙中的教皇：初窺羅智成〉，《一九四九以後》（台北：爾雅，1986），頁 116。

[36] 2008 年一月至十月，《寶寶之書》的成交記錄共有 3 筆，分別是 1 月 29 日的簽名本 1,400 結標、8 月 3 日 1,760 結標、8 月 24 日 1,300 結標。

系列的收藏，但相同的是他們常願意花驚人的價格購買這些書籍，這種現象以張愛玲最為明顯。周芬玲曾在〈三千煩惱書〉中描在舊書店裡見到張愛玲在 1951 年以筆名「梁京」所出版的《十八春》，當時她的反應是「眼珠差點蹦出來」，經過幾天的拉扯，最後喊價喊到一萬多[37]。在周芬玲之前，是否有人肯花萬元高價購買張愛玲作品，筆者並不確定，但可以確定的是，肯花萬元高價購買張愛玲作品的人，周芬玲不是唯一一個。此外，令人吃驚的是，不僅張愛玲本人的作品可以到萬元，就連她周圍的著作也有萬元身價，如唐文標主編的《張愛玲資料大全集》（時報，1984 年），在 2007 年 4 月 7 日就以 10,300 高價售出。而張愛玲的作品部分，則是編號 4 的《秧歌》與編號 5 的《傳奇》，值得一提的是，這兩本書都是同一個買家，其中《傳奇》不僅品相不佳，就連版本也不是初版，但照樣還是有八千多元的身價，可見此人對張愛玲早期作品的熱愛。到了同年 12 月 19 日，奇摩網拍上出現一本《今日世界》44 至 48 期的合訂本（1954 年），最後以一千五百元結標。一般來說，雜誌的收藏多以創刊號為主，但這本雜誌之所以引起買家注意，原因是當中連載了《秧歌》第一至六章，而買下這本雜誌的，就是當初同時標下《秧歌》與《傳奇》的帳號。換言之，這個帳號的所有人，總共花了近兩萬元來購買張愛玲的書籍，透過這幾次的交易，這位買家展現了他（或她）對張愛玲的迷戀！

三、投資現象的出現

在本文第三部分，筆者引述李魁賢將詩集視為傳家寶的想法，同時藉由拍賣來證實李魁賢所言不差，但另一方面，筆者也要在此點出珍本買賣的另一個現象——投資。將文學書籍視為投資品，在過去舊書價格便宜的年代裡並不多見，但隨著珍本搜集的風潮與網路拍賣的興起，「買低賣高」的現象也就越來越多。在一年來的觀察中，筆者發現某些帳號出現次數相當頻繁，有時甚至是同一本書買兩次。而賣出的書籍，則是過去所得標的書籍。例如某帳號在今年所售出的《泥炭記》與大雁書店的出版品，有些就是在 2007

[37] 周芬玲：《仙人掌女人收藏書》（台北：麥田，2006 年），頁 176-177。

年所標得。不過這種透過珍本書籍賺取價差的現象並不容易發現，原因在於同一個買家，可以同時註冊數個不同的帳號，例如以 A 帳號購買珍本，然後再以 B 帳號賣出，如果想得知 A、B 帳號是否為同一人，除非網拍管理公司提供資料，否則觀察者很難查出幕後的藏鏡人到底是誰。此外，為了能夠提高交易成功率，有些賣家還會在商品標題加上「誘人」的詞彙，如絕版、少見、簽名本、珍藏、書況佳等等，甚至還有「圖文並茂」、「坊間難尋」、「夢幻逸品」等句子的使用，目的就是為了吸引買家注意。

珍本書籍買賣的投資，將隨著網拍機制的運作不斷出現，而投資的出現，也勢必帶出「炒作」、「哄抬」等現象。傅月庵曾為此提出警告：「網路拍賣機制，自然有助於提高蒐藏舊書的機會與樂趣，最終卻也可能造成以『決標價錢』論書籍好壞的偏頗結果，或藉由炒作、哄抬，致使市場紊亂，書價脫序」[38]。以筆者在 2007 年所得的資料來看，珍本的炒作、哄抬現象並不明顯，至於將來的珍本網拍市場，會哄抬、炒作到何種價位，紊亂、脫序到何種程度，則有待研究者繼續追蹤觀察。

四、價格落差巨大

書籍拍賣另一個重要的現象在於價格的落差，一本書能在網拍上賣得好價錢，不代表下一次也行。干擾書籍價格的因素相當多，其中最被藏家所看中的，是書的品相（書況）。以編號 24 的《新婚別》為例，在筆者的紀錄中，該書在 2007 年總共出現七次，列表如下：

2007 年《新婚別》拍賣記錄

日期	起標價	結標價	備註
5 月 5 日	200	731	
6 月 2 日	200	1,580	簽名本
7 月 17 日	200	230	封面破損
8 月 6 日	129	129	封面破損
8 月 28 日	499	499	

---

[38] 傅月庵：《蠹魚頭的舊書店地圖》，頁 37。

| 11 月 14 日 | 699 | 699 | |
| 12 月 17 日 | 800 | 800 | |

　　七筆交易中，最高與最低二者相差達十多倍！等到筆者檢閱拍賣圖片後才發現，原來結標價最低的兩筆，封面皆有破損。而相反例子則是編號 32 的《微曦》，這套小說受到青睞的原因，除了是因為全套（一套四冊）拍賣，滿足了「系列收藏」的條件外，更重要的是賣方還保留著當初出版社所附的書盒。該套小說的買家在接受訪談時明白表示，就是因為看在小說品相完好且附有書盒才決定下標，由此可見品相好壞在珍本書籍買賣中的重要性。同樣的，我們也可以推測編號 5 的《傳奇》，如果品相可以更完整，那麼結標價將不是我們現在所看到的數字。

　　除了品相，「伯樂」也是因素之一。千里馬縱使再好，若無伯樂一顧，身價終究難顯，而網拍的世界裡也有這樣的狀況。筆者曾在前文指出，網拍與傳統舊書店交易最大的不同點，在於透過網路平台的提供以及搜尋功能的協助，賣方可廣佈書籍販售資訊，買方可快速找到想要書籍。但弔詭的是，就是有些書籍在拍賣期間沒有買家下標，或是需要的買家不知該書已經上拍。如編號 21 的《泥炭紀》，8 月 18 日結標價為 1,630 元，但早在前兩天，同樣的一本書卻以 50 元成交。類似的例子也發生在駱以軍的《妻夢狗》上，曾有網友於留言版上尋找《妻夢狗》一書，結果獲得回應：「上次有人在yahoo賣一本 50，賣了兩個月沒人理他，自動下架了」[39]。這個例子正告訴我們，即使拍賣網站擁有強大的搜尋功能，但只要使用者未加注意，仍是有錯失良機的情況發生。換言之，除了注意客觀的網路科技，人為的操控因素、心理因素，也是我們在討論網路拍賣之餘，不能不注意的因素之一，而這也是網路拍賣中，最穩微難測的部分。

陸、結語

---

[39] 遠流博識網珍品交流道：
http://www.ylib.com/class/topic3/show2.asp?No=471083&Object=bid&TopNo=76354 （瀏覽日期 2008.09.29）

　　追求珍本，自古有之，明代有王世貞以莊園一座換宋版《兩漢書》一部，清代有黃丕烈以收藏宋版自豪，甚至舉行「祭書」之禮，回到台灣文學的場域來看，我們也可以看到藏家對特定書籍狂熱崇拜的現象。雖然布希亞呼籲讀者，不要被這些藏家所編織出來的「一大套溫柔文學給騙了」，同時認為收藏物品的熱情是一種「熱情的逃避」與「心理退化」[40]。但我們必須意識到，在文本「大量出版、高速消費、無情淘汰」的年代，這種追求文本原初風貌與絕版、珍本舊書的紙本迷戀態度，自然就有其必要性，班雅明指出：「藏書家一生中最珍貴的時刻，莫過於無意間救出一本被人遺忘在角落的書，使它重獲自由，就像《天方夜譚》中王子買下了美麗的女奴一般」[41]。在愛書人的眼裡，班雅明這段話的確誘人且動聽，但筆者想提醒讀者的是，美麗的熱誠背後，仍有有許多值得探討的問題。因為當收藏作為動機、珍本作為商品、網拍作為平台時，三者所展現的，除了是驚人的經濟效益與買家棄而不捨的執著，更重要的是透過對珍本書籍網拍的考察，我們還能延伸出諸多值得關注的概念與議題，如名作家早期著作受到藏家矚目，從人與詩社的角度來看，此乃牽涉作者與詩社在文壇、學界場域中的位置；從物的角物來看，則涉及文本經典化的問題。網拍競標的機制，是展現了「文化資本」與「經濟資本」交互關係。至於不同帳號背後是否為同一買家的問題，則帶出網路世界的「虛擬」與「流動」特性。而書籍品相主觀認定以及對結標價的影響，則牽涉到影像的「再現」手段。網拍珍本書籍，豈是一個簡單的「藏」字了得！至於未來的文學珍本消費，還會出現什麼樣的書籍？哄抬、炒作的現象是否會出現？甚至數年過後，表中這四十多本書能否身價不墜？或者水漲船高？這些問題都有待日後繼續追蹤，因為筆者相信，只要文學珍本書籍繼續在拍賣網站上出現，那麼上述提及的概念與議題，永遠都有討論的空間。期待本文能引起有心人的關注，繼續探究這個文學文本消費中最特殊的一環——網拍文學珍本的消費現象。

---

[40] 尚・布希亞著，林志明譯：《物體系》，頁 100。
[41] W.班傑明著；鄭瓊燕譯，〈書痴〉，《誠品閱讀》第 10 期（1993 年 6 月），頁 47。

附錄：2007 年網路拍賣台灣文學書籍結標價千元以上者（依結標價高低排列）

編號	日期	書名	作者	版本	起標	結標	備註
1	7 月 29 日	孤獨國	周夢蝶	1959，藍星	3,000	13,211	
2	1 月 15 日	石室之死亡	洛夫	1965，創世紀	未記錄	10,600	簽名本
3	1 月 15 日	外外集	洛夫	1967，創世紀	未記錄	10,300	簽名本
4	2 月 11 日	秧歌	張愛玲	1954，今日世界	200	10,000	
5	10 月 6 日	傳奇	張愛玲	1944，6 版	980	8,100	品相不佳
6	5 月 14 日	備忘錄	夏宇	1986，自印	399	5,200	
7	3 月 20 日	水之湄	葉珊	1960，藍星	500	4,349	
8	11 月 23 日	鵝媽媽出嫁	楊逵	1976，香草山	299	3,050	簽名本
9	1 月 15 日	靈河	洛夫	1957，創世紀	未記錄	3,000	
10	3 月 6 日	還魂草	周夢蝶	1984，領導	3,000	3,000	
11	5 月 6 日	我的模特兒生涯	林絲緞	1965，文星	80	2,600	
12	10 月 28 日	被美撞了一下	陳幸蕙	1989，大雁	1	2,550	簽名本
13	12 月 9 日	震瀛回憶錄	吳新榮	1977，（王肖）琅山房	2,500	2,500	限印 200 部，附藏書票。
14	1 月 15 日	十年詩選	上官予編	1951，明華	未記錄	2,250	

編號	日期	書名	作者	版本	起標	結標	備註
15	8 月 18 日	寶寶之書	羅智成	1989，少數	110	2,150	
16	1 月 21 日	兒子的大玩偶	黃春明	1964，仙人掌	未記錄	2,100	
17	7 月 14 日	寫生者	席慕容	1989，大雁	100	2,050	
18	3 月 29 日	寶寶之書	羅智成	1989，少數	110	2,020	
19	4 月 16 日	寶寶之書	羅智成	1989，少數	100	2,000	
20	1 月 15 日	七十年代詩選	張默編	1967，大業書店	未記錄	2,000	簽名本
21	8 月 18 日	泥炭紀	羅智成	1989，少數	120	1,630	
22	8 月 13 日	飲者詩抄	紀弦	1963，現代詩	1,600	1,600	
23	10 月 28 日	長夜	王藍	純文學	199	1,585	簽名本
24	6 月 2 日	新婚別	陳義芝	1989，大雁	200	1,580	
25	1 月 15 日	本省籍作家作品選集之 8：流雲	鍾肇政	1965，文壇社	未記錄	1,555	簽名本
26	4 月 22 日	彷彿在君父的城邦	楊澤	1979，龍田	199	1,530	
27	5 月 23 日	寶寶之書	羅智成	1988，少數	20	1,530	
28	7 月 12 日	楚漢	溫瑞安	1990，尚書	600	1,509	
29	3 月 18 日	十年詩選	上官予編	1960，明華書局	1,500	1,500	

編號	日期	書名	作者	版本	起標	結標	備註
30	5 月 7 日	鵝媽媽出嫁	楊逵	1976，香草山	800	1,340	簽名本
31	4 月 16 日	荻村傳	陳紀瀅	1955，重光文藝 3 版	500	1,320	簽名本
32	5 月 4 日	微曦	馮馮	1966，皇冠	33	1,290	
33	7 月 8 日	無花果	吳濁流	1970，林白	460	1,150	
34	12 月 26 日	鵝毛集	梁容若	1969，三民	150	1,060	名書法家題字
35	5 月 5 日	非渡集	葉珊	1969，仙人掌	460	1,041	
36	7 月 5 日	靜靜的林間	夏菁	1954，藍星	150	1,040	
37	7 月 5 日	七月的南方	蓉子	1961，藍星	199	1,030	簽名本
38	12 月 16 日	將軍族	陳映真	1975，遠景	100	1,030	
39	9 月 1 日	兒子的大玩偶	黃春明	1969，仙人掌	200	1,029	
40	9 月 7 日	兒子的大玩偶	黃春明	1969，仙人掌	280	1,020	
41	2 月 19 日	覃子豪全集 2	覃子豪	1968，覃子豪全集出版委員會	1,000	1,000	限印一千部

製表：陳學祈

收錄標準：

※須為台灣文學領域之書籍。

※結標價在一千元以上者。

※不收錄雜誌與評論書籍。

參考文獻（依出版日期排序）

文本及研究專書

- Belk, R.W. 1995 *Collecting in a consumer society*. New York：Routledge.
- 王余光、徐雁主編，《中國讀書大辭典》，南京：南京大學出版社，1999年。
- 何志鈞，《文藝消費導論》，北京：中國社會科學出版社，2007年。
- 林燿德，《一九四九以後》，台北：爾雅，1986年。
- 李魁賢，〈如果詩集變古董〉，《李魁賢文集·第七冊》，台北：文建會，2002。
- 周芬玲，《仙人掌女人收藏書》，台北：麥田，2006年。
- 尚·布希亞著，林志明譯，《物體系》，台北：時報，1997年。
- 張漢伯，《網路拍賣與競標出價行為之研究》，台北：東吳大學企業管理學系碩士 論文，2001年。
- 陳學明，《班傑明》，台北：生智，1998。
- 傅月庵，《蠹魚頭的舊書店地圖》，台北：遠流，2003年。
- 喬衍琯、張錦郎編，《圖書印刷發展史論文集續編》，台北；文史哲出版社，1977年。
- 羅·埃斯卡皮著，顏美婷編譯，《文藝社會學》，台北：南方叢書，1988年。

期刊論文、專書論文、報紙評論

- W.班傑明著；鄭瓊燕譯，〈書痴〉，《誠品閱讀》第10期（1993年6月），頁47。
- 莊麗娟，《物質主義傾向、消費價值觀與產品涉入對收藏行為影響之研究》，中壢：元智大學管理研究所碩士論文，1999年6月。
- 鄭欣怡，《網路拍賣之研究：以YAHOO！奇摩拍賣為例》，台中：逢甲大學企業管理研究所碩士論文，2006年6月。

- 王行恭，〈限定版鬼才西川滿和他的台灣風裝幀藝術〉，《台灣設計》，第 1 期（2007 年 4 月），頁 40-49。
- 楊宗翰，〈曖昧流動，緩慢交替：「台灣當代十大詩人」之剖析〉，《當代詩學》第 2 期（2006 年 9 月），頁 1-10。
- 謝泳，〈史料收集與舊書業的存在價值〉，《圖書與情報》2008 年第 4 期，頁 140-142。

講評

林皎宏[*]

　　書籍是知識的載體，傳承人類文明智慧，知識分子的菁英地位乃因此產生；書籍同時又是文化的載體，本身即是獨立的存在，版本、校勘、裝幀、雕版，類皆成爲一門學問。珍本、善本舊書價值不菲，除了學術研究，更直追古玩，成爲收藏家追索的焦點。

　　然而，直到上個世紀 90 年代之前，儘管傳奇不斷，「珍本古籍」的拍賣流傳，仍舊是文化菁英圈內少數人方得參與的活動，一般平民大眾，難得其門而入。1990 年代末期，網路出現，演化之速一日千里。「網路拍賣」成爲無遠弗屆無涯限的全民活動，「舊書」也迅速發展成其中的大宗。透過網路社群的討論交流，拍賣價格也愈益紅火。在中國大陸，一本品相完好的周作人作品，往往要喊到數千元人民幣；在台灣，傳說中的夢幻詩集一旦現身，喊價破萬，也是常見的事。這一現象，是否僅是商業行爲，無涉版本、文學流傳？抑或由於商業利益之所在，遂令版本學、內容校勘考證，有了更新的意義？且透過網拍行爲，文學作品的傳播，將愈深愈遠？此篇論文能掌握「世變與文學」的另層意義，與時推移，其開拓之意義，自不在話下。

　　然開拓維艱，尤其對於新現象的觀察，在前無積累且少有論述的情形下，要想一手掌握，並加以條陳縷述，確實不易周延。謹提出數點淺見，用供參考：

　　一、本文以布西亞（Jean Baudrillard）《物體系》所提「功能剝奪」、「系列收藏」說法，用以論述「珍本收藏」的底蘊，同時引用著名華人藏書家黃裳所提，書籍「文物」價值大於「文獻」價值時，即其功能發

生轉變，以為互證。然布希亞所提自有其脈絡，從某種程度來看，「剝奪」、「收藏」前後，書籍功能大體是「斷裂」的，金錢價值轉勝過其內容價值；而黃裳所提，由「文獻」轉為「文物」，擺在中國傳統藏書文化脈絡來看，書籍功能則是「連續」的，金錢價值與內容價值仍脫離不了關係。此部分牽涉東西方思維模式，作者若欲互證，或需更深入理解雙方藏書文化演變過程。

二、「珍本」定義，一如「善本」，從來眾說紛紜，莫衷一是。尤其網路拍賣之複雜，更讓「珍本」定義，不易釐清。作者獨排眾議，以「結標超過一千元以上的書籍」為珍本書籍，並由此歸納出「台灣文學珍本」條件說。此一推論，由於定義前提的單薄，推論基礎相對不穩，或恐影響歸納之有效性。

網路拍賣係一新興行業，其中竅門多有，常見哄抬，競標過程往往透露出各種訊息，足為現象觀察之依據。作者於附錄表列「結標價千元以上書籍」，卻僅列出版本、品相、起標、結標價等，卻對喊價過程、參與人數、拍賣時數等一無著墨，誠為美中不足，且或恐影響結論之有效性。

論網路科技與詩歌創作
以夏宇《PINK NOISE》為探討對象[*]

梁鈞筌^{**}

摘要

　　《PINK NOISE》是夏宇的第五本詩集，塑膠材質通體透明、分色套印雙語對照的翻譯詩；從網路蒐集拼湊的英文字句，逕行丟給翻譯軟體「Sherlock」直譯，看似差勁的譯文、晦澀難解的原文、以及相互交疊干擾的雙語文字，《PINK NOISE》不僅逆反書籍的出版模式，並且挑戰翻譯讀解與詩歌創作的可能性：視覺與材質造就閱讀者的互動，離譜的翻譯和拼貼的英詩則交互形塑詩質與詩意；透過詩集的創作出版，作者、讀者、程式之間，又展開一場三方交錯的角力，在創作面，是作者遜位／機器奪權的制動思考，在閱讀面，則是作者隱逸／讀者自立的詮釋爭奪，在軟體與翻譯面，則是人腦至上／機譯未逮的機微辯證。最重要的是，這本詩集的生成，除完美結合科技與文學，成為數位文學一個有力的舉證，並且，打破數位文學的科技需求迷思，提供另一種創作的可能性。

關鍵詞：夏宇、PINK NOISE、翻譯軟體、數位詩、翻譯

---

[*] 本文在撰寫之初曾得江寶釵老師之提點，會後則綜括講評人鴻鴻老師以及研討會來賓之建言修改，謹申謝忱。

^{**} 中正大學台灣文學研究所碩士班，E-mail：yksmkm@yahoo.com.tw

壹、前言：從網路科技到網路詩

　　《PINK NOISE》是夏宇的第五本詩集，一本特別的「噪音」詩，由網路隨興蒐集／拼湊的英文字句，直接丟給翻譯軟體「Sherlock」，齒輪旋轉機械咀嚼，非人工的意義消化，機械直譯造就違和詩意和語義發散，夏宇只根據翻譯的結果微調原文，人機合作創造這三十三首詩。詩集是賽璐璐材質，防水、透明，重疊多頁就變成冰塊質感微白，書頁輕振文字就如水族遨遊；雙色套印分列中英雙語，黑色是英文中文是深色粉紅，翻開詩頁雙色版型就如蝴蝶的展翅開屏，透明內頁不讓讀者太好閱讀，這是一本手作「動畫」、讀者互動性極高的詩集。

　　當數位科技日新月異一日千里，「數位文學」的疆域亦不斷裂變擴張。在定義上的網路文學／數位文學，須文蔚告訴我們：

> 數位詩，或稱電子詩（Electronic Poetry），一般而言有廣狹不同的定義方式：從最廣義的角度定義，凡是在網路上傳布的現代詩，都是數位詩，如此一來，任何將傳統「平面印刷」文學作品數位化，而後張貼於電子佈告欄文學創作版或刊登於全球資訊網網站，都算是數位詩。如從狹義的觀點思考，利用網路或電腦特有的媒介特質所創作的數位化作品，不同於平面印刷媒體上所呈現的詩作形態，方為數位詩。[1]

　　廣義的數位詩只將網路作為發表平台，易言之，為傳統書寫的電子版、網路版，狹義的數位詩則進一步要求網路、科技的介入成為創作素材與工具，以往「純視覺」的閱讀經驗一變而成為「聲光」的感官饗宴。

　　夏宇的《PINK NOISE》出入兩種定義，而又游離其間。在文學形式之上，這本詩集與網路的淵源有二：

1.網路收集

---

[1] 須文蔚：〈數位詩創作的破與立〉，《臺灣數位文學論》（台北：二魚文化，2003 年），頁 47。

2.網路翻譯

真要收納於廣義或狹義，看似都有些許爭議，《PINK NOISE》不以網路作為發表平台，亦不呈現以數位的姿態；訴求網路工具介入創作，然而出版於平面印刷，似又無法符節於任何一種超文本（hypertext）的創作形式。

但是須文蔚又歸納其類型有四[2]，其中的互動詩說到：

> 這一類型的作品可能讓讀者加入創作，形成創作接龍遊戲。也有的網頁要求讀者在一個程式填入一些自選的字詞，「共同開道介面」的程式會自動完成一首詩，同時貼在網路上發表（如 INTERACT POETRY）……。

這有趣的「填字作詩程式」不就是網路上所謂的「新詩產生器」？假使挪用此一概念，夏宇將字詞（網路收集的英文詞句）填入程式（網路翻譯軟體），攪拌搓揉，輸出成章，不也是種互動書寫？而更有趣的是，夏宇身兼讀者與作者，面對翻譯軟體之時，他是個互動的讀者，而他有意 SHOW 出遊戲結果，在出版的介面之上，他又成為作者。再加上《PINK NOISE》表現出的特質如高度的互動性、視覺性、拼貼、錯雜等，回到數位文學的定義層面，試圖鑲嵌進數位文學之列，並無不可。

順帶一題這本《PINK NOISE》的流通，也與數位科技脫不了關係。即使售價 777 元且限量發行，《PINK NOISE》依然一書難求。在此情況下，數位翻拍、逐稿打字，為本論文提供重要的文獻來源；而這本詩集上市不久，紙本的論述（尤其是小論文與學位論文一類的正式評論）尚待發展，反倒為數眾多的文藝報導、新書評介、閱後心得等評述文字蔓生於新聞網頁、個人部落格、網路書店等處，《PINK NOISE》與數位資訊如此親密依存，反倒始料未及。

觀諸《PINK NOISE》，筆者提出幾個問題：首先就形式而言，《PINK

---

[2] 即新具體詩、多向詩、多媒體詩、互動詩。新具體詩主訴視覺圖像，多向詩仰賴超連結造成讀取的拼貼與隨意性質，多媒體詩整合文字、圖形、動畫、聲音，互動詩開讀者參與意見、共同創作。參見須文蔚：〈數位詩創作的破與立〉，《臺灣數位文學論》，頁 53-56。

NOISE》形式外觀的決選與採用，造就何種視覺效果、互動邏輯以及延伸思考？透明材質的使用、顏色的套版、詩的發想，如何模擬數位／創造新異？其次就文字的部分，翻閱《PINK NOISE》時，只要稍具英文辨讀能力，都可能對原文／譯文產生錯愕、甚至出現批判性的情緒，雖說詩集出自夏宇，但這就是「詩的保證」嗎？這詭祕的英文與拙劣的譯文，價值何在？它們如何「成為詩」？最後，標誌著鼓勵讀者互動的數位文學、產生於網路蒐集與軟體翻譯的雙語詩，這其中展現了怎樣的人機主體互動與詮釋角力？作者與機器、作者與讀者、讀者與機器的三方立場，如何爭逐主體的履踐？

　　以下即針對「視覺的效果及延伸意含」，「文字翻譯與詩意的互文」，「讀者、作者與軟體的制動」三方面，進行討論。

貳、視覺的效果及延伸意含[3]

　　《PINK NOISE》承繼夏宇前作《Salsa》的叛逆作風，然而卻更上層樓。《Salsa》的問世，走的就已不是規矩的出版模式，書頁參差不齊除外，頁緣多處刻意黏合，閱讀時尚須備齊刀剪，翻閱同時開天闢地，文字不安於室，需要尋找、摸索，詩在紙與紙詩與詩之間，這獨特的閱讀經驗，就如形式主義所說，是「去熟悉化」（defamiliarization）的；排版印刷與紙本裝訂的裝置藝術，呈現的是一種鼓勵讀者主動、互動參與的閱讀表演。但是這種閱讀表演極其有限，如同舞台劇的表演活動，每次演出的美好都只存在於當下，它無法重現，顯而易見的一點在於紙張剪開的瞬間，這種互動參經驗絕無僅有，自購收藏的詩集尚有第一次開封的驚喜，館藏借閱的書冊就永遠失去這種樂趣。而這種遺憾在《PINK NOISE》並不成立。

　　若說數位科技的特質在於提供資料儲存的相對永久性與表演藝術的重複展示性，《PINK NOISE》多少模擬了這種可能。《PINK NOISE》的互動／表演性質的優點即在於塑膠材質的特色，賽璐璐詩頁預示了詩集（物質性的）永存不朽，透明材質則造就讀者參與的高度能動性，閱讀即遊戲，在詩頁之

---

[3] 關於《PINK NOISE》的視覺呈現，請參見附錄一。

間插入紙張區隔／阻隔各詩的相互干擾似乎必須，紙張的選擇則在於讀者的自由意志，能夠主導視覺感官和閱讀感受，好比讀書時播放的背景音樂是種享受，同時它融入而爲閱讀感知的一部分，頁面背景白紙無暇，則是傳統閱讀模式，山水景致、室內靜物、夕日斜曛、孤月當空等等，又是另一種光景，當然，不插入任何紙張或者將詩頁懸空以頁間空隙爲背景，亦有一番風味。君不見，網路上許多數位教學與互動聊天室多注重情境營造，他們鼓勵閱聽／使用者自行選定網頁樣式、背景音樂，有的教學還以動畫模擬教師，人像亦可自由選擇。[4]以視覺擬造情境，由讀者決定感知，《PINK NOISE》讀者的遊戲性，趨近無限。

　　進　步是詩集的排版方式，《PINK NOISE》造就一種視覺的奇異／歧異效果。透明紙頁使得詩的中英文部分可互相重疊觀閱，英文頁在先中文頁居後，英文詩黑色對齊靠左，中文句深色粉紅靠右，在重疊之下猶如自左右兩邊滲出漫延的乾冰，對稱而又交疊，一首詩同時是兩首，即使專注於某一語言的章句，交錯時難免互相干擾，注意力分散文句參雜，猶如網路上累讀的超連結，以及數位文本的多向詩，閱讀時序的錯雜以及文句的移花接木，都是《PINK NOISE》的驚豔。翻頁時，左右拉開時因靜電而附著的詩頁，「中文詩和英文詩就像兩朵雲漸漸靠近重疊又漸漸遠離而帶走了另一朵雲的一部分」[5]，雲是透明的詩是斑斕的，這種自製「動畫」表演，則又是《PINK NOISE》的一大特色。詩集極度仿擬傳統印刷書冊，卻在細微處異變，有目錄附錄後記版權頁條碼售價，但完全沒有頁碼，整本書的文字集中在頁面中央，空出天地格並且左右留白，如同空心的冰塊置入龐雜資訊，一個鎖著顏色噪音的置物櫃，打開它則是爆炸性文字的竄逃。

　　詩集的顏色更是有趣。整本書呈現四種顏色，詩頁是透明以及重疊多頁形成的白，目錄頁的標題顏色與詩內文統一，中文深粉紅英文黑色，書殼背面印有白色擷取自附錄及後記的文字，整體彷彿一個彩繪的半透明水晶磚。

---

[4] 相關網站／教學系統，可參見「中正網路大學數位教學平台」
　　http://cyberccu.ccu.edu.tw/index.php，以及蔡輝振「天空家族」http://140.125.168.74/tsaihc/等等。
[5] 夏宇：〈後記〉，《PINK NOISE》（台北：田園城市文化事業有限公司，2007 年），不註頁碼。

如果純淨白底是承載眾多資訊的最大可能，透明無暇是否提供越境的思考？透明、透光且反光，一種模擬螢幕材質的背景，詩句則浮游其上，一頁頁重疊的文字互相干擾，黑色與粉紅相互映照，黑色自左粉色由右，兩種色塊自醒目而模糊，由獨立而交雜，重疊混溶的頁面中央，彷彿雙邊厚重中央細薄的鏡面。文字由表層的清晰可見，往下一頁頁的模糊淡化，乃致於符號圖像亂碼不可辨，有如廣播收聽時的雜訊，成為文字的噪音，彼此干擾、相互融合乃至不可解，只剩一大塊的色片混合物。印刷在選擇顏色時，不能不考量詩頁的透明性質，淺色系印刷將變成打翻的字匣把所有的詩句揚散風中不可辨，因此以深色系文字套印，黑色與深色粉紅，也使混色明晰可見，不致使黑色「吃掉」粉色。書殼背面的白色文字，則呈現另一種感官，透明泛白的書體，中央明晰的白色，不正是一塊甫離開冷凍庫的冰磚？最後，顏色對形式的暗示，英文是素樸黑色，映現英文詩的中規中矩，中文則是粉紅的花枝招展，張牙舞爪一如譯文的叛逆，形式即揭示了內容的奇詭。

就噪音而言，詩集名為「PINK NOISE」，粉紅色的噪音，中文是噪音？或者 PINK 與 NOISE 斷開，粉紅色、噪音，英文是噪音？或者二者都是噪音？稍微具有可讀性的英文詩與難以辨認的翻譯詩，中文更似一群文字聲音的傾倒堆疊，難以理解的文字成為無意義的組合，不成旋律的音符猶噪音的混合體。然而英文卻也非全然可解，即使具有英文的解讀能力，英文詩的跳躍、斷裂、分歧，也似另一種文句積累，綜合一體五音不全的噪音協奏。中英文詩互相排斥而又互相依存，夏宇自言盡量使用最平凡無奇的句子，似乎刻意降低英文詩的藝術價值，促使讀者聚焦在中文部分，而她又說這是本雙語對照的翻譯詩集，中文的不可解使英文對照成必須，但英文其實同樣難解；軟體老老實實的逐字翻譯，但遇到單字具有多重意含的情況時，譯文選用的解釋又使詩意詭譎曖昧，它們共生同時互斥，成就雙生／聲噪音。

對於塑膠材質，夏宇是否預期這種透明，能讓閱讀「直達紙背」、「一目了然」，並提醒讀者把整個水晶磚詩集視作一個整體而非各自獨立的頁片？然而當直接翻開詩頁，重疊又互擾的文字其實無法閱讀，書的透明材質雖然解放了頁面間的阻絕性並打破各頁獨立成「張」的分散性，使整本詩集融為

一個整體，把「整體觀」提升到書的「物質」存在（因爲以詩的內容文字作整體的閱讀其實不可能，全都疊成了噪音），但是每次的閱讀都需要在頁間插入分隔作背景，這是否意味每次的閱讀都是一次對詩（集）的割裂與分離？而夏宇說「詩是透明的」[6]，但事實上一點都不「透明」，層層疊字成色成障，原文章法跳躍斷裂，譯文含意則東縫西補，都是閱讀與理解上的障礙，僅容辨識的是（未插入背景時）詩集最上面一頁，惟可理解的往往限於逐詞斷字，二者都難以達成詩（集）整體與深層意含的傳遞，意含滯留在「表面」，就如她所引述傅科「真正的話語是以扭曲的形式浮於表面的」[7]一句，詩形式（透明紙質、拼湊字句）的扭曲，將話語的可能浮於「表面」。

　　《PINK NOISE》的形式如此活潑，但夏宇又說「形式只是用來混淆視聽的吧？形式於此似乎不是用來確定的，它只是其中一個配件，用來混搭。」[8]形式雖然成就噪音，但這顯然不是獨挑大樑的主角。數位文學的論辨當中，不少學者堅持文類需要數位科技（狹義定義派），但堅持文學性主張的學者（廣義定義派）對此提出質疑[9]，值得思考的是「是數位科技還是文學？」一問，顯然被稱爲一個文類，數位文學的形式（數位、科技）與內容（文學性）都不該偏廢。以下即進入《PINK NOISE》的內蘊意含。

參、文字翻譯與詩意的互文

　　若說《PINK NOISE》所戲耍的排版／印刷技術，提供一種無限可能的互動閱讀方式，藉由背景空間架構，促使閱聽者入戲成爲觀／演一體的動作者，那麼《PINK NOISE》所離經叛道的翻譯形態，則建構另類的閱讀／感

[6] 夏宇：〈後記〉，《PINK NOISE》，不註頁碼。
[7] 夏宇：〈附錄3〉，《PINK NOISE》，不註頁碼。
[8] 夏宇：〈附錄1〉，《PINK NOISE》，不註頁碼。
[9] 狹義派諸如須文蔚、向陽、姚大鈞等，廣義派如孫瑋芒，詳可參考須文蔚：〈台灣數位文學理論與批評初探〉，《臺灣數位文學論》，頁23-46；林淇瀁：〈流動的謬思 台灣網路文學生態初瞰〉，《書寫字拼圖：台灣文學傳播現象研究》（台北：麥田，2001年），頁215-233；李順興：〈觀望存疑或一「網」打盡──網路文學的定義問題〉，《台灣歷史與文學研習專輯》原稿之修訂，http://benz.nchu.edu.tw/~sslee/papers/hyp-def2.htm，2008.06.10；〈網路文學座談會文字記錄〉，國科會「電子媒體對文學創作的影響」計畫，
http://benz.nchu.edu.tw/~garden/nsc98/nsc-talk4.htm，2008.06.10。

知可能。

「一個叫做Sherlock的翻譯軟體，以大偵探Sherlock Holmes的小帽和放大鏡做為標誌，為什麼呢？翻譯即謀殺嗎？」[10]這句話似在調侃翻譯的侷限性以及譯作對原文語義的扼殺，但同時卻似直刺機器翻譯／夏宇對文字的「蹂躪」。這裡有三處值得注意：翻譯的意義、直譯的價值，以及「詩」的定位。夏宇的文字即使具足了後現代的拼貼、博議（bricolage）、意符遊戲、文思跳躍脫序等性質，甚可說是不知所云的囈語，卻少有人質疑這「是不是詩」。《PINK NOISE》似乎順理成章的被認定是「詩集」、「翻譯詩」，但是在《PINK NOISE》的附錄中，夏宇卻又提醒我們去思考「詩」，特地用引號夾注的字，它的意義。這本《PINK NOISE》如何成為詩集？英文部分就已經是詩？文字經由翻譯而達成詩的特質？或者，詩集是透過翻譯毀棄文字與詩質的存在？

翻開《PINK NOISE》的詩頁，見到譯的橫七豎八不成章法結構的文句，我們會回到英文部分去爬梳，雙語對照的意義即在於此。我們第一時間想要「讀懂」意涵，不論依靠既有的翻譯文字或自己閱讀原文的同步腦譯，這裡即凸出翻譯的重要性與原初價值：「翻譯即溝通」，我們一般來說把翻譯作為一種理解原文的工具、一個超越言語障礙的天梯（而夏宇卻似乎刻意架起危牆挑戰我們跨越或讓我們難以跨越？），傳統的理論家及行動者，衍生出為數可觀的指導方針：嚴復提出「信、達、雅」三要件最廣為人知，他與語文學派的泰特勒（Alexander Tytler）同工異曲，完美翻譯的理論主張是：傳達作者的思想、複製原作的風格、顯現原作的流暢；目的是要令譯文讀者如原文讀者般理解的清楚透徹，並且感受的像原文讀者一般地深切熱烈。[11]但無論嚴復或泰特勒，三個翻譯方針都難以同時兼備，若堅持完整傳達意旨，則往往須增刪文字，要保有原文形式風格，則必須犧牲達意的完整性，追求譯文的流暢、典雅，則考驗譯者的文字功力同時得割捨意旨或原文章句。對於

---

[10] 夏宇：〈附錄1〉，《PINK NOISE》，不註頁碼。

[11] 亞歷山大·泰特勒（Alexander Tytler）著，潘慧儀譯：〈論翻譯原則〉，收於陳德鴻、張南峰編：《西方翻譯理論精選》（香港：香港城市大學，2002年二刷），頁9。

這三者的拿捏，目的學派的弗美爾（Hans J. Vermeer）[12]技巧性的迴避這個泥淖，他認爲翻譯皆有目的，譯文的優劣在於能否達成翻譯的預定目的，易言之，他把難以並存的三難分開，譯者可以依追求信、達、或是雅的目的制定方針及策略。三難可以解釋諸多譯文眾聲喧嘩，卻沒有一個版本能獨大，它們共容共存、互相補充以完成原文，但這並沒有解決翻譯的困境，尤其就詩而言，依舊難以翻譯，十七世紀的約翰．德萊頓（John Dryden）早已指出譯詩的不可爲：

> 除非他本身具備詩人的才華，且精通原作者和他自己的語言。僅僅了解詩人的語言還不夠，更要了解詩人的思維運作和表達方法。這些才是原作者與眾不同的品質所在。[13]

詩的內容與思想或許易於翻譯傳達，但是詩的其他部分如音韻、節奏、構句方式、複義、文字風格等要素，都難以精確轉譯或者被權宜割捨，譯詩往往只能追求一個或兩個訴求，難以三全其美。但這些無法爲《PINK NOISE》看似拙劣的譯文提供合理掩護—或者《PINK NOISE》翻譯的目的根本不在「通情達意」？

回到《PINK NOISE》，電腦翻譯的文句，文法不通、語意不順、錯譯交織、陳述紊亂，在在是很差勁的翻譯，從語言教學與翻譯的立場出發，不論是人腦或電腦翻譯，都必須面對最關鍵的幾個問題：

> 第一，能否辨認語義單元？
> 第二，能否處理中英文語序倒置的問題？
> 第三，能否根據上下文選定正確的字義？
> 第四，能否辨別出慣用語？

[12] 漢斯．弗美爾（Hans J. Vermeer）著，黃燕堃譯：〈翻譯的行動與任務〉，收於陳德鴻、張南峰編：《西方翻譯理論精選》，頁 67。

[13] 約翰．德萊頓（John Dryden）著，張宜鈞譯：〈論翻譯〉，收於陳德鴻、張南峰編：《西方翻譯理論精選》，頁 5-6。

最後就是面對翻譯技能的問題，能否打破英文句型，對長句進行分切、調轉、刪增，使譯句符合中文語感，具有高度的可讀性。[14]

這些注意事項，至少符合翻譯「信」與「達」的原則，但很明顯《PINK NOISE》幾乎把所有上述事項都違反過一遍。且看這首詩：

〈5 Words fail me〉[15]

5 詞未通過我（5 文字捨棄我）

Words fail me （3）

詞未通過我（文字捨棄我）

So left to myself （3）

那麼左對我自己（就這麼離開了我自己）

But listened for……

但聽為…（但是傾聽）

Well

很好（哎）

I want to start my day relaxed and joyful （2）

我想要開始我的日放鬆和快樂（我想放鬆並愉悅地開始我的一天）

I am confused about almost every thing

我被混淆關於幾乎一切（我幾乎被所有的事困惑）

Which merely serves as backdrop

那些僅僅擔當背景（那些僅作為背景的事物）

But if I want to connect more of my inner self （4）

但是如果我想要用我的內在自己連接更多

（但若我想多與我的內在溝通）

---

[14] 許秋將：〈英文複句的中譯——兼論電腦翻譯軟體的侷限〉，《逢甲人文社會學報》第 8 期（2004 年 5 月），頁 282。

[15] 英文部分是《PINK NOISE》原文，括號外的中文是《PINK NOISE》原譯，括號內是筆者與兩個專攻外文的朋友討論後試作翻譯，目的指向「譯懂」英文。

I'll take a trip to the drugstore and slowly browse through the aisles goodies
（3）

我將採取行程對藥房和慢慢地將瀏覽通過走道為好吃的東西

（我將到藥房並慢慢瀏覽[陳列架]走道的物品）

Like facial masks and hair repair stuff （3）

像面部屏蔽和頭髮維修服務東西（就像面具和頭髮保養品）

Then I go home and fill the tub with hot water or an extra-long bath

然後我回家和用熱水裝載木盆為特長浴

（然後我回家並在浴缸裝熱水或是特別長的洗滌液）

Using all the treats （3）

使用所有款待（用盡所有的[好]東西）

I picked up at the store （1）（3）（4）

我整理了在存儲（我從藥房裡揀選的）

And with my favorite music playing （2）

和以我喜愛音樂演奏（同時放著我最喜愛的音樂）

When the day is done （4）

當日是做（當一天結束時）

I'm stuck in slow gear

我被困住在慢齒輪（我卡在緩慢的齒輪中）

Nothing more intangible

沒什麼更加無形（沒有什麼比這更難以捉摸）

Nothing more

沒什麼更加（沒有什麼比這更）

Terrible

可怕（糟糕）

I'm nearly on my own （4）

我幾乎是在我自己（我幾乎獨自一人）

　　上面置於英文句後的括號與數字，是指違反翻譯原則的條目，至於原則的最後一條「使譯句符合中文語感，具有高度的可讀性」，《PINK NOISE》則幾乎都做不到。若以傳達原文意旨（信）、符合中文敘述脈絡（達）等標準[16]來看，《PINK NOISE》顯然不合格。

　　當我們被這夏宇所刻意營造的文字噪音張牙舞爪的襲擊時，最初直接的反應可能是「這是什麼爛翻譯！」或「夏宇在蹂躪語言」，爲甚麼這種東西足以出版並且具有論述價值？「因爲是夏宇」，所以這種近於惡搞的行徑可以被容許並且推崇？畢竟夏宇是「台灣後現代派詩的發難人」[17]，所以挾後現代主義的「前衛」與「實驗」之名，世俗不容的言行都可登堂入室？甚至，我們以捍衛夏宇的姿態，解釋成「藉由無意識、遊戲、錯雜、紊亂的詩／譯作」，進而對傳統閱讀的反叛，對詩的概念的解構，甚至對評論者及夏宇追隨者的一種揶揄？當然本文重點不在評論電腦翻譯的優劣，也不想討論作者背後文化資本、權力運作或讀者信仰的藤葛，但專就文本檢視，《PINK NOISE》其實有超脫自這些議題的更深層思考。關於詩，讀懂是必要的嗎？不少文學者主張文學在於表達情感而非傳遞訊息，中文也有「只可意會不可言傳」之言，都闡明注重「感知」的文化偏向。但我們不禁要反省，文學真的只要感知就好？那麼《PINK NOISE》傳遞的文字噪音、錯雜無序、不知所云等，以及鼓勵讀者主動參閱讀的互動關係，一則以煎熬讀者的閱讀感受（甚至是過度刺激的感官經驗），一則以接受新奇事物的驚奇喜樂，這就足矣？所以後現代的作品大多只能在其形式、叛逆風格做文章，不敢深入討論內文意含這塊「難啃的骨頭」？或者批評該嘗試閱讀並理解夏宇？然而如同夏宇被標識的後現代主義圖章一樣，《PINK NOISE》譯文不僅失序無章，原文也矛盾、破碎、難以貫連，嘗試去分析實有力不從心的感覺——或許這不是閱讀《PINK NOISE》的適當方式？如顏元叔評論洛夫、羅門等人的詩作爲蒼白晦澀引起的論戰，雙方的交互論爭其實並不在相同的標準與立場之

---

[16] 是否符合「雅」的標準其實見仁見智，此處暫且不論。

[17] 「反叛傳統詩法，反叛舊的思維方式，反叛文藝的成規，以嘲弄和褻瀆的方式，建立起一種詩的新秩序，成爲台灣後現代派詩的發難人。」古繼堂：《台灣新詩發展史》（台北：文史哲，1997 年再版），頁 585。

上，以新批評的細讀、分析去體驗與超現實主義底蘊，在立論的根本就已失焦——這是否與現在從解析並理解爲基底的閱讀情況符節？

夏宇製造了一個閱讀的徒勞，但是又提供另一個閱讀的可能，即藉由翻譯，將字詞在一般情況下被忽略的多義性諸如文化隱喻、引申義含浮出水面，就如同《PINK NOISE》所呈現的「透明」。爲求理解通順，翻譯時我們往往會自然的捨去一些不符語境的意含，就如上文所引探討翻譯與教學的文字「根據上下文選定正確的字義」訴求，「正確」與「選定」就壓抑了文字的廣度與深度，是一種「不透明」的「遮蔽式」閱讀，雖然捨去雜訊，閱讀才有理解的可能，但往往造成我們連被犧牲忽略的是甚麼都不清楚。夏宇則在理解之外，開放了文字的可能，如上文所引的詩〈Words fail me〉，題目就先聲奪人，「詞未通過我」，「fail」的翻譯是「未通過」，以譯文來理解則似乎「我」是一個阻隔物或絕緣體，像逆滲透的膜那樣，詞是水，試圖穿過／穿越／穿透「我」而經過，這違常的語意迫使我們回到原文，「fail」的通常解釋是「不合格」、「失敗」，中文釋義也引申有衰退、喪失、缺乏、捨棄等義，「未通過」的意含寄身於考試、評等的語境，如「George failed history last semester.[18]」這裡指出了一點，即文字無法精確翻譯，因爲兩種語言之間不存在相等對應的字詞；而這「不存在對等的字詞」，應從文化脈絡的差異去解釋，一個字詞在它的文化背景中往往具有眾多且複雜的延伸義含，在別的文化脈絡中往往沒有這種用法，所以翻譯無法完全，譯文永遠需要更多的字詞不斷的補充（supplement），方能逼近原文。翻譯時要求正確傳達以及文從字順，繼而從語境和脈絡揀選「適合」或「正確」的字詞，這個揀選本身，就是對原文語意的一種壓抑（語言的謀殺？）。

同樣的例子還有「How fucking creepy is that?」[19]，原翻譯爲「怎麼性交是蠕動那？」以精準合理爲原則的嘗試，譯爲「那有多他媽的令人不寒而慄？」[20]，詩句的意含毫釐千里，怎能不令人驚訝／豔？又如「And we suspect

---

[18] Yahoo奇摩字典，「fail」的解釋、例句。http://tw.dictionary.yahoo.com/search?ei=UTF-8&p=fail。2008.07.15。

[19] 夏宇：〈1 Brokenhearted time and ordinary daily moment〉，《PINK NOISE》，不註頁碼。

[20] 別於《PINK NOISE》的原譯，採精準爲原則的翻譯，本文採用皆爲筆者與朋友討論的譯本，

our flip-flops have had a very good summer」[21]，原譯「我們懷疑我們的啪搭啪搭的響聲有一個非常好夏天」，解讀為「而我們懷疑我們的拖鞋[22]已經度過一個美好的夏天」；而「We just wanted to share some talk over a glass」[23]，原譯「我們並且是想要共享某一談話在玻璃」，解讀為「我們只想一邊喝酒聊天（透過喝酒分享話題）」；「You'd be surprised at how much time this can free up」[24]，原譯「您對多少時刻將驚奇這可能釋放」，解讀為「你會驚訝於它能紓解多久（你會驚訝有多少時間可以釋出）」……不勝枚舉，可以發現夏宇的遊戲實驗，（無意識地）造就了全新的文字經驗，雖然這中間雜有不少「錯譯」與「誤讀」，但如前所述，「正確」、「精準」的翻譯已不再是典律（canon）的規範，字句解讀也非至高目的，閱讀／感知沒有對錯，只有角度。文學存有對錯嗎？閱讀或許某程度需要符節時代脈絡和作者語境，但是在後現代情境中，這些東西都是隱微、甚至於被解構，因此在《PINK NOISE》裡面，噪音的感受與文辭的解放才是要義，無怪乎班雅明的主張：

> 譯者的任務不在於把意義複製，讓讀者理解原文。譯者要利用語言之間的差異，藉外語來顛覆原語的秩序，又把潛藏於原文中，原語無法表達的意念表現出來。[25]

能這麼理直氣壯雄踞一方，進而在操作上他主張直譯：

> 由直譯所保證的忠實性之所以重要，是因為這樣的譯作反映出對語言互補性的偉大嚮往。一部真正的譯作是透明的，他不會遮蔽原作，不會擋

以下皆同。

[21] 夏宇：〈7 We are extremely charming yesterday—and we will be even more devastating today〉，《PINK NOISE》，不註頁碼。

[22] 「flip-flops」，塑膠（或橡膠）平底人字拖鞋（由其走路時的響聲而得名）。Yahoo奇摩字典。http://tw.dictionary.yahoo.com/search?ei=UTF-8&p=flip-flops。2008.07.15。

[23] 夏宇：〈21 Cheap deep cool sleep〉，《PINK NOISE》，不註頁碼。

[24] 夏宇：〈26 I used to think that it's wasn't so good to write so often〉，《PINK NOISE》，不註頁碼。

[25] 沃爾特·班雅明（Walter Benjamin）著，張旭東譯：〈譯者的任務〉，收於陳德鴻、張南峰編：《西方翻譯理論精選》，頁197。

住原作的光芒,而是通過自身的媒介加強了原作,使純語言更充分的在原作中體現出來。我們或許可以通過對句式的直譯做到這一點。在這種直譯中,對於譯者來說基本的因素是詞語,而不是句子。[26]

「真正的譯作是透明的」一語,又回扣到《PINK NOISE》直指的「透明」,直譯又在此找到理論基礎,《PINK NOISE》的破碎與支離總算獲得一點「神性」。在這裡,直譯行為變成一種按圖索驥,尋求原語的途徑,再度反映到翻譯軟體「Sherlock」──福爾摩斯不正是觀察入裡、盤算推導以逼近「真相」的實踐者?翻譯即謀殺,在此反而成為解碼與超越的可能。

最後要討論的是「詩質」的問題。首先就《PINK NOISE》的「出身」而論,網路/數位文學本身與科技結合的產出,就已經具有詩的特質,且看:

> 海德格(Martin Heidegger)曾上溯「科技」(technology)這個字源techne,指出techne不僅表示匠人技術,也意指心智藝術的呈現,具有詩的本質poiesis。從這個詮釋來看,「超文本」、「網路文學」所運用的網路科技,本身就具有詩的質素,而文學與網路科技的婚媾,自然會在這個質變過程中產生新的文類。[27]

不可否認這個觀點似乎略為牽強,落入了本質論的框架,缺乏論述的推演以致於偏頗,但以《PINK NOISE》的翻譯為例,其實名實相符:文字藉由翻譯軟體成就詩質,這點容後論述。

其次,就形式而言,夏宇認為:

1.它裝備了詩的分行斷句形式

[26] 沃爾特・班雅明(Walter Benjamin)著,張旭東譯:〈譯者的任務〉,收於陳德鴻、張南峰編:《西方翻譯理論精選》,頁207。
[27] 林淇瀁:〈流動的謬思 台灣網路文學生態初瞰〉,《書寫宇拼圖:台灣文學傳播現象研究》,頁218。同樣的意見,也見於須文蔚:〈數位詩創作的破與立〉,《臺灣數位文學論》,頁48。

2.它以英漢雙語對照排列[28]

分行斷句固然是詩的特點，在《PINK NOISE》之中，刻意斷句加上英漢對照，則更凸顯出翻譯過程中，語意的斷裂性、不確定性與歧異性，如「Some people are born with/ Others develop[29]」，原譯為「某些人是出生與／其他人顯現出」，藉由斷句，翻譯出的意含可能完全不同，或者語氣句式完全兩樣，將他們連結一句加以理解，或可譯為「有些人隨他人發達而生」，同樣的例子還有「Using all the treats/ I picked up at the store[30]」、「You'd be surprised at how much time this can free up/ And how much better you will fell/ As if jealous of the other」[31]等等，歧異效果與詮釋空間都藉由斷句形式而彰顯。

再則，透過翻譯造成語言的斷裂、不確定、歧異、甚至意含的爆炸效果，「（直譯）它一個詞一個字亦步亦趨地『翻譯』可是譯文給予不了穩定的意義[32]」，繼而它是「那斷裂它的始終也不予填平的那些斷裂——我尋求詩之形式，詩之形式本也是斷裂，詩成之後詩將自動修補詩之斷裂……。[33]」如此一來，《PINK NOISE》豈不早已借翻譯達成詩質的要求與實現？蔣勳對語言文字的暴力的討論可為借鑑：

> 準確的語言本身是一種弔詭，我們用各種方法使語言愈來愈準確，當語言愈來愈準確，幾乎是沒有第二種模稜兩可的含義時，語言就喪失了應有的彈性，語言作為一個傳達意思、心事的工具，就會受到很大的局限。[34]

語言的彈性、複義、張力等不正是造就詩意／議的關鍵？要求文學精準

---

[28] 夏宇：〈附錄1〉，《PINK NOISE》，不註頁碼。
[29] 夏宇：〈1 Brokenhearted time and ordinary daily moment〉，《PINK NOISE》，不註頁碼。
[30] 夏宇：〈5 Words fail me〉，《PINK NOISE》，不註頁碼。
[31] 夏宇：〈26 I used to think that it's wasn't so good to write so often〉，《PINK NOISE》，不註頁碼。
[32] 夏宇：〈附錄2〉，《PINK NOISE》，不註頁碼。
[33] 夏宇：〈附錄4〉，《PINK NOISE》，不註頁碼。
[34] 蔣勳，〈語言孤獨〉，《孤獨六講》（台北：聯合文學，2007），頁71。

似乎不切實際，正因爲語詞的不確定，才能豐富文本的張力以及詮釋範圍，
《PINK NOISE》的叛逆行爲，雖說過頭，但還是符合這個原則，詩的意蘊，
就如此達成。

　　當然，討論了這麼多翻譯，不能忽略翻譯的主角——夏宇的機械詩人，
線上翻譯軟體，以下即進入軟體的討論。

肆、讀者、作者與軟體的制動

　　數位文學的豐富與多元性，往往隨科技發展俱進，科技如何展演創意、
獨特、新奇、甚至匪夷所思的面貌，數位文學也與之而上。將文學生產的動
作交由機器程式去執行，這種程式有人稱爲文本生產機（text generator）[35]，
程式對文字的掌控與效度不一，運作邏輯各異，生產的文字或具有高度可讀
性，或顛三倒四淪爲文字的笑話。李順興舉出兩個例子：姚大鈞的「文字具
象」中收藏了四首「程式邏輯機器詩」，程式的運作機制沒有公開，推測爲
應屬新詩生產機；稻香老農則以「電腦作詩機」[36]生產古典詩，只要選定詩
題（也可不填，電腦就辨讀爲「無題」）、韻部、體裁，電腦會自動從符合條
件的字詞中挑選並拼湊成詩。當然，關於電腦生產文章的程式不只於此，羅
鳳珠教授的「依韻入詩」、「倚聲填詞」[37]也有相當的代表性，惟其不同的是
此二程式屬於古典詩詞的教學軟體，只提供韻部參考「單」字並檢查格律真
僞，而不蒐羅拼湊，文辭還是得出於使用者的文思。另外，掛載於北一女網
頁的「新詩創作」程式[38]，則要求玩家依指示填入十一個詞，運作邏輯類似
將寫定的新詩挖空成骨架，填入玩家新詞以成他詩，缺憾是既存骨架只有一
個，詩作沒有電腦的隨機性，輸出只會隨填入的詞小幅擺動。早在BBS時代
就有許多電子公佈欄附有「情書產生器」[39]的功能，但止於情書的彙集而已，

---

[35] 李順興：〈程式文學‧文學程式：談數位文學主體的核心特徵〉，徐照華主編：《台灣文學傳播全國學術研討會論文集》（台中：中興大學台文所，2006年），頁289。

[36] 稻香老農「電腦作詩機」：http://www.oligood.com/oldpeasant/web/index.htm，2008.07.10。

[37] 羅鳳珠教授此二程式皆建置於「網路展書讀」：http://cls.hs.yzu.edu.tw/home.htm，2008.07.10。

[38] 「新詩創作」：http://www.fg.tp.edu.tw/~d2351228/money.php，2008.07.10。

[39] 如中正大學BBS站台「芭樂的故鄉」：bbs://bala.twbbs.org，埋藏於（X）商業服務區→（O）ther特殊服務區→（L）ovePaper情書產生器。

近來則網路出現為數眾多的生產器,只要隨便找個入口網站鍵入關鍵字查詢[40],「情書產生器」、「情話產生器」、「爆笑日記產生器」、「八卦報導產生器」、「雜誌專訪產生器」,或呈現以純文字模式,或仿擬圖文並置;有的則鍾情正正經經圖文產製,或極盡KUSO惡搞能事之竄改修圖,如「印章生產器」、「拼圖製造機」、「鈔票產生器」、「通緝令產生器」、「大中至正產生器」、「霓虹看板產生器」、「雜誌封面生產器」等,不勝枚舉。

　　上列紛然雜沓的資訊工具,都具有同一特質,即「玩家輸入——電腦輸出」的運作流程,演算結果不一,很大部分取決於「隨機因素」的高低,「隨機因素」衍生於「作者(程式創置者)控制」的程度,而「作者控制」涉入的深淺,也影響「使用者(讀者)參與」的樂趣與可玩性。簡言之,「**『作者控制』指數逼近最高值,而『使用者參與』指數則趨向於零**[41]」,「**越少作者控制,使用者參與越多,可玩性越高**[42]」,倘若作者控制接近於零,則這樣的文學程式「**等於是將整個文本的基本組成單位完全交給隨機因素去決定**[43]」,運算結果就會趨近無限。以上述列舉的程式為例,可以發現如稻香老農的「電腦作詩機」,程式撰寫者只要求程式符合題目、格律,隨機演算結果則可能不符文脈、語境甚至文不對題,在這裡,讀者的參與度不高,卻有電腦隨機產製的驚豔。羅鳳珠教授的教學程式,只負責形式的核對,內容還須使用者自負責任,讀者參與性極高,但隨機性沒有了,則失去出人意表的演算結果。「新詩創作」與網路眾多的文字、圖片產生器具有相同的特質,即作者控制極高,往往只留有幾個空格讓使用者填字、填圖,隨機性趨低,遊戲的樂趣則須另闢他途:即使用者「不按排理出牌」的操作以凝塑詩意。

　　那麼,夏宇對於翻譯軟體的使用,極大程度符合「產生器」的運作模式。翻譯軟體(機器翻譯),原本是指:

---

[40] 以下所列產生器詳見附錄二。

[41] 李順興:〈程式文學‧文學程式:談數位文學主體的核心特徵〉,徐照華主編:《台灣文學傳播全國學術研討會論文集》,頁296。

[42] 李順興:〈程式文學‧文學程式:談數位文學主體的核心特徵〉,徐照華主編:《台灣文學傳播全國學術研討會論文集》,頁296。

[43] 李順興:〈程式文學‧文學程式:談數位文學主體的核心特徵〉,徐照華主編:《台灣文學傳播全國學術研討會論文集》,頁296。

利用電腦程式對譯入語文本進行分析，然後自動將譯入語翻譯為譯出語，亦即翻譯程序本質上是由機器進行，沒有經過人工潤飾，它是自然語言理解[44]的一種應用，也是自然語言處理技術的一項主要目標。[45]

簡單來說，是一種藉字典資料庫比對詞意，字對字詞對詞的轉換模式，由於電腦對於語義單元、文脈、語境、慣用語，甚至長句的切分、倒裝句的調轉等的分析能力有限，因此總是作出出人意表的表演，但這不正是一種「語言的特殊使用」、「文法句式的悖離」，且符合於詩意，所謂「機械詩人」也者？若把詩視為語言的特異形式，詩人最常做的不正是打破既有的語言規約並重新捏塑一套語言邏輯？機器翻譯對語言的掌握能力，意外地符節此道，謂之詩人，名實相符；但所謂機器詩人的可能性，卻只建立在「現今」科技之未臻成熟，或許假以時日，當機器足以仿擬人腦翻譯的情境，精準的做出翻譯，可能「Sherlock」又會再次「謀殺語言」了！

夏宇在此是一個軟體使用者、讀者，但是作為一個有意識的使用者以及「詩集作者」，人機關係並非平等的「合作」關係。表面上似是夏宇釋出至少一半（或更多）的產製權力予科技，詩句來源於網路、譯文結果自機器，夏宇只是一個「從網路到軟體」的仲介人，主體遜位，客體昂揚。實際上並非如此，權力及主體未曾遠離，夏宇對軟體的掌握／掌控，如影隨形，她用各種方法影響輸出結果，就像是主導出版的編輯，握有文字的生殺大權，她的控制一方面在於對輸入詞句的選擇權，至為明顯者莫如「fucking」一詞，依據文意可能是髒話、動詞性交、俚俗的發語詞、強調語等等，但機器都譯成「性交」，藉由「fucking」的決選，夏宇利用譯文完全扭轉了原意。又如分行斷句的情況，電腦不會分析長句，也不會依文脈判斷原本應為一體但被

---

[44] 自然語言理解是研究如何讓電腦讀懂人類語言的一門技術，是自然語言處理技術中最困難的一項。維基百科：
http://zh.wikipedia.org/w/index.php?title=%E8%87%AA%E7%84%B6%E8%AF%AD%E8%A8%80%E7%90%86%E8%A7%A3&variant=zh-tw，2008.07.10。

[45] 「翻譯」，維基百科：
http://zh.wikipedia.org/w/index.php?title=%E7%BF%BB%E8%AF%91&variant=zh-tw，2008.07.10。

迫分裂的句子,如上文「Some people are born with/ Others develop[46]」的翻譯。夏宇更針對翻譯的結果上下其手,他不直接修改翻譯,卻從輸入的英文字句著手,隱身幕後垂簾聽政,這都呈顯了作為使用者的自主性。

將《PINK NOISE》出版成書,夏宇成了作者,在此,她似乎鼓勵讀者參與互動,把閱讀/感知的權力下放給讀者,甚至讀者可模仿夏宇在《摩擦‧無以名狀》之中對《腹語術》的操作方式,文字剪下、黏貼成詩;夏宇又自言從網路隨意蒐集英文字句拼湊,且盡量找最平凡無其的句子,似乎暗示全詩結構及整體性的廢棄(事實上結構、文脈矛盾錯亂也難以成詩),以及英文詩質的權威的不在場,讀者可以乾脆把各詩重新隨意拼湊以成新聲,繼而與書本對話,但這就表示讀者的主體性存在?若比對夏宇之於翻譯軟體的論述模式,讀者的主體性其實少的可憐。先是詩集的選擇性,翻開《PINK NOISE》閱讀甚至為文評論,就已別無選擇。閱讀的自由性,則立基在夏宇給定的範圍,作者的控制如影隨形,我們依循的是夏宇的遊戲規則,自訂書頁背景,但書頁仍是夏宇給定,拆解詩句重新拼湊,然而所有詩文出自夏宇,讀者被置入既定的範圍限內活動,所有的「自主」與「創意」都早在作者預料之內,自主性云云實是一種錯誤意識(false consciousness)。

讀者閱讀時還要面對一個問題,即語言隔閡造成的閱讀障礙。雖然翻譯理論的解構學派堂而皇之的廢棄「翻譯即溝通」的理念,然而我們依舊需要翻譯,《PINK NOISE》作為一本翻譯的雙語對照詩集,也不能只看譯文。當實際操作並閱讀英文原文時,語言能力首先遭受挑戰,但線上翻譯(現階段而言)始終不脫「電子辭典」的範疇,翻譯軟體的功效有目共睹,並不足以成為可解的譯文,人工的調整與潤飾依然不可缺,因此在使用上只能當作檢索詞意的資料庫,我們逐詞索義,自行拼湊並依照文章脈絡調整譯文,但大多時候力不從心,光是複義詞彙的挑選就是問題,長句的切分與解析是另一大困擾,而《PINK NOISE》的英文詩很多地方文法就有錯誤,長句綴語尾大不掉也是解讀的死穴。事實上不論是否因夏宇刻意把詩拼湊的七零八落,

---

[46] 夏宇:〈1 Brokenhearted time and ordinary daily moment〉,《PINK NOISE》,不註頁碼。

詩本身就具有解讀的難度,文法、句式、詞彙矛盾不按章法本是常態,即使是讀者母語都有閱讀的難度,遑論外國人。因此,我們自己的翻譯往往也是逐詞片語的拼拼湊湊,難以成章,比之機器翻譯好不了多少,我們難以信任機譯文字,卻又不得不仰賴它。而《PINK NOISE》看似機器翻譯,實際上卻是夏宇「操弄機器」的翻譯,面對夏宇、面對《PINK NOISE》、面對翻譯軟體,讀者被動且被縮小到一個無助、卑微的程度,主體性實在難以成立。

最後討論大眾性的問題。在夏宇和機器合謀創作的同時,打造了一個數位文學突圍的可能——即使精熟網頁語法的文學創作者／理論實踐者如須文蔚、蘇紹連、向陽[47],也不得不承認在媒介科技與文學的美學要求同時,技術是數位文學蓬勃發展的困局,但透過翻譯軟體創作,幾乎不需要深厚的資訊素養,懂得瀏覽網頁足矣。翻譯軟體的普遍流傳與唾手可得,是否就意味數位創作前途大好,人人可成詩人,抑或提供閱讀《PINK NOISE》之讀者和夏宇站在同一個平面上,對話、交流、甚至「解構夏宇」的可能?我們是否能仿擬夏宇的操作模式,也自網路蒐集詞句、翻譯成詩?首先思考一個問題,夏宇用來操作翻譯的英文詩,取自網路,但是「我不用有署名有出處的文章除非作者離世五十年以上。我盡量找最平凡無奇的句子。[48]」這一方面似是「版權宣告」,也可避免被跟「好的翻譯」作比較;一方面她解構了詩的權威性,從最平凡的句子當中,重新揉練詩意,她的翻譯是種叛逆也是種解構(也是文字的蹂躪?),那麼為何不使用她自己的成名作品?若說英文「詩」的成立,在於以一種晦澀難讀的方式促使讀者將注意力轉向文辭單字而離開整體觀照及閱讀詮釋,夏宇的詩是否也可搬照應用?

〈你徹底地確實煩擾我的實在很美麗〉[49]

---

[47] 向陽整理有這幾位對數位文學的展望之意見,詳可參林淇瀁,〈流動的謬思 台灣網路文學生態初勘〉,《書寫字拼圖,台灣文學傳播現象研究》,頁 215-233。

[48] 夏宇:〈附錄 3〉,《PINK NOISE》,不註頁碼。

[49] 夏宇的〈你正白無聊賴我正美麗〉,藉由網路翻譯成英文再翻回中文。至於軟體的選擇是隨機在入口網站搜尋,挑選三個可以中翻英再英翻中的網頁。此譯文來自「譯言堂」:
http://www.mytrans.com.tw/newMytrans/freeTrans/Freesent.aspx,2008.07.15。另外的譯文請參見附錄三。

只有 voodoo 能減輕 voodoo
只有祕密罐子以交換祕密
只有謎能到達另一個謎
但是我疏忽健康的重要性
而且等候讓健康被損壞
而且愛作活的協調
除了建議之外一起生下一個小孩
我沒有其他的所有較糟的想法
你積極的徹底無趣的
我確實很美麗

很可惜這種「以牙還牙」，除了複製夏宇的遊戲實驗理念並重複直譯的語言解放邏輯，似乎仍缺乏建設性／解構性：1.詩句是夏宇的，2.創意是夏宇的，我們依舊難以平等對話。再則，是否可能依樣畫葫蘆，以翻譯軟體「創造」其他的翻譯詩集？答案是否定的，一則以創意必須獨創、何況科技不斷推陳出新，數位文學更無法容於陳言複讀，二則以「機器翻譯作詩」的性質，是否流於「機械化量產」？因為缺乏創作理念和核心價值（因為被夏宇佔領先機），而變成一種文化工業（culture industry）的複製行為？因此，基於種種條件，《PINK NOISE》又成為絕對的唯一，夏宇為數位文學開一扇門，卻似乎即刻掩閉，徒留空谷足音。

伍、結語

就某種程度而言，數位文學是遠離傳統的異端，《PINK NOISE》具有異端的表皮、異端的內裡，徹徹底底自傳統離異且粉碎傳統，然而在遭受攻擊的同時，異端的存在往往先覺的促使我們思考，提供另類、前衛的視角。

夏宇之於創作，一向是朝著詩的可能性與不斷實驗、叛逆、超脫作為努力依據，她的「網路詩實驗」，《PINK NOISE》不會是完結的巔峰，也不見

得是創發，在她所編輯的《現在詩》第二期「行動詩學──來稿必登」，打破文學典律以及評選機制，解放創作者的門檻焦慮，相較於網路平台，不遑多讓，《現在詩》似已呼應她網路實驗的可能。

其次，對夏宇來說，她設想中最完美的舞台設計，就是「透明的舞台」[50]，《PINK NOISE》的塑膠材質以及閱讀方式，正好重現了此一舞台邏輯，背景可以替換，文字可以跳舞，閱讀經驗亦即劇場經驗。

再者，夏宇透過機器翻譯，打破並重組語言邏輯以造就詩意，《PINK NOISE》的誕生巧妙結合了機器邏輯與美學效果，再現（representation）數位文學可能的同時，又為數位文學創作者科技的焦慮提供突圍；然而這一道曙光，卻如同夏宇的風格，出人意表又難以跟隨，徒留歆羨讚嘆。

最後，《PINK NOISE》無法令讀者和作者充分的互動交流，癥結還在於詩集的媒材，離開網路的文本成為一單向封閉的個體，數位科技的發展空間在創作面上暫時敞開，隨即在出版面閉鎖，這也回應了科技在數位文學之中，仍佔有舉足輕重的地位。

---

[50] 白開水現代詩社，〈《粉紅色噪音》讀詩會（一）〉，鴻鴻導讀，2008.12.11，
http://blog.yam.com/ai4ai4/article/13027286。

附錄一：《PINK NOISE》書影

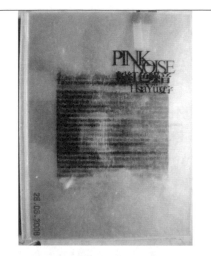

《PINK NOISE》正面

《PINK NOISE》背面

《PINK NOISE》書殼

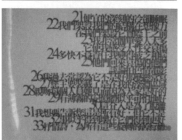

《PINK NOISE》目錄頁

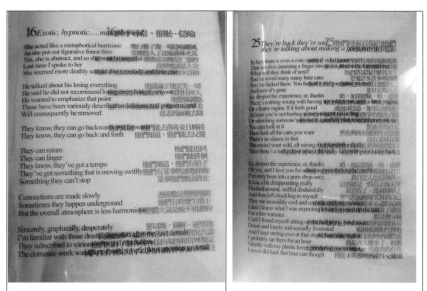

《PINK NOISE》詩頁　　　《PINK NOISE》詩頁

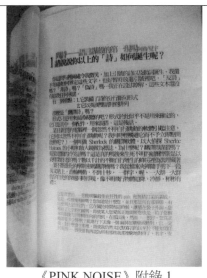

《PINK NOISE》附錄 1

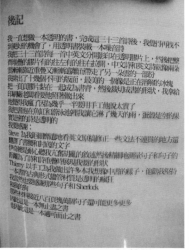

《PINK NOISE》後記

附錄二：網路生產器暨翻譯網頁舉隅

一、網路生產器

- 「八卦報導產生器」：http://harcoo.com/kuso/apple/
- 「情書產生器」：http://harcoo.com/kuso/love_letter/
- 「情話產生器」：http://harcoo.com/kuso/love_word/
- 「爆笑日記產生器」：http://harcoo.com/kuso/diary/
- 以下生產器係由「Ying—瑩，是傳說中尚未經過精雕細琢的玉石」：http://blog.xuite.net/alpaser/yingblog/15185351，間接連結
- 「大中至正生產器」：http://shop.teac.idv.tw/MagicWord01/
- 「通緝令生產器」：http://www.glassgiant.com/wanted/
- 「鈔票產生器」：http://www.festisite.com/money/
- 「霓虹看板生產器」：http://www.notcelebrity.co.uk/
- 「雜誌專訪產生器BETA」：http://zonble.twbbs.org/etc/bw.php
- 以下生產器係由「J姊的blog」：http://www.wretch.cc/blog/whitetigercg，間接連結
- 「Abi-Station 漫畫造型、肖像造型、肖像插畫、肖像繪圖製作器」：http://www.abi-station.com/tchinese/
- 「DS封面製造器」：http://byokan.net/ds/
- 「Egyptian Name Translator 埃及文姓名翻譯機」：http://www.touregypt.net/ename/
- 「fx-word閃字機」：http://www.fx-word.com/fw.php
- 「ImageChef」：http://www.imagechef.com/
- 「MagMyPic - 雜誌封面產生器」：http://www.magmypic.com/
- 「MakePic 印章生成器」：http://makepic.com/print.php
- 「Msn頭像 QQ頭像 論壇頭像 圖片生成服務」：http://www.eoool.com/Default.aspx

- 「Nymbler - 英文名字取名幫手」：http://www.nymbler.com/
- 「Official Seal Generator 圖章生產器」：http://www.says-it.com/seal/
- 「PhotoStamps 郵票生產器」：
  http://photo.stamps.com/Store/learn-more/?_requestid=6354&_requestid=99690
- 「Puzzle maker 拼圖製造機」：
  http://five.flash-gear.com/npuz/puz.php?c=v&id=3061922&k=66680735
- 「QooQle網路大頭貼」：http://paipai.qooqle.com.tw/index/index.php
- 「大頭貼網」：http://www.puricute.com/
- 「中文姓名產生器」：http://www.richyli.com/name/index.asp
- 「日本名字生產器」：http://rumandmonkey.com/widgets/toys/namegen/969/
- 「年度代表文字產生器」：http://gene7299.googlepages.com/Qword.htm
- 「材質文字效果產生器」：http://gene7299.googlepages.com/Texturetext2.htm
- 「身分證字號產生器」：
  http://www.cis.nctu.edu.tw/~is86007/magicshop/ROCid.html
- 「身分證、報紙、錢幣生產器」：http://www.onlinewahn.de/generator/
- 「所有包含『kuso』標籤的文章—雜誌封面生產器、損毀檔案生產器等」：
  http://www.freegroup.org/tag/kuso
- 「訂閱按鈕貼紙產生器」：http://feedbutton.googlepages.com/button.htm
- 「情書產生器」：http://harcoo.com/kuso/love_letter/
- 「牌照生產器」：http://www.acme.com/licensemaker/licenses.cgi
- 「照片框產生器」：http://gene7299.googlepages.com/photoframe2a.htm
- 「圖片字符化生產器」：http://www.degraeve.com/img2txt.php
- 「圖片濾鏡產生器」：http://gene7299.googlepages.com/imagefilter.htm
- 「夢幻筆名產生器」：http://www.richyli.com/name/novel.asp
- 「網誌背景圖產生器」：http://gene7299.googlepages.com/msnbackimg3.htm
- 「雜誌專訪產生器BETA」：http://zonble.twbbs.org/etc/bw.php

二、翻譯網頁

- 「Dictionary.com」：http://dictionary.reference.com/translate/text.html
- 「WorldLingo」：
  http://www.worldlingo.com/zh_tw/products_services/computer_translation.ht
  ml
- 「譯言堂」：http://www.mytrans.com.tw/newMytrans/freeTrans/Freesent.aspx

附錄三：夏宇詩翻譯試作

一、夏宇原詩

〈你正百無聊賴我正美麗〉
只有咒語可以解除咒語
只有祕密可以交換祕密
只有謎可以到達另一個謎
但是我忽略健康的重要性
以及等待使健康受損
以及愛使生活和諧
除了建議一起生一個小孩
我沒有其他更壞的主意
你正百無聊賴
我正美麗

二、WorldLingo 翻譯

〈You are being bored to death I to be just beautiful〉
Only then the incantation may relieve the incantation
Only then the secret may exchange the secret
Only then the riddle may arrive another riddle
But I neglect the health the importance
As well as the waiting causes the health damage
As well as likes causing the life harmony
Lives a child together except the suggestion
I do not have other worse idea
You are being bored to death
I am just beautiful
〈您乏味到死亡 I 公正美麗〉
僅咒語也許然後解除咒語

僅祕密也許然後交換祕密
僅謎語也許然後到達另一條謎語
但我忽略健康重要性
並且等待造成人體損傷
並且導致生活和諧的喜歡
一起居住孩子除了建議
我沒有其他更壞的想法
您乏味到死亡
我公正美麗

三、Dictionary.com 翻譯

〈 You are being bored to death I to be just beautiful 〉
Only the incantation may relieve the incantation
Only the secret may exchange the secret
Only the riddle may arrive at another riddle
But I neglect the health the importance
As well as the waiting causes the health to suffer injury
As well as likes causing the life harmony
Has a child together except the suggestion
I do not have other worse idea
You are being bored to death
I am just beautiful
〈 你乏味到死亡 I 公正美麗 〉
僅咒語也許解除咒語
僅祕密也許交換祕密
僅謎語也許到達在另一條謎語
但是我忽略健康重要性
並且等待的起因受傷害的健康
並且導致生活和諧的喜歡
一起有一個孩子除了建議

我沒有其他更壞的想法
你乏味到死亡
我公正美麗

四、譯言堂 翻譯

〈 You positive thoroughly bored I am just beautiful 〉
Only the voodoo can relieve voodoo
Only secret can in exchange for secret
Only the riddle can arrive another riddle
But I neglect healthy importance
And wait for making health damaged
And the love make living harmony
In addition to the suggestion gives birth to a kid together
I don't have other all the worse ideas
You positive thoroughly bored
I am just beautiful
〈你徹底地確實煩擾我的實在很美麗〉
只有 voodoo 能減輕 voodoo
只有祕密罐子以交換祕密
只有謎能到達另一個謎
但是我疏忽健康的重要性
而且等候讓健康被損壞
而且愛作活的協調
除了建議之外一起生下一個小孩
我沒有其他的所有較糟的想法
你積極的徹底無趣的
我確實很美麗

參考文獻（依出版日期排序）

文本及研究專書

- 古繼堂，《台灣新詩發展史》，台北：文史哲，1997，再版。
- 孟樊，《當代台灣新詩理論 第二版》，台北：揚智，1998。
- 朱立元主編，《當代西方文藝理論》，上海：華東師範大學出版社，1999。
- 陳德鴻、張南峰編，《西方翻譯理論精選》，香港：香港城市大學，2002。
- 廖炳惠，《關鍵詞 200》，台北：麥田，2003。
- 須文蔚，《臺灣數位文學論》，台北：二魚文化，2003。
- 雷蒙・賽爾登等合著，林志忠譯，《當代西方文學理論導讀（第四版）》，台北：巨流，2005。
- 夏宇，《PINK NOISE》，台北：田園城市文化事業有限公司，2007。

期刊論文、專書論文、報紙評論

- 林淇瀁，〈流動的謬思 台灣網路文學生態初瞰〉，《書寫宇拼圖，台灣文學傳播現象研究》，台北：麥田，2001，頁 215-233。
- 許秋將：〈英文複句的中譯──兼論電腦翻譯軟體的侷限〉，《逢甲人文社會學報》第 8 期，2004.5，頁 273-286。
- 李順興，〈程式文學・文學程式，談數位文學主體的核心特徵〉，徐照華主編，《台灣文學傳播全國學術研討會論文集》，台中：中興大學台文所，2006。
- 林德俊：〈來自夏宇星系的異語天書〉，《聯合報》，2007.9.16，第E7 版，「聯合知識庫」，2008.6.30：http://udndata.com/library/。

網路資料

- 〈網路文學座談會文字記錄〉，國科會「電子媒體對文學創作的影響」計畫，2008.06.10，http://benz.nchu.edu.tw/~garden/nsc98/nsc-talk4.htm。
- 白開水現代詩社，〈《粉紅色噪音》讀詩會（一）〉，鴻鴻導讀，2008.12.11，

http://blog.yam.com/ai4ai4/article/13027286。

• 李順興,〈觀望存疑或一「網」打盡——網路文學的定義問題〉,《台灣歷史與文學研習專輯》原稿之修訂,2008.6.10,
http://benz.nchu.edu.tw/~sslee/papers/hyp-def2.htm。

• 海揚,〈透明的暴力美學——夏宇最新詩集《粉紅色噪音》讀後〉,2008.6.25,
http://mypaper.pchome.com.tw/news/cloverfour/3/1293681261/20070824235727。

• 黃文鉅,〈甜蜜的復仇,彬彬有禮的文字噪音——夏宇奇遇記,兼談《粉紅色噪音》〉,「台灣文學部落格」,2008.6.25,
http://140.119.61.161/blog/forum_detail.php?id=1391#856。

• 鴻鴻,〈沒有前戲‧只有高潮——讀夏宇《粉紅色噪音》〉,2008.7.7,
http://blog.chinatimes.com/hhung/archive/2007/09/27/200902.html。

• 「自然語言理解」,維基百科,2008.7.10,
http://zh.wikipedia.org/w/index.php?title=%E8%87%AA%E7%84%B6%E8%AF%AD%E8%A8%80%E7%90%86%E8%A7%A3&variant=zh-tw。

• 「翻譯」,維基百科,2008.7.10,
http://zh.wikipedia.org/w/index.php?title=%E7%BF%BB%E8%AF%91&variant=zh-tw。

• 「Dictionary.com 翻譯」:http://dictionary.reference.com/translate/text.html。

• 「WorldLingo 翻譯」:
http://www.worldlingo.com/zh_tw/products_services/computer_translation.html。

• 「Yahoo奇摩字典」:http://tw.dictionary.yahoo.com/。

• 「譯言堂 翻譯」:
http://www.mytrans.com.tw/newMytrans/freeTrans/Frccsent.aspx。

講評

鴻鴻[*]

　　夏宇的詩作乃至創作方法，不斷挑戰語言「好」與「壞」的分界。雖然吸引了眾多粉絲，台灣評論界對她的近期創作卻只能咋舌、無力回應。梁鈞筌這篇論文除了評述其行動，更能深入探討其詩意，以洗脫夏宇「惡搞語言」的罪名；甚至引班雅明對於翻譯「透明」的主張，呼應《粉紅色噪音》的透明印刷形式，可謂對理論的有機妙用，殊為難得。還用夏宇詩作的反覆重譯來以其人之道還治其身，除了與作者「互動」的趣味之外，也對照出夏宇「原創語言」與「翻譯語言」的異同，極富創意。謹提出幾點補充，以期論者可以更全面地詮釋夏宇的創作脈絡，及其在網路時代的意義。

　　第一，夏宇的創作有別於之前「網路詩」之處，在於從前的「超文本」作品必須訴諸創作者對科技的嫻熟，必須善用 flash 軟體或甚至會自行寫作程式。但《粉紅色噪音》利用的翻譯軟體卻是像夏宇自稱的「電腦白癡」都可以操作，換言之，它對使用者的技術要求非常低。而這翻譯軟體，也因為本身功能在現階段尚未臻理想（無法根據上下文作詞義與文法的精準判斷），才會歪打正著，產生夏宇慧眼相中的斷錯詩意。可以說，這創作是利用科技的缺陷，而非利用其優點。這種特質，恐與文中所謂「一日千里」的網路科技造就的「數位文學」烏托邦，有極大的差異，值得再加辨明。

　　其次，詩集附錄的夏宇訪談及這批詩作的一部分首次發表於 2006 年《現在詩 4：行動詩學文件大展》，在以《粉紅色噪音》面世之前，即已先自行歸隊於「行動詩學」當中。將此作視為數位文學的同時，如能一

---

[*] 黑眼睛文化公司負責人

併審視它在「行動詩學」的脈絡，其意義當更爲豁顯。此外，論者在玩味此印刷物的顏色意涵時，卻忽略了夏宇的首部「粉紅色」出版品早在2003 年她主編的《現在詩 2：來稿必登》就已出現，而「來稿必登」事實上也是用平面出版模擬網路發表的不加篩選，但夏宇在視覺上加入的漫天數字與符號淹沒了詩，又同樣是一種以個人觀點對於非個人創作文本的操作。網路現象之於夏宇的創作方法，應不始於、也不止於《粉紅色噪音》而已。

《粉紅色噪音》並非夏宇的第一本「譯作」。她曾經翻譯過電影《夏日之戀》的原著小說（麥田出版）。如能對照法文原版或其他中譯（大陸另有譯本），應該可以見出夏宇的翻譯態度有無改變或貫徹之處。不過，這可能是另一篇論文的主題了。

最後一點提醒，論者引申夏宇訪談中對翻譯軟體之名 Sherlock 的詮釋性提問：「翻譯即謀殺嗎？」卻未意識到原本福爾摩斯之名對應的或許是「解謎」而非「謀殺」。如何不受制於作者的詮釋觀點，如何從制高點（或至少是另一個觀點）詮釋作者的詮釋，也許更能洞見作者的創作態度。

大說謊家：我不是知識分子
——中時‧作家「張大春的部落格」觀察

陳奕翔[*]

摘要

　　部落格，是一個以作者為中心，鏈結相同質性的讀者並向外構連的資訊網絡。本文聚焦張大春設置於中時電子報‧作家部落格中之「張大春的部落格」，揀選與時事相關討論串，觀察格主與讀者共同開展出的交流互動機制，並探勘部落格作為建構論述的新場域，張大春呈顯於其上的書寫面貌。而集多種角色於一身的格主張大春，是否又為讀寫互動帶來不同的氛圍？藉由其特殊身分切入，試圖觀看部落格書寫的相關議題。

關鍵詞：部落格、張大春、讀寫互動、知識分子

[*] 成功大學台灣文學系碩士班，E-mail：charge0831@gmail.com

壹、前言

1990 年，Tim John Berners-Lee於歐洲核子物理實驗室架設了全球第一部網頁伺服器，緊接著在隔年，全球第一個網站（http://info.cern.ch/）正式上網，他所編寫的網頁瀏覽器和開創出的虛擬空間——全球資訊網（World Wide Web）以超文本（hypertext）[1]的文件鏈結形式為資訊流通和存取的模式帶來了爆炸性的革新，直至今日，網際網路之於現代生活的重要性仍在不斷提升中。

近年來興盛發展的Blog（部落格、博客），是從weblog一字縮寫而來。1997 年Jorn Barger在自己的網站Robotwisdom.com上，結合了web（網頁）與blog（記錄檔）二字，將自己以類似日記方式發表的文章記錄稱為weblog[2]，這個字便開始被廣泛沿用。直到Peter Merholz在 1998 年把weblog發音成「we blog」[3]，blog從此成為描述編寫個人日誌的最佳動詞，blogging、blogger等語詞亦相繼出現。而「部落格」此譯名，是在 2002 年由「藝立協」網路社群的ilya所選定，林克寰表示：「Blogger通常都會閱讀、引用彼此的Blog，儼然成為小型的部落；而Blog在視覺表現上，又總是一格一格的。另一方面，中文裡的『格』也能夠當動詞用，正所謂『格物致知』也。所以當『藝立協』網路社群的ilya打算把Blog翻譯成中文時，他決定翻譯成『部落格』，不但發音相近，而且意思上也極為貼切。同樣地，Blogger就被翻譯成『部落客』了。」[4]由此可知，此一譯名，不僅是發音近似原文，也描述著形式上格狀、塊狀分佈的視覺配置，重要的是，它進一步指出：Blog是由部落格格主及讀者群，乃至於關注相似議題的其他部落格，互相串連構築起的一個同質性高的部

---

[1] 超文本（Hypertext）是由一個叫做網頁瀏覽器（Web browser）的程序顯示。網頁瀏覽器從網頁伺服器取回稱為「文檔」或「網頁」的資訊並顯示。通常是顯示在電腦顯示器。人可以跟隨網頁上的超連結（Hyperlink），再取回檔案，甚至也可以送出資料給伺服器。引自維基百科。

[2] 參考自Rebecca Blood：〈weblogs: a history and perspective〉（2000.9.7）。發表於rebecca's pocket（http://www.rebeccablood.net/essays/weblog_history.html）（2008.6.13 查閱）。

[3] 參考自林克寰：〈妳不能不知道的部落格——Blog是甚麼碗糕啊？〉（2004.5.11）。發表於Jedi's BLOG（http://jedi.org/blog/archives/003856.html）（2008.6.13 查閱）。

[4] 林克寰：〈妳不能不知道的部落格——Blog 是甚麼碗糕啊？〉（2004.5.11）。

落、社群。

在部落格此一傳播媒介中，由於參與者的互動形態迥異於傳統書寫模式，向來是研究的焦點之一，向陽在〈尋找書寫新部落：台灣作家「部落格」傳播模式初探〉[5]一文中，梳理了部落格的緣起及在台灣的發展，並指出在部落格中由作者與讀者所共構而成的網絡，強調雙向的訊息交流：

> 部落格是除了網路佈告和資訊鏈結的形式與內容，同時也指向知識和資訊的交換與分享，從作者「我」的這端出發，經由關係鏈拓展到諸多作者與讀者的「我們」，從而形成一個傳播網路社群。價值觀、信念或興趣、喜好、認同在這全新的部落中互相傳遞，簡言之，部落格乃是一群具有同樣想法的作者和讀者相濡以沫的**讀寫雙向資訊網**。[6]（粗體為筆者所加）

不僅僅是前述由部落格作者為中心向外構連的資訊網絡，其中作者與讀者的雙向互動是部落格書寫的重要特徵，藉由「迴響」、「回應」功能，讀者可以在閱讀到文章的第一時間或醞釀個三五天後再發出回應，沒有時間上的限制，而作者會在讀者回應後收到即時通知，往來之間，形成一個沒有賞味期限的讀寫過程；不同於傳統的文字文本，部落格作者看過讀者的留言對話後，也可以直接參與回應，還可以進行文章的修改、更正或補充。於是，即時、迅速、頻繁，成為部落格上讀寫雙向溝通呈現於外的特性，然而，在這互動過程之中，仍有些部分需要細緻的釐清。

本文以張大春建置在中時電子報·作家部落格中的「張大春的部落格」[7]為觀察對象，試圖從現有的文章中，探勘其中部落格格主與讀者的雙向互動，並以張大春作為一名成名作家的特殊身分切入，揀擇與時事相關的發文及回應討論串作為觀察的材料，討論部落格此一書寫媒介呈顯出的問題。

[5] 向陽：〈尋找書寫新部落：台灣作家「部落格」傳播模式初探〉，「台灣文學與跨文化流動——第五屆東亞學者現代中文文學國際研討會」論文，2006 年 10 月 26、28 日。

[6] 向陽：〈尋找書寫新部落：台灣作家「部落格」傳播模式初探〉，頁 2。

[7] http://blog.chinatimes.com/storyteller/

貳、作為一個部落格格主

　　察看現今部落格，分佈著各式分類議題，不只是文字、藝術、旅遊、時事的評論與創作，生活札記式的紀錄與分享更是大宗。而除了部落格的文章屬性分類之外，以議題串連起的閱讀模式，跨越了分類的限制，開展出更廣闊的閱讀網絡，例如樂多日誌[8]的「最新話題」、中時部落格[9]的「熱門標籤」等，便能擴展既有分類的不足，拉大資訊鏈結的寬度及幅度。根據網誌搜索引擎「Technorati」的統計，至 2007 年底，已追蹤了 1.12 億個在線的網誌[10]。這樣一個繁盛的現象，得歸功於網路技術的推進與發達，更可從中查知：任何人，只要擁有一台電腦和網際網路，就能成為書寫發聲的部落客，都能藉由此一媒介表達自己的意見，雖然仍不及平等近用（affirmative access）的理想狀態，但已和過去擁有一套審查機制的新聞報刊、文學書寫等傳播媒介大不相同。研究者向陽對此表示：

> 過去，特別是在華文世界，報紙副刊和文學雜誌、出版，主導了文學書寫、論述，只有通過編輯人審查通過的作品，才有機會問世，書寫與詮釋的權力由文人圈掌握，一篇作品可能被退稿、延遲刊出；而部落格一出，作者終於免除被審查的權力施為，可以直接在網路空間發佈作品——書寫和詮釋的權力，回到書寫者和詮釋者手中，人人都是書寫者、詮釋者的時代終於來到。[11]

　　網路上沒有嚴格的信息審查機構，任何人，都可以透過部落格立言、發聲，這樣一個虛擬的網路世界呈現了後現代特有的去中心之文化思維，也挑戰著過去掌握傳播媒介的主流聲音，使草根的、弱勢的族群得以發聲。一直以來，網路書寫與後現代的相關討論始終扣合得很緊密，多位研究者以此為

---

[8] http://blog.roodo.com/
[9] http://blog.chinatimes.com/
[10] http://technorati.com/about/（2008.7.7 查閱）。
[11] 向陽：〈尋找書寫新部落：台灣作家「部落格」傳播模式初探〉，頁 3。

進路，切入詮釋台灣的網路書寫，如：向陽在〈迷幻的虛擬之城：台灣網路文學的後現代狀況〉一文中，自 1985 年羅青提出的後現代詩學主張與資訊社會的關聯談起，述及 90 年代電腦工業的成長，描述至 1998 年，台灣網路使用者到達二百萬，「台灣的當代文化〔包括台灣文學〕，從最壞的到最好的、從最菁英的到最流行的，都被表現到『超連結』的鏈結之中，形成一個巨大的、非歷史的超文本。在這樣的時刻中，『後現代狀況』方才誕生。」[12] 並援引須文蔚的研究，提出網際網路興起後，新文學傳播形式的四項特色：「個人化、去中心、新文類、以及閱聽人詮釋權力的增強，都具有強烈的『後現代狀況』特質。」[13]

　　無庸置疑，網路書寫所呈顯的：資訊爆炸，人人皆是作者、詮釋者，文本互涉、對話，虛擬的身分，戲謔的筆調……等，在在都能畫入後現代的景象中。只是，落實在部落格書寫媒介中，還存在著需要更細緻思考的問題。

　　其中一個值得探究的，便是向陽於〈迷幻的虛擬之城：台灣網路文學的後現代狀況〉引述Seidman的概念，提出網路此一虛擬世界，具現了後現代主義「消除美學標準和生產中心的企圖」。[14]向陽此處的美學標準與前引須文蔚提及欲消解的「中心」，指涉的是台灣過去佔有文化主導權的副刊及佔有出版審查位置的文人所構築起的審查機制。當然，文學傳播媒介勢力的轉移，使得報紙副刊不再能夠保有過往的讀者群眾，影響力逐漸被資訊流通便利、迅速、多元的網路媒介所取代。這看似取消了原本握有霸權的副刊之中心地位，但現今的部落格書寫，瀰漫對於人氣（瀏覽率、點閱率）的趨之若鶩，有不少格主因為擁有驚人的讀者群，受到出版界注意而發行作品[15]。再者，高人氣的部落格容易呈現在首頁的欄位中，吸引更多路過的讀者點閱，人氣指數意味著發言的曝光率高低，由點閱率所打造出的熱門標誌，是否成

---

[12] 林淇瀁：《書寫與拼圖：台灣文學傳播現象研究》（台北：麥田，2001 年），頁 201-204。

[13] 林淇瀁：《書寫與拼圖：台灣文學傳播現象研究》，頁 205。出自須文蔚：〈邁向網路時代的文學副刊：一個文學傳播觀點的初探〉，瘂弦、陳義芝編，《世界中文報紙副刊學綜論》，台北：行政院文建會，頁 254-258。

[14] 可參看林淇瀁：《書寫與拼圖：台灣文學傳播現象研究》，頁 199。

[15] 以無名小站的網誌（http://www.wretch.cc/blog）為例，便有彎彎（cwwany）、熊寶（HUGO1005）、女王（illyqueen）等人先後出版作品。

爲新興的部落格書寫模式,因而被廣爲複製、模仿?另外,部落格書寫多以散文、札記爲主,自然有易於抒發情感的原因在內,不過,在人氣的迷思之下,文章易讀與否將直接影響到讀者的多寡,讀者的喜好成爲寫作者書寫的考量之一,公眾品味反倒化身另類的審查機制,這樣的書寫是否還能算是自由、無拘束的?又,原先寫作於副刊或是出版紙本刊物的作者,許多也經營起自己的部落格,甚至有以作家爲主的部落格體系,如中時電子報的「作家部落格」[16]、聯合新聞網的「作家沙龍Blogs」[17]等。向陽所提出那過去由副刊及審查文人所佔據的主導中心,是否只是轉移了陣地,甚至更通過網路大肆發揮其影響力呢?特意獨立出來的「作家」部落格,相較於一般的素人部落格,仍然承繼了較高的文化位階,這會不會成爲複製過往書寫品味的另一種機制呢?文本便試圖觀察張大春建置在中時電子報的部落格,以其成名作家的特殊身分作爲切入探究的焦點。

「張大春的部落格」現有 462 篇文章、3503 則迴響[18],總瀏覽數達百萬餘次,現存最早的文章爲 2005 年 7 月,規律的更新至今。筆者粗略的將部落格上的文章分類(除去外出雜事等公告文章),約可概分爲:近體詩與古詩之習作(包括與張夢機在《印刻文學生活誌》的「兩張詩譚」專欄文章)、回應讀者留言及迴響的答客文章、針對時事所發之議論文章以及幾篇於書籍出版期間所發表的相關文章。筆者發現,作爲一個部落格格主的張大春,仍是不改「頑」性,文風就如同部落格的「關於我」中描述:「我,不過是個老屁股。」承襲著以往直截辛辣的文字風格,不忌粗口,諷刺的、戲謔的口氣一應俱全。像是〈屁眼招領〉[19]、〈靠!有河不可居然不可了?〉[20]、〈居然還有問的,那麼就還要答一次,看如何才記得住〉[21]、〈歡迎歡迎來不及〉

---

[16] http://blog.chinatimes.com/posts.html?cateid=3#

[17] http://blog.udn.com/blogs/writer

[18] 此數字爲筆者統計至 2008.7.11。

[19] 「張大春的部落格」,〈屁眼招領〉,2008.2.22。避免行文繁重,後引之文本僅標出篇目及日期。

[20] 〈靠!有河不可居然不可了?〉,2008.6.11。

[21] 〈居然還有問的,那麼就還要答一次,看如何才記得住〉,2008.3.20。

22等，從篇名便可看出濃厚的嘲諷意味和格主的頑心依舊。

部落格上，張大春與讀者文字上的互動相當頻繁，除去某些簡短的意見會以留言直接回覆外，若是有讀者在留言版或迴響中提出問題，格主常會以新增文章的方式回應並傳達意見，像是〈答劉學生——小說是？？？？〉、〈給浩天帥哥兄弟〉、〈公冶長君發文迴響，大字張貼並答〉……等類似的發文佔了相當大的比例，顯見作者對於讀者的發問及回應有相當程度的重視，且彼此間的資訊和意見往返十分頻繁。

前述曾提及：部落格此一書寫、發聲媒介，使得人人皆可成為寫作者、詮釋者的時代步步逼近，相較於草根的部落格使用者，張大春作為一個具有知名度的作家，所佔據的位置相當有趣，究竟化身為部落客的張大春，在與讀者的互動中呈顯出何種現象？可以回應到部落格書寫的哪些問題？而張大春在部落格上的書寫是否呈現出不同於過往的書寫面向？又展現出什麼樣的姿態書寫？以下便以部落格上經由發表—回應所構成的討論串，作為探究上述問題的材料。

參、我不是……

張大春，作為一個作家，中文碩士，曾任副刊、週刊編輯、大學講師，現任電台主持人，部落格格主。「張大春的部落格」上，不時會出現讀者詢問文學或語詞釋意問題，張大春基本上有問必答，並且認真的答，如同他說，這是個「談談詩、論論文，乃至於老朋友話話舊」23的園地，若有疑惑欲共同切磋探討，他是相當歡迎的。作者的誠心，可從多篇答覆性質的文章看出，甚至還為了署名mku的讀者開闢新的專欄：〈新開專欄——有關近體詩，給mku先生的建議〉24，之一到之九共九篇文字，概略解釋了古詩與近體詩的格律限制與平仄形式，並提供相關的延伸閱讀。此外，作者亦不吝將讀者參與回覆的好見解發文貼出，對於有錯誤的部分也樂於接受糾正，並常以「放

22 〈歡迎歡迎來不及〉，2006.8.27。
23 〈答老媼〉，2006.5.9。
24 從2008.3.10-18，共計九篇建議。

大⋯⋯」、「大字張貼⋯⋯」為標題貼出，如：〈關於讀書，reader和Simon可貴的意見〉[25]、〈放大卞思一首〉[26]、〈大字張貼，感謝郭中一教授指謬〉[27]、〈大字張貼SCFtw2的貼子──關於入聲字消失的指正〉[28]等。

只是，張大春在部落格中張貼詩詞、徵引考據的文章，仍然招致某些讀者的質疑，其中不乏較為尖銳的言論：

> 奉勸你，別再玩古詩了，你玩絕律，那是唐宋時期的「現代詩」，光靠韻府之類，你能寫出啥來？讀書人要寫詩，先看氣魄，再看特質，不然也只是無病呻吟罷了！[29]

對於這類發言，張大春沒有表示過多的回應。而署名國中老師的讀者在張大春發表的〈你認得字嗎？〉[30]這篇的迴響寫到：

> 題目誰不會出⋯⋯
> 這是我題庫的萬分之一，選項就不列了
> 我的學生（國中）大多能答對三到四題
> 也有全對的，但很少
> 請不要翻書答答看吧！
> 世界上眼鏡傲人是最要不得的事啊！！[31]

這位讀者指責作者的傲人態度，自己卻也落入了這般的態度中，實際上，這篇〈你認得字嗎？〉僅是張大春 2007 年新書《認得幾個字》中的序言，裡面的幾道題目，雖然考人的意味濃厚，但文中也指出：「我一而再、

---

[25] 〈關於讀書，reader 和 Simon 可貴的意見〉，2006.12.9。
[26] 〈放大卞思一首〉，2007.1.29。
[27] 〈大字張貼，感謝郭中一教授指謬〉，2007.11.12。
[28] 〈大字張貼 SCFtw2 的貼子──關於入聲字消失的指正〉，2008.3.14。
[29] Ying：〈re: 答 PK──泛藍君？〉，2006.8.16。迴響於〈答 PK──泛藍君？〉，2006.8.16。
[30] 〈你認得字嗎？〉，2007.5.16。
[31] 國中老師：〈題目誰不會出〉，2007.5.17。迴響於〈你認得字嗎？〉，2007.5.16。

再而三地重作這些題目，或者是擴充整個兒題庫的目的，完全是為了自己一面讀書、一面發現從我幼年開始認字之時就已經揮之不去的那些認知情境上的誤會。」換句話說，張大春之所以寫出這些題目是因為與生命經驗的羈絆，而不是作為炫學之用；再者，文章中反倒隱晦的諷刺了補教界和以成績為一切判準的教師：

> 這種題目落在基測命題教授或是升學班老師的手上不見得有一點價值，他們會先考量：這是甚麼程度或難度的材料？有沒有符合生活化的要求？是不是現代社會常用的語彙資料？以及：還可不可能再刁鑽一點？

張大春沒有明白說出的是：現今的試題究竟是要讓學生學會該會的，或是以考倒學生為目的？錯誤的價值觀及學習態度，才是作者為文（甚至是寫作這本書）最想要諷刺且提醒讀者的。

讀者所拋出的質疑，或許也源於張大春的特殊身分。一個成名作家、中文碩士、大學講師，在部落格發表著許多專業知識的文章，加以偶爾頑皮自恃的文字，難免讓人有炫學之疑。而張大春對於這樣的疑惑，又有怎麼樣的思考？

資本主義發展以來，專業能力的漸受重視，使得各領域的專家、專業人員成為現代社會的特徵之一，晉升金字塔頂端的專業性追求，便成了許多人畢生汲汲營營的方向。這樣的專業趨向卻不是個好現象，許多關注知識分子議題的論者針對專業化的問題闡述了自己的意見，像是Russell Jacoby便在《最後的知識分子》（The Last Intellectuals）書中憂嘆年輕一輩知識分子的消逝，提及年輕知識分子在進入學院體制後，因為現實情勢考量，再也沒有勇氣離開校園，受到學院體制的束縛，便失去了對公眾發言的自由[32]。相同的論點也可在Said的著述中發現：「身為完全專業化的文學知識分子變得溫馴，

---

32 Russell Jacoby，洪潔譯：《最後的知識分子》（南京：江蘇人民，2002 年），頁 5。

接受該領域的所謂領導人物所允許的任何事。專業化也戕害了興奮感和發現感，而這兩種感受都是知識分子性格中不可或缺的。」[33]兩位論者皆提示著：一旦進入專業化的體制中，容易招致眾多限制，這麼一來，便無法保證書寫及言論的自由與獨立。

從張大春的言談中，我們也可以尋得相應的觀點。2008 年，大陸出版《聆聽父親》，張大春受邀至大陸接受各電台、報章媒體訪問，而在新京報一篇〈台灣作家張大春：大部分評論家都是作者寄生蟲〉[34]中有這麼一段發言：

> 我十八九歲就開始發表文章，個人打天下，混了三十年。從 2000 年以後，我有一個很明顯的判斷，拒絕入選「當代台灣小說家大展」，「短篇小說集」或者是「散文最佳」這些名目，操作這些的背後都是學院裡的評論家或者教授詮釋利益團體。我全面拒絕學院善意選家的選擇，故意不和評論家往來。

言談之中顯露了張大春抵制學院的思考，換而言之，他是藉由拒絕入選來抵制那些操控文學文化風潮的菁英團體，不願被塑造文學經典的某某選集所收編，不願進入菁英的圈限中，自覺的、刻意的避開菁英之名的稱謂。而這般不願被定位的性格，亦可以從他的文學文本中看出端倪，自 1990《雞翎圖》到新書《認得幾個字》，含括寫實、後設、魔幻寫實、科幻、歷史、偵探、政治、新聞立即、家族等不同類型，始終不停的嘗試新的技巧、新的題材，評論者朱雙一說他具有「敏銳的內感，冥冥的靈動」[35]，王德威稱其（奇）為「古靈精怪、詼諧好弄」[36]，這都發自他不安的內在靈魂，不願被定位，亦不安於被定位，書寫的獨立與自由須掌控在自己手中，表現在文學面上，便是層出不窮的新把戲，而這般性格的呈顯，也可以在部落格的文字中發現

---

[33] Edward W. Said，單德興譯：《知識分子論》，頁 116。

[34] 新京報：〈台灣作家張大春：大部分評論家都是作者寄生蟲〉，2008.2.29。網路版：
http://book.sina.com.cn/news/a/2008-02-29/1118230833.shtml（2008.7.8 查閱）。

[35] 朱雙一：《戰後台灣新世代文學論》（台北：揚智，2002 年），頁 373。

[36] 王德威：《眾聲喧嘩之後：點評當代中文小說》（台北：麥田，2001 年），頁 36。

蹤跡。2006 年〈答嘉銘〉一文中，署名嘉銘的讀者說到：

> 這一年小弟比較集中心力鑽研的
> 不是流行音樂或棒球
> 而是鳩摩羅什
> 寫了一些心得給朋友瞧瞧
> 但大都的反應是太文言』……
> 只是現在人但似乎進不去……
> 似乎陷在怎麼讓一般人懂
> 而自個兒又能感覺良好的兩難之中
> 可否為小弟解難一下[37]

對於讀者流露出來的菁英思維，作者在回應中毫不留情的予以諷刺：

> 提醒一點：「一般人」三字我是能不用就不用的，你我都不能自外於「一
> 般人」，你自個兒感覺良好而又感覺一般人不懂，那是錯覺！

而〈請問大師？請過馬路！〉一篇中，更是能看出張大春對於「大師」、「專家」等專業人的譏諷。署名娃娃的讀者留言問：「請問大師，做和作兩個字用的時候怎麼分哪？」作者像是抓到可以大肆嘲諷當代大師的機會般，以戲謔、想像的口吻，寫出以下文字：

> 該去請問大師的問題，恕不能在此作答。
> 據我所知：如果在捷運站喊一聲：「大師！」第一個回頭的應該是南方
> 朔；接著回頭的一定是林懷民。假如柯錫傑或朱宗慶在旁邊，他當然
> 會跟之前回頭的兩個人說：「對不起，應該是叫我的。」

---

[37] 〈答嘉銘〉，2006.3.31。

捷運開通之後，林崇漢已經習慣很多年不當大師了，所以他應該忘了回頭。

李敖是不可能坐捷運的，不然光衝這些此起彼落的回頭，他又會咕咕噥噥好一陣子不開心，認為叫的和回頭的都不讀書——不知道「大師」二字的崇隆。

星雲比較不在乎，因為僅就佛教界來說，唯覺似乎很滿意於「老和尚」之稱，聖嚴一點兒都不在意「法師」的冠蓋終身相伴，而證嚴則應該認為「上人」要比大師還高級一點。所以星雲也許會有些猶豫：「是叫我嗎？」不過他一向到處揮手點頭慣了，所以不太覺得對叫他「大師」的人有甚麼失禮之處——哪怕是冒領了稱呼。

金庸和蔡瀾——他倆是同一個級數的——會互相看一眼，再從對方倉皇四顧的表情中判斷：「這老小子一定是聽錯了。」

賴聲川（據說他剛申請到創意部門的總監資格）回頭的角度小一點，因為密教訓練出來的儀式習慣的緣故，他總要先很快地瀏覽一下周圍有沒有哪個青菜葫蘆豆兒仁波切，等到確定現場並沒有任何一個青菜葫蘆豆兒仁波切，他才好整以暇地回頭或點頭。

親愛的娃娃：有事要請問大師嗎？請過馬路到捷運站——那裡的大師多到數不完，我這兒一個也沒有！[38]

藉由想像的文字遊戲，張大春大膽的嘲弄今日社會「大師」名號的氾濫，專業能力突出便能被稱為大師，以致於，在人多的捷運站一喊，回頭的大師多到數不完；而其中更諷刺著孜孜矻矻想成為大師的人，追求名號的欲望，甚至有著彼此相輕的自傲態度。對於頂著「大師」、「專家」頭銜卻名不符實的人，張大春的態度在〈居然還有問的，那麼就還要答一次，看如何才記得住〉更為鮮明：

---

[38] 〈請問大師？請過馬路！〉，2006.8.6。

於是，風行草偃的一知半解便到處都是了。專業的一知半解也就是這樣擴散的：大知識分子唬弄一般知識分子；一般知識分子唬弄小知識分子——曾永義、鹿憶鹿皆屬此類——接著，就是小知識分子唬弄無知識分子。[39]

在每況愈下與每下愈況的成語討論中，指出曾永義、鹿憶鹿、歐麗娟三人是唬弄小知識分子的「蛋頭和半吊子」，對於他們在學院中以輕率的治學態度教授錯誤的知識，張大春寫出強烈的嘲諷，更揭示這樣的現象不僅是個個案，現代社會中這般知識分子亂唬弄的狀況亦所在多有，提醒讀者要以懷疑的態度更嚴謹的去檢視「專家學者」的發言。

部落格中，張大春與讀者考證、交流的態度，不同於遊戲性的文字，展現出認真、樂於接受指正的風範；另一方面，對於那些汲汲於專家大師名號或是半吊子不謹慎治學的知識分子，則是巧用戲謔的文字加以諷刺嘲弄，可以鮮明的感受到，張大春不願被定位的姿態，並且對於專家頭銜所懷抱的強烈抗拒。相較於傳統的書寫，部落格容許的呈現和論述方式不同，使得張大春能夠有更多機會進行與時人時事相關的細瑣討論，將部落格作為建構言論的媒介，張大春在回應讀者的書寫中延續著不願被定位的思考，在部落格書寫互動交流的網絡中，再論述了對於菁英、大師等高帽子的質疑。不僅如此，部落格的留言迴響功能，提供了來自多方的讀者意見，也讓張大春獲得更多進一步詮釋的機會，使得這些在傳統書寫模式中比較難以對話的書寫成為可能，通過讀者的提問與回應，完成一系列的話語建構，另一方面，也是對於自身位置和立場的再次強化，在其中，部落格遂化身為張大春建構個人話語的新場域。

肆、誰空談？

2006 年 8 月，施明德發起反貪腐倒扁運動，並在 12 日正式成立運動總

---

[39] 〈居然還有問的，那麼就還要答一次，看如何才記得住〉，2008.3.20。

部,呼籲一人捐獻承諾金一百元,募集百萬人民發起靜坐、圍城、環島等長期抗爭,要求陳水扁對國務機要費案、趙建銘、吳淑珍等人的弊案,主動下台以示負責。而這在台灣遍地開花的紅潮,也染上「張大春的部落格」。

此討論串開啓於張大春於 8 月 15 日的發文〈酷暑一律,調調小馬英九及眾子弟雜碎官,歡迎轉寄。〉文中對立場旁觀不夠積極的馬英九多有諷刺,寫道:

> 勞本山人大駕,寫這麼一首好詩,提醒提醒躺著不知道該幹誰的馬英
> 九:再不捫心自問「我小馬哥是塊甚麼樣的廢料?」就他媽的太不夠光
> 棍了![40]

這篇發文,引來了署名 PK 的讀者迴響,並提出了泛藍君該換誰的問題,張大春遂於 16 日發文表示:

> 民主的基本面就是不相信政府,不相信執政者,不相信政策的可行性,
> 不相信廉能楷模。永遠不相信——無論誰執政都不相信。
> 把這個基本面的態度推廣出去,台灣就得救一半兒了。
> 讓我反過頭來問一聲:看這篇文字的人有多少已經匯了錢給施明德呢?
> 施明德這個**雜碎**在綠營失意了十多年,全靠蠢藍軍望治思變的一點**廉價**
> 的巴望來養他自己的人望,現在搞出這麼個比賣卡拉OK機還低級的斂
> 財活動,既要你以藍軍為主軸的反扁群眾一人一百個小錢兒、還要切割
> 跟藍軍所有的沾連和關係,藍軍竟然還能以德報怨、趨之若鶩,這樣犯
> 賤的軍,誰領導有甚麼分別?活該讓馬英躺養癱自毀![41]

這篇文章,引來了眾多讀者的迴響,當然贊同、批評、圓場的各路角色都有,持相反意見的,便主要集中在張大春以雜碎稱施明德,並將一百元承

---

[40] 〈酷暑一律,調調小馬英九及眾子弟雜碎官,歡迎轉寄。〉,2006.8.15。
[41] 〈答PK——泛藍君?〉,2006.8.16。

諾金視為低級的斂財活動等發言。如讀者 ying：

> 你罵施先生是雜碎？
> 我來告訴你，100 元我捐了，我全家都要去！
> 你呢？
> 當你紅臉臉罵施先生時，你對台灣民主又貢獻多少？

與讀者「現個什麼像&被兩顆飛彈的話嚇到&有人愛大驚小怪&有好處（自己封）訐譙神」的回應：

> 廉不廉價這種東西，人們心中自有個數，
> 說著別人廉價出賣的嘴，也不代表自個兒思想作為就價高。
> 人們口袋裡的 100 元，能發揮的最大價值，
> 也不是別人口中說高就高，說低就低的。
> 言不正的寫些個看似高深，其實無啥可看之處的廢言，
> 想要一筆帶過，沒那麼簡單！
> 仔細瞧瞧你寫的，不通，不通！
> 「大作」家，程度應該不止這麼點兒。

顯然，上述兩位讀者的發言，一是不滿張大春激烈的文字，甚至對坐在冷氣房敲鍵盤的作者發出質疑，認為不過只是空談；另一位則指出作者過於武斷、簡略的文意。而作者也隨即在稍晚發文補充自己的見解：

> 想明白那一百塊錢跟倒扁之間的邏輯、也想清楚那一百塊錢跟「台灣的未來，更美好的明天」之間最簡單而直接的關係。花一百塊錢能倒扁成功，又能賺得「台灣的未來，更美好的明天」，能說不廉價嗎？我會說太廉價了。
> 不過，任何心存花一百塊而能試圖解決目前台灣制度崩毀、亂象環生以

及價值錯亂問題的人,是不是連理想都太廉價了?不願意這樣簡單作想的人就是冷漠的人?就是民主的罪人嗎?倘或這樣立論,我小看的自然不是捐一百塊錢給施明德的人,我小看的是捐一百塊錢而居然以為這就是「為了台灣的未來,更美好的明天」而做了點甚麼的人。[42]

綜看這共計十一篇文章的文章與迴響討論串[43],可發現張大春的論點有其連貫的思考,但在每篇片段的文字中,無法全面的呈現,便容易造成讀者的誤會。這也反映了部落格書寫的一個問題,由於網路是個去中心的媒介體系,在相互的鏈結中,並沒有固定的起點與終點,讀者可能從任何一個地方點進「張大春的部落格」中的任何一篇文章,形成片段的文字閱讀;另外,不同於論述文章,在面向開放的讀者大眾時,一篇部落格文章的內容通常較為零散,可能是一時心情的札記或是一事件的概略陳述,張大春在部落格上的文字亦屬如此,首篇文章及引發熱烈迴響的評判施明德文章都是個人情緒與意見的片段記錄,並非較完整的意見呈現,如此一來,在書寫和閱讀之間,便形成不夠完整的訊息發送與接受,必須倚靠持續的讀寫互動來填補空缺的片段。

而在倒扁運動所開展出的讀寫互動中,張大春的發言始終直來直往,對於他人的論點亦秉持著懷疑態度,經由一次次的對話將其思考擴展辨明。他指出:「民主的基本面就是不相信政府,不相信執政者,不相信政策的可行性,不相信廉能楷模。永遠不相信──無論誰執政都不相信。把這個基本面的態度推廣出去,台灣就得救一半兒了。」[44]提出對於施明德挺身號召時間點及處理方式的質疑[45],並藉由深刻的思考與質疑,提醒讀者不應該被表象

---

[42] 〈再張掛一個想念台灣〉,2006.8.16。

[43] 計有〈酷暑一律,調調小馬英九及眾子弟雜碎官,歡迎轉寄。〉、〈答 PK──泛藍君?〉、〈張掛一個達陣成功!〉、〈再張掛一個想念台灣〉、〈連本人「不希望倒扁成功」都說出口了?還有甚麼拿不出來的話?〉、〈誰空談?〉、〈換一個來罵〉、〈就知道:一句話果然就試出程度來了。〉、〈放大一篇〉、〈Ying 所關心的事,我所關心的事!〉、〈多謝九印一章的提醒──放大一個!〉,皆發表於 2006.8.15-20 之間。

[44] 〈答 PK──泛藍君?〉,2006.8.16。

[45] 〈誰空談?〉:「這一回,不論行動靜坐或空談,都只能在良心層次上向扁賊施壓,要求自動下台;但是兩個月前的罷扁連署是你登記了就進入程序了,就是玩真的了……當時那一次真

迷魅，誤以為只要有人肯站出來就是件好事，便將這人捧為英雄，而忽略其
間可能有更隱晦的政治操作，甚至將對於清廉政治或是民主的美好想望，全
部寄望在這一次的倒扁運動中[46]。張大春表現在部落格中，堅定的質疑態度
和積極介入世事評論的角色，可與A. Gramsci所謂的透過公眾議題介入社會
的有機知識分子（organic intellectual）和E. Said所提及世事性的公共知識分
子（public intellectual）相應，Said在《知識分子論》（Representations of the
Intellectual）中提到：

> 重要的是知識分子作為代表性的人物：明目張膽地代表某種立場，不畏
> 各種艱難險阻地向他的公眾明白代表。[47]
> 並不總是要成為政府政策的批評者，而是把知識分子的職責想成是時時
> 維持著警覺狀態，永遠不讓似是而非的事物或約定俗成的觀念帶著走。
> [48]
>
> 批評必須把自己設想為提升生命，本質上就反對一切形式的暴政、宰
> 制、虐待；批評的社會目的是為了促進人類自由而產生的非強制性的
> 知識。……從事批評和維持批判的立場是知識分子生命的重大面向。[49]

　　部落格的書寫環境，提供張大春不同於以往的發言場域，一個較書籍報
刊自由的傳播媒介，可以在其中直言時事相關的評論，憑藉著自身的懷疑介
入世事批判。這一連串激烈討論的文章，或許源自於格主的調皮和不忌口，
不過在部落格上抒發自己的感受，本就不應該遭受限制。但張大春的特殊身
分使其不同於一般素人格主，文章自然容易受到注目，且會被寄予較高的閱
讀期望，於是，在文章字眼較為敏感時，逐激起熱烈的「迴響」。與攤在陽

幹的時候，施明德你的聲音在哪裡？」，2006.8.17。
[46] 〈張掛一個達陣成功！〉：「我提醒那些仰望於登高一呼而意圖將台灣民主畢其功於一役的
人：扁賊應該下台的這個當務之急再急，也不能突然建立在伸手要你一百塊錢的同時還念著
撇清泛藍、撇清民盟的雜碎身上——這是更深刻的族群操作。」，2006.8.16。
[47] Edward W. Said，單德興譯：《知識分子論》（台北：麥田，1997年），頁49。
[48] Edward W. Said，單德興譯：《知識分子論》，頁60。
[49] Edward W. Said，單德興譯：《知識分子論》，頁13。

光下的格主身分相比，回應者的身分明顯隱匿得多，不需通過身分驗證，僅
需輸入暱稱和 mail 便可送出回應，發表言論起來也毋須忌憚。因此，遭逢敵
暗我明處境的張大春，在讀者回應的挑戰下，只得數度發文闡明自己的思考
脈絡。如同研究者吳筱玫指出：

> 網路傳播的參與者擁有控制對談的能力，可以選擇或即時修改傳播行為
> 發生的時機、內容和順序。換句話說，參與者不僅僅是參與而已，他們
> 具有改變中介傳播環境的潛能。[50]

　　於是，一個活絡的互動機制得以生成，在部落格這個特殊的發言場域
裡，張大春特殊的格主身分成為推動討論的幕後舵手，並且在此討論串中，
可以察覺讀者與作者的討論越漸深刻，思考亦越來越明確，一次次的發表回
應構築起整個讀寫交流，格主、閱讀群的發言都是書寫的一部分，一來一往，
推動著書寫的進行。
　　這樣頻繁的互動網絡也回應了讀者對於張大春只在空談沒有行動的疑
問，若是執著在口頭談論比實際行動來得空泛的理解上，便永遠無法認同在
部落格上，由格主張大春與閱讀群所共同推動的討論串之意義，也無法察覺
讀寫間共同開展出漸深漸廣的觀點與批判。在「張大春的部落格」中，空談
被導向於有意義的懷疑與批判，而不是天馬行空無的放矢，透過一篇接一篇
的發表、回應、再發表，填補思考上的片段空缺，將讀寫間的交流帶往更細
膩的批判深度。

伍、大說謊家：我不是知識分子

　　經由「張大春的部落格」幾個討論串的觀察得知，部落格本身書寫形式
的多元開放，使得格主張大春能夠透過持續的書寫，觸碰在傳統寫作上不容
易處理的議題，像是本文所引述的關於時人時事較為細瑣的批判。網路書寫

---

[50] 吳筱玫：《網路傳播概論》（台北：智勝文化，2003 年），頁 16。

具備的讀寫互動特質，為部落格帶來多向相異的聲音，也讓張大春獲取更多切入詮釋的角度和機會，並藉著此一傳播媒介，延續著以往不願被美學菁英的體制收編的態度，建構嘲諷資本主義社會以來的專業追求與專家氾濫之論述，在一次次的書寫中強化自身的立場。而格主張大春，透過不斷發表回應的意見交流，與閱讀群共同進行書寫的活動，其成名作家的特殊身分，也獲致較高的期待與矚目，讀者在迴響中不斷的挑戰格主的書寫權威，推動著張大春進行一次再一次的思考辨明，在讀寫的熱烈互動中，作者與讀者的討論與批判愈見細膩，也愈見深刻，構築起一個相互推動的意見交流網絡。

張大春曾在與駱以軍的訪談中說道：

> 假如你要當所謂的「知識分子」──我不是知識分子──知識分子有它嚴格的定義，大概在 19 世紀末，俄國的一些精英提出的一個概念：Intellectual（從法文裡來的）。一個知識分子，他讀書，且要對政治發表文章，公開發表意見，影響輿論與權力當局。這是知識分子，不是他媽隨便哪個唸書人、教授、寫小說的，上電視動輒「我們知識分子」，那狗屁。現在「知識分子」被隨便濫用，沒辦法，起碼我可以告訴你，我不是「知識分子」。我以前有一段時間差點作了知識分子，寫政論，「冒充」知識分子……。[51]

其中對於社會上有知識的人濫用「知識分子」之名的質疑和批判清晰可見。從本文的觀察中，或可將張大春這樣的言論理解為不願被定位的態度之延續，並且對於各路「專家」自恃為知識分子的言行給予強烈的質疑──這些所謂的專家、大師，是否真的對於世事堅持著應有的批判立場？而從「張大春的部落格」上的讀寫互動看來，格主張大春在其中針對時事時人的評判以及堅定的懷疑姿態，確是清楚的在進行著公共知識分子的職能，並影響著

---

[51] 駱以軍：〈大師的逃亡──訪張大春談他的新作〉。發表於時報閱讀網
（http://www.readingtimes.com.tw/Readingtimes/ProductPage.aspx?gp=productdetail&cid=mcad
（Sel lItems）&id=AK0701&p=excerpt&exid=30905）（2008.6.13 查閱）。

部落格上的讀者群眾。作爲一個部落格格主的張大春，以部落格書寫媒介作爲建構論述的場域，並與閱讀群開啓更爲頻繁、廣闊的交流，或許，提供我們理解多種角色集於一身的張大春一個新的詮釋面向。

　　然而，契合後現代情境的部落格書寫，針對於單一部落格的觀察，似乎無法有效的爲前述所提及——有關消除美學標準中心或是菁英品味再製的疑問，僅能作爲思考的起點，期望未來更廣闊面向的相關討論。

會後記：感謝陳徵蔚老師給予相關的觀點及理論補足，點明了更深刻的探究路徑，無奈修改的工程龐大，故仍保留原初架構，在會議上獲得的指導與想法，則寄託日後再進一步發展。

參考文獻（依出版日期排序）

文本

- 中時電子報・作家部落格：張大春的部落格
  （http://blog.chinatimes.com/storyteller/）

研究專書

- Edward W. Said，單德興譯，《知識分子論》，台北：麥田，1997。
- 王德威，《眾聲喧嘩之後：點評當代中文小說》，台北：麥田，2001。
- 林淇瀁，《書寫與拼圖：台灣文學傳播現象研究》，台北：麥田，2001。
- Russell Jacoby，洪潔譯，《最後的知識分子》，南京：江蘇人民，2002。
- 朱雙一，《戰後台灣新世代文學論》，台北：揚智，2002。
- 吳筱玫，《網路傳播概論》，台北：智勝文化，2003。

研討會論文

- 向陽，〈尋找書寫新部落：台灣作家「部落格」傳播模式初探〉，清華大學：「台灣文學與跨文化流動——第五屆東亞學者現代中文文學國際研討會」，2006・10・26-28。
- 向陽，〈文本協商——台灣作家「部落格」傳播模式再探〉，成功大學：「跨領域對談：全球化下的台灣文學與文化研究國際學術研討會」，2007年10・27、28。

報章網路

- Rebecca Blood，〈weblogs: a history and perspective〉（2000.9.7）。發表於 rebecca's pocket（http://www.rebeccablood.net/essays/weblog_history.html）（2008.6.13 查閱）
- 林克寰，〈妳不能不知道的部落格——Blog是甚麼碗糕啊？〉（2004.5.11）。發表於Jedi's BLOG（http://jedi.org/blog/archives/003856.html）（2008.6.13

查閱）

• 駱以軍，〈大師的逃亡——訪張大春談他的新作〉。發表於時報閱讀網
（http://www.readingtimes.com.tw/Readingtimes/ProductPage.aspx?gp=produ
ctdetail&cid=mcad（Sel lItems）&id=AK0701&p=excerpt&exid=30905）
（2008.6.13 查閱）

• 新京報，〈台灣作家張大春：大部分評論家都是作者寄生蟲〉，2008.2.29。
網路版：http://book.sina.com.cn/news/a/2008-02-29/1118230833.shtml
（2008.7.8 查閱）

講評

陳徵蔚[*]

　　閱讀奕翔的論文，細細審閱他分析「張大春的部落格」的過程，我的心中不禁興起一絲疑惑與徬徨。

　　身爲一個網路文學與文化觀察者，我對於這個領域的興趣已經超過十年。從最早盛行的電腦詩、超文本小說，到中興大學外文系李順興教授所鑽研的電腦遊戲與程式語言中之文學性、元智大學中文系羅鳳珠教授的文學數位化典藏與分析，乃至東華大學中文系須文蔚教授所不斷致力耕耘的台灣數位文學，大家似乎都曾經對於「數位文學」或「網路文學」有著深切的期待，彷彿所有解構概念以及後現代理論，都可以寄望於其中實現。

　　的確，自從藍道（George P. Landow）出版 Hypertext 2.0: the Convergence of Contemporary Critical Theory and Technology 一書，將網路科技與當代文學理論結合後，文學研究者彷彿見到了一道自新批評（New Criticism）後便若隱若現的曙光，電腦超文本媒合了人文與科技的文化縫隙，而文學創作的「彌賽亞」一時之間呼之欲出。在當時，許多深富創意與實驗色彩的作品競相出現，於是多媒體與文字共舞成詩詞，而敘述被徹底拆解重構，形成了多向敘述、多重情節小說。

　　經歷了將近十多個年頭的「革命」（或者，我們用一個比較溫和的詞彙，「創新」），當網路技術逐漸褪去了當初的光環後，人們開始重新審視過去利用介面所創造的「新鮮」，如今看來，似乎已然逐漸平淡無奇，甚至有些兒突兀。而在這個時時刻，舊有的閱讀習慣重新回歸，曾經被亟欲破除的「單線性、階層式文字敘述」，反而重新成爲網路文學創作主流，引領出了如今紅極一時的「部落格」。

[*] 清雲科技大學應用外語系助理教授

「文學」的本質彷彿從來就不是義無反顧的創新，而是在千錘百鍊的傳統菁華中，萃取出新的價值。或許因為如此，在網路文學創作的領域，介面雖然仍能帶動體裁的轉型，但卻沒有我們原本想像得那麼劇烈；技術在現階段，主要仍然只是文學傳播的平台，而內容，特別是生活化的內容才是真正的王道。

這是很有趣的現象，網路科技日新月異，經歷了數次重大革命；然而，文學創作，卻仍「只取一瓢飲」，選擇了網路技術最基本、最直覺的部分，例如 RSS、日曆式文章編排、留言板式互動等，除了 RSS 屬於 Web2.0 外，其他都是從 BBS 時代就已經存在的技術。從楊致遠的雅虎，乃至布林與佩吉於 1997 所發表的「布林邏輯」演算，第一代網路資料庫架構的精神大致成形。2001 年維基百科出現，透過網路整合群眾力量，成為 Web2.0 發展的重要象徵。正在此時，部落格興起，正是整合了群眾文藝力量的互動式創作據點，然而它所建構的，卻是更加強化的，「彷彿陌生又熟悉」的傳統閱讀習慣。

正因為部落格索展現的 Web2.0 精神在於互動，「作者」與「讀者」的身分界線轉趨模糊，因此奕翔研究時，不挑選一般部落客，卻選擇知名作家張大春，究竟是要以此為部落格的解放精神背書，抑或是據此闡述部落格依舊是傳統文藝勢力的據點？關於此點，似乎可以先行釐清。有趣的是，張大春先生似乎始終試圖拒絕進入「主流」殿堂；然而在他對抗文藝窠臼的出色奮戰後，卻仍被弔詭地吸納進入了主流之中。他擔任教職，具有高度學術地位，作品受到普遍重視，沒有一項不是他自己所極力揚棄的「知識分子」的角色。他的形象越是跳脫不羈，卻越是被讀者視做迥然不群，他極力想撕去標籤，但這一切抗拒的本身，卻讓他被貼上更顯著的標籤。正或許如此，奕翔使用了張大春先生所寫的書《大說謊家》來戲擬這種尷尬的角色，一個不甘願承認自己是「知識分子」的「大知識分子」。

評估部落格成功與否的指標之一在於「人氣」。張大春先生由於原本就極具知名度，他的部落格自然是許多讀者朝聖就教的殿堂。正因如此，研究知名作家部落格，與研究一般單純靠人氣而走紅的部落格不同。前者是

因為既有的聲譽而招來人氣；後者則是因為符合大眾讀者脾味而走紅。前者靠的是出版社與書局來建立知名度，後者則是善用網路發佈技巧以及一點點的好運，來累積超人氣。事實上，奕翔研究張大春部落格時，並未深入探討究竟是張大春的既有知名度帶來人氣，又或者是網路人氣進一步拉升了這位作家的聲望。

在網路的世界，有人請教，有人質疑，有人聲援，也有人高談闊論。眾聲喧嘩的場域好像出現了，然而我們不能忘記，張大春先生依舊是部落格的經營者，他的聲音在其中有著無形的主導地位，除了他既有的文化聲譽外（否則張大春先生大可匿名創作，塑造另一個網路分身），他也可以選擇公開回覆、私密回覆，保留，或刪除。這些系統權限賦予於這位原本便已是知名作家的部落客之手，是解放，抑或是加權？

此外，幾乎每一個作家都是以本名寫部落格，這種「知名品牌」式的經營模式，儘管表面上顯得多麼離經叛道，是否都仍然是舊勢力延伸至新場域的手法？而倘若作家以匿名、新的分身出現於網路，是否仍然能夠享有人氣？又有多少讀者，是因為作家有名而閱讀，並非因為文章真的好？這都仍待進一步研究。

文學創作的兩難，在於「允執厥中」，往往在新與舊的邊界，作家方始看得見救贖的微光。這彷彿是希臘神話故事中駕著蠟製翅膀的 Daedalus，必須飛在豔陽與大海的中線。太高，翅膀難免融化，太低，有墜海的危險。20 世紀英國小說家喬伊斯（James Joyce）將自己比做 Daedalus，而事實上每一個躑躅於創作鋼索上的創作者，又有誰不是如此飛行呢？或者，這也是部落格在這個數位網路科技發展逐漸邁向 Web3.0 人工智慧時代的關鍵時刻，一條顫顫巍巍的路線吧？

試析九把刀的文學經營與轉變

從網路小說到流行文學的跨界[1]

王宇清[*]

摘要

　　九把刀本名柯景騰，以網路小說作者的身分崛起於 BBS。隨著作品廣受歡迎而隨之實體書化，在出版社與經紀公司的明星化手法包裝與促銷下，逐漸轉型為實體書作者。在 Web 2.0 時代來臨，部落格成為當前熱門的主流讀寫媒體，九把刀亦跟上潮流，成為部落格作家。在轉換主要創作媒介之後，其與小說讀者之間的關係有何改變？在部落格可呈現多重文類，並且具有某種自曝／自戀，模糊了公／私領域界線的特性下，九把刀的部落格與讀者關係有何轉變？本文試就九把刀對自身網路寫作的體認以及其對讀者迷文化的後設思維作為切入點，論述九把刀如何再脫離網路小說創作語境之後，如何繼續延續 BBS 時期對迷讀者的社群並加以深化，並試圖析論在其跨文化的特殊情境下，九把刀作為作者與其主體在文學與文化上的處境與轉變。

關鍵詞：九把刀、部落格、網路小說、迷讀者、流行文學

---

[1] 本文承蒙交通大學孫治本教授悉心指正，特此致謝。

[*] 台東大學兒童文學研究所博士班，E-mail：dimmoonwang@gmail.com

壹、前言

　　九把刀本名柯景騰，以暱稱 Giddens 的網路小說家身分崛起，1999 年時於 KKCity BBS 站上連載小說《功夫》而受到矚目；該書於 2004 年以實體書印行，締造銷售佳績，逐漸轉型成為專業的「實體書」作家，也是台灣當前最具知名度與讀者群的「明星」小說家之一。在就讀東海大學社會學研究所時，他以研究生身分，將自己作為主要的觀察對象，寫作學位論文《網路虛擬自我的集體建構──台灣 BBS 網路小說社群及其文化》，探討網路小說的生態。

　　對傳統文學圈來說，九把刀可說是一個跨界的作家；從網路崛起，被認為是通俗小說代表的九把刀，躋身於一般被認為是主流作家活動的場域（例如中國時報〈三少四壯〉專欄），也在不同的報刊雜誌上進行連載。從其活動場域的轉變，似乎可以視為一種主流／非主流、雅／俗、高尚／通俗之間二元對立關係連結／跨界的過程。

　　然而站在良好商業銷售的基礎上，出版社、經紀公司將九把刀以通俗、流行、明星化的方法來包裝、經營其個人形象與作品，在文學被認為逐漸式微的年代，開拓了商業上的生機，同時也引來對其文學定位的爭議。當然，九把刀的作品在雅俗之間產生的爭議，尚待時間給出定論，但身為一個作者，在這書寫閱讀文化劇烈轉型的時代，九把刀確實展現了一個新時代媒體下誕生的作家，於文學／網路中所呈現的複雜主體。這個主體，指的是單數，還是複數？而這樣的主體特性對於作家與其作品又有何意義？

　　須文蔚認為，在數位時代的前景描繪中，通俗文學仍將居於主宰地位，也將繼續博取更多商業機制與新傳播形態的注意，而草根性、嚴肅的網路文學社群能從線上出版的商業機制中獲得何種啟示？他亦前瞻性地指出，能否繼續以具有創意的方式進行文學傳播，或許是另一個值得長期觀察的

議題。[2]而九把刀挾帶著網路小說的超高人氣，轉型到實體書作家，並且於各種平面媒體中被邀稿。加上出版社的強力經營與促銷，造成了「九把刀現象」。九把刀的崛起，是否印證了須文蔚的觀察？

貳、柯景騰的網路小說觀

柯景騰以 Giddens 的暱稱，開始於 BBS 上寫作小說，並且獲得極大的迴響。身為一個對網路小說有長期且深入經營與觀察的受歡迎作者，其以自我為對象的論述，恰有助於對其創作活動的了解。

一、對網路小說的定義

在碩士學位論文中，柯景騰曾提出以下見解：

1.從網路的空間特性來看，作者不只是在眾目睽睽下寫作，也是在虛擬的人關係中寫作。

2.從網路的時間特性來看，故事的發表鮮少是一次貼完的，而是以小章節斷裂、慢慢延續的；因此故事所得到的讀者回應是即時的、同樣斷裂的，而讀者的回應往往非常大量而迅速，程度上也影響了其他讀者的閱讀感觀與經驗（集體閱讀）。

網路小說的真正特性並非表現在「網路小說的最終狀態」，而是網路小說在進行的過程中，如何受到與讀者的互動影響文本的創造與發表」。

進一步說，雖然作者並不一定會在與讀者的互動過程中去調整文本的任何書寫與發表節奏，但「作品必須是處於可能受影響的狀態」，如此才能體現網路小說的真正精神。

小說發表的過程充滿了斷裂、所以閱讀的經驗也是斷裂的，在時間的斷裂縫隙中不只是充滿了讀者對故事劇情的意見與討論，也充滿了作

---

[2] 須文蔚：〈雅俗競逐契機的網路文學環境──簡論網路文學的產銷與傳播形態〉，《當代》第192期（2003年8月），頁10-25。

者自我宣傳手法的影子，以及故事之外的共同生活話題。

若將網路小說定義成「作者在公開的網路空間中定期、或不定期發表未完成的小說」，將會非常適切。[3]

時間的特色，即連載式的發表，這是網路小說最重要也最明顯的特殊之處，它所能造成的效果比空間的運用還要巨大。連載式的發表代表著間斷的寫作，與不斷被迫斷裂的、零碎的閱讀。這「時間」與「空間」的特殊分割同樣圍繞著讀者與作者。

作者與讀者互動的最活潑生動之處發生在這個斷裂的時間縫隙中，一部小說能否在網路上脫穎而出，除了故事本身有其吸引人之處外，作者與讀者如何針對故事發展出討論文化更是重點。[4]

　　從上述一長串對網路小說的析論，我們可以觀察到柯景騰這樣的網路小說作者，其「時間」與「空間」環境，與傳統小說有著極大的差異。在傳統文學寫作上，作者依照自己的計畫進行寫作，較少受到來自讀者面的干擾或影響。而網路小說的寫作，則是在作者意識到讀者的目光、評價，在讀者不斷介入作者意圖的狀況下持續進行的寫作。而與讀者發展出「討論文化」，也成為柯景騰網路小說寫作的極重要目標。此外，我們亦可以發現，他對於自己寫作的語境有相當清楚的後設意識，並且試圖介入語境中，充分營造、操控這樣的特殊性，去經營屬於自己的文學創作與討論社群。而作者有意識地在作品中「充滿了作者自我宣傳的影子」，以及「故事之外共同的生活話題」，突顯出網路小說寫作者積極吸取他人注目，以及以生活化的共通經驗吸引讀者的情感特性。

　　他進一步分析出網路小說與傳統小說之間不同的幾種特殊現象：故事進行快節奏、鼓勵文化、催稿文化、求回應文化、與分身文化。[5]其中「故事進行快節奏」，指的是作者要在每一回短篇連載中，能夠讓讀者享受充分

---

[3] 柯景騰：《網路虛擬自我的集體建構——台灣BBS網路小說社群及其文化》，（台中：東海大學社會學研究所碩士學位論文，2005年7月）頁31-32。
[4] 柯景騰：《網路虛擬自我的集體建構——台灣BBS網路小說社群及其文化》，頁68。
[5] 柯景騰：《網路虛擬自我的集體建構——台灣BBS網路小說社群及其文化》，頁68。

的娛樂,「想盡辦法符合讀者、貼近讀者的需求,慢慢調整小說的格式、切割每一回合適當的易讀分量,才能讓自己的作品快速的被接受、被認識。」。「鼓勵文化」指的則是讀者的熱烈回應對網路作者來說是直接、迅速、大量且重要的。「催稿文化」和「鼓勵文化」相似,讀者以對作者催稿表示欣賞與支持。「求回應文化」,指的是作者主動向讀者尋求意見反應或支持。[6]這幾種文化,正反應了網路小說的作者在創作時與讀者間的互動是相當頻繁且緊密的。

二、對網路小說迷文化的主動操作

柯景騰很早便開始對其迷讀者進行互動,推展一種與迷讀者共同經營的文學創作／推廣模式。在BBS寫作時代,九把刀舉辦以自己小說人物為主的網路徵文活動,[7]獎品是是九把刀以網路小說迷文化作為賣點的實體書《魔力棒球》。[8]而他也針對參賽作品一一回應。九把刀有意識地運用迷文化,成功地把迷讀者持續維持成一個緊密的社群,[9]如柯景騰所言,突顯了bbs網路小說社群中,原作者與迷讀者、迷讀者與迷讀者之間幾無隔閡的情感距離。[10]

> 在新一世代的次文化發源地網路裡,所有的意義都不獨尊單一的核心,每個人都處於「可能是意義的製造者」的位置,只要熟悉該所處社群的語言使用方式,再運用集體化的文化資本,即「可能」讓眾人的目光片刻集中到自己的身上,而對文化資本的「獨特領悟」,即有可能展演出自我風格的語言,形塑集體學習的契機。透過網路上語言對

---

[6] 柯景騰:《網路虛擬自我的集體建構——台灣 BBS 網路小說社群及其文化》,頁 69-79。

[7] 柯景騰:《網路虛擬自我的集體建構——台灣 BBS 網路小說社群及其文化》,頁 137。

[8] 《魔力棒球》一書,以他在 2004 年前所寫過所有小說的角色共同構成,講述外星人棒球隊訪抵地球,於是所有的故事角色誇越不同的時空限制組成棒球隊,對上犯規成性的外星人的故事。

[9] 九把刀於 BBS 與個人網站時期,多次與迷讀者以不同形式、跨媒體合作出許多成果與活動,可參見柯景騰論文。

[10] 柯景騰:《網路虛擬自我的集體建構——台灣 BBS 網路小說社群及其文化》,頁 137。

話延遲特性而集體學習，將誕生新的社群語言。如果展演者對社群獨屬的人際規範有深化的認識，長期創造、使用集體語言可能為自己取得某種階級位置，甚至成為意義的大宗生產者，與文化的表徵。而以上的「讓自己變得重要」的「可能性」，正是網路小說社群最珍貴之處，這份「可能性」讓使用者願意投入的時間與精力與想像力更多，而集體投入令社群分子更認同深處的迷文化社群。[11]

從柯景騰的自我論述中，我們似乎可說，他深諳通俗文學與迷文化群眾心理，充分了解在網路文學中獲得群眾基礎的法則。如他所言，他自己成功地取得了某種階級位置，得以影響、運作自己的文學社群。在其逐漸脫離網路小說作家的身分，轉向傳統實體書作者的現況中，值得繼續觀察他與網路社群之間的關係。

柯景騰指出網路小說讀者對作者的創作有幾種影響，而作者也需要群眾肯定，並且以實際行動回饋讀者。讀者的回應，會實際影響作者的寫作節奏與計畫：

即令作者在網路上發表故事的初衷不是獲得掌聲，掌聲也會刺激繼續發表故事的慾望，或是調整其發表故事的節奏。[12]

柯景騰以自己的經歷舉出，曾因結局提前被網友猜出，因而改變寫作的內容與發表的節奏。再者，作者也可能因為沒有受到鼓勵和回應，自行向網友「乞求」回應（柯景騰語）。[13]無論讀者給予的回應是正面或反面，網路小說對於九把刀來說，都是一種與讀者共同創作、互相依附的過程，同時也是他嘗試著去與讀者互動，同時掌控讀者心態與行為的過程。

從以上的討論，我們可以發現傳統上所指的隱含讀者（implied

[11] 柯景騰：《網路虛擬自我的集體建構——台灣 BBS 網路小說社群及其文化》，頁 140。
[12] 柯景騰：《網路虛擬自我的集體建構——台灣 BBS 網路小說社群及其文化》，頁 76。
[13] 柯景騰：《網路虛擬自我的集體建構——台灣 BBS 網路小說社群及其文化》，頁 76。

reader），在九把刀的網路小說的創作過程中，似乎更加貼合實際讀者的需要，因為讀者與作者之間的溝通更加直接，卻也更加複雜。在密集來回往復的評論與溝通，網路小說作者的創作主體性是被削弱的，但也較傳統作者更有機會掌握讀者的接受程度；讀者在影響作品生成的權力與地位上，較傳統文學而提高，然而，由於作者的自主性一旦降低，也可能同時犧牲掉美學上擺脫既定閱讀經驗基模的束縛，提供讀者更廣泛、更具挑戰性的閱讀經驗的可能性。

因此，我們可以說，柯景騰化身網路小說作者Giddens的意義包含了「通俗」和「次文化」兩個層面。首先，根據范博群對通俗小說中「通俗」的定義來看，要符合兩個要點。一是要具有「流行的社會價值觀」，以及與「俗眾相通」。[14]從Giddens充滿拼貼、惡搞趣味，以及單純明快的文字風格來看，符合網路青少年的文化生態；主動、積極回應讀者回饋的作法使得其網路小說是一種通俗小說，且為比傳統意義上更為通俗的小說。

Giddens 的小說亦屬於一種次文化的小說。有別於傳統小說產生的過程，不需經過任何編輯的審查，全然由作者自行負責。它並且從作者的手中直接交給讀者，並且直接接受讀者的評判。傳統上，要讓讀者看見自己的作品，是有難度的。重重的把關使得文學具備了嚴肅性。網路小說的寫作途徑則展現了每個人都能夠成為作者，具有顛覆傳統文學生成途徑的意義。不僅如此，網路小說作者可以任意使用自己的表達方式去寫作，包括刻意使用大量的粗話、流行語、不合文法的口語、圖像與符號式的語言等，對傳統寫作與日常生活環境（尤其對青少年日常生活中所受的限制來說）所具有的的嚴肅性做了戲謔的反叛。這都標示了柯景騰的網路小說是屬於一種次文化的小說。

文化理論家約翰・史都瑞認為，迷讀者閱讀（fan reading，或譯稱為崇拜者閱讀）的特色是具有強烈的知識投入與情緒投入，[15]他亦指出，崇

---

[14] 湯哲聲：《中國當代通俗小說史論》（北京：北京大學出版社，2007 年），頁 32-34。
[15] 約翰・史都瑞（John Storey）著，李根芳、周素鳳譯：《文化理論與通俗文化導論》（台北：國立編譯館與巨流圖書公司，2005 年 8 月），頁 332。

拜者（迷）之間公開展現與意義生產的流通，對整個崇拜文化（迷文化）是相當重要的。[16]單就此兩點來看，Giddens的BBS網路小說創作與主動式的迷讀者社群經營使其作品構成了一種由作者主動餵養、持續激活的「個人文學文化圈」。

參、部落格與社群

孫治本曾指出，網路小說在商業化之前，行銷工作就已經展開了；而網路小說的行銷常是由作者個人進行。[17]Giddens確實符合這樣的觀察，然而藉由實體書銷售、與傳媒公司簽約之後，逐漸跨界、轉型為實體書作者九把刀之後，如何維持迷讀者間的互動？

承前節所述，從BBS時期開始，Giddens（九把刀）便開始經營自己的讀者社群。有別於其他媒體文化下的迷群眾，多以自發性的組織進行交流，Giddens（九把刀）於以作者的身分加入迷讀者所進行的活動中，成為他們其中的一員，本身亦扮演了自己的迷讀者。與傳媒公司簽約，有了深厚的商業模式支撐，九把刀的作品從小眾（BBS社群）的通俗文學，被推向流行文學之列。[18]

對出版社而言，BBS 上的讀者是原本存在網路宣傳的基本群眾，二來

---

[16] 多數閱讀是孤獨的實踐，是在私下進行的。但崇拜者是透過社群一分子的方式來消費文本。崇拜文化是有關公共展現，與意義生產和閱讀實踐的流通。崇拜者生產意義，已與其他崇拜者溝通。公共展現及這些意義生產和閱讀實踐的流通。崇拜者產生意義，以與其他崇拜者溝通。公共展現及這些意義的流通，對於崇拜文化的再生產相當重要。約翰·史都瑞（John Storey）著，李根芳、周素鳳譯：《文化理論與通俗文化導論》，頁 332-3。

[17] 孫治本：〈網路文學的解釋社群──閱眾民主時代的來臨?（中）〉。《聯合新文網──數位資訊》。http://mag.udn.com/mag/digital/storypage.jsp?f_ART_ID=88965，2004 年 12 月

[18] 如高宣揚所指出：「流行文學和藝術的產生、發展與氾濫，不但要靠一種特殊的社會力量，還要靠一定的社會條件才能進行。在這方面，最主要的是只生產和消費流行文化的社會階層以及當代消費社會中商業、媒體和科技管理條件的變化。當代商業的科學技術的發展，不僅提供了足夠的物質條件，而且也造就了有利於文學藝術流行化的良好社會結構，為文學藝術的流行化創造了客觀的社會基礎。」九把刀的小說在高度商業化的管理與媒體上的運作，已成為所謂的流行文學。見高宣揚：《流行文化社會學》（北京：中國人民大學，2006年），頁 152。

網路已成爲時下最蓬勃的媒體，網站自然是現下最經濟的宣傳媒介。所謂的「官方網站」，自然會結合以銷售利益爲主的訊息，大部分具有廣告的性質：直接、聳動、以銷售爲訴求。

在九把刀的官方網站進站畫面中，呈現醒目的「網路經典文學製造機」標題文案，點入後，才正式進入官方首頁。九把刀的部落格被編排在網站中的一個次目錄中，以超連結（hyperlink）連結到九把刀於無名小站部落格首頁。

官方網站（official site），代表的是一種封閉文本的形式，或可以羅蘭・巴特所謂的讀式文本「readerly text」，提供了一種權威式的、主從關係的文本。九把刀的官網中，大部分屬於單向的、不允許讀者回應的訊息。包括了九把刀各種活動行程訊息，以及部落格文章的更新。其中最重要的，或許是可提供讀者下載的小說全文。將歷來的作品集中在官方網站提供下載，爲九把刀保留了網路小說家的身分標誌，也塑造出一種尊重網路讀者的形象。

相對上，部落格提供了多重文類的寫作空間，更使得作者可以充分運用不同的文類來表現自己，強化與讀者之間的緊密交流。一般的部落格作者，則比較接近傳統文學作者，以其創作、評論、報導受到歡迎而使得部落格擁有真正的「讀者」，部落格作者本身未必要暴露自己的私生活。「名人」，或者說在其他領域已有知名度的、或者具有「迷」群眾基礎者，可以利用其「名氣」，吸引那些對其私生活有興趣者，作爲其部落格的基本讀者。部落格因此成爲名人吸引讀者，讀者直接接觸名人的快速管道。進一步言，這些迷讀者也是部落格作者中其他的非關私人文章的基礎讀者。總之，名人作者因其身分，可以有較佳的群眾基礎，展現更多不同面向的文章而被廣泛接受（例如生活散文或者小說等）。已然被塑造成爲「文壇偶像」的九把刀即在部落格中展示了許多有別傳統文本的書寫方式。對於擅長掌握迷讀者心理的作者而言，部落格更便於加深自己的個人魅力。然而，部落格似乎比不上 BBS 上作者與讀者間互動多樣，也不存在密切影響作者作品的

地位關係,那麼部落格的「迷讀者」,與 BBS 的「迷讀者」,重疊的部分有多少?在偶像/藝人化的經營下,迷讀者對於作者個人魅力著迷,還是對文學作品著迷,恐怕更加錯綜糾結、模糊難辨。

只是,對於經常前往部落格的「迷讀者」來說,部落格或可能增強三種對於人氣與銷售有關傳播的功能:[19]強化個人形象、滿足迷讀者的窺視與情感、宣傳自我與作品。這些功能或不見得全出自於作者本身意圖,但對崇拜作者本身的「迷讀者」而言,卻是可能產生的傳播效果。

一、強化個人形象

九把刀素來給人風格強烈的印象,這自然與他自己的自我呈現方式有關。在文章(以及校園演講)中經常以粗話、流行口語和個人標語,展現了了叛逆的形象。他的官方網站和他也經常在文章中插入自己的照片,並且有固定的鮮明的拍照動作和表情(握拳戰鬥姿勢)。在部落格文章,也可發現其不斷宣傳的特質:重義氣、孝順、深情、努力、正義、豪邁(狂放/搞怪)。這些特質,尤其能夠引起青少年對偶像的崇拜與認同。

部落格中亦常引用漫畫或電影的畫面,使得原畫格中的文字,在文章中被賦予了新的意義。這些圖片通常是讀者耳熟能詳的通俗文本,一來使得讀者能夠快速進入網誌文章的情境中,二來也容易營造對九把刀的認同,因為和讀者們有共同的通俗嗜好與品味,加深了九把刀「平民化」的形象。

二、滿足迷讀者的窺視與情感

在九把刀的網站中,我們可以觀察到其以作家身分書寫自己的私人日常生活。例如,九把刀與女友「小內」之間的生活記錄也被呈現在其部落

---

[19] 「……網路小說作者比較注重作品創作能力以外的個人魅力的塑造,以及讀者社群的經營,這兩項都會發揮行銷的作用。」見孫治本:〈網路文學的解釋社群——閱眾民主時代的來臨?(中)〉,《聯合新文網——數位資訊》。
http://mag.udn.com/mag/digital/storypage.jsp?f_ART_ID=88965,2004 年 12 月

格中。在部落格文章，九把刀經常更新兩人之間相處的甜蜜與爭執，相簿中也時常更新兩人出遊、居家互動的照片，讓讀者能夠較傳統作者深入其私人生活，拉近了作者／與讀者的距離，也符合網路作者自曝／自戀，以及讀者的網際窺視（cybervoyeurism）行為觀察。[20]或者又如九把刀偶爾會記錄自己當下創作的狀況以及書寫時的環境發生的種種事件，造成讀者對作家寫書過程的後設認知趣味，彷彿參與了書寫的過程。

在部落格的文件分類中，「九把刀的相關活動」一欄，裡面刊登了許多九把刀自己紀錄了參與各種演講、簽書會等活動的過程與想法，附上大量的圖片與照片。除了記錄自己的活動點滴，為自己留存記憶，另一方面也使得參與這些活動的讀者有被名人或「偶像」重視的感受，因而部落格讀者／小說讀者／迷讀者之間能夠進行疊合。

三、宣傳自我與作品

部落格中，上方醒目的底圖顯示數幅其最新作品《拼命去死》的橫幅廣告，這些會隨著新作品的出版而更換。代表個人空間的部落格，加入了商業的暗示，代表了作者本人不單單只從事「書寫」，更展現了作者本人對其實體書籍銷售慾望與介入性。

而在部落格文章中經常使作品、私人生活的交互引用與指涉，以及行使刻意自我揭露的置入性行銷。[21]不斷引用自己以往作品中的情節、段落與書名（而這些多與正義、豪情有關）來作為自己生活事件的參照，有意／無意間強調自己「文如其人」的形象，同時亦強化對其作品的印象。

以上三種部落格的功能，只是概略性的分類，其實彼此交互為用，對迷讀者社群的凝聚與深化，都可能造成影響。九把刀逐漸從網路作家的經營模式淡出，走向傳統實體書作者的出版途徑，不過，仍然保留了從網路媒體經營自己的模式，也就是繼續維持他的「人氣」。如同在BBS時期經營

---

[20] Joanne Jacobs:〈Communication Over Exposure: The Rise of Blogs as a Product of Cybervoyeurism.〉, Paper presented at ANZCA Conference 2003, Brisbane, 2003 年 7 月。
[21] 可以參考其部落格文章，其中有多篇都有這樣的呈現。

自己小說版面，在九把刀的網誌文章中的描述，可見其對於自己網誌瀏覽人數相當留意。其對部落格的經營，某個層面上正符合Jacob所觀察到的，也是一種建立名聲（reputation）的手段，對部落格作者來說，真誠地表現他們自己的意見，以及回應別人的回應，以維持部落格的流量，是很重要的。結果，部落格符合了自戀主義評論的描述，強調他們的獨立性並且為他們的想法發聲，同時也依賴讀者的忠誠與溫情（loyalty and warmth），為了建立名聲。[22]但對讀者來說，較大的風險是，作者的真誠，或可能是帶有特定意圖的表演。

為了能夠維持網路上的讀者社群，迷讀者們雖然無法繼續參與九把刀現行的實體小說創作，但仍舊可以透過網路環境舉辦如同 BBS 時期採用的同人創作或者各種共通活動，繼續深化讀者對作品和社群的感情，同時也滿足讀者的發表慾望。對於逐漸脫離網路小說作家身分的九把刀來說，是不是會繼續採行這些模式，值得我們觀察。然而，可以明顯發現，對迷讀者社群個人形象與魅力的塑造、傳播，在部落格中以多重的文類（包含視覺與聲音）與多樣的身分展演，更被強化了。

肆、多重自我的展演

部落格為寫作者創造了一種多風格形式環境；藉著混合不同風格形式來呈現訊息的部落格作者，其實展現了多重的自我。Blood曾指出：「在公開日記中的個人趣聞或日誌（journal）之間轉換，更多日常新聞與註解鏈結格式以及最後是「記事本」、延伸短文或編輯性格式，[23]使部落格作者能夠在單一部落格內的貼文（posts）程序中，呈現多重的身分（multiple identities）。」進一步來說，當一個部落格作者對一個主題表達他的意見，

---

[22] Joanne Jacobs:〈Communication Over Exposure: The Rise of Blogs as a Product of Cybervoyeurism.〉, Paper presented at ANZCA Conference 2003, Brisbane, 2003 年 7 月,頁 4。
[23] 轉引自 Joanne Jacobs:〈Communication Over Exposure: The Rise of Blogs as a Product of Cybervoyeurism.〉,頁 3。

並開放回應者在公開的語境中接受或反對他們的意見，部落格作者所經驗的，不只是其意見可能廣受評論，並且看見回應者的觀點。雖然這並不永遠是正面的經驗，也不在預期中，確使得部落格作者發展出不同的角色人格（persona）去處理公眾對其意見的評判。部落格作者維持多重人格或聲音的特定部落格而沒有妥協或孤立的自我，這個部落格作者有效地-呈現了平行的、流動的自我概念。[24]

以此驗證，九把刀作為一個部落格作者，所展現的身分確實是多重的，呈現出來的至少包括了：網路小說作家、實體書作家、明星作家、宣傳、網誌編輯、網誌作家，甚至「小內的男朋友」等等，若細加探究，應可探析出更多身分展演。對部落格作者來說，科技使得多重身分認同的框定（enframing）更加便利，並且為每一篇獨特的部落格POST所告知的語境，動態地協商出一個理想化的自我。[25] 然而，在Rowley看來，這卻是有風險的，他認為透過科技框定自己的動作，同時亦增強了舊的階級（old hierarchies），並增強了「不整合的自我」（disintegrating self）。[26]

這似乎說明，部落格中的多重作者，其實可能也是某種獨斷的、紛亂的自我，其背後隱含了許多不同的、更具有支配力的意圖。而Landow在長期觀察了超文本世界中的多重自我（multiplicities of the self）之後，認為我們被迫了解到，統合的作者或者自我的觀念，無法驗證一個文本的統合，[27]這個觀點反過來提醒我們，部落格作為一種文本，其中所呈現破碎、不一致的多重自我，可能才是作者的自我真貌。而這些多重的自我，卻可能帶著某種共同的意圖，以不同的方式，共同營造出統合的文本。

Blood指出：「當一個部落格作者每天發布自己的意見，這種內在生活

[24] Joanne Jacobs:〈Communication Over Exposure: The Rise of Blogs as a Product of Cybervoyeurism.〉，頁 3。
[25] Joanne Jacobs:〈Communication Over Exposure: The Rise of Blogs as a Product of Cybervoyeurism.〉，頁 3。
[26] Joanne Jacobs:〈Communication Over Exposure: The Rise of Blogs as a Product of Cybervoyeurism.〉，頁 3。
[27] George P Landow:《Hypertext 3.0》,Baltimore: The Johns Hopkins University Press, 2006 年,頁 131。

的新自覺會發展出一種對自己觀點的信任。他自身對一首詩、對其他人、以及對這個媒體的反應,將會更有分量。習慣在網站上表達他的想法,他將變得更能完整地對自己於他人表達他的意見。他將對自己決定前先等待其他人的想法失去耐性,並且將展開和自己內在聲音一致的行動。理想上,他變得較無彈性但更有反射性,並且發現自己的意見和觀念值得嚴肅考量。」[28]而在這個以其「迷讀者」為主要對象的部落格中,或許更加深了九把刀如Blood的所指出的─部落格作者對自己的信任。從讀者對這一系列(或者說幾乎全部)文章的回應中,可以看見絕大多數是給予聲援,絕少是負面回應。就此看來,部落格似乎成了給予作者主體正面增強的「九把刀迷」俱樂部,而非提出評論、對談的場域了。

除了直接在部落格上給予「回應」,「引用」則是另一種回應作者的形式。引用他人的原文到自己的部落格中,可以單純轉貼,也可以加以評論。但實際上仍是以單純引用。單純引用,也代表了某種認同作者的舉動。當然,引用至別的部落格,也可能會被其他部落格作者以相反意見加以評論。但是,不論何種形式的引用,都仍是增加了九把刀於網路中的主體存在。如 Landow 所稱虛擬存在(virtual presence)概念:

> 超媒體與印刷科技不同,然而,在許多重要的面向增大了虛擬存在(virtual presence)的觀念。因為本質上超媒體的根本連結性消除了印刷的實體文本的個別隔離的特性,這個以讀者中心的訊息科技所具有的特殊彈性意味著作家在這個系統中有更強的存在,以作為潛在的協助者以及共同參與者的身分,以及作為選擇他們自己通過這些材料路徑的讀者身分。[29]

若如Landow所言,這類引文使得超文本讀者的評論之間現象上的「距

---

[28] Robecca Blood〈weblogs: a history and perspective〉,
   http://www.rebeccablood.net/essays/weblog_history.html,2000 年。

[29] George P Landow:《Hypertext 3.0》,頁 135-136。

離」被縮減，也因此使得作品的自主性降低，而作者的自主性也是如此。Landow並指出，可讀－寫的超文本（Read-write hypertext），像是互動媒體或者部落格這類可以接受評論者，事實上並不允許主動讀者（active reader）去改變另一個人所產出的文本，但這縮減了印刷與手稿世界中的個別現象存在上的距離。而減少了文本的自主性（autonomy），超文本亦減少了作者的自主性。以Michael Heim的話來說：「當文本的權威性消失，創作者私我的認知也是如此。」[30]九把刀的迷讀者引用九把刀的文章，實際上表現的是較無自主性的自我，同時也在增強九把刀在文化上的影響力／權力，也增加了作者和讀者之間的階級。這些讀者，主要正是九把刀所稱的「迷」。

　　若部落格讀者與部落格作者之間的關係是建構在傳遞忠誠與溫情之上，九把刀個人在自己部落格所引發的輿論，有可能會加深忠誠迷讀者的認同，同時也在迷讀者心目中深化自己的形象，或許某方面如Jacob所言，「網誌並非自大、自誇的表現，而是主體慎思地推敲表達自我意見的本質，同時透過他人評論的方式、尋求社會支持」。[31]不過，若照Roberts-Miller的觀點，卻可能剛好從反面來解讀。他們認為網誌呈現的內容，受到部落格作者的偏好所限制，基本上便使得論述的平等性受到損害，並不是一種在平等原則下進行的論據辯論。而書寫者的偏好同時也意味著，部落格的擁有者才是主角，論據從來都不是重點。部落格、新聞群組與郵寄名單，這些網路工具素來傾向於整合具有相同癖好的人，而非在意見相左的人之間提供辯論的機會。部落格形成一種隔絕的屬地（enclave），聚集者都是味道相投的自己人。部落格這個空間，最壞不過加深了統治的意識形態，最好也只是一個大鳴大放、毫無交集的表述公共領域。[32]若Roberts-Miller的觀察為真，那麼九把刀的部落格確實會是一個繼續延伸讀者忠誠度的領域。最重要的事情是，保持自己作品的「人氣」。

[30] George P Landow:《Hypertext 3.0》，頁125-6。
[31] Joanne Jacobs:〈Communication Over Exposure: The Rise of Blogs as a Product of Cybervoyeurism.〉，頁3。
[32] 邱承君:〈網誌、網誌活動與網誌世界：在理論與實踐中遞迴往覆〉，《資訊社會研究》第10期（2006年1月），頁107-146。

　　綜上所述，對於持續在意讀者反應，而且已備有迷讀者社群基礎的知名作者來說，增加自己在部落格中發表的文章，引發越多回應與引述，九把刀的知名度與存在性就越強。即便他可能已逐漸脫離「網路小說作家」的身分。但網路上以各種文體展演的多重身分，實際上都歸向一個單一的、增強自我形象、深化既有支持，並在社會上、文化上，以及商業上發揮影響力的作者主體。

伍、跨文化的處境

　　從網路小說轉入實體小說環境，伴隨著與社會各種層面的接觸增加（盛大的簽書會、到各級學校演講與授課、擔任文學獎評審），整個文學環境以成功／知名作者來接受九把刀，勢必也會以同樣的標準來審視、評論九把刀的「作品」。九把刀的「網路小說家」的作者身分，現下究竟以什麼姿態存在？

　　發行實體書之後，作者勢必要面臨版稅利益與網路讀者之間情感的衝突。若在發行實體書之後，將網路上的小說刪除，會被認為是一種背叛讀者、利用讀者的行為。而許多網路讀者的認知中，網路作者的成功來自於讀者的支持，而非作品本身的質素。若作家可能因此失去讀者的支持，不購買實體書版本的網路小說，甚至不再理會作品之後的新作品。柯景騰對這樣的隱憂，看成是一種對作者的「道德要求」，[33] 然而這種「道德」，卻是建立在群眾支持的得失之上。

一、收編與僵化

　　以成為專業作家為職志的柯景騰，在發行實體書之後，開始減少或者嚴密控制作品在網路上刊登的時間與數量，後來的部分新作品「堅持不賦予網路小說的特質或冠之以網路小說的宣傳名號」，要等到大陸出版社合法

---

[33] 柯景騰：《網路虛擬自我的集體建構——台灣 BBS 網路小說社群及其文化》，頁 67。

出版該作品後，才會把全文放到網路上，藉以平衡免費的文字分享與版稅利益。[34]而平衡免費的文字分享與版稅利益，其實對九把刀這樣的作者來說，其實才是一種雙贏。以人氣餵養銷量，銷量提升人氣的循環作法，減低作品失去群眾的風險。

從免費的網路BBS小說連載，一直到「成名」後發行實體書。我們不難發現一個事實，即商業（收入）是左右作者從網路這種新興媒體「進入」傳統職業作家實體書出版的「管道」。而實體書發行一段時日之後再刊登到網路上的作法，似乎表達是對網路共享環境的一種感念。然而挾帶著經紀公司支援下的宣傳、包裝，九把刀的作品從通俗文學開始被推向流行文學的位置，更被塑造成一種文壇偶像。偶像化的包裝，包括在書籍的設計上顯得精緻討喜，給作家貼上響亮的頭銜如「網路小說新天王」等，並在書中附上作者的藝術照或者個性商品等，都是在營造一種偶像化的閱讀認同感。[35]表面上看來，一個網路小說家文學上最好的出路或許不過如此，然而作為一種次文化小說，在文化意義上，網路小說實體書化，網路小說家偶像化，象徵了一種被主流文化的收編過程：

（1）次文化的符號（服裝，音樂等等）轉變為大量生產的物品（即轉變為商品的形式）

（2）支配的團體──警方，媒體，司法制度（意識形態形式）──對偏常行為「貼標籤」和重新定義。[36]

從這個角度來看，產生了非常有趣的問題。Giddens／九把刀，是橫跨兩個不同文化的作者身分。若網路小說作者 Giddens 與其小說所代表的是一種反主流、反傳統或權威的次文化，那麼被大量商品化、偶像化，看來確實是從一種次文化地位被收編到主流或傳統的文學領域裡。而隨著知名

---

[34] 柯景騰：《網路虛擬自我的集體建構──台灣 BBS 網路小說社群及其文化》，頁 59。

[35] 柯景騰：《網路虛擬自我的集體建構──台灣 BBS 網路小說社群及其文化》，頁 61-62。

[36] 迪克・何柏第（Dick Hebdige）著，蔡宜剛譯：《次文化──風格的意義》（台北：國立編譯館與巨流圖書公司，2006 年 10 月），頁 114。

度提升，形象風格的建立，九把刀成了一種商品符號，代表了一種次文化的象徵，同時，也變成大家習以爲常的存在、媒體的寵兒、大量受邀撰寫專欄與校園演講的「名人」，網路作者 Giddens 原先所擁有的次文化對主流文化的反動意義其實已經逐漸褪去了。

當被收主流文化收編，成爲商業實體書的作者，他必須面對成爲流行商品的壓力（銷售數字），以大量的出版來維持一種暢銷的形象——身爲「豪邁」的次文化文學作者／標誌（或偶像），他必須持續保持叛逆的姿態。但在這個轉換身分與文化場域的過程中，對一個作者來說，最大風險是「僵化」。如同迪克・何柏第（Dick Hebdige）所指出的：

> 因此，一旦代表「次文化」的奇特創新被轉化爲商品，且變得隨手可得時，它們就會變得「僵化」。一旦小企業家和大規模製造相關物品的大型時尚產業將它們自私密的脈絡移除，它們就變得條理清晰，變得可以理解，成爲公共財和有利可圖的商品。[37]

此處的「僵化」指的是什麼呢？以網路小說的實體化來說，可能會出現在類型的包袱上。一旦貼上「網路小說」的標籤，那麼作者該以何種心態如何進行寫作？問題不只在於出版社如何要求，而是作者本身所面臨的作者身分的認同危機，其於個人文學創作上是否能夠有所進境，還是因爲免除了與讀者之間互動的「網路小說創作模式」，而成爲大量生產商品的工具？值得更長期的觀察。

二、矛盾、摩擦與權力擴張

最後，我們還可以觀察到跨文化的矛盾與摩擦，不僅出現在網路／非網路小說讀者，同時也在於作者本身。例如，日前於媒體上頗受注目的「抄襲九把刀事件」來看，九把刀希望抄襲者承認抄襲並道歉，給出尊重則可

---

[37] 迪克・何柏第（Dick Hebdige） 著，蔡宜剛譯：《次文化—風格的意義》，頁 116。

獲「原諒」，以網路文化中的價值與模式來處理事件，卻無法接受主流文學獎評審官方裁定無抄襲的決議——這是網路文化與主流文學文化間的摩擦，也突顯出作者在跨界網路文學文化與主流文學文化間身分認同上可能出現違和感的處境。

具有厚實網民／迷讀者基礎的部落格，文章本易引起迷讀者的輿論，發揮作者在自己的個人文學文化圈中的權力。該事件雖已告終，但當使用者於 GOOGLE 等搜尋引擎搜尋關鍵字「九把刀」時，便會在官網目錄下出現「新店高中陳漢寧同學抄襲事件」相關鏈結；不論是否刻意留下（或是網路搜尋引擎未更新所遺留之紀錄），都顯示了一位作者在此媒體文化上所擁有、甚至超乎本身所預料的影響力。

此外，作爲次文化文學的代表，他必須要面對來自原有文化的批判（網路文學），而這是他文學上的故鄉，他勢必要求得 BBS 網路文學群眾對其減少「純正」網路小說生產而轉向商業實體書銷售的「諒解」；另一方面要面對主流文學環境對他的批判（文學評論）的壓力；另一方面卻又要以出版／銷售數字作爲文學成就的重要指標而限制了文學上的可能性，可說是多方矛盾與摩擦。

被冠上「網路小說經典製造機」稱號，暗示了網路小說「迷」建立了自己的文化品味，肯定作者的成就。然而，承前所述，九把刀已然逐漸失去了網路小說作者的意義，製造更多的網路小說經典，在變成流行小說作者之後，似乎已經越來越不可能。[38]那麼，「網路小說作家」稱呼，成爲一種充滿暗示的符號。暗示著讀者九把刀仍是網路文學這個次文化的一員（而且是極具代表性的一員），藉以召喚這個族群的讀者的認同，繼續支持事實上已經不全然是網路小說作者的「同胞」，已然脫離了「次級」的網路小說圈，成爲一個「成功」的主流／流行實體書作家。一方面以次文化的認同爲榮，一方面被主流文化收編。柯景騰從Giddens到九把刀，其實已經逐漸脫離了網路小說與讀者共同創作、免費共享的寫作／閱讀脈絡。這樣的小

---

[38] 九把刀未來是否會回頭繼續經營 BBS 上的網路連載，值得持續觀察。

說能否長期在一般的文學環境中生存，還有待觀察。餘下符號化的網路小說次文化意義，卻以作者身分在文化面向上更廣泛地影響著讀者／非讀者。九把刀作為一個作者本身的文化影響力，已經遠遠大過小說本身所能呈現的影響。如同傅科所描述的作者，可能沒有在作品的閱讀中「死亡」，反而更深遠地展現其意圖的影響力，更具主體性地活動著。[39]

陸、結語

隨著時代的推進，作家能夠展現自己的場域也越來越多。從以往作家以自己的作品為唯一的表現場域，到後來能夠在報紙、雜誌等各種不同出版品上，為不同品味社群的讀者寫作不同類型的作品，不也是多重主體的展現？到了部落格時代，作家所能展現的各種不同面向的自我，都可能被集中、編排在一個部落格中。九把刀從 BBS 網路小說寫手開始，到今天成為實體書作家與部落格作家，展現了一種多元書寫、多重主體的作家面貌。

當然，藉著暴露自己，使得傳統上對大眾來說神祕、高貴的文學作家身分主動對讀者進行除魅與解構，十分符合後現代情境中讀者對於權威的質疑、強調無界無類的精神。而與讀者打成一片之外，利用這樣的感情基礎於網誌與網站中進行實體書促銷的方法，將作者本身的文學領域做了與讀者之間更主動積極的交流；另一方面，也衍生為傳統文學圈銷售更加個體化、更加自體循環的文學生態。

九把刀對自己寫作事業的經營，或許可以這樣解讀：他一方面主動走入讀者的生活、與之面對面，對讀者展現出尊重與愛惜；另一方面，他也能反過來以此掌控他的「迷」讀者，使之成為實體書籍基本的支持群眾，同時也是作者本身所能製造鞏固自己文學地位輿論的群眾基礎。

我們無法明確指出九把刀的成功（以出版量與銷售量來說），與其部落格經營有絕對的正比關係，然而卻不能忽略九把刀對自己的網路／「迷」

---

[39] Donald E. Pease：〈Author〉，《Critical Terms for Literary Study》。London：The University of Chicago Press, Ltd. 1995 年，頁 96-106。

文化具有主動意識的經營模式。透過網誌深入當代日常生活的特性，維持網誌的人氣，就是維持自己的知名度。身為一個在商業體制下求生存的作者，九把刀可說是精明、積極投入地扮演多重的身分，為自己的文學事業做全面的經營。深入了解網路文化與網民生態，於是能夠有足夠的意識與其迷讀者互動，也使得自己的意圖也更容易在他的讀者社群中造成影響力，更因此更增強了作者本身對自己主體的確立和信心。或許在這樣的循環下，產生了更加穩固的、與作者共生的讀者社群基礎。九把刀的文學經營，從網路開始，也根植於網路。沒有一般人以為的疏離、冷漠，九把刀以更豐厚的感情維繫，主動地去接近他的讀者。這樣的文學經營，可以說是一種「文學娛樂服務業」的模式——要行銷，先搏感情。也因此將 BBS 網路社群的經營模式，延伸到實體書銷售的文化下。

部落格時代來臨之後，專業作家可以選擇自己是不是要將自己更加暴露在讀者／非讀者的眼前。九把刀選擇的曝露自己，而且是主動、具體地揭露。在網路上擁抱讀者，將其部落格作為與讀者「搏感情」的場域，也藉著自我揭露，一面為傳統上「作者」的身分進行了「除魅」，一面卻也藉此為自己樹立更明確、也更根深蒂固的個人品牌形象。立基於在群眾基礎的讀者群，在出版社文壇偶像化的經營模式下，[40]讓我們看見一個通俗／次文化的小說作者的「成功跨界」。然而這個文化上的跨界，使得這個作者本身因為成為被主流／商業文化所收編，具有淪為一種象徵次文化的商品符號的風險，一方面產生了與自己原出文化（網路小說文化）以及主流文化的意義產生摩擦與矛盾；另一方面，其作者的意圖卻也得以在跨界之後發揮更多文化上的影響力。

---

[40] 柯景騰：《網路虛擬自我的集體建構——台灣 BBS 網路小說社群及其文化》，頁 60。

參考文獻（依出版日期排序）

文本

- 九把刀官方網站：http://giddens.twbbs.org/
- 九把刀部落格：http://www.wretch.cc/blog/Giddens

研究專書及學位論文

- 柯景騰：《網路虛擬自我的集體建構——台灣 BBS 網路小說社群及其文化》，台中：東海大學社會學研究所碩士學位論文，2005 年 7 月。
- 約翰·史都瑞（John Storey）著，李根芳、周素鳳譯：《文化理論與通俗文化導論》，台北：國立編譯館與巨流圖書公司，2005 年 8 月。
- 迪克·何柏第（Dick Hebdige）著，蔡宜剛譯：《次文化——風格的意義》，台北：國立編譯館與巨流圖書公司，2006 年 10 月。
- George P Landow: *Hypertext 3.0*，Baltimore: The Johns Hopkins University Press, 2006 年。
- 高宣揚：《流行文化社會學》，北京：中國人民大學，2006 年。
- 湯哲聲：《中國當代通俗小說史論》，北京：北京大學出版社，2007 年。

期刊論文、專書論文、報紙評論

- Donald E. Pease：〈Author〉,《Critical Terms for Literary Study》，London：The University of Chicago Press, Ltd., 1995 年，頁 96-106。
- Robecca Blood〈weblogs: a history and perspective〉，http://www.rebeccablood.net/essays/weblog_history.html，2000 年。
- Joanne Jacobs:〈Communication Over Exposure: The Rise of Blogs as a Product of Cybervoyeurism.〉, Paper presented at ANZCA Conference 2003, Brisbane, 2003.7。

- 須文蔚:〈雅俗競逐契機的網路文學環境——簡論網路文學的產銷與傳播形態〉,《當代》第 192 期（2003.8）,頁 10-25。
- Miller, C. R. and Shepherd, D. 〈Blogging as Social Action: A Genre Analysis of the Weblog〉, Into the Blogosphere（online forum）, 2004 年。
- 邱承君:〈網誌、網誌活動與網誌世界:在理論與實踐中遞迴往覆〉,《資訊社會研究》第 10 期（2006.1）,頁 107-146。
- 孫治本:〈網路文學的解釋社群——閱眾民主時代的來臨?（中）〉。《聯合新文網——數位資訊》。
  http://mag.udn.com/mag/digital/storypage.jsp?f_ART_ID=88965,2004.12

講評

孫治本[*]

作者論文第 393 頁關於「對網路小說迷文化的主動操作」的論述,是掌握到網路小說社群的一些基本現象,不過其分析可以再詳細和深入些。

「網路小說的商業化機制,就表現出個人化和社群化的特徵。與一般文化商品不同,網路小說必須先通過讀者(即消費者)的篩選,才有商業化的可能,換言之,在網路小說的商業化過程中,閱眾的選擇特別重要,但也可以說,在商業化之前,網路小說的行銷工作就已展開了。」(孫治本,2004.12.22)

「網路小說的行銷常是由作者個人進行,而且與傳統文學作品作者不同的是,網路小說作者比較注重作品創作能力以外的個人魅力的塑造,以及讀者社群的經營,這兩項都會發揮行銷的作用。」(孫治本,2004.12.22)

本篇論文第參節「從 BBS 作家到部落格作家的社群經營」,其內容事實上並未比較九把刀在 BBS 上與在部落格上社群經營的差異,而且作者對九把刀過去在 BBS 上的社群經營認識很少。

事實上九把刀的崛起與 BBS 有很大的關係,並依年代先後分別與下列三個 BBS 有關:

- 成大的「貓咪樂園」
- KKCity 中的「永恆的國度」中的九把刀個人版
- 「無名小站」中的九把刀個人版

BBS 與部落格,本人認為兩者的區別在於:

1. BBS 的互動功能較強,較能產生社群感,故九把刀在 BBS 上的社群經營是最為精采的。

---

[*] 交通大學通識教育中心／人文社會學系合聘副教授

2.部落格的界面較美觀，部落格的主人因此能較佳的展示自己和自己的想法、文章等，但部落格的互動功能較 BBS 差。

部落格文學鬆綁媒介書寫現象初探
——以修正報導文學鬆綁論爲核心

黃翔[*]

摘要

　　2005 年被稱爲「台灣部落格元年」，部落格傳播媒介的興起，迅速取代了電子佈告欄、WWW 個人網頁、個人新聞台、社群網站等，獲得一般使用者的喜愛，以及文學作者的青睞。主要原因在於部落格的技術門檻低；介面平易近人；可以隨時與及時更新；能配合使用者的個人習慣，並強調使用者的個人風格。最重要的是，部落格的留言、串連、RSS 等機制，充分展現出web2.0 時代，以使用者爲尊，強調互動的特質。部落格的興起，不但促進文學風貌的多元發展，也鬆動了純淨新聞的寫作模式，因此，本文希望透過釐清部落格的傳播與書寫特質，梳理台灣部落格與部落格文學的發展，探討部落格鬆綁純淨新聞寫作的趨勢，以及此種嶄新的傳播媒介與書寫方式，將如何影響未來的報導文學書寫與傳播，嘗試對報導文學鬆綁論進行修正。

關鍵詞：部落格、鬆綁論、報導文學、媒介書寫

[*] 東華大學中國語文學系博士班，E-mail：fly.huang@gmail.com

壹、前言

　　2005 年被稱為「台灣部落格元年」，部落格傳播媒介的興起，迅速取代了電子佈告欄、WWW個人網頁、個人新聞台、社群網站等，獲得一般使用者的喜愛，以及文學作者的青睞。主要原因在於部落格的技術門檻低；介面平易近人；可以隨時與及時更新；能配合使用者的個人習慣，並強調使用者的個人風格。最重要的是，部落格的留言、串連、RSS等機制，充分展現出web2.0 時代，以使用者為尊，強調互動的特質。網路研究者Rheingold（1993）過去期望網路以低成本的方式，把世界上任何地方的一個普通人變成出版商、現場記者、組織者、革命人士或教師的理想[1]，於是更往前邁進一步。

　　過去在報導文學研究上，不少論者提出，報導文學的出現，必然是基於對傳統純淨新聞寫作的反動，報導文學的作者希望讓報導從「朝生夕死」的新聞事件，能提昇為具有永恆性的文學作品[2]。但報導文學的書寫終究沒能完全擺脫新聞報導的限制，雖有鬆綁論的倡議[3]，堅持報導文學書寫必須要客觀真實者，依然大有人在。

　　隨著部落格的風行，不但促進文學風貌的多元發展，也鬆動了純淨新聞的寫作模式，大幅度改變媒體客觀書寫的策略與方法，甚至經常向媒體進行「議題建構」，從這個微妙的現象，牽扯出兩個隱而未見的趨勢：其一，數位文學的書寫模式將有可能改變新聞寫作的方式，由純淨新聞變成涉入價值、心情的新文體；其二，既然新聞書寫的環境已經鬆綁，則報導文學的寫作策略調整，也就更可以回歸到草根媒體的報告特質。因此，本文希望透過釐清部落格的傳播與書寫特質，梳理台灣部落格與部落格文學的發展，探討部落格鬆綁純淨新聞寫作的趨勢，以及此種嶄新的傳播媒介與書寫方式，將如何影響未來的報導文學書寫與傳播，嘗試對報導文學鬆綁論進行修正。

---

[1] Rheingold, H. （1993）. *The virtual community: homesteading on the electronic frontier,* New York: Haper Perennial.

[2] 須文蔚：〈報導文學在臺灣，1949-1994〉，《新聞學研究》，第 51 期（1995 年 7 月），頁 121-142。

[3] 須文蔚：〈再現台灣田野的共同記憶〉，向陽、須文蔚編：《報導文學讀本》（台北：二魚文化，2004 二版）。

貳、部落格的特質與文學傳播影響論

一、部落格的起源與特性

「Blog」演變自「Web log」，意指網路記錄檔[4]。1997 年，John Bargery 在個人網頁上設定定期更新的網站連結、發表文章與相關超連結，並於 12 月時將這樣的個人網頁記錄模式稱爲「Web log」，引起有志者紛起仿效，經過 1998 年infosift編輯Jess James Garrett與後續Cameron Barret的搜集與連結，逐漸形成「Web log」的網路社群。1999 年Peter Merholz將「Web log」改組爲「We blog」，從此以後，BLOG即成爲個人網路日誌的專用術語。[5] 對於BLOG的中文翻譯，目前有網誌、博客與部落格兩種，後者爲台灣地區最常見的名稱。

撰寫《草根媒體》（We the Media）[6]的資深媒體人與部落客Dan Gillmor 提到，遠在部落格軟體工具出現前，Justin Hall的「Justin's Links from the Underground」[7]，「用手寫的方式以HTML設計了一些網頁」，可說是最早的部落格。Dan Gillmor並引述《華盛頓郵報》的媒體作家Howard Kurtz [8]的意見，認爲談話性廣播節目，也是促成部落格現象發生的重要因素，談話性廣播節目與部落格兩種媒體，都讓「被主流媒體排拒在外的人群」得以交流。[9]

2001 年 911 事件的悲劇，促使部落格成爲眾人共同參與、書寫、對話的

---

[4] 王緗沅：《部落格使用行爲之研究──以無名小站部落格爲例》（花蓮：東華大學企業管理學系碩士論文，2007 年 6 月），頁 12。周立軒：《網誌使用者與使用行爲之研究》（桃園：元智大學資訊傳播學系碩士論文，2005 年 6 月）。林克寰：〈妳不能不知道的Blog Web Log──Blog 是甚麼碗糕啊？〉網址：http://www.ebao.us/portal/showcontent.asp?INDEX=2368，2004 年 5 月 11 日。

[5] 周恆甫：《臺灣地區網路媒體 BLOG 發展與應用之初探研究──以「交通大學無名小站」爲例》（台北：國立台灣藝術大學應用媒體研究所碩士論文，2005 年 6 月）。劉江釗：《部落格之社會網絡與自我呈現初探》（高雄：國立中山大學資訊管理研究所碩士論文，2005 年 6 月）。

[6] Dan Gillmor（2004） WE THE MEDIA；陳建勳譯：《草根媒體》（台北：歐萊禮，2005 年）。

[7] http://www.links.net

[8] 霍華德‧庫茲的專欄：http://www.washingtonpost.com/wp-dyn/nation/columsn/kurtzhoward/。

[9] Dan Gillmor（2004） WE THE MEDIA；陳建勳譯：《草根媒體》，頁 8-9。

重要媒介：「網路虛擬世界從最殘酷的一天取得了最大的動力。」[10]阿裔美國人Tamim Ansary的「阿裔美國人有話說」在經過無數轉寄後，被收錄於著名的部落格與線上雜誌《沙龍》[11]，使得原本籍籍無名的Ansary的言論，不斷繼續發酵，引起大型媒體、全國新聞的報導，產生難以置信的影響力。「這是草根新聞和媒體集團共同合作的最佳典範」。[12]

部落格與傳統網路媒介有何不同？林克寰認為部落格的主要特性為主觀性與交流性。[13]劉基欽認為，部落格有別於傳統個人網頁的是「引用」的功能。[14]劉毓民與廖玉萍比較部落格與BBS、網路討論區的差異，認為部落格的特色有五：強調個人主義；具有時間順序；形成小眾市場；作者與讀者互動；網網相連，跨區域、跨國界。[15]周恆甫則認為部落格的特性在於：技術門檻低、自主性高、跨平台互動、即時發布、多元應用、郵件訂閱、內容互相串聯、搜尋性等。[16]

構成部落格的要素，大致上包括 1.標題；2.紀錄：如文字或影像的紀錄，依發表時間為序；3.連結：包括超連結、RSS等；4.文章彙整：可配合使用者需求，依時間或類別分別匯整；5.靜態鏈結：使讀者可透過網址連結已發表的紀錄，甚至是相互引用、彼此連結；6.時間戳記：系統會主動記錄每篇紀錄發表的日期。[17]透過整合了網誌、相簿、留言版的部落格介面，「個人藉此紀錄生活、充分展現自我，並與他人交流、分享資訊。」[18]

---

[10] Dan Gillmor 引用葛蘭・雷諾得的網誌（Instapundit.com）。Dan Gillmor（2004） *WE THE MEDIA*；陳建勳譯：《草根媒體》，頁 17。

[11] http://dir.salon.com/news/feature/2001/09/14/afghanistan/index.html

[12] Dan Gillmor（2004） *WE THE MEDIA*；陳建勳譯：《草根媒體》，頁 16。

[13] 林克寰：〈部落與部落格〉，2003 年 9 月 2 日，網址 http://www.openfoundry.org/component/option,com_content/id,208/lang,tw/task,view/，上網日期：2008 年 7 月 29 日。

[14] 劉基欽：《BLOG 特性對 BLOG 信任之影響》（台北：國立台灣科技大學企業管理研究所碩士論文，2005 年 6 月）。

[15] 劉毓民、廖玉萍：〈3G引領未來潮流〉。電子商務導航，網址：http://www.ec.org.tw/Htmlupload/7-8.pdf。

[16] 周恆甫：《臺灣地區網路媒體 BLOG 發展與應用之初探研究——以「交通大學無名小站」為例》。

[17] 周恆甫：《臺灣地區網路媒體 BLOG 發展與應用之初探研究——以「交通大學無名小站」為例》。

[18] 王絪沅：《部落格使用行為之研究——以無名小站部落格為例》，頁 13。

　　以「yam 天空部落」為例,「後端管理介面」項下即包括日記、網誌、影音、相簿、留言版、RSS 聯播、好友、與基礎功能設定。「功能設定」項下,可以進行「部落格設定」,包括部落格標題;部落格描述;將個人的部落格依性質歸類為愛情、工作、旅遊、教育、社會、文學創作……等等,其下又有更明確的次要分類。此外,則是「個人資料」設定,包括暱稱、EMAIL、封面照片與自我介紹,以及「個人背景」,包括生日、血型、性別、婚姻、身高、體重、學歷、職稱、外型與所在地區,唯可以選擇不登錄或者不顯示公開。

　　「網誌」項下依序提供「網誌發表」:個人可隨時並即時發表最新網誌;「編輯舊網誌」:個人可隨時調閱舊網誌檔案,依照時間或分類進行檢索,編輯甚至刪除,已經發表的網誌標題、文字、影像與發表日期,重新分派文章的歸類,決定本篇文字是否公開等等;「網誌分類管理」配合個人的書寫主題,將所有文章分門別類,並依照個人喜好,為分類命名與排序;「網誌設定」則是網誌的個人化基礎設定,可以設定留言 EMAIL 通知、首頁顯示網誌篇數、預設網誌留言權限、是否公開 RSS、網誌狀態(非天空部落會員可觀看、天空部落會員才可觀看、僅開放好友觀看、關閉自己的網誌)、網誌是否鎖右鍵、網誌回覆是否私密、回應排序、加入書籤、誰推薦該篇文章以及留言者的大頭貼尺寸等。

　　除此之外,還有網誌的插圖、檔案管理;以及網誌的引用、回應管理,可以同時調閱該網誌所有的引用、回應,標明引用與回應的篇目與順序,供管理者保存或刪除。

　　王緗沅研究「無名小站」的使用者行為,也指出資訊科技的進步,降低部落格的技術門檻,使廠商得以提供使用者友善的介面,套用部落格提供的樣板,或透過簡單的樣板設計功能,營造個人部落格的特色。瀏覽者只需要輸入文字,就可以與部落格經營者進行對話與交流。操作介面的簡易方便,是作者與讀者持續使用該部落格的重要因素。[19]

---

[19] 王緗沅:《部落格使用行為之研究──以無名小站部落格為例》,頁 81。

由此可見，如「無名小站」、「yam天空部落」等各家部落格廠商，無不透過各種功能選項、介面設計，提供個人量身打造的媒介版面，配合使用者的個人習慣；突出使用者的個人風格；紀錄使用者關注的各項議題或心情感觸，透過文字的特質與影像的搭配，吸引讀者的停駐與追蹤，透過對話與互動，「使部落格成為一種允許雙向溝通的媒介」[20]，進而形成彼此串聯的社群。[21]部落格的主動、互動、溝通、對話、雙向甚至多向的傳播特質，充分展現web 2.0[22]時代的來臨。

二、台灣的部落格與部落格文學發展

部落格在台灣的崛起，應屬 2005 年的網路盛事，被部落客稱為「台灣BLOG元年」。2005 年底，全球已有超過 5,340 萬個部落格，台灣最受歡迎的「無名小站」，2005 年底時使用者就超過 170 萬。[23]至 2006 年 8 月為止，較為著名的台灣部落格的相關網站，包括無名小站、Yahoo！部落格、MSN Spaces、天空部落、Xuite Blog、樂多日誌、新浪部落格、imtv等。相較於 2005 年 8 月的調查，各部落格的使用情形，都有大幅的成長。[24]

2006 年 10 月，資策會市場情報中心公布《2006 年台灣網路消費行為調查分析》報告，台灣有八成網路使用者曾經使用過部落格，包括閱讀他人的部落格與編輯自己的部落格，而前者略多於後者。[25]

須文蔚分析 2005 年部落格傳播媒介興起，對於數位文學發展的影響，認為隨著電子佈告欄、WWW個人網頁、個人新聞台、社群網站、PHPBB到

[20] 王維沄：《部落格使用行為之研究——以無名小站部落格為例》，頁 17。
[21] 王維沄：《部落格使用行為之研究——以無名小站部落格為例》，頁 22，引用 Nardi, Schiano, Gumbrecht, & Swartz（2004）透過深度訪談法，探討部落客使用部落格的動機，大致分為五種：紀錄日常生活、提出個人看法、抒發個人情感、透過書寫進行思考、形成社群等。
[22] web 2.0 的核心概念是 USER，U-Unconstraint.S-Service.E-Externality.R-Reward。參見龔仁文編：《WEB 2.0》（台北：資策會，2006），頁 16-19。
[23] 須文蔚：〈台灣數位文學概述〉，《2005 台灣文學年鑑》（台南：國家台灣文學館籌備處，2006 年），頁 93-94。
[24] 創市際市場研究顧問公司：〈台灣部落格熱潮，邁向網路全民運動〉，2006 年 10 月 18 日。網址http://www.insightxplorer.com/news/news_10_18_06.html，上網日期：2008 年 7 月 29 日。
[25] ZDNET新聞專區：〈報告：去年網拍、部落格使用大增〉，2006 年 10 月 25 日，網址：http://www.zdnet.com.tw/news/software/0,2000085678,20110901,00.htm，上網日期：2008 年 7 月 29 日。

BLOG的一路演變，傳播者與閱聽人不斷「重新部落化」，透過新的網路通訊協定不斷聚合成新的數位文學社群。[26]

　　部落格不但受到一般使用者喜愛，也獲得文學作者的青睞。因為部落格具有使用者容易上手，簡易方便的操作介面；文字與圖像設計，更能呈顯作家個人風格；部落格的連結、回應功能，可以促進文學社群的集結與互動；RSS feeding等訊息交換功能，有助於作家串連社群；引用功能可以得知該篇文章被誰引用，或者引用於誰的文章，並且留下引用的紀錄，如此一來，配合相關資訊的連結，可以進行相關主題的延伸閱讀。由是可見，部落格在頁面設計、訊息交換、整合資訊與超連結等各方面，都較個人新聞台有彈性且有互動性。[27]

　　台灣的數位文學部落格，首先引起注目的是「網路詩人部落格聯盟」[28]，集結了百餘位網路詩人的部落格，並且提供RSS聯播功能，隨時提供各詩人部落格的更新訊息。原本以資料庫形態建構的網路文學社群「詩路」[29]，也於2005年改採BLOG形式，提供詩人經營自己部落格的主動性，詩人於部落格中做的修改或更新，評論與發表，都可即時在首頁聯播，成為一個兼具文學典藏、更新、傳播功能的台灣詩學重要入口網站。

　　中時電子報「編輯BLOG」[30]，則網羅張系國、陳雨航、柯裕棻、紀大偉、顏忠賢、季季、劉克襄、張大春、師瓊瑜、陳文玲、須文蔚、郝譽翔、張耀升、陳雪、愛亞、裴在美、楊佳嫻、楊宗翰、翁嘉銘、張復、駱以軍、馮唐、陳豐偉等作家成立部落格，利用中時電子報的媒體平台，互動對話，並與大眾分享討論，由於作品訊息可即時顯示於中時電子報首頁，「將過去小眾的文藝閱讀社群，與大眾網路媒體整合，確實發揮新聞媒體效益的最大化，將廣告帶進了文學書寫的社群中，也讓『網路副刊』的理想往前邁進了一步。」[31]而廣受網路文學作者與讀者喜愛的「喜菡文學網」[32]，增加BLOG

26　須文蔚：〈台灣數位文學概述〉，《2005 台灣文學年鑑》，頁93。

27　須文蔚：〈台灣數位文學概述〉，《2005 台灣文學年鑑》，頁94。

28　網路詩人部落格聯盟的網址：http://blog.yam.com/taiwan_poem

29　http://www.poem.com.tw/

30　http://blog.chinatimes.com/

31　須文蔚：〈台灣數位文學概述〉，《2005 台灣文學年鑑》，頁95。

功能以後，不但展現會員的個人風格，也增加了文字與視覺的可讀性。

進入 2006 年，書籍出版市場的萎縮、報紙副刊「輕薄短小」的編輯方針，使得幾乎不需個人付出成本、經營簡易方便的部落格，成為數位出版的最佳平台。文學作者只要具備撰寫 EMAIL 的能力，一台具有基本功能的電腦，連線流暢的網絡，就可以隨時隨地上網經營自己的部落格，即時發表自己的最新作品，或者修改已經發表的舊作。

以往著重於手機文學、簡訊文學的數位文學獎，也開始增設「部落格文學獎」，雖然只是利用數位平台，「不太要求數位媒體的獨特質感或美感」[33]，以文字創作為主的文學競賽，仍可看出部落格此種新興的傳播媒介，以及獨特的傳播特質，已經開始受到文學界的矚目。

《2005 台灣文學年鑑》的「文學獎」活動紀錄中，未見任何數位文學獎項的登錄；《2006 台灣文學年鑑》的「文學獎」活動紀錄，與數位文學相關的獎項，則有「馬祖旅遊文學獎暨電子網頁徵選」項下之「電子網頁類」；與第 14 屆「南瀛文學獎」的「文學部落格獎」。[34]

「南瀛文學獎」的「文學部落格獎」首開部落格文學獎的風氣，「南瀛文學獎」歷史優久，關注地方文化與文學，提倡立足鄉土，以南瀛書寫為主題的部落格獎徵選，更是企圖以此跨區域、傳播性強的新穎媒介，促進區域文學的多元發展與傳播。進入評審的 14 個部落格，內容涵蓋了南瀛產業介紹、旅遊文學、文史紀錄、詠景詩、以及個人心情的抒發，跨越新聞專業的門檻，人人都可以是記者、作家、文史工作者，部落格操作的簡易性，文字與圖像搭配的可讀性，使得一般大眾都有機會參與，展現出深入在地、多元豐富的地方風情。[35]其中包括首獎羅志強的「24 小詩不打烊」[36]，優等陳昱成的「Tainan Walker」，以及兩位佳作、三位推薦獎[37]。羅志強的「24 小詩不

---

[32] http://www.pon99.net/

[33] 須文蔚：〈台灣數位文學概述〉，《2006 台灣文學年鑑》（台南：國立台灣文學館，2007 年），頁 127。

[34] 參見《2005 台灣文學年鑑》，頁 335-351。《2006 台灣文學年鑑》，頁 333-345。

[35] 須文蔚：〈台灣數位文學概述〉，《2006 台灣文學年鑑》，頁 127。

[36] http://blog.roodo.com/loloh

[37] 《2006 台灣文學年鑑》，頁 340。

打烊」以詩、文與圖片，構築獨特的南瀛地誌書寫，並佐以豐富的歷史與旅遊資訊；陳昱成的「Tainan Walker」[38]則是聚焦新市鄉，深具文學美感。[39]

承繼 2005「台灣BLOG元年」的聲勢，2006 年台灣文學部落格的發展，更有如繁花盛開。中時電子報「編輯部落格」改名為「中時部落格」[40]，邀請更多作家加入；聯合線上的「udn網路城邦」[41]積極成立藝文網路社群；遠流博識網Ylib Blog[42]亦於 5 月開始加入戰局，「使BLOG文藝社群大有鼎足分立，相互較勁的意味。」[43]

「中時部落格」不但以豐富的作家部落格吸引讀者的留駐，並於 2006 年繼續舉辦「第二屆全球華文部落格大獎」活動，參賽者多達三千位，來自台港大陸、星馬歐美，其中，獲得評審推薦的文學部落格，包括 2005 年藝文類首獎的馬華文學BLOG《有人部落》[44]，以及由詩人荒蕪經營的《荒蕪別垞稿》[45]。聯合線上的「udn網路城邦」邀集張小嫻、林詠琛……等作家，以「愛情書寫」為主題，並舉辦「交換你的愛情語錄」徵文[46]；遠流博識網Ylib Blog請蠹魚頭、果子離……等作家駐站，結合圖書出版宣傳活動。[47]

有別於傳播媒體，學院對於部落格的經營，最著名者為政治大學台灣文學研究所，於 2006 年 3 月成立的「台灣文學部落格」[48]，涵蓋所上師生的研究、文學評論、文學教學，並在邀請眾多台灣文學研究者加入之後，成為重要的台灣文學論述場域。[49]

2007 年年底，國立台灣文學館推出「第一屆台灣文學部落格獎」，由 12 名入選者中選出首獎一名：黃翔「言靈」[50]，優選四名，分別為羅志強「24

---

[38] http://blog.yam.com/shinshi

[39] 須文蔚：〈台灣數位文學概述〉，《2006 台灣文學年鑑》，頁 127。

[40] http://blog.chinatimes.com/

[41] http://city.udn.com/v1/

[42] http://blog.ylib.com/

[43] 須文蔚：〈台灣數位文學概述〉，《2006 台灣文學年鑑》，頁 130-131。

[44] http://www.got1mag.com/blogs/got1mag.php

[45] http://blog.roodo.com/bichhin

[46] http://blog.roodo.com/udn_news/archives/1434109.html

[47] http://blog.ylib.com/readit

[48] http://140.119.61.161/blog/index.php

[49] 須文蔚：〈台灣數位文學概述〉，《2006 台灣文學年鑑》，頁 130-131。

[50] http://blog.yam.com/fly0318

小詩不打烊」[51]、張葦菱「鳥可以證明我很鳥」[52]、林曉菁「離家出走之自助旅行的背後」[53]、郭漢辰「南方文學不落城：郭漢辰文學館」[54]以及推薦獎一名：蘇紹連「意象轟趴密室」[55]。協辦單位《文訊》雜誌社並於 12 月以「在這部落格的時代」為專題，邀請陳謙、張耀仁、須文蔚撰寫專文，並刊登 13 位部落客的部落格資料與自述。[56]進入 2008 年，「第三屆華文部落格獎」、「第 16 屆南瀛文學獎」的持續舉辦，以文字與影像記錄在地文化，建構更深入細緻的區域文學；以網路溝通跨越時間空間的限制，將部落格書寫醞釀成全民運動。部落格傳播媒介的傳播特質，成為台灣文學持續盛放的催化能量。

參、部落格鬆綁純淨新聞寫作的趨勢

一、純淨新聞的書寫特質

部落格的傳播特質，將如何動搖傳統新聞報導的書寫與傳播？

新聞報導大致可分為純淨新聞、解釋性新聞、新新聞、調查性新聞、精確新聞等。其中，純淨新聞報導（Straight News）是美國新聞界早期主要的報導方式，被視為最客觀、忠實的報導方式，不攙入記者的主觀或個人意見，[57]「只描述事實，不加以分析，也不嘗試解釋。」謹守 5W1H的原則。[58]

然而，許多學者對於所謂的「純淨新聞」，其實存有疑慮，如Berger等人認為媒體未必反映事實，甚至可能建構事實；Gans認為記者的價值觀受到自身背景或媒體新聞室的控制；Gouldner則認為客觀性報導是資本主義的產

---

[51] http://blog.roodo.com/loloh
[52] http://www.wretch.cc/blog/bluecrow
[53] http://blog.udn.com/ShireenLin/article?f_ART_CATE=71963
[54] http://blog.udn.com/s1143
[55] http://blog.sina.com.tw/poem/
[56] 〈在這部落格的時代——第一屆台灣文學部落格獎〉，《文訊》第 266 期（2007 年 12 月），頁 61-88。
[57] 參見 Schudson, M. （1978）. Discovering the news: A social history of American newspappers，Basic Books ，何穎怡譯《探索新聞》，（台北：遠流，1993）頁 7-13。
[58] 5W1H 即何人、何事、何時、何地、為何、如何。參見羅文輝：《無冕王的神話世界》（台北：天下文化，1994 年），頁 19。

物，傾向維護既得利益者，有礙於社會改革。[59]羅文輝則認為，新聞無法反映現實，在於新聞界總是以「大眾興趣」作為衡量新聞價值的標準。[60]雖然純淨新聞遭致許多批評與質疑，方怡文與周慶祥仍同意「純淨新聞的寫作方式被認為是較符合客觀報導的一種新聞寫作方式」[61]。

除了純淨新聞的寫作模式，傳統的新聞報導還包括解釋性新聞[62]、調查性新聞[63]、精確新聞[64]，與非主流的新新聞寫作，都或多或少衝擊了純淨新聞寫作的格式，但絕大多數的新聞版面上出現的新聞寫作，仍多以純淨新聞為主。

新新聞學（New Journalism）興起於動盪的 1960 年代，以小說的筆法撰寫新聞，在新聞中運用小說的創造力與想像力，並容許記者的主觀敘述。新新聞學的風潮中，年輕一代的美國記者希望在報導中表現一己的熱情與風格，進而反抗傳統的純淨新聞寫作模式。[65]事實上，新新聞學的運動不僅是源於記者新聞生涯青澀過渡期的反抗，更具有政治挑戰的嚴肅意圖[66]。客觀報導的反動具體在 60 年代的展現，應屬文學傳統和扒糞傳統 （muckracking tradition） 的復興。文學傳統鼓勵記者寫好故事，而非四平八穩或客觀報導，

[59] 方怡文、周慶祥等著：《新聞採訪理論與實務》（台北：正中書局，2000 年，二版），頁 358-359。

[60] 羅文輝：《無冕王的神話世界》（台北：天下文化，1994 年），頁 8。

[61] 方怡文、周慶祥等著：《新聞採訪理論與實務》，頁 359。

[62] 解釋性報導（Interpretative Reporting），起因閱聽人對純淨新聞報導方式的不滿，希望了解更多新聞背景資料，以及相關的專業性知識，使讀者可以了解事件的來龍去脈與可能影響，對於解釋性新聞是否攙入記者主觀意見，方怡文與周慶祥以為不然：「解釋性新聞是對新聞特殊名詞或背景，用閱聽人容易讀的語句，將極複雜、極深奧或極片段的適時加以解釋的報導方式」。解釋性新聞報導，對記者的專業能力與判斷標準都是嚴格的考驗。可參見 Curtis D. MacDougall（1977） ：Interpretative reporting，New York：Macmillan。

[63] 調查性新聞（Investigative Reporting）融合解釋性新聞與深度報導，記者主動調查內幕新聞，挖掘政府黑幕與社會陰暗面，成為社會正義的代言人。可參見 Peter Benjaminson and David Anderson（1990）：Investigative reporting，Ames：Iowa State University Press。

[64] 精確新聞報導（Precision Journalism）結合傳統新聞報導技巧與社會科學研究方法，如選樣方法、電腦分析、統計推理等，利用電腦協助處理大料的數據與資料，以科學數據說服讀者，例如選舉前的民意調查。

[65] 可參見 Karen Roggenkamp（2005）：Narrating the news：new journalism and literary genre in late nineteenth-century American newspapers and fiction，Kent, Ohio；London：Kent State University Press.

[66] Schudson, M. （1978）. Discovering the news: A social history of American newspappers，Basic Books ，何穎怡譯《探索新聞》，（台北：遠流，1993）。

因之建議作者寫出講究技巧、強調情感感染力的故事。在伍爾夫所強調的非小說寫作中，則強調了以戲劇性的場景去描述新聞事件，充分完整地記錄對話及軼事，記錄新聞人物詳細的身分地位及行為特質，並用綜合的、有創意的觀點去描述新聞事件。甚至在新新聞的報導中，尚需動用小說技巧還原新聞人物之思想與感覺，以及把不同來源取得的人物特性及軼事加以組合濃縮 。[67]王洪鈞也認為，在眾多新聞報導方式裡，新新聞（New Journalism）的報導方式以第一人稱寫作，有陷入主觀報導的疑慮。[68]

特寫、分析、專欄、資料敘述、解釋、深度調查、精確新聞報導，是為了補足新聞報導無法絕對客觀的難處，當前新聞寫作的主流方式，仍為純淨新聞主要的倒寶塔式[69]的結構，強調客觀、正確與完整；其他報導方式多半是為了有助於深化、補充純淨新聞報導之不足。[70]

純淨新聞客觀、完整、正確且及時，建立閱聽眾對大眾傳播媒體的信心，不容其他新聞報導方式取代。[71]而純淨新聞寫作的主要特色，包括：在導言提出新聞的重點，然後依重要性分段敘寫；強調對事實內容的客觀報導；強調記者中立，置身事外、冷眼旁觀；強調事實與個人意見分開的報導方式；強調超黨派的中立立場。[72]稱之為倒寶塔的寫作結構。

「倒寶塔式」（Invertee Pyramid），亦即倒金字塔式結構，是「把一件事情中最重要的部分放在前面，次要的放後面；依次類推，最不重要的則放在最後面；其象徵的意義，恰好一座倒立的寶塔。」倒寶塔式的寫作結構，多半在導言中即完整交代新聞重點，目的在於幫助讀者對新聞一目瞭然，節省閱讀花費的時間。[73]提綱挈領之後，則可依照下列原則依序交代次要的重點：如寫出導言未能涵蓋的其他重點；點明事件的意義與影響；詳述解釋導言的

---

[67] Hollowell, J. （1977）. Fact and fiction: The journalism and the nonfiction novel. Chapel Hill: The University of North Carolina Press.

[68] 王洪鈞：《新聞報導學》（台北：正中書局，2000 年），頁 131-132。

[69] 倒寶塔式（Invertee Pyramid），或稱倒金字塔式，因尊重原著者譯法，故本論文兩種譯名兼用。

[70] 王洪鈞：《新聞報導學》，頁 131-132。

[71] 李利國、黃淑敏等譯；密蘇里新聞學院教授群（Brian S. Brooks; George Kennedy; Daryl R. Moen; Don Ranly）著：《當代新聞採訪與寫作》（台北：周知文化，1995 年），頁 65-66。

[72] 方怡文、周慶祥等著：《新聞採訪理論與實務》，頁 358-359。

[73] 王洪鈞：《新聞報導學》，頁 133。

重點；依照重要性依次陳述；分層次開展主題；一段以一新思想爲主等。[74]

　　對於記者與編輯而言，「倒金字塔新聞結構是最易於掌握空間效應的方式，便於記者控制篇幅，用簡短的段落表達出重要的消息」，在第一段中即提出事件的高潮、講話的主旨或者調查的結果，定下報導的基調，傳達最重要的訊息。成爲報紙愛用的報導結構，優點在於幫助讀者快速掌握重要訊息；以及方便編輯調整刪減版面。[75]

　　然而，當部落格成爲新興的新聞傳播媒介工具，純淨新聞的主流地位、倒金字塔型的穩固結構，似乎也開始產生動搖。

二、部落格新聞的傳播與書寫特質

　　部落格媒介的興起，揭示了人人都可以是記者的讀寫者時代已經來臨，傳統的「新聞製造者」，如公司、政黨、新聞業，必須開始聆聽，來自各個網路社群的新聞與評論。[76] Dan Gillmor引用紐約大學Jay Rosen[77]的意見，認爲部落格是「相當民主化的新聞業」，並提出部落格與傳統新聞業的不同處，在於部落格靠互惠經濟、新聞業多靠市場經濟；新聞業屬專業人士的領域、部落格屬業餘人士的領域；新聞業的門檻很高、部落格只要一台電腦、網路連線與相關軟體。Jay Rosen認爲新聞權威的本質正在轉移，閱聽大眾轉型成參與大眾。[78]

　　部落格包容各種風格與議題，可能「對特定議題做實況報導」，或者「是一系列個人的沉思結晶、或者做政治報導和評論」，可以「是指南，指向他人的作品或產品」，甚至是「由某個領域專家定期更新『最新消息』」[79]透過關鍵字詞的檢索，草根媒體甚至比傳統新聞媒體更能反映真實與全貌，[80]並

---

[74] 李利國、黃淑敏等譯；密蘇里新聞學院教授群（Brian S. Brooks; George Kennedy; Daryl R. Moen; Don Ranly）著：《當代新聞採訪與寫作》，頁65-66。

[75] 李利國、黃淑敏等譯；密蘇里新聞學院教授群（Brian S. Brooks; George Kennedy; Daryl R. Moen; Don Ranly）著：《當代新聞採訪與寫作》，頁43-44。

[76] Dan Gillmor（2004） *WE THE MEDIA*；陳建勳譯：《草根媒體》，頁51。

[77] 設有「輿論沉思」：http://journalism.nyu.edu/pubzone/weblogs/pressthink/

[78] Dan Gillmor（2004） *WE THE MEDIA*；陳建勳譯：《草根媒體》，頁23。

[79] Dan Gillmor（2004） *WE THE MEDIA*；陳建勳譯：《草根媒體》，頁22。

[80] 2000年爲了獲得美國大選的最新消息，Dan Gillmor 在香港透過所有可用的網路工具與網站

且具有即時的對話與互動，在第一時間造成影響。

至此，要求經過專業訓練；謹守 5W1H的原則；遵循倒金字塔式結構；一絲不苟的傳統主流新聞報導的純淨新聞寫作，必須開始面對眾多未經過專業訓練；不理睬新聞寫作公式；強調個人主觀風格；樂於發表個人見解的平民記者、草根媒體的挑戰。當後者顯然更爲受到閱聽眾的歡迎與喜愛、參與及互動，傳統的新聞製造者也不得不開始正視此種新興傳播媒介，對主流新聞寫作造成的衝擊。純淨新聞是否真的「純淨」？客觀地反映真實，向來無法取得絕對的共識。贊助者或經營者的政治立場與商業考量[81]，記者個人的主觀立場與價值判斷，在在都影響了新聞報導的真實性與客觀性。當傳播媒介愈來愈多元，閱聽眾擁有愈來愈多選擇，記者必須開始從閱聽人的角度考量，他們想要、需要看到什麼新聞。[82]

部落格媒介鬆綁純淨新聞寫作的趨勢，具現於主流媒體或專業記者經營的部落格，並引起傳播學界對此一轉向的關注。陳玟錚以中國時報與中時編輯部落格爲樣本，觀察數日內同一作者對於同樣主題的書寫，探討新聞文本的敘事架構、超文本與部落格文本特性，建構出「部落格新聞」的寫作原則。發現「當新聞依附此種新媒介傳遞時，寫作模式和體例結構必將有所改變。」而「當部落格此類新媒介和新聞報導產生交集時，傳統新聞學的規範疆界將面臨挑戰，甚至有瓦解的可能性。」[83]

中時編輯部落格是台灣最具代表性的媒體部落格之一，眾多編輯與記者，同時供稿中國時報、撰寫個人部落格，對於相同議題的不同書寫，適足以反映傳統主流報導的純淨新聞寫作，與強調個人風格評論的部落格新聞寫作，存在著微妙的轉向。陳玟錚指出，部落格媒介，使得新聞工作者得以鬆

搜集整理新聞，發現「我編出自己的新聞」：「這是新舊媒體的聚合，但是，最新的要素是我自己東拼西湊，建立我自己的新聞報導——把我能找到的最好材料編纂起來。如果工具變得更精緻，我們能做的會讓東拼西湊法相見絀，不過，東拼西湊還是行得通。」參見 Dan Gillmor（2004） *WE THE MEDIA*；陳建勳譯：《草根媒體》，頁 19。

[81] Dan Gillmor（2004） *WE THE MEDIA*；陳建勳譯：《草根媒體》，頁 2；頁 A17。

[82] 李利國、黃淑敏等譯；密蘇里新聞學院教授群（Brian S. Brooks; George Kennedy; Daryl R. Moen; Don Ranly）著：《當代新聞採訪與寫作》，頁 10。

[83] 陳玟錚：〈部落格新聞敘事功能之初探〉，中華傳播學會 2006 年會論文（2006 年），頁 2-3。

綁傳統規範，諸如版面胃納、新聞時段、採訪路線、編輯室立場、傳統全知觀點，而有更多的自由撰寫個人風格的新聞，甚至透過部落格平台與閱聽眾互動。[84]

如就「外在媒介特性」比較傳統報紙新聞與部落格新聞的差異，陳玟錚提出 1.版面胃納；2.版面關係；3.資訊更新；4.檔案處理；5.傳送方式等五個觀察角度，認為就「版面胃納」而言，傳統報紙新聞受到張數與版面的限制；部落格新聞除了首頁的標題資訊以外，沒有字數限制，也無所謂版面重點位置。比較「版面關係」，則可發現傳統報紙新聞有主事件、衛星事件搭配特稿、照片、表格、圖解的主從關係，並採線性模式或軸狀結構；部落格新聞則多為網狀結構、枝節式的超文本新聞體，運用關鍵字進行相關資訊鏈結，相關訊息或照片亦可隨機插入內文。就「資訊更新」而言，傳統報紙新聞有編輯流程與出刊時程；部落格新聞可隨時更新。「檔案處理」部分，傳統報紙新聞可集結成冊、建檔；部落格新聞可依日期分存，並利用關鍵字檢索。「傳送方式」部分，傳統報紙新聞有其發行通路、訂閱方式甚至送報方式。部落格新聞以網際網路傳輸，透過網址定位，並可藉由鏈結或引用的方式增加讀者。[85]

而就「內在敘事規則」，比較傳統報紙新聞與部落格新聞的不同，陳玟錚提出 1.情節鋪陳；2.段落關係；3.主、副資訊呈現；4.觀點；5.修辭五項比較。認為就「情節鋪陳」而言，傳統純淨新聞多採用倒金字塔寫法，標題與導言直指新聞重點，再分段進行重點陳述；部落格新聞不必採倒金字塔寫法，而是講求閱讀效果。「段落關係」則提出，傳統報紙新聞採線性寫作，陳述因果關係，各段獨立敘述，重複重點訊息；部落格新聞則注重文章的起承轉合，段落難以分割獨立。「主、副資訊呈現」的比較，提出傳統報紙新聞，將衛星事件以追蹤報導或特稿，以及圖解、表格、照片等等，放置在版面上的次要位置，編輯透過分別主從，劃出讀者的閱讀動線；部落格新聞則使用鏈結、引用等機制，以標題並陳的方式，顯示彼此相關的各篇文章，以

---

84 陳玟錚：〈部落格新聞敘事功能之初探〉，頁 3。
85 陳玟錚：〈部落格新聞敘事功能之初探〉，頁 11。

時間為序,不區別主從。「觀點」部分則提出,傳統新聞寫作多採全知觀點或第三人稱觀點,求新聞的中立客觀;部落格新聞則往往用第一人稱觀點,紀錄「我」的見聞與觀點,求能夠說服讀者。「修辭」部分,傳統新聞寫作避免艱澀術語、成語、形容詞、情緒性字眼;部落格新聞則用個人口語化的文字,傳達個人主觀與情緒。[86]

由此可見,使用部落格作為新的媒介平台,不再受版面胃納、版面位置、截稿時間、守門人審稿的轄制時,這些受過專業新聞訓練,嫻熟純淨新聞寫作的資深媒體人,開始展現出自己的風格與觀點,說服閱聽眾,進行互動與交流,中立客觀不再是最高訴求。部落格的傳播特質,已然動搖傳統新聞報導的書寫與傳播。

肆、部落格鬆綁報導文學的趨勢

一、報導文學鬆綁論的提出

楊逵的〈台灣地震災區勘察慰問記〉,紀錄發生於 1935 年 4 月 21 日的台中、新竹烈震,被論者認為是台灣報導文學的起點。〈何謂報導文學〉中,楊逵指出,如果能將事實的真相,生動而完全地傳達給讀者,那麼小品文、壁報小說、書信、日記都可以是報導文學。[87]〈報導文學問答〉亦強調只要具備報導的性質,形式體裁可以不拘。[88]

鄭明俐則就散文體裁專論,認為由於範疇未定、來源廣泛,報導文學的體裁也變化多端,包括日記、印象記、書簡體、速寫等,甚至是遊記或部分傳記的形式。[89]

相較於楊逵與鄭明俐,賦予報導文學寬闊的舒展空間,林燿德卻認為報導文學兼攝報導與文學的文類特質,在兩種領域皆無法確立獨特的地位。[90]

[86] 陳玟錚:〈部落格新聞敘事功能之初探〉,頁 12。
[87] 楊逵:〈何謂報導文學〉,收錄於《楊逵全集》卷九・詩文卷(上)(台北:行政院文化建設委員會),頁 504。
[88] 楊逵:〈報導文學問答〉,收錄於《楊逵全集》卷九・詩文卷(上),頁 522-530。
[89] 鄭明俐:〈新新聞與現代散文的交軌〉《現代散文現象論》(台北:大安,2001),頁 135-156
[90] 林燿德:〈臺灣報導文學的成長與危機〉,《文訊月刊》第 29 期(1987 年),頁 158-159。

若是檢視台灣報導文學的理論批評歷程，可以發現，新聞要求客觀真實；文學訴諸主觀想像。純淨新聞寫作要求倒金字塔式的嚴謹結構；文學創作則力求突破形式的刻板局限。關於報導文學是什麼？怎麼寫？如何評論？應當以新聞爲基準？還是以文學爲本體？始終讓評論者困惑不已，遲遲無法達成共識。而報導文學的創作與發展，在高信疆等副刊守門人的提倡，與各大文學獎的推波助瀾下，也逐漸僵固成絕對客觀書寫、學術式書寫與體式偏向散文等慣例。[91]當報紙副刊不再是文學傳播的重要媒介，報導文學似乎也因之逐漸式微。

對於報導文學書寫與評論的困境，須文蔚接續楊逵對報導文學體裁不拘的主張，進一步提出「鬆綁論」。強調報導文學的內容應關注社會改革，再現田野，回歸實在；其形式則不妨多元，不需要堅持客觀的、學術式的敘述方式，也不必遵循以散文寫作的體式，報導文學應當「姓文不姓新」，其文學性更有感動人心的力量，如此一來，方有機會突破報導文學長期發展的瓶頸。[92]

若是分就新聞與報導文學、文學與報導文學融攝的角度觀察，可以發現，新聞寫作中原本即有純淨新聞無法涵攝的部分；而報導文學確實也是累積豐富文學作品的重要文類，新聞、文學與報導文學之間，或許該有更多元的論述與書寫空間。由於部落格媒介的興起，更將爲這種兼攝新聞與文學的特殊文類，注入新的生命活力。

二、新聞與報導文學的融攝

彭家發於《特寫寫作》中，以純事實取向、小說取向分新聞報導方式爲十種：精確新聞、調查報導、解釋性報導、深度報導、評估報導、人情味故事、新聞文學、報導文學、新新聞、社會寫實文學，認爲「不管取向如何，各類報導文體，從寫作觀點來說，都可以成爲特寫體裁。」[93]

---

[91] 須文蔚：〈再現台灣田野的共同記憶〉，向陽、須文蔚編：《報導文學讀本》（台北：二魚文化，2004 二版），頁 7。

[92] 須文蔚〈再現台灣田野的共同記憶〉，向陽、須文蔚編：《報導文學讀本》。

[93] 彭家發：《特寫寫作》（台北：台灣商務印書館，1990 年），頁 78-198。

王洪鈞則直接指出「特寫基本上是一種新聞文學」，甚至「便是一種事實性的報導文學」[94]，認爲特寫的寫作結構，應如傳統文學之起承轉合；發揮記者創意，使用描述性字眼引領讀者感受；運用趣事、軼事與具體故事。「就特寫之重視事實、結構活潑，以及自由寫作之特性而言，視爲一種代表時代潮流之新聞報導文學，應稱允當。」[95]

由是可見，屬於專業新聞報導項下的「特寫」一類，原本即屬報導文學之一種，是「文藝的綜合表現」。撰寫特寫的記者，更需要「具備文藝作家靈敏的感覺，豐富的常識、周密的觀察、合理的分析、冷靜的理智、熾熱的感情、純熟的技巧，和美妙的文字」。[96]方怡文與周慶祥亦認爲，只要講求真評實據，客觀、公正、中立，「寫特寫時可以多放些感情，但卻又不容許感情氾濫，下筆要有情，但又不能太過、太膩。」[97]

除了特寫新聞以外，調查性報告亦強調書寫的文學技巧，比如「設計新聞的結構」：「調查性報導雖非偵探小說，必須步步驚魂，仍需設計新聞的結構，客觀鋪陳各種發現，藉以表達前述之主題思想」，喚醒公眾正視問題、力圖改革的要求；以及「活潑生動的寫作方式」：「需簡潔、活潑、生動，儘可能利用對話方式、人稱字眼、及具體事物的呈現」，避免主觀的評論或指責。[98]

純淨新聞寫作雖然是傳統新聞寫作的主流，要求倒金字塔式的書寫結構。然而，非倒金字塔式的書寫方式，卻更適用於特寫新聞、調查性報導等其他新聞寫作方式，也更能維持讀者的閱讀興趣。Brian S. Brooks認爲非倒金字塔式的寫作重點，大致包括：聚焦法（真實事例、描寫性導語、敘事性導語）、運用連續對話、運用時間順序、運用第一人稱等。[99]

茅盾主編的《中國的一日》、天津《大公報》戰地記者范長江、楊紀的

---

[94] 王洪鈞：《新聞報導學》，頁 485-490。
[95] 王洪鈞：《新聞報導學》，頁 449。
[96] 韋政通：〈怎樣寫特寫〉，《記者通訊》54 期，1952。
[97] 方怡文、周慶祥等著：《新聞採訪理論與實務》，頁 179。
[98] 王洪鈞：《新聞報導學》，頁 533。
[99] 李利國、黃淑敏等譯；密蘇里新聞學院教授群（Brian S. Brooks; George Kennedy; Daryl R. Moen; Don Ranly）著：《當代新聞採訪與寫作》，頁 355。

西南旅行通訊。[100]都是新聞特寫的重要代表作品。著有：〈關於「寫陰暗面」
和「干預生活」〉、〈不應鏽蝕的武器〉，以特寫著稱的報告文學作家劉賓雁，
善用小說想像筆法，甚至「標示出我國當代報告文學增添了新的樣式和新的
表現手法。」[101]

　　既然傳統新聞寫作中，本即有強調情感動人、文學渲染的特寫新聞與調
查性報導，報導文學的作者與評論者，是否不需再以純淨新聞的絕對真實客
觀，質疑報導文學與新聞本質上的矛盾與互斥？

三、文學與報導文學的融攝

　　報導文學的重要推手高信疆，提出「向文學借火」的重要主張，並直指
「新新聞學」的出現，「是新聞界向文學取材的道路上，最重要的一項宣言。」
因為在新新聞的書寫中，「時空跳接的手法、第三人稱的敘述、對話體、細
部描寫、心理刻劃、個人感覺」等文學技巧，都是可能且可行的。高信疆並
認為：「文學最早最大的功能，就是報導。」[102]

　　散文領域的重要研究者鄭明娳，亦將報導文學，納入《現代散文類型論》
的「特殊結構的類型」討論中。[103]並區分為兩種類型：「經驗式報導文學」
多以第一人稱寫出，是抗戰初期報導文學的主流，可以運用小說技巧，突顯
人物典型。「考證式報導文學」來自於報告者的資料彙整與查訪考證，所以
可以包括田野考察報告、口述文學與通訊稿的彙編，主題豐富多元，但是更
須注重如何主觀地處理各種客觀的資訊。[104]

　　須文蔚觀察報導文學對文學的衝擊，歸納出兩項重點：一、從現代主義
到鄉土文學論戰，報導文學於 70 年代的興盛，是寫實主義復甦，也是文學
理論思潮變遷後的新的實踐；二、副刊與雜誌提倡報導文學，影響了當時文

[100] 曹聚仁：〈報告文學〉，收錄於《文壇五十年》（上海：東方出版，1996），頁 283-289。
[101] 吳秀明主編：〈劉賓雁的特寫〉、〈報告文學〉，收錄於《中國當代文學史寫真》（上），
　　　頁 114-119；《中國當代文學史寫真》（中），頁 593-613（杭州：浙江大學出版社，2002）。
[102] 高信疆：〈永恆與博大——報導文學的歷史線索〉，陳銘磻編《現實的探索——報導文學討
　　　論集》（台北：東大，1980），頁 29-35。
[103] 鄭明娳：〈報導文學〉，收錄於《現代散文類型論》（台北：大安，1987），頁 254-271。
[104] 鄭明娳：〈報導文學〉，收錄於《現代散文類型論》，頁 254-271。

學界的生態。[105]

雖然報導文學對文學界產生相當影響，並被視為文學類型之一種，如何恰當的書寫、公允的評論報導文學，卻還是讓評論者左右為難，鄭明娳即認為目前的報導文學作品，文學語言與報導語言的運用不夠平衡穩當，但是「在小說創作上，卻能屢見報導語言運用得極為成功的例子」，所以要調和報導與文學，「應該在新聞寫作上加強」。並要求報導文學的作者或理論家「發展出新的方法論」來調和文學與新聞學[106]。

相較於台灣報導文學創作與評論，在新聞和文學之間的左右為難；大陸的報告文學在執政者的倡導、政治宣傳的需求下，向來被視為新文學的代表性文類，在現代文學史上佔有重要的位置。如黃修己《中國現代文學發展史》即提到，文藝整風運動之後，表現解放區生活光明面的報告文學佔了上風，各文類的作家紛紛投入報告文學的創作。[107]唐金海、周斌主編的《20世紀中國文學通史》，亦將報告文學納入散文的框架之內。[108]直到90年代，純文學受到挑戰，報告文學卻一枝獨秀，張鍥與周明認為，這是因為「它能夠始終注意堅持其新聞性與文學性的良好結合，堅持直接敏銳地觸及人們普遍關注的社會重大題材、社會現象有著很大的關係。」此外，報告文學的表現手法也更為豐富，運用日記體、口述實錄體、訪談體、電影蒙太奇手法、多元敘事等等，並成立了報告文學作家的社團——中國報告文學學會。中國的報告文學逐漸脫離了以前常與散文、新聞作品混淆不清的狀況，成長為一種完全獨立的文學樣式。[109]

四、以部落格鬆綁報導文學

在評論者眼裡，報導文學游移於新聞與文學之間的曖昧性質，一旦缺乏

---

[105] 須文蔚：〈報導文學在臺灣，1949-1994〉，《新聞學研究》第51期（1995年7月）頁121-142。
[106] 鄭明娳：〈新新聞與現代散文的交軌〉，《現代散文現象論》，頁153。
[107] 黃修己：〈報告文學的興起〉、〈報告文學的新成果〉收錄於《中國現代文學發展史》（北京：中國青年出版社，1988），頁344-349、頁561-567。
[108] 唐金海、周斌主編：〈散文（含雜文、隨筆和報告文學）〉，收錄於《20世紀中國文學通史》（上海市：東方出版中心，2003），頁191-259。
[109] 張鍥、周明：〈大陸報告文學的繁榮與發展〉，《全國新書資訊月刊》第47期（2002年11月），頁11-15。

副刊的支援、文學獎的贊助，彷彿也就失去了創作的動力，逐漸走向沒落、銷聲匿跡。然而，90 年代以降，配合社會環境的開放、社會運動議題的多元，配合傳播媒介的發展，向來與社會運動互為表裡的報導文學，才要開始展現來自田野的草根活力。[110]

就報導文學與主流媒體的關係而論，引領報導文學風潮的兩大媒體紛紛取消報導文學獎項以後，報導文學似乎面臨發展瓶頸。楊素芬認為，當報導文學的作者不再依附主流媒體，反而可以促使報導文學回歸於文學，有更具主體性的書寫空間。[111]

就報導文學與區域文學的關係而論，楊樹清提出，當報導文學獎從主流媒體退席之際，省級或地方性的區域性文學獎，如文薈獎、耕莘文學獎、永續台灣文學獎、中縣文學獎、磺溪文學獎等，卻紛紛設立報導文學獎項。在強調在地化、本土化的文學政策推動下，報導文學確實是最能夠呈現當地風土文化的一種文類。[112]

就報導文學與社會運動的關係而言，須文蔚則認為，台灣的報導文學與社會運動息息相關，「社會運動」即是台灣報導文學發展的原動力。因為「脫胎自左翼文學傳統的報導文學，有其高度傾向性、進步性、批判性與人文關懷精神，因此動人的報導文學作品必須以具備社會改革功能的意圖為核心，並且以田野調查的方式觀察事件，佐以採訪充實作品觀點，透過具有感染力的描述、敘事與結構安排」才能「再現出台灣田野的共同記憶。」[113]

由此可見，除了強調報導文學應當「姓文不姓新」，鬆綁已然僵化的書寫模式——散文性、客觀性、學術性；以及感傷於報導文學喪失最重要的傳播媒介——報紙副刊。部落格媒介的興起，將可提供報導文學書寫與傳播，另一重鬆綁的可能性。

報導文學向來與社會運動互為表裡，部落格早已成為推動社會運動的重

---

[110] 須文蔚：〈再現台灣田野的共同記憶〉。向陽、須文蔚編：《報導文學讀本》，頁 23

[111] 楊素芬：《台灣報導文學概論》（台北：稻田，2001）。

[112] 楊素芬：《台灣報導文學概論》，頁 18。

[113] 須文蔚：〈再現台灣田野的共同記憶〉。向陽、須文蔚編：《報導文學讀本》，頁 30-31

要媒介工具[114]，例如獲得「第二屆全球華文部落格大獎」的「荒蕪別坵稽」，除了展現詩人的創作，更結合文學與社運工作者，醞釀社會運動的行動力。由輔仁大學新聞傳播系副教授陳順孝經營的「阿孝札記」[115]，除了串連各重要公民新聞，更對公民新聞的書寫與傳播，進行許多後設討論。

　　部落格已然成為抗衡主流媒體，最重要的草根媒體。就技術層面而言，部落格的介面容易操作、個人不須付出高額成本；就表現風格而言，部落格強調並追求主觀性或個人主義；就資料更新而言，部落格不受時間限制，可以即時發布，並透過 RSS 等機制提示更新；就傳播方式而言，部落格強調作者與讀者的互動，透過網際網路的串連，跨平台、跨區域以致於跨國界。記者、新聞製造者、傳統閱聽大眾的身分界限已經模糊，只要具備基礎的電腦能力與器材，人人都可以是記者，關注自己有興趣的議題，發表個人化的觀察與評論，與讀者交流互動進而凝聚力量、形成社群，傳達來自田野的在地聲音，南瀛文學獎的部落格獎項，即是最好的示範。

　　除了傳播媒介的鬆綁，部落格個人化、自由化的特質，也將鬆綁報導文學的書寫方式。陳玟錚對中時編輯部落格新聞敘事特徵的觀察，即發現部落格的新聞寫作，已然鬆動純淨新聞寫作的倒金字塔結構，代之以強調情節鋪陳、重視起承轉合、採用第一人稱或全知觀點、使用副詞、形容詞甚至是譬喻、暗喻、象徵等文學手法。目的即在於引發讀者的好奇心，誘導讀者閱讀的耐心，進而引起讀者的意見回饋。部落格的新聞寫作，不但開始向特寫新聞、調查性新聞靠攏，更有與報導文學會流的趨勢。

---

[114] 參見蔡鴻濱：〈部落格與公共領域的實踐：以《南方社會文化網絡》為例〉，中華傳播學會 2005 年會論文（2005 年），
http://ccs.nccu.edu.tw/history_paper_content.php?P_ID=109&P_YEAR=2005，截取日期 2008/7/26。黃瓊儀：〈社會運動中的部落格語藝：以「聲援楊儒門運動」為例〉，中華傳播學會 2006 年會論文（2006 年），
http://ccs.nccu.edu.tw/history_paper_content.php?P_ID=27&P_YEAR=2006，截取日期 2008/7/26。

[115] http://www.ashaw.org/

伍、結論

　　20 世紀末，電腦網路的興起扭轉了傳播結構的權力，資訊的傳播不再限於新聞媒體之手，網路的發展改變了訊息傳播的形式，從原本一對多的被動溝通，媒體與受眾之間並無互動與回饋，閱聽人只是強勢媒體的訊息接受者的傳統大眾傳播，進入了網路傳播的新時代。部落格的介面平易近人、操作簡便，降低了數位文學的專業門檻，經營者可以輕易進行個人化的設定，透過文字與影像，發表個人的心情感觸或文學創作，營造出個人的專屬風格。相較於以往的 BBS、個人網頁或個人新聞台，部落格最重要的特色在於作者與讀者的互動，透過串連、引用以及 RSS 機制，網網相連，成為不容小覷的非主流媒體新勢力。

　　本文透過探討部落格的起源與特性，觀察台灣部落格與部落格文學發展，試圖以部落格特有的傳播特質與書寫方式，對報導文學鬆綁論進行修正。研究發現，部落格已然鬆動了傳統純淨新聞的寫作，而向特寫新聞與調查性新聞靠攏；然而，特寫新聞或調查性新聞，正是傳統新聞寫作類型中，與報導文學最相近者。因此，再進一步釐清新聞與報導文學、文學與報導文學的融攝，說明報導文學兼攝兩種文類的文體個性，以及部落格這種新興媒介，鬆綁報導文學的傳播方式與書寫方式。部落格的草根性、在地性、文學性、多媒體性與運動性，都將是未來報導文學最適合的傳播媒介。

參考文獻（依出版日期排序）

文本及研究專書

- Hollowell, J.(1977)：*Fact and fiction: The journalism and the nonfiction novel.* Chapel Hill: The University of North Carolina Press.
- Curtis D. MacDougall （ 1977 ）： *Interpretative reporting*，New York: Macmillan。
- Schudson, M.（ 1978)：*Discovering the news: A social history of American newspappers*，Basic Books，何穎怡譯，1993，探索新聞，台北：遠流。
- Peter Benjaminson and David Anderson(1990)：*Investigative reporting*，Ames：Iowa State University Press.
- 彭家發：《特寫寫作》（台北：台灣商務印書館，1990 年），頁 78-198。
- Rheingold, H.（ 1993)：*The virtual community: homesteading on the electronic frontier*，New York: Haper Perennial.
- 羅文輝：《無冕王的神話世界》，台北：天下文化，1994。
- 李利國、黃淑敏等譯；密蘇里新聞學院教授群（Brian S. Brooks; George Kennedy; Daryl R. Moen; Don Ranly）著：《當代新聞採訪與寫作》，台北：周知文化，1995。
- 方怡文、周慶祥等著：《新聞採訪理論與實務》，台北：正中書局，2000，二版。
- 王洪鈞：《新聞報導學》，台北：正中書局，2000。
- 楊素芬：《台灣報導文學概論》，台北：稻田，2001。
- Karen Roggenkamp（ 2005)：*Narrating the news : new journalism and literary genre in late nineteenth-century American newspapers and fiction*，Kent, Ohio ; London : Kent State University Press。
- Dan Gillmor （ 2004 ）：*WE THE MEDIA*；陳建勳譯：《草根媒體》，台北：歐萊禮，2005。

- 龔仁文編:《WEB 2.0》,台北:資策會,2006。
- 《2005 台灣文學年鑑》,台南:國家台灣文學館籌備處,2006。
- 《2006 台灣文學年鑑》,台南:國立台灣文學館,2007。

學位論文

- 周立軒:《網誌使用者與使用行為之研究》,桃園:元智大學資訊傳播學系碩士論文,2005.6。
- 周恆甫:《臺灣地區網路媒體 BLOG 發展與應用之初探研究——以「交通大學無名小站」為例》,台北:國立台灣藝術大學應用媒體研究所碩士論文,2005.6。
- 劉基欽:《BLOG 特性對 BLOG 信任之影響》,台北:國立台灣科技大學企業管理研究所碩士論文,2005.6。
- 劉江釗:《部落格之社會網絡與自我呈現初探》,高雄:國立中山大學資訊管理研究所碩士論文,2005.6。
- 王紬沅:《部落格使用行為之研究——以無名小站部落格為例》,花蓮:東華大學企業管理學系碩士論文,2007.6。

期刊論文、專書論文、研討會論文、報紙評論

- 須文蔚:〈再現台灣田野的共同記憶〉,向陽、須文蔚編:《報導文學讀本》,台北:二魚文化,2004 二版。
- 須文蔚:〈台灣數位文學概述〉,《2005 台灣文學年鑑》,台南:國家台灣文學館籌備處,2006。
- 須文蔚:〈台灣數位文學概述〉,《2006 台灣文學年鑑》,台南:國立台灣文學館,2007。
- 吳秀明主編:〈劉賓雁的特寫〉、〈報告文學〉,收錄於《中國當代文學史寫真(上)》,頁 114-119;《中國當代文學史寫真》(中),頁 593-613(杭州:浙江大學出版社,2002)。
- 〈在這部落格的時代——第一屆台灣文學部落格獎〉,《文訊》第 266 期,

2007.12。

- 林燿德：〈臺灣報導文學的成長與危機〉，《文訊月刊》第 29 期，1987，頁 158-159。

- 韋政通：〈怎樣寫特寫〉，《記者通訊》54 期，1952。

- 唐金海、周斌主編：〈散文（含雜文、隨筆和報告文學）〉，收錄於《20 世紀中國文學通史》，上海：東方出版中心，2003。

- 高信疆：〈永恆與博大──報導文學的歷史線索〉，陳銘磻編《現實的探索──報導文學討論集》，台北：東大，1980。

- 張鍥、周明：〈大陸報告文學的繁榮與發展〉，《全國新書資訊月刊》第 47 期，2002.11。

- 曹聚仁：〈報告文學〉，收錄於《文壇五十年》，上海：東方出版，1996。

- 陳玟錚：〈部落格新聞敘事功能之初探〉，中華傳播學會 2006 年會論文（2006 年）。

- 須文蔚：〈報導文學在臺灣，1949-1994〉，《新聞學研究》第 51 期，1995.7。

- 黃修己：〈報告文學的興起〉、〈報告文學的新成果〉收錄於《中國現代文學發展史》，北京：中國青年出版社，1988。

- 鄭明娳：〈新新聞與現代散文的交軌〉，《現代散文現象論》，台北：大安，2001。

- 鄭明娳：〈報導文學〉，收錄於《現代散文類型論》，台北：大安，1987。

- 楊逵：〈何謂報導文學〉，收錄於《楊逵全集》卷九·詩文卷（上），台北：行政院文化建設委員會。

- 楊逵：〈報導文學問答〉，收錄於《楊逵全集》卷九·詩文卷（上），台北：行政院文化建設委員會。

網路資源

- 林克寰：〈部落與部落格〉，2003 年 9 月 2 日，網址 http://www.openfoundry.org/component/option,com_content/id,208/lang,tw/task,view/，上網日期：2008 年 7 月 29 日。

- 林克寰：〈妳不能不知道的Blog Web Log──Blog 是甚麼碗糕啊？〉，網址：http://www.ebao.us/portal/showcontent.asp?INDEX=2368。
- 蔡鴻濱：〈部落格與公共領域的實踐：以《南方社會文化網絡》為例〉，中華傳播學會 2005 年會論文（2005 年），http://ccs.nccu.edu.tw/history_paper_content.php?P_ID=109&P_YEAR=2005，截取日期 2008/7/26
- 創市際市場研究顧問公司：〈台灣部落格熱潮，邁向網路全民運動〉，2006 年 10 月 18 日，網址 http://www.insightxplorer.com/news/news_10_18_06.html，上網日期：2008 年 7 月 29 日。
- ZDNET新聞專區：〈報告：去年網拍、部落格使用大增〉，2006 年 10 月 25 日，網址：http://www.zdnet.com.tw/news/software/0,2000085678,20110901,00.htm，上網日期：2008 年 7 月 29 日。
- 黃瓊儀：〈社會運動中的部落格語藝：以「聲援楊儒門運動」為例〉，中華傳播學會 2006 年會論文（2006 年），http://ccs.nccu.edu.tw/history_paper_content.php?P_ID=27&P_YEAR=2006，截取日期 2008/7/26。
- 劉毓民、廖玉萍：〈3G引領未來潮流〉。電子商務導航，網址：http://www.ec.org.tw/Htmlupload/7-8.pdf。

講評

柯裕棻[*]

　　這是一篇相當詳實中肯的論文，主旨在於探討部落格文學寫作對於報導文學的「鬆綁」。這篇論文分別就報導文學的發展歷史和部落格的趨勢做了全面的文獻整理，這是非常難得的資料整理。

　　以下只是幾點建議：

　　一，對於部落格作為媒介的特性分析，我想除了既有的「內容」導向思考之外，「形式」可能也是造成鬆綁的理由之一，甚至可能是最主要的理由。例如：文章內容生產的過程、部落格使用者的習性、觀看瀏覽者的期待與回應、部落格介面提供的內容表現的各種方法，等等，應該也是分析的重點。既然是鬆綁，研究的方法和焦點可能也必須從傳統的報導研究中鬆綁出來。此外，寫作的方式也會在不同的介面中有不同的重點突顯，內在的敘事規則以及整個頁面呈現的組合規則也可以是分析的面向之一。

　　二，對於新類型傳播內容的研究方法可能也面臨一波新的挑戰，例如，由於點閱、轉貼和回應會確實呈現在頁面上，因此，研究者恐怕難以再回到「視一切文字為文本加以分析即可」的研究法。亦即，由於文章貼出之後作者並未消失，而讀者也可以不斷與作者進行討論，所以傳統的研究法看待作者為一個既有而遙遠的存在那種「作者中心主義」，恐怕難以施行於落格寫作的研究當中。部落格的作者始終在場，可以對話，因此研究者似乎也不能假設作品的終極完成而進行文本分析，作者可以不斷改寫、更正、回應，所以研究者也可以藉著部落格空間與作者和作品進行對話和訪談，而不必僅僅分析正文，甚至應該考慮連作者和其他讀者的對話與回應文字也成為分析對象。如此，方能確實貼近部落格的開放性和雙向溝通性的研究立場。當然，

* 政治大學新聞學系助理教授

這是既有的方法論的難題，不過作爲新媒介的研究，應該可以嘗試多種方法的可能性。

　　三，此外，部落格的形式相當多變，各種文字、圖像、影音檔的呈現都有可能組合呈現，與其他部落格的連結也提供了串聯和對話的可能。越活躍的作者，它的部落格文字和對話越是開放而多歧義，也就更難以從傳統的新聞報導或是文學寫作的範疇加以分類分析。以上種種的條件都可能是部落格鬆綁的力量來源，應該可以是這種開放式的媒介的分析面向。

台灣文學資料庫之建置與回顧

蔡輝振、林一帆[*]

摘要

　　文獻數位典藏是為國家發展重點之一，如何有效的將文獻資料與電腦技術科技整合，做永久性的典藏與延續，並透過網際網路無遠弗屆的傳送世界各地，以達到資源共建共享的目的，這是時代之趨勢，亦是吾人所追求的理想。因其發展數位典藏不僅可帶動其他產業的發展，提高國際競爭力，又可增進吾人生活的品質與便捷，造福人類，真是一舉數得。故世界各國無不將此列為國家發展的重點，投入龐大的人力、物力，朝這個方向發展。

　　台灣也是如此，政府更為能在 2008 年 e 化台灣，制訂許多計畫，投入新台幣四仟多億元的經費來建設基礎設施，為產業資訊化提供一個良好的環境。可見，台灣為發展文獻數位典藏並推動無紙化世紀是不遺餘力，其典藏內容，也涵蓋古今文獻資料、圖片、文物，以及影音等項目的文化資產保存，無所不括。本文即嘗試從眾多的文化資產保存中，探討有關台灣文學數位化並建置資料庫的成果，以及其發展的軌跡，作一歷史回顧，後再對幾個主要成果的資料庫做評論，最後提出未來展望供參考，期待吾人可置身在一個人性化、智慧化、便捷化，以及講究視聽覺享受的操作環境，唾手可得所要的資訊。

關鍵詞：台灣文學（Taiwan literature）、文獻資料（Documentary Data）、數位典藏（Digital Preservation）、資料庫（database）

---

[*] 雲林科技大學漢學資料整理研究所教授、研究生，E-mail：tsaihc@yuntech.edu.tw、g9644719@yuntech.edu.tw

壹、前言

文獻數位化典藏（Documentary Digital Preservation）是為國家發展重點之一，如何有效的將文獻資料（Documentary data）與電腦技術（Computer technique）科技整合，做永久性的典藏與延續，並透過網際網路（Internet）無遠弗屆的傳送世界各地，以達到資源共享的目的，這是時代之趨勢，亦是吾人所追求的理想。誠如中央研究院計算中心所謂：

> 數位典藏的最大效益，除了內涵（資料本質）價值的有效保存與發揚外，最主要的乃在於帶動資訊系統（及技術）、以及資料的整合與共享。透過資訊技術緊密的整合資料、服務、通訊，以及資訊系統，建構有效而長久的資訊保存與管理機制，並開發提供迅捷便利的知識擷取（knowledge discovery）應用服務，進而促進更有效率的學習模式，甚而新知識與新思維的發展與創造。[1]

可見，發展數位典藏不僅可帶動其他產業的發展，提高國際競爭力，又可增進吾人生活的品質與便捷，造福人類，真是一舉數得。尤其是在地球暖化之後，發展文獻數位典藏並推動「**無紙化世紀**」更迫在眉睫。根據美國「國家大氣研究中心（NCAR）」的報告指出，[2]地球氣溫如持續暖化升高，將使南北極的冰帽融化、海平面上升，並擾亂正常的氣候形態，進而引發嚴重的乾旱、風暴、冰暴等事件。這種現象如不即時改善，讓南北極冰原全部融化，地球的海平面將上升 80 公尺以上，屆時全球大部分城市將沉入海底，這是本世紀地球最大的危機。而這種危機來自於暖化的嚴重性，這種嚴重性則因人類排放過量的二氧化碳，加上大量森林被砍伐，無法產生中和作用而引起的溫室效應所致。而森林之所以會被大量砍伐，主要則來自於出版業對紙張

---

[1] 中央研究院計算中心：〈中央研究院數位典藏簡介〉，「數位典藏與文件編譯研討會」論文，1990 年 11 月，頁 3。

[2] 〈全球暖化報導〉，http://residence.educities.edu.tw/~jienyi/news_warming.htm，2007.11.10。

的需求。因此,加速發展文獻數位典藏並推動無紙化世紀,已是目前世界各
國的共識,將此列爲國家發展的重點,投入龐大的人力、物力,朝這個方向
發展。

　　台灣也是如此,政府更爲能在 2008 年 e 化台灣,制訂許多計畫如下圖
一,投入新台幣四仟多億元的經費如下圖二,來建設基礎設施,爲產業資訊
化提供一個良好的環境。

圖一

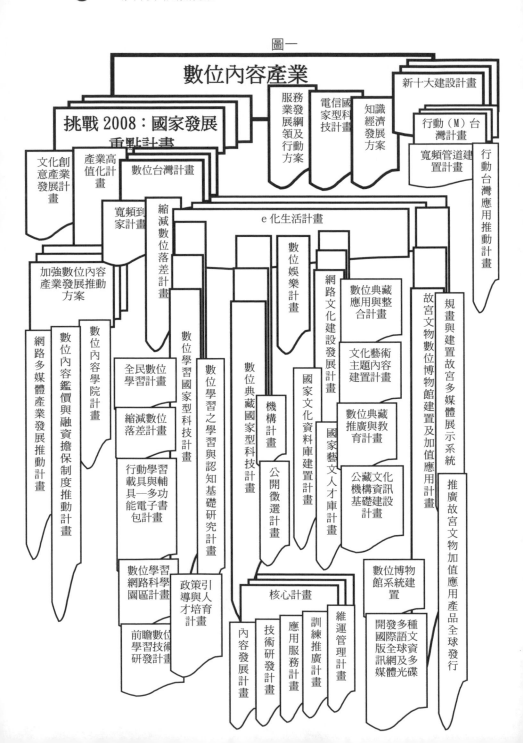

圖二

*單位：億元

項 計　　目 畫	推動計畫		配套措施			實 施 期 限
	產業計 畫	加值 計畫	基礎 建設	法規 建置	人才 培訓	
文化創意產業發展計 畫	119.44 （億元）					91 至 96 計六年
網路多媒體產業發展 推動計畫	11.92					91 至 96 計六年
數位學習國家型科技 計畫	38.64					92 至 96 計五年
數位娛樂計畫	23.58					92 至 96 計五年
知識經濟發展方案	362. 79783					90 至 95 計六年
數位典藏國家型科技 計畫		29.07				91 至 95 計五年
網路文化建設發展計 畫		18.75				91 至 96 計六年
故宮文物數位博物館 建置及加值應用計畫		10.48				91 至 96 計六年
電信國家型科技計畫			133. 05016			93 至 97 計五年

行動（M）台灣計畫			370			93 至 97 計五年
寬頻到家計畫			3055.15			91 至 96 計六年
縮減數位落差計畫			67.71			94 至 97 計四年
公藏文化機構資訊基礎建設計畫			2.1			91 至 96 計六年
服務業發展綱領及行動方案				無預算編列		94 至 97 計四年
數位內容鑑價與融資擔保制度推動計畫				包含在網路多媒體產業發展推動計畫內		91 至 96 計六年
數位內容學院計畫					包含在網路多媒體產業發展推動計畫內	91 至 96 計六年
政策引導與人才培育計畫					包含在數位學習國家型科技計畫內	92 至 96 計五年
合　計	556.37783	58.3	3628.01016	經費包含在其他計畫內	經費包含在其他計畫內	總計：4242.68799

					億元
備 註	一、網路文化建設發展計畫經費 20.85 億元中，包含公藏文化機構資訊基礎建設計畫經費 2.1 億元，故實際預算經費爲 18.75 億元。 二、服務業發展綱領及行動方案所需經費，由各部會預算額度內調整支應，故方案中無預算編列。 三、加強數位內容產業發展推動方案經費 11.92 億元，包含網路多媒體產業發展推動計畫、數數位內容鑑價與融資擔保制度推動計畫，以及數位內容學院計畫等三個計畫。				

　　可見，台灣爲發展文獻數位典藏並推動無紙化世紀是不遺餘力，其典藏內容，也涵蓋古今文獻資料、圖片、文物，以及影音等項目的文化資產保存，無所不括。本文即嘗試從眾多的文化資產保存中，探討有關台灣文學數位化並建置資料庫的成果，以及其發展的軌跡，做一歷史回顧，後再對幾個主要成果的資料庫或網站做評論，最後提出未來展望供參考，期待吾人可置身在一個人性化、智慧化、便捷化，以及講究視聽覺享受的操作環境，唾手可得所要的資訊。茲論述如下：

貳、歷史回顧

　　台灣自中央研究院於 1984 年 7 月，率先推動「**史籍自動化計畫**」，建構「**漢籍全文資料庫**」以來，迄今已有二十多年光景。參與單位也從原先中央研究院，到今天的：國科會、文建會、國家圖書館、故宮博物院、歷史博物館，以及各縣市政府、大學校院、民間團體等等，都先後積極的加入這個行列。政府更將其列爲國家發展重點之一，編列上百億經費，由國家科學委員會、中央研究院等單位，分別執行「數位博物館先導計畫」及「數位典藏國家型科技計畫」，爲台灣打造一個「e 世王國」而努力，進而實現「無紙化世

紀」的夢想。

　　總結以上之努力，目前在台灣文學數位化方面的成果，比較具代表性的有：

一、國家圖書館之「中文期刊篇目索引影像系統」

　　http://readopac2.ncl.edu.tw/ncl3/index.jsp

　　該系統係由國家圖書館期刊文獻中心所建置，免費開放使用，它結合「中華民國期刊論文索引影像系統」，以及「國家圖書館期刊目次服務系統」的期刊資料，提供使用者更完整的中文期刊篇目與更便捷的期刊文獻檢索途徑，可藉由篇名、作者、關鍵詞、刊名、類號、摘要、全文、出版日期等欄位查詢所需資料。

　　該資料庫收錄台灣，及部分港澳地區自 1998 年以來，所出版的中西文學術期刊、學報，以及讀者利用頻繁之各類期刊所發表的單篇文獻著作，包含學術性文獻，以及一般性作品。學術性文獻以研究論著為主，其餘如報導性、休閒性、生活化與文藝作品、通訊消息、會計報告、人事動態、定期統計資料、產品介紹、隨筆漫談等均屬一般性文獻。

　　該系統查詢方式提供：簡易查詢、詳細查詢、自然語言查詢、指令查詢四種界面，藉由期刊之篇名、作者、類號、關鍵詞、刊名、出版日期、摘要、全文等欄位，配合精確查詢、同音查詢、模糊查詢、韋傑氏拼音、漢語拼音、通用拼音等檢索功能，以及布林邏輯的組合運用，可以精確有效地查詢到期刊中所刊載的文章。

　　該系統僅提供期刊篇目索引，若要取得全文，則可連結國家圖書館期刊影像資料庫，並提供文獻傳遞服務，使用者可在查詢結果的簡易資料，或詳目資料的顯示畫面，利用複印本文的功能，直接列印或申請文獻傳遞服務。[3]

---

[3] 中文期刊篇目索引影像系統簡介，國家圖書館，http://readopac2.ncl.edu.tw/ncl3/intro.jsp?la=c，2007.11.10。

二、華藝數位股份有限公司之「台灣電子期刊服務網」

http://www.taiwanclassic.com/teps/ec/Default.aspx

該服務網係由華藝數位股份有限公司所建置，使用收費之商業行為，號稱全球提供最多的台灣期刊數位化全文的資料庫，目前的收錄超過四百五十幾種各類學科的期刊，仍在持續增加當中。

該服務網之查詢分為：基本查詢與進階查詢兩種，可提供全文檢索、瀏覽，以及列印等功能。

三、國家圖書館之「台灣記憶文學紀行：百年來台灣文學雜誌特展」

網http://memory.ncl.edu.tw/tm_new/subject/literature/index2.htm

該特展網係由靜宜大學中國文學系陳建忠助理教授（現為清華大學台灣文學研究所助理教授）與其碩士班學生沈芳序所合編，內容包含：導讀、日據時代、光復初期、五〇年代、六〇年代、七〇年代、八〇年代、九〇年代，以及二十一世紀迄今。其中，「導讀」係收錄專家學者發表有關台灣文學，或台灣文學雜誌的文章；而「日據時代」等各時期，則收錄當時期所有出版的期刊雜誌封面，並有該雜誌之簡介，但無該雜誌之目錄及全文，亦無提供查詢功能。

四、國家台灣文學館之「文學資料庫」

http://www.nmtl.gov.tw/04_study/study_F.asp

該資料庫底下包含：台灣研究資料庫、《台灣文學辭典》檢索資料庫、智慧型全台詩知識庫、台灣文學年鑑資料庫等四個子資料庫。

其中之「台灣研究資料庫」係由漢珍資訊系統公司所建，內容包含：台灣當代人物誌、台灣人物誌、日據時期《臺灣時報》、台灣日誌，以及台灣文獻叢刊等資料。『台灣當代人物誌』的蒐羅範圍，從 1946 年到現代，目前已蒐集十萬筆左右的資料；而『台灣人物誌』的蒐羅範圍，以日據時期的人物為主，未來將擴及清代與戰後的人物資料；《台灣時報》係日據時期台灣總督府所發行的雜誌（日文），其收錄資料涵蓋當時台灣的政治、經濟、農業、交通、軍事、教育、司法、技術，以及文藝等文章；『台灣日誌』則

以 1895～1945 日本統治台灣階段為斷限,其蒐羅範圍包含當時官方及民間
所發行的各種報紙期刊、一般性書籍,或特定主題的歷史回顧等資料;『台
灣文獻叢刊』收錄自唐、宋以降至日據時期有關台灣的著述,集台灣之政治、
經濟、社會、歷史、地理、風俗、民情,以及法制等文獻之大成,其資料來
源係依「大通書局」之版本,[4]作數位化掃瞄,並將索引整理與影像聯結。
該等資料庫並提供:基本檢索、進階檢索、瀏覽檢索,以及檢索歷史等查詢
功能。[5]

而「《台灣文學辭典》檢索資料庫」則由國家台灣文學館委託成功大學
台灣文學研究所陳萬益教授(現為清華大學台灣文學所教授)所執行,可在
瀏覽功能直接瀏覽,或以主題瀏覽依照詞目分類瀏覽,而一般查詢直接鍵入
關鍵字即可,進階查詢則可依詞條名稱、內文或作者等欄位做更精確的查詢。

「智慧型全臺詩資料庫」係由國家台灣文學館委託元智大學中國語文學
系羅鳳珠老師所執行,資料來源則由成功大學中國文學系施懿琳教授所提
供,內容收錄台灣有關的詩社及其詩文等相關資料,其查詢方式包含:全台
詩全文索引區(出處索引與作者索引)、全台詩檢索區(作者資料全文檢索、
全文檢索區及註文檢索區)、台灣詩社資料庫(檢索區與索引區),以及時空
資訊系統(時間資訊系統與空間資訊系統)等項目。

而「臺灣文學年鑑資料庫」則由行政院文化建設委員會於 1996 年委託
文訊雜誌社承辦,由總編輯李瑞騰(現為中央大學中文系教授)、名作家杜
十三、國家台灣文學館館長鄭邦鎮,以及代館長吳麗珠等所執行。其中,李
瑞騰主持 1998 年及 1999 年;杜十三主持 2000 年;鄭邦鎮主持 2001 年～2004
年;2005 年則由吳麗珠主持。內容主要包含:綜述、大事紀、文學出版、學
術研究、文學創作,以及傳播媒體等項目。其查詢方式可分為:文字及圖形
兩種,並可選擇從人名、年代、圖檔、全文檢索、篇名、書名、年鑑文章、
文學大事紀、名錄,以及數位典藏系統等項目去尋找所要的資料。

---

[4] 大通書局在十幾年前,依已絕版的《台灣文獻叢刊》309 種及提要 1 種分類彙編成九輯,由原
32 開放大為 25 開重印為 190 冊。
[5] 「台灣研究資料庫」,漢珍資訊系統公司,http://www2.nmtl.gov.tw:8080/twdbmenu/,2007.11.10。

五、台灣大學圖書館之「台灣研究網路資源」

http://www.lib.ntu.edu.tw/spe/taiwan/hometest1.htm

該網站資源由台灣大學圖書館所建置，其典藏之台灣史資料包括「淡新檔案」、「岸裡大社文書」、「伊能文庫」，以及台灣總督府各局部與台北帝國大學（台灣大學前身）之刊行物等，同時提供舊藏日文台灣資料目錄、原住民圖書聯合目錄、伊能文庫刊行書目錄、田代安定文庫目錄，以及館藏 UMI 台灣研究相關博碩士論文微捲目錄等。其內容上起十八世紀，下迄終戰前夜。

該網站之查詢，除可檢索台大館藏台灣資料外，並蒐集整理網際網路上台灣研究相關之網路資源，包括電子文獻、研究及教學資訊，以及其他相關檢索系統與網站等。[6]

六、政治大學台灣文學所之「台灣文學部落格」

http://140.119.61.161/blog/index.php

該部落格係由政治大學台灣文學研究所所建置，主要目的係在提供一個學術與創作交流的園地，凡與台灣文學有關之評論、詩、小說、散文皆可發表，發表之前要先註冊，並有文章搜尋功能。截至 2007 年 11 月 15 日止，已累計發表 910 篇文章，分佈在：日治新文學 34 篇、文學史與其他 63 篇、文學理論 23 篇、文學創作 446 篇、世界文壇評介 38 篇、母語文學 74 篇、古典文學 6 篇、原住民文學 19 篇，以及戰後新文學 207 篇。

七、中央研究院台灣史研究所之「臺灣文獻叢刊資料庫」

http://www.ith.sinica.edu.tw/data.html

該資料庫係由中央研究院台灣史研究所所建置，其資料來源是依據台灣銀行經濟研究室在 1958 到 1968 年間，所出版的《臺灣文獻叢刊》標點本，共 309 種 596 冊近四千萬字，再加上 1977 年 6 月出版的「台灣文獻叢刊提要」內第一種至三〇九種的提要內容，以及高拱乾、范咸、蔣毓英的《台灣府志》（簡稱高志、范志與蔣志）。該志係採用 1985 年北京中華書店之版本，

---

6 「台灣研究網路資源」〈台灣研究資源〉說明，台灣大學圖書館，
  http://www.lib.ntu.edu.tw/CG/resources/Taiwan/taiwan1.htm，2007.11.10。

而蔣志標點則參照 1985 年廈門大學出版之《台灣府志校注》。其內容可分為三類：一為台灣通志、府志，以及各縣、廳志，包括重修、續修之各版本；二為各地採訪冊、相關地區志書，以及輿圖；三為補方志之闕的紀略資料。具有全文檢索功能。[7]

八、呂興昌之「台灣文學研究工作室」

http://ws.twl.ncku.edu.tw/index.html

　　該工作室係由成功大學台灣文學研究所呂興昌教授獨立所建置，企圖使用台語（台語、客家台語、原住民語）、華語、日語、英語等四種語言的網站，不過目前僅止於台語而已，期望有興趣者參與，共同將其他三種語言建立起來。其典藏內容包含：母語文學、民間文學、古典文學、原住民文學、鄭轄時期、清領時期、國統時期、研究學者、學位論文、研究書目、研究刊物、學術會議、文學通論，以及出土資料等龐大的文獻資料，作者之企圖心可見一般。不過目前網站內的資料還相當有限，也無檢索系統。

九、中正大學台灣文學研究所之「台灣好文學網」

http://www.literaturetaiwan.idv.tw/

　　該網站係由中正大學台灣文學研究所江寶釵教授與筆者所建置，底下包含：台灣漢詩資料庫、台灣期刊網、台灣古典文學網、嘉義文學博物館，以及中文學術規範網等五個子資料庫。

　　其中之「台灣漢詩資料庫」之典藏內容有二類：一為詩集；二為期刊。詩集計有 91171 筆資料；期刊則有：三六九小報 3633 筆資料；台南新報 26409 筆資料；台灣時報 222 筆資料；南方 7764 筆資料；南瀛新報 179 筆資料；風月報 17633 筆資料；詩報 134703 筆資料，以及興南新聞 665 筆資料；合計 195241 筆資料；兩者總計 286412 筆資料，並提供全文檢索與進階搜尋兩種途徑。

　　而「台灣期刊網」之典藏內容則針對台灣期刊部分，計有：三六九小報、

---

[7] 「臺灣文獻叢刊資料庫」〈資料庫簡介〉，中央研究院台灣史研究所，http://www.ith.sinica.edu.tw/data.html，2007.11.10。

台南新報、台灣時報、南方、南瀛新報、風月報、詩報,以及興南新聞等期刊雜誌。並使用**智慧型搜尋引擎**,可輸入作者,或籍貫,或書(篇)名,或專欄名,或刊名,或期號,或出版單位,或出版時間,或頁碼,或關鍵字等任一條件;亦可使用特殊字元「+」進行上述多個欄位結合搜尋,即可快速準確的查詢到所需的資料。

找到資料時,再點選進去,則呈現當期雜誌之動態電子書,可瀏覽該雜誌所刊登之所有文章的全文,並提供全文檢索。

「台灣古典文學網」之典藏內容主要有:圖書館藏及學研館藏兩部分。圖書館藏分為:散文館、詩詞館、小說館、戲曲館、評論館,以及視聽館;而學研館藏則有:專書論著、期刊論文、學報論文,以及學位論文等項。

該網所典藏之資料,皆以動態電子書的呈現方式,並具有全文檢索功能。

「嘉義文學博物館」之內容主要有:嘉義地區之作家簡介、嘉義文學風情,以及專輯暨專訪作家群像等資料,並提供基本查詢與進階查詢兩種途徑。

而「中文學術規範網」則提供一個討論學術論文標準規範的園地,其內容主要有:會議資訊、工坊現場、論文發表、列舉事件、標準規範,以及問卷調查等項目。

十、東華大學中國語文學系之「台灣文學」網

http://dcc.ndhu.edu.tw/literature/

該網站係由東華大學中國語文學系須文蔚副教授所建置,內容包含:典藏作家、議題導讀、影音收藏,以及聲韻之美等項,典藏作家有:作家小傳、年表、書目、相關品評,以及報紙期刊等彙編資料;議題導讀則有:台灣古典文學、現代文學、母語文學,以及原住民文學等相關議題概論;而影音收藏有:作家訪談,以及演講等之影音資料;聲韻之美則有:閩南語聲韻學之解析、探討、使用,以及林正三聲音示範教學,並提供全文檢索功能。

十一、聯合大學台灣文學研究中心之「台灣客家文學館」

http://literature.ihakka.net/hakka/default.htm

該館係由聯合大學台灣文學研究中心委託清華大學台灣文學研究所陳

萬益教授所建置，內容包含：作家身影、代表作品、作品導讀、研究文獻，以及客家語文等項。

其中之「作家身影」有：作家導讀、作家生平大事年表、寫作年表，以及作家影音；「代表作品」有：作品導讀（作品導讀及網路大家談）、著作目錄、線上閱讀，以及著作書影；「客家語文」有：作品選讀、綜合客語詞彙庫，以及客家音標等資料；「研究文獻」有：研究文獻與一般文獻。並具有檢索・查詢功能，可全文搜尋代表作品、及研究文獻等資料。

十二、財團法人賴和文教基金會之「賴和紀念館」

http://140.138.172.55/laihe/index.asp

該館係由政院文化建設委員會與彰化縣文化局委託清華大學台灣文學研究所陳萬益教授與元智大學中國語文學系羅鳳珠老師所建置，主要內容項目包含有：「紀念館導覽」、「索引檢索區」兩大部分。紀念館導覽分成：賴和生平、專家導覽、虛擬導覽、紀念館館史，以及賴和紀念碑等選項。其中「專家導覽」附有每位專家的個別導覽，例如：「賴悅顏先生導覽」、「楊治人先生導覽」等，不但可觀看詳細的專家簡介、導讀與導覽，使用者在觀賞專家導覽之餘，也可進一步熟識專家的背景資料；另「虛擬導覽」中使用者利用 2D 虛擬導覽系統，如同親身進入紀念館參訪一般，對紀念館陳設佈置一目了然；以上兩項功能頗具特色。而「索引檢索區」亦分成：綜合索引區、文學檢索區、文學研究區，以及文教推廣區等選項，每一篇作品，皆附有相對應的手稿供參考，資料豐富且多元，既有書面資料又有影音資料或圖片可配合閱讀。

另網站附有：「多元動態導覽」，可依使用者需求，分為一般閱聽者或教學研究者，以及內容媒體別，分文字、圖片、照片、影像、導覽、文物與聲音等快速選擇所需資料，十分便利且智慧。而「手稿線上翻閱」功能，則以賴和、楊守愚、賴賢穎，以及館藏其他作家手稿為主，讓現實生活中的閱讀機制，搬到螢幕上。並具有檢索功能，可全文搜尋文學作品等資料。

十三、「鍾理和數位博物館」http://km.cca.gov.tw/zhonglihe/home.asp

　　該館亦由行政院文化建設委員會委託清華大學台灣文學研究所陳萬益教授與元智大學中國語文學系羅鳳珠老師所建置，主要內容項目與功能，人致與「賴和紀念館」相同，在此不贅陳。

十四、筆者所建之「天空家族」文學網http://www.familyofsky.idv.tw

　　該網係為筆者所獨立建置，典藏內容包含：認識族長→啓心動念緣分的開始；緣起緣定→交代創站緣由；家族成員→讓有緣者成為家族的一員，彼此分享人生的哀樂；圖書館藏→典藏古典、現代、台灣以及世界等作品讓吾人賞析，並保留原始風貌之動態電子書，具有全文檢索功能；學研館藏→典藏專書、學報、期刊以及學位等論文，並有版本檢討、文獻回顧等資料彙編供研究者參考；作品發表→供成員發表作品的園地；線上創意→讓成員共同以故事接龍方式，盡情揮灑想像空間，恣意創造自己的人生；讀書會→讓成員共同在線上研讀，發表感觸以及選擇所愛的作品，偶像的教師為你線上教學；竹風故事→取自「竹因風而美麗，風因竹而偉大；風和鳴，竹生姿，共譜竹和風的故事」，供成員談情說愛的場所；鴻爪留泥→供線上留言討論；與你分享→公布訊息；真情相待→E-mail 連絡族長；資料回饋→鼓勵讀者參與資料整理的工作，以回饋給本站應用；搜索引擎→提供網外網內資料搜索；貼心服務→有輔助工具：提供各種字典工具在線上查閱，內建線上翻譯與計算機以及衛星地圖等功能；應用文書：提供公文、租約、法律等文書做參考；公用資料庫：內建整理好的資料供下載使用等項目。

　　其中之台灣作品的部分包含有：散文館、詩詞館、小說館、戲曲館、評論館，以及視聽館等項，所收錄之作品，皆以保留原始風貌之動態電子書呈現，並提供全文檢索功能。[8]

十五、國立清華大學台灣文學研究所之「台灣文史中心」
　　　　http://www.tl.nthu.edu.tw/history/about.php?ID=about1
　　該系統由清華大學台灣文學所建製，其內容收藏台灣文史書目。共規劃

---

[8] 蔡輝振：「天空家族」〈開門頁〉說明，http://www.familyofsky.idv.tw，2007.11.10。

四大項目：台灣文史書目、台灣文學基礎書目、台灣文學研究書目、最新台灣文學論著；以及書目搜尋。而所有的書目皆列於「台灣文史書目」項下，該項下所提供搜尋欄位包括：屬性、類別、出版年及關鍵字。

在「類別」欄位之中，有「台灣文學基礎書目」及「台灣文學研究書目」兩個項目。提供一般讀者及研究者兩種不同需求的使用群，更加明確的搜尋方式。

唯一美中不足者仍是該系統所包含範圍，僅涵國立清華大學圖書館及該所所圖書館之藏書。

十六、靜宜大學台灣文學系之「台灣文學創意教學網」

http://putaiwan.pu.edu.tw/teach/story/index.asp

該站版權屬於靜宜大學台文系，委託東方圓數位媒體公司創作。該網站所收納之作家有廖鴻基、賴和、黃春明等八位，每位作家有三本作品。雖然數量十分的少，但其呈現方式是值得討論的。

該站每本圖書皆由動畫呈現其內容，以每個章節爲一張圖畫，並可擊點該章節之按鈕來閱讀其中之內文及導讀文章。雖然此種呈現方式可吸引各種年齡層之讀者欣賞，但並未具公正性故不適於台文研究者使用。且因此製作方式曠日費時，故該站之擴充十分緩慢。

十七、暨南大學之「台灣作家作品檢索資料庫」

http://163.22.7.6/literature_tw/

該系統爲暨南大學圖書館所有，分爲台灣作家作品檢索資料庫前言、台灣作家收錄來源、台灣作家作品瀏覽及檢索及台灣作家作品相關連結。依其前言內容所述，由於《中華民國作品目錄》收錄，可知台灣至 1998 年至少出現過 1800 位作家；就《台灣文學作家年表與作品總錄（1945～2000）》收錄，可知台灣 1945 至 2000 年便存在了 2256 位作家。[9]因爲估計數據落差如此龐大，故該站從「台灣作家全集」、「台灣文學 50 家」、「年度短篇小說選」、

---

9 「台灣作家作品檢索資料庫」〈台灣作家作品檢索資料庫前言〉，暨南大學圖書館，
http://hermes.library.ncnu.edu.tw/ncnu/htm1/inside4.html，2006.11.16。

「年度散文選」、「年度詩選」、「聯合報文學獎」、「中國時報文學獎」、「國家文藝獎文學類」此八大項中，搜尋出曾發表的作家共近一千位，以爲其典藏之目標。

故其中「台灣作家收錄來源」，即是以前述八大項目來分別收錄作家之作品所存在之書目，供讀者查詢。爲避免資料太過龐大，或因使用者不明該作品存在何種類別之下，於是提供「台灣作家作品瀏覽及檢索」供讀者以篇名、作者、發表年份爲條件，檢索其需要的資料。

又以「台灣作家作品相關連結」，鏈結網路上有關台灣作家及其作品的資源。

十八、國立中央圖書館之「台灣文獻整合查詢系統」

http://192.192.13.178/gs/taiwan-index.htm

該站爲中央圖書館所有，分爲「台灣文獻期刊論文索引」、「台灣資料剪報系統」、「台灣文獻資料聯合目錄」以及「日文舊籍台灣文獻聯合目錄」四套子資料庫，各自設置其搜尋引擎。又以「台灣文獻整合查詢系統」做爲此四套子資料庫的統合查詢系統，以提供更全面的搜尋服務。

「台灣文獻期刊論文索引」收藏中文期刊自清末起迄今，有關於台灣論文著作、文獻資料。「台灣資料剪報系統」則收錄民國77年起，二十餘種中文報紙剪輯有關台灣論著文獻資料，掃瞄建檔。

「台灣文獻資料聯合目錄」除該館之外尚有台灣省文獻會、省立台中圖書館、中央研究院等三十六個單位，內容包括台灣中文、日文、西文圖書文獻資料，凡古文書、古契、先賢遺著、士紳之文集、詩集、日記、帳簿、族譜、家乘、祭祀公業資料、寺廟教堂資料、產業組合檔案、口碑、口述史料、學術著作、政府單位出版品及博碩士論文等。

「日文舊籍台灣文獻聯合目錄」收錄該館、中央研究院中國文哲研究所圖書館、中央研究院民族社會研究所圖書館、中央研究院地球科學研究所圖書館、中央研究院人文社會科學研究所圖書館、中央研究院近代史研究所圖書館、中央研究院史語所圖書館、中央研究院中國文哲研究所圖書館、國史

館台灣文獻館、國立台中圖書館、台灣史料中心、台南市立圖書館、國家圖
書館、東海大學圖書館、台北市文獻委員會、國立政治大學圖書館、國立台
灣大學圖書館、國立台灣師範大學圖書館及淡江大學圖書館等單位之館藏目
錄中民國 38 年前之日文舊籍資料,目前仍在陸續鍵檔中。

十九、國立台灣文學館之「台灣文學e網打盡」http://www.poem.com.tw/

該站為國立台灣文學館所有,內容分為「詩路」及「E 散文」兩大類。
其中「詩路」收集了 1880 至 1979 年的台灣詩人,內容包括作家的手稿、相
片、詩評及相關作品出版資料等等。「E 散文」則收集了 1919 年至 1971 年之
間的作家資料,較詩路不同的是其中包含了每位作家的作品,並將每位作家
以 blog 的方式區別。但皆未做有系統的搜尋介面。

以上便是目前在台灣文學數位化方面比較具代表性的成果,當然還有其
他如同性質者,而其功能並無特色,基於篇幅,在此就從略。

參、成果評論

學術資料庫網站之建構,主要有兩個目的:一是提供讀者瀏覽全文;二
是提供研究者尋找所需的資料。因此它須具備有:符合閱讀習慣、簡易、快
速,以及方便等四大要件,才能普及大眾需求。只可惜,目前除上述中正大
學台灣文學研究所所建之「台灣期刊網」、「台灣古典文學網」與筆者所建之
「天空家族」文學網外,其他學術資料庫網站之建構,大致皆有如下問題:

一、資料查詢方式

該等資料庫網站資料查詢皆採初階、進階兩階段查詢方式,並要設定多
種條件才能找到所需資料,使用上不符上述:簡易、快速、方便等要件,尤
其對一些不太懂電腦的人總是一種困擾。如下圖:

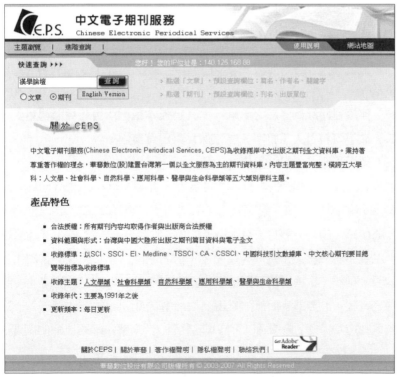

二、資料呈現方式

該等資料庫網站資料之呈現，皆以靜態捲軸瀏覽方式，如下圖：

其缺點有五：

（一）無緣目睹原始書籍之風采，尤其是孤本或絕版書籍更顯得重要。

（二）文字資料是人工打字，難確保資料正確無誤。

（三）須面臨罕見字無法呈現的困擾：

在中文個人電腦的市場裡，其作業系統大多以Microsoft之Windows為主，而Windows的中文內碼，台灣及香港是以「大五碼（Big-5）」為主，大陸則以「國標碼（GB）」為主。台灣發展的Big-5字集，計有 13,051 個傳統正體字，以及 408 個符號，足供一般使用，但若超出該字集範圍的古體字，則無法呈現。雖然，本機電腦可用造字方式來解決，但對於網路的流通，卻因使用端之電腦，並無造字而無法呈現。目前解決此問題的方法有三：一為採用本機電腦造字方式，再透過PDF格式之特性，[10]來解決網路流通的問題，

---

[10] PDF（Portable Document Format）檔案格式，係由 Adobe 公司所開發之 Acrobat 套裝軟體的

但一般家庭的個人電腦，使用Acrobat Reader的軟體並不普遍，且那麼龐大的文獻資料，要轉成PDF格式，需更多人力與物力支援，故也不甚理想；二為採用造字，該造字可以是人工書寫，也可以是電腦造字，再轉製成圖檔，以插入方式置於行文中，這種方式雖也可解決，但造字並製成圖檔，所需的人力與物力，亦相當可觀。三為如中研院提供給使用端，古體字造字檔下載功能，以解決網路古體字無法呈現瀏覽的困擾，此種方法在目前，算是最理想的模式。只可惜，該造字檔安裝有點複雜，對於不是很懂電腦的人，總是麻煩。可見，目前解決網路古體字無法呈現的三種方法，皆有其局限。而近年來，有一種「統一碼（Unicode）」正在快速的發展，它能容納數十種語文，以後的電腦將能處理各國文字，古體字也能容納在內，該問題也就迎刃而解，但從啟用至普遍化，則需一段相當長的等待時間。故在過度時期的階段，如何開發出有效解決該問題，又不帶給使用者麻煩的技術，亦是吾人努力的方向。

（四）須改變閱讀方式：

傳統閱讀方式，是吾人長期以來所養成的習慣，現在突然要改變閱讀習慣，一時之間恐怕難於接受，年輕一輩還好，但年長者難免會有抗拒心理，這對追求無紙化的世紀，始終是一個障礙。

（五）引文時因無頁碼等資訊，故須找到原始書籍核對，非常麻煩。

以上這些缺點，讓目前學術資料庫網站之建構，無法滿足：符合閱讀習慣、簡易、快速，以及方便等四大要件，故不是那麼的理想。

肆、未來展望

據上分析，筆者認為，一個理想的學術資料庫網站，應能提供讀者或研

編輯下，所產生的一種開放式電子文件，檔案本身即包含文版面的編排資訊，例如文件的格式、字體、顏色、圖形、影像等，文件內容還以包含「書籤」或「索引」（就如 Web 網頁裡面可以點選的超連結一樣）。使用者可在專用的閱讀軟體 （Adobe Acrobat Reader）上，直接看到與印刷品相似文件，也可以由印表機印出相同的紙本。其最大功能即是有非常優美的版面、檔案小可節省記憶體空間，以及在瀏覽器上看到與編輯時相同的文件，解決古體字在本機造字，無法從瀏覽器上呈現的困擾。

究者一個「符合閱讀習慣、簡易、快速,以及方便」的使用方式,並可置身於一個人性化、智慧化、便捷化,以及講究視聽覺享受的操作環境,讓吾人雖在世界不同的角落,資訊卻唾手可得。茲以中正大學台灣文學研究所所建之「台灣期刊網」為例,說明如下:

一、資料查詢方式

　　該資料庫採用智慧型搜尋引擎,其資料查詢不分階段,也無需設定條件,只要輸入任一作者、籍貫、書名、刊名、卷期、出版社、出刊日期、關鍵字等資訊,或作者+書名+出刊日期等資訊,皆能快速找到所需資料,使用上完全符合上述:簡易、快速、方便等要件,尤其對一些不太懂電腦的人也像吃飯一樣的簡單。如下圖:

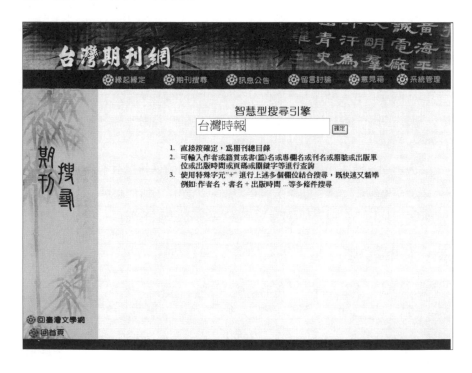

二、資料呈現方式

有關資料呈現方式，將以筆者所建之「天空家族」文學網為例做說明：

本網站係針對上述之缺點而建構，採與原始書籍一模一樣的動態電子書瀏覽方式，其優點有六：

（一）可親眼目睹原始書籍之風采，這對版本學研究者更具意義。如下圖：

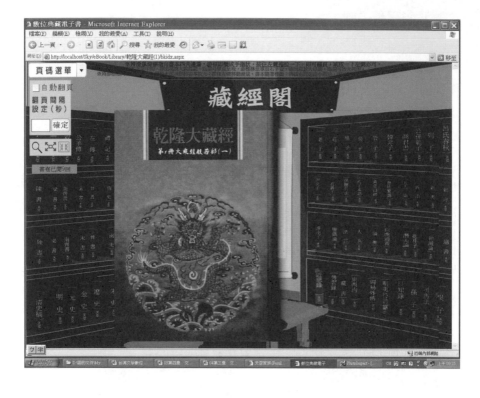

（二）呈現資料是原始書籍，能確保資料正確無誤。如下圖：

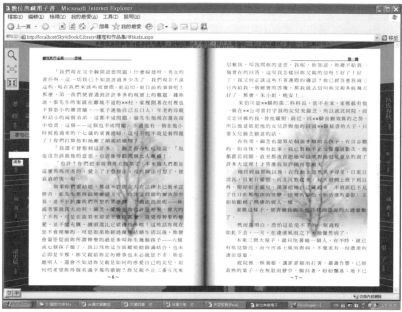

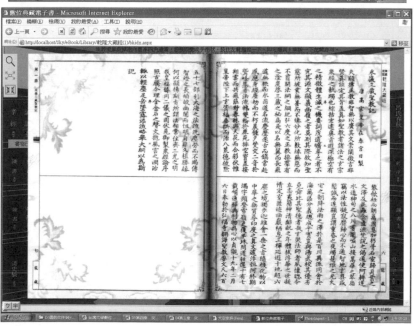

（三）沒有罕見字無法呈現的困擾：

本動態電子書古體字呈現的方法，乃首先在伺服器把所有古體字先造好，如此在伺服器即可呈現古體字瀏覽。而後再將 Word 文字檔即時轉成圖文檔，送至使用端瀏覽，古體字便因圖文檔的關係而呈現。如此使用端本機，無須造字，或下載古體字，不須做任何事情，便能瀏覽古體字，非常經濟、方便，即可解決罕見字無法呈現的困擾。如下圖紅字所示：

（四）無須改變閱讀方式

本網站為符合傳統閱讀習慣的方式，採用「動態電子書」，來模擬原始書籍的狀態來閱讀，翻頁時，游標會變成手指狀來翻頁，亦會產生翻頁的聲音，與傳統閱讀翻頁非常類似。如下圖：

　　爲了方便，還可設計頁碼選單，隨時可點選任何一頁，免去連續翻頁的麻煩，以及設計放大鏡，讓老年人有如實際的閱讀習慣。下圖所示者，係頁碼選單。

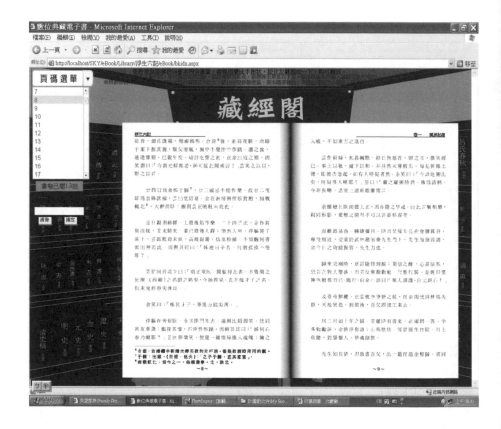

下圖所示者，係放大鏡。

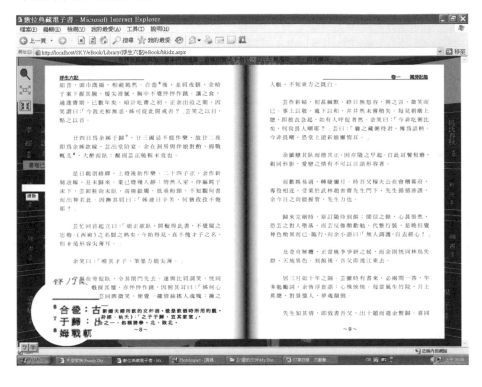

本電子書亦可自由放大、縮小，以方便讀者閱讀，如下圖：

（五）引文時因是原始書籍，故皆有頁碼等資訊，不須再找原始書籍核
　　　對，非常方便。

（六）具有全文檢索功能。如下圖：

下圖所示者，為檢索結果，並以箭頭標示：

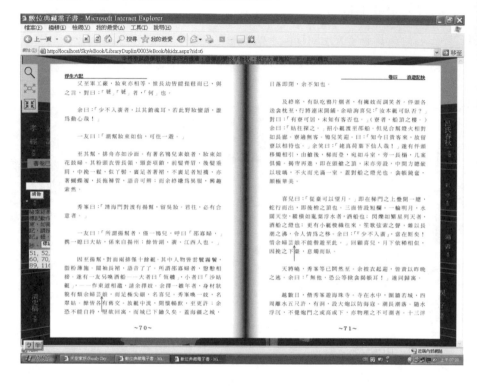

為方便研究者引文，本電子書可以呼叫引文當頁的 Word 檔，讓研究者複製或下載，非常方便。如下圖：

　　以上之六大功能，係解決上述之缺點的最佳方法，故筆者認為，未來的學術資料庫網站，應朝向這種模式去發展。

伍、結論

　　綜上所論，文獻數位典藏的技術，雖日臻成熟，然台灣資料與科技的整合應用，仍有很大發展的空間，如前之成果評論中，其該改善的地方還很多。因此，如果能針對目前學術資料庫網站之「資料查詢方式」，採初階、進階兩階段查詢方式，並要設定多種條件才能找到所需資料之缺點；以及「資料呈現方式」，大多以靜態捲軸瀏覽方式，所產生之無緣目睹原始書籍之風采、難確保資料正確無誤、須面臨罕見字無法呈現的困擾，以及須改變閱讀方式等缺點，做進一步的改善。並採取筆者所提出之「資料查詢方式」用智慧型搜尋引擎，其資料查詢不分階段，也無需設定條件，即能快速、方便、準確的找到所需資料；而「資料呈現方式」則採與原始書籍一模一樣的動態電子書瀏覽方式，即可解決前述之缺點。

　　基此，吾人可以預見，當文獻數位典藏的技術，臻至完善時，我們將可以置身在一個人性化、智慧化、便捷化，以及講究視聽覺享受的操作環境。儘管我們置身於世界不同的角落，但資訊卻唾手可得，彼此之間也無距離，此乃吾人所追求的理想，讓我們拭目以待吧！

參考文獻（依出版日期排序）

專書

- 黃慕萱,《資訊檢索》。台北：台灣學生書局，1996.3。
- 陳雪華,〈網路資源與圖書館館藏發展政策〉,《圖書館與網路資源》,台北：文華出版社，1996。
- 陳昭珍,《古籍超文件全文資料庫模式之探討》,台北：漢美圖書，1997.6。
- 王榮國、盧朝霞,《數字化圖書館文集》,瀋陽：東北大學出版社，1999.7。
- 陳燦珠,《使用者與中文全文檢索系統互動關係研究→以中央研究院「漢籍全文資料庫」的使用為例》,台北：淡江大學教育資料科學系，1999.9。
- 羅鳳珠,〈台灣地區中國古籍文獻資料數位化的過程與未來的發展方向〉,《五十年來台灣人文學術研究叢書→文獻學與圖書資訊學》,台北：學生書局，2000.11。
- 顧力仁,〈國家典藏數位化計劃〉,《國家圖書館編輯→中華民國圖書館年鑑》,台北：國家圖書館，2000。
- 蔡輝振,《文獻數位典藏之建構模式及其自動化系統研究》,高雄：復文圖書出版社，2006。

期刊論文

- 邱炯友,〈資訊價值體系中的電子出版〉,《資訊傳播與圖書館學》,第3卷,第2期，1996。
- 陳雪華、陳昭珍與陳光華,〈數位圖書館／博物館中詮釋資料之理論與實作〉,《圖書館學刊》,第13期，1998.12。
- 薛理桂,〈數位化館藏發展展望〉,《國立中央圖書館台灣分館館刊》,第5卷,第1期，1998。
- 陳昭珍,〈電子出版的發展趨勢〉,《國立成功大學圖書館館刊》,第2期，1998。

- 徐義全，〈電子文件的特性與長期保存〉，《檔案學研究》，第 1 期。
- 黃長著，〈我國信息資源共享的戰略分析〉，《中國圖書館學報》。2000。
- 陳和琴，〈Metadata 與數位典藏之研討〉，《大學圖書館》，第 5 卷，第 2 期，2001.9。
- 陳昭珍，〈以 XML 技術設計詮釋資料（Metadata）及數位圖書館管理系統之理論與實作〉，《大學圖書館》，第 5 卷，第 2 期，2001.9。
- 羅鳳珠，〈台灣地區中國古籍數位化的現況與展望〉，《書目季刊》，第 35 卷，第 1 期，2001。
- 蔡輝振，〈文獻數位化典藏之回顧與展望〉，《漢學論壇》，第 2 期，2003。

研討會論文

- 中央研究院計算中心，〈中央研究院數位典藏簡介〉，「數位典藏與文件編譯研討會」，中央研究院舉辦，2000.11。
- 梁戰平，〈中國數字化圖書館的發展概況〉，《第三屆海峽兩岸信息資訊研討會論文集》，2000.11。
- 彭慰，〈知識經濟時代博碩士論文典藏數位化與資源共建共享〉，《第三屆海峽兩岸圖書資訊研討會》，2000.11。
- 劉強，〈基于互聯網的聯合聯機編目系統〉，《第三屆海峽兩岸信息資訊研討會論文集》，2000.11。
- 陶錦、羅宇，〈文獻資源共建共享：變館藏為國藏的新舉措〉，《第三屆海峽兩岸信息資訊研討會論文集》，2000.11。
- 陳郁夫，〈古今圖書集成資料庫〉，《第二屆漢文化資料庫國際學術研討會》，漢文化資訊聯盟、澳門大學與香港文化傳信集團主辦，2002.9。
- 蔡輝振，〈文獻數位典藏建構模式之探討〉，2004 年漢學研究國際學術研討會，雲科大漢學所主辦，2004.10。
- 蔡輝振，〈文學史料數位典藏之應用研究〉，中華文學史料學國際學術研討會，大陸宜賓學院主辦，2005.4。

網路

- 「天空的家族」，http://www.familyofsky.idv.tw
- 「文學資料庫」，http://www.nmtl.gov.tw/04_study/study_F.asp
- 「台灣文學」網，http://dcc.ndhu.edu.tw/literature/
- 「台灣文學研究工作室」，http://ws.twl.ncku.edu.tw/index.html
- 「台灣文學部落格」，http://140.119.61.161/blog/index.php
- 「台灣文獻叢刊資料庫」，http://www.ith.sinica.edu.tw/data.html
- 「台灣地震數位知識庫」，http://kbteq.ascc.net
- 「台灣好文學網」，http://www.literaturetaiwan.idv.tw/
- 「台灣客家文學館」，http://literature.ihakka.net/hakka/default.htm
- 「台灣研究網路化」，http://ultra.iis.sinica.edu.tw/
- 「台灣研究網路資源」http://www.lib.ntu.edu.tw/spe/taiwan/hometest1.htm
- 「台灣記憶文學紀行：百年來台灣文學雜誌特展」網，
  http://memory.ncl.edu.tw/tm_new/subject/literature/index2.htm
- 「台灣電子期刊服務網」http://www.taiwanclassic.com/teps/ec/Default.aspx
- 「台灣文史中心」，http://www.tl.nthu.edu.tw/history/about.php?ID=about1
- 「台灣文學創意教學網」，http://putaiwan.pu.edu.tw/teach/story/index.asp
- 「台灣作家作品檢索資料庫」，http://163.22.7.6/literature_tw/
- 「台灣文獻整合查詢系統」，http://192.192.13.178/gs/taiwan-index.htm
- 「台灣文學e網打盡」，http://www.poem.com.tw/
- 「佛學數位圖書館暨博物館」，http://ccbs.ntu.edu.tw/DBLM/cindex.htm
- 「國科會數位博物館」，http://mars.csie.ntu.edu.tw/~dlm
- 「國家文化資料庫」，http://210.69.23.202:8080/cca/index.htm
- 「國家文化資料庫知識管理系統」，http://km.cca.gov.tw
- 「國家典藏數位化專案計劃」http://www.sinica.edu.tw/~nda/2001about.html
- 「國家圖書館全球資訊網」，http://www.ncl.edu.tw/
- 「台灣文獻整合查詢系統」

- http://192.192.13.178/gs/taiwan-index.htm
- 「賴和紀念館」，http://140.138.172.55/laihe/index.asp
- 「鍾理和數位博物館」，http://km.cca.gov.tw/zhonglihe/home.asp
- 行政院文化建設委員會，〈網路文化建設發展計劃說明書〉，「國家文化資料庫知識管理系統」，http://km.cca.gov.tw
- 謝清俊，〈中央研究院古籍全文資料庫的發展概要〉，漢籍電子文獻」全文檢索之資料庫說明，http://saturn.ihp.sinica.edu.tw/~hanchi/hanchi/

講評

向陽[*]

　　本文爬梳台灣文學相關資料庫與網站，對於台灣文學的數位典藏成果做了相當詳盡的整理，並進行歷史回顧，應屬第一篇有關台灣文學資料庫與數位典藏研究的論述，具有一定參考價值。

　　關於文獻數位典藏部分，作者花了相當多的篇幅試圖釐清定義，可惜對於論述主題「資料庫」的定義則稍嫌不足。文獻典藏的基礎在資訊技術和資訊內容的建構，資料庫在文獻數位典藏中，因作為資料的保存與管理機制而不可或缺，但與數位典藏的終極目的（有效的學習、新知識與新思維的發展與創造）仍有一段距離。用一個簡單的形容，資料庫猶似堆棧，文獻數位典藏則是工廠與通訊站，兩者不宜混淆。作者如能在前言部分加以釐清，應有助於建構其後的論述。

　　其次，本文「貳、歷史回顧」以 1984 年中研院推動「史籍自動化計畫」，建構「漢籍全文資料庫」起算台灣數位典藏之起始，以簡略一段回顧，即使用甚大篇幅列舉 19 個「目前在台灣文學數位化方面的成果」，在文獻典藏數位化歷史部分，似嫌粗略而不足，作者如能詳述文獻數位典藏的開展及其發展過程，一則符合「歷史回顧」之實，也將有助於讀者了解台灣文學在此一數位典藏過程中所居的位置，並讓我們了解政府推動「數位典藏國家型計畫」中對於台灣文學的忽視及嚴重不足。

　　如就作者所列 19 個台灣文學數位化的具體成果來看，本文將國家圖書館「中文期刊篇目索引影像系統」、「台灣文獻整合查詢系統」、華藝的「台灣電子期刊服務網」、台大圖書館「台灣研究網路資源」、中研院台史所「台灣文獻叢刊資料庫」等非文學查詢系統、資料庫、網站列為「台

[*] 台北教育大學台灣文化所副教授兼所長

灣文學資料庫」亦屬不妥。這顯然與本文對於「台灣文學資料庫」的定義含糊有關。台灣文學乃至於文學，在中文期刊、舊籍文獻、台灣研究中固然都存在，但這些資料庫並不以提供「台灣文學資料」為足夠，建議作者在這個部分加強定義並有所調整。

　　本文在成果評論、未來展望部分用力甚多，有值得參考之處，唯因為前述定義混淆問題，討論台灣文學資料庫或數位典藏或網站之處甚少，多為討論資料庫查詢與使用技術如何改善部分，此亦導致本文雖以「台灣文學資料庫」為研究對象，結論則不見本文論題「台灣文學」資料庫、數位典藏或網站建置之成果總結或前瞻，殊為可惜。

台灣古典詩與數位資料庫
以《漢文臺灣日日新報》電子全文檢索系統為例*

顧敏耀**

摘要

　　《漢文臺灣日日新報》（1905～1911）堪稱我國日治前期「第一大漢文報」，對當時文學史的了解與建構更有極高的參考價值。筆者藉助漢珍公司以該報全文製作的數位資料庫，實際進行多方面的運用與考察，發現該報共有 16 個古典詩專欄，詩作總計多達一萬多首，台灣漢詩風氣之盛，已可略知一二；其次，這些詩作的體裁以七言絕句佔最大宗，此現象主要與七絕本身的體裁優勢、詩作課題以及詩學教材多偏重七絕等因素有關；詩社的資料也在史料的檢索與運用中獲得修正；台灣古典詩史上重要的「竹枝詞」體裁，在該報中找出至今從未被運用到的 148 首；當時活躍的古典詩人如黃植亭亦重新出土，與其他資料庫交叉運用之後，其身分背景獲得釐清，諸如此類，可見此資料庫作為文學史料運用的重大價值。不過，其中亦有不少值得改進的空間：metadeta 的體例不一、欄目數可予增加、換行的處理欠佳、句讀遺漏、文字與作者著錄錯漏、不同專欄的作品彼此混雜、檢索結果的表格排版欠佳等，可作為其他文獻電子化與資料庫製作的參考。最後，作者認為《漢文臺灣日日新報》資料庫蘊涵了多方面開展的研究潛力，具有高度運用價值，值得吾人持續考究與挖掘。

關鍵詞：漢詩、檢索系統、日治時期、大眾傳播媒體、古典詩專欄

---

* 本論文寫作與修訂之過程中，惠蒙封德屏總編輯、羅鳳珠老師以及會議中的評論人顧力仁老師與項潔老師給予的寶貴意見，使筆者深獲啟發，不勝感激，謹致謝忱。

** 中央大學中文所博士候選人，E-mail：93141003@cc.ncu.edu.tw

壹、前言：《漢文臺灣日日新報》的典藏數位化與全文電子化

文學的**創作**在近年來已與數位科技充分結合，BBS版與部落格成為作者與讀者之間的重要媒介，改變了文學的生態與結構；在文學的**研究**方面也是如此，最明顯的自是許多數位資料庫的誕生，取代了諸多傳統厚重紙本的「引得」（index），讓資料的搜尋與整理更為全面——若要研究台灣現當代文學，則有國家圖書館的「當代文學史料系統」、國家台灣文學館的「台灣文學辭典」等數位資料庫可供利用；若專門針對「台灣古典詩」的研究，則有中央研究院「台灣文獻叢刊」全文資料庫（台灣史研究所史籍自動化室製作），另外還有元智大學羅鳳珠教授主持之「台灣古典漢詩」檢索資料庫以及「智慧型全台詩知識庫」，智慧藏學習科技公司架設的「全台詩電子文庫」[1]，中正大學江寶釵教授的「台灣漢詩數位典藏資料庫」等，這些對研究資料的蒐集與查詢都有極大效益[2]。

其實，另有一個數位資料庫裡也可以作為台灣古典詩研究的參考資料，對於研究日治初期古典詩壇而言極為重要，惟目前使用於此一方向的程度與頻率都有進一步加強的空間，此即漢珍數位圖書公司製作、台灣大學圖書館授權的「漢文臺灣日日新報全文電子資料庫」。

圖一：《漢文臺灣日日新報》刊頭字樣。維持七年未變。

---

[1] 內容來自於施懿琳編：《全台詩》（台北：遠流出版公司，2004 年）。

[2] 台灣古典文學的數位化研究，起步之早與規模之大，都勝於現代文學，如要進行主題式的研究更非藉助數位資料庫不行，例如筆者曾撰寫之〈人畏生番猛如虎，人欺熟番賤如土：台灣清領時期反映原住民社會處境之詩作探討〉，《第四屆全國研究生文學社會學研討會論文集》（嘉義：南華大學文學研究所，2004 年）以及〈仙拚仙，拚死猴齊天：以分類械鬥為主題的台灣古典詩文作品比較〉，《第七屆全國青年文學會議論文集》（台北：文訊雜誌社，2003 年）皆受益於數位資料庫甚多。反觀現代文學，因有商業版權之顧慮，目前只有少數網站（如行政院客家委員會設置之「台灣客家文學館」）有收錄較多作品全文。

　　簡介《漢文臺灣日日新報》之前，必須了解該報的母公司：《臺灣日日新報》——其前身是田川大吉郎爲主筆的《台灣新報》（1896 年發刊）與內藤湖南[3]主筆的《台灣日報》（1897 年發刊），兩者在 1898 年由後藤新平（時任民政局長）促成合併爲《臺灣日日新報》，發行地點位於台北（西門街 47 番戶），故有「北報」之稱。最初十年由後藤的舊識守屋善兵衛（首任社長）及資深報人村田誠治奠下基礎，後繼擔任社長的是今井周三郎、赤石定藏、井村大吉以及河村徹，前後共 5 任社長。創刊時有 6 頁，漢文版通常佔其中的 2 頁。該報向以「模範的殖民地報紙」自許，官方色彩較濃，1944 年 3 月 1 日因與其他五份報紙合併成《台灣新報》而停刊，總共發行 15836 號，是台灣日治時期發行期間最長、發行量最大的報紙[4]。

　　《臺灣日日新報》從 1905 年 7 月 1 日（2418 號）開始，獨立發行《漢文臺灣日日新報》，每日 6 個版面，一時與日文版等量齊觀，首期頭版有〈始刊之詞〉云：

> 漢文者，同文之命脉，東亞之國粹也。本邦在昔，名儒輩出，著作林裒，斧藻休明，和聲鳴盛，載在歷史，無庸僂贅。今雖歐化東漸，爭相揣摩外國文學，而于此道三折肱者，尚多其選，泱泱表東海雄風，猶足極一時之盛焉！誠以命脉不容已。而國粹尤未可沒也。[5]

可見作爲殖民母國的日本，有意藉由漢字文化圈成員的身分，拉近與殖民地台灣之間的距離，強化台日文化之間的「同」，淡化兩者之間的「異」，而這種意識形態與操作手法也表現在對漢詩創作風氣的揄揚鼓勵。到了 1911 年，因辛亥革命在 10 月爆發，總督府對於台灣民眾「民族意識」的升高有所警

---

[3] 生卒年爲：1866～1934，日本近代重量級漢學研究者，所提出的「唐宋變革論」至今仍有不可動搖的地位。

[4] 柳書琴：〈臺灣日日新報〉，許雪姬總策劃《台灣歷史辭典》（台北：遠流出版公司，2000 年），頁 1082-1083；蔡錦堂：〈臺灣日日新報〉，林礽乾等總編輯《台灣文化事典》（台北：台灣師範大學人文教育研究中心，2004 年），頁 214。

[5] 〈始刊之詞〉，《漢文臺灣日日新報》，2418 號，1905 年 7 月，第 1 版。

戒，乃於 11 月 30 日停止《漢文臺灣日日新報》的獨立發行，重新將其合併到日文版中，又成為附加的 2 頁漢文版。1937 年 4 月 1 日，因加緊對華戰爭以及施行皇民化政策，全台所有報紙的漢文欄都被廢止[6]。

圖二：漢文臺灣日日新報全文檢索系統之進階檢索畫面。

《臺灣日日新報》對於台灣文學研究而言具有重要的參考價值，許俊雅早在 2003 年撰寫的〈日治時期台灣文學史料的蒐藏與應用——以報刊雜誌為對象〉之中便已指出：

> 《臺灣日日新報》文學史料的價值相當值得留意，諸如台灣文壇與內地文壇的交流，對於文學的討論評論，對在台日本人作家的文學創作活動等等，都提供不少線索。[7]

的確如此，而不少台灣古典文學的學者也已經實際進行運用，例如黃美娥便根據《臺灣日日新報》的內容而整理出條理井然的瀛社活動年表[8]；廖振富也曾提及，櫟社的成立年代、社內成員的活動、連橫對該社活動的報導等，

---

[6] 室屋麻梨子：《《台灣教育會雜誌》漢文報（1903-1927）之研究》（台南：成功大學歷史研究所碩士論文，2007 年），頁 59-60。

[7] 許俊雅：〈日治時代台灣文學史料的蒐藏與應用——以報刊雜誌為對象〉，氏著《瀛海探珠——走向台灣古典文學》（台北：國立編譯館，2007 年），頁 149。

[8] 黃美娥：〈北台第一大詩社——日治時代的瀛社及其活動〉，氏著《古典台灣——文學史·詩社·作家論》（台北：國立編譯館，2007）年，頁 229-273。

都可在該報找到相關資料[9]；近兩年編成的大套叢書《全台文》[10]與《日治時期台灣小說彙編》[11]更從《臺灣日日新報》（包括《漢文臺灣日日新報》）中揀選出珍貴而優秀的文學作品。

《漢文臺灣日日新報》作為當時全台第一大報社發行的漢文獨立報刊，其數位資料庫有 3 千萬字以上的內容[12]，因為 1905 至 1911 年間，台灣的新文學史尚未展開（1920 年代才逐漸興起），所以在《漢文臺灣日日新報》上便保存了數量甚多的古典文學作品，不啻是研究台灣日治初期文學發展情況的寶庫，也是「台灣文學史」的論述上容易被忽略的一環[13]。

國內有較完整的《臺灣日日新報》（含《漢文臺灣日日新報》）原件之典藏單位要屬國家圖書館台灣分館以及台灣大學圖書館，前者很早就攝製成微縮膠捲供讀者調閱，原件並不公開；後者則遲至 90 年代初仍接受讀者調閱原件，許多原件因此在使用上過程中造成破損，也逐漸以不提供原件為原則，鼓勵讀者閱覽微捲[14]。但是微捲在瀏覽上十分不便，除了必須不斷填寫調閱單與裝卸微捲之外，逐頁尋找想要的資料更是勞神費力，讓人頭昏眼花；雖然 1994 年有《臺灣日日新報》複刻本（台北：五南圖書公司）的出版，不過影印效果欠佳，超過三分之一的字跡皆漫漶模糊，難以辨識。《漢文臺灣日日新報》的複刻本（台北：莊東方出版社，1997）則始於第 2450 號（1906 年 7 月 1 日），迄於第 2600 號（同年 12 月 28 日），只是全部《漢文臺灣日日新報》的一小部分而已。

因此，《漢文臺灣日日新報》資料庫的重大意義有二，首先是文獻影像的數位典藏。珍貴的圖書經歷過歲月的流轉，往往面臨蟲蝕、泛黃、黑斑、

9　廖振富：〈櫟社文學史料的蒐集與研究〉，氏著《櫟社研究新論》（台北：國立編譯館，2006 年），頁 43-44。

10　吳福助與黃哲永編：《全台文》（台中：文听閣圖書，2007 年）。

11　吳福助與林登昱編：《日治時期台灣小說彙編》（台中：文听閣圖書，2008 年）。

12　「漢文臺灣日日新報」全文電子版資料庫之簡介內容。

13　不論是台灣或中國方面的研究成果皆然，例如葉石濤：《台灣文學史綱》（高雄：文學界雜誌社，1998 年）、林文寶等：《台灣文學》（台北：萬卷樓圖書公司，2001 年）、劉登翰等編：《台灣文學史》（福州：海峽文藝出版社，1991 年）、陸卓寧編：《20 世紀台灣文學史略》（北京：民族出版社，2006 年）等，對於日治初期古典詩的論述都有填補的空間。

14　參考「漢文臺灣日日新報」全文電子版資料庫之簡介內容。

脆化等問題，若將其掃瞄儲存成數位檔案（PDF 檔）並且放在網路上，則研究者使用起來就變得方便，甚至原件在日後若不可避免的逐漸朽化，亦有數位檔可供彌補。漢珍圖書公司製作的此一資料庫，其報紙版面製成的數位圖檔有極高的解析度，檔案大小約 1.5M 左右，以相關軟體（如 adobe reader）開啓之後的原始圖檔寬度有 115 公分，高度有 157 公分，連紙張纖維的紋理都能顯現，克服了微捲或複印本字跡模糊的缺點。

其次是電子全文檢索功能。漢珍圖書公司除了建置《漢文臺灣日日新報》資料庫之外，亦有《臺灣日日新報》資料庫，但是後者迄今僅能搜尋標題，前者則將其全文整理成metadeta（元資料／後設資料／中介資料／詮釋資料），故有全文內容索引的功能[15]，共有三個檢索欄位：「題名」、「作者」、「分類」，亦可直接用「全文」搜尋；查詢出來的結果以表格顯示，主要欄位有：「題名」、「日期」、「分類」、「版次」、「全文」以及「全文影像」，若對於電子全文的內容有疑慮，可按下「全文影像」（超連結）以查閱原件，十分方便。

正因爲《漢文臺灣日日新報》在日治初期是一份具有代表性的漢文報紙，以其製作成的 data bank（資料庫）／檢索系統又有前述的許多優點，而且至今尚未有專論此一資料庫的論文，筆者便以此系統作爲探討焦點，爬梳其中與台灣古典詩研究相關的資料，探尋該資料庫對於台灣古典詩研究具備的意義，以及對於台灣文學史論述所具有的校正或填補之功能；另外，在實際進行資料研究之中，亦發現有進一步修改／進化的空間，足以讓便利性更加提高，或可供日後相關資料庫建置時的參考。

貳、資料庫內容的校正與統計功能的發揮

對於最複雜的歷史現實及過程，至少就其中的許多現象和過程來說，可

---

[15] 蒙台灣大學圖書館前任館長項潔告知：《漢文臺灣日日新報》之全文電子資料是在他擔任館長期間，執行一項關於圖書館數位化的專案計畫過程中的副產品，當時由該館提供原件影本，委託專業打字人員繕打而成。爾後再將此資料授權予漢珍圖書公司，在雙方合作之下，建置此《漢文臺灣日日新報》全文資料庫。

以找到一些標誌,從而以量的形式揭示這些現象或過程的實質。
　　　　　　　——米羅諾夫、斯捷潘諾夫《歷史學家與數學》[16]

　　《漢文臺灣日日新報》電子全文版中,每一條資料的「分類」其實並非學術意義上的分類,而只是新聞版面上的欄目／專欄名稱,這些欄目當中,有哪些與古典詩相關呢?在探究之前,有必要先檢索這份報紙在 7 年來有哪些專欄,筆者運用檢索頁面的「瀏覽檢索」功能,索引欄位選擇「分類」,索引詞空白,按下查詢之後立刻顯示有 122 種,可惜的是,這並非正確的數字,仍需要進行人工微調:

　　其中原有一分類爲「□□」(1 篇,1910 年 11 月 5 日),經瀏覽原件之後發現,實乃「叢錄」二字,字跡稍微模糊而已;另有「島內電電」(6 篇,皆在 1910 年 2 月 9 日),雖然複查原件亦如此,但是對照其他日期同版次的位置,發現乃是「島內電報」之誤,相同情況者亦有「東京電報」誤作「京京電報」(7 篇,皆在 1909 年 5 月 4 日),「內外要電」誤作「內外電要」(2 篇,皆在 1911 年 8 月 31 日)或「外內要電」(13 篇,皆在 1910 年 8 月 16 日),「內外紀要」誤作「外內既要」(9 篇,皆在 1909 年 12 月 26 日),「外國要電」誤作「外國電要」(1 篇,1910 年 11 月 8 日),「實業彙載」誤作「實業彙報」(13 篇,皆在 1910 年 2 月 2 日與 6 日),「島政要聞」誤作「島內要聞」(9 篇,皆在 1910 年 1 月 1 日),再合併之後變爲 114 種欄目,按照數量多寡表列如下:

---

[16] Б. Н. МИРОНОВ, З. В. СТЕПАНОВ 原著,黃立茀、夏安平、蘇戎安譯:《歷史學家與數學》(北京:華夏出版社,1990 年),頁 8。

表一：《漢文臺灣日日新報》各專欄及篇數一覽表

	分類	篇數			
			28.	桃園吟社詩壇	329
1.	雜報	49226	29.	譯叢	307
2.	實業彙載	14625	30.	盛世元音	281
3.	湖海琅函17	9270	31.	臺北行情	217
4.	電報	8569	32.	大阪特電	200
5.	內外紀要	6625	33.	世論概觀	191
6.	內外要電	6530	34.	島內電報	189
7.	島政要聞	6486	35.	本報	143
8.	湖海訪國	6001	36.	雜著	120
9.	藝苑	4962	37.	社說	89
10.	東京特電	4219	38.	史傳	84
11.	臺政要聞	4172	39.	瀛東小社課題	84
12.	里巷瑣聞	2553	40.	集思廣益	75
13.	瀛社詩壇	1733	41.	維新人物列傳	64
14.	內地要電	1161	42.	朝鮮要電	60
15.	府報抄譯	1102	43.	叢談	59
16.	叢錄	1006	44.	廈門特電	54
17.	東京電報	923	45.	國民須知	50
18.	小說	907	46.	隨錄	50
19.	外國要電	904	47.	羅山吟社課題	50
20.	內國要電	887	48.	志乘	47
21.	時事小言	714	49.	桃園吟社	40
22.	內外市情	675	50.	譯稿	38
23.	特電	494	51.	寄書	37
24.	論議	434	52.	鐵道紀念	37
25.	清國要電	363	53.	名家箴言	36
26.	詩話	353	54.	調水雪藕	36
27.	市井屑事	335	55.	募稿	34
			56.	澎瀛吟社詩壇	32
			57.	神戶特電	30

17 此欄目之刊頭在原件當中，是用隸書寫
　成，「函」字被輸入者誤認為「國」字。

58.	瀛東小社詩壇	25		89.	諧文	5
59.	祝詞	24		90.	瀛東小社月課	5
60.	尺牘書體	23		91.	竹社第一期詩課	4
61.	恭迎要錄	23		92.	岡陵獻頌	4
62.	叢報	23		93.	群芳	4
63.	全通式特電彙錄	22		94.	名古屋特電	3
64.	香港特電	22		95.	漫錄	3
65.	雜說	21		96.	寄稿	2
66.	蘭社詩壇	21		97.	專件	2
67.	來稿	20		98.	廣告	2
68.	論說	20		99.	下關特電	1
69.	雜錄	17		100.	公告	1
70.	基瀛吟壇	14		101.	吏傳	1
71.	東興小社詩壇	13		102.	注意一則	1
72.	雜雜	13		103.	社稿	1
73.	羅山吟社詩卷	13		104.	社論	1
74.	投書	11		105.	要稿	1
75.	新刊陽秋	10		106.	香港要電	1
76.	論叢	10		107.	香港電報	1
77.	代論	9		108.	書牘文體	1
78.	桃園吟壇	9		109.	評題	1
79.	葭蒼露白	8		110.	福州特電	1
80.	選論	8		111.	劇評	1
81.	譯論	8		112.	調查錄	1
82.	名家尺牘	7		113.	雜文	1
83.	京京電報	7		114.	鐵道全通式紀念號	1
84.	島內特電	7			總計	138773
85.	班本	6				
86.	雜俎	6				
87.	譯舺餘墨	6				
88.	評論	5				

　　《臺灣日日新報》在《台灣新報》時期的漢詩專欄名為「文苑」，1898年之後則名為「詞林」（同時刊登漢詩與日語詩作），1905 年至 1911 年間的《漢文臺灣日日新報》中則主要為「藝苑」[18]，其他漢詩專欄由前表得知尚有：「瀛社詩壇」、「桃園吟社詩壇」、「瀛東小社課題」、「羅山吟社課題」、「桃園吟社」、「澎瀛吟社詩壇」、「瀛東小社詩壇」、「蘭社詩壇」、「基瀛吟壇」、「東興小社詩壇」、「羅山吟社詩卷」、「桃園吟壇」、「瀛東小社月課」、「竹社第一期詩課」、「岡陵獻頌」，共 16 個專欄[19]（連「藝苑」在內）持續不斷的藉由大眾傳播媒體而紀錄／傳播／鼓勵古典詩創作與評論，當時漢詩風氣之盛，由此亦可見一斑。

　　筆者在統計這 18 個漢詩專欄詩作數量的過程中發現，若運用「分類」欄目檢索功能，則檢索筆數往往錯誤失真：按照此一資料庫的體例，每筆資料（包含報導、詩作、文章等）都應該列為一個檢索結果，但是在漢詩專欄這一部分卻沒有嚴格執行，有的屬於

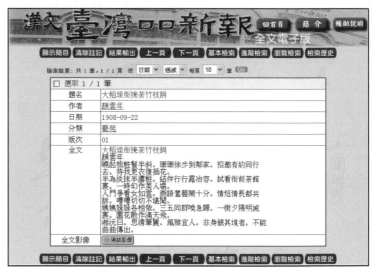

圖三：漢文臺灣日日新報全文檢索系統之檢索結果畫面。

「組詩」形式者，多首詩作卻誤列為一筆資料，有的甚至多位作者的詩作一

---

[18] 此專欄在 7 年間雖然偶爾也混入詞作與古文，但是為數甚少。

[19] 另有一「詩話」專欄（353 篇）雖然與漢詩有關，也頗具重要性，不過因為是屬於評論而非創作，此處姑且不論。

起列為一筆，此外，還有應該列為其他專欄者卻誤入此一專欄。檢索數量的正確對於資料庫而言是十分基本而重要的[20]，正因為有前述的種種校正不慎、不符體例，使得筆者要探討基礎的專欄詩作數量問題，便多花費了好幾週予以調整／除錯。

而且，因為檢索結果的版面安排為：欄位名稱位於第一直列，第二直列則為欄位內容，造成前後無法連貫（見圖三），這也必須重新轉換成連續性的整體表格，才方便計算正確的數字，以下將此 16 個專欄的相關資料按照原始篇數多寡列表如下：

表二：《漢文臺灣日日新報》16 個漢詩創作專欄概況一覽表

	專欄名稱	起迄時間	原始篇數	正確篇數
1.	藝苑	1905 年 7 月 1 日～1911 年 11 月 30 日	4962	9538
2.	瀛社詩壇	1909 年 5 月 1 日～1911 年 11 月 21 日	1733	2138
3.	桃園吟社詩壇	1911 年 5 月 4 日～1911 年 10 月 23 日	329	327
4.	瀛東小社課題	1910 年 5 月 24 日～1910 年 12 月 29 日	84	162
5.	羅山吟社課題	1911 年 1 月 30 日～1911 年 2 月 6 日	50	50
6.	桃園吟社	1911 年 11 月 2 日～1911 年 11 月 18 日	40	66
7.	澎瀛吟社詩壇	1911 年 8 月 7 日～1911 年 9 月 21 日	32	32

---

[20] 朱雙一〈《漢文臺灣日日新報》漢詩社詩作的主題分析〉對於各詩社專欄的詩作數量統計未臻精確，例如文中說「桃園吟社詩壇」加上「桃園吟社」為「近 380 首」，實則應是 393 首，還有說「羅山吟社詩卷」有「刊出題為〈新高山〉的 44 首詩」，實則為 66 首。該文收錄於《台灣古典詩與東亞各國的交錯」國際學術研討會論文集（二）》（台南：成功大學文學院，2008）。

8.	瀛東小社詩壇	1911 年 1 月 19 日～1911 年 1 月 20 日	25	27
9.	蘭社詩壇	1911 年 4 月 28 日～1911 年 5 月 1 日	21	31
10.	基瀛吟壇	1911 年 11 月 26 日（僅一日）	14	14
11.	東興小社詩壇	1911 年 9 月 17 日（僅一日）	13	13
12.	羅山吟社詩卷	1909 年 9 月 8 日～1909 年 10 月 17 日	13	66
13.	桃園吟壇	1911 年 10 月 24 日（僅一日）	9	10
14.	瀛東小社月課	1910 年 11 月 6 日（僅一日）	5	14
15.	竹社第一期詩課	1910 年 7 月 3 日～1910 年 7 月 7 日	4	39
16.	岡陵獻頌	1911 年 11 月 3 日（僅一日）	4	7
總計			7338	12534

　　由上表可看出幾點結果：第一，在經過更精密的梳理之後，雖有少數專欄的詩作數量維持不變（如「羅山吟社課題」、「基瀛吟壇」與「東興小社詩壇」），但大部分專欄的數量都增加了，其中要以「竹社第一期詩課」的變動最大，幾乎多了 10 倍；總筆數方面，比原檢索結果大幅增加了 1.7 倍，多出來的筆數達 5196 筆，誤差值令人咋舌，改善空間甚大。

　　第二，「藝苑」的數量佔總數的 76%，維繫時間也與《漢文臺灣日日新報》相終始，是該報最具代表性的古典詩專欄；排名其後的「瀛社詩壇」維持時間也有 3 年之久，數量則佔 17%，其他詩社專欄的詩作數量皆難望其項背，由此可看出以該報記者為主幹的「瀛社」充分利用此一大眾傳播媒體的情形。

　　第三，以歷時性眼光來看：最早在該報出現的古典詩專欄是「藝苑」，

於 1905 至 1909 期間甚至是「僅此一家，別無分店」，因爲「瀛社詩壇」要等到 1909 年 5 月才開始刊登，同年 9 月亦有「羅山吟社詩卷」出現。在 1910 年內刊登的則有「瀛東小社課題」、「瀛東小社月課」與「竹社第一期詩課」，除此之外，其餘的 10 個古典詩專欄全部都集中在 1911 年冒出來，何以有這種現象呢？筆者認爲，這一方面是瀛社在兩年前創立專屬欄位之後頗爲蓬勃繁榮，其他詩社因此見賢思齊[21]；一方面也是社會上古典詩創作風氣日漸提升、詩社數量也跟著增加的影響，至 1911 年達到高峰，使該報編輯紛紛爲其另立專欄以刊登詩作。

如果《漢文臺灣日日新報》資料庫的分類有「古典詩創作」這一類別，則只要在「高級檢索」頁面透過「年份」與「分類」的雙重檢索即可統計出每一年的古典詩創作數量；但是，因爲這個資料庫並未如此規劃，故而若要觀察該報 7 年間每一年古典詩創作數量的多寡，則必須自行將前述 16 個古典詩專欄的詩作統計之後才能得知，下表即爲筆者按年份統計之後的結果：

表三：《漢文臺灣日日新報》16 個漢詩創作專欄概況一覽表

年月起迄	詩作數（首）	每月平均(首)	每日平均(首)
1905 年 7 月至 12 月（共 6 個月，184 日）	565	94.17	3.07
1906 年 1 月至 12 月（共 12 個月，365 日）	1215	101.25	3.33
1907 年 1 月至 12 月（共 12 個月，365 日）	1490	124.17	4.08
1908 年 1 月至 12 月（共 12 個月，366 日）	1237	103.08	3.38
1909 年 5 月至 6 月、8 月至 12 月[22]（共 7 個月，215 日）	1833	261.86	8.53

---

[21] 早先，在僅有「藝苑」專欄的時期（1905 年 7 月～1909 年 4 月），該專欄便先後刊登過部分詩社的「課題」詩作（例如 1907 年 3 月 15～17 日間的〈龍潭吟社第二回課題〉），當時並未另立欄目。

[22] 《漢文臺灣日日新報》在資料庫頁面上宣稱「完整收錄」，可是 1909 年的 1 月至 4 月以及 7 月共 5 個月的資料卻沒有有所短缺。

1910 年 1 月至 12 月（共 365 日）	2855	237.92	7.82
1911 年 1 月至 11 月（共 334 日）	3339	303.55	10.00
★總數統計（共 72 個月；2194 日）	12534	174.08	5.71

　　由上表可知，平均每天發表的古典詩篇數在《漢文臺灣日日新報》剛起步的第一年（1909 年）是最低點（3 首／日），中間略有起伏，然而整體呈現逐年爬升的趨勢，而在最後一年（1911 年）一舉攀升到最高點（10 首／日）。許俊雅《台灣寫實詩作之抗日精神研究》[23]文中所附的「日據時期台灣詩社統計表」與「日據時期台灣詩社增加數量圖」指出，詩社增加的高峰期出現在 1921-1937 年間，而吾人從表三則可發現此一風潮在 1909 年之後就已經開始逐年發酵。

　　就實然面而言，一個電子全文資料庫，因為已經將所有的資料電子化，每筆 metadeta 也都設計好各個欄位，原本便具備數字統計的功能；就應然面而言，在學術研究過程中，電子資料庫的重要價值之一便是以其電腦運算的快速性作為優勢，將這些原本用人工計算會非常曠日廢時的工作在幾秒鐘之內完成。由前文論述可知，資料庫建置者對於**資料內容正確性的嚴格要求**以及**資料分類的適當規劃**，對於資料庫統計功能與參考價值的完全發揮而言，恐怕是充分且必要的條件（sufficient and necessary condition）之所在。

參、檢索欄目的增加與效用的分析

　　資料庫中的每筆metadata可供檢索的欄位越多，自可提供使用者更多面向的資訊，舉例來說，羅鳳珠主持「智慧型全台詩知識庫」的作者資料部分，檢索欄位就多達十餘個，包括年代起迄（西元年或帝王年號）、性別、籍貫、生年、出生地、卒年、卒地、活動地區、個人簡介、專長師友、及第年、官宦經歷、參與團體、編著作品以及親族，堪稱進化版的多功能檢索系統——

---

[23] 許俊雅：《台灣寫實詩作之抗日精神研究》（台北：國立編譯館，1997 年）。

「出生地」、「卒地」以及「活動地區」提供了區域文學研究的材料,「及第年」則可找出哪些詩人是「同年友」,至於「參與團體」亦可看出詩社活動狀況,諸如此類,對於研究者而言都有極爲積極而正向的意義[24]。

《漢文臺灣日日新報》的全文資料庫,雖然內容十分豐富,資料數量非常驚人,不過,可供檢索的欄位卻只有「題名」、「作者」、「分類」、「全文」以及「日期」五種,十分可惜,如果能爲這些龐大的資料做詳盡的分析,安排更多有意義的欄位,必能提升此一資料庫的價值。以下即以「體裁」爲例,探討增加此一欄目之後,顯露的利用價值與研究面向。

日治初期在《漢文臺灣日日新報》刊登古典詩專欄當中的詩作,以何種體裁居多呢?其實資料庫的設計者當時若增加此一欄位亦非難事,惟缺乏這項規劃,筆者只好自行花費甚長的時間,將這些作品逐一分類,主要區分爲五言絕句、七言絕句[25]、五言律詩、七言律詩、五言古詩、七言古詩、雜言古詩與其他(包括了摻雜其中的詞作及古文等)共八類,茲將統計結果表列如下:

表四:《漢文臺灣日日新報》漢詩專欄歷年詩作體裁數量與比例一覽表

年份		五絕	七絕	五律	七律	五古	七古	雜古	其他[26]	總數
1905	首	32	304	34	177	8	6	4	0	565

---

[24] 惠蒙顧力仁老師告知:在中國文學研究方面,加拿大麥基爾大學和美國哈佛大學合作的《明清婦女著作數位計畫》亦爲極佳的參照對象,該資料庫共有 13 個檢索欄位,包括人名、詩詞、詩話、詞話、略傳、詩體、詞牌、文體、民族、地名、年號、干支以及婚姻,在各個檢索欄位之下又各有許多小欄位,層層疊疊的形成了細密繁複的樹狀分枝系統,對於此一主題的研究者而言,具有高度的參考價值。

[25] 竹枝詞亦歸類於七言絕句之中。因七絕從格律上可分爲「古絕」、「拗絕」以及「律絕」,竹枝詞便屬於「拗絕」之類,參考霍松林主編《萬首唐人絕句校註集評》(山西:山西人民出版社,1991)之〈前言〉部分,頁 2。

[26] 「其他」的部分以詞作居多,逐年情況敘述如下:1906 年爲「藝苑」詞 2 首;1907 年「藝苑」六言絕句 5 首、詞 1 首、古文 1 篇;1909 年「藝苑」六言古詩 6 首、詞 3 首、古文 2 篇以及「瀛社詩壇」詞 4 首;1910 年爲「藝苑」詞 5 首、古文 4 篇以及「瀛東小社月課」詞 1 首、「瀛東小社課題」詞 4 首;1911 年爲「藝苑」四言古詩 1 首、詞 4 首、古文 4 篇以及「瀛社詩壇」詞 1 首。

	%	5.66	53.81	6.02	31.33	1.42	1.06	0.71	0	100
1906	首	49	860	32	237	7	18	10	2	1215
	%	4.03	70.78	2.63	19.51	0.58	1.48	0.82	0.16	100
1907	首	128	949	83	282	22	14	5	7	1490
	%	8.59	63.69	5.57	18.93	1.48	0.94	0.34	0.47	100
1908	首	42	774	50	327	15	18	8	3	1237
	%	3.40	62.57	4.04	26.43	1.21	1.46	0.65	0.24	100
1909	首	22	1286	76	370	18	29	17	15	1833
	%	1.20	70.16	4.15	20.19	0.98	1.58	0.93	0.82	100
1910	首	143	1816	125	630	46	66	13	16	2855
	%	5.00	63.61	4.38	22.07	1.61	2.31	0.46	0.56	100
1911	首	70	2591	91	466	54	45	13	9	3339
	%	2.10	77.60	2.73	13.96	1.62	1.35	0.39	0.27	100
總數	首	486	8580	491	2489	170	196	70	52	12534
	%	3.88	68.45	3.92	19.86	1.36	1.56	0.56	0.41	100

　　由上表可知這一萬多首詩作當中，近體詩（包括五七言絕句與律詩）的比例高達 96%，至於古體詩（包括五言、七言與雜言）及其他雜體的數量則瞠乎其後。就整體漢詩發展史來看，近體詩雖然到 7 世紀前葉（中國唐代初期）才出現，但是頗有後來居上之勢，至 20 世紀初期，作爲中國域外漢詩文發展圈之一的台灣，近體詩已經成爲詩人創作當中最常採用的體裁，而且具有壓倒性的態勢。

　　劉熙載《藝概‧詩概》有謂：「伏應轉接，夾敘夾議，開闔盡變，古詩之法，近體亦俱有之，惟**古詩波瀾較爲壯闊耳**」、「古體勁而質，近體婉而妍，

詩之常也；論其變，則**古婉近勁，古妍近質，亦多有之**」[27]，的確，古近體雖有不少相通之處，但亦有各自的特色，當時台灣的詩人頗能因應不同的主題或心境而採用合宜的體裁，例如「羅山吟社詩卷」（1909 年 9 月 8 日～10 月 17 日）歌詠「新高山」（戰後改稱玉山，海拔 3952 公尺）的 66 首詩作裡，古體詩便有 19 首，約佔三成之多（該年古體詩在全部詩作當中才佔了 4% 不到）！正是因為玉山之巍峨崢嶸[28]，而且雲霧繚繞，高不可攀，讓人產生無限綺麗的遐想，故以「波瀾較為壯闊」的古體表現之。

　　《漢文臺灣日日新報》漢詩專欄的萬餘首近體詩中，又以七言絕句的比例最高，歷年來都佔各體數量的首位，期間略有增減，最高達七成多，最低亦超過五成。此現象頗值得分疏。我們看看近年出版的 3 本台灣古今各時期的古典詩選集：2003 年楊青矗編《台詩三百首》（台北：敦理出版社）共收詩作 311 首[29]，扣除平埔族口傳詩歌（非古典詩）的 7 首之後是 304 首，其中七絕 55 首，佔全部的 18.09%；陳春城同年亦編選了《台灣古典詩欣賞》（高雄：河畔出版社）共收詩作 205 首，七絕 72 首，比例較高，有 35.12%；林正三在 2003 年編成《輯釋台灣漢詩三百首》（台北：文史哲出版社），共收詩作 307 首，七絕 75 首，比例為 24.43%，雖然這些可能涉及編選者個人好惡以及各類體裁詩作中的佳作多寡，但亦有參考價值，三者的七絕比例都未有像《漢文臺灣日日新報》的七絕比例那麼高。

　　此外，筆者曾統計過台灣清領末期一位重要詩人陳肇興（1831～1866？）的詩作，其創作以**七律**佔最多，其次則是五律，兩者合計超過六成（此應與清代從 1757 年（乾隆 22 年）開始在科舉考試當中加入以排律體創作的「試帖詩」有關），七絕在他的詩作中僅佔兩成而已[30]。不過，在經過約半個世紀之後，日治初期的《漢文臺灣日日新報》上，絕句卻成為創作的大宗，數量

---

[27] 劉熙載：《藝概》（台北：金楓出版社，1998 年），頁 103、106。
[28] 若將孔子當年登之而小天下的泰山（海拔 1532 公尺）加上號稱「奇險天下第一山」的華山（海拔 2160 公尺，五嶽中最高者），總高度仍不及玉山。
[29] 書前呂秀蓮、許達然序文以及楊青矗自序皆云總共 341 首，但筆者反覆確認，僅 311 首。
[30] 顧敏耀：《陳肇興及其《陶村詩稿》研究》（中壢：中央大學中文所碩士論文，2003 年），頁 211。

上遙遙領先律詩,其中七絕最為突出,佔了將近全部詩作的七成(五絕的比例則不到 4%),何以七絕如此一枝獨秀?

其中原因可能頗為複雜,但主要的應有以下三點,第一,**七絕本身體裁的優勢**。冒春榮《葚原說詩》云:「七絕本七律而來,第主風神,不主氣格,故曰易」,七絕的篇幅比七律短,風格也沒有那麼凝重,反倒顯得較為輕鬆活潑,不僅適合即席創作,也適合即席演唱[31],因此,自從唐代以降便十分風行[32]。

第二,**詩社課題多採用七絕**。例如 1909 年 9 月 5 日「藝苑」專欄刊出的「南雅吟社課題」共 10 首,全為七絕;1911 年 1 月 19 日至 20 日的「瀛東小社詩壇」共 27 首詩作亦然;1911 年 5 月 4 日至 1911 年 11 月 23 日「桃園吟社詩壇」共 327 首詩作,也盡是七絕!此現象與詩社「擊缽」活動的模式有所關聯:一方面社員創作有時間限制,一方面詞宗評選也要儘快完成,易作易評的七言絕句乃成為最合宜的體裁(例如台灣史上第一本擊缽吟集,即 1908 年出版的蔡汝修編《台海擊缽吟集》當中,共收詩作五百餘首,便清一色是七絕),進而影響到整體台灣詩壇的創作風氣。

第三,**詩學教材頗重七絕**。從清領時期以來,台灣學子們必讀的詩歌選本是**《千家詩》**,至日治時期仍然非常風行,王松《台陽詩話》便說:「坊刻《千家詩註》,……吾台初學,讀此為多」[33];陳淑均《噶瑪蘭廳志》也說:「村莊訓蒙,……惟鍾選《千家詩》及彭氏《幼學須知》,家絃而戶誦」[34],

---

[31] 卞孝萱、朱崇才注譯:《唐人絕句選》(台北:三民書局,1999 年),頁 3。

[32] 絕句之膾炙人口,從文人大量的對於唐代以降各朝絕句進行揀選編輯亦可窺知,此類絕句選本有:唐末不著選者《名賢絕句詩》(見胡震亨《唐音癸籤》)、南宋趙蕃與韓淲合選《唐絕句選》、洪邁《萬首唐人絕句》、明代敖英《唐詩絕句類選》、清代王士禎《唐人萬首絕句選》、姚鼐《唐人絕句詩鈔》、嚴長明《千首宋人絕句》、近代富壽蓀《千首唐人絕句》(上海:上海古籍出版社,1985 年)、陳友琴《千首清人絕句》(杭州:浙江古籍出版社,1988 年)、王英志註評《明人絕句三十家賞析》(合肥:黃山書社,1991 年)、霍松林《萬首唐人絕句校註集評》(前引書)、房開江與梅桐生合編《金元明清絕句五百首》(貴陽:貴州人民出版社,1992 年)、傅璇琮主編《遼金元絕句選》(北京:中華書局,2004 年)等,如雨後春筍,不勝枚舉,重點是:**這些選本裡,七絕幾乎一面倒的佔大宗**(如嚴長明《千首宋人絕句》當中的七絕多佔便佔了將近七成)。

[33] 王松:《台陽詩話》(台北:台灣銀行經濟研究室,1959 年),頁 3。

[34] 陳淑均:《噶瑪蘭廳志》(台北:台灣銀行經濟研究室,1963 年),頁 188。

因為市場需求如此，故也反應在書坊的販售情況上：「台灣僻處海上，書坊極小，所售之書，不過《四子書》、《千家詩》及二三舊小說」[35]，這些文獻都可看出《千家詩》對台灣文人詩學養成的高度影響力，當時通行的是宋代謝枋得選、清代王相註的版本，共收詩作226首，皆為近體詩，其中要以七絕數量最多（94首），比例高達42%；除了《千家詩》之外，台灣另有一獨特現象：「**《香草箋偶註》**兩卷，自播藝林，頗為膾炙人口，台灣詩界尤為流行，摹仿其句法而得掄元者，更比比矣」[36]，這本清初詩人黃任的詩集更是當時台灣私塾普遍採用的範本[37]，甚至到戰後仍然如此，李漁叔便指出，《香草箋》「流布台灣，遂成家絃戶誦之書，迄今三台詞苑，幾無不知有《香草箋》者」[38]，該書共收詩作166首，七絕數量達125首，比例達到75%！詩學教材如此注重七絕，自然而然的影響了當時文人的創作習慣／偏好。

其他關於此詩作體裁的現象當然還有更多深層討論與分析的空間[39]，本文限於篇幅，僅能談論及此。增加「體裁」的欄位除了可供研究所需之外，對於一般讀者的欣賞或詩歌選本之編輯亦有幫助——中國著名的漢詩選本《唐詩三百首》與《千家詩》都按照詩歌體裁分類，台灣方面，無論是楊青矗《台詩三百首》、陳春城《台灣古典詩析賞》或林正三《輯釋台灣漢詩三百首》也都以同樣的方式進行編排，體裁分類之重要性不言可喻。

由此可知，一個數位資料庫系統在設計當時如果能將metadeta訂定出較為完善的多項欄位，並且為其分門別類，如此將可提高查詢之recall（回收率），儘量滿足不同研究主題的使用群體，讓這些metadeta可以透露出更多訊息；如能再讓這些新增的欄位都可以用「and／or／not」連結各個輸入的詞彙跨欄位交叉檢索，則更可提升檢索的precision（精確率），讓使用者可以更

---

[35] 連橫《雅堂文集》（南投：台灣省文獻委員會，1992年），頁290。
[36] 黃文虎：〈黃莘田與徐嫻雲（一）〉，《三六九小報》，第470號，1935年8月6日，第4版。
[37] 林文龍：〈黃任《香草箋》對台灣詩壇的影響〉，《台灣文獻》，第47卷1期（1996年3月），頁214。
[38] 李漁叔：《魚千里齋隨筆》（台北：台灣中華書局，1970年），頁330-331。
[39] 例如：台灣當時已經從日本吸收了近代文明，生活步調加快，絕句易作易懂，符合時代風潮，此亦為可能的原因之一。

便利而快速的獲得所需的結果[40]。正如羅鳳珠爲「時空之旅：蘇軾」網站[41]
進行更精細化的規劃時所說：

> 如此精細的內容標誌，需要深厚的研究作基礎，而以深厚的研究成果對
> 內容進行分類，輔以資訊工具，將可開拓結合科技研究文史的道路。[42]

誠然如是，相關領域學有專精的學者對於資料庫建置的必要性實在是無庸贅
言，透過對每一筆metadeta進行細密內容標誌與分類，則該資料庫的價值自
可更爲提升，以《漢文臺灣日日新報》爲例，除了前文實際操作的詩作「體
裁」欄位之外，在作者方面，其身分是「內地」人或「本島」人？出身於哪
個地區？主要生活於哪個年代？男性或女性[43]？在詩作方面，內文之中是否
有哪些地名？內容主題（敘事、寫景還是詠物等）爲何？諸如此類，標誌／
分類得越精細，足以讓每一筆資料可以更加環環相扣、脈絡分明的彼此連結
在一起，發揮最大的使用效益。

肆、先備知識的掌握與關鍵字詞的運用

> 如果學者對他要開拓的領域沒有初步的設想，那麼工具書編得再好再多
> 也無濟於事。事實並不像有些初學者所想像的那樣，史料會如同神仙變
> 物一般突然自行變成你想要的東西。
>
> ——馬克·布洛赫《爲歷史學辯護》[44]

---

[40] 參考洪淑芬：《文獻典藏數位化的實務與技術》（台北：數位典藏國家型科際計畫·訓練推廣
分項計畫，2004 年），頁 57。

[41] 此網站爲教育部「六大學習網」之「歷史文化網」專業先導計畫，羅鳳珠主持。

[42] 羅鳳珠〈以人物爲主軸的歷史文化網數位資料庫設計——以蘇軾爲例〉，收錄於氏編《語言，
文學與資訊》（新竹：清華大學出版社，2004 年），頁 573。

[43] 關於台灣古典詩中的女性詩人群體，筆者所撰〈台灣文學史的反思與論述縫隙的填補——以
戰後女性古典詩人群體爲例〉，收錄於《第五屆台灣文學與語言國際學術會議論文集》（台南：
真理大學台語文學系，2008），雖以戰後爲主，然亦溯及清領與日治，可供參考。

[44] Marc Bloch（1886～1944，西方史學界「年鑑學派」代表人物之一）原著，張和聲、程郁譯：
（北京：中國人民大學出版社，2006 年），頁 61。

　　對於文學史的建構與論述而言，史料的掌握與運用具有決定性的影響
力，在中國文學史方面，若以多年來我國許多中文系常見的指定教科書[45]——
劉大杰《中國文學發展史》（原刊於 1941 年）為例，其中首章〈殷商文學與
神話故事〉提及數則甲骨卜辭，認為「這些文句，雖很簡短，在語法上已建
立了初步的規律，可以看出書面文學的初期形態，也就是後代韻文和散文的
母胎」[46]，在第 16 章〈詞的興起〉則述及敦煌曲子詞「在民間詞的考察上，
在詞學史的研究上，具有重要的價值」，而且認為其中的長詞可以被視為北
宋慢詞的先聲」、「可知在小令流行的晚唐、五代，民間早已有人在製作長詞
了」[47]，這些論述內容，若是讓甲骨與敦煌文書被發現（19 世紀末與 20 世
紀初）之前的士人讀到，大概會覺得匪夷所思、丈二金剛吧！可見新史料的
考掘與運用，確實在文學史的論述上發揮了重大的功效，使其內容更加豐
富，血肉更為飽滿[48]。

　　台灣文學史也是如此[49]，以古典文學為例，有「開台黃甲」之譽的竹塹
文人鄭用錫（1788～1858）在過世之後刊行的作品集《北郭園全集》，乃台
灣北部詩文刊刻的濫觴，「既開壔北之先聲，後有作者其亦聞風而奮然起矣」
（楊浚《北郭園全集》序文），目前通行者皆來自楊浚編訂本（包括台灣銀
行排印本、龍文出版社複印本等），不過學者黃美娥卻在吳三連台灣史料基
金會找到了鄭氏後人捐贈的《北郭園詩文鈔》稿本，赫然發現「其詩歌的題
目及內容文字則多遭楊浚修改，率已喪失原貌，吾人苟欲取藉複刻刊本以探

---

[45] 其實，該書在中國自 1950 年後也一直被「當作最好的文學史書」，見戴燕：《文學史的權力》
　　（北京：北京大學出版社，2002 年），頁 69。

[46] 劉大杰：《中國文學發展史》（台北：華正書局，1996 年），頁 10。

[47] 同前引書，頁 553、554。

[48] 胡適撰寫《白話文學史》的過程中，新出土的文學史料（如《遊仙窟》、《京本通俗小說》、《陽
　　春白雪》等）也對他產生重大影響：「這些新材料大都是我六年前不知道的。有了這些新史
　　料作根據，我的文學史自然不能不徹底修改一遍了。新出的證據不但使我格外明白唐代及唐
　　以後的文學變遷大勢，並且逼我重新研究唐以前的文學逐漸演變的線索。六年前的許多假
　　設，有些現在已得著新證據了，有些現在須大大地改動了」，見氏著《白話文學史·上卷》（台
　　北：遠流出版公司，1986 年），頁 8。

[49] 《文訊》第 11 期（1984 年 5 月）即為「現代文學史料整理之探討」專輯，共收錄尹雪曼、秦
　　賢次、應鳳凰等撰寫的 11 篇相關論文，極早便開始關注此一議題。

用錫之詩,則恐失之千里」[50],正因爲有此稿本的發現,後世評論鄭用錫之詩文才能真正貼近事實,俾免圓鑿方枘之病。

然而,文學史料浩如煙海,在電腦普遍應用之前,要讓研究者快速挑出文獻當中所需的部分,便要大費周章的製作索引,日本學者加藤秀俊在 1975 年敘述書本在編輯索引的過程:

> 首先要由十分熟悉其內容的人將正文中的重要部分挑選出來,然後將其製作成卡片,並按五十音的順序排列出來,最後再與正文的頁數校對一遍。這一切需要極大的耐心。因此編製一套正規的索引,無疑會使書的成本增加一成左右。所以,日本的出版物很少配置索引。[51]

如果按照這樣幾近於「手工業時代」的方式,將《漢文臺灣日日新報》製作分類索引,其工程之浩大,實在難以想像;不過,今日透過此數位檢索系統進行研究,只要選擇一些關鍵字,便立刻找出極爲重要的資料,足以修正／補足前人的文學史論述內容,以下便以詩社、竹枝詞以及特定詩人這三方面爲例而論述之。

詩社主題一直是台灣古典文學的研究焦點之一,在此資料庫中有不少前人尚未使用的珍貴史料,例如:「羅山吟社」是嘉義古典文學發展史上的重要詩社,知名詩人賴雨若(1877～1941)與賴惠川(1887～1962)都加入其中,眾多相關著作都認爲該社創立時間是 1911 年,由「嘉義白玉簪等六十餘人」共同創立[52],但是筆者以該社社名在此資料庫中檢索,發現在 <u>1909 年 6 月 10 日</u>《漢文臺灣日日新報》第 5 版有一則重要的紀錄:

---

[50] 黃美娥:《清代台灣竹塹地區傳統文學研究》(台北:輔仁大學中文研究所博士論文,1999 年),頁 170。
[51] 加藤秀俊:《讓資訊活起來》(台北:錦繡出版事業公司,1994 年),頁 60-61。
[52] 王文顏:《台灣詩社之研究》(臺北:政治大學中文所碩士論文,1979 年),頁 75;廖一瑾:《台灣詩史》(台北:文史哲出版社,1999 年),頁 37;江寶釵:《嘉義地區古典文學發展史》(嘉義:嘉義市立文化中心,1998 年),頁 234;江寶釵:《嘉義市志‧卷八‧語言文學志》(嘉義:嘉義市政府,2005 年),頁 241。

嘉義莊伯容、白玉簪、蘇孝德其他十數氏，為鼓吹文風，敦睦交誼，組織一詩社，名曰羅山吟社，每月一次會於莊伯容氏別墅，擬題聯吟。本月詠題為諸羅懷古，不拘體韻，來十二日將開第一次之會，本島人而外，尚有內地人數氏亦與其列，<u>現時會員已近三十名</u>，洵亦羅山一時韻事也。

　　文中透露兩個重點：第一，創立時間修正／提前至 1909 年（與瀛社之創立同年）；第二，當時創立之時不到卅人，並非六十人。此外，關於此詩社的作品，研究學者僅提到 1930 年詩會的〈諸羅懷古〉、〈吳季子掛劍〉、〈稻香園〉等，且僅存詩題，「詩稿散佚」[53]，其實，在 1909 年 9 月 8 日至 10 月 17 日之間《漢文臺灣日日新報》的第 4 版，以「羅山吟社詩卷」為專欄標題，陸續刊出該社成員詩作，前後刊出 66 首，題目與內容俱存！（此亦是推翻該社遲至 1911 年才創立的佐證之一）。另外，1911 年 1 月 30 日至 2 月 6 日也有專欄「羅山吟社課題」的出現，前後共刊登 39 首詩作，一樣保存了完整的內容。這些都有助於我們更深入的了解該詩社的創作活動與內容。

　　其次，在台灣古典詩史上佔有重要地位的「**竹枝詞**」，自 17 世紀末的郁永河以〈台灣竹枝詞〉與〈土番竹枝詞〉發其端緒，後繼者甚多，這些詩作正如黃純青所說：「至今讀之，當時民風土俗，歷歷在目，活現紙上，皆可資采風之貴重材料也」[54]。到了日治時期，竹枝詞創作風氣仍然頗盛，翁聖峰《清代台灣竹枝詞之研究》便有一節〈清代台灣竹枝詞的後續發展〉論述及此，文中統計共得 1125 首（賴惠川詩作佔去 842 首），但他也指出：「這只是『順便』輯佚得來的數量，隨著研究的增加，資料的加速開放及流通，高出此數是必然可以預見的」，誠然如此，《漢文臺灣日日新報》資料庫中，用關鍵字檢索[55]便可找出不少竹枝詞作品，按照時間先後列表如下：

[53] 江寶釵：《嘉義地區古典文學發展史》，頁 244；江寶釵：《嘉義市志·卷八·語言文學志》，頁 241。
[54] 黃純青：〈談「竹枝」〉，《先發部隊》，第一號（1934 年 7 月），頁 35。
[55] 因資料庫的電子內文往往隨著報紙原文而斷句／換行，故必須先後以「竹枝」與「枝詞」為關鍵字才能無所遺漏。

表五:《漢文臺灣日日新報》刊載竹枝詞一覽表

	作者	篇名	日期	版次	篇數
1.	弄香外史	寄閩省近事竹枝詞	1905 年 8 月 8 日	3	8
2.	不詳	詠福州台籍商民竹枝詞[56]	1905 年 10 月 26 日	3	5
3.	王毓卿	贈程梅溪竹枝詞[57]	1906 年 1 月 28 日	5	5
4.	龍淵釣叟	崁津醮祭竹枝詞[58]	1906 年 2 月 27 日	3	8
5.	龍淵釣叟	浴池竹枝詞[59]	1906 年 3 月 24 日	3	4
6.	謝濟若	淡江竹枝詞[60]	1906 年 3 月 25 日	3	5
7.	不詳	記者竹枝詞[61]	1906 年 3 月 28 日	3	1
8.	龍淵釣叟	賽神竹枝詞[62]	1906 年 3 月 30 日	3	4
9.	豬口安喜	社寮島竹枝詞	1906 年 4 月 21 日	1	5
10.	伊藤貞	大料崁竹枝	1906 年 4 月 27 日	1	2
11.	龍淵釣叟	採茶竹枝詞[63]	1906 年 5 月 2 日	3	4
12.	不詳	秋千竹枝詞[64]	1906 年 6 月 20 日	5	1
13.	觀海山人	恒春竹枝詞	1906 年 9 月 18 日	1	8
14.	葉連三	八塊厝竹枝詞	1907 年 6 月 22 日	1	4
15.	織田萬	臺南竹枝	1907 年 10 月 13 日	1	1
16.	江嘯雲	臺北竹枝詞	1908 年 2 月 9 日	1	4
17.	江嘯雲	臺南竹枝詞	1908 年 2 月 9 日	1	4

---

[56] 原文未訂詩題,此處為筆者所訂,出自該日「拾碎錦囊(八十九)」專欄。
[57] 情況同前,出自該日「雜報」專欄之〈人心叵測〉,情況同前註。
[58] 情況同前,出自該日「拾碎錦囊(百七十八)」專欄。
[59] 情況同前,出自該日「拾碎錦囊(百九十)」專欄。
[60] 情況同前,出自該日「拾碎錦囊(百九十一)」專欄。
[61] 情況同前,出自該日「拾碎錦囊(百九十三)」專欄。
[62] 情況同前,出自該日「拾碎錦囊(百九十四)」專欄。
[63] 情況同前,出自該日「拾碎錦囊(二百十四)」專欄。
[64] 情況同前,出自該日「雜報」專欄之〈銷夏褉嚧〉。

18.	蔡南樵	淡江竹枝詞	1908 年 2 月 19 日	1	8
19.	新井卓美	基隆竹枝節錄	1908 年 4 月 5 日	1	2
20.	東山瑞雲	竹枝詞	1908 年 6 月 20 日	1	3
21.	洪史臣	揀茶娘竹枝詞	1908 年 7 月 1 日～2日	1	12
22.	莊鶴如	臺北竹枝詞	1908 年 7 月 15 日	1	4
23.	顏雲年	大稻埕街揀茶竹枝詞	1908 年 9 月 22 日	1	4
24.	洪史臣	稻江竹枝詞	1909 年 8 月 4 日～6日	3	14
25.	倪炳煌	艋津竹枝詞	1910 年 4 月 10 日	1	8
26.	王自新	稻江迎神竹枝詞	1910 年 7 月 6 日	1	4
27.	王自新	歲暮竹枝詞	1911 年 1 月 28 日	1	3
28.	王自新	新年竹枝詞	1911 年 1 月 30 日	1	5
29.	蔡玉屏	崗山岩晉香竹枝詞	1910 年 1 月 26 日	4	7
30.	黃溥造	田中央竹枝詞	1911 年 5 月 1 日	3	1
	總數	148			

　　翁聖峰於其《清代台灣竹枝詞之研究》曾指出,對於「竹枝詞」的界定有「實在定義」與「唯名定義」兩個思考面向[65],本文此處為了避免判斷上的爭議,故僅限於後者,縱使如此,也找出了 148 首之多。今年欣見有一部《台灣竹枝詞賞析》出版[66],不過其中關於台灣竹枝詞的正文部分僅有 109 頁,而附錄的「唐宋元明清竹枝詞選」竟多達 154 頁,此恐怕與文獻難尋有關;然而,若透過此類數位資料庫檢索,想必會有更多優秀的台灣竹枝詞被發現/選錄,例如〈表五〉中的江嘯雲〈臺南竹枝詞〉(其二)便屬佳作之一:

---

[65] 翁聖峰:《清代台灣竹枝詞之研究》(台北:文津出版社,1996 年),頁 5。
[66] 戴麗珠:《台灣竹枝詞賞析》(台北:文津出版社,2008 年)。

> 喜嚼檳榔彼此同，如何久別一相逢；
>
> 願郎永作檳榔子，留得唇邊一點紅。

　　詩人以女性的身分發聲，描寫著一對都喜好吃檳榔的男女戀人，久別重逢之際，不禁讓女朋友興起愛情的綺思：多麼希望你就成為一顆美味的檳榔，讓我吃下，就像我唇邊留下紅印那般，永遠陪伴著我！這首詩不只將台人吃檳榔（受原住民影響）的特殊風俗融入其中，而且詩中的比喻更屬妙語，表現出台南當地庶民女子沈浸在熱戀中的喜悅以及開朗奔放的一面，讓人會心一笑。諸如此類前代詩人優秀的作品，目前在竹枝詞相關論述以及詩歌選本當中，皆是還沒被使用的史料，殊堪惋惜。

　　至於竹枝詞創作者的身分，堪稱戰後首位竹枝詞研究者的陳香說：「台灣的竹枝詞，引進播種者雖多屬宦遊人，而勤加耕耘灌溉的，則全係地方的『士君子』，以及一般平民」[67]，將作者分為「宦遊」的大陸文人與「在地」的台灣文人兩大類，但是，若觀乎前表所列的內容，則此論述便顯得不夠周延——因為透過檢索，吾人發現日治時期的竹枝詞創作者當中還有內地人，包括豬口安喜、伊藤貞、織田萬、新井卓美、東山瑞雲五人[68]，這在前人的諸多相關研究論文之中，皆未提及[69]。其實，漢語並非日人母語，日本漢詩人若習藝不精，亦難免有平仄不搭或出韻的情形[70]，若以格式規範較為自由

---

[67] 陳香：《台灣竹枝詞選集》（台北：台灣商務印書館，1983年），頁279。

[68] 台灣日治時期之「本島」人更改為日本姓名要遲至1940年2月總督府公布改姓名辦法之後才開始，此時出現的日本姓名皆為「內地」人。

[69] 既然清領時期來台宦遊人士之作品可納入台灣文學史，日治時期台灣的「內地」文人之創作在同樣的標準（在台灣這塊土地進行創作）之下，將其劃歸台灣文學之範疇，亦屬合理，《廣台灣詩乘》的作者彭國棟，雖然身為戰後移民（湖南茶陵人），但他也認為：「朱竹垞輯《明詩綜》、徐菊人輯《晚晴簃詩匯》，皆以域外詩殿後，日本據有台灣五十年，其風人詞客，寓此者頗多。載吟風物，亦有關掌故，不可不錄也」，見氏著《廣台灣詩乘》（台北：台灣省文獻委員會，1956），頁252。此外，在近年出版的台灣古典詩選方面，陳春城《台灣古典詩欣賞》（2003）以及林正三《輯釋台灣漢詩三百首》（2007）皆未收錄寓台日人詩作，不過，楊青矗《台詩三百首》（2003）則選錄了兒玉源太郎、後藤新平、川村竹治、尾崎白水、乃木希典、館森袖海、土居香國、籾山衣洲共8位內地漢詩人的優秀作品，作為親身經歷「台灣鄉土文學論戰」的作家與評論家，楊青矗的識見自有其獨到之處。

[70] 筆者先前訪問過台南南社詩人黃溪荃的公子黃天橫先生，他便曾表示曾聽聞父親表示日本在台漢詩人頗有此一情況，見顧敏耀：〈台灣的傳奇藏書家：專訪黃天橫〉，《文訊》，250期，

的竹枝詞創作,則可免去這方面的困擾,未非爲良策。其中亦有傑出之作,如同列於〈表五〉中的豬口安喜〈社寮島竹枝詞〉(其一)云:

> 遠近燈光幾點初,煙籠岸樹影扶疏;
> 長綸百尺隨流曳,月下扁舟釣墨魚。

詩人彷彿是熟練的電影導演在運鏡一般,畫面中先是遠遠近近的昏黃小燈在昏暗中一盞一盞的亮了起來,接著用剪影(Silhouette)的手法,呈現岸邊樹影搖曳在水氣籠罩裡,更顯迷濛之感;繼而剪接到船上拍攝的畫面:只見百尺長的釣繩隨波漂流,主角到末句才出現在畫面上——原來他在清亮的月光之下,正在釣花枝呢!以剝殼見筍之法來經營整體結構,而且帶著悠閒適意、安寧靜謐之感,更有在地的趣味,令人回味不已。

由其他的相關報導資料當中,可發現不少詩社課題也採用竹枝詞,例如黃溥造〈田中央竹枝詞〉(見〈表五〉)在標題之前便註明是「蘭社」(位於彰化)擊缽吟所作,而1910年5月23日「羅山吟社」週年慶,課題有二,除了〈祝羅山吟社一週年〉之外,即爲〈諸羅竹枝詞〉[71]。還有一則有趣的報導——1910年「櫟社」春季大會,廣邀南北各地詩人,課題是〈過林剛愍公祠〉以及〈台中竹枝詞〉,公布之後,限定在開會時繳卷,此篇報導作者署名「詩弟子」說:

> 該社員生長於斯,熟悉狀況,自可一揮而就,而南北詞客,見獵心喜,
> 即欲效顰,奈足跡未經,無從下筆,殊費苦心也![72]

由報導中似可見到外地詩人搔首撚鬚的苦思之狀,令人莞爾,而櫟社以此訂題,雖是佔盡了「主場優勢」,但也是讓與會詩人可藉此機會而多了解

頁 19-20。
[71] 1910年5月22日,第6版,「湖海琅函」欄目內。
[72] 1910年4月3日,第9版,「雜報」欄目內。

台中地區的風土民情，亦屬用心良苦。由上述這些從《漢文臺灣日日新報》資料庫檢索而來的史料，讓我們對於「竹枝詞」此一體裁在日治初期風行之概況有更多面向的了解。

　　除了前文所述的詩社資料與特定詩體發展的重新考證這兩方面之外，當時重要／優秀的詩人，亦可在搜尋結果的整理過程當中重新出土。譬如，筆者注意到「黃植亭」（有時僅署名「植亭」或「黃茂清」）的名字在這些資料當中，出現的頻率頗高——經筆者統計，他發表過的詩作數量有 70 首[73]，寫下的評語則有 643 筆！其批語簡潔扼要，並且多著重優點的發掘，熱情的鼓勵與提攜後進，因此廣結善緣，各地詩人與其唱和者亦多。1907 年不幸英年早逝之後，該報「藝苑」專欄刊登的詩友追悼之作多達 74 首，由此可見，就當時的活動力與名氣而言，若要細緻的論述日治時期的台灣古典詩壇，黃植亭亦應有一席之地。

　　然而，大部分台灣古典詩研究者對於這個名字應該都感到十分陌生，筆者搜尋發現大多都是浮光掠影式的提及，例如許俊雅在《黑暗中的追尋——櫟社研究》之中，論述日本統治者藉由漢詩與台灣士紳交流時，曾兩次寫到黃茂清之名[74]，此外，在詩選類的文獻當中亦偶可得見：日治初期鄭鵬雲編《詩友風義錄》（原刊於 1903 年）錄黃茂清詩作 2 首[75]、賴子清編《台灣詩醇》（原刊於 1935 年）錄其詩作 3 首[76]，陳漢光《台灣詩錄》（台北：台灣省

---

[73] 因為該資料庫當時資料建檔時的錯誤，造成許多作者欄當中都寫著「植亭漫評」，其實作者另有其人，黃植亭只是下評語而已，若單以「作者」欄以「植亭」為關鍵字進行檢索，則會發生統計數字上的誤差，此部分亦必須進行再次校正與除錯。

[74] 見於該書第一章〈歷史與文化的關照——日據時代台灣古典文學發展的背景〉，其文曰：「1986年《台灣新報》上『文苑』欄中出現台人及日人之漢詩，同年 9 月 13 日更出現了『官紳同宴』的消息，民政長官水野遵與土居香國、陳洛、李秉鈞、劉廷玉、**黃茂清**等人夜宴歡吟，其樂融融」；另外，也在同一年，「年底，土居香國等人在江瀨亭的餞年會中開議：『玉山吟社』之創，且招攬陳洛、**黃茂清**、李秉鈞等台人入會，此舉對台灣詩社社運之延續發皇尤具勉勵作用」，見氏著《黑暗中的追尋——櫟社研究》，前引書，頁 5、6。

[75] 收錄詩作為〈讀寄挽新竹阿美女史詩賦似澧舫中翰蔚邨孝廉毓臣上舍琢其詞友〉（2 首），見該書（台北：台北市文獻委員會，1976 年），頁 103。

[76] 收錄詩作為〈恭祝神武天皇祭典〉、〈祝始政紀念祭〉、〈春中雅集席上贈蔡珮香詞客〉，見該書（台北：龍文出版社，2006 年），頁 106、109、130。

文獻委員會，1971）錄其詩作 4 首，並簡略介紹卅餘字而已[77]，若要較爲詳細的生平資料該往何處尋？

終於，筆者再透過另外兩個數位資料庫進行交叉檢索，找到以下相關文獻：第一個是中央研究院「漢籍電子文獻」，當中有一筆出自王松《台陽詩話》的記載：

黃植亭茂才（原注：茂清），臺北人也；風流瀟灑，傾倒一時，為臺灣新報社騷壇盟主，著述甚夥。[78]

對於他在當時詩壇的重要性，在這筆資料當中獲得再次印證。第二個是「台灣人物誌」資料庫，在當中找到黃植亭的小傳及肖像（見「圖四」），獲得較爲詳細的資料：原來他出身台北艋舺（今萬華）、曾是前清秀才、改隸之後歷任台北辦務署雇員與大稻埕公學校教師……，這位詩人的身影終於清晰起來。

史學家傅斯年曾云：「近代的歷史學只是史料學，利用自然科學給我們的一切工具，整理一切可逢著的史料」，「一分材料出一分貨，

黃茂清

臺北縣大加蚋堡艋舺水仙宮口街七番戶

黃茂清。舊縣學生員也。風流溫粉。其人如玉。身伍於市人而善詩。其吟洗鍊清奇。優摩范陸之譽。明治乙未歲。出役于艋舺保良局。帮辦收籍安撫諸般事務。忠厚特著。丁西歲拜命臺北辨務署雇員。是歲。授佩紳章。庚子歲補任大稻埕公學校教師。丁未歲秋八月。終獲病卒。嗚呼。松栢將茂。氷雪忽摧。蕙蘭欲摧。風雨忽摧。茂清夙抱奇才。早召玉樓。殊為可惜矣。享年三十九。

圖四：黃植亭小傳及肖像，見《台灣列紳傳》（台北：台灣總督府，1916），頁 24。

---

[77] 該書中云：「茂清，字植亭，淡水縣人；清光緒間生員。日據後任「國語學校」講師；亦曾任《台灣新報》記者」，選錄其詩作〈讀寄挽新竹阿美女史詩，賦似瀘舫中翰、蔚邨孝廉、毓臣上舍，埰其詞友〉（2 首）、〈春中雅集席上贈蔡佩香詞客〉（原文「客」誤作「容」）、〈漁人聚飲〉，頁 1175。

[78] 王松：《台陽詩話》（台北：台灣銀行經濟研究室，1959 年），頁 30。

十分材料出十分貨，沒有材料便不出貨」[79]，鼓勵學者要「上窮碧落下黃泉，動手動腳找資料」，今日透過數位資料庫的運用，使得史料運用十分便利，已不再是大海撈針，不必冒著製作一堆卡片到最後卻徒勞無功的風險，只是仍未可以此自足──首先，還是需要先行閱讀與研究主題相關的書面文獻，掌握前人的研究成果，擁有一定的先備知識，確定重要的**關鍵詞**（keyword）之後，方能找到打開這座資料庫的鑰匙（key）；其次，則必須同時運用不同的相關資料庫，彼此火力支援，使搜尋範圍更為擴大。透過多個數位資料庫的共同協助，我們得以輕鬆的回顧（review）這些文學史料，繼而對整體文學發展的脈絡進行研究（research），讓文學史得以再現（represent），在此同時，這些詩人與詩作也將被後人所記得（remenber）[80]。

伍、小結

　　總結前文所述，《漢文臺灣日日新報》作為日治時期全台第一大報《臺灣日日新報》的附加刊物，稱其為日治初期「第一大漢文報」亦是名符其實──在當時，具有不容小覷的影響力；在今日，則對於台灣文學史的了解與建構都有極高的參考價值。本文藉助漢珍公司根據該報製成的《漢文臺灣日日新報》數位資料庫，進行多方面的考察，整理出許多值得注意的現象，並且爬梳其背後可能的成因：

　　（一）《漢文臺灣日日新報》共有 16 個古典詩專欄，其中詩作數量最多的是「藝苑」，篇數足以排上所有專欄當中的第三名，而且全部的古典詩專欄詩作多達一萬多首，平均每日約有六首發表，當時漢詩風氣有日漸興盛的態勢。

　　（二）台灣古典詩人創作的詩作當中，體裁以七言絕句佔最大宗。筆者徵引詩話及其他相關文獻為佐證，認為此現象與七絕本身的體裁優勢、詩作

---

[79] 傅斯年：〈歷史語言研究所工作之旨趣〉，《國立中央研究院歷史語言研究所集刊》，第 1 本第 1 分冊，第 3-8 頁。

[80] 參考戴寶村，〈再現歷史 牽繫記憶──關於紀錄片《綠的海平線》〉，《自由時報》，2006 年 5 月 10 日，E5 版。

課題以及詩學教材等因素有關。

　　（三）詩社的文獻紀錄獲得修正。嘉義重要詩社「羅山詩社」應早在1909年便已創立，並非1910年，且草創當時的社友人數爲卅人左右，並非60人，該報亦保存著不少羅山詩社課題的詩作可供參考。同樣的，其他詩社若透過此數位資料庫進行檢索，應該也會有一些新的發現。

　　（四）台灣古典詩史上佔有重要地位的「竹枝詞」，在該報檢索出148首，幾乎從未被學者們討論過，作者包括內地與本島兩地詩人，而且許多都是優秀而值得被選錄的。

　　（五）當時佔有一席之地的古典詩人重新出土。主持「藝苑」專欄的黃植亭，雖在目前台灣古典詩史的論述中罕爲人知，但是回到歷史語境當中，他卻是被官方與民間都重視的「詞宗」，筆者同時運用多個數位檢索系統，可以讓這位詩人在歲月掏洗當中已經日漸模糊的身影逐漸清晰起來，並使其獲得應有的評價／重視。

　　資料庫的數位典藏功能讓文獻得以跨越時間與空間的限制，透過網路便能被各地的研究者以清晰的PDF檔重新閱讀，此屬靜態的再現功能；至於在各欄位進行檢索，數秒之內調兵遣將，讓研究所需的內容倏地迸出眼前，這可說是動態而積極的召喚（summon）功能，透過再現與召喚，文學史料便重新具備了活潑潑的生命力——足以填補很多縫隙的文學史：這些縫隙除了因爲社會時代的意識形態所導致的刻意忽略[81]之外，往往與文學史料的掌握程度有關，藉由數位資料庫技術的協助，不只有「補苴罅漏，張皇幽眇」[82]之功，且能逼近「竭澤而漁」的檢索效果。細密而全面的蒐羅與整理文獻，以及量化研究（quantitative research）的運用，都得以讓複數而小寫的小歷史（histories）不斷產生，足以與單數而大寫的（History）不斷對話／抗衡，甚至造成翻轉／改寫的效應。

　　筆者在《漢文臺灣日日新報》數位資料庫的使用過程當中，同時發現此

---

[81] 例如戰後蔣政權仇日心態導致的對台灣日治時期文學作品的忽視與扭曲。
[82] 語出韓愈：〈進學解〉。

資料庫有頗多問題，各小節在行文之間便陸續有述及，此再予以整理如下，或可讓製作單位作為進一步升級為「**《漢文臺灣日日新報》資料庫 2.0**」或其他單位製作數位檢索資料庫的參考：

（一）未能做到每筆資料只包含一首詩作：此資料庫的每一筆 metadeta 當中，有為數不少含有多個題目、多位作者或多首詩作，體例不一致，造成統計數量上的失真與瀏覽時的不便。

（二）Metadate的欄位數不一。該資料庫每筆資料大致都有「題名」、「作者」、「日期」、「分類」、「版次」、「全文」、「全文影像」諸欄，但有的還會出現「附註」欄等，有的因原文省略某欄目內容，檢索結果也跟著省略，例如「瀛社詩壇」曾刊過一首〈供菊〉[83]，這筆資料便沒有作者欄，其實是與前一首同一作者，只是省略而已。總之，每筆資料的欄目數量應該統一規範，若該欄目沒有內容，亦應顯示「無」，或標註「不詳」。

（三）Metadeta 的欄目分類過少。應再次予以分類與規劃，整理一些必要的欄目，如作品體裁、作者身分（本島人或內地人）、主題類別、地理空間……等，雖然這牽涉到學術專業與經費額度的層面，但是若能克服，則會大幅提高學術研究時的便利性。

（四）換行的處理欠佳。此資料庫中的電子全文都依照報紙原件的分行而跟著換行，雖然忠實保存了報紙排版的原貌，但是卻也造成文句與字詞都被割裂，使得檢索結果失真，例如：李逸濤〈和林南強詞友瑤韻〉：「信是縱橫一世才，雄風千里起蒿萊，自從喝走邱工部，不見江東捲土來」[84]，在資料庫中卻於「邱工」與「部」之間換行，使用者若以「邱工部」作為檢索詞，這首詩作便會因此而成為遺珠之憾。

（五）句讀遺漏。如抱拙山人〈祝瀛社成立〉的原貌應是：「淡江文士結詩盟。濟濟同堂集眾英。奎聚德星占太史。九天珠玉落縱橫」[85]，但是資

---

[83] 刊於 1910 年 11 月 28 日，第 3 版。
[84] 1910 年 4 月 9 日，第 1 版，「藝苑」專欄。
[85] 1909 年 5 月 4 日，第 4 版，「瀛社詩壇」專欄。

料庫的檢索結果卻將第二句與第三句之間誤連在一起86，諸如此類甚多。

（六）文字辨識錯誤。《漢文臺灣日日新報》當時印刷的品質無法與今日相比，故偶有文字不清之處，但是，即使如此，透過前後文的對照作輔助，還是可以明顯推敲得知該字爲何。例如「瀛社詩壇」專欄在1910年12月3日（第3版）末行標記：「以上左詞宗陳淑程右詞宗謝雪漁閱」，在此資料庫的電子全文中，「閱」字較爲模糊，因此被輸入者誤認爲「關」。這類情況也不勝枚舉，校對上有甚多改善的空間。

（七）作者著錄錯誤。常出現在同題共詠的部分，例如有多筆資料都誤將詩後評語的撰寫者（如黃植亭）標爲作者，還有將前後首詩作的作者混在一起者，例如顏雲年〈愛菊〉87在電子全文當中，作者欄當中寫著下一首詩作的作者「何榮峰」。

（八）漏字。如莊玉波等人共詠的〈劍潭寺〉88在檢索資料當中的題名欄卻只有「劍潭」，遺漏「寺」字；又如小浪仙〈明妃村（其二）〉89末句「滿村斜日草青青」在電子全文當中，遺漏了「滿」字，這類情況都會造成閱讀理解的困難，而必須進一步查閱原件PDF檔。

（九）不同專欄的作品彼此混雜。例如1911年1月20日第1版的潤庵生〈南清紀錄附吟草（上）〉，便應屬「叢錄」，而非「藝苑」；還有，在「分類」欄位以「羅山吟社詩卷」搜尋，會找到一筆「十八甯馨」所撰的「照身鏡」（1909年9月24日第5版），其實內容屬笑話逸聞之類，並非詩作；若以「瀛社詩壇」搜尋，有一筆刊於1910年4月5日第4版的「訂誤一則」，其實是對前一日「叢錄」內文的訂誤，與該「瀛社詩壇」無涉。諸如此類，亦多不勝數，都是因爲在原版面上的位置相近，故有此誤。

（十）檢索結果的表格排版欠佳。該資料庫檢索結果的表格安排是：每一筆的欄目名稱都標示於左側，每筆獨立爲一個表格，欄目名稱重複出現，

---

86 而且第三句的「聚」字還誤作「幕」字。
87 刊於1910年1月7日，第6版，「瀛社詩壇」專欄。
88 刊於1910年2月25日，第4版，「瀛社詩壇」專欄。
89 刊於1910年12月29日，第3版，「瀛東小社課題」專欄。

且前後則不連貫。其實，目前大多數的檢索系統都將欄目表格改置於上方（諸如「智慧型全台詩知識庫」、「2007 台灣作家作品目錄資料庫」、「台語文數位典藏資料庫」等皆然），並且讓每筆資料都安置於統一的表格之中，亦可使畫面較為簡潔，頗收一目瞭然之效。

　　總之，將書面文獻製作成數位資料庫已經是不可避免的趨勢，許多珍貴的文獻資料（如日治時期的《詩報》以及戰後的種種雜誌）在日後也有可能製作成檢索系統，而已完成的數位資料庫亦可在求真求實、讓不同需求的使用者都能感到便利、將資料庫內容的效益發揮到最大的立場上，不斷修正，求其盡善盡美，以上幾點實際使用一個資料庫之後的心得，雖是野人獻曝之見，或有參考之用。

　　最後，或許有人要問：花費這麼多的心力來整理與研究這些詩作，其本身是否有足夠的文學價值可以承載？此確乎是重要的問題，除了前文舉出的兩首竹枝詞可作例證之外，筆者可以再隨手捻出一首由莊鶴如（同樣在當前台灣古典文學論述中被忽略的人物）之詩作〈秧針〉[90]為證：

　　刺水穿泥性獨靈，纖纖女手未曾經；
　　祇憑雨線新添後，繡出東郊十畝青。

首句運用「刺」與「穿」兩字，寫出了秧苗活潑潑的強烈生命力，繼而暗留伏筆說此針並不需要女子纖纖之手，為何呢？原來只要憑著春天綿綿細雨化成的綿密絲線，就繡出了眼前這一片可愛的嫩綠[91]！起始乃秧針的近距離大特寫（extreme close-up），中間經過環環相扣的詩意鋪陳，到結句乃倏地變為廣角視界的農村遠景（long shot），讀者心靈也隨之豁然開朗，心開意解。此四句渾然一體，譬喻巧妙，匠心獨運，這樣的作品，吾人豈能說他寫得不好？

---

[90] 1907 年 6 月 5 日，第 1 版，「藝苑」專欄。
[91] 此詩趣意之妙，頗堪與唐代賀知章〈柳枝〉分庭抗禮：「碧玉裝成一樹高，萬條垂下綠絲絛；不知細葉誰裁出？二月春風似剪刀」。

92——此般佳作在《漢文臺灣日日新報》之中不勝枚舉，的確，這一萬餘首詩作或許無法「爛若披錦，無處不善」，但是「排沙簡金，往往見寶」[93]則毫無疑問！更何況從中可以用整體東亞的視野來探討台灣、日本、朝鮮、滿州以及清國之間漢詩人的互動[94]，還可以為林癡仙、林幼春、魏清德等著名詩人進行詩作輯佚，或探討台灣知識階層在接受近代化（modernization，或稱現代化）歷程中的心態[95]、面對殖民政權之際是選擇認同此一帝國共同體帝國體還是在詩中透露出隱微的反殖民意味、詩人們對日本國內與包括清國在內的國外時事之反應與看法……等等，非常值得日後繼續開發與探討。

---

[92] 戰後由周定山編選《台灣擊缽詩選》（台北：詩文之友社，1964）當中，亦錄有三首以〈秧鍼〉（鍼針通用）為題者，茲舉其中一首與莊鶴如詩進行比較：「簇簇千畦綠，風調雨露滋；歷山功可繼，莘野志難移；鋒似凌雲筆，尖如脫穎錐；待看成穀後，民食自無飢」（頁 167-168），兩詩高下優劣，讀者自可尋繹體會。

[93] 語出《世說新語‧文學》引孫興公語。

[94] 目前東亞視野的研究取向在學界蔚為風潮，日本從終戰之前結合帝國實體而進行的東亞論到 1993-1994 年間溝口雄三等編《アジアから考える》集其大成，韓國成鈞館大學在 2000 年亦有「東亞學術院」之成立，中國亦有孫歌等學者關注此議題，我國則在 2003 年由台灣大學成立「東亞文明研究中心」（參考張崑將〈如何從台灣思考東亞〉，《思想》，第 3 期，2006 年 10 月，頁 177-179），在台灣文學研究方面也開始注意此研究徑路，國家台灣文學館於 2005 年 11 月便舉辦過「後殖民的東亞在地化思考：台灣文學國際學術研討會」，會後由柳書琴與邱貴芬編輯為論文集《後殖民的東亞在地化思考：台灣文學場域》（台南：國家台灣文學館，2006 年），內容偏重新文學方面；至於台灣古典文學研究的東亞視野，近年已開始陸續被注意，2008 年 11 月 29-30 日，由成功大學文學院、台灣文學系、中國文學系合辦舉行「異時空下的同文書寫：台灣古典詩與東亞各國的交錯國際研討會」便十分具有指標性的意義。

[95] 朱雙一〈《漢文臺灣日日新報》漢詩社詩作的主題分析〉挑選了詩社作品進行分析，其結論為：「顯示的是一條由『現代』向『本土』轉化的清晰軌跡」，認為台灣古典文學與台灣現代文學、中國現代文學的發展脈絡相似（《「台灣古典詩與東亞各國的交錯」國際學術研討會論文集（二）》，前引文，頁 24）。

參考文獻（依出版日期排序）

文本及研究專書

- 王松,《台陽詩話》,台北:台灣銀行經濟研究室,1959。
- 陳淑均,《噶瑪蘭廳志》,台北:台灣銀行經濟研究室,1963。
- 周定山編,《台灣擊缽詩選》,台北:詩文之友社,1964。
- 李漁叔,《魚千里齋隨筆》,台北:台灣中華書局,1970。
- 陳漢光,《台灣詩錄》,台北:台灣省文獻委員會,1971。
- 鄭鵬雲,《詩友風義錄》,台北:台北市文獻委員會,1976。
- 陳香,《台灣竹枝詞選集》,台北:台灣商務印書館,1983。
- 富壽蓀,《千首唐人絕句》,上海:上海古籍出版社,1985。
- 胡適,《白話文學史・上卷》,台北:遠流出版公司,1986。
- 陳友琴,《千首清人絕句》,杭州:浙江古籍出版社,1988。
- Б. Н. МИРОНОВ, З. В. СТЕПАНОВ 原著,黃立茀、夏安平、蘇戎安譯,《歷史學家與數學》,北京:華夏出版社,1990。
- 王英志註評,《明人絕句三十家賞析》,合肥:黃山書社,1991。
- 劉登翰等編撰,《台灣文學史》,福州:海峽文藝出版社,1991。
- 霍松林主編,《萬首唐人絕句校註集評》,太原:山西人民出版社,1991。
- 房開江、梅桐生,《金元明清絕句五百首》,貴陽:貴州人民出版社,1992。
- 連橫,《雅堂文集》,南投:台灣省文獻委員會,1992。
- 加藤秀俊,《讓資訊活起來》,台北:錦繡出版事業公司,1994。
- 翁聖峰,《清代台灣竹枝詞之研究》,台北:文津出版社,1996。
- 劉大杰,《中國文學發展史》,台北:華正書局,1996。
- 許俊雅,《台灣寫實詩作之抗日精神研究》,台北:國立編譯館,1997。
- 江寶釵,《嘉義地區古典文學發展史》,嘉義:嘉義市立文化中心,1998。
- 葉石濤,《台灣文學史綱》,高雄:文學界雜誌社,1998。

- 劉熙載，《藝概》，台北：金楓出版社，1998。
- 卞孝萱、朱崇才注譯，《唐人絕句選》，台北：三民書局，1999。
- 廖一瑾，《台灣詩史》，台北：文史哲出版社，1999。
- 葛兆光，《漢字的魔方——中國古典詩歌語言學札記》，1999。
- 王士禎，《唐人萬首絕句選》，台北：藝文出版社，2000。
- 嚴長明，《千首宋人絕句》，台北，藝文出版社，2000。
- 林文寶等，《台灣文學》，台北：萬卷樓圖書公司，2001。
- Peter F. Drucker，劉真如譯，《下一個社會》，台北：商周出版公司，2002。
- 戴燕，《文學史的權力》，北京：北京大學出版社，2002。
- 楊青矗編著，《台詩三百首》，台北：敦理出版社，2003。
- 陳春成編著，《台灣古典詩析賞》，高雄：河畔出版社，2003。
- 洪淑芬，《文獻典藏數位化的實務與技術》，台北：數位典藏國家型科際計畫・訓練推廣分項計畫，2004。
- 傅璇琮，《遼金元絕句選》，北京：中華書局，2004。
- 黃美娥，《重層現代性鏡像——日治時期台灣傳統文人的文化視域與文學想像》，台北：麥田出版公司，2004。
- 羅鳳珠編，《語言，文學與資訊》，新竹：清華大學出版社，2004。
- 內藤湖南研究會編著，馬彪、胡寶華、張學鋒、李濟滄譯，《內藤湖南的世界》，西安：三秦出版社，2005。
- 江寶釵，《嘉義市志・卷八・語言文學志》，嘉義：嘉義市政府，2005。
- Marc Bloch 著，張和聲、程郁譯，《為歷史學辯護》，北京：中國人民大學出版社，2006。
- 蔡汝修，《台海擊缽吟集》，台北：龍文出版社，2006。
- 柳書琴、邱貴芬編，《後殖民的東亞在地化思考：台灣文學場域》，台南：國家台灣文學館，2006。
- 許俊雅，《黑暗中的追尋——櫟社研究》，上海：東方出版中心，2006。
- 陸卓寧編，《20世紀台灣文學史略》，北京：民族出版社，2006。

- 廖振富,《櫟社研究新論》,台北:國立編譯館,2006。
- 賴子清編,《台灣詩醇》,台北:龍文出版社,2006。
- 張高評主編,《文學數位製作與教學》,台北:五南出版社,2007。
- 許俊雅,《瀛海探珠——走向台灣古典文學》,台北:國立編譯館,2007。
- 黃美娥,《古典台灣——文學史·詩社·作家論》,台北:國立編譯館,2007。
- 林正三輯釋,《輯釋台灣漢詩三百首》,台北:文史哲出版社,2007。
- 戴麗珠,《台灣竹枝詞賞析》,台北:文津出版社,2008。

學位論文

- 王文顏,《台灣詩社之研究》,政治大學中文所碩士論文,1979。
- 黃美娥,《清代台灣竹塹地區傳統文學研究》,台北:輔仁大學中文研究所博士論文,1999。
- 顧敏耀,《陳肇興及其《陶村詩稿》研究》,中壢:中央大學中文所碩士論文,2003。
- 室屋麻梨子,《《台灣教育會雜誌》漢文報(1903-1927)之研究》,台南:成功大學歷史研究所碩士論文,2007。

期刊論文、研討會論文、專書論文、報紙評論

- 黃純青,〈談「竹枝」〉,《先發部隊》第 1 號,1934.7,頁 35。
- 黃文虎,〈黃莘田與徐嬾雲(一)〉,《三六九小報》第 470 號,1935.8.6,第 4 版。
- 傅斯年,〈歷史語言研究所工作之旨趣〉,《傅斯年全集·第四冊》,台北:聯經出版公司,1980 年,頁 253-266。
- 尹雪曼,〈新文學史編寫諸問題〉,《文訊》第 11 期,1984.5,頁 89-94。
- 林文龍,〈黃任《香草箋》對台灣詩壇的影響〉,《台灣文獻》第 47 卷 1 期,1996.3,頁 207-223。
- 戴寶村,〈再現歷史 牽繫記憶——關於紀錄片《綠的海平線》〉,《自由時報》,2006.5.10,E5 版。

- 顧敏耀，〈台灣的傳奇藏書家：專訪黃天橫〉，《文訊》第 250 期，2006.8，頁 19-20。
- 張崑將，〈如何從台灣思考東亞〉，《思想》第 3 期，2006.10，頁 177-201。
- 朱雙一，〈《漢文臺灣日日新報》漢詩社詩作的主題分析〉，《「台灣古典詩與東亞各國的交錯」國際學術研討會論文集（二）》，台南：成功大學文學院，2008 年，頁 1-24。

講評

顧力仁[*]

一、這次會議標舉出「文學與數位的結合」作為主題,深符研究趨勢;而針對年青朋友舉行會議、進行探討,更具有導引和啓迪的作用,好像告訴與會的年青朋友,「看!這是一條文學發展的康莊大道,讓我們攜手共進。」

二、過去我們說知識的學習有兩大部分,一部分是知識的內涵(像文學、史學、哲學),另一部分是知識的線索(像書目、索引乃至於圖書館利用),這種將知識二分的藩籬在數位時代已經被推翻了。數位訊息本身固然有其內涵,同時因為便於尋檢而建置成電子全文,或設計出許多檢索點(Access point),而兼具提供線索的效益。所以,數位資源兼有「知識內涵」和「提供線索」的雙重角色,已經形成為一個趨勢,這個「沛然莫之能禦的趨勢」強烈提醒我們兩件事:

(一)現在的學習和研究絕不可忽略數位資源的重要性,比這個還要更重要的是,

(二)不但要掌握數位資源,並且還要更進一步去細究深研,以創造新的學習或研究素材。

換句話說,在數位時代,拒絕學習或不潛心瞭解,除了會喪失許多觸類旁通的機會以外,還會影響到研修和學習的胸懷和視野。

三、顧先生這篇作品誠然難得,它針對《漢文臺灣日日新報》的數位版本,在「漢詩部分」作了一個形式上的解構,他掌握到資料庫電子全文的特性,對於這份台灣在日治時期具有相當影響力報紙中的「台灣古典詩」這部分作了詳實的調查分析和統計。若是以論文寫作的格式來說,這篇論文屬於「內容探討」之前的「文獻分析」,而且是一個深度的文獻分析。我首先要對於他在這篇作品所投入的時間和精力給予嘉許;其次,也對於他透過深入

[*] 國家圖書館書目資訊中心主任

分析所獲致的多項結論表示欽佩；更勉勵他這篇作品是對《漢文日日新報》中「台灣古典詩」研究的一個起點，而不是結束。因爲作完這個分析後，未來應有很大的空間來針對詩作的本身繼續去作探討。

四、謝清俊教授曾經以電子古籍作例子，來形容數位資源的優越性，包括：

（一）無限複製，取之不盡，用之不竭，供全民共享。

（二）網路傳遞，可瞬息千里，沒有運輸和分配的問題。

（三）容易匯集、鉤稽、參照，能產生新的訊息。

（四）好儲存、體積小，便於檢索、應用和處理。

所以，數位化是促使過去重要文獻活出現代化的最佳方式。

五、在檢索介面的設計以及 Metadata 的規畫上，文中提到幾個例子，包括「台灣古典漢詩」、「全台詩智慧型知識庫」以及遠流的「全台詩電子文庫」，其中真正發揮檢索效益的是「全臺詩智慧型知識庫」，是一個針對「詩作」所牽涉「人、事、物、時、地」所作至爲詳盡的介面，在文學數位化領域方面，國內羅鳳珠老師致力很深，各位可到「風箏展書讀」一窺究竟。此外，我想提供在座瞭解一個頗具深度的數位資源，就是「明清婦女著作數位計畫」，這是由加拿大麥基爾大學和美國哈佛大學合作，將哈佛燕京圖書館所藏 90 種明清婦女著作，掃瞄成影像，並且透過細密的內容分析和《歷代婦女著作考》中的傳記資料，設計成 13 個檢索點，包括人名、詩詞、詩話、詞話、略傳、詩體、詞牌、文體、民族、地名、年號、干支以及婚姻等。在這 13 個檢索點之內，又分別提供更詳盡的線索，例如婚姻狀態下，包括后妃、宮女、正室、寡婦等 30 多個選項，詞話下有近千個選項，文體下有 50 個選項，透過這麼細膩的分析和檢索，大家可以想像這個資料庫對研究女性文學所產生的深度影響。

六、若說這篇論文有什麼大醇中的小疵，我樂於指出，一篇書評、文評或網站評論者要儘量站在被評論者的角度來看事情，也就是說先從那篇作品或網站經營設計的角度和難度來想想，再發而爲文，比較客觀而持平。顧先

生對這份報紙中「古典詩」部分提出許多檢索的期待,但《漢文台灣的日新報》本身是一份新聞報紙,仍以新聞報導爲主,在《漢文台灣的日日新報》的前言,提到製作報紙資料庫在處理標題方面的困難,現在報紙的新聞標題要明確吸引人,點出關鍵字,但早期報紙並非如此,當時的標題簡潔雅緻,一般標題只用四個字表達,不但不容易包含人名、事名、物名、地名這些關鍵字,反而有許多「人心不古」、「百業蕭條」、「報應不爽」等成語,因此與其將標題製作成索引,不如全文輸入,或作完整的 Metadata。本資料庫的 Metadata 不夠深入固然是美中不足的地方,但是捨標題而製作全文資料庫(據項潔教授說是他在台大圖書館館長任內由該館將此報委外全文建檔),這是用心所在。

此外,顧先生提到的詩句換行,這倒不是「無謂」,凡是古文、詩句及印章全文一般會用斜線(/)表示回行或者乾脆忠於原形式,所以回行是忠實原版面。針對回行部分若要檢索不失真,必需加作「標誌(markup)處理」,則牽涉到製作技術和成本。

七、最後,針對這篇作品以及有志於將「文學與數位」作爲發展目標的年青朋友們,我有二點分享:

(一)數位化不僅僅是將紙本文獻作爲影像或全文資料庫,還需要深入了解資源的本身,分析其內容,將資源的特性和使用者的需求結合爲一,再透過簡潔而有力的查詢介面呈現出來,這才是數位化精神的所在,也才可以增加資源本身的附加值。所以,「適切的命題、合用的資源和群體的合作」是建構數位資源的關鍵要素。

(二)數位化領域需要投入,顧先生這篇作品是投入的方式之一,值得和漢珍公司討論作一個附加的檢索介面。此外,也希望年輕朋友投入數位化的研究開發,一方面藉以瞭解數位化發展的艱辛,另一方面也讓數位內容藉著更多後起之秀的參與,開發出更具創造力的數位資源。

附錄

數位創作場域的正反合
——「2008青年文學會議」專題演講

周暐達[*]

當我們在談數位出版的時候，首先會遇到一個課題，所謂的數位出版到底是把紙本的出版品數位化，還是有一種真正的數位出版品？同樣的，在談到數位文學的時候，也會有這樣的情況。究竟是將在傳統紙張上、在一般雜誌之間的創作，搬移到數位網路化的環境就是數位文學，還是說，它有一種全新的、不同的陳述與詮釋方式？這個命題可能是未來式，因此還有賴各位青年文學創作家的努力，透過你們的創作，你們的定義，你們的討論，將它真正展現出來。

今天的演講主題是「數位創作場域的正反合」，基本上，引用「正反合」是為了強調辯證的過程。我將「數位書寫、數位閱讀」的討論，視為一個辯證的過程，而它也一直在辯辨證中，無法明確指出數位文學該是什麼。但是比較明確可以指出的，是創作者從事書寫時的數位化環境。

而文學創作者的作品，某種程度會與當時的社會或時空結構有所關連，而形成創作背後的脈絡。以時空而言，我把創作分為以下三個脈絡。

文學，三個時空的創作

時空一：歷史、社會、文化脈絡

個人即使等得及，時代是倉促的，已經在破壞中，還有更大的破壞要來。有一天我們的文明，不論是昇華還是浮華，都要成為過去。

——張愛玲《傾城之戀》序

* udn數位閱讀網營運總監、聯合線上公司內容發展組主任

這段引文關心的是一個時代，它的時代座標是 1943 年的上海。當作者在書寫或讀者在閱讀這段文字的時候，其實背後有一個約定俗成的默契，所以當她說「時代是倉促的，還有更大的破壞要來。有一天我們的文明，不論是昇華還是浮華」，我們會從那個年代的脈絡來解讀這篇文章，撰寫者、創作者有這樣的意念，讀者有這樣的意念，所以第一個脈絡是一個時代、社會文化的脈絡。

時空二：個人經歷與思維脈絡

> 被窩是我的牧場／熄燈以後，原野隨時有火光／一些動靜，如：非法闖入的清明意識／偶爾被發現到／使我跟一些舒服的觸覺／就跟內心一樣接近
>
> ——羅智成《寶寶之書》

這個意象，是詩人羅志成在睡覺的時候，有一些思維閃動所致。他感受到非常舒服的思維狀態，就跟躺在溫暖的被窩一樣，這種比較屬於個人經驗的感受，在有些創作中會被彰顯出來，有些則不會，但即使它沒有彰顯出來，閱讀者也會依個人私人的經驗來解讀這樣的東西，所以在書寫裡面，這就形成了個人經歷與思維的脈絡。

時空三：書寫文本（創作之場域）的脈絡

> 攝影是一種捕捉碎片的經驗，沒有時間的限制，可以自由地遊盪在無限層次中。碎片有如無限折射的小鏡片，牽引著一個變幻莫測的龐大領域……碎片是我創作的狀態，一個懸念產生的時候，第一個出現的影像都會呈現破碎的狀態……我開始抹去「一切以文字為依歸」的創作形式，影像與存在物本身就是世界語言，它擁有超越巴別塔的功能。
>
> ——葉錦添《神思陌路》

書寫需要工具。文字是最容易掌握、最直接、也是最具有可能性的工具，

但它不應該是唯一的工具。在這裡，葉錦添先生把攝影當作他的創作工具，他認為攝影可以捕捉他創作時候碎片般的靈感，他認為影像與存在物本身就是世界語言。到底書寫這件事情，是只能用文字書寫，還是其實有無限種可能？我希望書寫可以有一個更開放性的定義。因為當你在網路上，在數位環境中，你的書寫工具未必純然是文字的，像是手機、數位相機、錄音筆等，很可能各位在自己的部落格上創作的時候，會圖文並陳，或加入動畫、動態裝飾等等功能。

接下來，我想回到單純書寫場域這件事情。

創作，與書寫場域互動

書寫的載體從歷史上來看，分成無機物和有機物，譬如石壁、石柱、陶板，這些都屬於無機物；龜甲、獸骨、羊皮紙、紙張，這些則是有機物的範疇。不同的載體，會產生不同的文體。書寫的載體發展到了此刻，它變成一個虛擬之物，尤其在數位的環境下。在這個情況下，它不只是一個物，而是場域的概念變強了，你開始發現到，你不是寫在一個單一的地方，而是在這個單一地方的週遭還有更多龐大的空間，就像你在部落格書寫的時候，就跟你從前在紙張上寫自己的手札是不一樣的。從前寫手札時，對話的是自己；現在寫部落格，你很難不去跟潛在的讀者對話。

以下我舉兩個例子，幫助大家理解。女詩人夏宇的詩集《摩擦·無以名狀》中〈失蹤的象〉寫道，「言者所以明貓，得龜而忘言／蛇者所以存意，得意而忘恐龍……」，她在下筆的時候，應該就有意識到她是在印刷的文本上書寫，她要塑這篇詩文時，絕對不是像我剛剛唸的那樣，其實她這本書裡面做了大量的拼貼，用剪貼的方式把字黏進去。她不像古時候脫離文本、七步成詩的詩人，他們腦袋裡不必有文本，就可以很規律地寫出來。夏宇在寫詩的時候，她腦袋裡文本的概念就很強，而且她想到互動層面，以及可以如何操作，儘管當時文學尚未進入數位化時代，但她對文本已經有了很鮮明的意識。

另一個關於網路新詩的創作，是 1998 年由李順興教授集合一些人創作的「歧路花園」網站。它裡面有一些 flash 和 gif 動畫，透過各種具象的方式配合文字，企圖傳達嶄新的意象，在 1998 年當時其實是很新的嘗試。在「歧路花園」網站上，有一段定義文字，我把它節錄下來：「網路文學，或稱電子文學，根據目前的流行看法，可大略分為兩種：一是將傳統『平面印刷』文學作品數位化，而後發表於 WWW 網站或張貼於 BBS 文學創作板上；二是指含有『非平面印刷』成分並以數位方式發表的新型文學，學術上慣稱超文本文學（hypertext literature）。非平面印刷成分的明顯例子包括動態影像或文字、超連結設計（hyperlink）、互動式（interactivity）讀寫功能等。」由於這些新元素的加入，擴張了文學創作的表現形式，同時也催生了新的美學向度。基本上，第一類網路文學只是把網際網路當作純粹的發表媒介，而第二類則進一步將網路當作創作媒介，把諸多網路功能轉化為創作工具。

今天，當我在強調數位書寫和數位場域時，我其實要談的就是把它當作一種數位工具，所以當它在 1998 年出現時，其實是領先整個時代的。

文學創作，基本上都是互動書寫。只是有些人在無意識之中，參與了互動演化；而有些人則是有意識地進行寧靜革命式的互動創作，像是我以上所舉的兩個例子。

場域特性會影響到創作者心理上的一些現象，創作者在探索外在大宇宙與內在小宇宙時，都會跟場域特性有明確的互動。在網路化的數位場域，我們可以用一個生物學上的概念來看，那就是「創作生態系」，它是一個複雜的系統，一個渾沌的系統。在渾沌的概念中，有一個現象叫作突現（emergence），意味著在一個複雜系統中，你看不出它會怎麼樣，可是到達某個臨界點時，忽然間整個形象就跳出來了。

未來，在光譜兩極之間游移

那未來會發生什麼事呢？基本上，我以下從兩個角度來看。

一、個體書寫 vs.群體（互動）書寫

今天不論你是在部落格或是 BBS 上創作，一旦你創作了，它就等於發行了，這時你可能和別人形成聯繫，被劃入某個創作生態系。從個人孤獨的創作，到各種可能的互動創作，你會在這兩個極端之間找到自己的平衡點，在其間不斷地游移。這將衍生一個有趣的問題：這種情況下，還會有孤島式的生態作品嗎？這或許是一個值得觀察的面向。

二、文字書寫 vs. 數位意象符碼書寫

過去，我們用文字、圖象、超文本（Hypertext）、flash 與多媒體方式書寫，我認為關鍵不在於多媒體，而在於操控數位意象符碼的自由度，及文本存在的互動場域。我雖然強調數位書寫、多媒體與各種可能，但操作並非需要那麼複雜。

在純文字書寫和數位意象符碼書寫之間，我相信文字永遠不可能消失，但你的創作會在這光譜之間如何游移，那就是個人創作與大家共同努力的結果。我一方面深信數位的力量，深信意象的力量，但一方面也會想到，當意象具象化，它的力量會不會就抵消了一些？我想這個問題，可能也會引發一些人對文學和非文學的討論。對此，我都沒有預設立場，只是覺得確實有這樣的情況可能發生。

一開始我就提過，由於我現在不在學界，也不是一個專職的創作者，所以演講的最後，我要再回到業界的角度，以一個數位內容產業者的身分來做總結。在此，我想補充一個資料，就是工業局所訂的數位內容產業定義：「將圖象、字元、影像、語音等資料加以數位化並整合運用之技術、產品或服務（不含硬體）」，另外，數位內容的定義在於：「以概念、思想、知識、智慧為構成元素，並藉由字元、圖象、影像、語音方式加以數位化與整合運用使之可傳播、複（重）製、加值、應用的資料或資訊」，仔細想想，某種程度上，這不就是數位書寫的定義嗎？

整個文化創意產業的源頭，發動的力量就在於數位文字創作。當你有個概念和想法的時候，最容易展現、最不需要成本、最容易從「靈感的碎片」組合成一個完整的作品，就是在數位書寫的過程中。所以，當大家數位書寫

的能力普遍地提升，相關討論也成熟，將有很多資料可以參照，會有很多個人的靈感可以發揮，當它形成一個巨大的力量之後，就會成為文化創意的源頭，甚至推動整個文化創意產業的發動。

　　各位的書寫能力，其實不只是在數位文學，或所謂文學的領域裡面發揮力量，它很可能會在整個社會產生一個巨大的推力，這是我的一點期許，也深覺一定有這樣的可能性。（**記錄／田哲榮　世新大學性別研究所碩士**）

數位文學研究的明天
——「2008 青年文學會議」座談會（一）紀實

顧敏耀[*]

　　2008 青年文學會議的第二天（11 月 30 日），在三場精采的論文發表之後，緊接著便是兩場內容充實的座談會，首場的主題是「數位文學研究的明天」。

　　主持人項潔（中研院資訊科學研究所研究員、台大資訊系特聘教授）在開場白謙稱：「在座的可能都不太認得我」（其實他是全球知名的資訊處理研究權威，曾任國科會資訊學門召集人、台大圖書館館長等要職），他簡潔扼要的說明這場座談會的數項題綱，包括：「當前數位文學研究題旨與範疇」、「數位文學研究跨學科整合特質」、「未來數位文學環境變遷的預期」以及「未來數位文學研究的挑戰」。

運用中國文藝理論分析數位文學作品

　　黃鳴奮（廈門大學中文系教授）首先以勉勵的語氣說道，數位文學研究的希望就在青年學者身上。他也指出，西方對於數位文學的理論日新月異，不過，若能運用中國古代的文藝理論，來分析數位文學作品，或許會獲得許多嶄新的研究成果，在數位文學研究已成為海峽兩岸研究熱點的今日，融合中國傳統與數位文化，應該是可以採行的一條路。

　　須文蔚（東華大學中文系副教授）接著說道，台灣對數位文學的研究，成果已經十分豐碩，目前集中在幾個要項，第一，是關於數位文學的文字創作方面，其中以網路小說最為蓬勃，可惜對於新興媒介的討論太少（例如手

* 中央大學中文所博士候選人

機文學），還有待開發。第二，數位藝術的跨媒介表現方式（例如運用 flash 技術的數位詩創作），只是有不少數位文學作品的表現形式雖然很新，但內涵則屬於傳統的美學。

第三，資料庫的討論。第四，數位產業，例如新的消費型態（如線上拍賣），這在我們的生活中都已經習以為常，業界方面也已日進千里，然而學界的回應卻顯得緩慢而脫節。須文蔚也表示，他指導的幾位學生，在研究所入學考試的時候，以數位文學為主題來撰寫研究計畫，都能被接受而順利考上，可見目前此一領域日漸被重視。

古籍數位化成敗的關鍵在文史學界

羅鳳珠（元智大學中文系講師）則以「談情感計算和語義研究在文史領域的應用」為題進行深入闡述。她表示，電腦具備了比人腦更強的「廣讀群書」、「博聞強記」、「搜尋檢索」、「分析統計」的能力。但是，電腦只能分辨字形的形符，無法解讀字詞含義的意符。不能理解語義，不具有思考能力和人的認知與感知能力，不具備人的知識體系，所以，無法「旁徵博引」與「觸類旁通」。

她回憶起 1987 年當時，應《國文天地》編輯的邀請，以〈探一探文史資料自動化的路〉為題，訪問了資訊科學領域的張仲陶以及文史領域的周何、毛漢光、王邦雄、王熙元共五位教授，從資訊科學及經、史、子、集不同領域的角度，提出他們對文史古籍數位化的看法，並從中探索發展的方向。

當時，五位教授分別提出寶貴的意見，張仲陶：「不要問電腦能做什麼，而是問你要電腦做什麼」；周何：「電腦是很呆板的東西，但怎樣使它具有高層次的功能，幫助人腦體會，這是我所期望的」；毛漢光：「就個人經驗言，在文史自動化的過程中，成敗的關鍵在文史界，不在電腦界」；王邦雄：「文史自動化不能失去人的主導地位。電腦畢竟不是人，無法做創發性的工作」；王熙元：「研究工作最重要的是資料的運用，將研究資料經過分析、整理、歸納，分門別類建立資料庫，才能符合文史研究的需要」。

羅鳳珠彙整五位學者所提出的觀點，發現其中有三項共同之處：第一，電腦不能取代人腦；第二，運用電腦節省處理資料的時間，使人腦可以做更多思考性與創發性的工作；第三，古籍數位化成敗的關鍵在文史學界，不在電腦學界，需要由文史學界提出需要，電腦學界滿足需要，二者的通力合作才是古籍數位化成功的關鍵。時隔二十多年，這些觀點至今仍然是文史學界與資訊學界努力的方向。

羅鳳珠在 1996 年於元智大學講授詩詞課程之際，每每苦於詩詞習作批改的負擔，忽然靈機一動：今人作詩填詞最大的困難是無法熟記詩詞格律譜以及平仄聲調、韻目韻字，而這些都是固定的，正是電腦可以做得比人好的部分！於是申請經費，開發詩詞格律自動檢測索引教學系統。

1997 年 8 月，羅鳳珠前往中國的北京大學訪問，得有機會持此系統向袁行霈教授請教，袁教授問她，這個系統能將用錯的字改成對的，能不能將用得不好的字改得更好？

羅鳳珠回國之後因此思考「如何讓電腦更接近人腦」的問題。她認為，如果讓電腦具備理解語義的能力，就必須讓電腦的運算更接近人腦的思維過程，需要建立符合人類知識體系的語義概念資料庫，使電腦初步具備人的知識概念體系（Ontology）。

因此，她針對三個方向進行系統設計的提昇：一，以語意標記使電腦從分辨字形的能力提升到分辨字義的能力；二，以語意概念分類幫助電腦理解人的知識體系，具備認知的能力；三，以情感計算（Affective Computing）及情境感知（Context Awareness）提升電腦情感識別與情感表達的能力，使電腦具備感知的能力。

從 2002 年起，羅鳳珠所建立的「詩詞語意標記與語意概念分類知識庫」，對於資訊檢索質量的影響為：提高全文檢索的完整性與正確性、使資料的搜尋從索引式變為關聯式；對於文學研究與教學的影響則有：拓展文學研究的議題、以科學的數據作為文學研究的立論基礎、提供詩詞語言演變的研究、提供詩詞韻文教學及習作使用。該網站因此廣獲各界好評。

接著，羅鳳珠也提及「文學地理資訊的研究與應用」，陳正祥教授先前

就曾提出相關研究，可惜據以統計的資料不完整，而且是以人工統計進行分析，難以駕馭大量的資料，因此研究結果頗有不足之處。中國方面則有南京大學胡阿祥教授在 2001 年以「魏晉時代文學家和文學作品的多寡」為主要指標，探討文學發展的地區差異，但是他只以籍貫統計，導致客觀性與正確性均有所不足。

羅鳳珠表示，文獻資料的數位化及資訊科技工具可以幫助學者作更精確的量化統計分析研究，例如，利用「宋人與宋詩地理資訊系統網站」，便可依據蘇軾生平及詩詞文作品繫年，繪出「蘇軾仕宦遊歷寫作地圖」，更可搭配衛星空照圖，讓古代的文學作品，重現於現今的地理空間之中。

文學研究者應具備文學素養與數位技術認知

李順興（中興大學外文系教授、語言中心主任）接著發言指出，對於文學研究者而言，除了文學素養之外，亦應具備基礎的數位技術認知；對於文學創作者而言，也是如此。他在大學裡面有開設一門數位文學創作的課程，短短幾週以內，就可以讓學生充分掌握技術層面，但是，要產生好的作品，仍然要看每個人的藝術涵養與創造能力。

他也認為，現今的多媒體文學作品似乎不是創新，而是復古——中國最古老的詩歌總集《詩經》原本就可以搭配音樂演唱，而我國原住民（如阿美族）在祭典過程中，也會搭配歌聲與舞蹈來吟唱口傳詩歌，因此，多媒體創作可說是將文學的文字書寫型態定型之後消失的聲音再找回來。

項潔表示，文獻典藏數位化進行了這麼多年，人們似乎發覺：眼睛可直接看到的反而閱讀最方便，要用電腦等器材來瀏覽的數位檔案，如果沒有電，則完全不能使用。至於數位文學創作方面，則應思考是否以數位／多媒體的方式表現，能比傳統的文字形式造成更大的震撼。

提問與回應

上一場論文發表會的發表者林一帆（雲科大漢學所碩士班）向羅鳳珠提

問：資訊專業出身者與文學專業出身者，面對結合了文學與數位的研究時，是否有不同的努力方向呢？羅老師指出，她在今年（2008 年）獲得第 25 屆資訊月「傑出資訊應用暨產品獎」，在領獎場合中，其他得獎人獲知她是中文系專業背景，都感到非常驚訝，其實，在數位運用的「內容領域」方面，更需要文史專業，而文史學者們也要深入思考「我們要的是什麼」，才能讓技術人員配合提供相關的技術，使得「資訊領域」與「內容領域」兩方面更能相得益彰。

唐磊（中國社科院文獻資訊中心助理研究員）也發言表示，羅鳳珠結合了地理、歷史與科技的文學研究方法，確實讓人耳目一新，而現今的學術研究，逐漸走向各種不同學科的綜合，已是無法避免的趨勢。羅老師回應說道，《禮記・中庸》有云：「博學之，審問之，慎思之，明辨之，篤行之。」（第 19 章）在運用了數位資訊之後，這四者當中「博學」的要求，可以獲得最大的發揮，至於後三者屬於人腦的功用，很可惜的，卻有被壓縮的現象；跨領域研究在今日越來越常見，應該著重在不同領域之間的互補作用，俾能達成「一加一大於二」的效果。

項潔總結說道：生物學的基因研究與數位技術結合之後，將研究水準提升到前輩學者難以想像的高度，而使生物學獲得了長足的進步，至於文學研究也在近年廣泛結合了數位技術，想必未來也會持續有引人注目的傑出研究成果呈現。

向文學的極限挑戰
——「2008 青年文學會議」座談會（二）紀實

陳栢青*

　　對應 2008 年青年文學會議主題「台灣、大陸暨華文地區數位文學的發展與變遷」，第二場座談會請來了台灣的九把刀，以及大陸的千夫長，前者乃是台灣網路文學指標性人物，發跡於網路而影響力自成一「網路」，作品除占據各實體書銷售排行榜外，亦被改編為電視與遊戲，引領流行風潮。後者來自內蒙古科爾沁草原，草原漢子卻以手機簡訊小說而廣為人知，人稱「中國手機短信小說第一人」，跨足純文學與大眾文學界，成績斐然。兩者皆是藉新興科技為書寫載體，或可見證「文學」之於數位時代的諸多可能，此次座談會便以「向文學的極限挑戰」為題，由現為耕莘文教基金會文藝總監的作家許榮哲擔任主持人，向文學的極限挑戰，也向極限的文學挑戰。更讓台灣的九把刀和大陸的千夫長彼此挑戰，一如武林大會，兩岸創作天王言語機鋒激盪，創作祕典交流，或可由此一窺網路與文學、發表載體與閱讀媒介、新興書寫者與新世代閱讀者之間的種種互動。

勇於嘗試與挑戰極限

　　許榮哲首先引述作家恰克・帕拉尼克之語來描述這一代文學，「我們也不是垃圾，也非大便，我們就是這樣」，千夫長因為手機簡訊小說而傳於眾口，九把刀借網路而反攻實體書出版市場，兩者的發跡與成功過程皆與傳統作家迥異。若說一個年代總有這個年代的文學，許榮哲首先由生活面向切入，在這個由網路與新興電子媒體鋪天蓋地鋪展的時代，許榮哲的問題是，

---

* 台灣大學台文所碩士生

之於兩位寫作者，「這樣的生活中，有何堪稱『最屌』的，或以大陸之口語云『最牛Ｂ』之事？」

九把刀首先回答，他告訴大家近日生活的近況，乃是擔任電影的導演，他認為，他只有在寫作上自認有長於人之處，如今成名了，便有其他諸多機會找上門，他說：「我不會拍電影，在很多事情方面，我和所有人都一樣，有強有弱。但縱然不會拍還是硬著頭皮去拍，這其實很『屌』的。」一種嘗試一種突破，恆向自我挑戰，九把刀所言展示的，其實是他作品中一貫表達的精神。

千夫長則首先感慨，活在這樣的時代，尤其聽到適才研討會上，將諸多情感「質化」、「量化」、「數字化」，他不免害怕起來，他說：「這個『愛』要怎麼把它數字化呢？」由此觸及寫作者始終關注的一個主題，「如何衡量『愛』」，千夫長話鋒一轉，提及自己的手機小說，作為一種文學創作的新範式，他認為，這也許可算「最牛Ｂ」，畢竟其被稱為「中國第一部手機短訊小說」、「最貴的小說」，但若不算已發生過的，而著眼如今正著手進行的，他以為近日最牛Ｂ的事情，便是嘗試寫了齣「話劇」，這是他以前沒有做過的。

探究內心汲取創作動力

兩位寫作者都敢於挑戰生活，也挑戰自己的極限，於創作上展現各種可能，許榮哲深入追問：「創作的根源是什麼？」是什麼影響兩位寫作者走向創作一途，並持續成為創作的深井於其中汲取不絕的動力呢？

九把刀講了個小時候的故事。初始可能是為了吸引別人的注意，也可能是怕被知道自己不會玩另一群孩子玩的遊戲，於是他畫漫畫吸引同學們的注意，在別人的稱讚與注目中，他一直以為自己會成為漫畫家，甚至去讀美術班。直到更深入的練習，明白自己其實不太會畫漫畫後，他說：「我發現自己只會畫握緊拳頭的手，卻不會畫手掌打開的模樣。」彷彿是他作品中的「男子漢」形象隱喻，恆握著拳。九把刀重新檢討，這才理解自己真正著迷的，

其實是「說故事」這件事情,那便成為他人生的目標。

　　相較於九把刀所敘述成長小說般的「時間體驗」,千夫長的創作根源是「空間性的」。生長於草原上,身為蒙古人,千夫長說他在草原上嗜食羊,而到臨海的南方謀生後,發現魚之美味,有一天他忽然領悟到:「『羊』加上『魚』,北方文化加上南方文化,不正是個『鮮』字嗎?所謂『一朝鮮,吃遍天』!這樣的文化意蘊滋養了我。」由此,千夫長云,他重視創新,要「鮮」。某一日他回到草原,重新感受土地廣闊蒼茫之美,那時他心中湧現好多念頭,他告訴自己,「可以寫個東西」,那便是《城外》的創作因由,但問題是,可以發表在哪呢?直到回到南方,重回城裡,拿起手機,並且發覺「手機其實是我不可分割的電子器官」,那一刻,他找到發表的媒介,也成就大陸第一部手機簡訊小說。

寫作與商業行為之間

　　寫作的成功帶來更多的機會,暢銷作家也總是惹來諸多評議,而一個必然會提及的問題,亦即是許榮哲接下來的提問:「覺得自己是成功的商人,還是成功的作家呢?」千夫長首先回答,他曾是販酒的商人,而後寫作,這樣的轉變,之於他個人而言,他反問大家:「能把《城外》4200 字賣成 18 萬人民幣,那麼你們覺得,我是成功的作家,還是成功的商人呢?」他自己回答:「我覺得,兩者都是。」

　　九把刀則跳脫出問題,首先追述過往,他以為對自己最珍貴的,反而是從前未成名那段時光,細數這段時光對他的影響之後,再看看今日的成功,他覺得自己並不因為暢銷與否,而改變創作的初衷,或因此複製自己。回到問題本身,他以為,「商業化是必然的」,「但重點是,它給了我更多與世界溝通的機會。」與其爭論商業化行為與寫作本身有無扞格,或是否消解寫作者之於書寫的投入與專注,千夫長選擇以正面的態度面對,而九把刀在意的,是透過商業化,使寫作獲得更大的可能。

崇拜熱情更勝於技術

相較於上述問題都奠基於「已經發生的現象」，許榮哲丟出一個未來式的問題：「是否有還沒進行的，兩位寫作者試圖去挑戰的事物？」九把刀的回答是：「我想挑戰的，其實是疾病，像是坐骨神經痛、關節炎或視力退化。」他舉了坐骨神經痛的例子，這是作家的職業病，長期保持僵固坐姿而可能造成身體病變。九把刀的回答其實反轉了「向極限挑戰」的語意，將「挑戰」從對「最高點」、「極限」的超越轉化為一種長期的積累，是要凝聚一種資本，投身寫作。九把刀的結語便是歸納他對小說書寫的態度：「我不會崇拜『很會寫小說』的人。對我來說，與其崇拜技術，不如崇拜熱情。」他更推崇對寫小說懷有熱情的人。九把刀自許成為這樣的人，以此挑戰疾病，挑戰那些寫小說的「不可能」。

千夫長對於九把刀所謂的「熱情」心有戚戚。而千夫長的回答也是另一種方式的跳脫，他語出驚人表示：「我沒有文學極限。」接著解釋，對他而言，一切只有「文學界線」，但界線是可以跨越的。他一開始以手機小說聞名，但前些日子，他寫了純文學小說，也頗受好評。他以為，「我有的就是熱情，因為我是蒙古人，在我的文學天地裡，無限寬廣，白雲大地藍天都包攬得下。而我寫的作品，無論是什麼，通俗也好，純文學也好，它們之間沒有高下之分，也不過就是草原上的牛羊，這裡一群，那裡一群。」

最後，許榮哲將提問權交給兩人，讓九把刀與千夫長互相問對方一個問題，彷彿高手過招。九把刀先語發驚人：「成為暢銷作家後，你有沒有每天過著淫亂的生活？」千夫長回答亦是妙，其飛快對曰：「以前賣酒的時候，生活確實過得五花八門。反倒是開始寫小說之後，一切清心寡慾。」巧妙解答了問題，而輪到千夫長發問，則以邀約代替發問，邀請九把刀來草原，把手言歡再論文學。曲終奏雅，亦頗有高手交心之風格。最後，許榮哲歸納座談會要點，他認為科技不能離開生活，對應於這次主題，相信在暢談生活與創作種種關聯之間，就是一種向文學極限挑戰的過程。

方興未艾的研究課題
——「2008 青年文學會議」觀察報告

楊佳嫻[*]

　　十二年意味著什麼？是一輪既綿遠又轉瞬飛去的時間，是一個世代的成熟又接續著後一個世代的崛起，是一名初初在文壇嶄露頭角的作家蛻變為如他當年那樣年輕的寫作者們仿效的對象，是讓一個還在摸索方法的研究生站上了講台，開始能夠獨當一面、傳承經驗且開拓新猷。

　　預測學術風向，深化議題發展，糾合研究人才，集中呈現青年世代學者的思維星圖，一直是青年文學會議最大的貢獻。發展已有 12 屆的青年文學會議，不但是台灣從事現當代文學文化研究的碩博士生們的競技場，也藉由論文徵集的主題設定，和別緻又精確的座談設計，讓當紅的學術領域接受檢驗，方才開啓的學術領域受到注目，已然衰疲或被忽視者，也可能得到重新被考慮、看待的契機。

　　在文學研究裡，「網路文學」這個議題曾經大熱，也曾暫時消隱了聲勢，而仍持續有學者關注，為此一領域構築厚實的牆基。然而，網路的誕生以及迅速發展，確實在很短的時間內改變了世界圖象，進而影響現代社會的種種面貌，成為文化肌理，在經濟、政治乃至於文學藝術上，均造成了根本性的變異。網路研究方興未艾，但是，其與文學結合的現象、底蘊，作為本屆青年文學會議的主題，綜觀這次會議，想解決的問題包括：

■網路文學社群所生產的文本底蘊與對話形態

　　例如蘇州大學研究生李健〈與網相生如何愛——台灣網路愛情小說的意蘊與策略〉，首都師範大學研究生楊玲〈「弄彎的」羅曼司——超女同人文、

* 台灣大學中文系博士生

女性欲望與網路女性文學社群〉。

■單一著名作家（包括傳統管道起家與網路發跡的作者）部落格之交流互動機制、書寫特色、創作歷程與意義

如山東大學研究生黃一〈個性駕馭網路——安妮寶貝的 10 年創作〉，台東大學研究生王宇清〈試析九把刀的文學經營與轉變——從網路小說到流行文學的跨界〉，成功大學研究生陳奕翔〈大說謊家：我不是知識分子——中時‧作家「張大春的部落格」觀察〉。

■文學與研究資料之數位典藏發展與應用

如雲科大漢學整理研究所蔡輝振教授與研究生林一帆〈台灣地區文學數位典藏之回顧與展望〉，中央大學研究生顧敏耀〈台灣古典詩與數位資料庫——以《漢文臺灣日日新報》電子全文檢索系統為例〉。

■網路文學的地域、世代特色，以及其在文化與精神上的映現

如南京大學研究生葉雨嬌〈海上生明月，天涯共「網」時——大陸、台灣「網絡」文學比較初探〉，新加坡南洋理工大學研究生高坤翠〈有人的故事：馬華網路藝文社群探析——以「有人部落」為例〉，任教與就讀於復旦大學的肖水、洛盞〈中國 80 後詩歌——灰燼裡的火光〉，中國社會科學院互聯網研究中心唐磊〈精神突圍的艱難與可能——網路文學的文化場域及其價值分析〉。

■數位工具與創作的結合

如政治大學台文所研究生林婉筠〈詩藝與意義——米羅‧卡索超文本詩藝的美學結構與文化呈現初探〉，中正大學研究生梁鈞筌〈論網路科技與詩歌創作——以夏宇《PINK NOISE》為探討對象〉。

■網路或部落格寫作對於傳統文類的鬆綁

例如台灣清華大學研究生陳筱筠〈基進的戰鬥／基進的時髦——從成英姝的跨界位置觀察數位文學文化在台灣〉，如東華大學研究生黃翔〈部落格文學鬆綁媒介書寫現象初探——以修正報導文學鬆綁論為核心〉。

■數位時代下菁英寫作者如何書寫與看待流行事物

如政治大學研究生祁立峰〈「流行力」正在流行——由「動漫」、「商品」、

「流行音樂」等主題建構數位時代下的「流行文學」〉。

■古典文學與數位產業的關係

如中央大學研究生劉文惠〈古典文學《金瓶梅》數位遊戲化的歷程與改編程式〉。

■網路文學書籍拍賣狀況及其意味

如北教大研究生陳學祈〈老作品，新價值──二〇〇七年奇摩網拍台灣文學珍本書籍現象初探〉。

網路文學文本（包括純文字與超文本）、作家網路經營形態的解析、網路寫作之特質，以及網路與傳統寫作之間的關係，仍是會議焦點。這可能和會議發表者多數受中文系教養有關，特別關注文本意蘊、作家心靈以及其與文學傳統的角力。但是，本次會議也看到了多種嘗試，尤其是針對如何運用數位工具來做文學研究以及商業發展。數位資料庫對於文史研究助益甚大，但是，透過各式檢索模式的設定，是否也會反過來圍限了研究的細膩度與多元性？而文學和商業，在過去總被視為相抗的兩造，但是，書籍本身即是財貨，文學智識也不斷被改造援引以適應市場目的，與其去徒然地計較（不可逆轉的）對於文學的戕害，不如從另一個角度看，剖析其運作模式，或其間可能折射的文化政治意涵。

相較於過去 11 屆青年文學會議，本次因應於數位文學文化的討論，安排了不少非文學科系的學者，包括圖書館學、傳播學等等。綜合學者們的意見，大致可以分為兩個部分。首先是學術表述的問題：理論是否適用？定義是否清晰、有效？論述對象的選取是否合宜？現象描述之後，如何提出論點？如何論文將材料邏輯地組織起來？再者，則是論述理脈以及學術思考上的問題：文學作者是否為權威？是否在論述中只能對研究文本的作者的意見亦步亦趨？網路傳播、互動與書寫形態，已經毫無疑義被認為「新」，但是，這種「新」如何被有效地論述出來？

從這些講評意見又可以再延伸出幾個思考點：

▲常見的論述中，總以開放性與對話性為網路傳播的特點，但是，**讀者和作者真的是在平等的位置上對話嗎？讀者擁有匿名發話的權利，作**

者則可能在此公開網絡中更爲自覺地「表演」，他們彼此的作用尙需要更細緻的討論。

▲**網路真的是「去中心化」嗎？**作爲一種新興場域，難道它沒有形成自己的「中心」（並相對地產生了「邊緣」）？難道它真是獨立於平面媒介之外，而沒有任何共謀或同構的成分？

▲**數位工具介入文學創作，前衛之餘，是豐富抑或減損了文學的意義？**電腦技術的應用，軟體功能的挪用，替文學創作開啓了新路，具備實驗的意義。但是，以超本文詩來看，圖象與文字的結合，歧路可選的作品樣貌，難道不是增添了更多的人爲設定？看似「開放」的寫作過程，難道不是一場精心設計好的遊戲？讀者在參與創作的同時，未必真有更多的選擇。

▲**網路上的通俗文學創作應當放置在怎樣的脈絡下論述？**持續以菁英文學的判準來讀，很顯然只能得出這些網路通俗創作「不忍卒讀」的結論。可是，通俗文學的意涵本來就不僅僅繫於文學技巧、內涵深度，而可能是提煉一種在特定時空特定族群間，特別通暢、能起共鳴的敘述模式，它必須適應市場邏輯。因此，網路通俗文學的支持者若力圖以菁英文學的準則來爲其「平反」，證明其技巧與深度，可能反而失焦。

▲**過去關於媒體或閱聽人的理論，是否能通用在數位媒介的相關議題上？**數位媒介及其文化，既然爲「新」，則需要「新」的理論來應對。

▲**部落格研究僅僅將之當作文本是否足夠？或應該視爲人類學的田野來看待？**本次會議論文在這個議題上，仍以文本分析爲基礎，或爲主要內容，但是，部落格平台的提供者、作者（誰決定這些人來這裡創作的？是自由加入還是邀請制？）與讀者之間的關係，甚至是隱而不顯的，與出版者以及其他作者之間的關係，也應該納入考量，將其作爲立體的、活動的存在來認識。

最後，提出幾個未能及或未能深刻討論的議題，它們也是當前數位文化領域內的重要現象：

- BBS 對於台灣性別議題或其他非主流族群言論空間的開拓（例如：清華壞女兒 bbs 站），以及對文學社群的型塑與在文學場域內的功用。
- 網路強化或縮減了菁英文學分場與大眾文學分場的界線？舊有的文學典律是否真能應對數位時代下的書寫（包括那些較爲偏向純文學的寫作）？
- 真正屬於網路世代的嚴肅寫作者並未被廣泛討論（例如：鯨向海）。
- 網路與文化相關產業行銷（尤其是書籍、電影）的關係？
- 網路與社會運動（例如：樂生、野草莓）的關係？
- 國家如何管制網路？網路與政治反抗的關係？
- 適用於數位媒介相關議題的新方法的產生。

銳不可擋的數位文學新潮流
——「2008 青年文學會議」側記

林淑慧[*]

　　在數位時代全面來臨，電腦、數位相機與 3G 手機快速普及的今日，文學正悄悄掀起了一場創作的革命：創作者不僅要駕馭文字，更須藉由日新月異的數位工具呈現更深入的意象陳述，而網路通訊技術的不斷變遷，商業出版的巨大吸引力和作家無窮的創意，開拓出一幅流動而豐富的文學新風景，而近年來各大媒體與知名大學亦競相設置「數位文學獎」，顯見數位文學的趨勢已銳不可擋。

　　由國立台灣文學館、海峽交流基金會及台灣文學發展基金會共同舉辦的 2008 青年文學會議，有鑑於數位文學的創作形態、文學社群的聚合理念的不斷變遷，以「文字／數位形式的數位文學評論」、「文字／數位形式的數位文學文化」和「新興數位科技的持續衝擊與展望」等主題向全球華文青年學者廣為徵稿，並歷經四個多月的嚴格評選，共選出 18 篇會議論文發表。

　　2008 青年文學會議的論文主題包括「網路作家的興起」、「數位文學創作的延續與行動力」、「網路媒介對文學生產與消費的意義和影響」與「數位文學資料庫建構」等議題，於 2008 年 11 月 29、30 日假國家圖書館國際會議廳舉行第 12 屆青年文學會議，以「台灣、大陸暨華文地區數位文學的發展與變遷」為主題，邀請兩岸知名學者、作家擔任論文講評人、座談會引言人，與青年研究者展開精采的跨世代交流，一同勾勒數位科技與文學活動的聯繫圖象。

* 政治大學台文所碩士生

開幕式：期許數位／人文的融合無間

　　在今年入冬以來最低溫的早晨裡，近三百位文學青年仍然熱情不減。在中央大學文學院院長李瑞騰教授的主持下，2008 青年文學會議正式拉開序幕。李教授聲如洪鐘地表示，青年文學會議每年都在思考台灣文學研究的未來發展方向，去年討論了晚清以降平面的印刷媒體，今年則以數位媒介為主，而此議題由新世代的青年來探討別具意義。對於未來的數位與人文的發展，李瑞騰教授更希望透過各方的努力，達成數位人文化，人文也能數位化，數位與人文能融合無間的目標，並對參與會議的青年朋友們有著同樣的期待。

　　台灣文學發展基金會董事長王榮文致詞時表示，文化創意產業是目前兩岸三地最熱門的議題，而文學更是文化創意的根本。在數位科技方面，目前著名書法家、畫家的作品與資訊科技軟體的結合，已有先例可循，未來有關軟體與硬體之間如何結合、文學界與出版界又該如何定位在數位時代下所扮演的角色，不僅勢所難免，且是一項嚴峻而又可喜的挑戰。

　　海基會顧問龐建國委員則以社會學研究的角度加以觀察，過去文學的創作靠著紙本流傳，有著時空的限制，而今透過數位載體作為傳播媒介，其即時性、穿透性更甚以往。自本會議論文中，更可發覺數位科技對於社會脈動及其變遷方向的影響。龐委員充滿信心地說，參與本次會議，在心靈交流後，眾聲喧嘩之餘，必是滿載而歸。

　　深具人文素養的國家圖書館顧敏館長，則以地主身分樂見青年文學會議之舉行。他認為文學是社會文化的指標，其重要性不言可喻，而數位文學可謂為文學革命。他並引述「聯合國資訊社會世界高峰會」（WSIS）之宣言，至 2050 年全球將以中文、英文、俄文、阿拉伯文為通行語言，由此預見中文數位文學將在全球化的網路社會當中，發揮其深遠的影響力。

專題演講：數位創作場域的正反合

　　本會議邀請甫榮獲第二屆數位出版金鼎獎的周暐達先生，以「數位創作

場域的正反合」為題進行專題演講。周暐達現任 udn 數位閱讀網營運總監，對於數位閱讀與出版知之甚詳，理論與實務經驗兼具。他以「文學，三個時空的創作」、「創作，與書寫場域互動」、「在數位書寫中創作」三大標題，為聽眾簡介他對於台灣數位文學書寫場域的觀察，並強調存在於數位文學場域當中的動態辯證過程。

進入正題之前，周暐達以 16 年前使用快打軟體的經驗作為開場白。當時他在 386 電腦的漆黑螢幕中打出反白的字體，就像在夜空中鏤刻出一顆顆發亮的星星。字體在螢幕中閃耀之時，使他第一次體會到數位書寫的感動力。

首先論及文學。周暐達引經據典地呈現文學在歷史、社會、文化脈絡、個人經歷與思惟、以及書寫文本（創作之場域）三大時空脈絡下的面貌。他引述了羅智成、葉錦添等人的言論，揭示文學不只是「文字」的書寫，同時還具有更多的可能性，藉以擴大「書寫」的定義。

書寫的定義一旦擴大，創作便具有更為開放的特質。周暐達透過書寫場域與文體的演化歷程加以觀察，書寫載體的演進基本上是從無機物到有機物的過程，然而數位科技興起之後，為書寫提供了虛擬場域，書寫的載體有了不同的選擇。他並以夏宇與李順興的詩作為例，論證由「物」到「場域」的轉變，正是數位科技為創作提供的更大的、充滿互動的書寫閱讀。

周暐達不僅由麥克魯漢的媒體演進理論來看數位書寫，並以夏宇運用數位媒體進行多樣性的創作嘗試為例，強調數位媒體具有無限的可能性。針對數位文學場域的未來，周暐達認為將在個體／群體書寫、文字／數位意象符碼書寫的光譜兩極之間游移。

最後，周暐達以數位內容產業者的角度提倡數位創作。他認為數位創作具有成本低廉、即時性高的優點，很適合創作者展現創意。當數位創作的能量提昇，相關討論漸趨成熟之時，便能匯集一股巨大的力量，而成為文化創意產業的源頭，他深信數位場域將更進一步推動文化創意產業的未來發展，也期許在座的青年朋友透過數位書寫，在文學領域及社會文化層面發揮自身的影響力。

第一、二場討論會：網路媒介與網路作家的興起

在專題演講對於數位文學做了導論性的討論之後，本會議的第一場研討會續由李瑞騰教授主持，期待經由論文研討會帶來更豐碩的成果。第一篇論文由南京大學中國現代文學研究中心的葉雨嬌同學發表〈海上生明月，天涯共「網」時——大陸、台灣「網絡」文學比較之初探〉，她從分析網路文學的寬線與窄線樣式入手，對比大陸、台灣在網路文學的定義、文學批評、文學實踐以及具體文本等方面的不同特點，進一步挖掘造成大陸網絡文學、台灣數位文學呈現不同面貌的原因，與兩岸今後網路文學發展可能出現的局面。講評人陳俊榮（筆名孟樊，現任台北教育大學語文與創作學系副教授）讚許作者的企圖心，在比較兩岸網路文學時，不僅具有宏觀的比較視野，但他同時也對於網路文學的文本也進行微觀的考察，論述條理清晰，同時指出作者在網路文學定義與分類界說不清、過度詮釋具體文本《悟空傳》的空間感、以及參考書目過於偏重某家論述而造成的學術盲點。

第二篇論文由詩人肖水（上海復旦學院教師）、洛盞（復旦大學新聞學院學生）聯袂發表〈中國 80 後詩歌——灰燼裡的火光〉。該論文以二位作者身為大陸 80 後詩歌創作者的經驗出發，回顧內地以網路為新工具的「80 後」詩歌的發展脈絡，探討其命名的意義、寫作的歷史脈絡。除了反映其書寫語境與現實困境，也力圖為 80 後詩歌提供一些經驗與思考。講評人由同樣來自對岸的施戰軍教授（山東大學文學與新聞傳播學院副院長）擔任，他認為作者紮實地梳理了大陸詩歌自 1950 年以降乃至 80 後的發展脈絡，是很好的學術態度。同時期許作者要有開創的雄心，除了需建立起具有自我特色的理論術語與審美資源，才能針對不同的研究對象，運用不同的術語與理論之外，也提醒作者不應受限於詩歌，要用自己的角度為大時代的文學環境提出信心的確證。

本場次的第三篇論文〈有人的故事：馬華網路藝文社群探析——以《有人部落》為例〉，為來自南洋理工大學中文所的碩士生高坤翠所撰。她以「有人部落」為例，藉以觀察馬華文學數位化的趨勢，並從文人結社的角度，分

析此網路藝文社群如何利用網路的優勢，向大眾傳播小眾的文學及文化。同時進一步深入探討「有人部落」所出現的留言及爭論，是如何形成了游擊戰式的文學批評，進而成為文人之間的政治問題。講評人為長期關注數位文學發展的須文蔚（東華大學中文系副教授），他對此論文的細膩筆觸表示肯定，唯此文在文學傳播理論的建構上著力不足，使本文偏向於報導性的文字。他對於作者論述「游擊戰式的批評」有所擔憂，建議作者可參考 90 年代以降關於文學論戰的前行研究，期許作者在討論論戰之餘，進而追問論戰對於這群文人社群的影響為何。

開放討論時間，北京首都師範大學博士生楊玲向葉同學發問：有關 3D 網民的調查，其依據為何？台大中文所博士生楊佳嫻也針對該文進行發言：3D 網民是否能察覺解構的特性？而解構後的狀況是否已成為他們的常態？其中的層次性有待更為細緻的說解。

第二場討論會由康來新（中央大學中文系教授）主持，她首先向青年文學會議邁入「轉大人」的 12 歲表示祝賀。接著由祁立峰（政大中文所博士生）發表〈「流行力」正在流行——由「動漫」、「商品」、「流行音樂」等主題建構數位時代下的「流行文學」〉。他以駱以軍、陳大為等作家受動漫畫、商品與消費、流行音樂啟發下的創作主題出發，析論其作品如何反應出密集資本主義、後現代、全球化、媒介變遷或世代間知識譜系的落差的文化現象。林芳玫（台師大台文所教授）於講評中指出，「流行文學」並不等同於「大眾文學」，本文需先界定何謂流行文學；此外，作者援引美國學者安德森的理論並不適切，反而為作者的立論造成矛盾的衝突。

第一次來到台灣的黃一（山東大學文學與傳播學院碩士生）接著發表〈個性駕馭網路——安妮寶貝的 10 年創作〉。她透過安妮寶貝個案，探討在安妮寶貝三個階段／層面的創作當中，她關注的是作家個性和數位化網路環境怎樣互動，並藉此產生新的文學形態。郝譽翔（中正大學台文所教授）表示該論文具啟發性，此外也指出作者引用巴赫金的複調理論相當不妥。巴赫金以杜思妥耶夫斯基的作品為討論，該文本是純文學性質，與安妮寶貝的大眾文學並不對等；作者與讀者間透過部落格之間的互動，也並不完全符合巴赫金

「高度自覺」的標準。在發表者回應評論人之後，康來新教授提醒與會的青年學者，可從本場次的論文省思理論如何運用到實際的文本分析、分析現象和模式當中，對於寫作論文的方法學應有更嚴謹的態度。

第三、四場討論會：數位文學創作的延續與行動力

第三場討論會由元智大學人社學院教授王潤華主持，由唐磊（中國社科院研究員）率先發表〈精神突圍的艱難與可能——網路文學的文化場域及其價值分析〉。他以網路原創小說、YY 小說爲研究對象，指出網路小說的三重原罪。運用網路寫手和創作文本的原始表達來建立其發展邏輯，並通過這種邏輯來分析其精神突圍的艱難與可能。評論人是廈門大學中文系教授黃鳴奮，他幽默地說讀後感只有十六個字：「頗有想法，切中時弊，願望良好，難以實現。」本文所指的原罪，主要依據時下對網路文學的看法，但黃教授則以社會與精神生態的角度來看，肯定網路多元化的發言是人良心的發現，也是現代化下的精神宣洩方式。

林婉筠（政大台文所碩士生）以蘇紹連的超文本詩作爲主題，發表〈詩藝與意義——米羅・卡索超文本詩藝的美學結構與文化呈現初探〉，她透過「靜態或動態影像文字」、「圖象化的文字」、「多路徑超鏈結設計」、「互動書寫」和「制動操作」五個超文本的構成要素，分析其創作的美學結構，並梳理超文本詩作背後的讀者關係與社會呈現。評論人爲著名詩人白靈，認爲該文條理分明、架構穩健，但文中有關於台灣現代詩發展史的謬誤頗多，建議作者詳加考證，而在轉引論文方面，也應加以註明。而網路效果與美學結構如何有應和的關係，應加以釐清，若有所偏重應註明，才能清楚說明其詩作的美學結構。

首日議程的最後一場，由政大台文所陳芳明教授主持。陳教授首先坦白自己是個對數位科技完全陌生的研究者，是抱著學習的心情而來，也期待第四場討論會的精釆對話。陳筱筠（清大台文所碩士生）的〈基進的戰鬥／基進的時髦——從成英姝的跨界位置觀察數位文學文化在台灣〉一文，以成英

妹在中時的部落格作為探觸跨界的觀測站，觀看她如何在數位形式興起的文學場域裡，適切地開創其跨界位置，並檢視數位科技的興起，如何成為／解套台灣文學書寫的兩難。評論人李鴻瓊（台大外文系助理教授）首先肯定本論文具有發展潛質，接著由網路文學在新媒介化的過程與部落格發展的兩個時期談起，提醒作者除了注意書寫平台的變化之外，可再進一步關注書寫平台如何移動；文中對於成英姝作品的引用，也使論述趨於描述性而缺乏分析性。

李健（蘇州大學文學院研究生）的論文〈與網相生如何愛——台灣網路愛情小說的意蘊及策略〉，論析台灣網路愛情小說，如何在創作繁榮的同時，也存在有故事情節類似、模式單一，沒有充分發揮網路技術優勢的問題。他建議網路愛情小說可以創造出更有跨媒體意義的小說文本，進行多向文本試驗作為網路愛情小說的轉機。評論人李進益（東華大學台文系副教授）表示，BBS 的網路文學創作，開啓了新的文學世代，也指出文中引用朱少麟小說作為論述對抗的象徵並不妥當，因為其小說並非在 BBS 上發表，且具有人生形而上意義之討論，與網路愛情小說的定義並不相符。

接著由劉文惠（中央大學中文所碩士生）發表〈古典文學《金瓶梅》數位遊戲化的歷程及改編程式〉。她以曾擔任數位遊戲製作人的實務角度出發，論析古典小說《金瓶梅》改編為數位遊戲的歷程，並從數位文化的觀點討論古典文學《金瓶梅》在數位遊戲中存續的意涵與商業價值。梁朝雲（元智大學資訊傳播系教授）於講評時指出，此論文顯示了跨領域研究的兩難，在追求目標與服務對象間如何取得平衡並不容易。他建議作者將題目改為〈古典文學《金瓶梅》數位遊戲化的改編歷程〉，同時也不認同作者對於古典小說改編為數位遊戲，能「維持年輕一代與社會大眾對於古典文學的接受意願」的結論，建議加以修改。

第五、六場討論會：網路媒介對文學生產與消費的意義和影響

　　進入第二日議程，第五場討論會由台大台文所柯慶明教授主持。本場次開始時，由於發表人梁鈞筌尚未到場，主持人決定變更發表順序。

　　打頭陣的是積極參與兩天會議的楊玲（首都師範大學文學院博士生），發表〈「弄彎的」羅曼司──超女同人文、女性欲望與網路女性文學社群〉一文。她以百度「緋色超女吧」中的超女同人文為觀察對象，探討超女同人文與言情小說間的異同、作者的創作動機以及大陸的同性戀文化有著深入的論析。評論人趙彥寧（東海大學社會系教授）首先稱許作者對論文長期投注的心力，也指出作者在論述立足點上如何與異性戀書寫對話、突顯書寫差異性的兩難，與在援引理論是否適用該論文上有著精闢的見解。

　　陳學祈（北教大台文所碩士生）的〈老作品，新價值──二○○七年奇摩網拍台灣文學珍本書籍現象初探〉，討論的是珍本書籍在台灣網路拍賣中的消費現象。論文從構成台灣文學珍本的四個條件談起，並運用布希亞「功能剝除」與「系列收藏」的角度切入，討論收藏文學珍本的動機，點出網拍作為交易平台時的特殊性。評論人林皎宏（筆名傅月庵、蠹魚頭，茉莉二手書店執行總監）以同為愛書人的角度加以評論，認為本論文直指消費文化削弱了書籍作為知識載體的力量，這種觀察別具意義。此外，他也指出以價格作為珍本價值的盲點，建議作者應列出網拍喊價的過程，以避免落入網拍的遊戲陷阱。

　　最後由中正大學台文所碩士生梁鈞筌發表〈論網路科技與詩歌創作──以夏宇《PINK NOISE》為探討對象〉一文。他以夏宇逆反書籍出版形式的詩集為研究對象，探討夏宇在創作時與新興科技媒體之間的互動，其詩集又給予讀者何樣的閱讀自主性，此外，也論及夏宇從事翻譯工作，在軟體與翻譯之間進行詩創作所具有的人腦至上／機譯未逮的辯證。評論人由熟悉夏宇的詩人鴻鴻（本名閻鴻亞，黑眼睛文化公司負責人）擔任，他認為目前學界紮實探討夏宇詩的實驗性意義的論文相當少見，此論文引用班雅明論述與夏宇詩聯結，本身也是一種詩意，跟著夏宇做遊戲，反之其人於身，別具趣味。同時也指出作者在討論軟體時，過於順從夏宇的意識去思考，期許作者有更具批判性的詮釋，或許能發現夏宇在文過飾非些什麼，從而更顯出夏宇詩的

特色。

除了評論人惠予的意見外，主持人柯慶明也針對本場次論文給予建議。首先提到在中國同性戀現象自古即有，男同早在晚明即有著名文本、女同文本雖然少見，但依據毛傳考證，《浮生六記》內存有女同情愫，建議楊玲參考。其次，提醒陳學祈以中國文學有關藏書、版本學的源遠流長的歷史過程，作為研究的參照系。

第六場研討會由成大中文系教授陳昌明接棒主持，陳教授提到日前國家文學館所舉辦的網路文學座談會，盛讚青年文學會議充分掌握學術潮流的脈動。陳奕翔（成大台文所碩士生）的〈大說謊家：我不是知識分子──中時‧作家「張大春的部落格」觀察〉一文，聚焦於張大春設置在中時電子報‧作家部落格的「張大春的部落格」，揀選與時事相關的討論，觀察張大春與讀者共同開展出的交流互動機制，藉由部落格作為建構論述的新場域，呈現張大春在部落格上的書寫面貌。評論人陳徵蔚（清雲科大應外系助理教授）由網路文學的期待與應用落差談起，接著談到部落格的興起雖然是新的科技，但始終來自人性最深層的需求。從論文題目「大說謊家」的兩層意涵當中，他也提醒作者關注網路文學世界去人格、去中心的特質。

王宇清（台東大學兒文所博士生）的〈試析九把刀的文學經營與轉變──從網路小說到流行文學的跨界〉以熱門作家九把刀為例，論述九把刀在脫離網路小說創作的語境之後，如何繼續延續 BBS 時期對迷讀者的社群並加以深化，並試圖析論在其跨文化的特殊情境下，九把刀在文學與文化上的處境與轉變。因有重要會議而無法到場的評論人孫治本（交大人社系副教授），以「在場卻不在場」的錄影、以及現場連線的方式講評。他指出該論文關於「對網路小說迷文化的主動操作」的論述，掌握到網路小說社群的一些基本現象，不過其分析可再詳加論述，並指出，該論文第三節並未比較九把刀在 BBS 與部落格上社群經營的差異，提醒作者關注 BBS 的互動功能較強，較能產生社群感的特點。

曾獲第一屆台灣文學部落格首獎的黃翔（東華大學中文所博士生），以部落格書寫者的角度，指出部落格文學如何鬆綁了傳統的媒介書寫。其論文

〈部落格文學鬆綁媒介書寫現象初探——以修正報導文學鬆綁論為核心〉透過釐清部落格的傳播與書寫特質，對台灣部落格文學的發展進行梳理，探討部落格如何影響未來的報導文學書寫與傳播，嘗試對報導文學鬆綁論進行修正。柯裕棻（政大新聞系助理教授）在評論時由部落格與媒介書寫二方面談起，認為作者不應躲在部落格文本後面作單向的文本特性分析，可以在部落格上 PO 文發起討論，親身參與部落格的討論將更有助於部落格研究。

第七場討論會：數位文學資料庫的建構及其意義

最後一場討論會的主題是台灣文學文獻的數位典藏，探討數位資料庫如何有效地將文獻資料與電腦科技整合，提供永久性的典藏與延續。由台北大學古典文獻研究所所長王國良主持。首先發表的是師生檔蔡輝振、林一帆（雲科大漢學資料整理所）的論文〈台灣地區文學數位典藏之回顧與展望〉，由林一帆口頭發表。該文以參與文學資料庫建置的實務經驗出發，回顧並探討台灣文學數位化與建置資料庫的成果及其發展軌跡。論文針對現有主流資料庫評論其優缺，並提出未來展望以供參考。評論人向陽（台北教育大學台文所副教授）表示，該文爬梳 19 個台灣文學相關網站，學術態度認真仔細，具有一定的參考價值，並提醒作者需釐清台灣文學資料庫之定義；除指出資料庫檢索上的疏失外，建議作者進一步對資料庫內容加以考察。

最後一篇論文為顧敏耀（中央大學中文所博士生）的〈台灣古典詩與數位資料庫——以《漢文臺灣日日新報》電子全文檢索系統為例〉。他透過實際檢索，針對《漢文臺灣日日新報》資料庫進行多方面的運用與考察。此論文提出該報共有 16 個古典詩專欄，詩作總計多達一萬多首，並找出至今從未被運用到的 148 首竹枝詞體裁詩的成果，說明該資料庫在文學史料運用上的重大價值，同時，也提出增加欄目數、Metadata 體例改進的建議。講評人為國家圖書館書目資訊中心主任顧力仁，他以豐富的實務經驗切入，借鑑麥基爾大學與哈佛燕京圖書館合作的「明清婦女著作數位化計畫」說明數位潮流沛然莫之能禦。對作者投入研究的心力表示肯定，充分掌握資料庫電子全

文的特性，並認為此論文是《漢文臺灣日日新報》資料庫研究的起點。問題討論時間，陳學祈發言表示，期許林一帆未來關注數位資料庫內容的維護。台大資科系教授項潔則針對《漢文臺灣日日新報》資料庫的建構背景，加以補充說明。

座談會（一）：數位文學研究的明天

第一場座談會邀請到中研院資訊科學研究所研究員項潔、東華大學中文系副教授須文蔚、廈門大學中文系教授黃鳴奮、中興大學外文系教授李順興及元智大學中文系羅鳳珠老師，以「數位文學研究的明天」為題進行討論。

座談會由當前數位文學研究的題旨與範疇開始談起，論及數位文學研究所具有的跨學科、整合性等特質，並針對數位文學環境未來可能的變遷進行討論，最後以未來數位文學研究將面臨的挑戰作為結語。

主持人項潔首先發言表示，數位化固然便利，然而若沒有電力，數位化的內容便隨之消失。項教授除了對於如何保存數位化資料表示焦慮，也關注數位文學能否帶給人心更大的震撼力。黃鳴奮教授則提到數位文學層出不窮的現象，並樂見數位文學研究成為熱點。另外，他也論及將中國文學理論應用至數位技術的問題，並表示當商業化浪潮來臨時，學術理論如何與數位產業之間達成平衡是相當重要的議題。

李順興教授則以翻譯《雷根圖書館》為例，說明超文本的文學作品的製作產出過程，鼓勵文史研究者具備一定的資訊科技素養。對於數位文學環境的變遷方面，李教授則關注網路與數位文學的出現，是否將對傳統紙本出版業產生巨大的衝擊。須文蔚教授以文學革命的角度來看，建議青年學者深化互文研究作為考察新媒體藝術的利器，針對數位文學內容的解讀方面，也期待運用不同的學術觀點切入，例如以中文系抒情詩學的角度對數位文學重新詮釋，將精采可期。

羅鳳珠老師則是以情感計算和語義研究的角度來談數位文學的明天。她由自身進行「詩詞格律自動檢測系統」的開發為例，由電腦不具有理解語義

能力的限制談起,提出以情感計算(affective computing)及情境感知,使電腦具備情感感知能力與運用至文學地理學研究的具體研究成果。

座談會(二):向文學的極限挑戰

第二場座談會由兩岸知名作家許榮哲、九把刀、千夫長一同向文學的極限挑戰。主持人許榮哲(耕莘青年寫作協會文藝總監)引述福克納、海明威文人相輕的故事,為今日兩岸網路文學名家的 PK 賽帶來充滿幽默感與火藥味的開場白。

九把刀在座談會中表示,從小立志當漫畫家的他,因緣際會發現自己喜歡說故事的個人特質,他認為「人生中發生的每件事都有意義」,從自身經驗鼓勵大家進行創作。對於外界將商業與其創作結合的問題,九把刀也提出抗辯。他以從事小說創作銷售量頗差的前五年為例,強調自己「真的很喜歡寫小說」。認為自己沒有知名作家的成功經驗,因此寫作的題材不會受到銷售量的限制,也不會不斷複製成功的經驗。他說:「商業化是成立的,但希望是因為我厲害而發生的商業化。」表達以正面態度去看待商業化現象的盼望。

創作中國首部手機簡訊連載小說《城外》的千夫長回憶起成長於蒙古草原,後至廣東求學的經歷表示,「從草原文化到海洋文化,造就了我喜歡創新的狀態」。由於離家千里求學,發現手機是許多人日日不可或缺的一部分,於是便有了以手機作為文學載體的創新。關於數位文學創作的未來,千夫長同意「熱誠」是很重要的,在文學的園地裡沒有極限,只有界限。對於商業化所帶來的盛名,千夫長謙遜地說,在他的文學世界裡,文字就像蒙古草原上的牛和羊,而他僅僅是一個文學牧人,如此而已。

閉幕式:珍重‧再見

閉幕式由文訊雜誌社長兼總編輯封德屏主持。首先由由台大中文所博士生楊佳嫻提出觀察報告。她歸納此次會議的論文集中於網路文學社群所生產

的文本底蘊與對話形態、單一著名作家部落格之交流互動機制及書寫特色、數位工具與創作的結合、網路或部落格寫作對於傳統文類的鬆綁，與網路文學書籍拍賣狀況及其意味。同時，也從中觀察到研究生在論文寫作常出現的困惑，包括理論是否適用、定義是否清晰有效、論述對象的選取是否合宜、如何提出論點、如何將材料邏輯地組織起來等等。

同時，楊佳嫻也提供與會者幾個可持續的思想點。她見解犀利地向與會者提問：網路真的是「去中心化」嗎？網路以開放性與對話性為特點，但是，讀者和作者真是在平等的位置上對話嗎？過去關於媒體或閱聽人的理論，是否能用在數位媒介上？她也提醒大家留意，數位工具介入文學創作之後，網路上的通俗文學創作應當放置在怎樣的脈絡下論述。

本身也是網路寫手的楊佳嫻，也以自身對於網路文學的觀察，提供與會者未來可供深入討論的議題。例如網路與文化相關產業業行銷的關係、網路與社會運動、政治反抗的關係等。她特別肯定 BBS 開拓台灣特殊族群言論空間與型塑文學社群的貢獻，也提醒與會者，網路是強化或縮減了菁英文學分場與大眾文學分場的界線？而舊有的文學典律，是否真能應對數位時代下的書寫。

接著播放歷屆青年文學會議的回顧影片，細數青年文學會議 12 年來的點點滴滴。按照往例，接下來該是宣布下屆青年文學會議徵稿主題的時刻，然而台上的封德屏總編輯與李瑞騰教授卻向大家宣布了充滿爆點的訊息──青年文學會議將暫時停辦。霎時間，全場陷入一陣靜默，台下乍聞停辦訊息的眾多研究者們，除了驚愕還是驚愕。

現亦擔任《文訊》顧問的李瑞騰教授表示，他與《文訊》長期共同走過漫漫長路，對籌備青年文學會議的艱辛知之甚詳。他感性地說，有時接到封德屏的來電，話語中縱使透露出挫折和沮喪，但他知道，封總編輯掛上電話走出《文訊》大門，又將風塵僕僕地走訪各地募款，為延續青年文學會議而努力。

一晃眼，青年文學會議已經舉辦了 12 屆。12 年，足夠讓嬰孩長成活潑自立的少年，也象徵了一個世代的替換。外人只見每年青年文學會議盛大舉

行的光環，卻難以想見籌備會議需要面對多少現實嚴峻的挑戰。掌聲過後的繁華落盡，封總編及李教授自是點滴在心。於是，經過仔細地考量，青年文學會議在舉行了 12 屆之後，決定暫時停下腳步。

封德屏說，青年文學會議並非就此畫下休止符，未來將以新的形態繼續為台灣文學研究奉獻心力，這是《文訊》給所有青年朋友的承諾。而這樣的承諾，有待各方面的配合完備，才能有水到渠成的一日。《文訊》將做好萬全而周詳的準備，將戰備力更加充實起來，一步一腳印，踏實地走向未來的道路。

每年歲末趕赴《文訊》的盛宴，向來是文學青年們不需言說的默契。在文學的道路上，無論身為創作者或文學研究者，青年們何其有幸能得到青年文學會議如此的關注與支持。誠如《文訊》願將所有的感謝，化為一股往前的動力，以報眾多的文學知己，文學青年們也願將所有的不捨化為努力，持續地在文學的園地裡深耕，蓄積自己的創作及研究能量，紮紮實實地練好基本功。

因為《文訊》和我們約定好了，青年文學會議只是暫別。讓我們一同期待，《文訊》在下一個世代裡，將帶領文學青年們留下何等豐美的紀錄。

大會組織表

會　　長：王榮文
顧　　問：李瑞騰
總 策 畫：封德屏
執行祕書：邱怡瑄・李文媛
工作小組：杜秀卿・蔡昀臻・吳穎萍・廖于慧
　　　　　游文宓・徐淑佳・丁秋文
攝　　影：李昌元

策畫單位：財團法人台灣文學發展基金會
主辦單位：文訊雜誌社
合辦單位：財團法人海峽交流基金會・國立台灣文學館
贊助單位：中華民國婦女聯合會・行政院新聞局
　　　　　財團法人實踐家政教育文化基金會
協辦單位：秀威資訊科技公司

11 月 29 日（星期六）議程表

時間	場次	主持人	發表人	題目	講評
09:00 ｜ 09:30	開幕式	李瑞騰	貴賓致詞		
09:40 ｜ 10:20	專題演講		主題：數位創作場域的正反合 ◎周暐達		
10:30 ｜ 12:00	一	李瑞騰	葉雨嬌	海上生明月，天涯共「網」時──大陸、台灣「網絡」文學比較之初探	陳俊榮
			肖 水 洛 盞	中國 80 後詩歌──灰燼裡的火光	施戰軍
			高坤翠	有人的故事：馬華網路文化社群的個案探析──以有人部落爲例	須文蔚
12:00 ｜ 13:00	午餐				
13:00 ｜ 14:00	二	康來新	祁立峰	「流行力」正在流行──由「動漫」、「商品」、「音樂」等主題建構數位時代下的「流行文學」	林芳玫
			黃 一	個性駕馭網路──安妮寶貝的 10 年創作	郝譽翔
14:10 ｜ 15:10	三	王潤華	唐 磊	精神突圍的艱難與可能──網路小說創作的文化場域及其價值分析	黃鳴奮
			林婉筠	詩藝與意義──米羅・卡索超文字詩藝的美學結構與文化呈現初探	白 靈
15:10 ｜ 15:30	茶敘				
15:30 ｜ 17:00	四	陳芳明	陳筱筠	基進的戰鬥／基進的時髦──從成英姝的跨界位置觀察數位文學文化在台灣	李鴻瓊
			李 健	與網相生如何愛──臺灣網路愛情小說的意蘊及策略	李進益
			劉文惠	古典文學《金瓶梅》數位遊戲化的歷程及改編程式	梁朝雲

11月30日（星期日）議程表

時間	場次	主持人	發表人	題目	講評
9:00 ｜ 10:30	五	柯慶明	梁鈞筌	論網路科技與詩歌創作——以夏宇《PINK NOISE》為探討對象	鴻鴻
			楊玲	「弄彎的」羅曼司——超女同人文、女性欲望與網路女性文學社群	趙彥寧
			陳學祈	老作品，新價值——二○○七年奇摩網拍台灣文學珍本書籍現象初探	林皎宏
10:40 ｜ 12:10	六	陳昌明	陳奕翔	大說謊家：我不是知識份子——中時・作家「張大春的部落格」觀察	陳徵蔚
			王宇清	試析九把刀的文學經營與轉變——從網路小說到流行文學的跨界	孫治本
			黃翔	部落格文學鬆綁媒介書寫現象初探——以修正報導文學鬆綁論為核心	柯裕棻
12:10 ｜ 13:00	午餐				
13:00 ｜ 14:00	七	王國良	蔡輝振 林一帆	台灣地區文學數位典藏之回顧與展望	向陽
			顧敏耀	台灣古典詩與數位資料庫——以《漢文臺灣日日新報》電子全文檢索系統為例	顧力仁
14:10 ｜ 15:10	座談會 （一）		主題：數位文學研究的明天 ◎項潔、黃鳴奮、李順興、須文蔚、羅鳳珠		
15:10 ｜ 15:20	茶敘				
15:20 ｜ 16:20	座談會 （二）		主題：向文學的極限挑戰 ◎九把刀、千夫長、許榮哲		
16:30 ｜ 17:00	閉幕式	封德屏	觀察報告 ◎楊佳嫻		

與會者簡介（依場次序）

◆ 專題演講

周暐達　台灣大學歷史所碩士。現為 udn 數位閱讀網營運總監、聯合線上公司內容發展組主任。數位閱讀網已推出電子書、電子雜誌、電子報紙、互動雜誌、個人出版服務，甫榮獲第二屆數位出版金鼎獎「最佳加值服務獎」。

◆ 主持人

李瑞騰　中國文化大學中文所博士。現任中央大學中國文學系教授兼文學院院長。著有散文集《有風就要停》，評論《六朝詩學研究》、《晚清文學思想論》、《新詩學》、《老殘夢與愛》、《文學的出路》等，主編《中華現代文學大系（貳）：臺灣一九八九～二○○三·評論卷》等多種文選。

康來新　美國印第安那大學東亞研究所文學碩士。現任中央大學中國文學系教授。著有散文《應有歸來路》等，論述《從滑稽到梨香院——伶人文學析論》、《紅樓夢研究》、《晚清小說理論研究》、《發跡變泰——宋人小說學論稿》等，主編《劉吶鷗全集》、《台灣宗教文選》等。

王潤華　美國威斯康辛大學東亞語文系博士。現任元智大學人文社會學院教授兼國際語文中心主任。著有合集《王潤華文集》等，散文《把黑夜帶回家》、《南洋鄉土集》等，詩集《熱帶雨林與殖民地》、《患病的太陽》等，論述《跨界跨國文學解讀》、《華文

後殖民文學》、《魯迅小說新論》、《從司空圖到沈從文》等。

陳芳明　台灣大學歷史所碩士。現任政治大學台灣文學所教授兼所長。著有散文集《掌中地圖》、《時間長巷》，傳記《謝雪紅評傳》，評論《探索台灣史觀》、《殖民地台灣：左翼政治運動史論》、《後殖民台灣：文學史論及其周邊》、《殖民地摩登：現代性與台灣史觀》、《孤夜讀書》等。

柯慶明　台灣大學中國文學系畢業，美國哈佛大學燕京學社研究員。現任台灣大學台文所教授兼文學院副院長。著有散文集《靜思手札》、《昔往的光輝》，評論《一些文學觀點及其考察》、《境界的再生》、《現代中國文學批評述論》等。

陳昌明　台灣大學中國文學系博士。現任成功大學中國文學系教授兼文學院院長。著有論述《沈迷與超越——六朝文學之「感官」辯證》、《編織意義的網路》、《緣情文學觀》。

王國良　東吳大學中文研究所博士。現任台北大學古典文獻研究所教授兼所長。著有論述《搜神後記研究》、《唐代小說敘錄》、《神異經研究》、《六朝志怪小說考論》等，編有《中國通代文學論著集目正編》及《續編》、《魏晉南北朝文學論著集目正編》及《續編》等。

◆講評人

陳俊榮　筆名孟樊。台灣大學三民主義所（今國家發展所）博士。現任台北教育大學語文與創作學系副教授。著有詩集《S. L 和寶藍色筆記》、散文《影像社會》、《喝一杯下午茶》等，論述《文學史如何可能——臺灣新文學史論》、《台灣後現代詩的理論與實際》、《台灣出版文化讀本》等。

施戰軍　山東大學文學院文學博士。現於北京大學中文系博士後流動站從事中國現當代文學研究和教學，並任山東大學文學與新聞傳

播學院副院長。著有《世紀末夜晚的手寫》、《碎時光》、《愛與痛惜》、《活文學之魅》等，主編《新活力作家文叢》、《中國新時期文學研究資料匯編》。

須文蔚　政治大學新聞研究所博士。現任東華大學中國語文學系副教授兼東華數位文化中心主任。著有詩集《旅次》，論述《臺灣數位文學論》，編有《臺灣報導文學讀本》（與向陽合編）。

林芳玫　美國賓夕法尼亞大學社會學博士。現任台灣師範大學台灣文化及語言文學研究所教授。著有散文《權力與美麗——跨越浪漫說女性》、《女神與鬼魅》等，論述《解讀瓊瑤愛情王國》、《女性與媒體再現——女性主義與社會建構論的觀點》、《色情研究——從言論自由到符號擬象》。

郝譽翔　台灣大學中國文學系博士。現任中正大學台灣文學研究所教授。著有散文《我在這裡散步》、《衣櫃裡的秘密旅行》等，小說《上海教父 1920》、《逆旅》、《初戀安妮》、《松鼠自殺事件》等，論述《民間目連戲中庶民文化之探討——以宗教、道教與小戲為核心》、《情慾世紀末——當代台灣女性小說論》。

黃鳴奮　現任廈門大學人文學院中文系教授、戲劇影視與藝術學中心主任。著有《比特與繆斯的碰撞——網路與藝術》、《超文本詩學》、《數碼戲劇學：影視、電玩與智慧偶戲研究》、《華夏之光：跨文化、跨時代與跨學科探索》等，主編《網路狂飆叢書》、《媒體與文藝》叢書等。

白　靈　本名莊祖煌。美國史帝文斯理工學院化工碩士。現任台北科技大學副教授。著有《後裔》、《大黃河》、《給夢一把梯子》、《一首詩的誕生》、《一首詩的遊戲》、《一首詩的玩法》等多部，主編《新詩二十家》、《中華現代文學大系（二）·詩卷》等。

李鴻瓊　台灣大學外國語文學研究所博士。現任台灣大學外國語文學系助理教授。發表論文〈虛擬與真實之間——柯裕棻與陳雪的部落格與文學書寫〉、〈創傷、脫離與入世靈恩：宋澤萊的小說《血

色蝙蝠降臨的城市》〉、〈爲死亡所籠罩的主體：論《迷園》中的語言、歷史與性〉等。

李進益　中國文化大學中國文學研究所博士。現任東華大學台灣語文學系副教授。著有論述《繼承與創新──論鄭清文的文學世界》，發表論文〈日據時代的新文學〉、〈論張文環《地平線的燈火》手稿〉等，主編《花蓮縣民間文學集》。

梁朝雲　美國印第安那大學教學科技博士。現任元智大學資訊傳播學系教授兼學務長。發表論文〈國內數位學習產業化的需求與發展策略〉等，主持計畫「文化創意與數位學習的接軌與綜效──國中小學應用城鄉風貌數位內容之整合設計與加值服務模式」、「教育多媒體創作暨推廣計畫」等。

趙彥寧　美國康乃爾大學人類學博士。現任東海大學社會學系教授。著有論述《帶著草帽到處去旅行──性／別、權力、國家》，發表論文〈試論父系歷史空間性中怪胎情慾化的可能〉、〈老 T 搬家：全球化狀態下的酷兒文化公民身分初探〉、〈家國語言的公開秘密：試論下階層中國流亡者自我敘事的物質性〉等。

林皎宏　筆名傅月庵、蠹魚頭。台灣大學歷史系碩士班肄業。現任茉莉二手書店執行總監。著有散文《生涯一蠹魚》、《蠹魚頭的舊書店地圖》、《天上大風──生涯餓蠹魚筆記》。

鴻　鴻　本名閻鴻亞。藝術學院戲劇系畢業。現爲黑眼睛文化公司負責人。出版有詩集《黑暗中的音樂》、《土製炸彈》等，散文《過氣兒童樂園》等，小說《一尾寫小說的魚》等，劇本《人間喜劇》等，報導文學《我暗戀的桃花源》，論述《當代劇場的發現之旅》等。

陳徵蔚　政治大學英文系英美文學博士。現任清雲科技大學應用外語系助理教授，爲聯合新聞網數位資訊「名家專欄」特約作家，並主持「Blue Crescent」網站（http://www.wei1105.idv.tw/）。專長爲英美文學電腦應用與跨媒體文學現象，曾於輔仁大學英文系

教授「電腦、網路、後現代文學」,「從口語到數位:文學科技
化歷程」等課程。

孫治本　德國波昂大學 (Uni. Bonn) 哲學院博士。現任交通大學通識教
　　　　育中心／人文社會學系合聘副教授。著有《個人化與生活風格
　　　　社群》、《全球化與民族國家》,發表論文〈全球地方化、民族認
　　　　同與文明衝突〉、〈網路與生活風格社群〉等,個人首頁「西皮
　　　　桑工作室」(http://www.cc.nctu.edu.tw/~cpsun/index.htm)。

柯裕棻　美國威斯康辛大學麥迪遜分校傳播藝術博士。現任政治大學新
　　　　聞學系助理教授。著有散文《甜美的刹那》、《恍惚的慢板》、《青
　　　　春無法歸類》,論述《批判的連結》,小說《冰箱》。

向　陽　本名林淇瀁。政治大學新聞研究所博士。現任台北教育大學台
　　　　灣文化所副教授兼所長、吳三連史料基金會秘書長。著有詩集
　　　　《向陽詩選》、《向陽台語詩選》,散文集《日與月相推》,論述
　　　　《書寫與拼圖:台灣文學傳播現象研究》、《浮世星空新故鄉》
　　　　等多種。主持「向陽工房」網站(http://hylim.myweb.hinet.net/)。

顧力仁　台灣大學圖書資訊學研究所博士。現任國家圖書館書目資訊中
　　　　心主任、台北大學歷史系兼任教授。著有《永樂大典及其籍佚
　　　　書研究》,發表論文〈詮釋資料與數位化古籍的著錄〉、〈古籍數
　　　　位資源與教學研究〉等,主持「國家圖書館善本古籍數位典藏
　　　　計畫」。

◆座談會與談人

項　潔　美國伊利諾大學資訊工程博士。現任中央研究院資訊科學研究
　　　　所研究員、台灣大學資訊科學系特聘教授。發表論文〈大學圖
　　　　書館數位保存與館藏發展策略:以臺大圖書館為例〉、〈數位典
　　　　藏加值應用之探討〉等。

李順興　美國華盛頓大學比較文學博士。現任中興大學外文系教授兼語

言中心主任。著有小說《非是非》、《廢五金少年的偉大夢想》，發表論文〈「美麗與窮敗」：七〇年代台灣小說中的農村想像——兼論鄉土文學的式微〉、〈超文本形式美學初探〉、〈程式文學‧文學程式：談數位文學主體的核心特徵〉等。

羅鳳珠　台灣師範大學國文碩士。現任元智大學中國語文學系講師。著有《晁補之及其文學研究》等，發表論文〈牽引台灣文學的藤蔓上網際網路〉等，主持多項中國古籍數位化系統，包括「紅樓夢多媒體教學系統」、「唐宋詩詞資料庫」等。曾獲「傑出資訊人才獎」等。

黃鳴奮　同上。

須文蔚　同上。

許榮哲　東華大學創作與英語文學研究所碩士。現任耕莘青年寫作協會文藝總監、政大國際少兒出版公司文創總監。著有小說《迷藏》、《寓言》、《吉普車少年的網交生活》，劇本《七月一號誕生》，論述《教室外的第一名——兒童藝術教育的發展》、《神探作文——讓作文變有趣的六章策略》。

九把刀　本名柯景騰。交通大學管理系畢業，東海大學社會學系碩士。現專職寫作。著有散文《慢慢來，比較快》，小說《陽具森林》、《語言》、《獵命師傳奇》、《殺手》系列等，發表論文《網路虛擬自我的集體建構——台灣 BBS 網路小說社群與其迷文化》。個人網站「九把刀。網路文學經典製造機」（http://giddens.twbbs.org/）。

千夫長　內蒙古民族師範學院中文系畢業。著有文集《野腔野調》，小說《紅馬》、《中年英雄》、《長調》及中國首部手機簡訊連載小說《城外》等。《長調》曾獲中國小說學會 2007 年度中國小說排行榜最佳長篇小說。

◆觀察報告

楊佳嫻　政治大學中文系畢業，台灣大學中文系碩士，現就讀台灣大學
　　　　中文系博士班。發表論文《論戰後台灣外省小說家作品中的「臺
　　　　北／人」》、〈在歷史的裂隙中──論駱以軍《月球姓氏》的記憶
　　　　書寫〉等，著有詩集《屏息的文明》，散文《雲和》等。曾獲台
　　　　北文學獎、梁實秋文學獎、台灣文學獎、中央日報文學獎等。

◆論文發表人

葉雨嬌　北京師範大學畢業。現為南京大學文學院碩士研究生。研究方
　　　　向為台、港、澳文學。

肖　水　本名黃瀟。復旦大學法學院碩士。現任復旦大學復旦學院教師。
　　　　曾獲未名詩歌獎、《上海文學》文學新人獎、入選「中國 80 後
　　　　詩人排行榜」，著有詩集《刻在牆上的烏衣巷》（合集），小說《戀
　　　　戀半島》等。發起「在南方」詩歌傳播機構。

洛　盞　本名郭新超。現就讀復旦大學廣播電視新聞系。曾獲未名詩歌
　　　　獎、三江杯校園詩歌獎等。著有詩集《鬼打燈》。「在南方」詩
　　　　歌傳播機構發起者之一。

高坤翠　畢業於馬來亞大學，現就讀南洋理工大學碩士班二年級。

祁立峰　現就讀政治大學中文所博士班。曾獲教育部文藝創作獎、台北
　　　　文學獎、陳百年學術論文獎等。著有碩論《六朝詩賦合流現象
　　　　之新探》，發表論文〈一哥愛與死──從《我未來次子關於我的
　　　　回憶》出發梳理駱以軍作品的轉向〉等。

黃　一　山東大學文學院 2006 級碩士研究生。發表論文〈王鼎鈞、餘光
　　　　中散文鄉愁美學形態之比較〉、〈非二度漂流：1950 年代臺灣文
　　　　學與期刊〉等。

唐　磊　中國社會科學院研究生院文學系文學博士。現為中國社會科學
　　　　院文獻資訊中心研究部助理研究員、中國社會科學院互聯網研

究中心研究員，長期關注文獻數位化和網路文學、文化問題，發表論文〈網路文學的生命意識〉、〈對古籍數位化建設及其學術應用的若干思考〉等。

林婉筠　現就讀政治大學台灣文學研究所碩士班。發表論文〈女性主義文學批評的社會紀錄＋慾望展演：朱天心〈鶴妻〉中兩性關係的鏡像模仿與妖女幻想〉、〈帝國與殖民地的現代詩經驗——論日本、台灣、韓國的超現實主義〉。

陳筱筠　現就讀清華大學台灣文學研究所碩士班。

李　健　長沙理工大學文學院畢業。現就讀蘇州大學文學院現當代文學專業，專業方向為台港澳及海外華文文學。曾發表論文〈從王安憶的小說創作看当代現實主義的發展〉、〈將軍族——一曲幽怨的挽歌〉。

劉文惠　現就讀中央大學中文研究所碩士班。現任中原大學資工系研究助理，執行教育部永續校園全球資運網站營運。曾任漫畫企劃／主編及單機電玩製作人、專案經理。著有小說《月狐傳說》。

楊　玲　Illinois State University 英文系碩士。現為首都師範大學文學院博士研究生。發表論文〈雙面繡——小波文本研究〉、〈境的寓言：〈情人〉和〈上海寶貝〉中的異國戀解讀〉。編譯《粉絲文化讀本》。

陳學祈　台北教育大學台灣文化研究所文學組碩士生。

梁鈞筌　成功大學台灣文學系畢業，現就讀中正大學台灣文學研究所碩士班。曾發表論文〈從民族主義看連雅堂「鴉片有益論」〉、〈時代與價值的變異——龍瑛宗小說《紅塵》的幾點觀察〉。

陳奕翔　現就讀成功大學台灣文學所碩士班。發表論文有〈記憶書寫‧書寫技藝——鍾文音《昨日重現》〉、〈鬼魂形塑與託寓實踐——從〈會旅行的鬼〉看李昂的鬼國寓言〉。

王宇清　台東大學兒童文學研究所碩士，現就讀台東大學兒童文學研究所博士班。現任台東大學通識中心兼任講師。發表論文有〈《中

華幼兒叢書》閱讀指導初探〉、〈試析華霞菱在《中華兒童叢書》
中的「低年級」作品〉等。

黃　翔　台灣大學中國文學研究所碩士，現就讀東華大學中國語文學系
博士班。曾獲第一屆台灣文學部落格獎首獎。研究領域為列子、
現代文學、報導文學。發表論文〈黃梨洲晚年思想轉變說試探〉、
《列子寓言思想研究》等。

蔡輝振　香港珠海大學文學博士。現任雲林科技大學漢學資料整理研究
所教授兼文獻數位典藏中心主任。著有《魯迅小說研究》、《文
獻數位典藏之建構模式及其自動化系統研究》，主持「魯迅數位
博物館」資料庫、「天空數位學習網」數位學習平台、「台灣好
文學網」資料庫等。

林一帆　以「一個以語意網為基礎的入口網站」為研究專題，畢業於聯
合大學資訊管理系。現就讀雲林科技大學漢學資料整理研究所
碩士班，持續進行數位典藏相關研究。

顧敏耀　中央大學中文系博士候選人，現為該系兼任講師。曾獲頒「中
央大學研究傑出研究生獎學金」。發表論文〈台灣古典詩之微觀
研究嘗試──以戴潮春事變初期之陳肇興詩作為例〉、〈鐵梅道
人吳子光古典散文探析：以《台灣記事》為例〉、〈始終深情的
工人小說家──楊青矗的小說與關懷〉等。

歷屆青年文學會議論文發表名單

第一屆青年文學會議

時間：86 年 11 月 9 日

地點：震旦國際大樓多功能會議室（台北市信義路五段 2 號 3 樓）

1.須文蔚／X 世代的現代詩人與現代詩（曾淑美講評）
2.黃　粱／新世代躍登文壇的管道分析（焦桐講評）
3.吳明益／初萌之林──台灣大專院校校園文學獎初探（周慶華講評）

〈座談會〉

主持人：陳昌明

引言人：郝譽翔、楊宗翰、薛懷琦、丁威仁、周易正

第二屆青年文學會議

時間：87 年 10 月 31 日、11 月 1 日
地點：國家圖書館國際會議廳

1. 范銘如／合縱連橫——五十年代台灣小說（沈謙講評）
2. 郝譽翔／論一九八〇年前後台灣新生代文學的發展（李豐楙講評）
3. 楊宗翰／重構詩史的策略———一個「新世代／青年」讀寫（鄭慧如講評）
4. 蕭義玲／九〇年代崛起小說家的同志書寫——以邱妙津、洪凌、紀大偉、
   陳雪為觀察對象（梅家玲講評）
5. 胡衍南／當代青年作家出書環境研究（陳雨航講評）
6. 鍾怡雯／散亂的拼圖——青年散文作家的創作與出版（柯慶明講評）
7. 林淑貞／尋訪文學的翔翼——當前高中國文有關現代文學教材及教法述評
   （張春榮講評）
8. 賴佳琦／文學嘉年華——九〇年代台灣地區文藝營暨文學寫作班初探（白
   靈講評）
9. 莊宜文／重組文學星空——從文學獎談新世代小說家的崛起（焦桐講評）
10. 須文蔚／網路詩創作的破與立（向陽講評）

〈座談會〉他們都在關心什麼？
主持人：蔡詩萍
引言人：平路、袁哲生、馬森、成英姝、紀大偉

第三屆青年文學會議

時間：88 年 11 月 7、8 日

地點：國家圖書館國際會議廳

1. 蔡雅薰／凋零的花菲——六〇年代青年作家古錚、王尚義小說探微（范銘如講評）
2. 林積萍／《現代文學》青年作家群的歷史意義（江寶釵講評）
3. 傅正玲／有心栽花，無心插柳——台灣當代大學文學教育與創作的互動關係（林淑貞講評）
4. 丁鳳珍／九〇年代青年學生台語文運動與母語文學創作——以「學生台灣語文促進會」刊物《台語學生》為分析主體（林央敏講評）
5. 林于弘／解嚴後兩大報文學獎新詩得獎現象觀察（鄭慧如講評）
6. 徐國能／版圖的重建——論近兩年之地方性文學獎現象（黃武忠講評）
7. 石曉楓／世紀末台灣男性散文中的性別書寫（張堂錡講評）
8. 廖淑芳／青春啟蒙與原始場景——論年輕小說家的誕生（蕭義玲講評）
9. 須文蔚／文學創作線上出版初探（孟樊講評）
10. 許秦蓁／女書店：女有、女治、女享的閱讀烏托邦（劉亮雅講評）

〈座談會〉得獎的滋味

主持人：張啟疆

引言人：郝譽翔、張維中、張惠菁、唐捐、鍾文音

第四屆青年文學會議

時間：89 年 12 月 15、16 日
地點：國家圖書館國際會議廳

1. 吳旻旻／九〇年代大陸女性小說的突圍表演（蕭義玲講評）
2. 蔡雅薰／新移民的弦歌新唱——九〇年代新世代海外女作家小說初探（劉秀美講評）
3. 顏健富／「感時憂族」的道德書寫——試論黃錦樹的小說（郝譽翔講評）
4. 邱珮萱／九〇年代散文中的「原鄉」書寫——以夏曼・藍波安和廖鴻基的海洋散文為例（鍾怡雯講評）
5. 林秀蓉／生命與人文得對話／侯文詠醫事寫作析論（王浩威講評）
6. 林積萍／九〇年代的小說新典律——入選「年度小說選」的六篇佳作（張瑞芬講評）
7. 陳巍仁／食譜詩／詩食譜——試論焦桐《完全壯陽食譜》的文類策略（唐捐講評）
8. 陳昭吟／隱匿在色彩下的訊息——從幾米的繪本文學談起（吳明益講評）
9. 王正良／第七位作者的誕生——以《畢業紀念冊・植物園六人詩選》為基點（陳大為講評）
10. 黃清順／高貴靈魂的輓歌——試探邱妙津文學作品中的死亡意識及相關問題（莊宜文講評）

〈座談會〉文學：科技、圖書與消費、閱讀的再思考
主持人：陳信元
引言人：王榮文、向陽、須文蔚、侯吉諒、陳昭珍

第五屆青年文學會議

時間：90 年 11 月 15、16 日
地點：國家圖書館國際會議廳

1. 王浩翔／輕舞飛揚的 e 世代小說——由痞子蔡的小說初探網路文學（向陽講評）
2. 尹子玉／張惠菁的旅行書寫（許建崑講評）
3. 紀俊龍／疏離‧末日‧預言——試析張惠菁作品中「疏離感」與「預言性質」的關聯（郝譽翔講評）
4. 許劍橋／驚蟄！絕響？——1998 第一屆全球華文同志文學獎得獎作品觀察（朱偉誠講評）
5. 梁竣瓘／置社會脈動於「度外」，不讓文學創作「留白」——略論新生代作家黃國峻（陳建忠講評）
6. 張文豐／尋訪部落‧重返原鄉——談原住民小說中的族群認同（浦忠成講評）
7. 陳國偉／世界秩序的汰換與重置——駱以軍小說中的華麗知識系譜（張瑞芬講評）
8. 陳惠齡／新世代文學中都會愛情小說的顯隱二元閱讀——以王文華《61*57》為例（郭強生講評）
9. 黃渼婷／跌落懸崖的龜殼花——《島》、《惡寒》、《人類不宜飛行》中的連通式沉陷計（許琇禎講評）
10. 鄭柏彥／視覺書內外緣問題研究（吳明益講評）
11. 蕭嘉玲／文學出版中的集團現象——以紫石作坊為例（陳信元講評）
12. 簡義明／後書可以轉精嗎？——論新世代自然寫作者的問題意識與困境（焦桐講評）

〈座談會〉開創文學新紀元

主持人：李瑞騰

引言人：張曼娟、李癸雲、唐捐

第六屆青年文學會議〔一個獨立文本的細部解讀〕

時間：91 年 11 月 8、9 日
地點：國家圖書館國際會議廳

1.王良友／論明華園《界牌關傳說》的劇本美學（蔡欣欣講評）

2.王萬睿／期待母親救贖的凝視——論張惠菁〈哭渦〉的女性書寫策略（簡瑛瑛講評）

3.余欣娟／洛夫〈長恨歌〉的隱喻世界（須文蔚講評）

4.李文卿／走過殖民——論王禎和《玫瑰玫瑰我愛你》戲謔書寫（應鳳凰講評）

5.李欣倫／乳癌隱喻，文學療程——析論西西散文〈血滴子〉（王浩威講評）

6.徐碧霞／站在山林與平地的交界處——論布農族田雅各的小說〈拓拔斯‧塔瑪匹瑪〉（陳建忠講評）

7.張耀仁／在我們灰飛湮滅的羽翼——評析可樂王〈離別無聲〉之圖文諷刺關係（吳明益講評）

8.許秦蓁／再現童年記憶的地理版圖——細讀林文月〈江灣路憶往〉（鄭明娳講評）

9.陳室如／批評的鑑賞／鑑賞的批評——試以《文心雕龍》「六觀」法解讀簡媜《天涯海角》（胡仲權講評）

10.陳雀倩／歷史、性別與認同——〈彩妝血祭〉中的政治論述（劉亮雅講評）

11.陳聖宗／「急凍的瞬間」——論張讓「顯微鏡」兼「望遠鏡」的時空書寫（張堂錡講評）

12.曾馨慧／魂析歸來——論周夢蝶的紅黑一夢（向陽講評）

13.黃淑祺／解讀張愛玲——看〈紅玫瑰與白玫瑰〉之空間與權力（邱貴芬講評）

14.楊佳嫻／這是一個弄錯地圖的故事——談駱以軍〈中正紀念堂〉的空間記憶與歷史隱喻（張啓疆講評）

〈座談會〉作家如何看待作品被解讀

主持人：李瑞騰

引言人：駱以軍、可樂王、郝譽翔

第七屆青年文學會議〔台灣文學的比較研究〕

時間：92 年 11 月 28、29 日
地點：台北市立圖書館國際會議廳

1. 徐宗潔／我們是那樣被設定了身世──論駱以軍《月球姓氏》與郝譽翔《逆旅》中的姓名、身世與認同（范銘如講評）
2. 楊子霈／殖民／性別／情慾的多音對話──以吳濁流、王昶雄、鍾肇政小說中的台日異國戀情比較爲例（許琇禎講評）
3. 郭素娟／顏艾琳與江文瑜情色詩之比較（李癸雲講評）
4. 鍾宜彥／「故鄉四部」版本比較研究（張春榮講評）
5. 王蕙萱／髮與性別認同──〈柏拉圖之髮〉與〈薇薇的頭髮〉的分析與比較（劉亮雅講評）
6. 彭佳慧／藝術與文學中「閨秀」之比較與探討（吳瑪悧講評）
7. 劉慧珠／從〈沙河悲歌〉到〈思慕微微〉──論七等生小說追尋／神話母題的再現與變奏（張恆豪講評）
8. 汪俊彥／在學院長大，在表坊說相聲──八〇年代賴聲川劇作之風格意識與戲劇場域關係轉變初探（鴻鴻講評）
9. 凌性傑／面對海洋的兩種態度──從《海洋遊俠》與《海浪的記憶》談起（鹿憶鹿講評）
10. 許家真／口傳文學與作家文學的結合、運用──以布農作家拓拔斯・塔瑪匹瑪及霍斯陸曼・伐伐之作品比較（陳建忠講評）
11. 林麗美／乙未文人的離散書寫──以丘逢甲、洪棄生、林癡仙爲討論範圍（翁聖峰講評）
12. 蘇益芳／論夏志清在台灣文學批評界的經典化現象（沈謙講評）
13. 王文仁／台灣的「日本語文學」初探──從「日本語文學」的定義到語言同化政策問題（林水福講評）

14.潘秀宜／回到出發的所在——陳若曦小說中「鄉土關懷」之文化轉變（黃錦珠講評）

15.林致妤／從《橘子紅了》跨媒體互文現象看現代文學傳播（柯裕棻講評）

16.顧敏耀／仙拚仙，拚死猴齊天——以械鬥為主題的台灣古典詩文作品比較（廖一瑾講評）

〈專題演講〉科學人觀點／曾志朗

〈座談會〉創作者的幽微與私密情懷

主持人：楊照

引言人：阮慶岳、鍾文音、郝譽翔、駱以軍

2004 青年文學會議〔文學與社會學術研討會〕

時間：93 年 12 月 4、5 日
地點：國家台灣文學館

1. 黃恩慈／誰的傳人？誰的派？——試論王德威的張學與張派（莊宜文講評）
2. 關於一場酷刑的不在場證明——檢視七等生的現代主義，與其作品中的規訓或懲罰（張恆豪講評）
3. 蔡明原／上海與台灣——新感覺的兩種實踐：以翁鬧與劉吶鷗的作品為探討對象（陳建忠講評）
4. 王靖丰／鄉愁與記憶的修辭：台灣鄉愁詩的轉變（蔡振念講評）
5. 曾琮琇／虛擬與親臨——論台灣現代詩中的「異國」書寫（李癸雲講評）
6. 邱雅芳／荒廢美的系譜——試探佐藤春夫〈女誡扇綺譚〉與西川滿〈赤崁記〉（向陽講評）
7. 徐秀慧／「中國化？台灣化？或是現代化？」——論陳儀政府時期的文化政策（1945/8～1947/2）（應鳳凰講評）
8. 陳明成／反攻與反共：關鍵年代的關鍵年份——台灣文壇「一九五六」的再考察（李瑞騰講評）
9. 汪俊彥／劇場裡的解嚴臺灣——《戲劇交流道》劇本集的臺灣圖像研究（王友輝講評）
10. 尤靜嫻／遊目歐美，遊心臺灣——從林獻堂《環球遊記》看臺灣遲到的現代性（江寶釵講評）
11. 鄧慧恩／文化的擺渡——楊逵翻譯作品的社會意義與詮釋（楊翠講評）
12. 陳政彥／原住民現代詩中的空間意涵析論（簡政珍講評）
13. 曾基瑋／論文字書寫與口傳故事母題及主題之差異——以撒可努〈巴里的紅眼睛〉為例（陳器文講評）
14. 蔡依伶／台灣日治時期階級意識的形塑——以《三字集》為例（蔣為文講評）

15.蔡孟娟／當代文學之佛學世應——論東年《地藏菩薩本願寺》(陳益源講
　　評)

〈專題演講〉文學與社會／黃春明
〈座談會〉誰的文學？誰的世代？
主持人：楊佳嫻
引言人：楊照、郝譽翔、高翊峰

2005 青年文學會議

〔異同、影響與轉換：文學越界學術研討會〕

時間：94 年 12 月 10、11 日
地點：國家台灣文學館

1.張雅惠／「旅人」視線下的外地文學──試論佐藤春夫〈女誡扇綺譚〉帝國主義文本化的過程（向陽講評）

2.李靜玫／女性口述史的傳記敘事模式──以九○年代女性口述史文本爲例（楊翠講評）

3.林育群、張婉琳／戰後文化主導場域之轉移及其對臺灣文學的影響──以臺北市城南一帶爲例（應鳳凰講評）

4.劉淑貞／災難・除魅・必要之惡：新現代主義──以張大春〈預知毀滅紀事〉的宣言爲起點（蔣美華講評）

5.李美融／記・憶中的〈咖啡時光〉：科技／影像裡的文學性與歷史性（李振亞講評）

6.平怡雲／從《白水》回溯《雷峰塔傳奇》看後現代戲劇之符號轉換（石光生講評）

7.王國安／從《妙繆廟》單飛──論姚大鈞的《文字具象》及曹志漣的《澀柿子的世界》（李順興講評）

8.梁瓊芳／影像與性別之曖昧──試論台灣新電影男性導演電影文本與女性作家小說文本之異同（李幼新講評）

9.陳芷凡／原住民數位文學中語言表現的問題──以明日新聞台原住民新生代寫手巴代、乜寇爲例（陳徵蔚講評）

10.佘佳燕／詩人與畫家對話鎔鑄而成的超現實主義風潮──以跨藝術互文觀點考察台灣五、六○年代文學史的新取向（蕭瓊瑞講評）

11.林芷琪／寫詩的「夏宇」・寫詞的「李格弟」：論黃慶綺的雙聲辨位、筆名游擊（丁旭輝講評）

12.曹世耘／活色生香的《行過洛津》——戲曲《荔鏡記》與《行過洛津》的書寫互涉（郝譽翔講評）

13.王鈺婷／民俗禁忌與性別跨界——以《豔光四射歌舞團》為例（劉亮雅講評）

14.王慈憶／行動越界與身分演繹（義）／藝——論杜十三詩空間中的感知結構（蕭蕭講評）

〈專題演講〉進入台灣・走出台灣：文學的接受、吸收與擴張／陳芳明
〈座談會〉「理論」重要嗎？談台灣文學研究的重大問題
主持人：須文蔚
引言人：陳器文、蘇其康、江寶釵、黎湘萍

2006 青年文學會議〔台灣作家的地理書寫與文學體驗〕

時間：2006 年 12 月 16、17 日
地點：國家圖書館國際會議廳

1. 祁立峰／城市‧場所‧遊樂園——從駱以軍「育嬰三部曲」觀察其地景描繪的變遷與挪移（施淑講評）
2. 葉嘉詠／城市‧消費‧情感——論朱天文小說中的香港（劉俊講評）
3. 李晨／從「伊甸」，到「風塵」——朱天文創作的文學地景轉變（郭強生講評）
4. 蕭寶鳳／漫遊者的權力：論朱天心小說的歷史書寫、現代文明批判及死亡主題（郝譽翔講評）
5. 何淑華／鍾理和原鄉書寫與認同形構歷程研究——以鍾理和返回原鄉時期的書寫爲對象（應鳳凰講評）
6. 鍾宜芬／鄉關何處？夢遺美濃——論吳錦發《青春三部曲》（陳明柔講評）
7. 李孟舜／原鄉的迴響——李昂小說中鹿港經驗的多重特質（范銘如講評）
8. 羅詩雲／祕密的流浪人——試論李望洋《西行吟草》中的蘭陽鄉戀（廖振富講評）
9. 周華斌／日治時期鹽分地帶作家的短歌與俳句吟詠——以吳新榮、郭水潭、王登山及王碧蕉的作品爲例（許俊雅講評）
10. 劉紹鈴／生活在「他」方——台灣女性（抒情）散文之空間內外（鄭明娳講評）
11. 王鈺婷／流亡主體、臺灣空間語境與女性書寫——以徐鍾珮和鍾梅音 50 年代的散文創作爲例（張瑞芬講評）
12. 許博凱／從新埤到老臺灣——以陳冠學地理書寫爲分析對象（吳明益講評）
13. 馬翊航／細碎偷窺，迂迴摺疊——陳黎書寫花蓮／地方的幾種方法（白靈講評）

14.蔡佩均／《風月報》、《南方》白話小說中的都市空間與市民生活（陳建忠
　講評）

15.詹閔旭／罪／醉城——論李永平的《海東青》（黃萬華講評）

16.李娜／「美國」與郭松棻的文學/思想旅程——以《論寫作》為中心的考
　察（黃錦樹講評）

17.黃啓峰／集體記憶的書寫——論《溫州街的故事》的時間、空間與敘事（袁
　勇麟講評）

18.陳宗暉／海的方向，海的啓發——從《黑色的翅膀》探勘夏曼・藍波安的
　近期書寫（向陽講評）

19.徐國明／竊竊「私」語——析論利格拉樂・阿烏、白茲・牟固那那原住民
　女性書寫中的空間經驗（陳器文講評）

20.林淑慧／身體與國體：呂赫若皇民化文學中對國策／新生之路的思索與追
　尋（游勝冠講評）

〈專題演講〉豐美的地景／楊照
〈座談會〉地域與文學史書寫
主持人：須文蔚
引言人：彭小妍、劉俊、梁秉鈞、袁勇麟

2007 青年文學會議〔台灣現當代文學媒介研究〕

時間：2007 年 12 月 1、2 日
地點：國家圖書館國際會議廳

1. 詹閔旭／滿洲在哪裡？——《漢文臺灣日日新報》中的滿洲論述與地方認同驅力（施懿琳講評）

2. 張耀仁／想像的「中國新文學」？——以賴和接任學藝欄編輯前後之《台灣民報》為析論對象（陳建忠講評）

3. 李京珮／曲折的縫綴——《純文學》對五四作家的接受（劉俊講評）

4. 陳芷凡／再現之欲‧域之再現——試論清朝前期「番人」知識的圖文建構意義（（陳器文講評）

5. 呂美親／日本時代台語文學書寫系統ê歷史意義：以小說作觀察中心（廖瑞銘講評）

6. 曾亮／小荷才露尖尖角——由兩岸網路文學比較看臺灣網路文學（向陽講評）

7. 張志國／臺灣現代主義「學院詩」的興發——《文學雜誌》之於臺灣現代詩場域的建構意義（簡政珍講評）

8. 解昆樺／現代詩文體典律再編成——臺灣 1976-1984 年間出版之詩選對現代詩語言型遞換的反映（白靈講評）

9. 曾萍萍／來種一棵文學的樹——《筆匯》在文學譯介的播種與造樹（黎湘萍講評）

10. 張俐璇／前衛高歌——《中外文學》與台灣文學批評浪潮之推動（朱立立講評）

11. 葉雅玲／流行之星——70、80 年代《皇冠》相關文學現象（林芳玫講評）

12. 阮淑雅／齊天大聖東遊記：從《三六九小報》看 《西遊記》在日治時期台灣傳播概況（江寶釵講評）

13. 張志樺／時尚的秘密／秘密的時尚——試論《三六九小報》《風月報》中藝旦身體形象展演之社會意涵／黃美娥

14. 涂慧軒／在文明與同化的陰翳中——以《漢文臺灣日日新報》之讀者投書為觀察對象（計璧瑞講評）

15. 王鈺婷／國族論述、主婦文學及其性別政治——以《中央日報・婦女與家庭週刊》（1949.3～1955.4）為考察對象（陳明柔講評）

16. 黃怡菁／五〇年代前期反共文學創作方法論的建立——以《文藝創作》上的論述為主要討論範圍（梅家玲講評）

17. 許維賢／同志的「入櫃」與酷兒的「出匭」——以九十年代《聯合文學》和《島嶼邊緣》為例（丁乃非講評）

18. 黃崇軒／論副刊風格與文學場域的對應關係——以《自立副刊》為例（1980～1987）（焦桐講評）

〈專題演講〉眼球革命：閱聽人潮的移動／楊仁烽

〈座談會1〉我們在關心什麼？（學生說）

主持人：楊佳嫻

引言人：章妮、廖斌、曾秀萍

〈座談會2〉他們應該關心什麼？（老師說）

主持人：陳信元

引言人：須文蔚、計璧瑞、朱立立、應鳳凰

2008 青年文學會議

〔台灣、大陸暨華文地區數位文學的發展與變遷研討會〕

時間：2008 年 11 月 29、30 日
地點：國家圖書館國際會議廳

1.葉雨嬌／海上生明月，天涯共「網」時──大陸、台灣「網絡」文學比較之初探（陳俊榮講評）

2.肖水、洛盞／中國 80 後詩歌──灰燼裡的火光（施戰軍講評）

3.高坤翠／有人的故事：馬華網路文化社群的個案探析──以有人部落為例（須文蔚講評）

4.祁立峰／「流行力」正在流行──由「動漫」、「商品」、「音樂」等主題建構數位時代下的流行文學（林芳玫講評）

5.黃一／個性駕馭網路──安妮寶貝的 10 年創作（郝譽翔講評）

6.唐磊／精神突圍的艱難與可能──網路小說創作的文化場域及其價值分析（黃鳴奮講評）

7.林婉筠／詩藝與意義──米羅‧卡索超文字詩藝的美學結構與文化呈現初探（白靈講評）

8.陳筱筠／基進的戰鬥／基進的時髦──從成英姝的跨界位置觀察數位文學文化在台灣（李鴻瓊講評）

9.李健／與網相生如何愛──台灣網路愛情小說的意蘊及策略（李進益講評）

10.劉文惠／古典文學《金瓶梅》數位遊戲化的歷程及改編程式（梁朝雲講評）

11.楊玲／「弄彎的」羅曼司──超女同人文、女性欲望與網路女性文學社群（趙彥寧講評）

12.陳學祈／老作品，新價值──二○○七年奇摩網拍台灣文學珍本書籍現象初探（林皎宏講評）

13.梁鈞筌／論網路科技與詩歌創作──以夏宇《PINK NOISE》為探討對象（鴻鴻講評）

14. 陳奕翔／大說謊家：我不是知識份子──中時‧作家「張大春的部落格」
    觀察（陳徵蔚講評）
15. 王宇清／試析九把刀的文學經營與轉變──從網路小說到流行文學的跨
    界（孫治本講評）
16. 黃翔／部落格文學鬆綁媒介書寫現象初探──以修正報導文學鬆綁論為
    核心（柯裕棻講評）
17. 蔡輝振、林一帆／台灣文學資料庫之回顧與展望（向陽講評）
18. 顧敏耀／台灣古典詩與數位資料庫──以《漢文臺灣日日新報》電子全文
    檢索系統為例（顧力仁講評）

〈專題演講〉數位創意場域的正反合／周暐達
〈座談 1〉數位文學研究的明天
主持人：項潔
引言人：黃鳴奮、李順興、須文蔚、羅鳳珠
〈座談 2〉向文學的極限挑戰
主持人：許榮哲
引言人：九把刀、千夫長

國家圖書館出版品預行編目資料

青年文學會議論文集. 2008：臺灣、大陸暨華文地區數位文學的
發展與變遷 / 封德屏總編輯. -- 初版. -- 臺北市：文訊雜誌
社出版；〔桃園市〕：臺灣文學發展基金會發行, 2009.03
　　面；　公分. --（文訊叢刊；31）

　　ISBN 978-986-83928-7-8（平裝）

　1. 中國文學　2. 現代文學　3. 文學評論　4. 網路文化　5.
文集

820.7　　　　　　　　　　98005439

文訊叢刊 31

2008 青年文學會議論文集
台灣、大陸暨華文地區數位文學的發展與變遷

總　編　輯／封德屏
執行編輯／杜秀卿、邱怡瑄
封面設計／翁翁・不倒翁視覺創意
發　　　行／財團法人台灣文學發展基金會
出　版　者／文訊雜誌社
　　　　　　地址：台北市中山南路 11 號 6 樓
　　　　　　電話：02-23433142　　傳真：02-23946103
　　　　　　郵政劃撥：12106756 文訊雜誌社
　　　　　　E-mail：wenhsun7@ms19.hinet.net
印　　　刷／松霖彩色印刷公司
總　經　銷／紅螞蟻圖書有限公司
　　　　　　電話：02-27953656
初　　　版／2009 年 3 月

定價　500 元
ISBN 978-986-83928-7-8

青年文學會議論文集

第七屆青年文學會議論文集——台灣文學的比較研究／定價 400 元

2003 年舉辦的「第七屆青年文學會議」，以「台灣文學的比較研究」為主題，書中共收錄 16 篇論文，企圖為多音交響的台灣文學發展出更細緻的論述模式。有殖民、性別、身世議題的探討，也有原住民口傳文學的析論、在台灣的日本語文學、古典詩文的作品比較，劇場、藝術與文學交錯紛陳的關聯，呈顯多元的文化視角。

2004 青年文學會議論文集——文學與社會學術研討會／定價 400 元

「2004 青年文學會議」以「文學與社會」為主題，共發表 15 篇論文，有原住民現代詩及口傳文學的探討、五○年代文藝政策的剖析、劇本中的台灣圖像研究、上海與台灣新感覺派作家的比較、鄉愁詩及現代詩的異國書寫、楊逵翻譯作品的社會意義與詮釋、日治時期台日作家的作品析論等。

2005 青年文學會議論文集——異同、影響與轉換：文學越界／定價 400 元

「2005 青年文學會議」以「異同、影響與轉換：文學越界」為主題，本書收錄所發表的 14 篇論文，主題多樣，顯現台灣文學越過文字的框架，延展至電影、繪畫、戲曲、科技等範疇，充分實踐會議主題之「越界」性格。並附錄每篇論文講評、專題演講內容、座談會紀錄、觀察報告，以及會議側記等，重現研討會精華。

2006 青年文學會議論文集——台灣作家的地理書寫與文學體驗／定價 540 元

「2006 青年文學會議」以「台灣作家的地理書寫與文學體驗」為主題，由兩岸三地專致於台灣文學研究的青年學者發表 20 篇論文，所探觸者橫越文學、空間、歷史與文明的縱深面向，開展出一場場精彩的對話及討論。本書並收有論文講評、演講紀錄、側記及觀察報告等資料，完整呈現會議精髓。

2007 青年文學會議論文集——台灣現當代文學媒介研究／定價 500 元

「2007 青年文學會議」以「台灣現當代文學媒介研究」為主題，探究當代文學發展與文學媒介無法分割的關係，及其承載當代台灣文學豐盛多樣的表現，本書收錄會議發表的 18 篇論文、論文講評、專題演講紀錄、會議側記，座談發言稿，以及觀察報告等，為此次會議留下完整紀錄。

2008 青年文學會議論文集——台灣、大陸暨華文地區數位文學的發展與變遷／定價 500 元

「2008 青年文學會議」以「台灣、大陸暨華文地區數位文學的發展與變遷」為主題，共發表 18 篇論文，對網路作家興起、數位文學創作的延續與行動力、網路媒介對文學生產與消費的影響及意義，以及數位文學資料庫建構，皆有深刻的討論；同時收錄論文講評、專題演講及座談會紀錄、觀察報告、會議側記等，完整呈現會議的精采內容。

單本 9 折，二本合購 8 折，三本（含）以上合購 75 折

劃撥帳號：12106756 文訊雜誌社　　　　洽詢專線：02-23433142